STEPHEN KING

L'OUTSIDER

Né en 1947 à Portland (Maine), Stephen King a connu son premier succès en 1974 avec *Carrie*. En une quarantaine d'années, on lui doit plus de cinquante romans et autant de nouvelles, certains sous le pseudonyme de Richard Bachman. Il a reçu de nombreuses distinctions littéraires, dont le prestigieux Grand Master Award des Mystery Writers of America pour l'ensemble de sa carrière en 2007. Son œuvre a été largement adaptée au cinéma et à la télévision.

STEPHEN KING

L'Outsider

ROMAN TRADUIT DE L'ANGLAIS (ÉTATS-UNIS)
PAR JEAN ESCH

ALBIN MICHEL

Titre original :

THE OUTSIDER
Publié chez Scribner, an imprint of Simon & Schuster, Inc.
à New York, en 2018.

Pour Rand et Judy Holston

« La pensée ne confère au monde une apparence d'ordre que pour ceux qui ont la faiblesse de croire à ces faux-semblants. »

Colin Wilson
« The Country of the blind »

L'ARRESTATION

14 juillet

1

C'était une voiture banalisée, une berline américaine quelconque, plus très jeune, mais les pneus à flanc noir et les trois hommes à l'intérieur en trahissaient la nature. Les deux assis à l'avant portaient des uniformes bleus. Celui à l'arrière, en costume, était un colosse. Deux jeunes Noirs se tenaient sur le trottoir ; l'un, le pied posé sur un skate orange éraflé, l'autre avec le sien, couleur citron vert, sous le bras. Ils regardèrent la voiture pénétrer sur le parking du parc de loisirs Estelle-Barga, puis échangèrent un regard.

Le premier dit : « C'est les flics.

— Sans blague », répondit l'autre.

Ils s'en allèrent sans rien ajouter, sur leurs skates. La règle était simple : lorsque les flics débarquent, il faut filer. La vie d'un Noir compte autant que celle d'un Blanc, leur avaient appris leurs parents, mais pas forcément aux yeux de la police. Dans l'enceinte du stade de baseball, le public se mit à pousser des acclamations et à taper dans ses mains en rythme quand les Golden Dragons de Flint City revinrent à la batte au début de la neuvième manche en comptant un point de retard.

Les deux garçons ne se retournèrent pas.

2

Déposition de M. Jonathan Ritz (10 juillet. 21 h 30. Interrogé par l'inspecteur Ralph Anderson)

Inspecteur Anderson : Je sais que vous êtes bouleversé, monsieur Ritz. C'est compréhensible. Mais j'ai besoin de savoir très précisément ce que vous avez vu en début de soirée.

Ritz : Je ne pourrai jamais l'oublier. Jamais. Je ne serais pas contre avaler un cachet. Du Valium, peut-être. Je n'ai jamais pris ces machins-là, mais là, il le faut. J'ai encore l'impression d'avoir le cœur au bord des lèvres. Dites à vos gars de la police scientifique que s'ils trouvent du vomi, et je parie qu'ils en trouveront, c'est le mien. Et j'en ai pas honte. N'importe qui aurait rendu son dîner en voyant un truc pareil.

Inspecteur Anderson : Je suis sûr qu'un médecin vous prescrira un calmant dès qu'on aura terminé. Je m'en charge, mais en attendant, je préfère que vous gardiez les idées claires. Vous comprenez, hein ?

Ritz : Oui, oui. Bien sûr.

Inspecteur Anderson : Racontez-moi simplement tout ce que vous avez vu et on en restera là pour ce soir. Vous pouvez faire ça pour moi, monsieur ?

Ritz : OK. Je suis sorti promener Dave sur le coup de six heures. Dave, c'est notre beagle. Il avait mangé à cinq heures. Ma femme et moi, on dîne à cinq heures et demie. À six heures, Dave est prêt à aller faire ses besoins, la petite et la grosse commission. Je le promène pendant que Sandy, ma femme, fait la vaisselle. Un partage équitable des tâches. C'est capital dans un couple, surtout une fois que les enfants sont devenus grands. C'est comme ça qu'on voit les choses. Mais je m'égare là, non ?

Inspecteur Anderson : Pas de problème, monsieur Ritz. Racontez à votre manière.

Ritz : Je vous en prie, appelez-moi Jon. Je ne supporte pas qu'on me donne du M. Ritz, j'ai l'impression d'être un gâteau apéritif. Les autres m'appelaient comme ça à l'école. Cracker Ritz.

Inspecteur Anderson : Je vois. Donc, vous promeniez votre chien…

Ritz : Exact. Et quand il a senti une forte odeur – l'odeur de la mort, je suppose –, il a fallu que je tire sur sa laisse, à deux mains, et pourtant c'est pas un gros chien. Il voulait absolument aller voir ce que c'était. Le…

Inspecteur Anderson : Revenons un peu en arrière, si vous voulez bien. Vous êtes sorti de votre domicile, au 249 Mulberry Avenue, à dix-huit heures…

Ritz : Peut-être un peu avant. Dave et moi, on est descendus jusqu'à chez

Gerald, c'est l'épicerie fine au coin de la rue, puis on a remonté Barnum Street, et ensuite, on est passés par Figgis Park. Celui que les gamins appellent Frig Us Park[1]. Ils croient que les adultes ignorent ce qu'ils se racontent, qu'on ne fait pas attention, mais on écoute. Certains d'entre nous, du moins.

Inspecteur Anderson : C'était votre promenade habituelle ?

Ritz : Oh, des fois on change un peu, pour ne pas se lasser. Mais on finit presque toujours par le parc. C'est plein d'odeurs que Dave adore renifler. Il y a un parking, presque toujours désert à cette heure-ci, sauf quand des lycéens jouent au tennis. Mais il n'y en avait pas ce soir-là car les courts sont en terre battue, voyez-vous, et il avait plu un peu plus tôt. Le seul véhicule était une camionnette blanche.

Inspecteur Anderson : Une camionnette commerciale ?

Ritz : Oui, voilà. Sans fenêtres sur les côtés, avec une porte à double battant à l'arrière. Comme celles qu'utilisent les artisans pour transporter tout leur matériel. C'était peut-être une Econoline, mais je ne pourrais pas le jurer.

Inspecteur Anderson : Y avait-il un

---

1. *Frig* : terme d'argot signifiant « baiser, niquer ». (*Toutes les notes sont du traducteur.*)

16

nom de société marqué dessus ? Genre « Climatisation Machin » ou « Fenêtres sur mesure Trucmuche » ?

Ritz : Euh, non. Rien du tout. Par contre, elle était sale, ça, je peux vous le dire. Ça faisait un moment qu'elle n'avait pas été lavée. Et il y avait de la boue sur les pneus, sans doute à cause de la pluie. Dave les a reniflés, et puis on a pris une des allées de gravier entre les arbres. Après cinq cents mètres environ, Dave s'est mis à aboyer et il a filé dans les buissons sur la droite. C'est à ce moment-là qu'il a flairé l'odeur. La laisse a failli m'échapper. J'ai voulu le ramener vers moi, impossible. Il tirait de toutes ses forces et il grattait la terre avec ses pattes en aboyant. J'ai réussi à le faire revenir - j'ai une laisse rétractable, c'est très pratique parfois - et je l'ai suivi. Maintenant que ce n'est plus un chiot, il s'intéresse moins aux écureuils et aux tamias, mais j'ai pensé qu'il avait peut-être senti un raton laveur. Je voulais l'empêcher de se jeter dessus, que ça lui plaise ou non. Un chien doit savoir qui commande. C'est là que j'ai vu les premières gouttes de sang. Sur une feuille de bouleau, à hauteur de poitrine. Soit environ un mètre cinquante du sol. Il y avait une autre goutte de sang sur une feuille un peu plus loin et une grosse éclaboussure dans des buissons, plus loin encore. Du sang encore frais, bien rouge. Dave l'a reniflé, mais il voulait continuer à avancer. Ah, avant que j'oublie : c'est à peu près à ce moment-là que j'ai entendu un bruit de moteur derrière moi. Je l'ai remarqué parce qu'il faisait un sacré boucan, comme si le pot d'échappement était foutu. Une sorte de grondement, vous voyez ?

Inspecteur Anderson : Oui, je vois.

Ritz : Je ne peux pas jurer que ça venait de cette camionnette blanche, et comme je ne suis pas repassé par là, j'ignore si elle était toujours là ou pas. Et vous savez ce que ça veut dire ?

Inspecteur Anderson : Dites-le-moi, Jon.

Ritz : Ça veut dire qu'il m'observait, si ça se trouve. Le meurtrier. Il était caché derrière les arbres et il m'observait. Rien que d'y penser, j'en ai des frissons. Après coup. Sur le moment, j'étais concentré sur les taches de sang. Et sur Dave qui allait m'arracher le bras à force de tirer. Je commençais à avoir la trouille, j'ai pas honte de l'avouer. Je ne suis pas très costaud, et même si j'essaye de m'entretenir, j'ai la soixantaine maintenant. Remarquez, à vingt ans je n'étais pas très intrépide non plus. Mais il fallait que j'aille voir. Au cas où quelqu'un aurait été blessé.

Inspecteur Anderson : Intention louable. Quelle heure était-il quand vous avez découvert cette piste de sang ?

Ritz : Je n'ai pas regardé ma montre, mais je dirais six heures vingt. Vingt-cinq peut-être. J'ai laissé Dave passer devant, en le tenant court pour pouvoir me glisser entre les branchages, pendant que lui se faufilait en dessous avec ses petites pattes. Vous savez ce qu'on dit des beagles : ils ont le tuyau près du gazon. Bref, il continuait à aboyer furieusement. On a débouché dans une petite clairière, une sorte de… recoin où les amoureux viennent s'asseoir et se bécoter. Il y avait un banc en pierre au milieu. Couvert de sang. Partout. Même dessous. Le corps était allongé à côté, dans l'herbe. Le pauvre garçon. Il avait la tête tournée vers moi, les yeux ouverts. Mais il n'avait plus de gorge, juste un trou rouge à la place. Son jean et son slip étaient baissés sur ses chevilles, et j'ai vu quelque chose… une branche morte… qui sortait de son… son… enfin, vous avez compris.

Inspecteur Anderson : Oui. Mais j'ai besoin que vous le disiez, monsieur Ritz. Pour l'enregistrement.

Ritz : Il était couché sur le ventre, et la branche sortait de son postérieur. Il y avait du sang là aussi. Sur la branche. Il manquait une partie de l'écorce et on apercevait une empreinte de main. Je l'ai bien vue. Dave n'aboyait plus, il hurlait à la mort, le pauvre. Je ne sais pas qui peut faire une chose pareille. Un fou, forcément. Vous allez l'arrêter, inspecteur ?

Inspecteur Anderson : Oh, oui. On va l'arrêter.

3

Le parking du parc Estelle-Barga était presque aussi grand que celui du supermarché Kroger où Ralph Anderson et son épouse faisaient leurs courses le samedi après-midi, et en cette soirée de juillet, il était plein. De nombreux pare-chocs arboraient des autocollants aux couleurs des Golden Dragons et quelques vitres arrière s'ornaient de slogans délirants : ON VA VOUS ÉCRASER. LES DRAGONS VONT CALCINER LES OURS. CAP CITY NOUS VOICI. CETTE ANNÉE C'EST NOTRE TOUR. Du stade, où les projecteurs avaient été allumés (alors qu'il faisait encore jour), montaient des acclamations et des claquements de mains.

Troy Ramage, vingt ans dans la police, conduisait la voiture banalisée, et parcourait les rangées de véhicules serrées comme des sardines : « Chaque fois que je viens ici, dit-il, je me demande qui était cette fichue Estelle Barga. »

Ralph ne répondit pas. Ses muscles étaient tendus, sa peau brûlante et il sentait sa tension monter en flèche. Il avait arrêté un grand nombre de criminels dans sa carrière, mais là, c'était un cas particulier. Particulièrement affreux. Et surtout, personnel. En vérité, il n'avait aucune raison de participer à cette arrestation, et il le savait, mais à cause de la nouvelle salve de coupes budgétaires, il n'y avait plus que trois inspecteurs à temps plein inscrits au tableau de service de la police de Flint City. Jack Hoskins était en vacances ; il pêchait quelque part dans un trou paumé. Bon débarras. Betsy Riggins, qui aurait dû être en congé maternité, prêtait main-forte à la police d'État dans le cadre de l'opération de ce soir.

Il espérait qu'ils n'allaient pas trop vite en besogne. Une crainte dont il avait fait part à Bill Samuels, le procureur de Flint County, pas plus tard que cet après-midi, à la réunion précédant l'arrestation. Âgé de seulement trente-cinq ans, Samuels était un peu trop jeune pour ce poste, mais il appartenait au bon parti, et il ne manquait pas d'assurance. Arrogant, non, mais impétueux, c'est certain.

« Il reste quelques trucs qui ne collent pas à vérifier, lui avait dit Ralph. On ne connaît pas tous ses antécédents. Et sauf s'il décide d'avouer, il affirmera avoir un alibi, à coup sûr.

— Dans ce cas, avait répondu Samuels, on démontera son alibi. Vous le savez bien. »

Ralph n'avait pas le moindre doute à ce sujet ; ils tenaient le coupable, il en était certain. Néanmoins, il aurait aimé qu'ils continuent à enquêter avant de presser la détente. Pour trouver les failles dans l'alibi de ce salopard et les élargir jusqu'à ce qu'on puisse y faire passer un camion. *Avant* de l'arrêter. Dans la plupart des affaires, cette procédure se serait imposée. Pas ici.

« Trois choses, avait ajouté Samuels. Vous êtes prêt à m'écouter ? »

Ralph avait acquiescé. Après tout, il était obligé de travailler avec ce gars.

« Premièrement, les habitants de cette ville, et plus particulièrement les parents de jeunes enfants, sont terrorisés et furieux. Ils exigent une arrestation rapide afin de se sentir à nouveau en sécurité. Deuxièmement, la culpabilité de cet homme ne fait aucun doute. Je n'ai jamais vu un dossier aussi solide. Vous êtes d'accord ?

— Oui.

— Bien. Raison numéro trois. La plus importante. » Samuels s'était penché vers lui. « On ne peut pas prouver qu'il a déjà commis ce genre de crime – si c'est le cas, on le découvrira très certainement dès qu'on commencera à creuser –, mais on a la certitude qu'il a commis celui-ci. Il s'est lâché. Il a balancé son pucelage. Et maintenant qu'il y a pris goût...

— Il pourrait recommencer.

— Exact. Ce n'est pas le scénario le plus vraisemblable, si peu de temps après le meurtre du petit Peterson, mais c'est une possibilité. Il côtoie des enfants en permanence ! De jeunes garçons. Si par malheur il en tue un autre, non seulement on perdra notre boulot, vous et moi, mais on ne se le pardonnera jamais. »

Ralph avait déjà du mal à se pardonner de n'avoir

rien vu venir. C'était une réaction irrationnelle. On ne peut pas, en regardant un homme dans les yeux à l'occasion d'un barbecue pour fêter la fin de la saison de la Little League, deviner qu'il est sur le point de commettre un acte innommable – qu'il cajole ce projet, le nourrit, le regarde grandir –, mais cela ne changeait rien à ce qu'il ressentait.

Se penchant en avant pour tendre le doigt entre les deux policiers assis à l'avant, Ralph dit :

« Essayons les places réservées aux handicapés là-bas. »

L'agent Tom Yates, assis sur le siège du passager, répondit :

« Deux cents dollars d'amende, chef.

— Je crois que ça passera pour cette fois.

— Je plaisantais. »

N'étant pas d'humeur à supporter l'humour de flic, Ralph ne dit rien.

« Places pour culs-de-jatte en vue, annonça Ramage. J'en vois deux de libres. »

Il se gara sur l'un des deux emplacements et les trois hommes descendirent de voiture. Voyant Yates ôter la patte de sécurité de l'étui de son Glock, Ralph secoua la tête.

« Vous êtes dingue ou quoi ? Il y a mille cinq cents spectateurs.

— Et s'il s'enfuit ?

— Vous le rattraperez. »

Ralph s'appuya contre le capot du véhicule banalisé et regarda les deux officiers de la police de Flint City se diriger vers le terrain de baseball, les lumières et les gradins bondés, où les acclamations et les claquements de mains continuaient à enfler. La décision d'arrêter rapidement le meurtrier du petit Peterson avait été prise conjointement par Samuels et lui-même (à contrecœur). Mais lui seul avait décidé de l'arrêter pendant le match.

Ramage se retourna.

« Vous venez ?

— Non. Faites ce que vous avez à faire, lisez-lui ses droits bien comme il faut, à voix haute, et ramenez-le ici. Tom, vous monterez à l'arrière avec lui. Moi, je monterai devant avec Troy. Bill Samuels attend mon appel. Il sera déjà au poste quand on arrivera. On reste pros jusqu'au bout. Pour ce qui est de l'arrestation, je vous laisse faire.

— C'est votre enquête, dit Yates. Vous ne voulez pas être celui qui a arrêté cette ordure ? »

Les bras toujours croisés, Ralph répondit :

« L'homme qui a violé Frankie Peterson avec une branche et l'a égorgé a entraîné mon fils pendant quatre ans. Il a posé ses mains sur lui pour lui montrer comment tenir une batte. Alors je ne me fais pas confiance.

— Pigé », dit Troy Ramage.

Yates et lui repartirent vers le terrain.

« Hé ! Écoutez-moi tous les deux. »

Ils se retournèrent.

« Passez-lui les menottes sur place. Et menottez-le devant.

— Ce n'est pas conforme au protocole, chef, fit remarquer Ramage.

— Je sais, et je m'en fous. Je veux que tout le

24

monde voie la police l'emmener avec les menottes aux poignets. C'est compris ? »

Tandis que les deux agents s'éloignaient, Ralph décrocha son portable fixé à sa ceinture. Il avait enregistré le numéro de Betsy Riggins dans ses contacts.

« Tu es en position ?

— Oui. Je suis garée devant chez lui. Avec quatre State Troopers.

— Et le mandat de perquisition ?

— Dans ma petite main brûlante.

— Parfait. » Ralph allait couper la communication quand une pensée lui vint. « Au fait, Bets, quand dois-tu accoucher ?

— Hier. Alors magnez-vous, les gars. »

Ce fut elle qui raccrocha.

4

Déposition de Mme Arlene Stanhope (12 juillet. 13 h. Interrogée par l'inspecteur Ralph Anderson)

Stanhope : Il y en a pour longtemps, inspecteur ?

Inspecteur Anderson : Non, ce ne sera pas long. Racontez-moi simplement ce que vous avez vu dans l'après-midi du mardi 10 juillet.

Stanhope : Très bien. Je sortais de chez Gerald, l'épicerie fine. Je fais mes courses là-bas tous les mardis.

C'est plus cher, mais je ne vais plus au Kroger depuis que je ne conduis plus. J'ai rendu mon permis un an après la mort de mon mari car je n'avais plus confiance dans mes réflexes. J'ai eu quelques accidents. De la tôle froissée, mais ça m'a suffi. Gerald est à deux rues seulement de l'appartement où je vis depuis que j'ai vendu la maison, et les médecins disent que ça me fait du bien de marcher. Pour mon cœur, vous voyez. Je ressortais avec mon petit caddie – je n'achète plus grand-chose maintenant, tout est tellement cher, surtout la viande, je ne pourrais pas dire quand j'ai mangé du bacon pour la dernière fois –, et c'est là que j'ai vu le petit Peterson.

Inspecteur Anderson : Vous êtes certaine qu'il s'agissait bien de Frank Peterson ?

Stanhope : Oh, oui, c'était bien Frankie. Pauvre petit. C'est affreux ce qui lui est arrivé, mais il vit au paradis maintenant, il ne souffre plus. C'est une consolation. Il y a deux Peterson, vous savez, rouquins l'un et l'autre – cette horrible couleur carotte –, mais l'aîné, Oliver, a au moins cinq ans de plus. Il livrait notre journal dans le temps. Frank, lui, avait un vélo avec un guidon très haut et une selle étroite…

Inspecteur Anderson : On appelle ça une selle banane.

Stanhope : Ah, je ne savais pas. Mais je sais qu'il était vert citron, une couleur affreuse, vraiment, et il y avait un autocollant sur la selle : lycée de Flint City. Hélas, il n'ira jamais au lycée, hein ? Pauvre petit.

Inspecteur Anderson : Voulez-vous faire une courte pause, madame Stanhope ?

Stanhope : Non, je veux en finir. Il faut que je rentre nourrir mon chat. Je lui donne à manger à quinze heures, il va avoir faim. Et il va se demander où je suis passée. Par contre, est-ce que vous auriez un mouchoir en papier ? Je ne dois pas être belle à voir… Merci.

Inspecteur Anderson : Vous avez remarqué l'autocollant sur la selle du vélo de Frank Peterson parce que…

Stanhope : Oh. Parce qu'il n'était pas assis dessus. Il poussait son vélo sur le parking de chez Gerald. La chaîne était brisée, elle traînait par terre.

Inspecteur Anderson : Avez-vous remarqué comment il était habillé ?

Stanhope : Il avait un T-shirt avec le nom d'un groupe de rock. Mais je n'y connais rien, alors ne comptez pas sur moi pour vous dire lequel. Si c'est important, je suis désolée. Il portait aussi une casquette des Rangers. Sur l'arrière du crâne. Je voyais ses cheveux roux. Généralement, tous ces rouquins, ils deviennent vite chauves. Mais il n'aura plus à s'inquiéter pour ça, hein ? Oh, quelle tristesse. Bref, il y avait une camionnette blanche, et sale, au fond du parking. Un homme en est descendu pour s'approcher de Frank. Il…

Inspecteur Anderson : Nous y reviendrons plus tard. Parlez-moi de cette camionnette d'abord. C'était un véhicule sans fenêtres sur les côtés ?

Stanhope : Oui.

Inspecteur Anderson : Pas d'inscription ? Pas de nom de société, ni rien ?

Stanhope : Je n'ai rien remarqué en tout cas.

Inspecteur Anderson : Bien. Maintenant, parlons de cet homme que vous avez vu. L'avez-vous reconnu, madame Stanhope ?

Stanhope : Oh, oui, bien sûr. C'était Terry Maitland. Tout le monde dans le West Side connaît Coach T. Même les élèves du lycée l'appellent comme ça. Il enseigne l'anglais là-bas. Mon mari a été son collègue avant de prendre sa retraite. On le surnomme Coach T. car il entraîne les joueurs de baseball de la Little League, et aussi l'équipe locale de la City League. À l'automne, il entraîne les enfants qui aiment jouer au football. Cette ligue a un nom elle aussi, mais je ne m'en souviens plus.

Inspecteur Anderson : Revenons-en à ce que vous avez vu ce mardi après-midi…

Stanhope : Il n'y a pas grand-chose à dire. Frank a parlé avec Coach T. et il lui a montré sa chaîne brisée. Coach T. a hoché la tête et il a ouvert les portes arrière de la camionnette, qui ne pouvait pas être la sienne…

Inspecteur Anderson : Pourquoi dites-vous cela, madame Stanhope ?

Stanhope : Parce qu'elle avait une plaque d'immatriculation orange. Je ne sais pas à quel État ça correspond, et ma vue n'est plus aussi bonne qu'avant, mais je sais que les plaques de l'Oklahoma sont bleu et blanc. Bref, je n'ai pas vu ce qu'il y avait à l'arrière de la camionnette, à part une sorte de grand truc vert qui ressemblait à une boîte à outils. C'était bien ça, inspecteur ?

Inspecteur Anderson : Et ensuite, que s'est-il passé ?

Stanhope : Eh bien, Coach T. a déposé le vélo de Frank dans la camionnette et il a refermé les portes. Il a donné une tape dans le dos de Frank. Puis il a fait le tour de la camionnette pour s'asseoir au volant et Frank a fait le tour de l'autre côté. Ils sont montés à bord tous les deux et la camionnette est repartie, dans Mulberry Avenue. J'ai pensé que Coach T. allait ramener le gamin chez lui. Forcément. Que penser d'autre ? Terry Maitland vit dans le West Side depuis vingt ans, il a une jolie famille, une femme et deux filles… Je pourrais avoir un autre mouchoir, s'il vous plaît ?… Merci. On a bientôt fini ?

Inspecteur Anderson : Oui. Et vous m'avez beaucoup aidé. Avant le début de l'enregistrement, vous m'avez dit, il me semble, qu'il était environ quinze heures ?

Stanhope : Très précisément. J'ai entendu la cloche de la mairie sonner juste au moment où je sortais de l'épicerie avec mon caddie. J'étais pressée de rentrer chez moi pour nourrir mon chat.

Inspecteur Anderson : Ce garçon que vous avez vu, le rouquin, c'était Frank Peterson.

Stanhope : Oui. Les Peterson habitent juste au coin de la rue. Ollie me livrait mon journal dans le temps. Je les vois tout le temps.

Inspecteur Anderson : Et l'homme, celui qui a déposé le vélo à l'arrière de la camionnette blanche et qui est reparti avec Frank Peterson, c'était Terence Maitland, surnommé Coach Terry ou Coach T.

Stanhope : Oui.

Inspecteur Anderson : Vous en êtes certaine ?

Stanhope : Oh, oui.

Inspecteur Anderson : Merci, madame Stanhope.

Stanhope : Qui aurait pu imaginer que Terry était capable de faire une chose pareille ? Vous pensez qu'il avait déjà fait ça ?

Inspecteur Anderson : Nous le découvrirons peut-être au cours de notre enquête.

5

Tous les matchs de la City League se déroulant à Estelle Barga Field – le meilleur terrain de baseball de la région, et le seul disposant d'un éclairage permettant de disputer des rencontres en nocturne –, l'équipe qui débuterait à l'offensive fut décidée à pile ou face. Terry Maitland choisit pile, comme toujours (une superstition héritée de son propre coach, à l'époque), et la pièce tomba sur pile. « Je me fiche de savoir où on joue, mais j'aime jouer en dernier », disait-il à ses joueurs.

Et ce soir, il en avait besoin. C'était la fin de la neuvième manche, les Bears menaient d'un seul point dans cette demi-finale. Les Golden Dragons n'avaient plus qu'un seul retrait, mais leurs coureurs occupaient les trois premières bases ; quatre lancers jugés hors zone ou un lancer dans le champ intérieur et c'était fini ; une balle en plein centre découvert et c'était gagné. La foule frappait dans ses mains, tapait du pied sur les gradins métalliques et rugissait lorsque le petit Trevor Michaels pénétra dans la zone du frappeur à gauche. On lui avait trouvé le casque le moins large, et malgré cela, il lui tombait devant les yeux, ce qui l'obligeait à le relever sans cesse. Il esquissait des mouvements nerveux avec sa batte.

Terry avait envisagé de remplacer Trevor, mais avec son mètre cinquante-cinq, il provoquait de nombreux buts sur balles quand il était lanceur. Et s'il n'était pas doué pour réaliser des *home runs*, il réussissait parfois à taper dans la balle. Pas souvent, mais ça arrivait. Si Terry le remplaçait au poste de frappeur, le pauvre gamin devrait vivre avec cette humiliation durant toute l'année prochaine au collège. En revanche, s'il réussissait un coup, un seul, il en parlerait toute sa vie en buvant une bière autour d'un barbecue. Terry le savait bien. Il avait connu ça il y a bien longtemps, avant l'apparition des battes en aluminium.

Le lanceur des Bears – leur joueur vedette – arma son bras et lança une balle en plein milieu du marbre. Trevor la regarda passer d'un air désemparé. L'arbitre annonça le premier *strike*. La foule gronda.

Gavin Frick, l'assistant de Terry, marchait de long en large devant le banc des joueurs, la feuille de score roulée dans son poing (combien de fois Terry lui avait-il demandé de ne pas faire ça ?), et son T-shirt des Golden Dragons, taille XXL, tendu par sa bedaine, taille XXXL au moins.

« J'espère que ce n'était pas une erreur de laisser Trevor à la batte, Ter », glissa-t-il. La sueur coulait sur ses joues. « Il est mort de trouille, on dirait. Et je crois que même avec une raquette de tennis, il ne pourrait pas renvoyer les boulets de canon de ce gamin.

— On va bien voir, répondit Terry. J'ai un bon pressentiment. »

Ce n'était pas vrai, pas vraiment.

Le lanceur des Bears balança une autre balle incendiaire, mais celle-ci atterrit dans la terre, devant le marbre. La foule se leva comme un seul homme lorsque Baibir Patel, lancé vers la troisième base, zigzagua à quelques pas de la ligne. Elle se rassit en soupirant lorsque la balle rebondit dans le gant du receveur. Celui-ci se retourna et Terry déchiffra son expression, à travers le masque : *Essaye un peu pour voir, mon gars.* Baibir n'essaya pas.

Le lancer suivant était plus large, mais Trevor le manqua quand même.

« Sors-le, Fritz ! » brailla un type à la voix de stentor du haut des gradins. Sans doute le père du lanceur, à en juger par la façon dont le gamin tourna vivement la tête dans sa direction. « Soooooors-le ! »

Trevor n'essaya même pas de renvoyer le lancer suivant, tout proche, trop proche en vérité, mais l'arbitre jugea la balle bonne et cette fois, ce furent les supporters des Bears qui se lamentèrent. Quelqu'un suggéra que l'arbitre devrait changer de lunettes. Un autre spectateur lui conseilla de prendre un chien d'aveugle.

Deux partout maintenant, et Terry avait le sentiment que toute la saison des Dragons reposait sur le prochain lancer. Soit ils affronteraient les Panthers pour le titre de champions et poursuivraient la compétition au niveau de l'État, les matchs retransmis à la télé, ou bien ils rentreraient à la maison et se retrouveraient une dernière fois dans le jardin des Maitland pour le traditionnel barbecue de fin de saison.

Terry se retourna vers Marcy et les filles, toujours assises aux mêmes places, sur des chaises de jardin, derrière la protection du marbre. Ses filles flanquaient son épouse tels deux ravissants presse-livres. Toutes trois levèrent leurs doigts croisés. Terry répondit par un clin d'œil, un sourire et deux pouces levés, même s'il continuait à éprouver une sorte de malaise. Et pas seulement à cause de la rencontre. Cela faisait un petit moment qu'il ne se sentait pas très bien.

Marcy lui rendit son sourire, mais celui-ci vacilla et se transforma en froncement de sourcils. Elle regardait vers la gauche et elle agita le pouce dans cette direction. En se retournant, Terry vit deux policiers en uniforme avancer d'un même pas en suivant le tracé de la troisième base et passer devant Barry Houlihan, qui coachait son équipe à cet endroit.

« Temps mort ! » s'écria l'arbitre, pétrifiant le lanceur des Bears qui avait déjà armé son bras. *Trevor Michaels sortit de la zone du frappeur, affichant une expression de soulagement*, pensa Terry. La foule s'était tue, tous les regards étaient braqués sur les deux policiers. L'un d'eux prenait quelque chose dans son dos. L'autre avait la main posée sur la crosse de son arme de service, toujours dans son étui.

« Sortez du terrain ! braillait l'arbitre. Sortez du terrain ! »

Troy Ramage et Tom Yates l'ignorèrent. Ils

pénétrèrent dans l'abri des joueurs – une installation de fortune qui accueillait un banc, trois paniers d'équipement et un seau de balles d'entraînement sales – et se dirigèrent directement vers Terry. Ramage sortit la paire de menottes glissée dans sa ceinture. Tous les spectateurs la virent et un murmure composé de deux tiers de confusion et d'un tiers d'excitation parcourut les gradins. *Oooooh.*

« Hé, vous là-bas ! s'exclama Gavin en se précipitant vers les deux policiers (manquant de trébucher sur le gant abandonné par Richie Gallant). Le match n'est pas terminé ! »

Yates le repoussa. Un silence de mort régnait dans les gradins. Les Bears avaient abandonné leurs postures défensives crispées et assistaient à la scène les bras ballants. Le receveur quitta son poste pour trottiner vers son lanceur et tous deux demeurèrent côte à côte, à mi-chemin entre le monticule et le marbre.

Terry connaissait vaguement le policier qui tenait les menottes : son frère et lui venaient parfois assister aux matchs à l'automne.

« Troy ? Qu'est-ce qui se passe ? C'est quoi, cette histoire ? »

Ramage ne voyait sur le visage de l'homme qu'un étonnement sincère, mais il était flic depuis les années 1990 et il savait que les pires criminels maîtrisaient à la perfection l'art du *Qui ça, moi ?* Et on ne pouvait pas faire pire que ce type. Repensant aux ordres d'Anderson (et nullement gêné de les appliquer), il haussa la voix afin de se faire entendre de l'ensemble des spectateurs, dont le nombre exact s'élevait à 1 588, lirait-on dans le journal du lendemain.

« Terence Maitland, je vous arrête pour le meurtre de Frank Peterson. »

Un autre *Oooooh* monta des tribunes, plus fort, semblable au vent qui se lève.

Terry regarda Ramage en fronçant les sourcils. Il reconnaissait ces mots, des mots simples qui formaient une phrase déclarative compréhensible ; il savait qui était Frank Peterson et ce qui lui était arrivé, mais le *sens* lui échappait.

Aussi put-il juste répondre : « Hein ? Vous plaisantez ? »

C'est à ce moment-là que le photographe sportif du *Flint City Hall* prit sa photo, celle qui paraîtrait en une le lendemain. Terry avait la bouche ouverte, les yeux écarquillés, ses cheveux dépassaient de sous sa casquette des Golden Dragons. Il paraissait à la fois abattu et coupable.

« Qu'est-ce que vous avez dit ?

— Donnez-moi vos poignets, je vous prie. »

Terry se tourna vers Marcy et ses filles, toujours assises sur leurs chaises de jardin, derrière le grillage : elles affichaient la même expression de stupéfaction figée. L'horreur viendrait plus tard. Baibir Pater quitta la troisième base et se dirigea vers l'abri des joueurs en ôtant son casque, dévoilant ses cheveux noirs emmêlés et collés par la sueur. Terry remarqua qu'il commençait à pleurer.

« Hé, reviens ici ! lui cria Gavin. Le match n'est pas terminé ! »

Mais Baibir demeura hors du champ ; il regardait Terry et pleurait toutes les larmes de son corps. Terry le regardait lui aussi, certain (*presque certain*) qu'il s'agissait d'un mauvais rêve, puis Tom Yates lui prit les bras pour l'obliger à tendre les mains devant lui, si violemment que Terry trébucha. Ramage referma les menottes autour de ses poignets. De vraies menottes, pas des bracelets en plastique, grosses et lourdes, scintillantes dans le soleil déclinant. De la même voix retentissante, il déclara :

« Vous avez le droit de garder le silence et de refuser de répondre aux questions, mais si vous décidez de parler, tout ce que vous direz pourra être retenu contre vous. Vous avez le droit de vous faire assister d'un avocat durant les interrogatoires, maintenant et plus tard. Avez-vous compris ?

— Troy ? » Terry entendait à peine sa propre voix, il avait l'impression qu'un coup de poing lui avait coupé la respiration. « Pour l'amour du ciel, qu'est-ce qui se passe ? »

Ramage l'ignora.

« Avez-vous compris ? »

Marcy s'approcha du grillage, glissa les doigts entre les mailles et le secoua. Derrière elle, Sarah et Grace pleuraient. Cette dernière était agenouillée à côté de la chaise de sa sœur ; la sienne, renversée, gisait dans la terre.

« Qu'est-ce que vous faites ? hurla Marcy. Qu'est-ce que vous faites, pour l'amour du ciel ? Et pourquoi *ici* ?

— Avez-vous compris ? » répéta Ramage.

Ce que Terry comprenait, c'était qu'on lui avait passé les menottes et qu'on lui lisait ses droits, devant plus de mille cinq cents personnes, parmi lesquelles sa femme et ses deux filles. Ce n'était pas un mauvais rêve, ni une simple arrestation. C'était, pour des raisons qui lui échappaient, une humiliation publique. Mieux valait en finir au plus vite et régler ce malentendu. Néanmoins, malgré le choc et l'hébétude, il devinait qu'il ne retrouverait pas une vie normale avant longtemps.

« Oui, j'ai compris », dit-il. Puis : « Coach Frick, reculez ! »

Gavin avançait vers les deux policiers, poings serrés, son visage adipeux était écarlate. Il baissa les bras et s'arrêta. Il regarda Marcy à travers le grillage, haussa ses énormes épaules et écarta ses mains potelées en signe de perplexité.

De la même voix puissante, tel un crieur public annonçant les grandes nouvelles de la semaine sur une place de Nouvelle-Angleterre, Troy Ramage reprit son laïus. Ralph Anderson l'entendait de là où il se trouvait, sur le parking, adossé à la voiture banalisée. Troy faisait du bon boulot. C'était moche, et Ralph songeait qu'il se ferait peut-être réprimander par sa hiérarchie, mais pas par les parents de Frankie Peterson. Non, certainement pas.

« Si vous n'avez pas les moyens de vous offrir un avocat, nous vous en fournirons un avant tout interrogatoire, si vous le souhaitez. Vous comprenez ?

— Oui, répondit Terry. Et je comprends autre chose également. » Il se tourna vers la foule. « *Je ne sais pas pourquoi on m'arrête ! Gavin Frick va finir de coacher cette partie !* » Puis il ajouta : « Baibir, retourne sur ta base, et n'oublie pas de courir à l'extérieur du champ ! »

Il y eut quelques applaudissements. Très disséminés. Dans les gradins, l'homme à la voix de stentor brailla : « Pourquoi vous l'arrêtez, avez-vous dit ? » En réponse à cette question, la foule se mit à murmurer les deux mots qui allaient bientôt se répandre dans tout le West Side et le reste de la ville : Frank Peterson.

Yates agrippa Terry par le bras et le poussa en direction de la buvette et du parking, au-delà.

« Vous prêcherez devant la multitude plus tard, Maitland. Pour l'instant, direction la prison. Et vous savez quoi ? On a la piqûre dans cet État, et on s'en sert. Mais vous êtes prof, hein ? Alors vous le savez sûrement. »

Ils avaient fait une vingtaine de pas lorsque Marcy Maitland les rattrapa et saisit Tom Yates par le bras.

« À quoi vous jouez, nom d'un chien ? »

Yates se libéra d'un mouvement d'épaule et quand Marcy voulut s'accrocher au bras de son mari, Troy Ramage la repoussa, en douceur, mais fermement. Elle demeura plantée là, sonnée, puis elle vit Ralph Anderson marcher à la rencontre de ses hommes. Elle le connaissait par le biais de la Little League, à l'époque où Derek Anderson jouait dans l'équipe de Terry, les Lions de l'épicerie fine Gerald. Ralph ne pouvait pas assister à tous les matchs, évidemment, mais il venait le plus souvent possible. À cette époque, il portait encore l'uniforme. Quand il avait été nommé inspecteur, Terry lui avait envoyé un mail de félicitations. Marcy se précipita vers lui, foulant l'herbe avec ses vieilles tennis, qu'elle mettait toujours pour assister aux matchs de Terry, car elles portaient chance, disait-elle.

« Ralph ! Que se passe-t-il ? C'est une erreur !

— J'ai peur que non », répondit l'inspecteur.

Il redoutait cet instant, car il aimait bien Marcy. D'un autre côté, il avait toujours bien aimé Terry également. Cet homme avait sans doute changé la vie de Derek, ne serait-ce qu'un peu, en lui apprenant à avoir confiance en lui. Quand vous aviez onze ans, une petite dose de confiance supplémentaire, c'était énorme. Et puis, il y avait autre chose, se disait-il : Marcy savait peut-être qui était son mari, même si elle refusait de l'admettre consciemment. Les Maitland étaient mariés depuis longtemps, et une horreur telle que le meurtre du petit Peterson ne surgissait pas de nulle part. Derrière, il y avait toujours un long processus.

« Rentrez chez vous, Marcy. Maintenant. Et je vous conseille de déposer les filles chez des amis car la police vous attend là-bas. »

Elle se contenta de le regarder, sans rien dire, sans comprendre.

Dans son dos, elle entendit le bruit métallique d'une batte qui frappe une balle de plein fouet. Un joli coup qui provoqua peu d'applaudissements. Les spectateurs, encore sous le choc, s'intéressaient davantage à ce qui venait de se passer qu'à la partie qui avait repris. Et c'était bien dommage car Trevor Michaels n'avait jamais tapé aussi fort dans la balle, plus fort même que lorsque Coach T. envoyait des balles faciles à l'entraînement. Hélas, celle-ci fila droit sur l'arrêt court des Bears, qui n'eut même pas besoin de sauter pour l'attraper.

Game over.

6

Déposition de June Morris (12 juillet. 17 h 45. Interrogée par l'inspecteur Ralph Anderson. En présence de Mme Francine Morris.)

Inspecteur Anderson : Merci d'avoir amené votre fille au poste, madame Morris. Eh bien, June, il est bon ce soda ?
June Morris : Oui. J'ai fait une bêtise ?
Inspecteur Anderson : Absolument pas. Je veux juste te poser quelques questions au sujet de ce que tu as vu avanthier soir.
June Morris : Quand j'ai vu Coach Terry ?
Inspecteur Anderson : Oui, exactement.
Francine Morris : Depuis qu'elle a neuf ans, on la laisse se rendre toute seule chez son amie Helen, qui habite au bout de la rue. Du moment qu'il fait jour. On veut lui accorder un peu d'indépen-

dance. Mais après ce qui s'est passé, c'est fini, vous pouvez me croire.

Inspecteur Anderson : June, tu as vu Coach Terry après avoir dîné. C'est bien ça ?

June Morris : Oui. On avait mangé un pain de viande. Et hier soir, c'était du poisson. J'aime pas le poisson, mais c'est comme ça.

Francine Morris : Elle n'a pas le droit de traverser la rue. On pensait qu'il n'y avait pas de danger, étant donné qu'on vit dans un bon quartier. Du moins, c'est ce qu'on croyait.

Inspecteur Anderson : Il n'est jamais facile de savoir à partir de quel moment on peut leur confier des responsabilités. Donc, June, en allant chez ton amie, tu es passée devant le parking de Figgis Park, c'est bien ça ?

June Morris : Oui. Moi et Helen…

Francine Morris : Helen et moi.

June Morris : Helen et moi, on devait terminer notre carte de l'Amérique du Sud. Pour le centre aéré. On a utilisé des couleurs différentes pour chaque pays et on avait presque fini, mais on avait oublié le Paraguay, alors on était obligées de tout recommencer. C'est comme ça. Après, on avait prévu de jouer à Angry Birds et à Corgi Hop sur l'iPad de Helen jusqu'à ce que mon père vienne me chercher. Car il ferait nuit à ce moment-là.

Inspecteur Anderson : Quelle heure était-il alors, madame ?

Francine Morris : Norm regardait les infos régionales quand Junie est partie. Moi, je faisais la vaisselle. Alors, je dirais entre six heures et six heures et demie. Le quart sans doute car c'était la météo, je crois.

Inspecteur Anderson : June, raconte-moi ce que tu as vu en passant devant le parking.

June Morris : Je vous l'ai dit, j'ai vu Coach Terry. Il habite un peu plus loin dans la rue et le jour où on a perdu notre chien, il nous l'a ramené. Des fois, je joue avec Gracie Maitland, mais pas souvent. Elle a un an de plus et elle aime les garçons. Il avait du sang partout. À cause de son nez.

Inspecteur Anderson : Hummm. Que faisait-il quand tu l'as aperçu ?

June Morris : Il sortait des arbres. Quand il m'a vue, il m'a fait un signe de la main. J'ai fait pareil et je lui ai dit : « Hé, Coach Terry, qu'est-ce qui vous est arrivé ? » Il m'a répondu qu'il avait reçu une branche dans le visage. « N'aie pas peur, il m'a dit. C'est juste un saignement de nez. Ça m'arrive tout le temps. — J'ai pas peur, je lui ai répondu. Mais vous pourrez plus jamais mettre cette chemise parce que le sang, ça part pas. C'est ce que dit toujours ma maman. » Il a souri et il m'a dit :

« Heureusement que j'ai plein de che-
mises, alors. » Mais il avait du sang sur
son pantalon aussi. Et sur ses mains.

Francine Morris : Dire que June était
tout près de lui. Je n'arrête pas d'y
penser.

June Morris : Pourquoi, maman ? Parce
qu'il saignait du nez ? Rolf Jacobs a
saigné du nez l'année dernière quand il
est tombé dans la cour de récré et j'ai
pas eu peur. Je voulais même lui donner
mon mouchoir, mais Mme Grisha l'a emmené
à l'infirmerie.

Inspecteur Anderson : June, à quelle
distance étais-tu de Coach Terry ?

June Morris : Oh, j'en sais rien. Il
était sur le parking et moi sur le trottoir. Ça fait quelle distance ?

Inspecteur Anderson : Je ne sais pas
non plus. Mais j'irai vérifier. Il est
bon, ce soda ?

June Morris : Vous m'avez déjà posé
la question.

Inspecteur Anderson : Ah, oui. Exact.

June Morris : Les personnes âgées
n'ont aucune mémoire, c'est ce que dit
mon grand-père.

Francine Morris : Junie, ne sois pas
impolie.

Inspecteur Anderson : Ce n'est rien.
Ton grand-père m'a tout l'air d'être
un homme plein de sagesse, June. Que
s'est-il passé ensuite ?

June Morris : Rien. Coach Terry est

monté dans sa camionnette et il est parti.

Inspecteur Anderson : De quelle couleur est cette camionnette ?

June Morris : Elle serait blanche, je pense, si elle était lavée. Mais elle était très sale. Elle faisait beaucoup de bruit aussi. Toute cette fumée bleue… Beurk.

Inspecteur Anderson : Y avait-il quelque chose d'inscrit sur les côtés ? Un nom de société, par exemple ?

June Morris : Non, rien. C'était une camionnette toute blanche.

Inspecteur Anderson : Tu as vu la plaque d'immatriculation ?

June Morris : Non.

Inspecteur Anderson : Dans quelle direction est-elle repartie ?

June Morris : Barnum Street.

Inspecteur Morris : Tu es certaine que cet homme, celui qui t'a expliqué qu'il avait saigné du nez, était Terry Maitland ?

June Morris : Oui, certaine. C'était Coach Terry, Coach T. Je le croise tout le temps. Il va bien ? Il a fait quelque chose de mal ? Maman veut pas que je lise les journaux ni que je regarde la télé, mais je suis sûre qu'il s'est passé quelque chose de grave dans le parc. Je le saurais s'il y avait école parce que tout le monde répète tout. Coach Terry

45

s'est battu avec quelqu'un de méchant ? C'est pour ça qu'il…

Francine Morris : Avez-vous bientôt terminé, inspecteur ? Je sais que vous avez besoin de rassembler des informations, mais n'oubliez pas que c'est moi qui vais la coucher le soir.

June Morris : Je me couche toute seule !

Inspecteur Anderson : J'ai presque fini. June, avant que tu partes, je vais jouer à un petit jeu avec toi. Tu aimes les jeux ?

June Morris : Oui, s'ils sont pas trop ennuyeux.

Inspecteur Anderson : Je vais poser sur cette table six photos de six personnes différentes… Comme ceci… Elles ressemblent toutes un peu à Coach Terry. Je veux que tu me dises…

June Morris : Celle-ci. La numéro quatre. C'est Coach Terry.

7

Troy Ramage ouvrit une des portières arrière de la voiture banalisée. En regardant par-dessus son épaule, Terry aperçut Marcy, arrêtée au fond du parking. Son visage était la parfaite illustration de la stupéfaction douloureuse. Derrière elle apparut le photographe du *Call*, qui mitraillait en courant dans l'herbe. *Ces photos ne vaudront pas un clou*, pensa Terry avec une certaine satisfaction. Il cria à sa femme : « Appelle Howie Gold ! Dis-lui que j'ai été arrêté ! Dis-lui… »

Yates appuya sur sa tête pour l'obliger à monter en voiture.

« Allez, glissez-vous au fond. Et posez les mains sur les genoux pendant que j'attache votre ceinture. »

Terry s'exécuta. À travers le pare-brise, il apercevait le grand tableau d'affichage électronique du terrain de baseball. Sa femme avait dirigé la collecte destinée à son acquisition deux ans plus tôt. En la voyant plantée là, il sut qu'il n'oublierait jamais l'expression de son visage. Celle d'une femme d'un pays du tiers-monde qui regarde son village partir en fumée.

Ramage s'installa au volant, Ralph Anderson à côté de lui, et avant même qu'il ait eu le temps de fermer sa portière, la voiture quitta son emplacement en marche arrière, dans un crissement de pneus. Ramage négocia un virage serré, en tournant le volant de la paume de la main, et prit la direction de Tinsley Avenue. Ils roulaient sans sirène, mais un gyrophare bleu fixé sur le tableau de bord se mit à tourner. Terry constata que la voiture sentait la nourriture mexicaine. Étrange toutes ces choses que vous remarquiez quand votre journée – votre *vie* – basculait subitement dans un puits sans fond dont vous ignoriez l'existence jusqu'alors. Il se pencha en avant.

« Ralph, écoutez-moi. »

Celui-ci regardait droit devant lui. Les poings serrés.

« Vous pourrez dire tout ce que vous avez à dire une fois au poste.

— Laissez-le parler, dit Ramage. Ça nous fera gagner du temps.

— La ferme, Troy », ordonna Ralph.

Il ne quittait pas la route des yeux. Terry voyait deux tendons saillir dans son cou : ils dessinaient le chiffre 11.

« Ralph, je ne sais pas ce qui vous a conduit jusqu'à moi, ni pourquoi vous avez décidé de m'arrêter devant la moitié de la ville, mais vous déraillez complètement.

— C'est ce qu'ils disent tous, commenta Tom Yates, assis à côté de lui. Gardez les mains sur les genoux, Maitland. Interdiction même de vous gratter le nez. »

Terry commençait à retrouver ses esprits, en partie du moins, et il prit soin d'obéir aux instructions de l'agent Yates (son nom était épinglé sur son uniforme). Celui-ci semblait prêt à saisir le moindre prétexte pour tabasser son prisonnier, menottes ou pas.

Quelqu'un avait mangé des enchiladas dans cette voiture, Terry l'aurait parié. De chez Señor Joe, sans doute. Le restaurant préféré de ses filles, qui riaient durant tout le repas – elles n'étaient pas les seules – et s'accusaient mutuellement de péter pendant le trajet du retour.

« Écoutez-moi, Ralph. Je vous en supplie.

— On vous écoute tous, dit Ramage. On est tout ouïe, mon gars.

— Frank Peterson a été tué mardi. Mardi après-

48

midi. C'était marqué dans le journal. Mardi, j'étais à Cap City. Mardi soir et presque toute la journée de mercredi. Je ne suis rentré qu'à neuf heures ou neuf heures et demie. C'est Gavin Frick, Barry Houlihan et Lukesh Patel, le père de Baibir, qui ont entraîné les gamins ces deux jours-là. »

Le silence s'installa dans la voiture, pas même rompu par la radio qui avait été éteinte. Et pendant un moment, Terry crut – oui, il crut réellement – que Ralph allait ordonner au flic qui conduisait de s'arrêter. Il se tournerait ensuite vers lui en affichant un grand sourire gêné et dirait : *Oh, merde, on a fait une sacrée boulette, hein ?*

Mais Ralph dit, sans se retourner : « Ah. Voilà le fameux alibi.

— Hein ? Je ne comprends pas ce que…

— Vous êtes un type intelligent, Terry. Je l'ai compris dès la première fois où je vous ai vu, à l'époque où vous entraîniez Derek dans la Little League. Je savais que si vous ne passiez pas aux aveux immédiatement – ce que j'espérais, sans me faire trop d'illusions –, vous nous sortiriez un alibi quelconque. » Il se retourna enfin et le visage que découvrit Terry était celui d'un parfait inconnu. « Et je suis tout aussi certain qu'on va le mettre en pièces. Car on vous tient. Solidement.

— Qu'est-ce que vous faisiez à Cap City, Coach ? » demanda Yates.

L'homme qui lui avait interdit de se gratter le nez semblait subitement compréhensif, intéressé. Terry faillit lui répondre, puis se ravisa. La réflexion commençait à remplacer la réaction, et il comprit que cette voiture où flottait encore une odeur d'enchiladas était un territoire ennemi. Mieux valait la boucler en attendant que Howie Gold débarque au poste. Ensemble, ils pourraient démêler ce merdier. Rapidement.

C'est alors qu'il prit conscience d'autre chose. Il était en colère, plus qu'il ne l'avait jamais été sans doute, de toute sa vie. Et quand ils tournèrent dans Main Street pour atteindre le poste de police de Flint City, il se fit une promesse : à l'automne, peut-être même avant, l'homme assis à la place du passager, celui qu'il avait pris pour un ami, chercherait un autre boulot. Vigile dans une banque de Tulsa ou Amarillo, par exemple.

8

Déposition de M. Carlton Scowcroft (12 juillet. 21 h 30, interrogé par l'inspecteur Ralph Anderson).

Scowcroft : Il y en a pour longtemps, inspecteur ? Généralement, je me couche tôt. Je suis agent de maintenance ferroviaire et si je ne pointe pas à sept heures, je vais avoir des ennuis.

Inspecteur Anderson : Je vais faire aussi vite que je le peux, monsieur Scowcroft, mais il s'agit d'une affaire grave.

Scowcroft : Je sais. Et je vous aiderai dans la mesure du possible. C'est juste que j'ai pas grand-chose à vous raconter, et j'ai hâte de rentrer chez moi. Même si je ne suis pas sûr de bien dormir. J'ai pas mis les pieds ici, dans ce poste, depuis une beuverie avec des copains quand j'avais dix-sept ans. À l'époque, c'était Charlie Borton le chef. Nos pères sont venus nous chercher, et je n'ai pas eu le droit de sortir pendant tout l'été.

Inspecteur Anderson : Merci d'être venu. Dites-moi où vous étiez le 10 juillet à dix-neuf heures.

Scowcroft : Comme je l'ai dit à la fille à l'accueil en arrivant, j'étais au Shorty's, le pub, et j'ai vu cette camionnette blanche, avec ce type qui entraîne les équipes de baseball de gamins à West Side. Je ne me souviens pas de son nom, mais on voit sa photo tout le temps dans le journal parce qu'il a une bonne équipe de City League cette année. Ils disent qu'il a une chance de décrocher le titre. Moreland, c'est ça ? Il avait du sang partout.

Inspecteur Anderson : Comment se fait-il que vous l'ayez vu ?

Scowcroft : En fait, j'ai un petit programme pour après le boulot, vu que j'ai pas de bonne femme qui m'attend à la maison et que je suis pas un as des fourneaux, si vous voyez ce que je veux dire. Le lundi et le mercredi, c'est le Flint City Diner. Le vendredi, je vais au Bonanza Steakhouse. Le mardi et le samedi, je vais généralement au Shorty's pour m'offrir une assiette de *ribs* avec une bière. Ce mardi-là, je suis arrivé à… oh, six heures et quart, disons. Le gamin était déjà mort depuis longtemps, hein ?

Inspecteur Anderson : Pourtant, aux alentours de dix-neuf heures, vous étiez dehors, n'est-ce pas ? Derrière le Shorty's.

Scowcroft : Ouais, avec Riley Franklin. Je suis tombé sur lui là-bas, et on a bouffé ensemble. Les gens sortent par-derrière pour fumer. Au bout du couloir, après les toilettes. Il y a un gros cendrier exprès. Alors, après avoir mangé – moi mes *ribs* et lui des macaronis au fromage – on a commandé des desserts et on est sortis fumer une clope en attendant qu'ils arrivent. Pendant qu'on était là, en train de tailler le bout de gras, voilà cette camionnette crado qui se pointe. Elle avait des plaques de l'État de New York, je m'en souviens. Elle s'est garée à côté d'un petit break Subaru – du moins, je crois que c'était un Subaru –, et ce type en est descendu. Moreland, ou je ne sais quoi.

Inspecteur Anderson : Comment était-il habillé ?

Scowcroft : Euh, pour le pantalon, je ne suis pas très sûr. Riley s'en souvient peut-être. Ça pouvait être un chino. Mais la chemise était blanche. Je m'en souviens parce qu'il y avait du sang devant, pas mal même. Moins sur le froc, juste quelques éclaboussures. Il avait du sang sur le visage aussi. Sous le nez, autour de la bouche, sur le menton. La vache, c'était gore. Alors, Riley – je crois qu'il avait déjà éclusé plusieurs bières avant que j'arrive, mais moi, je n'en avais bu qu'une – Riley lui a lancé : « Dans quel état est l'autre type, Coach T. ? »

Inspecteur Anderson : Il l'a appelé Coach T. ?

Scowcroft : Bah, oui. L'autre, il a rigolé et il a répondu : « Il n'y a pas d'autre type. J'ai reçu un truc dans le nez ça s'est mis à pisser le sang, un vrai geyser. Il y a un service d'urgence dans les parages ? »

Inspecteur Anderson : Vous avez cru qu'il voulait parler d'un centre médical, genre MedNOW ou Quick Care ?

Scowcroft : C'était bien de ça qu'il parlait. Il voulait savoir s'il devait se faire cautériser l'intérieur du nez. Aïe aïe aïe, hein ? Il a expliqué que ça lui était déjà arrivé une fois. Je lui ai dit de prendre Burrfield sur un peu plus d'un kilomètre, de tourner à gauche au deuxième feu, et là, il tomberait sur un panneau. Vous voyez, le grand panneau près de Coney Ford ? Il vous indique combien de temps vous allez devoir attendre et tout ça. Ensuite, il a demandé s'il pouvait laisser sa camionnette sur le petit parking derrière le pub, qui est interdit aux clients et réservé au personnel, comme c'est écrit sur une pancarte. Je lui ai répondu : « C'est pas mon parking, mais si vous la laissez pas trop longtemps, ça devrait pas poser de problème. » Alors il a dit - et on a trouvé ça bizarre, Riley et moi, par les temps qui courent - qu'il déposerait les clés dans le porte-gobelet, au cas où quelqu'un aurait besoin de la déplacer. Riley a répondu : « C'est la meilleure solution pour se la faire voler, Coach T. » Mais l'autre a répété qu'il n'en avait pas pour longtemps. Vous savez ce que je crois ? Il voulait que quelqu'un lui vole sa camionnette, peut-être même Riley ou moi. Vous pensez que c'est possible, inspecteur ?

Inspecteur Anderson : Que s'est-il passé ensuite ?

Scowcroft : Il est monté dans le petit break Subaru vert, et il est parti. Ça aussi, ça m'a paru bizarre.

Inspecteur Anderson : Quoi donc ?

Scowcroft : Il a demandé s'il pouvait laisser sa camionnette sur ce parking, comme s'il craignait qu'elle se fasse embarquer à la fourrière, alors que sa voiture était garée là, tranquille. Bizarre, non ?

Inspecteur Anderson : Monsieur Scowcroft,

je vais disposer devant vous six photos de six hommes différents. Je vous demande de me montrer celle de l'homme que vous avez vu derrière le Shorty's. Ils ont tous un air de ressemblance, alors je vous suggère de prendre votre temps. D'accord ?

Scowcroft : OK, mais j'ai pas besoin de temps. C'est lui, là. Moreland, ou je ne sais quoi. Je peux rentrer chez moi maintenant ?

9

À bord de la voiture banalisée, aucun des quatre hommes ne prononça un mot jusqu'à ce qu'ils pénètrent sur le parking du poste de police et se garent sur un des emplacements réservés aux véhicules officiels. Ralph Anderson se tourna alors vers celui qui avait été l'entraîneur de son fils. La casquette des Dragons avait glissé légèrement sur le côté, ce qui lui donnait un petit air *gangsta*. Son T-shirt des Dragons sortait à moitié de son pantalon et la sueur marbrait son visage. À cet instant, il offrait l'image du parfait coupable. Sauf peut-être son regard, qui soutint celui de l'inspecteur sans ciller. Ses yeux écarquillés lançaient une accusation muette.

Une question taraudait Ralph.

« Pourquoi lui, Terry ? Pourquoi Frankie Peterson ? Faisait-il partie de l'équipe des Lions cette année ? Vous l'aviez repéré ? Ou bien est-ce un crime fortuit ? »

Terry faillit répéter qu'il n'avait rien fait, mais à quoi bon ? Ralph ne l'écouterait pas, pas pour l'instant. Les autres non plus. Mieux valait attendre. C'était une torture, mais cela ferait peut-être gagner du temps à l'arrivée.

« Allez-y, répondez », insista l'inspecteur. D'une voix calme, sur le ton de la conversation. « Vous vouliez parler tout à l'heure. Expliquez-moi. Aidez-moi à comprendre. Là, maintenant, avant qu'on descende de cette voiture.

— Je préfère attendre mon avocat.

— Si vous êtes innocent, intervint Yates, vous n'avez pas besoin d'un avocat. On verra ça plus tard. On pourra même vous ramener chez vous. »

Sans cesser de regarder l'inspecteur droit dans les yeux, Terry dit, d'une voix presque inaudible : « Vous commettez une faute professionnelle. Vous n'avez même pas vérifié où je me trouvais mardi soir, hein ? Je n'aurais jamais cru ça de vous. » Il s'interrompit, comme s'il réfléchissait, puis il lâcha : « Salopards. »

Ralph n'avait nullement l'intention de confier à Terry qu'il avait évoqué ce sujet avec Samuels, brièvement. Ils vivaient dans une petite ville. Il n'avait pas voulu poser trop de questions, de peur qu'elles parviennent aux oreilles de Maitland.

« C'est un des rares cas où nous n'avons pas eu besoin de vérifier. » Ralph ouvrit sa portière. « Venez. On va prendre vos empreintes et vous photographier avant que votre avocat… »

— Terry ! *Terry !* »

Au lieu d'écouter le conseil de l'inspecteur, Marcy Maitland avait suivi la voiture de police depuis le stade, dans sa Toyota. Jamie Mattingly, une voisine, s'était proposée pour ramener Sarah et Grace chez elle. Les deux filles pleuraient. Jamie aussi.

« Terry, qu'est-ce qui se passe ? Qu'est-ce que je dois faire ? »

Il se dégagea momentanément de l'étau de Yates qui le tenait par le bras.

« Appelle Howie ! »

Il n'eut pas le temps d'en dire plus. Ramage ouvrit la porte sur laquelle était écrit RÉSERVÉ AUX AGENTS DE POLICE et Yates le poussa à l'intérieur, sans ménagement.

Ralph s'attarda un instant, en tenant la porte.

« Rentrez chez vous, Marcy. Avant que les journalistes débarquent. »

Il faillit ajouter *Je suis désolé pour tout ce qui arrive*, mais il s'abstint. Car il n'était pas désolé. Betsy Riggins et les hommes de la police d'État attendaient Marcy à son domicile ; néanmoins, c'était encore la meilleure chose qu'elle puisse faire. La seule, en réalité. Et peut-être qu'il lui devait bien ça. Pour ses filles, au moins – les vraies innocentes dans cette histoire –, mais aussi…

Vous commettez une faute professionnelle. Je n'aurais jamais cru ça de vous.

Ralph n'avait aucune raison de culpabiliser à cause des reproches d'un homme qui avait violé et assassiné un enfant, et pourtant, l'espace d'un instant, il douta. Puis il repensa aux photos de la scène de crime, si monstrueuses qu'elles vous auraient fait regretter de ne pas être aveugle. Il repensa à la branche qui sortait du rectum du petit garçon. À l'empreinte sanglante sur le morceau de bois lisse. Car la main du meurtrier avait serré si fort le bâton qu'elle avait arraché l'écorce.

Bill Samuels avait fait deux remarques simples et pertinentes. Ralph était d'accord, tout comme le juge Carter, sollicité par Samuels pour obtenir les différents mandats. Premièrement, c'était du tout cuit. Inutile d'attendre plus longtemps, alors qu'ils disposaient déjà de tous les éléments nécessaires. Deuxièmement, s'ils accordaient un répit à Terry, il risquait de s'enfuir ; ils devraient alors le retrouver avant qu'il viole et assassine un autre Frank Peterson.

10

Déposition de M. Riley Franklin (13 juillet. 7 h 45. Interrogé par l'inspecteur Ralph Anderson.)

Inspecteur Anderson : Monsieur Franklin, je vais vous montrer six photos de six hommes différents, et je vous demande de sélectionner celui que vous avez vu derrière le Shorty's le soir du 10 juillet. Prenez votre temps.

Franklin : Pas besoin. C'est lui. Le numéro deux. Coach T. J'arrive pas à le croire. Il a entraîné mon fils dans la Little League.

Inspecteur Anderson : Le mien aussi. Merci, monsieur Franklin.

Franklin : La piqûre, c'est encore trop doux pour lui. Ils devraient le pendre haut et court.

11

Marcy se gara sur le parking du Burger King dans Tinsley Avenue. Elle sortit son téléphone de son sac, les mains tremblantes, et le laissa tomber par terre. En se baissant pour le ramasser, elle se cogna la tête contre le volant et se remit à pleurer. Faisant défiler ses contacts, elle trouva le numéro de Howie Gold – non que les Maitland aient des raisons d'avoir le numéro d'un avocat dans leur répertoire, mais parce que Howie avait entraîné les équipes juniors de football avec Terry au cours de ces deux dernières saisons. Il répondit dès la deuxième sonnerie.

« Howie ? Ici Marcy Maitland, la femme de Terry. »

Comme s'ils ne dînaient pas ensemble une fois par mois depuis 2016.

« Marcy ? Vous pleurez ? Que se passe-t-il. »

C'était tellement énorme qu'elle n'arrivait même pas à en parler.

« Marcy ? Vous êtes toujours là ? Vous avez eu un accident ? »

— Oui, je suis là. Ce n'est pas moi, c'est Terry. Il a été arrêté. Ralph Anderson est venu l'arrêter. Pour le meurtre de ce garçon. C'est ce qu'ils ont dit. Pour le meurtre du petit Peterson.

— *Hein ? Vous vous moquez de moi ?*

— Il n'était même pas en ville ! » gémit Marcy. En entendant sa voix, elle se faisait l'impression d'être une adolescente qui pique une crise, mais elle n'arrivait pas à se contrôler. « Ils l'ont arrêté et ils m'ont dit que la police m'attendait à la maison !

— Où sont Sarah et Grace ?

— Je les ai confiées à Jamie Mattingly, notre voisine d'en face. Elles vont bien. »

Mais après avoir vu leur père emmené les menottes aux poignets, comment pouvaient-elles aller bien ?

Elle se massa le front en se demandant si le volant avait laissé une marque, et si cela avait de l'importance. Parce que des journalistes l'attendaient déjà devant chez elle peut-être ? Parce que en voyant une marque sur son visage, ils en déduiraient que Terry la frappait ?

« Vous voulez bien m'aider, Howie ? Vous voulez bien nous aider ?

— Évidemment. Ils ont conduit Terry au poste ?

— Oui ! Avec les menottes !

— Très bien. J'arrive. Rentrez chez vous, Marcy. Voyez ce que veut la police. S'ils ont un mandat de perquisition – et je pense qu'ils sont là pour ça, je ne vois pas d'autre raison –, lisez-le, pour savoir ce qu'ils cherchent, et laissez-les entrer, mais ne dites rien. C'est bien compris ? Ne dites *rien*.

— Je… oui.

— Le petit Peterson a été assassiné mardi dernier, il me semble. Un instant, je vous prie… » Marcy entendit des murmures : la voix de Howie d'abord, puis celle d'une femme, sans doute son épouse, Elaine. Howie revint en ligne. « Oui, c'était bien mardi. Où était Terry ce jour-là ?

— À Cap City ! Il est…

— On verra ça plus tard. Il se peut que les policiers vous interrogent à ce sujet. Il se peut qu'ils vous posent un tas de questions. Répondez-leur que votre avocat vous a conseillé de garder le silence. Compris ?

— Euh… oui.

— Ne les laissez pas vous amadouer, vous forcer la main ou vous manipuler. Ils sont très doués pour ça.

— D'accord. Promis.

— Où êtes-vous ? »

Elle le savait, elle avait vu l'enseigne, malgré cela, elle dut vérifier.

« Devant le Burger King. Celui de Tinsley Avenue. Je me suis arrêtée pour vous appeler.

— Vous êtes en état de conduire ? »

Elle faillit lui avouer qu'elle s'était cogné la tête, mais s'abstint.

« Oui.

— Inspirez bien à fond. Trois fois. Puis rentrez chez vous. Respectez les limitations de vitesse, mettez votre clignotant. Terry a un ordinateur ?

— Oui, bien sûr. Dans son bureau. Il a un iPad aussi, mais il ne s'en sert pas beaucoup. Et on a chacun un portable. Les filles ont leurs propres iPad Mini. Plus les téléphones, évidemment. On a tous un téléphone. Grace vient d'avoir le sien pour son anniversaire, il y a trois mois.

— Ils vous donneront la liste des appareils qu'ils veulent emporter.

— Ils ont le droit de faire ça ? » Elle sentait qu'elle allait recommencer à gémir. « D'emporter nos affaires ? Comme si on vivait en Russie ou en Corée du Nord ?

— Ils peuvent prendre tout ce qui figure dans le mandat, mais je vous demande de dresser votre propre liste. Les filles ont leurs portables sur elles ?

— Vous plaisantez ? On dirait qu'ils sont greffés dans leurs mains.

— OK. Il se peut que la police veuille confisquer le vôtre. Refusez.

— Et s'ils le prennent quand même ? »

Quelle importance ?

« Ils ne le feront pas. Si vous n'êtes pas accusée de quoi que ce soit, ils n'ont pas le droit. Allez-y. Je vous rejoins dès que possible. On va arranger ça, je vous le promets.

— Merci, Howie. » Elle se remit à pleurer. « Merci infiniment.

— De rien. Et n'oubliez pas : limitations de vitesse, stops et clignotants. Compris ?

— Oui.

— Je file au poste. »

Et il coupa la communication.

Marcy enclencha la marche avant, puis revint au point mort. Elle prit une profonde inspiration.

Une deuxième. Une troisième. *C'est un cauchemar, mais au moins, il sera de courte durée. Terry se trouvait à Cap City. Ils le constateront et ils le relâcheront.*

« Et après, dit-elle en s'adressant à la voiture (qui paraissait tellement vide sans les rires et les chamailleries des filles à l'arrière), on leur collera un procès au cul. »

Encouragée par ces paroles, elle se redressa et retrouva toute sa lucidité. Elle rentra chez elle à Barnum Court en respectant les limitations de vitesse et en marquant bien l'arrêt à chaque stop.

12

Déposition de M. George Czerny, (13 juillet. 8 h 15. Interrogé par l'agent Ronald Wilberforce.)

Agent Wilberforce : Merci d'être venu, monsieur Czerny…

Czerny : Ça se prononce « Zurny ». Le C est muet.

Agent Wilberforce : Euh, merci. C'est noté. L'inspecteur Anderson voudra vous interroger lui aussi, mais pour l'instant il est occupé avec quelqu'un d'autre et il m'a chargé de relever les éléments principaux pendant que c'est encore frais dans votre esprit.

Czerny : Vous allez faire remorquer cette voiture ? La Subaru ? Vous feriez bien de l'emporter à la fourrière avant que quelqu'un contamine les indices. Et c'est pas ce qui manque, croyez-moi.

Agent Wilberforce : On s'en occupe en ce moment même, monsieur. Je crois que vous êtes allé pêcher ce matin ?

Czerny : C'était prévu, mais il se trouve que j'ai même pas pu mettre ma ligne à l'eau. Je suis parti de chez moi juste après l'aube pour aller à l'endroit qu'on appelle le pont de Fer. Vous voyez ? Sur Old Forge Road ?

Agent Wilberforce : Oui, monsieur.

Czerny : Un super endroit pour attraper des poissons-chats. Y a un tas de gens qui n'aiment pas les pêcher parce qu'ils sont moches, sans parler du fait que des fois ils vous mordent quand vous enlevez l'hameçon, mais ma femme les fait frire, avec du sel et du jus de citron, et c'est rudement bon. Le secret, c'est le citron. Et il faut utiliser une poêle en fonte.

Agent Wilberforce : Donc, vous vous êtes garé à l'extrémité du pont…

Czerny : Oui, mais à l'écart de la route. Y a un vieux ponton en contrebas. Quelqu'un a acheté ce terrain, y a quelques années de ça, et il a planté un grillage avec un panneau « Propriété privée ». Mais il n'a jamais rien construit. Résultat, ces quelques hectares sont envahis par les mauvaises herbes, et le ponton est à moitié sous l'eau. Je gare toujours mon pick-up sur le petit chemin qui mène au grillage. C'est ce que j'ai fait ce matin, et là, qu'est-ce que je vois ? Le grillage couché au sol et une petite bagnole verte garée à côté du ponton. Si près de l'eau que les pneus avant étaient à moitié enfoncés dans la boue. Je suis descendu voir, en pensant que le type avait foncé dans le décor après avoir quitté le bar à strip-tease complètement bourré la veille au soir. Je me disais qu'il était peut-être encore à l'intérieur, inconscient.

Agent Wilberforce : Quand vous parlez du bar à striptease, vous faites allusion au Gentlemen, Please, à la sortie de la ville ?

Czerny : Ouais. Des types vont là-bas pour picoler, ils glissent des billets dans les culottes des filles et quand ils sont à sec, ils rentrent chez eux bourrés. Personnellement, je ne vois pas l'intérêt.

Agent Wilberforce : Hummm. Donc vous êtes descendu et vous avez regardé à l'intérieur de la voiture.

Czerny : Un petit break Subaru vert. Il n'y avait personne dedans, mais il y avait des vêtements tachés de sang sur le siège du passager, et j'ai pensé immédiatement à ce petit garçon assassiné, car ils ont dit aux infos que la police cherchait une Subaru verte, en rapport avec ce crime.

Agent Wilberforce : Avez-vous vu autre chose ?

Czerny : Des baskets. Sur le plancher, côté passager. Avec du sang dessus.

Agent Wilberforce : Avez-vous touché à quoi que ce soit ? Avez-vous essayé d'ouvrir la portière, par exemple ?

Czerny : Bien sûr que non ! Ma femme et moi, on ne loupait jamais un épisode des *Experts* quand ça passait.

Agent Wilberforce : Qu'avez-vous fait ?

Czerny : J'ai appelé la police.

13

Terry Maitland attendait dans la salle d'interrogatoire. On lui avait ôté les menottes afin que son avocat ne fasse pas un scandale en arrivant, ce qui allait se produire d'une minute à l'autre. Ralph Anderson, campé sur ses jambes, les mains nouées dans le dos (tel un soldat au repos), observait l'ancien entraîneur de son fils par le miroir sans tain. Il avait renvoyé Yates et Ramage. Il s'était entretenu par téléphone avec Betsy Riggins, qui l'avait informé que Mme Maitland n'était pas encore rentrée. Maintenant que l'arrestation avait été effectuée et que la tension était un peu retombée, Ralph éprouvait un sentiment de malaise face à l'emballement de cette affaire. Terry affirmait avoir un alibi, cela n'avait rien d'étonnant, et sans doute se révélerait-il fragile, néanmoins…

« Hé, Ralph. »

Bill Samuels avançait vers lui d'un pas rapide, en ajustant son nœud de cravate. Ses cheveux étaient noirs comme du cirage, et courts, mais l'épi qui se dressait sur l'arrière de son crâne le faisait paraître encore plus jeune. Ralph savait que Samuels avait déjà instruit une demi-douzaine de dossiers concernant des meurtres passibles de la peine de mort, toujours avec succès, et que deux de ses condamnés (ses « gars », comme il les appelait) attendaient actuellement leur exécution dans le couloir de la mort à la prison de McAlester. Tout cela était parfait, et ça ne pouvait pas faire de mal d'avoir un jeune prodige dans son équipe, mais ce soir le procureur de Flint County offrait une étrange ressemblance avec Alfalfa dans la vieille série des *Petites Canailles*.

« Hello, Bill.

— Alors, le voilà donc, dit Samuels en observant Terry. Ça ne me plaît pas de le voir avec ce maillot et cette casquette des Dragons. Je serai content quand il aura enfilé un joli uniforme de détenu. Et encore plus quand il sera dans une cellule, à quelques mètres de la table du grand sommeil. »

Ralph ne dit rien. Il repensait à Marcy, plantée à l'entrée du parking de la police telle une enfant perdue, se tordant nerveusement les mains, et le regardant comme s'il était un parfait inconnu. Ou le croquemitaine. Mais le croquemitaine, en l'occurrence, c'était son mari.

Comme s'il lisait dans ses pensées, Samuels dit :
« Il n'a pas une tête de monstre, hein ?

— C'est rarement le cas. »

Le procureur sortit de sa poche de veste plusieurs feuilles de papier pliées, parmi lesquelles une photocopie des empreintes digitales de Terry Maitland, provenant de son dossier d'enseignant au lycée de Flint City. Tous les professeurs devaient faire relever leurs empreintes avant de pénétrer dans une classe. Les deux autres feuilles portaient la mention EXAMENS FORENSIQUES. Samuels les agita à bout de bras.

« Tout nouveau tout beau.

— L'analyse de la Subaru ?

— Oui. Les types du labo ont relevé plus de soixante-dix empreintes, dont cinquante-sept appartenant à Maitland. D'après le technicien qui a effectué les comparaisons, les autres empreintes, plus petites, sont probablement celles de cette femme de Cap City qui a déclaré le vol de sa voiture, il y a quinze jours. Une certaine Barbara Nearing. Les siennes sont beaucoup plus anciennes, ce qui signifie qu'elle n'a pas participé au meurtre du petit Peterson.

— OK. Mais il nous faut l'ADN. Maitland a refusé le prélèvement buccal. »

Contrairement au relevé des empreintes digitales, le prélèvement d'ADN dans la bouche était considéré comme *invasif* dans cet État.

« Vous savez bien qu'on n'en a pas besoin. Riggins et ses hommes confisqueront son rasoir, sa brosse à dents, et tous les cheveux qu'ils trouveront sur son oreiller.

— Ça ne suffira pas si on ne peut pas compa-

rer ces échantillons avec ceux qu'on peut préle-
ver ici. »

Samuels l'observa, la tête penchée sur le côté.
Non, songea Ralph, il ne ressemblait pas à Alfalfa
des *Petites Canailles*, mais à un rongeur d'une très
grande intelligence. Ou à un corbeau ayant repéré
un objet brillant.

« Auriez-vous des doutes, inspecteur ? Je vous en
supplie, dites-moi que ce n'est pas le cas. D'autant
que ce matin, vous étiez aussi impatient que moi. »

*Je pensais à Derek à ce moment-là. C'était avant
que Terry me regarde droit dans les yeux, comme s'il
en avait le droit. Et avant qu'il me traite de salopard,
une insulte qui aurait dû glisser sur moi, et pourtant…*

« Non, je n'ai pas de doutes. Simplement, cette
précipitation me gêne. J'ai l'habitude de bâtir un
dossier pièce par pièce. Je n'avais même pas de
mandat d'arrêt.

— Si vous surpreniez un gamin en train de
vendre du crack dans le parc, vous auriez besoin
d'un mandat ?

— Non, bien sûr, mais c'est différent.

— Pas vraiment. Néanmoins, il se trouve que
j'ai un mandat, signé par le juge Carter avant l'arrestation. Il doit vous attendre dans votre téléco-
pieur. Eh bien… si on allait voir ce que Maitland
a à nous dire ? »

Les yeux de Samuels brillaient plus que jamais.

« Je pense qu'il ne voudra pas nous parler.

— Probablement. »

Samuels sourit, et dans ce sourire Ralph vit
l'homme qui avait envoyé deux meurtriers dans le

couloir de la mort. Et qui, Ralph en était convaincu, y enverrait bientôt l'ancien entraîneur de Derek. Un « gars » de plus dans la bande de Bill.

« Mais *nous*, on peut lui parler, non ? dit Samuels. On peut lui montrer que les murs se rapprochent, et qu'il va finir écrabouillé, façon confiture de fraises. »

14

Déposition de Mme Willow Rainwater (13 juillet. 11 h 40. Interrogée par l'inspecteur Ralph Anderson)

Rainwater : Reconnaissez-le, inspecteur, mon prénom n'est pas très bien choisi[1].

Inspecteur Anderson : Votre corpulence n'a rien à voir dans tout ça, madame Rainwater. Nous sommes ici pour…

Rainwater : Si, justement. C'est à cause de ma corpulence que j'étais là. Généralement, le soir, il y a dix ou douze taxis qui attendent devant ce club de striptease, sur le coup de onze heures, et je suis la seule femme du lot. Pourquoi ? Parce que aucun des clients ne va essayer de me draguer, même complètement bourré. J'aurais pu jouer *left tackle* au lycée, s'ils laissaient les femmes jouer dans leurs équipes de foot. En fait, la

_____

1. *Willowy* : svelte, élancé.

moitié des types ne s'aperçoivent même pas que je suis une fille quand ils montent dans mon taxi, et la plupart ne le savent toujours pas quand ils en descendent. Et ça me va bien. Voilà. J'ai pensé que vous voudriez peut-être savoir ce que je faisais là.

Inspecteur Anderson : Parfait. Merci.

Rainwater : Mais il était pas onze heures. Il était environ huit heures trente.

Inspecteur Anderson : Le mardi 10 juillet.

Rainwater : Exact. La semaine, c'est plutôt calme en ville, depuis que le gisement de pétrole s'est plus ou moins tari. Beaucoup de chauffeurs restent au garage, ils taillent le bout de gras et ils jouent au poker en racontant des histoires salaces, mais moi, ça m'intéresse pas ; je préfère aller attendre devant le Flint Hotel, le Holiday Inn ou le Doubletree. Ou bien je vais carrément au Gentlemen, Please. Il y a une station de taxis, pour ceux qui ne sont pas trop abrutis par l'alcool pour croire qu'ils peuvent rentrer chez eux en voiture. Si j'arrive assez tôt, généralement je suis la première. Deuxième ou troisième au pire. Je bouquine sur mon Kindle en attendant une course. Pas facile de lire un bouquin normal dès qu'il fait nuit, mais le Kindle, c'est impec. Une sacrée putain d'invention, si vous me permettez de retrouver le langage de mes ancêtres indiens juste une minute.

Inspecteur Anderson : Si vous pouviez me raconter…

Rainwater : Je vous raconte, mais j'ai ma façon de raconter, et c'est comme ça depuis le temps où je portais des couches-culottes, alors laissez-moi parler. Je sais ce que vous voulez, et vous l'aurez. Ici et au tribunal. Et quand ils expédieront en enfer ce salopard de tueur d'enfant, j'enfilerai ma tenue en peau de daim, avec mes plumes, et je ferai la danse du scalp jusqu'à ce que je m'écroule. On se comprend ?

Inspecteur Anderson : OK.

Rainwater : Ce soir-là, vu qu'il était tôt, j'étais le seul taxi. Ce type, je ne l'ai pas vu entrer. J'ai une théorie à ce sujet, et je vous parie cinq dollars que j'ai raison. À mon avis, il ne venait pas reluquer les filles à poil. Je parie qu'il est arrivé avant moi, juste avant peut-être, pour appeler un taxi.

Inspecteur Anderson : Vous auriez gagné votre pari, madame Rainwater. Votre standardiste…

Rainwater : C'est Clint Ellenquist qui tenait le standard mardi soir.

Inspecteur Anderson : Exact. M. Ellenquist a suggéré à son correspondant d'aller attendre dehors. Un taxi allait bientôt arriver, s'il n'était pas déjà là. L'appel a été passé à vingt heures quarante.

Rainwater : Oui, ça colle. Bref, voilà le type qui sort et qui s'approche de mon taxi...

Inspecteur Anderson : Pouvez-vous me dire comment il était habillé ?

Rainwater : Il portait un jean et une jolie chemise à col boutonné. Le jean était délavé, mais propre. Difficile à dire à cause des lampadaires du parking, mais je pense que la chemise était jaune. Oh, et il avait un ceinturon avec une grosse boucle de frimeur : une tête de cheval. Un truc de rodéo débile. Jusqu'à ce qu'il se penche par la portière, j'ai cru que c'était un des gars de l'industrie pétrolière qui avait réussi à garder son boulot quand le prix du brut avait dévissé, ou un ouvrier du bâtiment. Puis j'ai vu que c'était Terry Maitland.

Inspecteur Anderson : Vous en êtes sûre ?

Rainwater : Ma main à couper. Ces lampadaires, ils éclairent comme en plein jour. C'est pour empêcher les agressions, les bagarres et le deal. Vu que leur clientèle, c'est une bande de gentlemen. Et puis, j'entraîne une équipe de basket au YMCA. Des équipes mixtes en théorie, mais y a surtout des garçons. Maitland venait souvent, pas tous les samedis mais presque, et il s'installait dans les gradins avec les parents pour voir les gamins jouer. Il m'a raconté qu'il recherchait des joueurs de talent pour son équipe de baseball de la Little League ; il disait qu'on pouvait repérer un gamin qui possédait des dons de défenseur rien qu'en le regardant jouer au basket. Et moi, comme une idiote, je l'ai cru. En fait, pendant qu'il était assis là, il devait choisir quel gamin il aimerait se taper. De la même manière que les hommes jugent les femmes dans un bar. Saloperie d'enfoiré de pervers. Dénicheur de talents, mon gros cul, oui !

Inspecteur Anderson : Quand il est monté dans votre taxi, vous lui avez dit que vous l'aviez reconnu ?

Rainwater : Bah, oui. La discrétion est peut-être une qualité chez certains, mais pas chez moi. « Hé, Terry, je lui fais, votre femme sait où vous étiez ce soir ? » Et il me répond : « J'avais une petite affaire à régler. » Et moi : « Avec une jolie fille sur les genoux ? – Vous devriez appeler votre standardiste pour l'informer que j'ai trouvé un taxi », qu'il me dit. « Je m'en occupe, je lui dis. Alors, je vous ramène à la maison, Coach T ? – Non, madame, qu'il me fait. Conduisez-moi à Dubrow. À la gare. » Je l'ai prévenu : « C'est une course à quarante dollars. » Et là, il me sort : « Si j'arrive à temps pour prendre le train pour Dallas, je vous file vingt dollars de pourboire. » Alors je lui lance :

« Accrochez-vous à votre caleçon, Coach, on est partis ! »

Inspecteur Anderson : Donc, vous l'avez déposé à la gare de Dubrow ?

Rainwater : Exact. Largement à temps pour qu'il prenne le train de nuit pour Dallas-Fort Worth.

Inspecteur Anderson : Avez-vous discuté avec lui pendant le trajet ? Je vous demande ça car vous semblez du genre bavarde.

Rainwater : Oh, oui ! J'ai la langue qui file comme un tapis de caisse de supermarché un jour de paye. Vous pouvez demander à n'importe qui. J'ai commencé par lui parler du tournoi de la City League. Est-ce qu'ils allaient battre les Bears ? Et il m'a répondu : « J'ai bon espoir. » Autant interroger une boule magique, non ? Je parie qu'il pensait à ce qu'il venait de faire et il était pressé de foutre le camp. Ce genre de trucs, ça plombe la conversation. D'ailleurs, j'ai une question à vous poser, inspecteur. Pourquoi diable est-ce qu'il est revenu à Flint City ? Pourquoi est-ce qu'il n'a pas traversé le Texas dare-dare, direction le Mexique ?

Inspecteur Anderson : Que vous a-t-il dit d'autre ?

Rainwater : Pas grand-chose. À part qu'il allait essayer de dormir un peu. Il a fermé les yeux, mais à mon avis, il faisait semblant. Je pense qu'en vérité, il m'observait, comme s'il voulait tenter quelque chose. J'aurais bien aimé, tiens. Dommage que j'aie pas su ce que je sais maintenant, sur ce qu'il a fait. Je te l'aurais sorti de mon taxi et je lui aurais arraché son service trois pièces. C'est pas des paroles en l'air.

Inspecteur Anderson : Et quand vous êtes arrivés à la gare ?

Rainwater : je me suis arrêtée devant, au point de déchargement, et il a lancé trois billets de vingt sur le siège avant. Je voulais lui dire de passer le bonjour à sa femme, mais il était déjà descendu. Dites, est-ce qu'il est entré au Gentlemen pour se changer dans les toilettes ? Parce qu'il y avait du sang sur ses vêtements ?

Inspecteur Anderson : Je vais placer devant vous six photos de six hommes différents, madame Rainwater. Ils se ressemblent tous, alors prenez votre temps pour…

Rainwater : Pas la peine. C'est lui. Là. C'est Maitland. Allez l'arrêter, et j'espère qu'il résistera. Ça fera faire des économies aux contribuables.

15

À l'époque où Marcy Maitland allait encore au collège, elle faisait parfois un cauchemar dans lequel elle se voyait arriver en classe totalement nue. Tout le monde se moquait d'elle. *Cette idiote de Marcy Gibson a oublié de s'habiller ce matin ! Regardez, on voit tout !* Au lycée, ce rêve angoissant fut remplacé par un cauchemar un peu plus sophistiqué : elle débarquait en classe, habillée cette fois, pour s'apercevoir qu'elle allait devoir passer l'examen le plus important de sa vie sans avoir révisé.

Quand elle quitta Barnum Street pour prendre Barnum Court, l'horreur et le sentiment de désespoir qui accompagnaient ces rêves anciens ressurgirent, mais cette fois, il n'y aurait pas de soupir de soulagement, pas de « Dieu soit loué » murmuré au réveil. Dans l'allée de sa maison stationnait une voiture de police qui aurait pu être la sœur jumelle de celle qui avait conduit Terry au poste. Derrière était garée une fourgonnette sans vitres frappée de l'inscription POLICE D'ÉTAT UNITÉ MOBILE, en grosses lettres bleues. Deux véhicules de patrouille de l'OHP, l'Oklahoma Highway Patrol, flanquaient l'entrée de l'allée ; leurs gyrophares palpitaient dans l'obscurité naissante. Quatre *troopers*, costauds, coiffés de leurs grands chapeaux qui donnaient l'impression qu'ils mesuraient plus de deux mètres, se tenaient sur le trottoir, jambes écartées (*comme si leurs grosses couilles les empêchaient de serrer les cuisses*, pensa Marcy). Tout cela était déjà horrible, mais il y avait pire : les voisins. Tous sortis sur leurs pelouses pour assister à la scène. Savaient-ils pourquoi la police avait surgi subitement devant la jolie maison de style ranch des Maitland ? La plupart étaient sans doute déjà au courant, songea-t-elle – le téléphone portable, quel fléau –, et ils informeraient les autres.

Un des *troopers* s'avança sur la chaussée, main levée. Marcy s'arrêta et baissa sa vitre.

« Vous êtes Marcia Maitland ?

— Oui. Et je ne peux pas rentrer dans mon garage à cause de ces véhicules dans mon allée.

— Garez-vous là, le long du trottoir », dit-il en montrant l'arrière d'une des voitures de patrouille.

Marcy résista à l'envie de se pencher par la vitre ouverte pour lui hurler au visage : *C'est MON allée ! MON garage ! Dégagez !*

Au lieu de cela, elle se gara et descendit de voiture. Elle avait envie de faire pipi, une terrible envie. Sans doute depuis que ce flic avait menotté Terry, mais elle venait juste de s'en apercevoir.

Un des autres policiers parlait dans le micro fixé sur son épaule, et au coin de la maison, talkie-walkie à la main, apparut soudain le clou de cette soirée empreint d'un surréalisme malveillant : une femme enceinte jusqu'aux yeux, vêtue d'une robe à fleurs sans manches. Elle traversa la pelouse des Maitland de cette démarche en canard, ce dandinement caractéristique des femmes arrivées au terme de leur grossesse. Elle ne sourit pas en approchant de Marcy. Un badge plastifié pendait autour de son cou. Sur sa robe, au sommet de son énorme poitrine, aussi déplacé qu'un biscuit pour chien sur une assiette de communion, était épinglé un insigne de la police de Flint City.

« Madame Maitland ? Je suis l'inspectrice Betsy Riggins. »

Elle tendit la main. Marcy l'ignora. Bien que Howie le lui ait déjà expliqué, elle demanda :

« Qu'est-ce que vous voulez ? »

Riggins regarda par-dessus l'épaule de Marcy. Un des policiers venait de les rejoindre. Le chef de la meute apparemment car il arborait des galons sur la manche de sa chemise. Il brandissait une feuille de papier.

« Madame Maitland, je suis le lieutenant Yunel Sablo. Nous avons un mandat de perquisition qui nous autorise à fouiller votre domicile et à emporter des affaires appartenant à votre mari, Terence John Maitland. »

Elle lui arracha la feuille des mains. La mention MANDAT DE PERQUISITION figurait en haut, en lettres gothiques. Suivait tout un blabla juridique, signé d'un nom que Marcy lut tout d'abord de travers. *Le juge Crater ? N'est-il pas mort depuis longtemps ?* Battant des paupières pour chasser la sueur – les larmes ? – de ses yeux, elle corrigea son erreur. Non, ce n'était pas Crater, mais Carter. Le mandat portait la date du jour et avait été signé moins de six heures plus tôt.

Elle le retourna et fronça les sourcils.

« Il n'y a aucune liste, dit-elle. Ça signifie que vous pouvez aussi lui confisquer son caleçon ? »

Betsy Riggins, qui savait qu'ils confisqueraient, en effet, tous les caleçons qu'ils trouveraient dans le panier de linge sale, répondit :

« C'est laissé à notre discrétion, madame.

— Votre discrétion ? Votre *discrétion* ? On est dans l'Allemagne nazie ou quoi ?

— Nous enquêtons sur le crime le plus abominable commis dans cet État depuis vingt ans que je suis dans la police, et nous emporterons tout ce qui nous semble nécessaire. Nous avons eu la courtoisie d'attendre votre retour...

— Allez au diable avec votre courtoisie ! Si je n'étais pas rentrée maintenant, qu'auriez-vous fait ? Vous auriez enfoncé la porte ? »

Riggins semblait infiniment mal à l'aise, non pas à cause de cette question, songea Marcy, mais à cause du passager qu'elle devait trimballer dans son ventre en cette chaude soirée de juillet. Elle aurait dû être chez elle, avec la clim, assise les jambes en l'air. Marcy s'en fichait. Sa tête l'élançait, sa vessie la torturait et elle avait des larmes plein les yeux.

« En dernier ressort, répondit le *trooper* avec les trucs sur la manche. Dans le cadre de nos prérogatives, définies par le mandat que je viens de vous montrer.

— Laissez-nous entrer, madame Maitland, dit Riggins. Plus vite nous commencerons, plus vite nous vous ficherons la paix.

— Lieutenant ! lança un des autres *troopers*. Voilà les vautours qui rappliquent. »

Marcy se retourna. Au coin de la rue venait d'apparaître une camionnette de la télé, coiffée de son antenne satellite pas encore déployée. Suivie d'un SUV avec un sticker KYO sur le capot, en grosses lettres blanches. Juste derrière, presque collée au pare-chocs arrière du SUV, venait une autre camionnette, d'une chaîne de télé concurrente.

« Accompagnez-nous à l'intérieur », dit Riggins.

D'un ton presque enjôleur. « Je vous déconseille de rester là, sur le trottoir, quand ils vont débarquer. »

Marcy céda, en songeant que c'était peut-être la première capitulation d'une longue série. Son intimité. Sa dignité. Le sentiment de sécurité de ses enfants. Et son mari ? Serait-elle obligée d'y renoncer également ? Sûrement pas. Cette histoire était totalement insensée. C'était comme s'ils accusaient Terry d'avoir kidnappé le bébé Lindbergh.

« Soit. Mais je ne vous dirai rien, alors ce n'est même pas la peine d'essayer. Et je ne suis pas obligée de vous donner mon portable. Mon avocat me l'a dit.

— Très bien. »

Riggins la prit par le bras alors que, dans son état, c'était plutôt Marcy qui aurait dû la soutenir, pour éviter qu'elle trébuche et tombe sur son ventre énorme.

Le Chevrolet Tahoe de KYO (Ki-Yo, comme ils se présentaient eux-mêmes) s'arrêta au milieu de la rue et la jolie journaliste blonde en descendit si rapidement que sa jupe remonta presque jusqu'à sa taille. Les *troopers* n'en perdirent pas une miette.

« Madame Maitland ! Madame Maitland ! Juste quelques questions ! »

Marcy ne se souvenait pas d'avoir pris son sac à main en descendant de voiture, mais il pendait à son épaule et elle sortit sans peine la clé de la maison, rangée dans la poche latérale. Quand elle voulut l'introduire dans la serrure elle n'y parvint pas. Sa main tremblait trop. Au lieu de lui prendre la clé, Riggins referma sa main sur celle de Marcy pour contenir les tremblements, et la clé finit par entrer.

Une voix jaillit dans son dos :

« Est-il vrai que votre mari a été arrêté pour le meurtre de Frank Peterson, madame Maitland ?

— Reculez ! ordonna un des *troopers*. Restez sur le trottoir.

— Madame Maitland ! »

Ça y est, ils étaient à l'intérieur. Marcy se sentit soulagée, malgré la présence de l'inspectrice enceinte à côté d'elle. Mais la maison semblait différente, et Marcy savait que rien ne serait plus jamais pareil. Elle pensa à la femme qui quelques heures plus tôt était sortie d'ici avec ses filles ; toutes trois riaient, excitées. C'était comme penser à une femme que vous aviez aimée, et qui était morte.

Ses jambes se dérobèrent et elle dut se laisser tomber sur le banc, dans le vestibule, où les filles s'asseyaient pour enfiler leurs bottes en hiver. Et Terry aussi, à l'occasion, pour consulter une dernière fois la composition de son équipe avant de se rendre au stade. Betsy Riggins s'assit à côté d'elle en poussant un grognement de soulagement et sa hanche droite potelée cogna contre la hanche gauche de Marcy, moins rembourrée. Le flic avec les trucs sur la manche, le dénommé Sablo, accompagné de deux collègues, passa devant les deux femmes sans leur adresser un regard, occupé à enfiler ses gants en plastique bleu épais. Ils avaient déjà mis des chaussons de la même couleur. Marcy supposa que le quatrième policier contrôlait la horde rassemblée au-dehors. Devant leur maison, dans cette rue habituellement paisible.

« Il faut que j'aille faire pipi, dit-elle à Riggins.

— Moi aussi. Lieutenant Sablo ! Approchez. »

Le policier avec les trucs sur la manche revint vers le banc. Les deux autres entrèrent dans la cuisine, où la chose la plus compromettante qu'ils trouveraient serait une moitié de gâteau au chocolat à l'intérieur du frigo.

Riggins demanda à Marcy :

« Vous avez des toilettes en bas ?

— Oui. Après le cellier. Terry les a ajoutées lui-même l'an dernier.

— Euh… lieutenant. Les dames ont besoin d'aller aux toilettes, alors vous allez commencer par cette pièce. En faisant le plus vite possible. » Puis, s'adressant à Marcy : « Votre mari a un bureau ?

— Pas vraiment. Il s'installe au fond de la salle à manger.

— Merci. Voilà votre prochaine étape, lieutenant. » Elle se retourna vers Marcy. « Ça vous ennuie si je vous pose une petite question pendant qu'on attend ?

— Oui. »

Riggins ignora cette réponse.

« Avez-vous remarqué un comportement bizarre de la part de votre mari au cours de ces dernières semaines ? »

Marcy émit un petit rire amer.

« Vous voulez dire : est-ce qu'il s'apprêtait à commettre un meurtre ? Est-ce qu'il se promenait dans la maison en se frottant les mains, la bave aux lèvres, en parlant tout seul ? La grossesse affecte vos neurones, inspectrice ?

— J'en déduis que c'est non.

— Bravo. Et maintenant, arrêtez de me harceler ! »

Riggins croisa ses mains sur son ventre. Laissant Marcy avec sa vessie prête à exploser et le souvenir de quelque chose que lui avait dit Gavin Frick pas plus tard que la semaine dernière, après l'entraînement : *Terry a la tête ailleurs en ce moment. La moitié du temps, il a l'air absent. Comme s'il avait de la fièvre ou un truc dans le genre.*

« Madame Maitland ?

— Quoi ?

— Vous pensez à quelque chose, on dirait.

— Oui, en effet. Je pensais que c'était très désagréable d'être assise à côté de vous sur ce banc. J'ai l'impression d'avoir près de moi un four qui respire. »

Les joues de Betsy Riggins, déjà colorées, rougirent un peu plus. Marcy était horrifiée par les paroles qu'elle venait de prononcer, par leur cruauté. En même temps, elle se réjouissait de voir que sa pique avait fait mouche.

En tout cas, Riggins cessa de l'interroger.

Enfin, après une éternité, Sablo revint en tenant un sac en plastique qui contenait tous les médicaments de l'armoire à pharmacie du bas (des produits vendus sans ordonnance, les autres médicaments étant rangés dans les deux salles de bains de l'étage) et le tube de crème antihémorroïdes de Terry.

« RAS, annonça-t-il.

— Vous d'abord », dit Riggins à Marcy.

Dans d'autres circonstances, celle-ci aurait laissé la priorité à la femme enceinte en se retenant un peu plus longtemps, mais pas aujourd'hui. Elle entra dans les toilettes, ferma la porte et constata que le couvercle du réservoir des W.-C. était de travers. Dieu seul savait ce qu'ils avaient cherché là-dedans, de la drogue sans doute. Elle urina tête baissée, le visage dans les mains, pour éviter de voir le désordre. Allait-elle ramener Sarah et Grace à la maison ce soir ? Allait-elle les escorter sous les lumières aveuglantes des projecteurs des chaînes de télé, qui seraient certainement allumés à ce moment-là ? Où pouvaient-elles aller sinon ? À l'hôtel ? Les *vautours* (comme les avait appelés le *trooper*) ne les retrouveraient-ils pas ? Bien sûr que si.

Quand elle eut fini de se soulager, Betsy Riggins lui succéda. Marcy se faufila dans la salle à manger ; elle n'avait aucune envie de partager de nouveau le banc du vestibule avec l'Officier Cachalot. Les policiers fouillaient – violaient, plus exactement – le bureau de Terry. Tous les tiroirs étaient ouverts, leur contenu s'empilait sur le sol. Son ordinateur avait déjà été démonté et les différents éléments couverts d'autocollants jaunes, comme avant une braderie.

Marcy pensa : Il y a une heure, la chose la plus importante dans ma vie, c'était une victoire des Dragons et une qualification pour la finale.

Betsy Riggins revint.

« Ah, ça va beaucoup mieux, dit-elle en s'as-

seyant à la table de la salle à manger. Je suis tranquille pour un quart d'heure. »

Marcy ouvrit la bouche, et la phrase qui faillit
en sortir était : *J'espère que votre bébé va mourir.*

À la place, elle dit : « Je suis contente que
quelqu'un se sente mieux. Même un quart d'heure. »

16

*Déposition de M. Claude Bolton (13 juillet. 16 h 30.
Interrogé par l'inspecteur Ralph Anderson)*

Inspecteur Anderson : Eh bien, Claude,
ça doit être chouette pour vous de vous
retrouver ici sans rien avoir à vous
reprocher. Ça change.

Bolton : En fait, oui. Comme de voyager à l'avant d'une voiture de police
plutôt qu'à l'arrière. Cent trente à
l'heure pendant presque tout le trajet
depuis Cap City. Gyrophare, sirène, tout
le tintouin. Vous avez raison, c'est
chouette.

Inspecteur Anderson : Que faisiez-vous
à Cap City ?

Bolton : Du tourisme. Je me suis offert
deux soirs de congé, j'ai pas le droit ?
C'est interdit par la loi ?

Inspecteur Anderson : J'ai cru comprendre que vous faisiez du tourisme
avec Carla Jeppeson, alias Fée espiègle,
de son nom de scène.

Bolton : Vous le savez bien, puisqu'elle est revenue avec moi dans la voiture de patrouille. D'ailleurs, elle a bien aimé la balade elle aussi. Elle a trouvé ça vachement mieux que le car.

Inspecteur Anderson : Vous avez surtout visité la chambre 509 du Western Vista Motel, sur la Highway 40, hein ?

Bolton : Oh, on n'est pas restés enfermés tout le temps. On est allés dîner au Bonanza, deux fois. On bouffe super bien là-bas, et pour pas cher. Et Carla voulait voir le centre commercial, alors on y a passé un petit moment. Ils ont un mur d'escalade. Je me le suis fait, cet enfoiré.

Inspecteur Anderson : J'en suis sûr. Saviez-vous qu'un jeune garçon avait été assassiné, ici, à Flint City ?

Bolton : J'en ai vaguement entendu parler aux infos… Hé, vous croyez quand même pas que je suis mêlé à cette histoire, si ?

Inspecteur Anderson : Non, mais vous possédez peut-être des informations sur le coupable.

Bolton : Comment est-ce que…

Inspecteur Anderson : Vous travaillez comme videur au Gentlemen, Please, n'est-ce pas ?

Bolton : J'assure la sécurité. On n'emploie pas le terme videur. Le Gentlemen, Please est un établissement de haut standing.

Inspecteur Anderson : Admettons. Je crois savoir que vous avez travaillé mardi soir ? Vous n'avez quitté Flint City que mercredi après-midi.

Bolton : C'est Tony Ross qui vous a raconté qu'on était partis à Cap City, Carla et moi ?

Inspecteur Anderson : Oui.

Bolton : On a eu une ristourne au motel parce qu'il appartient à l'oncle de Tony. Lui aussi, il bossait mardi soir, c'est là que je lui ai demandé d'appeler son oncle. On se serre les coudes, Tony et moi. On a surveillé l'entrée du club de quatre à huit, et ensuite, la fosse jusqu'à minuit. La fosse, c'est devant la scène, là où s'assoient les messieurs.

Inspecteur Anderson : Toujours d'après M. Ross, sur le coup de vingt heures trente, vous avez vu quelqu'un que vous connaissez.

Bolton : Oh, vous parlez de Coach T. Hé, vous pensez quand même pas que c'est lui qui a tué ce gamin, hein ? Coach T., c'est un gars tout ce qu'il y a de plus clean. Il a entraîné les neveux à Tony. J'étais étonné de le voir débarquer chez nous, mais pas choqué. Vous pouvez pas imaginer les gens qu'on voit assis aux premières loges. Des avocats et même des hommes d'Église. Mais c'est comme à Vegas : tout ce qui se passe au Gent's reste au...

88

Inspecteur Anderson : Oui. Je suis sûr que vous êtes aussi discret qu'un prêtre dans son confessionnal.

Bolton : Vous pouvez rire, c'est la vérité. Discrétion obligatoire si vous voulez fidéliser la clientèle.

Inspecteur Anderson : Pour qu'il n'y ait pas d'ambiguïté, Claude, quand vous parlez de Coach T., vous parlez de Terry Maitland.

Bolton : Bien sûr.

Inspecteur Anderson : Racontez-moi dans quelles circonstances vous l'avez vu ce soir-là ?

Bolton : On passe pas tout notre temps dans la fosse. Ce boulot, ça se limite pas à ça. On circule dans la salle, on vérifie que les clients ont pas les mains baladeuses, et on arrête les bagarres avant que ça dégénère. Parfois, quand les types sont excités, ils deviennent agressifs. C'est un truc qu'il faut savoir dans ce métier. Mais les problèmes, ça arrive pas seulement dans la fosse, c'est plus fréquent, voilà tout, et c'est pour ça qu'il y a toujours un de nous deux qui reste là. L'autre, il patrouille autour du bar, dans l'arrière-salle, là où y a des jeux vidéo et un billard à pièces, dans les cabines privées, et aussi dans les toilettes évidemment. Si ça deale, c'est là que ça se passe. Quand on chope les mecs, on les fout dehors à coups de pompe dans le cul.

Inspecteur Anderson : Dit l'homme qui a un casier judiciaire pour détention et vente de drogue.

Bolton : Sauf votre respect, inspecteur, vous êtes rude. Je suis clean depuis six ans. Je vais aux Narcotiques Anonymes. Vous voulez que je pisse dans un flacon ? Ce sera avec plaisir.

Inspecteur Anderson : Ce ne sera pas nécessaire, et je vous félicite pour votre sevrage. Bref, vous faisiez votre ronde sur le coup de vingt heures trente…

Bolton : Exact. J'ai vérifié que tout se passait bien au bar. Ensuite, je suis allé pisser dans les toilettes pour hommes, au bout du couloir, et c'est là que j'ai vu Coach T., au moment où il raccrochait le téléphone. On a deux téléphones à pièces, mais y en a un seul qui marche. Il…

Silence.

Inspecteur Anderson : Claude ? Vous êtes toujours là ?

Bolton : Je réfléchis. J'essaye de me souvenir. Il avait l'air bizarre. Abasourdi, vous voyez. Vous croyez vraiment qu'il a tué ce gamin ? J'ai pensé que c'était parce qu'il venait pour la première fois dans un endroit où des jeunes femmes se déshabillent. Ça fait cet effet à certains, ça les rend idiots. Ou alors, peut-être qu'il était défoncé.

90

Je lui ai demandé : «Alors, Coach, vous êtes content de votre équipe ?» Et là, il m'a regardé comme s'il m'avait jamais vu, alors que j'ai assisté quasiment à tous les matchs de Stevie et de Stanley ; je lui ai même expliqué comment faire une double croisée, il trouvait que c'était trop compliqué pour des gosses. Pourtant, s'ils sont capables d'apprendre les divisions à trois chiffres, ils devraient pouvoir retenir ce genre de combinaison, non ?

Inspecteur Anderson : Vous êtes certain qu'il s'agissait de Terence Maitland ?

Bolton : Oh, oui. Il m'a répondu que l'équipe se débrouillait bien, et il m'a expliqué qu'il était entré juste pour appeler un taxi. Comme quand on racontait qu'on achetait *Playboy* pour les articles, si jamais notre femme le trouvait dans les chiottes. Mais j'ai pas relevé. Au Gent's, le client a toujours raison, du moment qu'il n'essaye pas de peloter un nichon. Je lui ai répondu qu'il y avait peut-être déjà un ou deux taxis dehors. D'ailleurs, c'est aussi ce que lui avait dit le type au standard. Il m'a remercié et il est ressorti.

Inspecteur Anderson : Comment était-il habillé ?

Bolton : Chemise jaune et jean. Il avait une ceinture avec une tête de cheval. Et des baskets qui en jetaient. Je m'en souviens parce qu'elles avaient dû coûter un bras.

Inspecteur Anderson : Vous êtes le seul à l'avoir vu dans le club ?

Bolton : Non. Deux gars l'ont salué d'un geste de la main au moment où il s'en allait. Je pourrais pas vous dire qui c'était, et vous risquez d'avoir du mal à les retrouver car y a un tas de types qui veulent pas avouer qu'ils fréquentent des endroits comme le Gent's. C'est comme ça. J'étais pas étonné que quelqu'un le reconnaisse car Terry est une sorte de vedette par ici. Il a même gagné une récompense y a quelques années, j'ai lu ça dans le journal. Dans cette ville, tout le monde connaît tout le monde, ou presque. De vue au moins. Et tous ceux qui ont des fils qui s'intéressent au sport, on va dire, ils connaissent Coach T., par le baseball ou le football.

Inspecteur Anderson : Merci, Claude. Votre aide m'a été très utile.

Bolton : Y a un autre truc qui me revient. C'est pas énorme, mais si c'est vraiment lui qui a tué ce gamin, ça fout les jetons.

Inspecteur Anderson : Continuez.

Bolton : Ça fait partie des choses qui arrivent, personne n'y peut rien. Au moment où il sortait pour voir s'il y avait un taxi dehors, je lui ai tendu la main en disant : « J'aimerais vous remercier pour tout ce que vous avez fait pour les neveux à Tony, Coach. C'est des braves gamins, mais un peu turbulents, peut-être à cause que leurs parents divorcent et tout ça. Vous leur avez donné un but autre que glander en ville. » Je l'ai surpris, je crois, car il a eu un mouvement de recul avant de me serrer la main. Il a une sacrée poigne... Vous voyez cette petite cicatrice sur le dessus de ma main ? C'est lui qui me l'a faite, avec l'ongle de son auriculaire. C'est quasiment cicatrisé maintenant, c'était juste une éraflure, mais pendant une seconde ou deux, ça m'a ramené à l'époque où je me droguais.

Inspecteur Anderson : Comment ça ?

Bolton : Y avait des types - des Hells Angels et des Devils Disciples surtout - qui se laissaient pousser l'ongle du petit doigt. J'en ai vu qui les avaient aussi longs que les empereurs chinois dans le temps. Certains bikers allaient jusqu'à les décorer avec des décalcomanies, comme les nanas. Ils appelaient ça leur ongle à coke.

17

Après l'arrestation sur le terrain de baseball, impossible pour Ralph de jouer le rôle du gentil dans un scénario gentil flic/méchant flic, alors il demeura appuyé contre le mur de la salle d'interrogatoire, en retrait, en simple spectateur. Il s'apprêtait à subir de nouveau le regard accusateur de Terry, mais celui-ci lui adressa à peine un regard vide avant de porter son attention sur Bill Samuels, qui avait pris place sur une des trois chaises disposées de l'autre côté de la table.

En observant le procureur, Ralph commençait à comprendre comment cet homme avait pu monter si haut, si vite. Lorsqu'ils se tenaient derrière la glace sans tain l'un et l'autre, Samuels lui avait paru trop jeune pour ce poste. Maintenant, face au violeur et meurtrier de Frankie Peterson, on aurait dit un stagiaire dans un cabinet d'avocats qui a décroché par erreur un entretien avec un gros poisson. L'épi qui se dressait à l'arrière de sa tête renforçait le rôle dans lequel il s'était glissé : le jeune gars inexpérimenté, bien content d'être là. Vous pouvez tout me raconter, disaient ces yeux écarquillés, intéressés, car je vous croirai. C'est la première fois que je joue dans la cour des grands, et je n'y connais rien.

« Bonjour, monsieur Maitland. Je travaille pour le bureau du procureur du comté. »

Bonne introduction, pensa Ralph. C'*est toi le procureur du comté*.

« Vous perdez votre temps, répondit Terry. Je ne parlerai pas tant que mon avocat ne sera pas là. Par contre, je peux vous dire que je vois se profiler des poursuites pour arrestation arbitraire.

— Je comprends que vous soyez bouleversé. N'importe qui le serait à votre place. Mais peut-être pourrait-on d'ores et déjà arrondir les angles ?

Pouvez-vous juste me dire où vous étiez quand le petit Peterson a été assassiné ? Ça s'est passé mardi dernier. Si vous étiez ailleurs…

— Oui, mais j'ai l'intention d'en parler avec mon avocat d'abord. Il s'appelle Howard Gold. Quand il arrivera, je veux m'entretenir avec lui en privé. C'est mon droit, je suppose ? Puisque je suis présumé innocent tant que je n'ai pas été reconnu coupable. »

Belle contre-attaque, songea Ralph. *Un criminel endurci n'aurait pas fait mieux.*

« En effet, confirma Samuels. Mais si vous n'avez rien à vous reprocher…

— Inutile, monsieur Samuels. Vous ne m'avez pas amené ici parce que vous êtes un chic type.

— Eh bien, si, répondit Samuels solennellement. S'il s'agit d'un malentendu, je souhaite tout autant que vous rétablir la vérité.

— Vous avez un épi derrière la tête, dit Terry. Peut-être que vous devriez faire quelque chose. Vous ressemblez à Alfalfa dans les vieilles comédies que je regardais gamin. »

Ralph se retint de rire, mais les commissures de sa bouche tressaillirent.

Déstabilisé, Samuels leva la main pour aplatir son épi. Celui-ci resta en place quelques secondes, avant de se redresser.

« Êtes-vous certain de ne pas vouloir éclaircir cette affaire ? »

Le procureur s'était penché en avant ; son air grave suggérait que Terry commettait une grave erreur.

« Oui, certain. Et je suis certain au sujet des poursuites. Aucuns dommages et intérêts ne pourront compenser ce que vous m'avez fait subir ce soir, bande de salopards, pas seulement à moi, à ma femme et à mes filles aussi, et j'ai bien l'intention d'obtenir le maximum. »

Samuels demeura penché en avant, ses yeux innocents et pleins d'espoir posés sur Terry, puis il se leva. L'innocence s'envola.

« Très bien. Vous pourrez vous entretenir avec votre avocat, monsieur Maitland, c'est votre droit. Pas d'enregistrement audio ni vidéo. On tirera même le rideau. Et si vous faites vite tous les deux, peut-être que l'on pourra régler ça dès ce soir. Je joue au golf de bonne heure demain matin. »

Terry le regarda comme s'il avait mal entendu.

« Au golf ?

— Oui. C'est un jeu qui consiste à envoyer une petite balle dans un trou. Je ne suis pas très doué au golf, mais il y a un autre jeu que je maîtrise, monsieur Maitland. Comme le très respecté M. Gold vous le dira, je peux vous garder ici quarante-huit heures sans vous inculper. Mais ça ne sera pas aussi long. Si on ne parvient pas à clarifier cette histoire, vous serez conduit devant le juge pour la lecture de l'acte d'accusation lundi matin à la première heure. D'ici là, la nouvelle de votre arrestation aura fait le tour de l'État et toute la presse sera là. Je suis sûr que les photographes sauront capter votre meilleur profil. »

Convaincu d'avoir eu le dernier mot, Samuels se dirigea vers la porte, presque en se pavanant

(Ralph devinait que la remarque sur l'épi lui était restée en travers de la gorge). Mais juste avant qu'il sorte, Terry lança : « Hé, Ralph ! »

Celui-ci se retourna. Terry semblait calme, ce qui, compte tenu des circonstances, était extraordinaire. Ou peut-être pas. Parfois, les meurtriers de sang-froid, les sociopathes, trouvaient cette sérénité après le choc initial et ils se préparaient à une longue bataille. Ralph avait déjà vu ça.

« Je ne ferai aucune déclaration avant l'arrivée de Howie, mais j'aimerais vous dire une chose.

— Allez-y », répondit Samuels à la place de Ralph, en essayant de masquer sa curiosité, mais son visage se décomposa en entendant ce que Terry avait à dire.

« Derek était le meilleur frappeur que j'aie jamais entraîné.

— Oh, non, non », dit Ralph. La fureur faisait trembler sa voix. « Pas de ça. Je ne veux pas entendre le nom de mon fils dans votre bouche. Ni ce soir ni jamais. »

Terry hocha la tête.

« Je peux le comprendre car je n'avais pas envie d'être arrêté devant ma femme et mes filles et un millier d'autres personnes, dont mes voisins. Alors, peu importe ce que vous voulez entendre ou pas. Écoutez-moi une minute. Vous me devez bien ça, pour avoir choisi la méthode la plus dégueulasse. »

Ralph ouvrit la porte, mais Samuels le retint par le bras, secoua la tête et, d'un mouvement de sourcils montra la caméra installée dans le coin, avec sa petite lumière rouge. Ralph referma la porte et se retourna vers Terry, bras croisés. Il devinait que la riposte de Terry après cette arrestation en public allait faire mal, mais Samuels avait raison. Un suspect qui parle, c'est toujours mieux qu'un suspect qui la boucle jusqu'à l'arrivée de son avocat. Car souvent une chose en entraîne une autre.

Terry reprit :

« Derek ne mesurait pas plus d'un mètre vingt-cinq dans la Little League. Je l'ai revu depuis – en fait, j'ai même essayé de le recruter l'année dernière – et il a pris au moins quinze centimètres. Il sera plus grand que vous quand il quittera le lycée, je parie. »

Ralph attendit la suite.

« C'était un poids plume, dit Terry, pourtant il n'avait jamais peur quand il tenait la batte. Beaucoup ont la trouille, mais Derek, lui, ne se défilait pas, même devant des gamins qui prenaient leur élan et lançaient la balle de toutes leurs forces, n'importe où. Il en a reçu plusieurs, mais il n'a jamais abandonné. »

C'était la vérité. Ralph avait vu les hématomes sur le corps de son fils, après les matchs, quand il ôtait sa tenue : sur les fesses, la cuisse, le bras, l'épaule. Un jour, il était revenu avec un gros bleu sur la nuque. Ces marques rendaient Jeanette folle, et le casque que portait Derek ne suffisait pas à la rassurer. Chaque fois qu'il se mettait en position, elle pinçait le bras de Ralph jusqu'au sang, de peur que son fils reçoive une balle entre les deux yeux et se retrouve dans le coma. Ralph lui assurait que cela n'arriverait pas, mais il avait été presque aussi soulagé que son épouse quand Derek avait décidé que le tennis lui correspondait davantage finalement. Les balles étaient moins dures.

Terry se pencha en avant, un léger sourire aux lèvres.

« Généralement, un gamin aussi petit provoque un tas de buts sur balle – à vrai dire, c'était un peu ce que j'espérais ce soir en laissant Trevor Michaels tenir la batte –, mais Derek, lui, refusait de s'avouer vaincu. Il tentait de frapper quasiment toutes les balles : à l'intérieur, à l'extérieur, au-dessus de sa tête, à ras de terre. Les autres joueurs ont commencé à le surnommer Whiffer Anderson[1], puis l'un d'eux a transformé le nom en Swiffer, comme une serpillière, et ça lui est resté. Pendant quelque temps du moins.

— Très intéressant, dit Samuels. Mais si on parlait de Frank Peterson plutôt ? »

Les yeux de Terry restèrent fixés sur Ralph.

« Pour faire bref, quand j'ai vu qu'il refusait de laisser passer les balles fautes, je lui ai appris à faire des *bunts*. À cet âge, dix ou onze ans, beaucoup de garçons ne veulent pas le faire. Ils comprennent l'idée, mais ils n'aiment pas baisser leur batte, surtout face à un adversaire qui envoie du lourd. Ils se disent qu'ils vont avoir mal si la balle leur écrase les doigts. Mais pas Derek. Il avait du cran à revendre, ce gamin. Et puis, il savait filer comme une flèche

---

1. Anderson le Frappeur.

le long de la ligne. Très souvent, alors que je l'envoyais au sacrifice, il réussissait un coup sûr. »

Ralph demeura impassible, aucun hochement de tête, aucun signe indiquant qu'il prêtait attention à ces paroles, mais il savait de quoi parlait Terry. Il avait copieusement applaudi ces *bunts*, et il avait vu son fils survoler le terrain comme s'il avait le feu au derrière.

« Il suffisait de lui apprendre les bons angles pour frapper », ajouta Terry en levant les mains pour faire une démonstration. Elles étaient encore couvertes de terre ; sans doute avait-il participé à l'entraînement avant le match de ce soir. « Batte vers la gauche, la balle file le long de la ligne de la troisième base. Batte vers la droite, ligne de première base. Inutile de donner un grand coup, la plupart du temps, ça sert juste à envoyer une balle en hauteur, facile à rattraper par le lanceur. En fait, il suffit d'un petit coup de poignet à la toute dernière seconde. Derek a vite pigé. Les autres ont arrêté de l'appeler Swiffer et ils lui ont donné un autre surnom. Ce jour-là, on avait un coureur sur la première et la troisième, à la fin de la partie, et les gars d'en face savaient qu'il allait tenter un truc, impossible de ruser. Il a baissé la batte dès que le lanceur a pris son élan, et tous les gamins sur le banc se sont mis à brailler : "À fond, Derek, à fond !" Gavin et moi aussi. Et c'est comme ça qu'ils l'ont appelé durant toute la dernière année, quand on a remporté le championnat du district. "À fond Anderson." Vous le saviez ? »

Ralph l'ignorait, peut-être parce que c'était

strictement un truc entre joueurs. En revanche, il savait que Derek avait beaucoup grandi cet été-là. Il riait davantage, il voulait rester après les matchs, au lieu de remonter en voiture directement, tête basse, laissant pendouiller son gant.

« Il y est parvenu tout seul, il s'est entraîné comme un dingue, jusqu'à ce qu'il y arrive, dit Terry. Mais c'est moi qui l'ai motivé. » Après une pause, il ajouta, tout bas : « Et vous m'avez fait ce coup-là. Devant tout le monde. Vous m'avez fait ce coup-là. »

Ralph sentit ses joues s'enflammer. Il ouvrit la bouche pour répondre, mais déjà Samuels l'entraînait dans le couloir. Le procureur s'arrêta, juste le temps de lancer par-dessus son épaule :

« Ce n'est pas Ralph qui vous a fait ce coup-là, Maitland. Ni moi. C'est vous-même. »

Lorsque les deux hommes se retrouvèrent de l'autre côté du miroir sans tain, Samuels demanda à Ralph si ça allait.

« Oui, répondit l'inspecteur, qui avait toujours les joues en feu.

— Certains ont le don de vous rendre dingue. Vous le savez bien, non ?

— Oui.

— Et vous savez que c'est lui le coupable, n'est-ce pas ? Je n'ai jamais vu un dossier aussi solide. »

C'est ce qui m'inquiète, songea Ralph. *Avant, ce n'était pas le cas, mais maintenant si. Je sais que Samuels a raison, pourtant, mais je n'y peux rien.*

« Vous avez remarqué ses mains ? demanda

Ralph. Quand il nous a montré comment il avait appris à Derek à faire des *bunts*. Vous avez vu ses mains ?

— Oui. Et alors ?

— Les ongles de ses auriculaires ne sont pas longs. Aucun des deux. »

Samuels haussa les épaules.

« Il les a coupés. Vous êtes sûr que ça va ?

— Oui, très bien. Simplement… »

La porte entre les bureaux et l'aile de détention bourdonna, puis s'ouvrit avec fracas. L'homme qui se précipita dans le couloir portait une tenue décontractée du samedi soir – jean délavé et T-shirt Texas Christian University orné d'un lézard bondissant – mais le gros attaché-case qu'il tenait à la main faisait très avocat.

« Bonsoir, Bill, dit-il. Et bonsoir à vous, inspecteur Anderson. Voulez-vous bien m'expliquer, je vous prie, pourquoi vous avez arrêté l'Homme de l'année 2005 à Flint City ? S'agit-il d'une simple erreur, que nous pouvons peut-être gommer, ou bien êtes-vous devenus complètement cinglés ? »

Howard Gold venait d'arriver.

18

À : William Samuels procureur du comté
Rodney Geller chef de la police de
Flint City
Richard Doolin shérif du comté de
Flint

Inspecteur Ralph Anderson, police de Flint City

De : Lieutenant-détective Yunel Sablo, police d'État Poste 7

Date : 13 juillet.

Sujet : Gare Vogel de Dubrow

À la demande du procureur Samuels et de l'inspecteur Anderson, je suis allé à la gare de Vogel à quatorze heures trente, à la date indiquée ci-dessus. Vogel est la principale gare de transport terrestre pour tout le sud de l'État puisqu'elle accueille trois grandes compagnies de cars (Greyhound, Trailways et Mid-State), ainsi que les trains Amtrak. On y trouve également les loueurs de voitures habituels (Hertz, Avis, Enterprise, Alamo). Étant donné que toutes les zones de la gare sont protégées par des caméras de surveillance, je me suis rendu directement au bureau de la sécurité, où j'ai été reçu par Michael Camp, le responsable. Il m'attendait. Les bandes de surveillance sont conservées trente jours, et l'ensemble est informatisé. J'ai pu ainsi visionner tout ce qui a été filmé par un total de seize caméras, depuis le soir du 10 juillet.

D'après M. Clinton Ellenquist, le standardiste de la société de taxis Flint City Cab qui travaillait ce soir-là, Willow Rainwater, une de leurs employés, a appelé à vingt et une heures trente pour annoncer qu'elle avait déposé son client. Le Southern Limited, le train que le suspect disait vouloir prendre, d'après Mme Rainwater, est entré en gare à vingt et une heures cinquante. Les passagers ont débarqué au quai 3. Les passagers à destination de Dallas-Fort Worth ont été autorisés à monter à bord sept minutes plus tard, soit à vingt et une heures cinquante-sept. Le Southern Limited est reparti à vingt-deux heures douze. Les heures sont exactes car toutes les arrivées et tous les départs sont réglés et enregistrés par ordinateur.

Le directeur de la sécurité, Michael Camp, et moi avons visionné les images des seize caméras, en commençant à vingt et une heures le 10 juillet (pour être sûrs), jusqu'à vingt-trois heures, soit environ cinquante minutes après le départ du Southern Limited. J'ai consigné tous les détails sur mon iPad, mais compte tenu de l'urgence de la situation (soulignée par le procureur Samuels), je me contente d'un résumé dans ce rapport préliminaire.

vingt et une heures trente-trois : Le suspect pénètre dans la gare par la porte nord, point de dépose habituel des taxis et entrée utilisée par la plupart des voyageurs. Il traverse le hall principal. Chemise jaune, jean.

Il n'a pas de bagage. On voit nettement son visage pendant deux à quatre
secondes lorsqu'il lève les yeux vers la
grosse horloge (photo transmise par mail
au procureur Samuels et à l'inspecteur
Anderson).

vingt et une heures trente-trois : Le
suspect s'arrête au kiosque situé au
centre du hall. Il achète un livre de
poche et paye en liquide. Impossible de
lire le titre du livre et le vendeur
ne s'en souvient pas, mais on peut sans
doute l'obtenir si besoin est. Sur ce
plan, on voit la boucle de ceinture en
forme de tête de cheval (photo transmise par mail au procureur Samuels et à
l'inspecteur Anderson).

vingt et une heures trente-neuf : Le
suspect ressort de la gare dans Montrose
Avenue (au sud). Bien qu'ouverte au
public, cette porte est principalement
utilisée par les employés de la gare,
étant donné que le parking du personnel
se trouve de ce côté du bâtiment. Deux
caméras surveillent ce parking. Le suspect n'apparaît pas sur les images, mais
Camp et moi avons détecté une ombre fugi-
tive qui pourrait correspondre à notre
homme et qui se dirige vers une voie de
service sur la droite.

Le suspect n'a pas acheté de billet
pour le Southern Limited, ni en liquide
à la gare, ni par carte de crédit. Après
plusieurs visionnages des images du quai

3, nettes et, selon moi, complètes, je peux affirmer avec une quasi-certitude que le suspect n'est pas retourné dans la gare pour prendre ce train.

J'en conclus que le trajet en taxi jusqu'à Dubrow était une tentative pour créer une fausse piste et égarer les enquêteurs. Selon moi, le suspect a regagné Flint City, avec l'aide d'un complice ou en stop. Il se peut également qu'il ait volé une voiture. La police de Dubrow n'a enregistré aucune plainte pour vol de véhicule dans les environs de la gare le soir en question mais, comme l'a fait remarquer Camp, le responsable de la sécurité, une semaine, ou plus, peut s'écouler avant que soit signalé un vol de voiture sur le parking longue durée.

Les images de surveillance du parking longue durée sont disponibles et pourront être visionnées en cas de demande, mais elles ne couvrent pas toute la zone, tant s'en faut. En outre, Camp m'a informé que ces caméras, souvent en panne, devaient être remplacées prochainement. Voilà pourquoi il me semble préférable, dans l'immédiat, d'orienter l'enquête vers d'autres domaines.

Respectueusement,
Lieutenant-détective Y. Sablo
Voir pièces jointes.

19

Howie Gold serra la main de Samuels et de Ralph Anderson. Puis, par le miroir sans tain, il observa Terry Maitland, avec son maillot des Golden Dragons et sa casquette porte-bonheur. Il se tenait bien droit, tête haute, les mains croisées sur la table. Aucun tressaillement, aucun gigotement, aucun coup d'œil inquiet à droite et à gauche. Ralph dut reconnaître que Terry n'offrait pas l'image de la culpabilité.

Gold se tourna vers Samuels.

« Je vous écoute, lui dit-il, comme s'il invitait un chien à faire un numéro.

— À ce stade, il n'y a pas grand-chose à dire, Howard. »

Le procureur porta la main à l'arrière de son crâne pour aplatir son épi. Qui resta en place quelques secondes seulement, avant de rebiquer. Ralph repensa alors à une réplique d'Alfalfa qui les faisait rire, son frère et lui, quand ils étaient enfants : *On ne rencontre qu'une fois dans sa vie un ami comme on n'en rencontre qu'une fois dans sa vie.*

« Si ce n'est qu'il ne s'agit pas d'une erreur, ajouta Samuels. Et non, nous ne sommes pas devenus cinglés.

— Que dit Terry ?

— Pour l'instant, rien », répondit Ralph.

Gold se tourna vers l'inspecteur. Les verres de ses lunettes rondes grossissaient légèrement ses yeux bleus pétillants.

« Vous n'avez pas compris ma question, Anderson. Je sais bien qu'il ne vous a rien dit ce soir, il n'est pas idiot. Je veux parler du premier interrogatoire. Et je vous conseille de tout me dire car lui me le dira.

— Il n'y a pas eu de premier interrogatoire », déclara Ralph.

Il n'avait aucune raison d'éprouver de l'embarras, compte tenu du dossier qu'ils avaient monté en seulement quatre jours et pourtant, il se sentait mal à l'aise. Notamment parce que Howie Gold l'appelait par son nom de famille, comme s'ils n'avaient jamais bu des coups ensemble au Wagon Wheel, en face du tribunal du comté. Il éprouvait une envie irrépressible, et ridicule, de dire à Howie : *Ne me regardez pas, regardez plutôt le type à côté de moi. C'est lui qui a le pied sur l'accélérateur.*

« Hein ? s'exclama l'avocat. Attendez voir… »

Gold fourra les mains dans ses poches de pantalon et se balança d'avant en arrière. Ralph l'avait vu faire ça bien souvent, au tribunal, et il se prépara à encaisser. Subir un contre-interrogatoire de la part de Howie Gold, à la barre des témoins, n'était jamais une expérience agréable. Pourtant, Ralph ne lui en tenait pas rigueur, cela faisait partie du jeu.

« Vous êtes en train de me dire que vous avez arrêté Terry devant deux mille personnes sans lui avoir donné l'occasion de s'expliquer ?

— Vous êtes un très bon avocat, répondit Ralph, mais Dieu lui-même ne pourrait pas tirer Maitland d'affaire sur ce coup-là. Par ailleurs, il y avait peut-être mille deux cents personnes au match, mille cinq cents au maximum. Estelle-Barga ne peut pas en contenir deux mille. Les gradins s'écrouleraient. »

Gold ignora cette piètre tentative pour détendre l'atmosphère. Il observait Ralph comme s'il avait devant les yeux une nouvelle espèce d'insecte.

« N'empêche. Vous l'avez arrêté dans un lieu public, au moment où, sans doute, il allait connaître l'apothéose de…

— *L'apo* quoi ? » demanda Samuels, tout sourire.

Gold ignora cette remarque également. Il continuait à observer Ralph.

« Vous auriez pu installer une présence policière discrète autour du terrain et l'arrêter alors qu'il rentrait chez lui. Mais vous êtes intervenus devant sa femme et ses filles, c'était forcément délibéré. Qu'est-ce qui vous a pris ? Quelle mouche vous a piqués, nom d'un chien ? »

Ralph sentit son visage s'enflammer encore une fois.

« Vous voulez vraiment le savoir, maître ?

— Ralph », intervint Samuels sur un ton de mise en garde.

Il posa la main sur le bras de l'inspecteur. Celui-ci le repoussa d'un geste.

« Ce n'est pas *moi* qui l'ai arrêté. J'avais pris deux agents car je craignais de lui sauter à la gorge et de l'étrangler. Ce qui aurait donné un peu trop de travail à un avocat intelligent dans votre genre. » Il avança d'un pas afin de pénétrer dans l'espace de Gold et l'obliger à cesser ce balancement d'avant en arrière. « Maitland a enlevé Frank Peterson et il l'a emmené à Figgis Park. Là, il l'a violé avec une branche, avant de le tuer. Vous voulez savoir *comment* il l'a tué ?

— Ralph, c'est une information confidentielle ! » s'étrangla Samuels.

Ralph poursuivit sur sa lancée :

« Le premier rapport d'autopsie semble indiquer qu'il a égorgé le gamin avec ses dents. Peut-être même qu'il a avalé des morceaux de chair. Vous entendez ? Et tout ça l'a tellement excité qu'il a baissé son froc et balancé son sperme sur les cuisses du gamin. C'est le meurtre le plus répugnant, le plus infâme, le plus atroce qu'on verra jamais, Dieu nous en préserve. Sans doute qu'il préparait son coup depuis longtemps. Ceux d'entre nous qui étaient sur place ne sont pas près de l'oublier. Et c'est Terry Maitland qui a fait ça. *Coach T.* Il n'y a pas si longtemps, il posait ses sales pattes sur mon fils pour lui montrer comment tenir une batte. Il vient de me le dire, comme si cela était censé le disculper ou je ne sais quoi. »

Gold ne regardait plus Ralph comme un insecte bizarre. Son visage affichait une sorte de stupéfaction ; on aurait dit qu'il venait de tomber sur un objet abandonné par des extraterrestres. Ralph s'en fichait. Il était au-delà de ça.

« Vous avez un fils vous aussi, non ? demanda-t-il. Tommy, c'est bien ça ? N'est-ce pas pour cette raison que vous avez commencé à entraîner les juniors avec Terry, parce que Tommy jouait au baseball ? Il a tripoté votre fils aussi. Et maintenant, vous allez le défendre ? »

Samuels intervint de nouveau :

« Anderson, fermez-la, nom de Dieu ! »

Gold avait cessé de se balancer d'avant en arrière, sans céder le moindre pouce de terrain pour autant, et il continuait à poser sur Ralph le même regard chargé d'un étonnement quasi anthropologique.

« Vous ne l'avez même pas interrogé, murmura-t-il. Même pas. Je n'ai jamais… *jamais*…

— Oh, arrêtez, le coupa Samuels avec une jovialité forcée. Vous avez tout vu, Howie. Et même deux fois.

— Je désire m'entretenir avec mon client maintenant, déclara Gold sèchement. Alors fermez votre foutu micro et tirez le rideau.

— Soit, dit Samuels. Vous avez un quart d'heure, et ensuite on rapplique. Pour voir si le coach a quelque chose à nous dire.

— Une heure, monsieur le procureur.

— Une demi-heure. Ensuite, soit on recueille ses aveux, ce qui pourrait faire la différence entre la perpétuité à McAlester et l'injection, soit on l'envoie en cellule jusqu'à la lecture de l'acte d'accusation lundi. À vous de décider. Mais si vous pensez que nous avons agi à la légère, vous vous fourrez le doigt dans l'œil. »

Gold gagna la porte. Ralph passa sa carte magnétique devant la serrure, il écouta le bruit sourd du double verrou qui s'ouvre, puis retourna derrière la glace pour regarder l'avocat entrer dans la salle d'interrogatoire. Samuels se raidit en voyant Maitland se lever et marcher vers Gold, les bras tendus, mais son expression trahissait du soulagement, et non pas de l'agressivité. Il étreignit Gold, qui lâcha sa mallette pour l'enlacer à son tour.

« N'est-ce pas attendrissant ? » ironisa Samuels.

Gold se retourna comme s'il avait entendu cette réflexion, malgré le miroir, et il montra du doigt la petite lumière rouge de la caméra.

« Éteignez-moi ça. » Sa voix retentit dans le haut-parleur. « Coupez le son aussi. Et tirez le rideau. »

Les commandes se trouvaient sur une console murale qui accueillait également les systèmes d'enregistrement audio et vidéo. Ralph abaissa les interrupteurs. La lumière rouge de la caméra installée en hauteur dans un coin de la salle d'interrogatoire s'éteignit. Il adressa un signe de tête au procureur, qui tira le rideau. Ce bruit raviva un souvenir désagréable dans l'esprit de Ralph. À trois reprises (avant l'arrivée de Samuels), il avait assisté à des exécutions à la prison de McAlester. Un rideau semblable, peut-être fabriqué par la même société, coulissait devant la longue vitre qui séparait la chambre d'exécution de la salle réservée au public. Il s'ouvrait dès que les témoins entraient et se refermait dès que le condamné était déclaré officiellement mort. En produisant un grincement identique.

« Je vais manger un hamburger et boire un soda en face, chez Zoney's, annonça Samuels. J'étais trop nerveux pour avaler quoi que ce soit. Vous voulez quelque chose ?

— Je prendrais bien un café. Sans lait, un seul sucre.

— Vous êtes sûr ? J'ai déjà goûté à leur café. Ce n'est pas par hasard qu'on appelle ça la Mort noire.

— Je cours le risque.

— OK. Je reviens dans un quart d'heure. S'ils finissent avant, ne commencez pas sans moi. »

Aucun risque. Pour Ralph, c'était Bill Samuels qui tenait les rênes maintenant. À lui les lauriers, si tant est qu'il y en ait à gagner dans cette sale affaire. Des chaises étaient alignées de l'autre côté du couloir. Ralph choisit la plus proche de la photocopieuse, qui ronflait doucement dans son sommeil. Les yeux fixés sur le rideau, il se demandait ce qu'était en train de raconter Terry Maitland, là-derrière, quel alibi abracadabrant il essayait de faire gober à son co-entraîneur.

Il se surprit à penser à l'imposante Amérindienne qui avait chargé Maitland dans son taxi devant le Gentlemen, Please, pour le conduire à la gare de Dubrow. *J'entraîne une équipe de basket au YMCA. Des équipes mixtes en théorie, mais y a surtout des garçons. Maitland venait souvent, pas tous les samedis mais presque, et il s'installait dans les gradins avec les parents pour voir les gamins jouer. Il m'a raconté qu'il recherchait des joueurs de talent pour son équipe de baseball de la Little League*, avait-elle dit.

Elle connaissait Maitland et c'était sans doute réciproque. Compte tenu de sa corpulence et de son appartenance ethnique, ce n'était pas une femme qu'on oubliait facilement. Pourtant, dans le taxi, il l'avait appelée *madame*. Pourquoi ? Parce que même s'il connaissait son visage, il avait oublié son nom ? Possible, mais Ralph n'aimait pas trop cette explication. Willow Rainwater, ce n'était pas un nom qui s'oubliait facilement, là non plus.

« Bah, il était stressé, dit-il à voix basse en se parlant à lui-même ou à la photocopieuse endormie. Et puis… »

Un autre souvenir lui revint en mémoire, accompagné d'une autre explication, qui lui plaisait davantage. Son petit frère, Johnny, de trois ans son cadet, n'avait jamais été très doué pour jouer à cache-cache. Très souvent, il se contentait de foncer dans sa chambre et de se glisser sous ses couvertures, convaincu apparemment que s'il ne pouvait pas voir son grand frère, celui-ci ne pouvait pas le voir non plus. Se pouvait-il qu'un homme qui venait de commettre un meurtre épouvantable soit victime de la même pensée magique ? *Si je ne vous connais pas, vous ne me connaissez pas.* C'était une logique dingue, certes, mais ce crime était celui d'un dingue, et cela n'expliquerait pas seulement le comportement de Terry face à Rainwater, cela expliquerait pourquoi il avait cru pouvoir s'en tirer, alors qu'un grand nombre d'habitants de Flint City le connaissaient, et qu'il était une vedette chez les amateurs de sport.

Mais il y avait Carlton Scowcroft. S'il fermait les yeux, Ralph pouvait presque se représenter Gold en train de souligner au crayon un passage-clé de cette déposition et de préparer sa plaidoirie devant les jurés. Peut-être plagierait-il l'avocat d'OJ Simpson. *Si la main ne rentre pas dans le gant, vous devez prononcer l'acquittement*, avait déclaré Johnnie Cochran. La version de Gold, presque aussi accrocheuse, pourrait être : *S'il ne savait pas, vous devez le relâcher*.

Ça ne marcherait pas, ça n'avait même aucun rapport, mais…

D'après Scowcroft, Maitland avait expliqué la présence de sang sur son visage et ses vêtements en disant qu'un vaisseau de son nez avait éclaté. *Un vrai geyser*, avait dit Terry. *Il y a un service d'urgence dans les parages ?*

Pourtant, à l'exception de quatre années d'université, Terry Maitland avait vécu à Flint City toute sa vie. Il n'avait pas besoin du panneau situé près de Coney Ford pour s'orienter ; il n'avait même pas besoin de poser la question. Alors, pourquoi l'avait-il fait ?

Samuels revint avec un Coca, un hamburger enveloppé de papier d'aluminium et un gobelet de café qu'il tendit à Ralph.

« Rien de neuf ici ?

— Non. D'après ma montre, il leur reste vingt minutes. Quand ils auront terminé, j'essayerai de convaincre Maitland de nous donner un échantillon d'ADN. »

Samuels déballa son hamburger et souleva délicatement le petit pain pour regarder à l'intérieur.

« Oh, bon sang ! On dirait un prélèvement effectué par un médecin légiste sur un grand brûlé. »

Ce qui ne l'empêcha pas de mordre dedans.

Ralph envisagea d'évoquer la conversation entre Terry et Rainwater, et l'étrange question du coach concernant le service des urgences, mais il s'abstint. Il aurait pu souligner que Terry ne s'était pas déguisé et n'avait même pas cherché à se dissimuler derrière des lunettes noires, mais là encore, il s'abstint. Il avait déjà soulevé ces interrogations et Samuels les avait écartées d'un revers de la main en affirmant, à juste titre, qu'elles ne pesaient pas lourd face aux témoignages visuels et aux indices scientifiques accablants.

Le café était aussi infect que l'avait prédit Samuels, mais Ralph le but malgré tout, à petites gorgées, et le gobelet était presque vide quand Gold sonna pour qu'on lui ouvre. En voyant son expression, Ralph sentit son ventre se nouer. Ce n'était pas de l'inquiétude, ni de la colère, ni cette indignation théâtrale qu'affichaient parfois certains avocats quand ils comprenaient que leur client était dans de sales draps. Non, c'était de la compassion, et elle semblait sincère.

« *Oy vey*[1], dit-il. J'en connais deux qui vont avoir de gros ennuis. »

---

1. Interjection yiddish pouvant se traduire par : « Malheur ! »

20

CENTRE HOSPITALIER
DE FLINT CITY
SERVICE DE PATHOLOGIE ET DE SÉROLOGIE

De : Dr Edward Bogan

À : Inspecteur Ralph Anderson
Lieutenant Yunel Sablo
Procureur William Samuels

Date : 14 juillet

Sujet : Typage sanguin et ADN

Sang :

Plusieurs objets ont été analysés afin de déterminer le groupe sanguin.

Tout d'abord, la branche utilisée pour sodomiser la victime, Frank Peterson, un enfant de onze ans de race blanche. Cette branche mesure environ cinquante-cinq centimètres de long et sept de diamètre. L'écorce a été arrachée sur la moitié de la branche, dans sa partie supérieure, sans doute à la suite d'une manipulation brutale de la part de l'auteur de ce crime (voir photo jointe). Des empreintes sont présentes sur cette section de la branche. Elles ont été photographiées et prélevées par les services criminalistiques de l'État (SCD), avant que les indices soient transmis au détective Ralph Anderson (police de

Flint City) et au *trooper* Yunel Sablo (police d'État poste 7). Je peux donc affirmer que la chaîne de transmission des indices n'a pas été contaminée.

Le sang retrouvé sur les douze premiers centimètres de la branche est de type O+, qui correspond au groupe sanguin de la victime comme l'a confirmé le médecin de famille de Frank Peterson, Horace Connolly. Il y a de nombreuses autres traces de sang O+ sur la branche, dues à un phénomène appelé « projection » ou « mousse ». Celles-ci ont probablement jailli durant le viol, et on peut logiquement penser que l'auteur a reçu lui aussi des projections, sur la peau et ses vêtements.

Des traces d'un autre groupe sanguin ont également été retrouvées sur la branche. Il s'agit de sang AB+, un groupe beaucoup plus rare (3 % de la population). Je pense qu'il s'agit du sang de l'auteur du crime, et qu'il a dû s'entailler la main en manipulant la branche avec une très grande violence.

Par ailleurs, une importante quantité de sang O+ a été découverte sur le siège avant, le volant et le tableau de bord d'une camionnette Econoline de 2007 abandonnée sur le parking derrière le Shorty's Pub (1124 Main Street). Des taches de sang AB+ ont également été retrouvées sur le volant. Ces échantillons m'ont été transmis par les sergents

Elmer Stanton et Richard Spencer, du SCD. Je peux donc affirmer que la chaîne de transmission des indices n'a pas été contaminée.

Signalons également une importante quantité de sang de type O+ sur les vêtements (chemise, pantalon, chaussettes, baskets Adidas, slip Jockey) retrouvés à l'intérieur d'une Subaru de 2011 découverte à proximité d'un ponton abandonné, près de la Route 72 (également appelée Old Forge Road). Présence d'une tache de sang AB+ sur le poignet gauche de la chemise. Ces échantillons m'ont été transmis par le *trooper* John Koryta (poste 7) et le sergent Spencer du SCD. Je peux donc affirmer que la chaîne de transmission des indices n'a pas été contaminée. Au moment où je rédige ce rapport, aucune trace de sang AB+ n'a été retrouvée à bord de la Subaru Outback. Il est possible que les égratignures infligées à l'auteur du crime aient eu le temps de coaguler au moment où il a abandonné le susdit véhicule. Il est possible également qu'il ait bandé ses blessures, mais cela me paraît peu probable car les échantillons sont infimes. Il s'agissait très certainement de coupures superficielles.

Je recommande une analyse rapide du sang du suspect, en raison de la rareté relative du groupe AB+.

ADN :

La quantité d'échantillons d'ADN en
attente d'analyses à Cap City est toujours très importante et, en temps normal, on ne peut pas obtenir les résultats
avant des semaines, voire des mois. Toutefois, compte tenu de l'extrême brutalité de ce crime et de l'âge de la
victime, les échantillons prélevés sur
la scène de crime ont été placés « au
début de la file ».

Parmi ces échantillons figure principalement le sperme retrouvé sur les
cuisses et les fesses de la victime,
mais des échantillons de peau ont également été prélevés sur la branche
utilisée pour sodomiser le petit Peterson. Sans oublier, bien évidemment, les
traces de sang susmentionnées. Les analyses concernant le sperme, destinées à
obtenir une identification potentielle,
devraient arriver la semaine prochaine.
Le rapport sera peut-être même disponible avant, d'après le sergent Stanton. Mais j'ai déjà été confronté à ce
genre de problèmes, et il me semble plus
prudent de miser sur vendredi prochain,
même dans une affaire prioritaire comme
celle-ci.

Conscient d'enfreindre le protocole,
je me sens tenu, néanmoins, d'ajouter un
commentaire personnel. Dans ma carrière,
j'ai été amené à examiner de nombreux
indices relatifs à de nombreux meurtres,

mais jamais je n'ai été confronté à un tel crime, et la personne qui l'a commis doit être arrêtée de toute urgence.

Compte rendu dicté à 11 h 00 par le Dr Edward Bogan.

21

Howie Gold termina son entretien privé avec Terry à vingt heures quarante, soit dix minutes avant la fin de la demi-heure qu'on lui avait accordée. À ce moment-là, Ralph et Bill Samuels avaient été rejoints par Troy Ramage et Stephanie Gould, une agente de police qui avait pris son service à vingt heures. Elle tenait à la main un kit de prélèvement ADN encore dans son sachet en plastique. Ignorant la menace lancée par Howie, Ralph demanda à l'avocat si son client acceptait de se soumettre à un prélèvement de salive.

Howie bloquait la porte de la salle d'interrogatoire avec son pied pour l'empêcher de se refermer.

« Ils veulent effectuer un prélèvement de salive, Terry. Tu es d'accord ? Ils l'obtiendront de toute façon, et je dois passer quelques coups de téléphone urgents.

— D'accord », dit Terry. Des cernes étaient apparus sous ses yeux, mais il paraissait calme. « L'essentiel, c'est que je puisse sortir d'ici avant minuit. »

Il semblait absolument convaincu que c'était ce qui allait se passer. Ralph et Samuels échangèrent un regard. Le haussement de sourcils du procureur le fit ressembler plus que jamais à Alfalfa.

« Appelle ma femme, demanda Terry. Dis-lui que je vais bien. »

Howie sourit.

« Elle est en première position sur ma liste.

— Allez au bout du couloir, lui conseilla Ralph. Vous aurez cinq barres.

— Je sais. Je suis déjà venu. C'est un peu comme une réincarnation. » Puis, s'adressant à son client : « Pas un mot avant mon retour. »

L'agent Ramage effectua les prélèvements : un coton-tige différent pour l'intérieur de chaque joue. Il les montra à la caméra avant de les déposer dans un petit flacon. L'agent Gould remit le flacon dans le sac en plastique et le leva devant la caméra pendant qu'elle le scellait à l'aide d'un autocollant rouge portant la mention « Indice ». Après quoi, elle signa la fiche de traçabilité. Les deux agents iraient ensuite déposer le prélèvement dans la remise, de la taille d'un placard, qui servait à stocker les pièces à conviction. Avant d'être archivé, il serait présenté encore une fois devant une caméra fixée au mur. Deux autres agents, de la police d'État sans doute, le transporteraient à Cap City le lendemain. Ainsi la chaîne ne serait pas contaminée, aurait dit le Dr Bogan. Tout cela pouvait sembler un peu excessif, mais ce n'était pas une plaisanterie. Ralph avait insisté pour qu'il n'y ait pas le moindre maillon faible dans la chaîne. Aucune bévue. Aucune faille permettant une libération. Pas dans cette affaire.

Samuels retourna dans la salle d'interrogatoire pendant que Howie passait ses appels près du bureau principal, mais Ralph resta dans le couloir, il voulait écouter. L'avocat s'entretint brièvement avec l'épouse de Terry – Ralph l'entendit dire : *Tout va s'arranger, Marcy* –, avant de passer un second appel, plus bref encore, pour informer quelqu'un de l'endroit où se trouvaient les filles de Terry, et rappeler à cette personne que la presse allait envahir Barnum Court ; il fallait donc prendre les mesures qui s'imposaient. Sur ce, il regagna la salle d'interrogatoire.

« Bon, dit-il. Voyons si on peut régler ce merdier. »

Ralph et Samuels s'assirent en face de Terry, de l'autre côté de la table. La chaise entre eux demeura vide. Howie choisit de rester debout à côté de son client, une main posée sur son épaule.

Souriant, Samuels attaqua le premier :

« Vous aimez les petits garçons, hein, Coach ? »

Aucune hésitation dans la réponse de Terry :

« Beaucoup. J'aime aussi les petites filles, puisque j'en ai deux moi-mêmes.

— Et je suis sûr que vos filles font du sport. Avec Coach T. pour père, comment pourrait-il en être autrement ? Pourtant, vous n'entraînez aucune équipe féminine, n'est-ce pas ? Ni football, ni softball, ni lacrosse. Vous vous en tenez aux garçons. Baseball l'été, football à l'automne et basket au YMCA en hiver, même si là, vous êtes juste spectateur. Tous ces samedis après-midi au Y, c'était ce qu'on pourrait appeler des missions de repérage, non ? Vous recherchiez des garçons rapides et agiles. Et peut-être que vous en profitiez pour les regarder en short. »

Ralph attendait que Howie mette fin à cette tirade, mais l'avocat demeurait muet, pour l'instant du moins. Son visage était devenu totalement inexpressif, rien ne bougeait, hormis ses yeux qui allaient d'une personne à l'autre. *Ça doit être un sacré joueur de poker*, pensa Ralph.

Terry, lui, souriait.

« Vous tenez ça de Willow Rainwater, je parie ? Forcément. Un sacré numéro, hein ? Vous devriez l'entendre beugler le samedi après-midi : "Au rebond ! Au rebond ! Levez les pieds ! FONCEZ AU PANIER !" Comment elle va ?

— À vous de me le dire, répondit Samuels. Après tout, vous l'avez vue mardi soir.

— Non, je... »

Howie pinça l'épaule de Terry pour l'empêcher d'en dire plus.

« Bon, intervint-il. Si on arrêtait "l'interrogatoire pour les nuls", hein ? Dites-nous plutôt pourquoi Terry est ici. Allez-y, déballez tout.

— Dites-nous où vous étiez mardi, répliqua Samuels. Vous avez commencé, terminez.

— J'étais... »

Howie Gold lui pinça l'épaule de nouveau, plus fort cette fois.

« Non, Bill. Ça ne marche pas comme ça. Dites-nous ce que vous avez ou sinon, je vais voir les journalistes pour leur annoncer que vous avez arrêté un éminent citoyen de Flint City pour le meurtre de Frank Peterson, que vous avez sali sa réputation et terrorisé sa femme et ses filles, et que vous refusez d'expliquer pourquoi. »

Samuels se tourna vers Ralph, qui haussa les épaules. Si le procureur n'avait pas été présent, Ralph aurait déjà exposé tous les indices, dans l'espoir d'obtenir des aveux rapides.

« Allons-y, Bill, reprit Howie. Cet homme a besoin de rentrer chez lui et de retrouver les siens. »

Samuels sourit, mais il n'y avait aucun humour dans ses yeux ; il se contentait de montrer les dents.

« Il verra sa famille au tribunal, Howard. Lundi, lors de la lecture de l'acte d'accusation. »

Ralph sentait craquer l'étoffe de la politesse et il rejetait la majeure partie de la faute sur Bill, rendu véritablement fou furieux par ce crime, et par l'homme qui l'avait commis. Comme le serait n'importe qui… mais ce n'est pas ça qui fait avancer la charrue, aurait dit son grand-père.

« Avant de commencer, j'ai une question pour votre client, dit Ralph en faisant un gros effort pour afficher un air enjoué. Juste une. D'accord, maître ? De toute façon, on finira par avoir la réponse. »

Howie parut soulagé de pouvoir reporter son attention sur une autre personne que Samuels.

« Je vous écoute.

— Quel est votre groupe sanguin, Terry ? Vous le connaissez ? »

Terry se tourna vers son avocat, qui haussa les épaules, avant de revenir sur Ralph.

« Évidemment que je le connais. Je donne mon sang six fois par an à la Croix-Rouge car il est assez rare.

— AB positif ? »

Terry ouvrit de grands yeux.

« Comment vous le savez ? » Puis, devinant la réponse, il s'empressa d'ajouter : « Mais pas si rare que ça. Un groupe sanguin vraiment rare, c'est AB négatif. Un pour cent de la population. La Croix-Rouge tient à jour le fichier de ses donneurs, croyez-moi.

— Quand on parle de choses rares, je pense toujours aux empreintes, intervint Samuels, d'un ton léger. Peut-être parce qu'elles apparaissent souvent au tribunal.

— Et rarement dans les arguments du jury », souligna Howie.

Samuels ignora cette remarque.

« Il n'y en jamais deux semblables, poursuivit-il. Même dans les empreintes d'authentiques jumeaux il existe d'infimes différences. Dites-moi, Terry, vous n'auriez pas un frère jumeau, par hasard ?

— Vous n'êtes pas en train de me dire que vous avez relevé mes empreintes à l'endroit où le petit Peterson a été tué, si ? »

L'expression de Terry exprimait la plus grande incrédulité. Ralph devait le reconnaître : c'était un sacré acteur et, visiblement, il était décidé à jouer son rôle jusqu'au bout.

« On a tellement d'empreintes que je ne peux même plus les compter, répondit Ralph. Il y en a partout. Sur la camionnette blanche qui vous a servi à enlever le garçon. Sur son vélo, que l'on a retrouvé à l'arrière de la camionnette. Sur la boîte à outils qui était dans cette camionnette. Sur la

Subaru que vous avez récupérée derrière le Shorty's. » Il s'interrompit, avant d'ajouter : « Et sur la branche qui a servi à sodomiser le petit Peterson. Une agression si violente que les blessures internes à elles seules auraient suffi à le tuer.

— Pas besoin de poudre ou de lumière ultraviolette pour relever ces empreintes, ajouta Samuels. Elles sont imprimées dans le sang du garçon. »

C'était généralement à ce moment-là que la plupart des meurtriers – quatre-vingt-quinze pour cent, disons – craquaient, avocat ou pas. Mais pas celui-ci. Ralph vit la stupeur et l'effroi se peindre sur le visage de l'homme, mais pas la culpabilité.

Howie enchaîna :

« Vous avez des empreintes ? Parfait. Ce ne serait pas la première fois qu'on manipule des empreintes.

— Quelques-unes, peut-être, dit Ralph. Mais soixante-dix ? Quatre-vingts ? Dans le sang, sur l'arme elle-même ?

— Nous avons également une ribambelle de témoins », ajouta Samuels. Il entreprit de les énumérer en comptant sur ses doigts. « On vous a vu aborder le petit Peterson sur le parking de l'épicerie fine Gerald's. On vous a vu charger son vélo à l'arrière de la camionnette. On l'a vu monter à bord avec vous. On vous a vu sortir du bois où le meurtre a été commis, couvert de sang. Je pourrais continuer, mais ma mère m'a toujours dit qu'il fallait en garder pour plus tard.

— Les témoins oculaires sont rarement fiables, répliqua Howie. Déjà, les empreintes digitales sont sujettes à caution, mais les témoins... »

Il secoua la tête.

Ralph reprit la parole :

« Dans la plupart des affaires, je serais d'accord avec vous. Mais pas ici. Récemment, j'ai interrogé quelqu'un qui m'a dit que Flint City n'était qu'une petite ville. Je ne suis pas certain de partager cet avis, néanmoins, le West Side forme une communauté très unie, et votre client, M. Maitland, est très connu. Terry, la femme qui vous a identifié devant l'épicerie est une voisine, et la fillette qui vous a vu sortir du bois à Figgis Park vous connaît bien elle aussi, pas seulement parce qu'elle habite près de chez vous dans Barnum Street, mais parce qu'un jour, vous lui avez rapporté son chien perdu.

— June Morris ? » Terry regardait Ralph en affichant une authentique stupéfaction. « Junie ?

— Il y en a d'autres, dit Samuels. Beaucoup d'autres.

— Willow ? demanda Terry, essoufflé comme s'il avait reçu un direct au plexus. Elle aussi ?

— Beaucoup d'autres, répéta Samuels.

— Tous ces témoins vous ont identifié parmi cinq autres personnes, ajouta Ralph. Sans aucune hésitation.

— La photo de mon client le représentait coiffé d'une casquette des Golden Dragons et vêtu d'un maillot avec un grand C dessus ? demanda Howie. Ou peut-être que la personne chargée de l'interrogatoire tapotait dessus avec son doigt ?

— Vous savez bien que ça ne se passe pas comme ça, rétorqua Ralph. En tout cas, je l'espère.

— C'est un cauchemar », dit Terry.

Samuels lui adressa un sourire compatissant.

« Je comprends. Pour y mettre fin, il suffit de nous raconter pourquoi vous avez fait ça. »

Comme s'il existait une raison qu'une personne saine d'esprit puisse comprendre, songea Ralph.

« Ça pourrait faire la différence, poursuivit le procureur, d'un ton presque enjôleur maintenant. Mais vous devez avouer avant qu'on reçoive les résultats des analyses d'ADN. Quand on aura établi la similitude avec le prélèvement de salive… »

Il conclut par un haussement d'épaules.

« Dites-nous tout, Terry, enchaîna Ralph. J'ignore s'il s'agit d'un coup de folie passager, d'un acte commis dans un état second, d'une pulsion sexuelle ou d'autre chose, mais expliquez-nous. » Il entendait son ton monter et il envisagea de la boucler, puis il pensa : *Et puis merde !* « Comportez-vous en homme, dites-nous tout ! »

Comme s'il se parlait à lui-même plus qu'aux hommes assis de l'autre côté de la table, Terry répondit :

« Je ne sais pas comment on en est arrivés à cette situation. Je n'étais même pas en ville mardi.

— Où étiez-vous, alors ? interrogea Samuels. Allez-y, racontez-nous. J'adore les bonnes histoires. Quand j'étais au lycée, j'ai lu presque tous les Agatha Christie. »

Terry se tourna vers son avocat, qui hocha la tête. Mais Ralph trouvait que Howie Gold paraissait inquiet désormais. L'histoire du groupe sanguin et des empreintes digitales l'avait ébranlé. L'énumération des témoins encore plus. Plus que tout, peut-être, il avait été secoué par la déposition de la petite Junie Morris, dont le chien avait été retrouvé par ce brave Coach T., sur qui on pouvait toujours compter.

« J'étais à Cap City. Je suis parti d'ici mardi matin et je suis rentré mercredi soir, tard. Enfin, tard pour moi. Vers neuf heures et demie.

— Je suppose qu'il n'y avait personne avec vous ? ironisa Samuels. Vous êtes parti tout seul, pour faire le point, c'est ça ? En vue du grand match ?

— Je...

— Vous avez pris votre voiture ou la camionnette blanche ? Au fait, où aviez-vous planqué cette camionnette ? Et comment se fait-il que vous ayez volé un véhicule immatriculé dans l'État de New York ? J'ai une théorie à ce sujet, mais j'aimerais vous entendre la confirmer ou l'infirmer...

— Vous voulez écouter ce que j'ai à dire, oui ou non ? » demanda Terry. Aussi incroyable que cela puisse paraître, il avait recommencé à sourire. « Peut-être que vous avez peur d'entendre ma version. Vous êtes dans la merde jusqu'à la taille, monsieur le procureur, et vous continuez à vous enfoncer.

— Ah oui ? Dans ce cas, pourquoi, de nous deux, c'est moi qui vais pouvoir sortir d'ici et rentrer à la maison après cet interrogatoire ?

— Du calme », intervint Ralph.

Samuels se tourna vers lui. Son épi se balançait de haut en bas. Ralph ne trouvait plus cela comique.

« Ne me dites pas de me calmer, inspecteur. Nous sommes en présence d'un homme qui a violé un enfant avec une branche et l'a ensuite égorgé comme… comme un putain de cannibale ! »

Gold leva les yeux vers la caméra fixée dans un coin ; il s'adressait maintenant au futur jury.

« Cessez de vous comporter en enfant colérique, monsieur le procureur, ou sinon, je mets fin immédiatement à cet interrogatoire.

— Je n'étais pas seul, déclara Terry, et je ne sais pas de quelle camionnette blanche vous parlez. J'ai fait le trajet avec Everett Roundhill, Billy Quade et Debbie Grant. Autrement dit, tout le département d'anglais du lycée de Flint. Mon Ford Expedition était au garage à cause d'un problème de clim, alors on a pris la voiture d'Everett. C'est le directeur du département et il possède une BMW. Très spacieuse. On a quitté le lycée à dix heures. »

Samuels semblant trop désorienté pour poser la question qui s'imposait, Ralph s'en chargea :

« Qu'est-ce qui peut attirer quatre professeurs d'anglais à Cap City en plein pendant les grandes vacances ?

— Harlan Coben.

— Qui est Harlan Coben ? » demanda Bill Samuels.

Apparemment, son intérêt pour le roman policier s'arrêtait à Agatha Christie.

Ralph connaissait la réponse, car s'il ne lisait pas énormément de romans, sa femme si.

« L'auteur de polars ? demanda-t-il.

— Oui, l'auteur de polars, confirma Terry. Il

existe une association nommée Les Profs d'anglais des Trois États, et chaque année, en été, ils organisent une conférence de trois jours. C'est le seul moment de l'année où tout le monde peut se rassembler. Il y a des séminaires, des tables rondes, etc. Tous les ans, ça se passe dans une ville différente. Cette année, c'était à Cap City. Mais les professeurs d'anglais sont comme tout le monde, voyez-vous. Pas facile de tous les réunir, même l'été, car ils ont toujours un tas de choses à faire – des travaux de peinture, des trucs à réparer, tout ce qui n'a pas été fait durant l'année scolaire, sans oublier les vacances en famille et les diverses activités estivales. En ce qui me concerne, c'est la Little League et la City League. Alors, l'association essaye toujours d'attirer un intervenant célèbre le deuxième jour, là où il y a le plus de participants.

— Mardi dernier, en l'occurrence ? demanda Ralph.

— Exact. Cette année, la conférence avait lieu au Sheraton, entre le 9 juillet, le lundi donc, et le 11 juillet, le mercredi. Cela faisait cinq ans que je n'avais pas assisté à ces conférences, mais quand Everett m'a annoncé que Coben serait l'invité d'honneur, et que mes autres collègues profs d'anglais y allaient, je me suis arrangé pour confier les entraînements de mardi et de mercredi à Gavin Frick et au père de Baibir Patel. J'avais des remords, à cause de la demi-finale qui approchait, mais je savais que je serais de retour pour les entraînements de jeudi et de vendredi, et je ne voulais pas manquer Coben. J'ai lu tous ses romans. Ses intrigues sont fortiches et il a le sens de l'humour. En outre, le thème de cette année, c'était : "Comment enseigner la fiction populaire aux élèves de cinquième à la terminale ?" Un sujet sensible depuis des années, surtout dans cette partie du pays.

— Épargnez-nous les détails, le coupa Samuels. Allez à l'essentiel.

— Bien. On s'est donc rendus à Cap City. On a assisté au banquet du midi, on a écouté l'intervention de Coben et on a participé à la table ronde du soir, à vingt heures. On a passé la nuit là-bas. Everett et Debbie avaient chacun une chambre individuelle, et moi j'ai partagé les frais avec Billy Quade. Une idée à lui. Il m'a expliqué qu'il devait faire des économies pour agrandir sa maison. Tous trois confirmeront ce que je vous raconte. » Il regarda Ralph et écarta les bras, paumes ouvertes. « J'étais là-bas mardi. Voilà l'essentiel. »

Silence dans la pièce. Finalement, Samuels demanda :

« À quelle heure avait lieu l'intervention de Coben ?

— À quinze heures. Le mardi après-midi.

— Ça tombe bien », ironisa Samuels.

Howie Gold avait un sourire jusqu'aux oreilles.

« Pas pour vous. »

Quinze heures, pensait Ralph. Soit presque le moment où Arlene Stanhope affirmait avoir vu Terry déposer le vélo de Frank Peterson à l'arrière de la camionnette blanche volée et repartir avec le garçon. Non, même pas « presque ». Mme Stanhope se souvenait d'avoir entendu l'horloge de la mairie sonner l'heure.

« L'intervention avait lieu dans la grande salle du Sheraton ? demanda Ralph.

— Oui. Juste en face de la salle de banquet.

— Et vous êtes sûr qu'elle a débuté à quinze heures ?

— En tout cas, c'est à cette heure-là que la présidente de l'association a commencé son discours. Ça s'est éternisé pendant au moins dix minutes.

— Hummm. Et Coben a parlé combien de temps ?

— Trois quarts d'heure, je dirais. Ensuite, il a répondu à quelques questions. Il a dû finir vers seize heures trente. »

Les pensées tourbillonnaient dans la tête de Ralph, tels des bouts de papier pris dans un courant d'air. Il n'avait pas le souvenir de s'être laissé surprendre de cette façon. Ils auraient dû se renseigner sur les faits et gestes de Terry au préalable, mais inutile de refaire le match. Lui-même, Samuels et Yunel Sablo, de la police d'État, étaient tous d'accord pour dire que des questions concernant Maitland avant son arrestation risquaient d'alerter un homme jugé très dangereux. En outre, cela paraissait superflu, compte tenu de l'accumulation de preuves. Mais maintenant…

Il se tourna vers Samuels, sans trouver la moindre aide de ce côté-là. L'expression du procureur trahissait un mélange de méfiance et de perplexité.

« Vous avez commis une grave erreur, dit Gold. Je suis sûr que vous en avez conscience, messieurs.

134

— Non, il n'y a pas d'erreur, répondit Ralph. On a ses empreintes, on a des témoins oculaires qui le connaissent et bientôt, on aura les premiers résultats de l'analyse ADN. S'ils correspondent, affaire bouclée.

— Certes, mais il se pourrait également qu'on dispose d'un autre élément très rapidement, dit Gold. Mon enquêteur est sur le coup, au moment où je vous parle, et je suis confiant.

— Quoi donc ? » demanda Samuels d'un ton sec.

L'avocat sourit.

« Pourquoi gâcher la surprise avant de voir ce qu'Alec a déniché ? Si ce que m'a confié mon client est exact, je crois que cela va ouvrir une nouvelle brèche dans votre coque, Bill, et la barque commence déjà à prendre l'eau sérieusement. »

Le Alec en question était Alec Pelley, un inspecteur de la police d'État à la retraite qui, désormais, travaillait exclusivement pour des avocats qui défendaient des criminels. Il était cher, et efficace. Un jour, autour d'un verre, Ralph avait demandé à Pelley pourquoi il était passé du côté obscur. Pelley lui avait répondu qu'il avait envoyé derrière les barreaux au moins quatre types qu'il avait fini par croire innocents ultérieurement, et il sentait qu'il avait beaucoup de choses à se faire pardonner. « Et puis, avait-il ajouté, la retraite, c'est nul quand on ne joue pas au golf. »

Inutile de spéculer sur ce que Pelley cherchait cette fois-ci… en supposant qu'il ne s'agisse pas d'une simple chimère, ou d'un coup de bluff de l'avocat. De nouveau, Ralph observa Terry. Il cherchait une trace de culpabilité, il ne vit que de l'inquiétude, de la colère et de la stupéfaction : l'expression d'un homme arrêté pour un crime qu'il n'avait pas commis.

Sauf qu'il l'avait commis, tout l'accablait, et l'ADN porterait le coup de grâce. Son alibi était une manipulation construite de main de maître, sortie tout droit d'un roman d'Agatha Christie (ou de Harlan Coben). Ralph s'occuperait de démonter ce tour de magie dès le lendemain matin, en commençant par interroger les collègues de Terry, avant de s'intéresser au programme de la conférence, et plus particulièrement aux heures de début et de fin de l'intervention de Coben.

Avant même de s'attaquer à cette tâche, il percevait déjà une faille dans l'alibi de Terry. Arlene Stanhope avait vu Frank Peterson monter dans la camionnette blanche avec Terry à quinze heures. June Morris avait vu Terry dans Figgis Park, couvert de sang, sur le coup de dix-huit heures trente : sa mère avait précisé que la télé diffusait la météo quand sa fille était partie. Et voilà. Cela laissait un délai de trois heures et demie, plus qu'il n'en fallait pour parcourir la centaine de kilomètres qui séparait Cap City de Flint City.

Supposons alors que ce ne soit *pas* Terry Maitland que Mme Stanhope avait vu sur le parking de l'épicerie fine ? Supposons que ce soit un complice qui ressemblait à Terry ? Ou même quelqu'un simplement habillé comme Terry, avec un maillot et une casquette des Golden Dragons ? Cela semblait peu vraisemblable… sauf si on tenait compte de l'âge de Mme Stanhope… et des épaisses lunettes qu'elle portait…

« Eh bien, avons-nous terminé, messieurs ? demanda Gold. Car si vous avez réellement l'intention de garder M. Maitland, j'ai du pain sur la planche. Avant toute chose, il faut que je contacte la presse. Ce ne sera pas de gaieté de cœur, mais…

— Vous mentez, déclara Samuels.

— … mais cela pourra sans doute détourner leur attention du domicile de Terry, et permettre à ses filles de rentrer chez elles sans être harcelées et photographiées. Mais surtout, cela offrira à cette famille un peu de cette paix dont vous l'avez privée sans aucune considération.

— Gardez ce baratin pour les caméras de la télé », dit le procureur. Il montra Terry, en jouant lui aussi son numéro pour le juge et le jury, via la caméra. « Votre client a torturé et assassiné un enfant, et si sa famille en subit les conséquences, c'est lui le seul responsable.

— Vous êtes incroyables, dit Terry. Vous ne m'avez même pas interrogé avant de m'arrêter. Pas une question, rien. »

Ralph demanda : « Qu'avez-vous fait après l'intervention de Coben ? »

Terry secoua la tête, non pas pour indiquer son refus de répondre, mais comme pour remettre de l'ordre dans ses pensées.

« Après ? J'ai fait la queue avec tout le monde. Mais on était loin derrière, à cause de Debbie. Il a fallu qu'elle aille aux toilettes et elle a insisté pour qu'on l'attende. Elle en a mis du temps. Après la séquence de questions-réponses, un tas de gars ont foncé aux toilettes eux aussi, mais avec les femmes, c'est toujours plus long parce que... bah, vous le savez aussi bien que moi, il y a plus de monde. Je suis allé au kiosque à journaux avec Ev et Billy et on a attendu là. Quand Debbie nous a rejoints, la queue s'étendait jusque dans le hall.

— Quelle queue ? demanda Samuels.

— Vous vivez dans une grotte monsieur le procureur ? La queue pour les dédicaces ! Tout le monde avait un exemplaire de son dernier roman, *I Told You I Would*. Il était inclus dans le prix d'entrée pour assister à la conférence. J'ai fait signer et dater mon exemplaire, et je me ferai un plaisir de vous le montrer. À moins, évidemment, que vous l'ayez déjà emporté avec toutes les affaires que vous avez prises chez moi. Bref, le temps qu'on atteigne la table des dédicaces, il était déjà dix-sept heures trente passées. »

Dans ce cas, pensa Ralph, le gouffre temporel qu'il avait imaginé dans l'alibi de Terry venait de se réduire aux dimensions d'un trou de souris. Théoriquement, on pouvait rallier Cap à Flint en une heure. Sur l'autoroute la vitesse était limitée à 110 kilomètres-heures et tant que vous ne dépassiez pas les 130, les flics se montraient indulgents, mais comment Terry aurait-il eu le temps de commettre ce meurtre ? À moins que son complice-sosie ait fait le coup à sa place, mais comment était-ce possible, alors qu'on avait retrouvé les empreintes de Terry partout, y compris sur la branche ? Réponse : impossible. Par ailleurs, pourquoi Terry aurait-il choisi un complice qui lui ressemblait, qui s'habillait comme lui, ou les deux ? Réponse : impossible.

Samuels demanda :

« Vos collègues professeurs d'anglais sont restés avec vous pendant tout le temps où vous faisiez la queue ?

— Oui.

— La signature avait lieu dans la grande salle également ?

— Oui. Je crois qu'ils appellent ça "la salle de bal".

— Et une fois que vous avez tous obtenu vos autographes, qu'avez-vous fait ?

— On est allés dîner avec des profs d'anglais de Broken Arrow qu'on avait rencontrés dans la queue.

— Où avez-vous dîné ? demanda Ralph.

— Dans un restaurant baptisé Le Brasero. Un restaurant de grillades situé à trois rues de l'hôtel. On y est arrivés vers dix-huit heures, on a bu un ou deux verres avant de manger, et on a pris des desserts. On a passé un très bon moment. » Terry avait dit cela d'un ton presque nostalgique. « On était neuf en tout, je crois. On a regagné l'hôtel à pied et on a assisté à la table ronde du soir qui posait la question de savoir comment aborder des ouvrages tels que *Ne tirez pas sur l'oiseau moqueur* ou *Abattoir cinq*. Ev et Debbie sont partis avant la fin, mais Billy et moi, on est restés jusqu'au bout.

— C'est-à-dire ? demanda Ralph.

— Vingt et une heures trente environ.

— Et ensuite ?

— On a bu une bière au bar, puis on est montés se coucher. »

Maitland écoutait l'intervention d'un célèbre auteur de romans policiers au moment où le petit Peterson était enlevé, se dit Ralph. Il dînait avec huit autres personnes au moment où le petit Peterson était assassiné. Il assistait à une table ronde au moment où Willow Rainwater affirmait l'avoir pris dans son taxi devant le Gentlemen, Please pour le conduire à la gare de Dubrow. Il sait bien que l'on va interroger ses collègues, que l'on va retrouver les profs de Broken Arrow, que l'on va interroger le barman du Sheraton. Il sait bien que l'on va visionner les vidéos de surveillance de l'hôtel et même vérifier l'autographe dans son exemplaire du nouveau roman de Harlan Coben. Il sait bien tout cela, il n'est pas idiot.

La conclusion, à savoir que son récit allait se révéler exact, était à la fois inévitable et invraisemblable.

Samuels se pencha au-dessus de la table, menton en avant.

« Vous espérez nous faire croire que vous étiez avec les autres durant tout ce temps, entre quinze heures et vingt heures le mardi ? Durant *tout* ce temps ? »

Terry posa sur le procureur ce regard dont seuls sont capables les professeurs de lycée. *Nous savons, vous et moi, que vous êtes un imbécile, mais je ne veux pas vous faire honte devant vos pairs en le faisant remarquer.*

« Non, bien sûr que non. Je suis allé aux toilettes

tout seul avant le début de l'intervention de Har-lan Coben. Et j'y suis retourné au restaurant. Vous pourrez peut-être convaincre les jurés que je suis revenu à Flint City, que j'ai tué le pauvre Frankie Peterson et que je suis retourné à Cap City, tout cela durant la minute et demie qu'il m'a fallu pour vider ma vessie. Vous croyez qu'ils marcheront ? »

Samuels se tourna vers Ralph. Celui-ci haussa les épaules.

« Je crois que ce sera tout pour l'instant, dit le procureur. M. Maitland va être conduit à la prison du comté, où il sera écroué jusqu'à la lecture de l'acte d'accusation lundi. »

Terry s'affaissa.

« Vous avez l'intention d'aller jusqu'au bout, hein ? » dit Howie.

Ralph s'attendait à une nouvelle explosion de la part du procureur, mais cette fois-ci, Samuels le surprit. Il semblait presque aussi las que Terry.

« Allons, Howie. Vous savez bien que je n'ai pas le choix, compte tenu des indices. Et quand les résultats ADN seront confirmés, on sifflera la fin de la partie. »

Il se pencha en avant, envahissant de nouveau l'espace de Terry.

« Il vous reste une chance d'échapper à la piqûre, Terry. Pas énorme, mais elle existe. Je vous encourage à la saisir. Laissez tomber votre baratin et avouez. Faites-le pour Fred et Arlene Peterson, qui ont perdu leur fils de la pire façon que l'on puisse imaginer. Vous vous sentirez mieux. »

Terry ne recula pas, comme l'espérait sans doute

Samuels. Au contraire, il se pencha en avant lui aussi, et ce fut le procureur qui eut un mouvement de recul, comme s'il craignait que l'homme assis en face de lui soit porteur d'une maladie contagieuse.

« Il n'y a rien à avouer. Je n'ai pas tué Frankie Peterson. Jamais je ne ferais du mal à un enfant. Vous vous trompez de coupable. »

Samuels soupira et se leva.

« Bien. Je vous ai laissé une chance. Dorénavant… que Dieu vous vienne en aide. »

22

CENTRE HOSPITALIER
DE FLINT CITY
SERVICE DE PATHOLOGIE ET DE SÉROLOGIE

De : Dr F. Ackerman, chef du service de pathologie

À : Inspecteur Ralph Anderson
Lieutenant Yunel Sablo
Procureur William Samuels

Date : 12 juillet

Sujet : Addendum au rapport d'autopsie
PERSONNEL ET CONFIDENTIEL

Suite à votre demande, voici mon opinion.

Indépendamment de savoir si Frank Peterson aurait pu survivre à l'acte de sodomie indiqué dans le rapport d'autopsie (pratiquée le 11 juillet par mes soins, assistée du Dr Alvin Barkland), il ne fait aucun doute que la cause immédiate du décès est une exsanguination (une abondante perte de sang).

Des traces de dents ont été retrouvées sur le visage, la gorge, l'épaule, la poitrine, le flanc droit et le torse de la victime. Ces blessures, couplées aux photos prises sur la scène de crime, suggèrent la séquence suivante : Peterson a été jeté violemment à terre, sur le dos, et mordu au moins six fois, peut-être douze. Il s'agit d'un comportement frénétique. Ensuite, on l'a retourné pour le sodomiser. À ce stade, Peterson était sans doute inconscient. Pendant la pénétration, ou juste après, le meurtrier a éjaculé.

Cet addendum est accompagné de la mention « personnel et confidentiel » car certains éléments de cette affaire, s'ils étaient dévoilés, seraient dramatisés par la presse, locale, mais aussi nationale. Plusieurs parties du corps de la victime, notamment le lobe de l'oreille droite, le téton droit, ainsi que certaines parties de la trachée et de l'œsophage ont disparu. Le meurtrier les a peut-être emportées, ainsi qu'un large morceau de la peau de la nuque, en guise de trophées. Dans le meilleur des cas. Autre hypothèse : il les a mangés.

En tant que responsables de cette enquête, vous agirez comme bon vous semble, néanmoins je ne saurais trop vous recommander de dissimuler ces faits, et mes conclusions, à la presse, mais aussi lors du procès, sauf en cas d'absolue nécessité, afin d'obtenir une condamnation. On imagine sans peine la réaction des parents face à de telles informations, mais qui voudrait leur infliger ça ? Veuillez me pardonner si je suis sortie de mon rôle, mais cela m'a paru nécessaire dans ce cas précis. Je suis médecin, je suis légiste, mais je suis également une mère.

Je vous supplie d'arrêter l'homme qui a souillé et assassiné cet enfant, et vite. Faute de quoi, il recommencera presque à coup sûr.

Dr Felicity Ackerman
Centre hospitalier de Flint City
Chef du service de pathologie
Médecin légiste en chef du comté de
Flint

23

La salle principale du poste de Flint City était grande, mais les quatre hommes qui attendaient Terry Maitland – deux policiers d'État et deux agents pénitentiaires de la prison du comté – semblaient l'occuper entièrement. Ils étaient aussi imposants les uns que les autres. Bien que sonné par ce qui lui était arrivé (et qui se poursuivait), Terry ne put réprimer un petit sourire. La prison n'était qu'à quatre rues de là. On avait réuni une sacrée quantité de muscles pour lui faire parcourir moins d'un kilomètre.

« Tendez les mains devant vous », ordonna un des agents pénitentiaires.

Terry obéit et regarda la nouvelle paire de menottes se refermer brutalement autour de ses poignets. Il chercha Howie du regard, aussi inquiet soudain que quand il avait cinq ans, lorsque sa mère lui avait lâché la main le premier jour de maternelle. Howie était assis sur le coin d'un bureau inoccupé, il parlait au téléphone, mais en voyant l'expression de Terry, il s'empressa d'interrompre sa communication pour se précipiter vers lui.

« Ne touchez pas au prisonnier, monsieur », dit l'agent qui avait menotté Terry.

Howie l'ignora. Il passa son bras autour des épaules de Terry et murmura : « Ça va aller. » Puis, aussi surpris par ce geste que son client, il l'embrassa sur la joue.

Terry emporta ce baiser avec lui tandis que les quatre colosses l'escortaient à l'extérieur, vers une fourgonnette garée derrière une voiture de patrouille qui avait allumé son gyrophare de machine à sous. Et il emporta ces paroles. Surtout elles, alors que les flashs des appareils photo crépitaient, que les projecteurs des caméras de télé s'allumaient et que les questions fusaient dans sa direction, telles des balles : *Avez-vous été inculpé ? Est-ce vous le meur-*

trier ? Avez-vous avoué ? Qu'avez-vous à dire aux
parents de Frank Peterson ?

Ça va aller, lui avait dit Howie, et Terry s'accrochait à ces mots.

Mais évidemment, c'était faux.

DÉSOLÉ

14-15 juillet

1

Le gyrophare à piles qu'Alec Pelley conservait dans la console centrale de son Explorer évoluait dans une sorte de zone grise. Sans doute qu'il n'avait plus vraiment le droit de l'utiliser, étant donné qu'il était retraité de la police d'État, mais d'un autre côté, il faisait partie des réservistes de la police de Cap City, alors peut-être que si. Quoi qu'il en soit, il lui parut nécessaire, pour l'occasion, de le poser sur le tableau de bord et de le mettre en marche. Grâce au gyrophare, il effectua en un temps record le trajet entre Cap et Flint, et il était neuf heures et quart quand il frappa à la porte du 17 Barnum Court. Il n'y avait aucun journaliste mais, plus haut dans la rue, il apercevait la lumière brutale des projecteurs des équipes de télé, devant une maison qu'il devinait être celle des Maitland. Apparemment, toutes les mouches à merde n'avaient pas été attirées par la conférence de presse impromptue de Howie. Il s'y attendait.

Un petit homme trapu aux cheveux blond-roux ouvrit la porte ; son front se plissa et ses lèvres se pincèrent si fort que sa bouche disparut presque entièrement. Il était prêt à envoyer au diable ce

149

visiteur. La femme qui se tenait derrière lui était une blonde aux yeux verts, plus grande que son mari d'au moins cinq centimètres, et beaucoup plus jolie, même sans maquillage et malgré ses yeux gonflés. Elle ne pleurait pas, contrairement à quelqu'un d'autre, dans une des pièces de la maison. Un enfant. Une des filles Maitland, supposa Alec.

« Monsieur et madame Mattingly ? Je suis Alec Pelley. Howie Gold vous a appelés ?

— Oui, répondit la femme. Entrez, monsieur Pelley. »

Alec fit un pas en avant. Mattingly, malgré ses vingt centimètres de moins que lui, se dressa sur son chemin.

« On peut voir vos papiers, d'abord, s'il vous plaît ?

— Bien sûr. »

Alec aurait pu leur montrer son permis de conduire, mais il opta pour sa carte de réserviste de la police. Ils n'avaient pas besoin de savoir que ses activités dans ce domaine se limitaient désormais à quelques prestations honorifiques comme agent de sécurité dans des concerts de rock, des rodéos, des combats de catch bidon et le Monster Truck Jam qui avait lieu trois fois par an au Coliseum. Parfois, il arpentait également le quartier des affaires de Cap City pour remplacer une contractuelle malade. Une leçon d'humilité pour un homme qui avait autrefois commandé une brigade de quatre inspecteurs, mais Alec s'en fichait : il aimait être dehors, sous le soleil. En outre, il était une sorte de spécialiste de la Bible, et on peut lire dans le protévangile de Jacques, chapitre quatre, verset six : « Dieu s'oppose aux orgueilleux et fait grâce aux humbles. »

« Merci, dit M. Mattingly en s'écartant tout en tendant la main à Alec. Tom Mattingly. »

Alec s'attendait à une poignée de main puissante. Il ne fut pas déçu.

« Je ne suis pas d'un naturel soupçonneux, et nous vivons dans un quartier tranquille, mais j'ai expliqué à Jamie qu'on devait être ultraprudents pendant que Sarah et Grace sont sous notre toit. Beaucoup de gens sont en colère contre Coach T., et ce n'est qu'un début, croyez-moi. Une fois que tout le monde saura ce qu'il a fait, ça va être bien pire. Pas fâché que vous veniez nous en débarrasser. »

Jamie Mattingly jeta un regard de reproche à son mari.

« Quoi qu'ait fait leur père, si c'est vraiment lui, ces pauvres petites n'y sont pour rien. » Et, s'adressant à Alec : « Elles sont anéanties, surtout Gracie. Elles ont vu leur père emmené menottes aux poignets.

— Ah, bon sang, attends un peu qu'elles sachent pourquoi, dit Tom. Et elles le sauront forcément. De nos jours, les gamins savent tout. Saleté d'Internet, saletés de Facebook et de Tweeter. » Il secoua la tête. « Jamie a raison. On est innocent tant qu'on n'a pas été déclaré coupable, c'est la loi dans ce pays, mais quand la police arrête quelqu'un en public de cette façon… » Il soupira. « Vous voulez boire quelque chose, monsieur Pelley ? Jamie a fait du thé glacé avant le match.

— Merci, mais il vaut mieux que je ramène les filles chez elles. Leur mère doit les attendre. »

Ramener les fillettes n'était que sa première tâche ce soir. Howie lui avait débité une liste de choses à faire, avec la rapidité d'une mitraillette, avant de pénétrer dans la lumière des projecteurs de télé. Sa mission numéro deux l'obligeait à retourner dare-dare à Cap City, tout en passant des coups de téléphone (pour réclamer des renvois d'ascenseur). C'était bon de reprendre le collier – bien mieux que de faire des marques à la craie sur les pneus des voitures garées dans Midland Street –, mais cette partie du programme s'annonçait difficile.

Les filles qu'Alec venait chercher se trouvaient dans une pièce qui, à en juger par les poissons empaillés qui bondissaient sur les murs en pin noueux, devait être l'antre de Tom Mattingly. Sur l'immense téléviseur à écran plat, Bob l'Éponge gambadait à Bikini Bottom, sans le son. Recroquevillées sur le canapé, elles portaient encore leurs T-shirts et leurs casquettes des Golden Dragons. Et sur le visage un maquillage noir et doré, sans doute appliqué par leur mère quelques heures plus tôt, avant que le monde jusqu'alors bienveillant se dresse sur ses pattes arrière pour arracher à coups de dents un morceau de leur famille. Mais le maquillage de la plus jeune avait été presque entièrement effacé par les larmes.

Découvrant un inconnu dans l'encadrement de la porte, l'aînée serra contre elle sa petite sœur secouée de sanglots. Si Alec n'avait pas d'enfants, il les aimait bien cependant, et le geste instinctif de Sarah lui brisa le cœur : une enfant qui protège une autre enfant.

Il se planta au centre de la pièce, mains jointes devant lui.

« Sarah ? Je suis un ami de Howie Gold. Tu le connais, hein ?

— Oui. Mon père va bien ? »

Sa voix n'était qu'un murmure, enrouée par son chagrin. Grace n'osait pas regarder Alec, elle avait enfoui son visage dans le cou de sa grande sœur.

« Oui. Il m'a chargé de vous ramener chez vous. »

Ce n'était pas tout à fait exact, mais ce n'était pas le moment d'ergoter.

« Il est à la maison ?

— Non, mais votre maman est là.

— On pourrait y aller à pied, dit Sarah, tout bas. C'est au bout de la rue. Je tiendrai Gracie par la main. »

Celle-ci, toujours blottie contre sa sœur, fit non de la tête.

« Pas à la nuit tombée, ma chérie », dit Jamie Mattingly.

Et surtout pas ce soir, pensa Alec. Ni les autres soirs. Ni même les autres jours.

« Venez, les filles, dit Tom avec une bonne

humeur factice (et assez effrayante). Je vous accompagne dehors. »

Sur le perron, dans la lumière de la terrasse, Jamie Mattingly paraissait plus pâle que jamais. En l'espace de trois petites heures, la mère au foyer qui s'occupe de ses enfants était devenue une malade cancéreuse.

« C'est affreux, dit-elle. On dirait que le monde entier est sens dessus dessous. Dieu merci, notre fille est loin d'ici, dans un camp de vacances. Si nous sommes allés au match ce soir, c'est uniquement parce que Sarah est la meilleure copine de Maureen. »

En entendant le prénom de son amie, Sarah se mit à pleurer elle aussi, ce qui eut pour effet de raviver les larmes de sa sœur. Alec remercia les Mattingly et conduisit les filles vers son Explorer. Elles marchaient lentement, tête baissée, en se tenant par la main, comme des enfants dans un conte de fées. Il avait ôté toutes les cochonneries qui encombraient habituellement le siège avant et les deux fillettes s'y assirent collées l'une contre l'autre. De nouveau, Grace enfouit son visage dans le cou de sa sœur.

Alec ne prit pas la peine d'attacher leur ceinture, il n'y avait que trois cents mètres jusqu'au cercle lumineux qui éclairait le trottoir et la pelouse des Maitland. Il ne restait plus qu'une seule équipe de télé devant la maison. Quatre ou cinq types de la filiale locale d'ABC qui buvaient du café dans des gobelets en polystyrène, sous la parabole de leur camionnette. Quand ils virent l'Explorer pénétrer dans l'allée des Maitland, ils s'agitèrent.

Alec commanda l'ouverture de sa vitre et s'adressa à eux de sa plus belle voix de policier qui vous ordonne de vous arrêter et de mettre les mains en l'air.

« Interdiction de filmer les enfants ! »

Les vautours hésitèrent quelques secondes, mais pas plus. Interdire aux sangsues des médias de filmer, c'était comme interdire à des moustiques de piquer. Alec se souvint d'un temps où c'était différent (jadis, dans l'Antiquité, quand un gentleman tenait la porte aux dames), mais cette époque était révolue. L'unique reporter qui avait décidé de demeurer dans Barnum Court – un Hispanique qu'Alec reconnaissait vaguement : il aimait les nœuds papillon et faisait la météo le week-end – s'emparait déjà de son micro et vérifiait la batterie fixée à sa ceinture.

La porte de la maison des Maitland s'ouvrit. Voyant sa mère sur le seuil, Sarah commença à descendre de voiture.

« Attends un peu, Sarah », dit Alec en tendant le bras derrière lui.

Il avait pris deux serviettes dans la salle de bains avant de partir de chez lui, et il en tendit une à chacune.

« Mettez-vous ça sur la tête. » Il sourit. « Comme des bandits dans un film, OK ? »

Grace le regarda d'un air hébété, mais Sarah comprit, et elle drapa une des serviettes sur la tête de sa sœur. Alec rabattit le tissu éponge sur la bouche et le nez de Grace, pendant que Sarah en faisait autant de son côté. Elles descendirent de voiture et s'empressèrent de traverser la lumière crue du projecteur en tenant les serviettes sous leur menton. Elles ne ressemblaient pas à des bandits, plutôt à des Bédouines naines prises dans une tempête de sable. Elles ressemblaient également aux gamines les plus tristes, les plus désespérées, qu'il ait jamais vues.

Marcy Maitland n'avait pas de serviette pour masquer son visage, et c'est sur elle que se focalisa le cameraman.

« Madame Maitland ! s'écria Nœud Pap. Avez-vous une déclaration à faire au sujet de l'arrestation de votre mari ? Lui avez-vous parlé ? »

Alec se planta devant la caméra et se déplaça agilement quand le cameraman tenta de le contourner. Il pointa le doigt sur Nœud Pap.

« Si vous posez un seul pied sur la pelouse, *hermano*, vous poserez vos questions débiles du fond de votre cellule. »

Nœud Pap lui jeta un regard offusqué.

« Qui est-ce que vous appelez *hermano* ? Je fais mon travail.

— Harceler une femme bouleversée et deux pauvres gamines ? Joli travail. »

Le sien était terminé, ici du moins. Mme Maitland avait récupéré et fait rentrer ses filles. Elles étaient à l'abri maintenant, autant qu'elles pouvaient l'être en tout cas, mais il avait le sentiment que ces deux fillettes ne se sentiraient plus en sécurité nulle part avant longtemps.

Nœud Pap trottina sur le trottoir, en faisant signe au cameraman de suivre Alec qui regagnait sa voiture.

« Qui êtes-vous, monsieur ? Comment vous appelez-vous ?

— Machin-chose, pour vous servir. Il n'y a rien d'intéressant ici, alors laissez ces gens tranquilles. Ils n'ont rien à voir dans tout ça. »

Il aurait pu tout aussi bien parler chinois. Déjà, les voisins étaient ressortis sur leurs pelouses, impatients d'assister au nouvel épisode du drame de Barnum Court.

Alec quitta l'allée en marche arrière et prit la direction de l'ouest, en sachant que le cameraman allait filmer sa plaque d'immatriculation. Bientôt, ils sauraient qui il était, et pour qui il travaillait. Ce n'était pas le scoop du siècle, mais une cerise sur le gâteau qu'ils serviraient aux téléspectateurs des infos de vingt-trois heures. Il songea brièvement à ce qui se passait dans cette maison : la mère sonnée et terrifiée essayant de réconforter deux fillettes sonnées et terrifiées, qui portaient encore leur maquillage de jour de match.

« C'est lui l'assassin ? » avait-il demandé à Howie quand celui-ci l'avait appelé pour lui faire un résumé de la situation. Cela importait peu, en fait, le travail, c'était le travail, mais il aimait bien savoir. « À votre avis ?

— Je ne sais pas quoi penser, avait répondu Howie. Mais je sais ce que vous allez faire dès que vous aurez déposé Sarah et Grace chez elles. »

Lorsqu'il vit le premier panneau indiquant l'autoroute, Alec appela le Sheraton de Cap City et demanda à parler au concierge, avec lequel il avait déjà traité par le passé.

Pas étonnant, il avait traité avec presque tous.

2

Bill Samuels et Ralph étaient assis dans le bureau de ce dernier, cravate desserrée, col de chemise ouvert. Au-dehors, les projecteurs des équipes de télévision s'étaient éteints dix minutes plus tôt. Les quatre touches du téléphone fixe de Ralph étaient allumées, mais Sandy McGill gérait les appels, et cela jusqu'à ce que Gerry Malden arrive à vingt-trois heures. Pour l'instant, sa tâche était simple, bien que répétitive : *La police de Flint City n'a aucun commentaire à faire pour le moment. L'enquête est en cours*, déclarait-elle.

Pendant ce temps, Ralph n'était pas resté inactif avec son portable. Il le remit dans la poche de sa veste.

« Yunel Sablo est parti voir ses beaux-parents dans le Nord, avec sa femme. Il dit qu'il a déjà annulé deux fois, et qu'il n'a plus le choix, s'il ne veut pas dormir dans le canapé pendant une semaine. Très inconfortable, paraît-il. Il sera de retour demain et, bien entendu, il assistera à la lecture de l'acte d'accusation.

— On va envoyer quelqu'un d'autre au Sheraton, alors, dit Samuels. Dommage que Jack Hoskins soit en vacances.

— Non, ce n'est pas dommage », répondit Ralph, ce qui fit rire le procureur.

« Vous marquez un point. Notre ami Jackie n'est peut-être pas le plus mauvais inspecteur de l'État, mais j'avoue qu'il n'en est pas loin. Vous connaissez tous les inspecteurs de la police de Cap City. Appelez-les jusqu'à ce que vous tombiez sur un flic vivant. »

Ralph secoua la tête.

« Il faut que ce soit Sablo. Il connaît le dossier et il est notre lien avec la police d'État. On ne peut pas prendre le risque de se la mettre à dos, compte tenu de la manière dont les choses se sont passées ce soir. C'est-à-dire différemment de ce qu'on croyait. »

C'était l'euphémisme de l'année, voire du siècle. L'étonnement le plus total de Terry et son apparente absence de sentiment de culpabilité avaient ébranlé Ralph, davantage même que son alibi impossible. Se pouvait-il que le monstre qui vivait en lui ait non seulement tué cet enfant, mais effacé également de sa mémoire tout ce qu'il avait fait ? Et ensuite ? Avait-il comblé les vides avec les détails d'une fausse histoire de colloque entre profs à Cap City ?

« Si vous n'envoyez pas quelqu'un rapidement, ce type qui travaille pour Gold...

— Alec Pelley.

— Oui, voilà. Il va mettre la main sur les bandes

de surveillance de l'hôtel avant nous. En supposant qu'ils les aient conservées, évidemment.

— Ils gardent tout pendant un mois.

— Vous en êtes sûr ?

— Oui. Et Pelley n'a pas de mandat.

— Oh, allons. Vous pensez qu'il en aura besoin ? »

En vérité, Ralph ne le pensait pas. Alec Pelley avait été inspecteur de police pendant plus de vingt ans. Il avait eu le temps d'établir de nombreux contacts, et maintenant qu'il travaillait pour un avocat de renom comme Howard Gold, nul doute qu'il prenait soin de les entretenir.

« Votre idée de l'arrêter en public ressemble à une mauvaise idée subitement », dit Samuels.

Ralph le foudroya du regard.

« Une mauvaise idée que vous avez approuvée.

— Sans grand enthousiasme. Jouons franc jeu puisque nous sommes entre nous, maintenant que tous les autres sont partis. À vous entendre, c'était du tout cuit.

— Exactement. Et je le pense encore. Et puisque nous sommes entre nous, comme vous dites, permettez-moi de vous rappeler que vous ne vous êtes pas contenté d'approuver mon idée. Vous vous présentez aux élections à l'automne et une arrestation dans une affaire très médiatisée ne vous ferait pas de tort.

— Cela ne m'a jamais effleuré.

— Soit. Ça ne vous a jamais effleuré, vous avez simplement suivi le mouvement, mais si vous pensez que la décision de l'arrêter pendant le match était motivée uniquement par mon fils, vous devriez regarder un peu mieux les photos de la scène de crime et repenser au rapport de Felicity Ackerman. Les types comme ça ne s'arrêtent pas après leur premier crime. »

Le rouge montait aux joues de Samuels.

« Vous croyez que je ne l'ai pas fait ? Nom de Dieu, Ralph, c'est moi qui l'ai traité de cannibale, devant la caméra. »

Ralph passa la main sur sa joue. Elle était rugueuse.

« Se disputer pour savoir qui a dit quoi et qui a fait quoi, ça ne sert à rien. N'oublions pas une chose : peu importe qui s'empare de ces bandes de surveillance. Si Pelley arrive avant nous, il ne pourra pas les prendre sous son bras et partir avec, si ? Ni les effacer.

— Exact, admit Samuels. Et de toute façon, elles ne peuvent pas être déterminantes. Même si on aperçoit sur l'enregistrement un homme qui ressemble à Maitland…

— Tout juste. Prouver que c'est lui, à partir de quelques images furtives, ce sera une autre paire de manches. Surtout face à tous nos témoins oculaires et aux empreintes. » Ralph se leva et alla ouvrir la porte. « Cet enregistrement n'est peut-être pas l'élément le plus important. Il faut que je passe un coup de fil. J'aurais dû le faire plus tôt. »

Samuels le suivit jusqu'à l'accueil. Sandy McGill était au téléphone. Ralph s'approcha d'elle et fit mine de se trancher la gorge avec son pouce. Elle raccrocha aussitôt et le regarda d'un air interrogateur.

« Everett Roundhill, dit Ralph. Président du département d'anglais au lycée. Trouvez son numéro et passez-le-moi.

— Pas besoin de chercher son numéro, je l'ai déjà, répondit Sandy. Il a appelé deux fois pour demander à parler à l'inspecteur qui dirige l'enquête. Je lui ai répondu de faire la queue comme tout le monde. » La standardiste prit une liasse de messages et les agita sous le nez de Ralph. « J'allais justement les déposer sur votre bureau pour demain. C'est dimanche, je sais, mais j'ai dit à ces gens que vous seriez certainement là. »

Parlant très lentement, les yeux fixés sur le sol pour ne pas croiser le regard de l'homme qui se tenait à côté de lui, Bill Samuels dit : « Roundhill a appelé. Deux fois. Je n'aime pas ça. Je n'aime pas ça du tout. »

3

Ralph arriva chez lui à vingt-deux heures quarante-cinq ce samedi soir. Il commanda l'ouverture de la porte du garage, pénétra à l'intérieur et appuya de nouveau sur la télécommande. La porte, obéissante, se referma dans un bruit de ferraille. Au moins une chose qui fonctionnait de manière sensée et normale dans ce monde. Appuyez sur le bouton A et si les piles du boîtier B sont relativement récentes, la porte C s'ouvrira et se refermera.

Il coupa le moteur, puis resta assis dans le noir ; il tapotait le volant avec son alliance.

La porte de communication s'ouvrit et Jeanette apparut, enveloppée dans sa robe de chambre. Dans la lumière de la cuisine, il remarqua qu'elle portait les pantoufles lapins qu'il lui avait offertes à l'occasion de son dernier anniversaire, pour plaisanter. Le véritable cadeau était un voyage à Key West, rien que tous les deux, et ils avaient passé un séjour merveilleux, devenu un vestige flou dans son esprit, comme toutes les vacances : des souvenirs qui n'avaient pas plus de substance que le goût de la barbe à papa. Les pantoufles, elles, avaient duré ; ces pantoufles roses achetées au magasin Tout à un dollar, avec leurs petits yeux ridicules et leurs grandes oreilles pendantes. En les voyant aux pieds de sa femme, il sentit des picotements dans ses yeux. Il avait l'impression d'avoir vieilli de vingt ans depuis qu'il avait pénétré dans la clairière de Figgis Park et découvert le corps meurtri, ensanglanté, d'un petit garçon qui idolâtrait sans doute Batman et Superman.

Il descendit de voiture et serra Jeanette dans ses bras, de toutes ses forces, en appuyant sa joue râpeuse contre celle de sa femme, si douce, sans rien dire, concentré pour retenir les larmes sur le point de jaillir.

« Mon chéri, dit-elle. Oh, mon chéri, tu l'as eu. Tu l'as eu, alors tout va bien, non ?

— Oui, peut-être. Ou bien non. J'aurais dû l'arrêter avant pour l'interroger. Mais j'étais tellement sûr, nom d'un chien !

— Viens, entre. Je vais te faire un thé et tu vas tout me raconter.

— Le thé va m'empêcher de dormir. »

Elle recula pour le regarder, avec ses yeux aussi beaux et sombres à cinquante ans qu'ils l'avaient été à vingt-cinq.

« Vas-tu réussir à dormir quoi qu'il en soit ? » Comme Ralph ne répondait pas, elle conclut : « Affaire classée. »

Derek étant parti en colonie de vacances dans le Michigan, ils avaient la maison pour eux tout seuls. Jeanette lui demanda s'il voulait regarder le journal télévisé de vingt-trois heures sur la télé de la cuisine, et Ralph secoua la tête. Il n'avait aucune envie de voir un reportage de dix minutes sur l'arrestation du Monstre de Flint City. Jeannie fit griller des toasts aux raisins secs pour accompagner le thé. Assis à la table de la cuisine, les yeux fixés sur ses mains, Ralph lui raconta tout. En gardant Everett Roundhill pour la fin.

« Il était furieux contre nous tous, dit-il, mais étant donné que c'est moi qui l'ai rappelé, j'ai eu droit au tir de barrage.

— Tu es en train de me dire qu'il a confirmé l'histoire de Terry ?

— Mot pour mot. Roundhill est passé chercher Terry et les deux autres profs – Quade et Grant – au lycée. À dix heures, le mardi matin, comme prévu. Ils sont arrivés au Sheraton de Cap City vers onze heures quarante-cinq, juste à temps pour récupérer leurs badges et profiter du repas. Roundhill dit qu'il a perdu de vue Terry pendant une heure environ après le déjeuner, mais il pense que Quade était avec lui. Quoi qu'il en soit, ils se sont tous retrouvés à quinze heures, c'est-à-dire au moment où Mme Stanhope affirme avoir vu Terry charger le vélo de Frank Peterson, et Frank lui-même, à bord d'une camionnette blanche sale, à plus de cent kilomètres de là au sud.

— Tu as parlé à Quade ?

— Oui. En rentrant. Il n'était pas en colère, contrairement à Roundhill, qui menace de réclamer une enquête du bureau du procureur, plutôt abasourdi. Sonné. Il affirme que Terry et lui se sont rendus chez un bouquiniste baptisé « Seconde édition » après le déjeuner, avant de revenir à l'hôtel pour voir Coben.

— Et Grant ? Il dit quoi, lui ?

— *Elle.* C'est une femme. Debbie Grant. Je n'ai pas encore réussi à la joindre. Son mari m'a dit qu'elle était sortie avec des copines, et dans ces moments-là, elle coupe son portable. Je la rappellerai demain matin, mais je suis sûr qu'elle confirmera ce que m'ont dit Roundhill et Quade. » Il mordit dans son toast et le reposa dans l'assiette. « C'est ma faute. Si j'avais appréhendé Terry pour l'interroger jeudi soir, après que Stanhope et la fille Morris l'avaient identifié, j'aurais compris qu'on avait un problème, et maintenant cette histoire ne passerait pas en boucle à la télé et sur Internet.

— Mais tu avais relié les empreintes digitales à celles de Terry Maitland, non ?

— Oui.

— Des empreintes retrouvées dans la camionnette, sur la clé de contact, dans la voiture abandonnée au bord de la rivière, sur la branche utilisée pour...

— Oui.

— Sans oublier les autres témoins. L'homme derrière le Shorty's et son ami. Plus la femme chauffeur de taxi. Le videur du club de striptease. Ils l'ont tous reconnu.

— Exact. Et maintenant qu'on l'a arrêté, nul doute qu'on va avoir d'autres témoins oculaires qui étaient au Gentlemen, Please. Des célibataires essentiellement, qui n'auront pas besoin d'expliquer à leur femme ce qu'ils faisaient dans cet endroit. N'empêche, j'aurais dû attendre. J'aurais peut-être dû appeler le lycée pour me renseigner sur ses faits et gestes le jour du meurtre, mais ça n'avait aucun sens, étant donné que c'est les vacances. Qu'auraient-ils pu me dire à part : "Il n'est pas là."

— Et tu craignais que ça revienne à ses oreilles si tu commençais à poser des questions. »

Sur le coup, cela lui avait paru évident, mais maintenant, ça lui paraissait stupide. Pire : une preuve de négligence.

« J'ai déjà commis des erreurs dans ma carrière, mais pas aussi graves. C'est comme si j'étais devenu aveugle. »

Sa femme secoua la tête avec véhémence.

« Tu te souviens de ce que je t'ai dit quand tu m'as fait part de tes intentions ?

— Oui. »

Vas-y. Éloigne-le le plus vite possible de ces garçons.

Voilà ce qu'elle avait dit.

Assis autour de la table, ils se regardaient.

Finalement, Jeannie lâcha : « C'est impossible. »

Ralph pointa le doigt sur elle.

« Tu touches au cœur du problème. »

Elle but une gorgée de thé, songeuse, puis regarda son mari par-dessus sa tasse.

« Il y a un vieux proverbe qui dit que tout le monde a un double. Je crois même qu'Edgar Poe a écrit une histoire là-dessus. *William Wilson.*

— Poe a écrit ses histoires avant les empreintes digitales et l'ADN. On n'a pas encore les résultats de l'analyse ADN, mais si c'est le sien, ça voudra dire que c'est bien lui et je serai rassuré. S'il s'agit de l'ADN de quelqu'un d'autre, ils vont m'expédier directement chez les fous. Enfin, une fois que j'aurai perdu mon boulot et qu'on m'aura traîné devant un tribunal pour arrestation arbitraire. »

Jeanette leva son toast, puis s'arrêta avant de le porter à sa bouche.

« Tu as ses empreintes *ici*. Et tu auras bientôt son ADN *ici*, j'en suis sûre. Mais… tu n'as aucune empreinte ni aucun ADN provenant de *là-bas*. Ceux de la personne qui a assisté à cette conférence à Cap City. Supposons que Terry Maitland ait tué cet enfant pendant que son *double* se trouvait là-bas.

— Si tu es en train de dire que Terry Maitland

a un frère jumeau qui possède les mêmes empreintes et le même ADN, c'est impossible.

— Non, je ne dis pas ça. Je dis que tu n'as aucune preuve scientifique indiquant que Terry était bien à Cap City. Si Terry était bien ici, comme l'affirment les preuves scientifiques, alors son *double* devait être là-bas. C'est la seule explication sensée. »

Ralph comprenait cette logique, et dans les romans policiers que Jeannie adorait – les Agatha Christie, les Rex Stout, les Harlan Coben –, ce raisonnement constituerait l'élément central du dernier chapitre, quand Miss Marple, Nero Wolfe ou Myron Bolitar dévoileraient tout. Il n'y avait qu'une seule vérité inébranlable, aussi irréfutable que la loi de la pesanteur : un même homme ne pouvait pas se trouver à deux endroits à la fois.

Mais si Ralph se fiait aux témoins d'*ici*, il devait accorder la même confiance à ceux qui affirmaient qu'ils étaient à Cap City avec Maitland. Comment pourrait-il douter d'eux, d'ailleurs ? Roundhill, Quade et Grant enseignaient tous dans le même département. Ils voyaient Maitland tous les jours. Était-il censé croire que trois professeurs étaient complices du viol et du meurtre d'un enfant ? Ou qu'ils avaient passé deux jours en compagnie d'un double si parfait qu'ils n'avaient rien soupçonné ? Et en supposant qu'il parvienne à s'en convaincre lui-même, Bill Samuels pourrait-il convaincre un jury, d'autant que Terry était défendu par un avocat aussi aguerri et rusé que Howie Gold ?

« Allons nous coucher, dit Jeannie. Je vais te donner un de mes Zolpidem et te masser le dos. Demain, tu y verras plus clair.

— Tu crois ? »

4

Tandis que Jeanette massait le dos de son mari, Fred Peterson et son fils aîné (son fils unique maintenant que Frankie n'était plus là) ramassaient les plats et les assiettes et remettaient de l'ordre dans le salon. Il s'agissait d'une cérémonie funéraire et pourtant, les restes laissaient croire qu'une grande fiesta avait eu lieu.

Ollie avait surpris son père. Portrait typique de l'adolescent égocentré qui, en temps ordinaire, laisse traîner ses chaussettes sous la table basse jusqu'à ce qu'on lui ordonne trois ou quatre fois de les ramasser, il avait apporté son aide, sans se plaindre, depuis qu'à vingt-deux heures, Arlene avait mis à la porte le dernier des visiteurs qui s'étaient succédé toute la journée. Vers dix-neuf heures, le flot d'amis et de voisins avait diminué, et Fred avait espéré que tout serait terminé à vingt heures – bon sang, il en avait tellement assez de hocher la tête quand les gens lui disaient que Frankie était au ciel désormais –, mais la nouvelle de l'arrestation de Terence Maitland était tombée, et cette fichue soirée était repartie de plus belle. Cette seconde « période » avait presque pris des allures de fête, d'ailleurs, mais dans une ambiance sinistre. Tout le monde venait dire à Fred que : a) c'était inimaginable, b) Coach T avait toujours eu l'air d'un homme normal et c) la piqûre, c'était encore trop doux pour lui.

Ollie faisait des allers-retours entre le salon et la cuisine, transportant des verres et des piles d'assiettes, qu'il déposait dans le lave-vaisselle avec une efficacité que Fred n'aurait jamais soupçonnée. Quand le lave-vaisselle fut plein, Ollie le mit en marche et rinça d'autres assiettes, qu'il empila dans l'évier pour la prochaine fournée. Fred apporta les plats qui étaient restés dans le bureau et il en trouva d'autres sur la table de pique-nique dans le jardin derrière la maison, là où certains visiteurs étaient sortis fumer. Cinquante ou soixante personnes avaient envahi la maison, tous les gens du quartier, plus d'autres qui habitaient un peu plus loin, mais voulaient apporter leur soutien, sans oublier le père Brixton et ses parasites (ses groupies, se disait Fred) de l'église St. Anthony. Ils ne cessaient d'affluer : un torrent de personnes endeuillées et de curieux.

Fred et Ollie s'affairaient en silence, murés dans leurs pensées et leur chagrin. Après avoir reçu des condoléances pendant des heures – et pour être franc, même celles émanant de parfaits inconnus leur avaient fait chaud au cœur –, ils n'avaient plus la force de se consoler mutuellement. C'était peut-être étrange. Et triste. C'était peut-être ce que les littéraires appelaient l'ironie. Fred était trop fatigué et démoralisé pour se poser la question.

Pendant tout ce temps, la mère de l'enfant mort était assise dans le canapé, vêtue de sa plus jolie robe en soie, genoux joints, serrant dans ses mains ses bras potelés comme si elle avait froid. Elle n'avait pas dit un mot depuis que la dernière personne – la vieille Mlle Gibson, la voisine d'à côté, restée jusqu'au bout comme on pouvait le prévoir – avait enfin levé le camp.

Elle peut partir maintenant, elle a tout emmagasiné, avait dit Arlene Peterson à son mari en verrouillant la porte d'entrée, avant d'y adosser son corps massif.

Arlene Kelly était une créature svelte en dentelle blanche quand le prédécesseur du père Brixton les avait mariés. Elle était encore svelte et belle après avoir donné naissance à Ollie, mais c'était il y a dix-sept ans. Elle avait commencé à prendre du poids après la naissance de Frank, et aujourd'hui, elle frôlait l'obésité... même si elle restait belle aux yeux de Fred, qui n'avait pas le courage de suivre le conseil du Dr Connolly, promulgué lors de son dernier check-up : *Vous êtes parti pour vivre encore cinquante ans, Fred, si vous ne tombez pas d'un immeuble ou ne traversez pas devant un camion. Mais votre épouse souffre d'un diabète de type deux, et il faut qu'elle perde au moins vingt kilos si elle veut rester en bonne santé. Vous devez l'aider. Après tout, vous avez l'un et l'autre un tas de raisons de vivre.*

Mais maintenant que Frankie était mort assassiné, la plupart de ces raisons semblaient stupides et insignifiantes. Seul Ollie avait conservé de l'importance aux yeux de Fred et, malgré son chagrin, il savait qu'ils devaient faire très attention, avec Arlene, à la façon dont ils se comportaient avec lui au cours des semaines et des mois à venir. Ollie portait le deuil également. Il pouvait accomplir sa part de travail (plus que ça, même) en débarrassant les vestiges de ce dernier acte des rites mortuaires tribaux consacrés à Franklin Victor Peterson, mais dès le lendemain, ils devraient le laisser redevenir un adolescent. Cela prendrait du temps, mais Ollie finirait par y arriver.

La prochaine fois que je verrai les chaussettes d'Ollie sous la table basse, je me réjouirai, se promit Fred. *Et je briserai cet horrible silence anormal dès que j'aurai trouvé quelque chose à dire.*

Rien ne lui vint à l'esprit, cependant, et lorsque son fils passa devant lui tel un somnambule pour se rendre dans le bureau en traînant l'aspirateur par le tuyau, Fred songea – sans savoir à quel point il se trompait – qu'au moins les choses ne pouvaient pas empirer.

Arrêté sur le seuil du bureau, il observa Ollie qui commençait à aspirer le tapis gris, en faisant preuve de cette même efficacité, étrange et insoupçonnée, passant d'abord dans le sens des poils, puis à rebours, avec de grands gestes réguliers. Les miettes de biscuits salés et sucrés disparurent comme si elles n'avaient jamais existé, et Fred trouva enfin quelque chose à dire :

« Je ferai le salon.

— Ça ne me gêne pas », répondit Ollie.

Il avait les yeux rouges et bouffis. Compte tenu de la différence d'âge entre les deux frères – sept ans –, ils avaient été étonnamment proches. Mais peut-être n'était-ce pas si surprenant, finalement ; peut-être était-ce l'écart idéal pour atténuer le plus possible la rivalité entre frères. Pour qu'Ollie apparaisse comme le second père de Frank.

« Je sais, dit Fred. Mais à chacun sa part.

— OK. Mais je t'en prie, ne dis pas "C'est ce que Frank aurait voulu". Je serais obligé de t'étrangler avec le tuyau de l'aspirateur. »

Fred sourit. Ce n'était sans doute pas son premier sourire depuis qu'un policier était venu frapper à leur porte mardi, mais sans doute le premier sourire authentique.

« Marché conclu. »

Ollie finit de nettoyer le tapis et fit rouler l'aspirateur jusqu'à son père. Quand Fred le brancha dans le salon et s'attaqua au tapis, Arlene se leva et se traîna jusqu'à la cuisine, sans même se retourner. Fred et Ollie se regardèrent. Ollie haussa les épaules. Fred l'imita et se remit à aspirer. Des gens étaient venus les soutenir dans leur chagrin et Fred se disait que c'était gentil, mais bon sang, quel bazar ils avaient laissé derrière eux. Il se consola en songeant que cela aurait été bien pire après une veillée funéraire irlandaise. Mais il avait arrêté de boire après la naissance d'Ollie et il n'y avait pas d'alcool chez eux.

De la cuisine leur parvint le son le plus inattendu : un rire.

Le père et le fils se regardèrent de nouveau. Ollie

se précipita dans la cuisine où le rire de sa mère, qui avait paru naturel tout d'abord, atteignait des sommets d'hystérie. Fred arrêta l'aspirateur avec son pied et rejoignit son fils.

Adossée à l'évier, Arlene Peterson tenait son ventre impressionnant à deux mains en hurlant presque de rire. Son visage était devenu écarlate, comme sous l'effet d'une forte fièvre. Des larmes ruisselaient sur ses joues.

« Maman ? Qu'est-ce qui se passe ? »

Si le salon avait été débarrassé, il restait encore une montagne de travail dans la cuisine. Les deux plans de travail qui flanquaient l'évier et la table dans le coin, sur laquelle les Peterson avaient dîné presque tous les soirs, disparaissaient sous les plats entamés, les boîtes Tupperware et les restes emballés dans du papier d'aluminium. Sur la cuisinière trônaient une carcasse de poulet et une saucière contenant une substance brune figée.

« On a de quoi manger pendant un mois ! » parvint à articuler Arlene. Elle se plia en deux, hilare, puis se redressa. Ses joues étaient violacées. Ses cheveux roux, qu'elle avait légués au fils qui se tenait devant elle à cet instant et à celui qui reposait sous terre désormais, avaient échappé aux barrettes avec lesquelles elle les avait temporairement domptés, et ils formaient une couronne crépue autour de son visage congestionné. « Mauvaise nouvelle : Frank est mort ! Bonne nouvelle : je ne serai pas obligée de faire les courses avant un long… long… moment ! »

Elle poussa un hurlement. Un son glaçant qui

avait sa place dans un asile d'aliénés, pas dans une cuisine. Fred ordonna à ses jambes de bouger, de le porter jusqu'à sa femme pour qu'il puisse la prendre dans ses bras, mais elles refusèrent d'obéir. Ce fut Ollie qui s'avança le premier. Au même moment, sa mère se saisit de la carcasse de poulet et la lança sur lui. Ollie eut le réflexe de se baisser. La carcasse tournoya sur elle-même en projetant de la farce et s'écrasa contre le mur avec un horrible *floc*. Elle laissa une auréole grasse sur le papier peint, sous la pendule.

« Maman ! Arrête ! »

Ollie tenta de la prendre par les épaules pour l'attirer contre lui, mais Arlene lui échappa et fonça vers un des plans de travail, sans cesser de rire et de hurler. Elle agrippa un plat de lasagnes (apporté par une des sycophantes du père Brixton) et se le renversa sur la tête. Les pâtes froides dégringolèrent sur ses cheveux et ses épaules. Elle lança le plat dans l'évier.

« Frankie est mort et on organise un putain de buffet italien ! »

Fred parvint enfin à bouger, mais Arlene lui échappa à lui aussi. Elle riait comme une gamine surexcitée qui joue à chat. Elle s'empara d'un Tupperware rempli de Marshmallow Delight. Elle commença à le soulever, puis le laissa tomber entre ses pieds. Le rire s'arrêta. Une main soutenait son énorme sein gauche, l'autre était plaquée sur sa poitrine, juste au-dessus. Elle posa sur son mari des yeux écarquillés encore noyés de larmes.

Ces yeux, pensa Fred. *C'est d'eux que je suis tombé amoureux.*

« Maman ? Qu'est-ce qui se passe, maman ?

— Rien… Le cœur, je crois. »

Elle se pencha pour regarder le poulet et le dessert aux marshmallows. Des pâtes tombèrent de ses cheveux. « Regardez ce que j'ai fait. »

Elle émit un long râle, comme un hululement. Fred la prit dans ses bras, mais elle était trop lourde et elle lui échappa. Avant qu'elle bascule sur le flanc, Fred vit que ses joues pâlissaient déjà.

Ollie poussa un cri et s'agenouilla à côté de sa mère.

« Maman ! Maman ! » Il leva les yeux vers son père. « Elle ne respire plus, je crois. »

Fred écarta son fils.

« Appelle les secours ! »

Sans regarder si Ollie s'exécutait, Fred referma la main autour du cou épais de sa femme, à la recherche du pouls. Il le trouva : faible, chaotique. Il la chevaucha, serra le poignet gauche dans sa main droite et se mit à appuyer sur la cage thoracique en rythme. Était-ce la bonne technique ? Il n'en savait rien, mais quand Arlene ouvrit les yeux, il sentit son propre cœur faire un bond dans sa poitrine. Elle était là, elle était revenue.

Ce n'était pas vraiment une crise cardiaque. Elle s'était trop énervée, voilà tout. Elle avait perdu connaissance. Je crois qu'on appelle ça une syncope. Mais tu vas commencer un régime, ma chérie. Et pour ton anniversaire, tu auras droit à un de ces bracelets qui mesurent…

176

« Quel bazar j'ai mis, murmura Arlene. Désolée.

— N'essaye pas de parler. »

Ollie avait décroché le téléphone fixé au mur de la cuisine, il parlait fort et vite, il criait presque. Il indiquait leur adresse, en ordonnant aux secours de se dépêcher.

« Vous allez devoir tout nettoyer, dit-elle. Je suis désolée, Fred. Vraiment désolée. »

Avant que Fred lui répète qu'elle ne devait pas parler et rester calme jusqu'à ce qu'elle se sente mieux, Arlene prit une grande inspiration. Quand elle souffla, ses yeux se révulsèrent. Les globes blancs, injectés de sang, transformèrent son visage en un masque mortuaire de film d'horreur qu'il essayerait par la suite d'effacer de son esprit. En vain.

« Papa ? Ils arrivent. Comment elle va ? »

Fred ne répondit pas, trop occupé par sa tentative pitoyable pour réanimer son épouse, regrettant de ne pas avoir suivi des cours de secourisme. Pourquoi n'avait-il jamais trouvé le temps ? Il y avait tellement de choses qu'il regrettait. Il aurait volontiers vendu son âme immortelle pour pouvoir simplement revenir une semaine en arrière.

Appuyer et relâcher. Appuyer et relâcher.

« Ça va aller, lui dit-il. Il le faut. "Désolée" ne peut pas être ta dernière parole sur terre. Je ne le permettrai pas. »

Appuyer et relâcher. Appuyer et relâcher.

5

Marcy Maitland accueillit volontiers Grace dans son lit quand celle-ci le réclama, mais lorsqu'elle demanda à Sarah si elle voulait les rejoindre, sa fille aînée secoua la tête.

« Si tu changes d'avis, dit Marcy, je suis là. »

Une heure passa, puis une autre. Le pire samedi de sa vie devint le pire dimanche. Elle pensait à Terry, qui aurait dû être là à cet instant, dormant à poings fermés (rêvant peut-être au titre de champion, maintenant que les Bears avaient été éliminés) et qui, au lieu de cela, se trouvait dans une cellule. Était-il réveillé lui aussi ? Bien sûr.

Elle savait que des jours difficiles s'annonçaient, mais Howie allait tout arranger. Terry lui avait dit une fois que son ancien co-entraîneur était le meilleur avocat pénaliste de tout le Sud-Ouest, et peut-être même qu'un jour il siégerait à la Cour suprême de l'État. Compte tenu de l'alibi en béton de Terry, Howie ne pouvait pas échouer. Mais chaque fois qu'elle puisait dans ce raisonnement un réconfort suffisant pour s'endormir, elle pensait à Ralph Anderson, ce salopard, ce Judas, qu'elle croyait être un ami, et elle se réveillait. Dès que cette histoire serait terminée, elle attaquerait en justice la police de Flint City pour arrestation arbitraire, diffamation, et tous les griefs que pourrait trouver Howie Gold, et quand celui-ci commencerait à balancer ses missiles juridiques, elle veillerait à ce que Ralph Anderson se trouve à l'épicentre. Pouvaient-ils le poursuivre personnellement ? Le dépouiller de tout ce qu'il possédait ? Elle l'espérait. Elle espérait que le tribunal les jetterait à la rue, lui, sa femme et son fils, à qui Terry avait consacré tant de temps ; ils se retrouveraient pieds nus, en haillons, des sébiles à la main. Elle devinait que de telles choses n'étaient plus possibles à notre époque prétendument évoluée, mais elle les imaginait très nettement tous les trois mendiant dans les rues de Flint City et, à chaque fois, cette vision la réveillait, vibrante de fureur et de satisfaction.

Sur la table de chevet, le réveil indiquait deux heures quinze quand sa fille aînée apparut sur le seuil de la chambre ; seules ses jambes dépassaient du grand T-shirt Okie City Thunder qui lui servait de chemise de nuit.

« Tu dors, maman ?

— Non.

— Je peux venir avec Gracie et toi ? »

Marcy repoussa les couvertures et se déplaça. Sarah se glissa dans le lit, et quand sa mère la serra contre elle en l'embrassant dans le cou, la fillette éclata en sanglots.

« Chut, tu vas réveiller ta sœur.

— J'y peux rien. Je n'arrête pas de repenser aux menottes. Pardon.

— Doucement, alors. Doucement, ma chérie. »

Marcy étreignit Sarah jusqu'à ce que la fillette ait tout évacué. Ne l'entendant plus sangloter depuis cinq minutes, elle pensa que Sarah s'était enfin endormie. Ainsi coincée entre ses deux filles, Marcy espéra trouver le sommeil à son tour. Mais soudain, Sarah roula sur le côté et la regarda. Ses yeux mouillés brillaient dans l'obscurité.

« Il ne va pas aller en prison, hein, maman ?

— Non. Il n'a rien fait.

— Il y a des innocents qui vont en prison. Pendant des années même, jusqu'à ce que quelqu'un s'aperçoive qu'ils étaient innocents en fin de compte. Et quand ils ressortent, ils sont vieux.

— Ça n'arrivera pas. Papa était à Cap City quand s'est produite cette chose pour laquelle ils l'ont arrêté…

— Je sais pourquoi ils l'ont arrêté », dit Sarah. Elle sécha ses larmes. « Je ne suis pas idiote.

— Je sais bien, ma chérie. »

Sarah s'agita dans le lit.

« Ils doivent bien avoir une raison.

— À leurs yeux sûrement, mais ils se trompent. M. Gold leur expliquera où était ton papa et ils seront obligés de le relâcher.

— OK. » Un long silence. « Mais je ne veux pas retourner en colonie tant que ce n'est pas terminé, et je pense que Gracie ne devrait pas y aller non plus.

— Vous n'êtes pas obligées. Et à l'automne, tout ça ne sera plus qu'un souvenir.

— Un mauvais souvenir, dit Sarah entre deux reniflements.

— Je suis d'accord. Maintenant, dors. »

Sarah s'endormit. Et, réchauffée par ses deux filles, Marcy aussi. Pour revoir en rêve Terry emmené par les deux policiers, devant les spectateurs, Baibir Patel en pleurs et Gavin Frick hébété.

6

Jusqu'à minuit, la prison du comté tenait du zoo à l'heure où on nourrit les animaux : des poivrots chantaient, des poivrots pleuraient et des poivrots, agrippés aux barreaux de leur cellule, braillaient. Il y eut même des bruits de bagarre, mais chaque cellule étant individuelle, Terry ne voyait pas comment cela était possible, à moins que deux types échangent des coups entre les barreaux. Quelque part au fond du couloir, un autre récitait inlassablement la première phrase du chapitre 3, verset 16, de l'Évangile de Jean, à pleins poumons : « Car Dieu a tellement aimé le Monde. Car Dieu a tellement aimé le monde ! Car Dieu a tellement aimé CE PUTAIN DE MONDE DE MERDE ! » La puanteur était un mélange de pisse, d'excréments, de désinfectant et de l'odeur des pâtes nappées d'une sauce indéfinissable qu'on leur avait servies au dîner.

Mon premier séjour en prison, s'étonna Terry. *Après quarante ans, je me retrouve en taule, au gnouf, au placard, à l'ombre. Incroyable.*

Il aurait voulu ressentir de la colère, une colère légitime, et sans doute viendrait-elle avec l'aube, quand la réalité apparaîtrait en pleine lumière, mais en cet instant, un dimanche à trois heures du matin, alors que les cris et les chansons des ivrognes se transformaient en ronflements, en pets et parfois en gémissements, il n'éprouvait que de la honte. Comme s'il avait réellement commis un crime. Sauf qu'il n'aurait pas souffert autant s'il avait été réellement coupable de ce dont on l'accusait. S'il avait été suffisamment détraqué et malfaisant pour se livrer à un acte aussi obscène sur un enfant, il serait comme un animal pris au piège, désespéré et rusé, prêt à dire et à faire n'importe quoi pour s'échapper. Vraiment ? Comment pouvait-il savoir ce que pensait ou ressentait un tel individu ? Autant essayer de deviner ce qu'il y avait dans la tête d'un extraterrestre.

Il ne doutait pas un seul instant que Howie Gold allait le sortir de là ; même à ce moment, au cœur de la nuit, alors que son esprit essayait encore de comprendre comment toute sa vie avait pu basculer en quelques minutes, il n'en doutait pas. Mais il savait aussi que toute cette merde ne s'effacerait jamais tout à fait. Il serait remis en liberté avec des excuses – demain, à l'occasion de la lecture de l'acte d'accusation, ou lors de l'étape suivante, devant un grand jury, probablement, à Cap City –, mais il savait ce qu'il verrait dans les yeux de ses élèves, et sa carrière d'entraîneur était certainement terminée. Les différentes instances trouveraient un prétexte pour l'évincer s'il ne prenait pas de son propre chef la décision de démissionner. Car il ne serait plus jamais totalement innocent, ni aux yeux de ses voisins du West Side, ni aux yeux de Flint City dans son ensemble. Il serait toujours l'homme qui avait été arrêté pour le meurtre de Frank Peterson. L'homme à propos duquel les gens diraient : *Il n'y a pas de fumée sans feu.*

S'il n'y avait que lui, il pourrait faire face, pensait-il. Que disait-il à ses gamins quand ils protestaient contre une décision arbitrale injuste ? *Prends sur toi et retourne à ton poste. Continue à jouer.* Malheureusement, il ne serait pas le seul à devoir prendre sur lui. Pour continuer à jouer. Marcy serait stigmatisée, elle aussi. Il y aurait les murmures et les regards de biais au travail et à l'épicerie. Les amis qui n'appelleraient plus. Jamie Mattingly serait peut-être une exception, mais ce n'était pas certain.

Et puis, il y avait les filles. Sarah et Gracie seraient victimes de ces ragots cruels et de ce rejet total dont seuls les enfants de cet âge sont capables. Il devinait que Marcy aurait assez de jugeote pour les garder à l'abri en attendant que cette affaire soit réglée, ne serait-ce que pour les protéger des journalistes qui, sans cela, les traqueraient. Mais à l'automne, même quand il aurait été innocenté, elles aussi porteraient les stigmates. *Tu vois cette fille là-bas ? Son père a été arrêté pour avoir tué un gamin et lui avoir enfoncé une branche dans le cul.*

Allongé sur son lit, il scrutait l'obscurité. Il respirait la puanteur de la prison. Il réfléchissait. *On sera obligés de déménager. À Tulsa peut-être, ou à Cap City, ou plus au sud, au Texas. Quelqu'un me donnera du boulot, même s'ils m'interdisent d'approcher à moins d'un kilomètre d'un terrain de baseball, de football ou de basket. J'ai de bonnes références, et ils auront peur d'un procès pour discrimination en cas de refus.*

Mais cette arrestation – et la cause de cette arrestation – les suivrait partout, comme la puanteur de cette prison. Surtout les filles. Facebook suffira à les traquer et à les prendre pour cibles. *Ce sont les filles dont le père a échappé à une condamnation pour meurtre.*

Il fallait qu'il cesse de raisonner et qu'il essaye de dormir, et il devait arrêter d'avoir honte de lui parce que quelqu'un d'autre, Ralph Anderson pour ne pas le nommer, avait commis une terrible erreur. Ce genre de choses prenait toujours un aspect plus dramatique en pleine nuit, il ne devait pas l'oublier. Et, compte tenu de sa situation, enfermé dans une cellule, vêtu d'un uniforme marron de détenu, trop large, il ne devait pas s'étonner si ses peurs prenaient des dimensions disproportionnées. Demain matin, il verrait les choses différemment. Il en était certain.

Oui.

N'empêche, quelle honte !

Il se cacha les yeux.

7

Howie Gold se leva à six heures trente en ce dimanche matin, non pas qu'il puisse faire quoi que ce soit à cette heure-ci, ni par choix. Comme beaucoup d'hommes de soixante ans, sa prostate avait grossi en même temps que son compte d'épargne retraite, tandis que sa vessie semblait avoir rétréci autant que sa libido. Dès qu'il était réveillé, son esprit passait du point mort à la première, et impossible de se rendormir.

Il abandonna Elaine à ses rêves qu'il espérait agréables et, pieds nus, se rendit dans la cuisine pour faire du café et consulter son portable, qu'il avait réglé en mode silence et posé sur le plan de travail avant de se coucher. Alec Pelley lui avait envoyé un texto à une heure douze.

Howie but son café et il était en train de manger des flocons d'avoine aux raisins secs quand Elaine le rejoignit dans la cuisine, en nouant la ceinture de son peignoir et en bâillant.

« Alors, quoi de neuf, mon chéri ?

— Le temps le dira. En attendant, tu veux des œufs brouillés ?

— Mon mari me propose un petit-déjeuner, ironisa-t-elle en se servant une tasse de café. Étant donné que ce n'est pas la Saint-Valentin ni mon anniversaire, devrais-je me méfier ?

— Je cherche à tuer le temps. J'ai reçu un texto d'Alec, mais je ne peux pas le rappeler avant sept heures.

— Bonne ou mauvaise nouvelle ?

— Aucune idée. Alors, tu veux des œufs ?

— Oui. Deux. Sur le plat.

— Tu sais bien que je crève toujours les jaunes.

— Étant donné que je suis obligée de rester assise et de regarder, j'éviterai de critiquer. Avec des toasts au pain complet, s'il te plaît. »

Miraculeusement, un seul des deux jaunes coula. Alors qu'il déposait l'assiette devant sa femme, elle dit :

« Si Terry Maitland a tué cet enfant, le monde est devenu fou.

— Le monde *est* fou, répondit Howie. Mais ce n'est pas lui. Il a un alibi aussi solide que le S sur la poitrine de Superman.

— Pourquoi l'ont-ils arrêté, dans ce cas ?

— Parce qu'ils pensent avoir des preuves aussi solides que le S sur la poitrine de Superman. »

Elaine réfléchit.

« Et si une force qu'on ne peut pas arrêter rencontrait un objet qu'on ne peut pas bouger ?

— Ce n'est pas possible, ma chérie. »

Il regarda sa montre. Sept heures moins cinq. Presque. Il appela le portable d'Alec.

Son enquêteur répondit à la troisième sonnerie.

« Vous êtes en avance, je suis en train de me raser. Vous pouvez rappeler dans cinq minutes. À sept heures, autrement dit, comme je vous l'avais demandé ?

— Non. Mais je veux bien attendre que vous ayez enlevé la mousse du côté où vous tenez le téléphone. Ça vous va ?

— Vous êtes un tortionnaire », répondit Alec, mais il paraissait de bonne humeur, malgré l'heure matinale, et bien qu'on l'ait interrompu pendant une tâche que les hommes préfèrent accomplir seuls avec leurs pensées.

Ce qui donna un peu d'espoir à Howie. Il avait déjà de quoi faire, mais il était toujours preneur.

« C'est une bonne ou une mauvaise nouvelle ?

— Accordez-moi une seconde, vous voulez

bien ? Je suis en train de foutre de la mousse partout sur le téléphone. »

L'attente dura plutôt cinq secondes, mais Alec revint enfin en ligne.

« C'est une bonne nouvelle, patron. Bonne pour nous et mauvaise pour le proc. Très mauvaise.

— Vous avez visionné les images de vidéosurveillance ? Il y en a beaucoup ? Combien de caméras ?

— Oui, j'ai visionné les bandes, et il y en a beaucoup. » Alec s'interrompit, et quand il reprit la parole, Howie devina à sa voix qu'il souriait. « Mais il y a autre chose de mieux. *Beaucoup* mieux. »

8

En se réveillant à sept heures moins le quart, Jeanette Anderson constata que la place de son mari dans le lit était vide. Ça sentait le café dans la cuisine, mais Ralph ne s'y trouvait pas non plus. En regardant par la fenêtre, elle le vit assis à la table de jardin, encore vêtu de son pyjama à rayures, en train de boire son café dans la tasse que Derek lui avait offerte à l'occasion de la dernière fête des Pères. Sur un côté, on pouvait lire, en grosses lettres bleues : VOUS AVEZ LE DROIT DE GARDER LE SILENCE JUSQU'À CE QUE J'AIE FINI DE BOIRE MON CAFÉ. Jeanette prit sa propre tasse, rejoignit son mari et déposa un baiser sur sa joue. La journée promettait d'être chaude, mais à cette heure matinale, il faisait encore frais, c'était agréable.

« Tu n'arrives pas à oublier cette affaire, hein ?

— Aucun de nous ne va l'oublier. Avant longtemps.

— On est dimanche. Un jour de repos. Et tu en as besoin. Je trouve que tu as mauvaise mine. D'après un article que j'ai lu dans le cahier santé du *New York Times* la semaine dernière, tu es entré dans le pays de la crise cardiaque.

— C'est encourageant. »

Elle soupira.

« Qu'est-ce qui figure en premier sur ta liste ?

— Interroger cette autre prof, Deborah Grant. Par pur acquit de conscience. Je suis convaincu qu'elle confirmera que Terry a participé à cette excursion à Cap City, mais il se peut qu'elle ait remarqué quelque chose de bizarre chez lui, qui aurait échappé à Roundhill et Quade. Les femmes sont souvent plus observatrices. »

Jeanette trouvait cette idée douteuse, voire sexiste, mais ce n'était pas le moment de le faire remarquer. Au lieu de cela, elle revint à leur discussion de la veille.

« Terry était *bel et bien* ici. Et c'est *lui* le coupable. Ce qu'il te faut, c'est une preuve scientifique provenant de là-bas. Je suppose qu'un échantillon d'ADN est exclu, mais pourquoi pas des empreintes digitales ?

— On pourrait passer au révélateur la chambre qu'il a occupée avec Quade, mais ils sont repartis mercredi matin. La chambre a certainement été nettoyée et occupée depuis. Plusieurs fois même.

— N'empêche, c'est possible, non ? Certaines femmes de chambre sont consciencieuses, mais beaucoup se contentent de changer les draps et d'effacer les traces de verre sur la table basse, et hop, le tour est joué. Supposons que tu découvres les empreintes de Quade, mais pas celles de Terry Maitland ? »

Ralph aimait cette excitation de détective amateur qu'il voyait sur le visage de sa femme, et il s'en voulait de doucher son enthousiasme.

« Ça ne prouverait rien, ma chérie. Howie Gold expliquerait aux jurés qu'ils ne peuvent pas condamner quelqu'un à cause d'une *absence* d'empreintes digitales, et il aurait raison. »

Jeanette réfléchit.

« D'accord, mais je continue à penser que tu devrais relever les empreintes dans cette chambre et essayer d'en identifier le plus possible. C'est faisable ?

— Oui. Et c'est une bonne idée. » Au moins, il pourrait se dire qu'il aurait tout essayé. « Je vais me renseigner pour connaître le numéro de la chambre et essayer de convaincre la direction du Sheraton de déplacer les éventuels occupants. Je pense qu'ils accepteront de coopérer, compte tenu du retentissement médiatique que va avoir cette affaire. On passera la chambre au révélateur du sol au plafond. Mais ce qui m'intéresse surtout, ce sont les images de vidéosurveillance enregistrées pendant la convention et, étant donné que l'inspecteur Sablo – il dirige l'enquête au niveau de la police d'État – ne revient qu'en fin de journée, je vais devoir me rendre sur place moi-même. J'ai sûrement plusieurs heures de retard sur l'enquêteur de Gold, mais je n'y peux rien. »

Sa femme posa sa main sur la sienne.

« Promets-moi juste de faire une pause de temps en temps, trésor. Profite un peu de ton jour de repos. »

Il sourit, pressa la main de Jeanette, et la relâcha.

« Je n'arrête pas de penser aux véhicules qu'il a utilisés, celui dans lequel il a kidnappé le petit Peterson, et celui qu'il a abandonné en ville.

— L'Econoline et la Subaru.

— Hummm. La Subaru ne me tracasse pas outre mesure. Elle a été volée sur un parking municipal, et on a connu un grand nombre de vols similaires depuis 2012 environ. Les nouveaux systèmes de démarrage sans clé sont les meilleurs amis des voleurs de voitures, car quand tu t'arrêtes quelque part en pensant aux courses que tu dois faire ou à ce que tu vas cuisiner le soir, tu ne remarques pas tes clés qui sont restées sur le contact. C'est facile d'oublier ton bip, surtout si tu as des écouteurs dans les oreilles ou si tu jacasses au téléphone, et tu n'entends pas la voiture qui sonne pour te dire de les enlever. La propriétaire de la Subaru – Barbara Nearing – a laissé son bip dans le porte-gobelet et le ticket de parking sur le tableau de bord lorsqu'elle a pris son travail à huit heures.

Quand elle est revenue à dix-sept heures, sa voiture avait disparu.

— Le gardien du parking ne se rappelle pas qui était au volant ?

— Non, et ça n'a rien de surprenant. C'est un grand parking, sur cinq niveaux. Des gens entrent et sortent en permanence. Il y a une caméra à la sortie, mais les images sont effacées toutes les quarante-huit heures. La camionnette en revanche…

— Eh bien, quoi ?

— Elle appartenait à un menuisier à temps partiel, un homme à tout faire, nommé Carl Jellison, qui vit à Spuytenkill, dans l'État de New York, une petite ville entre Poughkeepsie et New Paltz. Il a pensé à ôter ses clés, mais il en avait une de secours dans une petite boîte métallique sous le pare-chocs arrière. Quelqu'un l'a découverte et a fichu le camp avec la camionnette. La théorie de Bill Samuels, c'est que le voleur a roulé jusqu'à Cap City… ou Dubrow… ou même jusqu'ici, à Flint City, et qu'il l'a abandonnée en laissant la clé de secours sur le contact. Terry a volé la camionnette à son tour et l'a planquée quelque part. Peut-être dans une grange ou un abri quelconque en dehors de la ville. Dieu sait que les fermes inoccupées ne manquent pas depuis que tout a commencé à aller de travers en 2008. Ensuite, il a largué la camionnette derrière le Shorty's, avec, là encore, la clé sur le contact en espérant que quelqu'un d'autre la volerait une troisième fois.

— Mais personne ne l'a volée, conclut Jeanette. Donc, la camionnette est à la fourrière, et tu as la clé. Sur laquelle on trouve l'empreinte du pouce de Terry Maitland. »

Ralph hocha la tête.

« En fait, on a des *tonnes* d'empreintes. Ce véhicule a dix ans et il n'a pas été nettoyé depuis au moins cinq ans, si on l'a nettoyé un jour. On a réussi à éliminer certaines empreintes : Jellison, son fils, sa femme, deux types qui ont travaillé pour lui. On a reçu les analyses jeudi après-midi, grâce à la police d'État de New York, que Dieu les bénisse. Dans la plupart des États, on attendrait encore. Évidemment, on a aussi les empreintes de Terry Maitland et de Frank Peterson. Parmi celles de Peterson, quatre se trouvaient à l'intérieur de la portière du passager. C'est un endroit très gras et elles apparaissent aussi nettement que des *pennies* tout juste frappés. Je pense qu'elles ont été faites sur le parking de Figgis Park, quand Terry a voulu obliger le gamin à descendre et que celui-ci a tenté de résister. »

Jeanette grimaça.

« On attend encore les résultats d'autres empreintes relevées dans la camionnette, elles ont été envoyées mercredi. On aura peut-être des correspondances, peut-être pas. On part du principe qu'une partie des empreintes sont celles du premier voleur, là-haut à Spuytenkill. Les autres peuvent appartenir à n'importe qui, des amis de Jellison ou des auto-stoppeurs qu'aurait pu prendre le voleur. Mais les plus récentes, hormis celles du garçon, sont celles de Maitland. Je me contrefiche du premier voleur, en revanche j'aimerais beaucoup savoir où il a abandonné la camionnette. » Après une pause, il ajouta : « Tout cela ne tient pas debout.

— Le fait qu'il n'ait pas effacé les empreintes ?

— Pas uniquement. Pourquoi voler cette camionnette et la Subaru, pour commencer ? Pourquoi voler des véhicules afin de commettre cette horreur si vous montrez votre visage à tout le monde ? »

Jeanette l'écoutait avec un désarroi grandissant. Elle n'osait pas poser les questions qu'entraînaient celles de son mari : Si tu nourrissais de tels doutes, pourquoi diable as-tu agi de cette façon ? Si précipitamment ? Certes, elle l'avait encouragé, et peut-être était-elle en partie responsable de cette situation, mais elle ne disposait pas de toutes les informations alors. *Une façon de me dédouaner*, pensa-t-elle…, et elle grimaça de nouveau.

Comme si Ralph lisait dans ses pensées (et après presque vingt-cinq ans de mariage, sans doute en était-il capable), il dit :

« Ne va pas imaginer que j'ai des regrets. Il ne s'agit pas de ça. Bill Samuels et moi, on en a parlé. Il dit que tout n'a pas forcément un sens dans cette histoire. Pour lui, Terry a agi de cette façon parce qu'il est devenu fou. L'impulsion, le *besoin* de commettre ce geste, peut-être, même si tu ne m'entendras jamais présenter la chose de cette manière devant le tribunal, n'a cessé de monter en lui. Il y a déjà eu des cas semblables. Bill affirme que Maitland avait projeté de passer à l'acte et qu'il avait mis certains éléments en place, mais quand, mardi dernier, il a vu Frank Peterson en train de pousser sa bicyclette avec sa chaîne cassée, tout son plan s'est envolé. Il a disjoncté et le Dr Jekyll s'est transformé en Mr Hyde.

— Un sadique sexuel pris de folie, murmura sa femme. Terry Maitland. Coach T.

— Ça tenait debout sur le moment, et ça tient encore debout », déclara Ralph, d'un ton presque agressif.

Peut-être, aurait-elle pu répondre, *mais après, mon chéri ? Quand tout a été terminé, une fois son besoin satisfait ? Vous avez pensé à ça, Bill et toi ? Comment se fait-il qu'il n'ait pas effacé ses empreintes à ce moment-là, et qu'il ait continué à se montrer partout ?*

« Il y avait quelque chose sous le siège du conducteur de la camionnette, dit Ralph.

— Ah bon ? Quoi ?

— Un bout de papier. Peut-être un morceau de menu à emporter. Ça n'a sans doute aucune importance, mais je veux l'examiner de plus près. Je suis quasiment sûr qu'il a été enregistré avec les autres indices. » Il jeta dans l'herbe le reste de son café et se leva. « Mais surtout, je veux consulter les images de surveillance du Sheraton enregistrées mardi et mercredi derniers. Ainsi que celles, éventuellement, du restaurant où ce groupe de professeurs dit avoir dîné.

— Si jamais tu récupères une image nette de son visage, envoie-moi une capture d'écran. » Voyant son mari hausser les sourcils, Jeannie ajouta : « Je connais Terry depuis aussi longtemps que toi, et si ce n'était pas lui qui se trouvait à Cap City, je le saurai. » Elle sourit. « Après tout, les femmes sont plus observatrices que les hommes. Tu l'as dit toi-même. »

9

Sarah et Grace Maitland n'avaient quasiment rien avalé au petit-déjeuner, mais cela avait moins perturbé Marcy que l'absence de téléphones et de tablettes dans leurs environs immédiats. Pourtant, la police ne leur avait pas confisqué leurs gadgets électroniques, mais après y avoir jeté un coup d'œil, les deux filles les avaient laissés dans leurs chambres. Assurément, elles n'avaient pas envie de prolonger la lecture des commentaires sur les réseaux sociaux. Quant à Marcy, après avoir regardé par la fenêtre et aperçu les deux fourgonnettes surmontées de paraboles et la voiture de patrouille garées le long du trottoir, elle ferma les rideaux. Combien de temps allait durer cette journée ? Et comment diable allait-elle l'occuper ?

Howie Gold lui fournit la réponse. Il lui téléphona à huit heures et quart, étonnamment enjoué.

« Nous allons rendre visite à Terry cet après-midi. Ensemble. En temps normal, le détenu doit solliciter et obtenir un droit de visite vingt-quatre heures à l'avance, mais j'ai réussi à avoir une dérogation. En revanche, je n'ai pas pu contourner l'interdiction d'avoir le moindre contact. Il est enfermé dans un quartier de haute sécurité. Cela signifie qu'il faudra lui parler à travers une vitre, mais c'est moins horrible que dans les films. Vous verrez.

— Bien, dit Marcy, le souffle court. À quelle heure ?

— Je passerai vous chercher à treize heures trente. Apportez son plus beau costume, et une jolie cravate sombre. Pour la lecture de l'acte d'accusation. Vous pouvez également lui apporter quelque chose de bon à manger. Des noix, des fruits, des friandises. Et vous mettrez tout ça dans un sac transparent, d'accord ?

— D'accord. Mais les filles ? Est-ce que je…

— Non. Les filles resteront à la maison. La prison, ce n'est pas un endroit pour elles. Trouvez quelqu'un pour les garder, au cas où les journalistes se montreraient trop pressants. Et dites-leur que tout va bien. »

Marcy n'était pas certaine de pouvoir trouver quelqu'un. Elle rechignait à abuser de Jamie après la soirée de la veille. Si elle allait demander au policier assis dans sa voiture, devant la maison, nul doute qu'il accepterait de maintenir les journalistes à l'écart. Non ?

« Tout va bien, dites-vous ? Vraiment ?

— Oui, je le pense. Alec Pelley a fait éclater une piñata géante à Cap City et tous les cadeaux sont tombés sur nos genoux. Je vais vous envoyer un lien. Libre à vous de le partager avec vos filles, mais je sais que si c'étaient les miennes, je le ferais. »

Cinq minutes plus tard, Marcy était installée dans le canapé, entre Sarah et Grace. Elles regardaient la minitablette de Sarah. L'ordinateur de bureau de Terry ou un des ordinateurs portables auraient été plus pratiques, mais la police les avait confisqués. De fait, la tablette se révéla suffisante. Bientôt, toutes trois riaient et poussaient des cris de joie en se tapant dans les mains.

Ce n'est pas juste une lumière au fond du tunnel, pensa Marcy. *C'est un foutu arc-en-ciel.*

10

Toc-toc-toc.

Tout d'abord, Merl Cassidy crut entendre ce bruit en rêve, un de ces cauchemars dans lesquels son beau-père s'apprêtait à lui filer une raclée. Ce salopard chauve avait une manière bien à lui de donner des petits coups secs sur la table de la cuisine, d'abord avec ses jointures, puis le poing entier, pendant qu'il posait les questions préliminaires qui conduisaient à la correction du soir : *Où tu étais ? À quoi ça sert que tu portes une montre si tu es toujours en retard pour dîner ? Pourquoi tu n'aides jamais ta mère ? Pourquoi tu prends la peine de rapporter tous ces bouquins à la maison puisque tu fais jamais tes putain de devoirs ?* Sa mère tentait parfois de protester, mais il l'ignorait. Et si elle essayait de s'interposer, il la repoussait. Puis le poing qui martelait la table de plus en plus violemment s'abattait sur Merl.

Toc-toc-toc.

Merl ouvrit les yeux pour fuir ce rêve, et il n'eut qu'une fraction de seconde pour savourer l'ironie de la chose : il se trouvait à deux mille cinq cents kilomètres de ce salopard brutal, deux mille cinq cents au minimum… et en même temps pas plus éloigné qu'une nuit de sommeil. Bien qu'il n'ait pas profité d'une nuit entière de sommeil ; cela lui arrivait rarement depuis qu'il avait fugué.

Toc-toc-toc.

C'était un flic, qui tapait avec sa matraque. Patiemment. Maintenant, sa main mimait une manivelle : baissez la vitre.

Pendant un moment, Merl ne sut plus où il était, mais en voyant à travers le pare-brise le supermarché qui se dressait, menaçant, sur un immense parking presque désert, tout lui revint d'un coup. El Paso. Oui, il était à El Paso. La Buick qu'il conduisait était presque à court de carburant, et lui presque à court d'argent. Il s'était arrêté sur le parking du Walmart Supercenter pour s'offrir quelques heures de sommeil. Peut-être qu'au matin, il saurait quoi faire ensuite. Maintenant, il se disait que tout allait s'arrêter là.

Toc-toc-toc.

Il baissa sa vitre.

« Bonjour, monsieur l'agent. Il était tard, alors je me suis arrêté pour dormir un peu. Je pensais que j'avais le droit de me garer ici. Si j'ai eu tort, je suis désolé.

— Oh oh, admirable », dit le flic, et en le voyant sourire, Merl eut un regain d'espoir. C'était un sourire chaleureux. « Y a un tas de gens qui en font autant. Mais ils n'ont pas l'air d'avoir quatorze ans.

— J'en ai dix-huit. Je suis petit pour mon âge. »

Merl éprouvait une immense lassitude qui n'avait rien à voir avec le manque de sommeil accumulé au cours de ces dernières semaines.

« Hummm. Et moi, on me prend sans cesse pour Tom Hanks, rétorqua le policier. Des fois, même, on me demande un autographe. Montre-moi ton permis de conduire et les papiers du véhicule. »

Encore un dernier effort, aussi faible que l'ultime tressaillement du pied d'un mourant.

« Ils étaient dans ma veste. Quelqu'un me l'a volée pendant que j'étais aux toilettes. Au McDo.

— Hummm hummm. Et tu viens d'où ?

— Phoenix, répondit Merl sans conviction.

— Hummm. Alors, comment ça se fait que ce bijou ait des plaques de l'Oklahoma ? »

Merl ne dit rien, il était à court de réponses.

« Descends de voiture, mon gars, et même si tu as l'air aussi dangereux qu'un petit chien jaune qui chie en pleine tempête, garde tes mains bien en vue. »

Merl descendit de voiture sans trop de regrets. Il avait fait une bonne virée. Plus que ça, même, quand on y réfléchissait. Une virée miraculeuse. Il aurait pu se faire arrêter une dizaine de fois depuis qu'il était parti de chez lui fin avril. Aujourd'hui, c'était chose faite, et alors ? Où voulait-il aller, de toute façon ? Nulle part. N'importe où. Loin de ce salopard chauve.

« Comment tu t'appelles, fiston ?

— Merl Cassidy. Merl pour Merlin. »

Quelques clients matinaux les regardèrent, puis passèrent leur chemin pour pénétrer dans le monde enchanté, ouvert vingt-quatre heures sur vingt-quatre, de Walmart.

« Comme le magicien, hein ? OK. Tu as une pièce d'identité, Merlin ? »

Le garçon glissa la main dans sa poche arrière et en sortit un portefeuille bon marché en daim aux coutures usées : un cadeau de sa mère pour ses huit ans. À cette époque, ils n'étaient que tous les deux, et le monde avait un sens. Le portefeuille contenait un billet de cinq dollars et deux billets d'un dollar. Du compartiment dans lequel il conservait quelques photos de sa mère, il sortit une carte plastifiée avec sa photo.

« Association des jeunes chrétiens de Poughkeepsie, lut le policier. Tu viens de l'État de New York ?

— Oui, monsieur. »

Le *monsieur* était une chose que son beau-père lui avait fait entrer dans le crâne très tôt.

— Tu es de Poughkeepsie ?

— Non, monsieur. Juste à côté. Une petite ville qui s'appelle Spuytenkill. Ça veut dire "le lac qui jaillit". Du moins, c'est ce que ma mère m'a dit.

— Oh. Intéressant. On en apprend tous les jours. Depuis combien de temps tu as fichu le camp de chez toi, Merl ?

— Bientôt trois mois, je crois.

— Et qui t'a appris à conduire ?

— Mon oncle Dave. Dans les champs. Je suis un bon conducteur. Boîte manuelle ou automatique, ça change rien pour moi. Mon oncle Dave est mort d'une crise cardiaque. »

Le flic réfléchit en tapotant l'ongle de son pouce avec la carte plastifiée. Ça ne faisait plus *toc-toc-toc*, mais *tic-tic-tic*. Dans l'ensemble, Merl le trouvait sympa. Jusqu'à maintenant.

« Un bon conducteur, tu dis ? Sûrement, pour aller de New York jusqu'à ce trou du cul poussiéreux de ville-frontière. Combien de voitures tu as volées, Merl ?

— Trois. Non, quatre. Celle-ci, c'est la quatrième. Mais la première, c'était une camionnette. Celle de mon voisin.

— Quatre, répéta le flic en considérant le gamin crasseux qui se tenait devant lui. Et comment tu as financé ton expédition vers le Sud, Merl ?

— Hein ?

— Comment tu as fait pour manger ? Où tu as dormi ?

— Je dormais dans les voitures la plupart du temps. Et j'ai volé de l'argent. » Il baissa la tête. « Dans des sacs à main. Des fois, les femmes me voyaient même pas, et sinon… je cours vite. »

Il sentit venir les larmes. Il avait un peu pleuré au cours de ce que le flic appelait son expédition vers le Sud, la nuit surtout, mais ces larmes ne lui avaient apporté aucun soulagement. Celles-ci, oui. Merl n'aurait su dire pourquoi, et il s'en fichait.

« Trois mois, quatre voitures », dit le flic. *Tic-tic-tic*, faisait la carte plastifiée de Merl. « Qu'est-ce que tu fuis, fiston ?

— Mon beau-père. Et si vous me renvoyez chez ce fils de pute, je foutrai le camp de nouveau, à la première occasion.

— Hummm hummm. Je vois le tableau. Quel âge as-tu réellement, Merl ?

— Douze ans. Mais j'en aurai treize le mois prochain.

— Douze ans ? Merde alors ! Tu vas venir avec moi, Merl. On va décider ce qu'on va faire de toi. »

Au poste de police de Harrison Avenue, en attendant l'arrivée d'une personne des services sociaux, on photographia Merl Cassidy, on l'épouilla et on releva ses empreintes. Celles-ci furent aussitôt diffusées. Simple routine.

11

Quand Ralph arriva au poste de police de Flint City, beaucoup plus petit, avec l'intention d'appeler Deborah Grant avant d'emprunter un véhicule de patrouille pour se rendre à Cap City, Bill Samuels l'attendait. Il avait mauvaise mine. Même son épi était retombé.

« Un problème ? » demanda Ralph. Il voulait dire : *Encore un problème ?*

« Alec Pelley m'a envoyé un texto. Avec un lien. »

Il ouvrit sa mallette, en sortit son iPad (le plus

gros, évidemment, le modèle Pro), et l'alluma. Il tapota deux fois sur l'écran et le tendit à Ralph. Le texto de Pelley disait : **Êtes-vous sûr de vouloir inculper T. Maitland ? Regardez ça avant.** Le lien était dessous. Ralph se connecta.

Apparut alors le site de Channel 81. Sous la rubrique INFORMATIONS PUBLIQUES DE CAP CITY figurait un ensemble de vidéos : des séances du conseil municipal, la réouverture d'un pont, un tutoriel intitulé VOTRE BIBLIOTHÈQUE ET COMMENT L'UTILISER, un reportage sur LES NOUVEAUX ARRIVANTS DU ZOO DE CAP CITY. Ralph regarda Samuels d'un air interrogateur.

« Faites défiler. »

Ralph s'exécuta et tomba sur une vidéo intitulée HARLAN COBEN S'ADRESSE AUX PROFESSEURS D'ANGLAIS DES TROIS-ÉTATS. L'icône PLAY se superposait à une femme à lunettes aux cheveux si laborieusement laqués qu'on aurait pu les frapper à coups de batte de baseball sans atteindre le crâne. Elle se trouvait sur une estrade. Derrière elle apparaissait le logo du Sheraton. Ralph passa en mode plein écran.

« Bonjour à tous. Et bienvenue ! Je suis Josephine McDermott, présidente cette année de l'Association des professeurs d'anglais des Trois-États. C'est pour moi une joie immense d'être ici et de vous accueillir officiellement pour notre rencontre annuelle des grands esprits. Agrémentée, évidemment, de quelques boissons pour adultes. » Cette plaisanterie déclencha des rires polis. « Cette année, le nombre de participants est particulièrement élevé, et même si j'aimerais croire que cela est dû à ma charmante présence… » Nouveaux rires polis. « … je pense que la raison est plutôt à rechercher du côté de notre prestigieux invité… »

« Maitland avait raison sur un point, commenta Samuels. Cette foutue introduction n'en finit pas. Ensuite, elle cite quasiment tous les bouquins que ce type a écrits. Ça dure neuf minutes et trente secondes. »

Ralph fit glisser le curseur sous la vidéo, sachant déjà ce qu'il allait voir. Il ne *voulait pas* le voir et en même temps, si. Avec une sorte de fascination impossible à nier.

« Mesdames et messieurs, veuillez réserver un accueil chaleureux à notre invité d'honneur… M. *Harlan Coben* ! »

Arriva alors, d'un pas décidé, un individu chauve et si grand que lorsqu'il se pencha pour serrer la main de Mlle McDermott, on aurait dit un adulte saluant une fillette qui aurait enfilé la robe de sa mère. Channel 81 avait jugé cet événement suffisamment important pour se fendre de deux caméras et l'image montrait maintenant le public, debout pour accueillir l'écrivain. Et là, autour d'une table sur le devant, il y avait trois hommes et une femme. Ralph sentit son estomac plonger en chute libre. Il mit sur PAUSE.

« Nom de Dieu, dit-il. C'est lui. Terry Maitland. Avec Roundhill, Quade et Grant.

— Compte tenu des preuves dont nous disposons, répondit Samuels, je ne vois pas comment c'est possible, mais c'est foutrement ressemblant, en effet.

— Bill… » L'espace d'un instant, Ralph demeura abasourdi. « Ce type a coaché mon fils. Ce n'est pas juste ressemblant, c'est *bien* lui.

— Coben parle pendant une quarantaine de minutes. On le voit surtout lui, sur l'estrade, mais parfois, il y a des plans sur le public, en train de l'écouter religieusement ou de rire à l'une de ses remarques, et je dois avouer qu'il ne manque pas d'humour. Maitland – s'il s'agit bien de lui – apparaît presque à chaque fois. Mais le coup de grâce survient aux alentours de la cinquante-sixième minute. Allez-y directement. »

Ralph s'arrêta à la cinquante-quatrième minute pour ne rien manquer. Coben répondait à des questions provenant de l'assistance. « Dans mes livres, je n'emploie jamais de grossièretés gratuites, disait-il, mais dans certaines circonstances, cela me semble totalement approprié. Un homme qui se donne un coup de marteau sur le pouce ne s'écrie pas : "Oh, mince !" » Rires dans le public. « J'ai le temps de prendre encore une ou deux questions. Vous, monsieur… »

L'image passait de Coben au nouvel intervenant. Terry Maitland. En gros plan serré. Le dernier espoir de Ralph, à savoir qu'ils avaient affaire à un double, comme l'avait suggéré Jeannie, s'envola.

« Lorsque vous vous installez à votre table de travail, monsieur Coben, savez-vous toujours qui est le coupable, ou bien êtes-vous surpris vous aussi ? »

Retour sur l'écrivain, tout sourire.

« Voilà une très bonne question. »

Avant qu'il puisse fournir une très bonne réponse, Ralph revint en arrière, au moment où Terry se levait pour prendre la parole. Il scruta l'image pendant vingt secondes, puis rendit l'iPad au procureur.

« *Pof !* fit Samuels. Tout part en fumée.

— Il reste encore l'analyse d'ADN », dit… ou plutôt s'entendit dire Ralph car il était comme séparé de son corps. Voilà sans doute, songeait-il, ce que ressentaient les boxeurs avant que l'arbitre arrête le combat. « Il faut encore que j'interroge Deborah Grant. Et après cela, je me rendrai à Cap City pour faire un boulot d'enquêteur à l'ancienne. Bouge ton cul et va frapper aux portes, comme disait l'autre. Je vais interroger le personnel de l'hôtel et du Brasero, le restaurant où ils sont allés dîner. » Puis, repensant à sa conversation avec Jeannie, il ajouta : « Je vais tenter également de relever quelques indices scientifiques.

— Avez-vous conscience que c'est quasiment impossible, dans un grand hôtel comme celui-ci, presque une semaine après le jour en question ?

— Oui.

— Quant au restaurant, peut-être même qu'il ne sera pas ouvert. »

Samuels se comportait comme un enfant qu'un gamin plus grand a poussé sur le trottoir et qui s'est éraflé le genou. Ralph commençait à s'apercevoir qu'il n'aimait pas beaucoup ce type. Il lui apparaissait de plus en plus comme un dégonflé.

« Il est situé près de l'hôtel, on peut donc penser qu'il sera ouvert à l'heure du déjeuner. »

Le procureur secoua la tête, les yeux toujours fixés sur l'image figée de Terry Maitland.

« Même si on obtient une confirmation avec l'ADN… ce dont je commence à douter… vous faites ce métier depuis assez longtemps pour savoir que les jurés condamnent rarement un accusé en se fondant sur l'ADN et les empreintes digitales. Le procès OJ Simpson en est la parfaite illustration.

— Les témoins ocu…

— Gold va les crucifier. Stanhope ? Vieille et à moitié sourde. "Est-il vrai que vous avez rendu votre permis de conduire il y a trois ans, madame Stanhope ?" June Morris ? Une gamine qui a vu un homme ensanglanté de l'autre côté de la rue. Scowcroft avait bu, et son copain aussi. Claude Bolton a été condamné pour possession de drogue. Votre meilleur témoin, c'est Willow Rainwater, et j'ai un scoop pour vous, mon vieux : par ici, les gens n'aiment pas trop les Indiens. Ils s'en méfient.

— On est allés trop loin pour reculer.

— Triste vérité. »

Ils demeurèrent silencieux. La porte du bureau de Ralph était ouverte et la salle principale du poste quasiment déserte, comme souvent le dimanche matin dans cette bourgade du Sud-Ouest. Ralph faillit dire à Samuels que cette vidéo les avait brutalement éloignés de l'élément principal : un enfant avait été assassiné, et d'après toutes les preuves qu'ils avaient rassemblées, ils tenaient le coupable. Le fait que Maitland semblait se trouver à cent vingt kilomètres de là était une chose qui méritait d'être clarifiée. Pas question de baisser les bras.

« Accompagnez-moi à Cap City, si vous voulez.

— Impossible, répondit le procureur. J'emmène mon ex-femme et les enfants au lac Ocoma. Elle a préparé un pique-nique. On s'est enfin réconciliés et je ne veux pas risquer de tout gâcher.

— OK. »

Ralph avait fait cette proposition du bout des lèvres, de toute façon. Il préférait être seul. Pour essayer de comprendre comment ce qui paraissait si évident prenait désormais l'apparence d'un colossal désastre.

Il se leva. Bill Samuels rangea son iPad dans sa mallette et se leva à son tour.

« On risque de perdre notre boulot sur ce coup-là, Ralph. Et si Maitland est innocenté, il nous intentera un procès. Vous le savez.

— Allez à votre pique-nique. Mangez des sandwiches. Ce n'est pas encore terminé. »

Samuels quitta le bureau le premier, et quelque chose dans sa démarche – les épaules tombantes, la mallette qui pendait au bout de son bras – provoqua la colère de Ralph.

« Bill ? »

Samuels se retourna.

« Un enfant a été sauvagement violé dans cette ville. Avant cela, ou juste après, il a été *mordu* à mort. J'essaye encore de comprendre. Vous croyez que ses parents se soucient de savoir si on va perdre notre boulot ou si la municipalité va être attaquée en justice ? »

Samuels ne répondit pas, il traversa le poste désert et sortit dans le soleil du petit matin. Une journée idéale pour un pique-nique. Pourtant, Ralph devinait que le procureur n'allait pas beaucoup en profiter.

12

Fred et Ollie étaient arrivés aux urgences du Mercy Hospital peu avant que samedi soir devienne dimanche matin, pas plus de trois minutes après l'ambulance qui transportait Arlene Peterson. À cette heure-ci, la vaste salle d'attente regorgeait de gens éclopés et ensanglantés ou ivres, qui se plaignaient, pleuraient et toussaient. Comme tous les services d'urgence, celui du Mercy Hospital était très animé le samedi soir, mais le lendemain matin, à neuf heures, il n'y avait presque plus personne. Un homme tenait sa main enveloppée d'un bandage de fortune rouge de sang. Une femme avait assis sur ses genoux son enfant fiévreux ; l'un et l'autre regardaient Elmo faire des cabrioles sur le téléviseur accroché au mur dans un coin. Une adolescente aux cheveux crépus, la tête renversée en arrière, les yeux fermés, avait joint les mains sur son ventre.

Et il y avait eux deux. Les survivants de la famille Peterson. Fred s'était assoupi vers six heures, mais Ollie, lui, gardait les yeux fixés sur l'ascenseur à l'intérieur duquel sa mère avait disparu, convaincu que s'il s'endormait, elle mourrait. « Ne pouvais-tu pas veiller sur moi une heure ? » avait demandé Jésus à Pierre, et c'était une très bonne question, à laquelle on ne pouvait pas répondre.

À neuf heures dix, la porte de l'ascenseur coulissa et le médecin à qui ils avaient parlé peu après leur arrivée en sortit. Il portait une blouse stérile bleue et un bonnet assorti, taché de sueur, orné de cœurs rouges bondissants. Il paraissait épuisé, et quand il les vit, il se détourna, comme s'il avait envie de rebrousser chemin. Il suffit à Ollie de voir ce tressaillement involontaire pour comprendre. Il aurait préféré laisser son père dormir pendant la première salve de mauvaises nouvelles, mais ça n'aurait pas été bien. Après tout, il n'était pas encore né que son père connaissait et aimait déjà sa mère.

« Hein ? Quoi ? » fit Fred en se redressant quand son fils le secoua par l'épaule.

Il vit le médecin qui ôtait son bonnet pour dévoiler des cheveux châtains collés par la transpiration.

« Messieurs, j'ai le regret de vous annoncer que Mme Peterson est décédée. On a tout fait pour la sauver et j'ai cru, tout d'abord, qu'on allait y arriver, mais les dommages étaient trop importants. Encore une fois, je suis vraiment désolé. »

Fred le regarda d'un air incrédule, avant de laisser échapper un long cri. La fille aux cheveux crépus ouvrit les yeux et le dévisagea. Le jeune enfant fiévreux sursauta.

Désolé, songea Ollie. *C'est vraiment le mot du jour. La semaine dernière, on était une famille ; maintenant, il n'y a plus que papa et moi. Désolé est le mot qui convient, en effet. C'est le seul, il n'y en a pas d'autre.*

Fred pleurait, les mains plaquées sur son visage. Ollie le prit dans ses bras et le serra contre lui.

13

Après le déjeuner, au cours duquel Marcy et les filles se contentèrent de picorer, Marcy se rendit dans la chambre afin d'explorer le côté de la penderie réservé à Terry. Il représentait la moitié de leur partenariat, mais ses vêtements n'occupaient qu'un quart de l'espace. Terry était professeur d'anglais, coach de baseball et de football, collecteur de fonds quand il le fallait – c'est-à-dire toujours –, mari et père. Il excellait dans tous ces domaines, mais seul son emploi d'enseignant rapportait de l'argent, et il ne croulait pas sous les tenues habillées. Le costume bleu était son plus beau, et il faisait ressortir ses yeux, mais il montrait des signes d'usure, et toute personne qui s'y connaissait un peu en matière de mode masculine ne le confondrait pas avec un Brioni. Marcy soupira, le décrocha du cintre, ajouta une chemise blanche et une cravate bleu foncé. Elle était en train de glisser le tout dans une housse quand on sonna à la porte.

C'était Howie, vêtu d'un costume beaucoup plus élégant que celui qu'elle venait d'emballer. Il étreignit brièvement les filles et déposa un baiser sur la joue de Marcy.

« Vous allez ramener mon papa à la maison ? demanda Gracie.

— Pas aujourd'hui, mais bientôt, répondit l'avocat en prenant la housse. Vous avez pensé à emporter une paire de chaussures, Marcy ?

— Oh, zut ! Quelle idiote ! »

Les noires feraient l'affaire, mais elles avaient besoin d'un coup de cirage. Pas le temps. Elle les rangea dans un sac et retourna dans le salon.

« C'est bon, je suis prête.

— Très bien. Marchez avec entrain et ne faites pas attention aux vautours. Les filles, fermez bien la porte à clé jusqu'au retour de votre maman et ne répondez pas au téléphone, sauf si vous reconnaissez le numéro. Compris ?

— Tout ira bien », déclara Sarah.

Pourtant, elle n'avait pas l'air d'aller bien. À l'image de sa sœur et de sa mère. Marcy se demanda si des préadolescentes pouvaient perdre du poids du jour au lendemain. Certainement que non.

« C'est parti ! » s'exclama Howie.

Il débordait d'enthousiasme.

Ils sortirent de la maison, Howie tenant le costume, Marcy les chaussures. Aussitôt, les journalistes se ruèrent à la limite du jardin. *Madame Maitland, avez-vous parlé à votre mari ? Que vous a*

dit la police ? Monsieur Gold, Terry Maitland va-t-il
plaider coupable ou non coupable ? Allez-vous deman-
der une remise en liberté sous caution ?

« Nous n'avons aucune déclaration à faire pour
le moment », répondit Howie, impassible.

Il escorta Marcy jusqu'à sa Cadillac Escalade, à
travers la lumière aveuglante des projecteurs (*sûre-*
ment inutiles par cette journée de juin ensoleillée, pensa
Marcy). En arrivant au bout de l'allée, Howie Gold
baissa sa vitre et se pencha pour s'adresser à un des
deux policiers en faction.

« Les filles Maitland sont dans la maison. À vous
de veiller à ce qu'elles ne soient pas importunées. »

Aucun des deux ne répondit ; ils se contentèrent
de regarder l'avocat en affichant de l'indifférence
ou de l'hostilité. Marcy penchait plutôt pour la
seconde hypothèse.

Si la joie et le soulagement qu'elle avait éprou-
vés après avoir visionné la vidéo – béni soit Channel 81 – ne l'avaient pas quittée, il y avait toujours
des camionnettes de la télé et des journalistes qui
agitaient des micros devant chez elle. Terry était
toujours en prison. Des inconnus avaient fouillé
leur maison et emporté tout ce qu'ils voulaient.
Mais le pire, c'était le visage de marbre de ces policiers et leur absence de réaction, bien plus déran-
geants que les projecteurs des équipes de télévision
et les questions lancées par les journalistes. Une
machine avait avalé leur famille. Howie affirmait
qu'ils en ressortiraient indemnes, mais ce n'était
pas encore le cas.

Non, pas encore.

14

Marcy fut fouillée sommairement par une femme en uniforme à moitié endormie, qui lui demanda de déposer son sac à main dans un bac en plastique, puis de passer sous le détecteur de métaux. Elle confisqua ensuite son permis de conduire, comme celui de l'avocat, et les déposa dans un sac en plastique, qu'elle punaisa sur un tableau d'affichage, en compagnie de nombreux autres.

« La veste et les chaussures également, madame. »

Marcy les lui tendit.

« J'ai hâte de le voir dans ce costume quand je viendrai le chercher demain matin. Tiré à quatre épingles, dit Howie en passant sous le détecteur de métaux, qui sonna.

— On n'oubliera pas de prévenir son majordome, ironisa la femme en uniforme. En attendant, videz tout ce qui reste dans vos poches. »

Le problème venait de son porte-clés. Howie le remit à la femme et repassa sous le portique.

« Je suis venu ici au moins cinq mille fois et j'oublie toujours de sortir mes clés, dit-il à Marcy. Sûrement un truc freudien. »

Elle répondit par un petit sourire nerveux. Elle avait la gorge sèche et craignait que le moindre mot se transforme en croassement.

Un autre officier de police leur fit franchir une première porte, puis une seconde. Marcy perçut des rires d'enfants et le bourdonnement de conversations entre adultes. Ils traversèrent la zone des visites, au sol recouvert d'une moquette industrielle marron. Des enfants jouaient. Des détenus en combinaisons marron elles aussi bavardaient avec leurs épouses, leurs fiancées, leurs mères. Un homme imposant, affligé d'une tache de vin qui couvrait tout un côté de son visage et d'une grande cicatrice, récente, de l'autre côté, aidait sa fille en bas âge à aménager une maison de poupée.

Tout cela n'est qu'un rêve, se dit Marcy. *Un rêve d'une incroyable netteté. Je vais me réveiller près de Terry, et il me dira que j'ai fait un cauchemar dans lequel on l'avait arrêté pour meurtre. Et on en rira.*

Un des détenus la montra du doigt, ouvertement. La femme qui se tenait à côté de lui ouvrit de grands yeux et murmura quelque chose à l'oreille d'une autre femme. L'agent qui les conduisait semblait avoir des problèmes pour ouvrir la porte située au fond de la salle avec sa carte magnétique, et Marcy ne put s'empêcher de penser qu'il lambinait exprès. Lorsque la serrure s'ouvrit enfin, elle avait l'impression que tout le monde les dévisageait. Même les enfants.

Derrière cette porte s'étirait un couloir bordé de cabines séparées par ce qui ressemblait à des parois de verre embuées. Dans l'une d'elles attendait Terry, assis. En le voyant ainsi, dans cet uniforme beaucoup trop grand, Marcy ne put retenir ses larmes. Elle pénétra dans l'autre partie de la cabine et regarda son mari à travers ce qui n'était pas une paroi de verre, mais une plaque épaisse de Plexiglas. Elle y appuya sa main, doigts écartés, et Terry en fit autant de son côté. La paroi, per-

cée de petits trous servant à communiquer et for-
mant un cercle, évoquait les combinés des anciens
téléphones.

« Arrête de pleurer, ma chérie. Sinon, je vais
m'y mettre aussi. Et assieds-toi. »

Elle s'exécuta. Howie Gold s'assit à côté d'elle
sur le banc étroit.

« Comment vont les filles ?

— Bien. Elles se sont inquiétées pour toi, mais
aujourd'hui, ça va mieux. On a une très bonne
nouvelle, mon chéri. Savais-tu que la conférence
de M. Coben était enregistrée par une chaîne de
télé publique ? »

Terry demeura bouche bée un instant. Avant
de pouffer.

« Maintenant que tu le dis, je crois que la femme
qui a présenté Coben l'a mentionné, mais elle
parlait tellement que j'avais coupé le son. Merde
alors !

— Oui, comme tu dis », répondit Howie, tout
sourire.

Terry se pencha en avant, jusqu'à ce que son
front touche presque la séparation. Ses yeux pétillaient.

« Marcy… Howie… J'ai posé une question
à Coben à la fin. Je sais que c'est peu probable,
mais peut-être qu'elle a été enregistrée. Et dans
ce cas, grâce à un programme de reconnaissance
vocale ou je ne sais quoi, ils pourraient peut-être
m'identifier ! »

Marcy et l'avocat se regardèrent et éclatèrent
de rire. Un son si rare dans la salle des visites du

quartier de haute sécurité que le gardien posté à l'extrémité du petit couloir se tourna vers eux en fronçant les sourcils.

« Quoi ? s'étonna Terry. Qu'est-ce que j'ai dit ?

— Mon chéri, dit Marcy, on te *voit* sur la vidéo en train de poser ta question. Tu comprends ce que ça veut dire. Tu es *sur* la vidéo. »

Pendant un instant, Terry sembla ne pas comprendre ce que lui disait sa femme. Puis il leva les poings et les agita, un geste de triomphe qu'elle l'avait vu faire bien souvent quand une de ses équipes marquait ou réussissait un beau mouvement défensif. Instinctivement, elle l'imita.

« Tu es sûre ? demanda-t-il. À cent pour cent ? Ça semble trop beau pour être vrai.

— C'est vrai, confirma Howie, sans se départir de son sourire. En fait, on te voit même une demi-douzaine de fois lorsque la caméra filme le public en train de rire ou d'applaudir. La question que tu as posée n'est que la cerise sur le gâteau, la crème Chantilly sur le banana split.

— Ça veut dire que le dossier est clos ? Je vais pouvoir sortir dès demain ?

— Ne nous emballons pas. » L'avocat se rembrunit légèrement. « Demain, c'est uniquement la lecture de l'acte d'accusation, et ils ont un tas de preuves scientifiques qu'ils seront très fiers de…

— Mais comment est-ce possible ? explosa Marcy. Comment ? Alors que de toute évidence, Terry était *là-bas* ? L'enregistrement le prouve ! »

Howie la fit taire d'un geste.

« Nous nous occuperons de cette contradiction

plus tard, mais je peux d'ores et déjà vous dire que leurs preuves ne font pas le poids face aux nôtres. Néanmoins, une machine s'est mise en branle.

— La machine, dit Marcy. Oui. On connaît la machine, hein, Ter ? »

Il hocha la tête.

« C'est comme si j'avais atterri dans un roman de Kafka. Ou dans 1984. En vous entraînant avec moi, les filles et toi.

— Oh là, oh là, intervint Howie. Tu n'as entraîné personne. Ce sont eux, les fautifs. Tout va s'arranger, mes amis. Oncle Howie vous le promet et oncle Howie tient toujours ses promesses. L'acte d'accusation sera lu demain à neuf heures, par le juge Horton. Terry, tu seras impeccable dans le joli costume que ta femme t'a apporté et qui t'attend, suspendu dans un placard. J'ai l'intention d'avoir une entrevue avec Bill Samuels au sujet de ta remise en liberté sous caution. Ce soir, s'il veut bien me recevoir. Sinon, demain. Il n'aimera pas ça et il réclamera une assignation à résidence, mais on obtiendra gain de cause car d'ici là, un journaliste aura découvert cet enregistrement de Channel 81, et tout le monde saura que le dossier du procureur ne repose sur rien. Je suppose que tu seras obligé d'hypothéquer ta maison pour payer la caution, mais tu ne cours pas un très grand risque, à moins que tu décides d'arracher le bracelet électronique pour prendre la clé des champs.

— Je n'irai nulle part », déclara Terry. Ses joues

avaient repris des couleurs. « Qu'a dit ce général durant la guerre de Sécession, déjà ? "J'ai l'intention de défendre cette position, même si cela doit durer tout l'été." »

— Très bien. Quelle est la prochaine bataille, alors ? demanda Marcy.

— Je vais expliquer au procureur qu'il commettrait une erreur en présentant une inculpation devant le grand jury. Et cet argument l'emportera. Terry sera libre. »

Vraiment ? se demanda Marcy. Alors qu'ils affirment avoir ses empreintes digitales et des témoins qui l'ont vu enlever ce petit garçon, puis sortir de Figgis Park couvert de sang ? Serons-nous vraiment libres tant que le véritable meurtrier sera dans la nature ?

« Marcy… » Terry lui souriait. « Détends-toi. Tu sais ce que je dis toujours à mes joueurs : une base à la fois.

— J'aimerais te poser une question, dit Howie. Une idée à tout hasard.

— Vas-y.

— Ils prétendent détenir toutes sortes de preuves scientifiques, sans parler des résultats imminents de l'analyse ADN…

— Ça ne peut pas correspondre, dit Terry. C'est impossible.

— J'aurais dit la même chose des empreintes.

— Peut-être que c'est un coup monté, lâcha Marcy. Je sais que ça fait paranoïaque, mais… »

Elle haussa les épaules.

« Dans quel but ? demanda Howie. Là est la

question. Voyez-vous, l'un ou l'autre, quelqu'un qui pourrait se donner autant de mal pour en arriver là ? »

Les époux Maitland réfléchirent, de part et d'autre de la cloison transparente éraflée, et tous deux secouèrent la tête.

« Moi non plus, dit l'avocat. La vie ressemble rarement aux romans de Robert Ludlum. Quoi qu'il en soit, ils disposent de preuves suffisamment solides à leurs yeux pour avoir effectué cette arrestation expéditive. Même s'ils doivent le regretter maintenant. Ma crainte est que, même si je parviens à vous extraire de la machine, son *ombre* continue à planer.

— J'ai pensé à ça presque toute la nuit, dit Terry.

— Et moi, j'y pense encore », ajouta Marcy.

Howie se pencha en avant, mains jointes.

« Si nous disposions de preuves scientifiques pour contrer les leurs, ça nous serait utile. L'enregistrement de Channel 81, c'est très bien, et si on y ajoute les témoignages de tes collègues, c'est sans doute plus que suffisant, mais je suis du genre vorace. J'en veux toujours plus.

— Des preuves scientifiques dans un des hôtels les plus fréquentés de Cap City, quatre jours après ? » demanda Marcy, faisant écho sans le savoir aux paroles prononcées un peu plus tôt par Bill Samuels.

Terry avait le regard dans le vague, le front plissé.

« Ce n'est pas *absolument* impossible, dit-il.

220

— De quoi parles-tu, Terry ? » demanda Howie.

Celui-ci regarda l'avocat et sa femme en souriant.

« Il y a peut-être quelque chose. Je dis bien *peut-être*. »

15

Le Brasero était effectivement ouvert pour le déjeuner, Ralph commença donc par là. Deux des employés qui étaient de service le soir du meurtre étaient présents : l'hôtesse d'accueil et un serveur à la coupe en brosse qui semblait avoir tout juste l'âge de commander une bière. L'hôtesse ne fut d'aucune aide (« C'était la folie ce soir-là, inspecteur »), et si le jeune garçon se souvenait vaguement d'avoir servi une table de professeurs, il demeura évasif quand Ralph lui montra une photo de Terry provenant de l'album du lycée de l'année précédente. Oui, dit-il, il se souvenait « plus ou moins » d'un type qui ressemblait à ça, mais il ne pourrait pas jurer que c'était celui de la photo. D'ailleurs, il n'était même pas certain que ce bonhomme était avec un groupe de profs. « Si ça se trouve, je lui ai servi une assiette de Hot Wing au bar. »

Et voilà.

Tout d'abord, Ralph n'eut guère plus de chance au Sheraton. Il obtint la confirmation que Maitland et William Quade avaient effectivement occupé la chambre 644 le mardi soir, et le gérant put lui montrer la note, mais elle portait uniquement la signature de Quade. Il avait payé avec sa MasterCard. Le gérant lui apprit, par ailleurs, que la chambre 644 avait été occupée tous les jours depuis, et nettoyée chaque matin.

« Nous préparons les lits le soir, également, précisa le gérant, d'un ton cassant. Ce qui signifie que la chambre est souvent nettoyée deux fois par jour. »

Oui, bien sûr, poursuivit-il, l'inspecteur Anderson avait tout loisir de consulter les images de vidéosurveillance, ce que fit Ralph, sans s'offusquer du fait qu'Alec Pelley ait pu en faire autant, avant lui. (Ralph n'appartenait pas à la police de Cap City et, par conséquent, diplomatie était mère de sûreté.) Les images étaient en couleurs et de bonne qualité. Il repéra plusieurs fois un homme qui ressemblait à Terry : dans le hall, à la boutique de souvenirs, en train de s'entraîner brièvement le mercredi matin dans la salle de fitness, puis devant la salle de bal, alors qu'il faisait la queue pour obtenir un autographe. Si les images du hall et de la boutique de souvenirs pouvaient prêter à confusion, le type qui signait le registre afin d'utiliser les équipements sportifs et celui qui faisait la queue pour faire signer son livre était bien l'ancien coach de son fils. Celui qui avait appris à Derek à réaliser des *bunts*, lui permettant ainsi de changer de surnom.

En son for intérieur, Ralph entendait sa femme lui expliquer que les preuves scientifiques relevées à Cap City constituaient la pièce manquante, le

Ticket d'or. *Si Terry était ici*, avait-elle dit en parlant de Flint City, *en train de commettre ce meurtre, alors son double devait être là-bas. C'est la seule explication sensée.*

« Non, tout cela n'a aucun sens », murmura-t-il, les yeux fixés sur le moniteur. Sur l'image figée d'un homme qui ressemblait assurément à Terry Maitland, filmé en train de rire, alors qu'il faisait la queue en compagnie de son chef de département, Roundhill.

« Pardon ? fit le détective de l'hôtel qui lui avait montré les bandes.

— Rien.

— Vous souhaitez voir autre chose ?

— Non, mais merci pour tout. »

C'était une mission perdue d'avance. L'enregistrement de Channel 81 avait quasiment rendu inutiles les bandes de surveillance, de toute façon, car c'était bien Terry qui interrogeait Harlan Coben. Nul ne pouvait en douter.

Mais dans un coin de son esprit, Ralph en doutait encore. La manière dont Terry s'était levé pour poser sa question, comme s'il savait qu'une caméra serait braquée sur lui… c'était *trop* parfait. Pouvait-il s'agir d'une mise en scène ? Un tour de passe-passe stupéfiant, mais explicable en définitive ? Ralph ne voyait pas comment cela était possible ; en même temps, il ne savait pas comment David Copperfield avait pu traverser la Grande Muraille de Chine, et Ralph l'avait vu à la télé. Dans ce cas, Terry Maitland n'était pas juste un meurtrier, mais un meurtrier qui se moquait d'eux.

« Juste une chose, inspecteur, dit le détective de l'hôtel. J'ai reçu une note de Harley Bright, le big boss, disant que toutes les images que vous venez de visionner devaient être conservées à l'intention d'un certain Howard Gold, avocat.

— Je me fous de savoir ce que vous en faites, répondit Ralph. Vous pouvez les envoyer à Sarah Palin à Ploucville, Alaska, ça m'est égal. Je rentre chez moi. »

Oui, voilà. Bonne idée. Rentrer chez lui, s'asseoir dans son jardin avec Jeannie, partager un pack de six avec elle – quatre pour lui, deux pour elle – et essayer de ne pas devenir dingue en pensant à ce satané paradoxe.

Le détective de l'hôtel le raccompagna à la porte du bureau de la sécurité.

« Ils disent aux infos que vous avez arrêté le type qui a tué cet enfant.

— Ils disent beaucoup de choses aux infos. Merci de m'avoir accordé un peu de votre temps, monsieur.

— C'est toujours un plaisir d'aider la police. »

Dommage que ça ne soit pas le cas, pensa Ralph.

Arrivé à l'extrémité du hall, il s'arrêta juste avant de pousser la porte à tambour, frappé par une idée. Puisqu'il était là, autant aller vérifier autre chose. D'après Terry, Debbie Grant avait foncé aux toilettes aussitôt après l'intervention de Coben, et elle était restée absente longtemps. *Je suis allé au kiosque à journaux avec Ev et Billy,* avait dit Terry. *Elle nous a rejoints là-bas.*

Le kiosque constituait une sorte d'annexe de la boutique de souvenirs. Derrière le comptoir, une femme aux cheveux gris, trop maquillée, remettait de l'ordre dans une vitrine de bijoux bon marché. Ralph lui montra son insigne et lui demanda si elle avait travaillé le mardi précédent.

« Je travaille ici tous les jours, sauf quand je suis malade. Sur les livres et les magazines, je ne touche rien, mais sur les bijoux et les tasses souvenirs, je suis payée à la commission.

— Vous souvenez-vous de cet homme, par hasard ? Il était ici mardi dernier avec un groupe de professeurs d'anglais, pour une conférence. »

Il lui présenta la photo de Terry.

« Oui, bien sûr, je me souviens de lui. Il était intéressé par le livre sur Flint City. C'était le premier depuis je ne sais pas combien de temps. Ce n'est pas moi qui l'ai commandé. Ce foutu bouquin était déjà là quand j'ai repris le bail en 2010. Je devrais l'enlever de la vitrine, mais pour le remplacer par quoi ? Tout ce qui se trouve plus haut ou plus bas que les yeux, ça ne se vend pas. C'est un truc qu'on apprend vite dans ce métier. En bas, on met les trucs pas chers. En haut, c'est les beaux livres, avec des photos sur papier glacé.

— De quel livre parle-t-on, madame… » Il regarda son badge. « Madame Levelle ?

— Celui-ci, répondit-elle en montrant l'ouvrage du doigt. *Une histoire illustrée de Flint County,*

Douree County et *Canning Township*. Accrocheur comme titre, hein ? »

En se retournant, Ralph découvrit deux présentoirs à côté d'une étagère de tasses et d'assiettes souvenirs. Le premier présentoir accueillait des magazines, le second un mélange de livres de poche et de nouveautés en grand format. Sur celui-ci, tout en haut, se trouvait une demi-douzaine d'ouvrages plus grands, que Jeannie aurait qualifiés de livres pour table basse. Ils étaient emballés sous film plastique afin que les gens ne salissent pas et ne cornent pas les pages en les feuilletant. Ralph s'en approcha pour les voir de plus près. Terry, qui mesurait bien huit centimètres de plus que lui, n'aurait pas été obligé de lever la tête ni de se dresser sur la pointe des pieds pour prendre l'un de ces ouvrages.

Il tendit la main vers celui que Mme Levelle avait mentionné, puis se ravisa. Il se retourna.

« Dites-moi ce dont vous vous souvenez.

— Au sujet de ce type ? Pas grand-chose. Le magasin de souvenirs s'est rempli après la conférence, ça, je m'en souviens, mais moi, je n'ai pas eu beaucoup de clients. Vous savez pourquoi, je parie ? »

Ralph secoua la tête, s'efforçant d'être patient. Il sentait qu'il avait mis le doigt sur quelque chose, là, et il pensait – il *espérait* – savoir de quoi il s'agissait.

« Les gens ne voulaient pas perdre leur place dans la queue, évidemment, et ils avaient tous le dernier roman de M. Coben pour patienter. Malgré

226

cela, ces trois messieurs sont entrés, et l'un d'eux, le gros, a acheté le nouveau livre de Lisa Gardner. Les deux autres ont juste feuilleté des bouquins. Et puis, une dame a glissé la tête à l'intérieur pour dire qu'elle était prête, alors ils sont ressortis. Pour aller demander leurs autographes, j'imagine.

— L'un d'eux, le plus grand, s'est intéressé au livre sur Flint County ?

— Oui. Mais je crois que c'est surtout la présence de Canning Township dans le titre qui a attiré son attention. M'a-t-il dit que sa famille avait longtemps vécu là-bas ?

— Je n'en sais rien. À vous de me le dire.

— Oui, j'en suis presque sûre. Il a pris le livre, mais quand il a vu le prix – soixante-dix-neuf dollars –, il l'a remis en place. »

Bingo.

« Quelqu'un a consulté ce livre depuis ? Quelqu'un d'autre l'a pris sur l'étagère ?

— Ce bouquin ? Vous plaisantez ? »

Ralph se retourna vers le présentoir, se dressa sur la pointe des pieds et prit l'ouvrage emballé sous plastique. Il le tenait par les côtés, entre ses paumes. En couverture figurait une photo sépia représentant une procession funéraire d'une autre époque. Six cow-boys, coiffés de chapeaux cabossés, pistolets à la ceinture, transportaient un cercueil de planches dans un cimetière poussiéreux. Un prêtre (armé d'un pistolet lui aussi) les attendait devant une tombe, une bible à la main.

Le visage de Mme Levelle s'égaya considérablement.

« Vous voulez vraiment acheter ce livre ?

— Oui.

— Donnez-le-moi, je vous prie, que je scanne le prix.

— Surtout pas. »

Il approcha le livre, code-barres en avant, pour qu'elle puisse le scanner sans y toucher.

« Avec les taxes, ça fait quatre-vingt-quatre dollars et quatorze cents, mais on va arrondir à quatre-vingt-quatre. »

Ralph déposa soigneusement le livre sur la tranche pour pouvoir tendre sa carte de crédit. Il glissa le reçu dans sa poche de poitrine, puis reprit le livre en utilisant uniquement ses paumes, à la manière d'un calice.

« Il l'a manipulé, dit-il, comme pour confirmer son incroyable chance. Vous êtes certaine que l'homme de la photo a manipulé ce livre ?

— Il l'a descendu de l'étagère et il a dit que la photo avait été prise à Canning Township. Ensuite, il a regardé le prix et il l'a reposé. Comme je vous l'ai dit. C'est une sorte de preuve ?

— Je ne sais pas, dit Ralph en regardant les cow-boys en deuil qui ornaient la couverture. Mais je vais bientôt le savoir. »

16

Le corps de Frank Peterson avait été remis aux pompes funèbres des Frères Donelli le jeudi après-midi. Arlene Peterson s'était occupée de tout : la notice nécrologique, les fleurs, la commémoration du vendredi matin, l'enterrement lui-même, la cérémonie devant la tombe et la réception des amis et de la famille le samedi soir. Il le fallait. Fred était incapable d'organiser quoi que ce soit, même en temps normal.

Mais cette fois, il faut que ce soit moi, pensa-t-il quand Ollie et lui rentrèrent de l'hôpital. *Il le faut car il n'y a personne d'autre. Ce type de chez Donelli m'aidera. Ce sont des spécialistes.* Oui, mais comment faire pour payer un second enterrement, si proche du premier ? L'assurance prendrait-elle les frais à sa charge ? Il n'en savait rien. Là encore, c'était Arlene qui s'occupait de tout ça. Ils avaient conclu un arrangement : il rapportait l'argent à la maison, elle réglait les factures. Il allait devoir chercher les documents dans le bureau de sa femme. Cette simple pensée l'épuisait.

Le père et le fils s'assirent dans le salon. Ollie alluma la télé. ESPN diffusait un match de *soccer*. Ils le regardèrent un instant, alors que ni l'un ni l'autre ne s'intéressaient à ce sport : ils étaient fans de football américain. Finalement, Fred se leva, se traîna jusque dans le couloir et revint avec le vieux carnet d'adresses rouge d'Arlene. Il l'ouvrit à la page des D et, oui, le numéro des Frères Donelli y figurait, inscrit d'une écriture tremblante. Évidemment. Elle n'aurait pas noté les coordonnées d'une entreprise de pompes funèbres *avant* la mort de Frank. Les Peterson n'étaient pas censés se préoccuper de l'organisation de cérémonies funéraires avant des années. Des années.

En regardant ce carnet en cuir rouge usé, éraflé, Fred songea à toutes les fois où il l'avait vu entre les mains d'Arlene recopiant des adresses qui figuraient au dos d'enveloppes ou, plus récemment, trouvées sur Internet. Il se mit à pleurer.

« Je ne peux pas, dit-il. Non, je ne peux pas. Pas si tôt après Frankie. »

À la télé, le commentateur brailla « BUT ! » et les joueurs en maillot rouge sautèrent dans tous les sens. Ollie éteignit le poste et tendit la main.

« Je vais le faire. »

Fred le regarda, de ses yeux rougis et ruisselants.

« Ne t'en fais pas, papa. Je t'assure. Je m'en occupe, et du reste. Si tu montais te reposer ? »

Tout en sachant qu'il avait sans doute tort de laisser ce fardeau à son fils de dix-sept ans, il monta dans la chambre. Il se promit d'assumer sa part de travail plus tard, mais pour l'instant, il avait besoin de récupérer. Il ne tenait plus debout.

17

Alec Pelley ne put se libérer de ses obligations familiales avant quinze heures trente ce dimanche-là. Résultat, il était dix-sept heures passées quand il atteignit le Sheraton de Cap City, mais le soleil brûlant continuait à creuser un trou dans le ciel. Il se gara devant l'hôtel, glissa un billet de dix dollars au voiturier en lui demandant de garer sa voiture à proximité. Lorette Levelle, la gérante du kiosque, avait recommencé à arranger ses bijoux dans la vitrine. La visite d'Alec fut brève. Il ressortit et, adossé à son Explorer, il appela Howie Gold.

« J'ai devancé Anderson pour les bandes de surveillance et l'enregistrement télé, mais il m'a pris de vitesse pour le bouquin. Il l'a acheté. On peut appeler ça un match nul.

— Merde, cracha Howie. Comment il a su ?

— Je crois qu'il ne savait pas. À mon avis, c'est un mélange de chance et de travail d'enquête à l'ancienne. La femme du kiosque dit qu'un type a pris ce bouquin sur l'étagère, le jour de la conférence de Coben, et en voyant le prix – presque quatre-vingts dollars – il l'a reposé. Apparemment, elle ne savait pas qu'il s'agissait de Maitland. J'en déduis qu'elle ne regarde pas les infos. Elle a raconté ça à Anderson, et il a acheté le bouquin. Il paraît qu'il le tenait par les bords, entre ses paumes.

— Dans l'espoir de relever des empreintes qui ne soient pas celles de Terry, dit Howie. Et suggérer ainsi que l'individu qui a manipulé ce livre n'était *pas* Terry. Mais ça ne marchera pas. Dieu sait combien de personnes ont pu manipuler ce livre.

— La femme du kiosque ne serait pas de cet avis. Elle affirme que cet exemplaire était là depuis des mois, sans que quiconque y ait touché.

— Ça ne change rien. »

Howie ne semblait pas inquiet. Alec pouvait donc s'inquiéter pour deux. Certes, ce n'était pas un élément capital, mais c'était quand même quelque chose. Un petit défaut dans une affaire qui prenait joliment forme pourtant. Un défaut *potentiel*, se rappela-t-il. Que Howie contournerait sans peine. Les jurés ne s'intéressaient pas aux preuves qui n'existaient pas.

« Je voulais juste vous avertir, patron. Vous me payez pour ça.

— Bien. Me voilà donc averti. Vous assisterez à la lecture de l'acte d'accusation demain ?

— Je ne manquerais ça pour rien au monde. Vous avez parlé de la remise en liberté sous caution avec Samuels ?

— Oui. La discussion a tourné court. Il a promis de s'y opposer de toutes ses forces. Ce sont ses mots exacts.

— Bon sang, ce type n'abandonne donc jamais ?

— Bonne question.

— Vous pensez l'obtenir malgré tout ?

— C'est probable. Rien n'est sûr, mais j'ai bon espoir.

— Si Maitland est libéré sous caution, dites-lui d'éviter de se promener dans son quartier. Beaucoup de gens gardent une arme chez eux pour se protéger et à l'heure actuelle, il est l'habitant le moins populaire de Flint City.

— Il sera assigné à résidence et vous pouvez être sûr que les flics vont surveiller sa maison. »

Howie soupira. « Quel dommage cette histoire de bouquin. »

Alec mit fin à la communication et sauta dans sa voiture. Il voulait être rentré chez lui à temps pour faire des pop-corn avant *Games of Thrones.*

18

Ce soir-là, Ralph Anderson et l'inspecteur Yunel Sablo se réunirent au domicile de Bill Samuels, situé dans le nord de la ville, au cœur d'un quartier presque chic, constitué de maisons qui se donnaient de grands airs. Dehors, dans le jardin, les deux filles du procureur se couraient après en passant entre les jets d'eau de l'arrosage automatique, tandis que le crépuscule cédait peu à peu le pas à la nuit. L'ex-femme de Samuels était restée afin de leur préparer un dîner, au cours duquel le procureur s'était montré d'humeur enjouée, tapotant parfois la main de son ex, allant même jusqu'à la tenir brièvement dans la sienne, sans qu'elle y trouve matière à redire. *Un comportement plutôt chaleureux de la part d'un couple divorcé, et tant mieux pour eux.* Mais maintenant que le repas était fini, l'ex-épouse rassemblait les affaires des filles et Ralph devinait que c'en serait bientôt fini aussi de la bonne humeur du procureur.

L'ouvrage *Une histoire illustrée de Flint County, Douree County et Canning Township* trônait sur la table basse dans le bureau. Il était soigneusement enveloppé dans un sac en plastique transparent provenant de la cuisine de Ralph. La photo de la procession funéraire semblait floue maintenant car le film plastique avait été saupoudré de révélateur d'empreintes digitales. Une empreinte unique – un pouce – ressortait sur la couverture, près du dos. Parfaitement nette.

« Il y en a quatre autres, aussi nettes, derrière, précisa Ralph. C'est de cette façon qu'on prend un gros livre : le pouce devant, les autres doigts derrière, légèrement écartés, pour bien le tenir. J'aurais pu les relever directement là-bas, à Cap City, mais je n'avais pas les empreintes de Terry pour comparer. Alors, je suis passé chercher tout ce dont j'avais besoin au poste et je l'ai fait chez moi. »

Samuels haussa les sourcils.

« Vous avez sorti la fiche d'empreintes ?

— Non, je l'ai photocopiée.

— Allez, ne faites pas durer le suspense, dit Sablo.

— Très bien. Elles correspondent. Les empreintes qui sont sur ce livre sont bien celles de Terry Maitland. »

Le M. Soleil Éclatant qui avait dîné à côté de son ex-femme disparut. M. Il Va Pleuvoir Méchamment le remplaça.

« Vous ne pouvez pas l'affirmer sans connaître le verdict de l'ordinateur.

— Bill, j'analysais déjà des empreintes avant l'arrivée de l'ordinateur. » *À une époque où on essayait encore de regarder sous les jupes des filles pendant l'étude au lycée.* « Ce sont bien les empreintes de Maitland, et l'ordinateur le confirmera. Regardez… »

Il sortit de sa poche intérieure de veste un petit paquet de fiches cartonnées qu'il étala sur la table basse, sur deux rangées.

« Voici les empreintes de Terry relevées à la prison hier soir. Et voici celles retrouvées sur la couverture plastique du livre. Dites-moi ce que vous en pensez. »

Samuels et Sablo se penchèrent en avant pour examiner les fiches du haut, puis celle du bas. Sablo fut le premier à se redresser.

« Je confirme.

— J'attends l'analyse de l'ordinateur », dit Samuels.

Les mots sortirent de sa bouche légèrement déformés car sa mâchoire saillait bizarrement. Dans d'autres circonstances, cela aurait pu être amusant.

Ralph ne répondit pas immédiatement. Bill Samuels l'intriguait et il espérait (en optimiste qu'il était) que son premier jugement – le jeune procureur était du genre à battre en retraite face à une contre-attaque vigoureuse – était erroné. Son ex-femme avait encore de l'estime pour lui, ça se voyait, et ses fillettes l'adoraient, mais ces éléments ne concernaient qu'une seule facette de la personnalité d'un individu. Dans sa vie privée, un homme n'était pas nécessairement le même qu'au travail, surtout si cet homme était ambitieux et se retrouvait confronté à un obstacle inconnu susceptible de faire avorter tous ses grands projets. Aux yeux de Ralph, ces choses-là comptaient. Elles comptaient même énormément car Samuels et lui étaient liés par cette affaire, pour le meilleur et pour le pire.

« C'est impossible », dit le procureur en portant instinctivement sa main à son crâne pour écraser son épi, mais ce soir, l'épi se tenait tranquille. « Maitland ne pouvait pas être à deux endroits en même temps.

— Pourtant, on dirait bien, répondit Sablo. Jusqu'à présent, on n'avait aucune preuve scientifique en provenance de Cap City. Maintenant, on en a une. »

Le visage de Samuels s'illumina.

« Il a peut-être manipulé ce livre antérieurement. Afin de préparer son alibi. C'est un coup monté. »

Apparemment, il avait oublié sa théorie précédente selon laquelle le meurtre de Frank Peterson était l'œuvre d'un homme incapable de refréner ses pulsions.

« Cette hypothèse ne peut pas être rejetée, dit Ralph, mais des empreintes, j'en ai vu dans ma carrière, et celles-ci me paraissent très récentes. La définition des crêtes papillaires est excellente, ce ne serait pas le cas si ces empreintes dataient de plusieurs semaines ou plusieurs mois. »

D'une voix presque inaudible, Sablo dit : « *Madre de Dios*, c'est comme demander une carte à douze et tirer une figure.

— Hein ? fit Samuels en tournant vivement la tête.

— C'est du black jack, expliqua Ralph. Il veut

dire par là qu'il aurait mieux valu qu'on ne trouve pas ces empreintes. On aurait dû camper sur nos positions. »

Tous trois réfléchirent à cette remarque. Quand Samuels reprit la parole, ce fut du ton presque détendu qu'on adopte dans une conversation mondaine.

« Je vous livre une hypothèse. Supposons que vous ayez passé cette couverture plastique au révélateur sans rien trouver ? Ou juste quelques vagues empreintes non identifiables.

— On ne serait pas plus avancés », répondit Sablo.

Samuels acquiesça.

« Dans ce cas, toujours de manière hypothétique, Ralph serait dans la peau d'un gars qui a acheté un livre cher, voilà tout. Au lieu de le jeter, il se dirait que c'est une idée qui n'a pas porté ses fruits, et il le rangerait sur une étagère. Après avoir enlevé et mis à la poubelle la couverture plastique, évidemment. »

Sablo regarda Samuels et Ralph tour à tour ; son visage demeurait impénétrable.

« Et les fiches d'empreintes ? demanda Ralph. On en fait quoi ?

— Quelles fiches ? demanda Samuels. Je ne vois aucune fiche. Et vous, Yunel ?

— Je ne sais pas si je les vois ou pas.

— Vous parlez de détruire des preuves, dit Ralph.

— Absolument pas. Tout cela est purement hypothétique. » De nouveau, Samuels leva la main pour aplatir l'épi inexistant. « Mais c'est une chose qu'il faut envisager, Ralph. Vous êtes d'abord passé au poste, mais vous avez effectué la comparaison chez vous. Votre femme était présente ?

— Non. Jeannie assistait à une réunion de son club de lecture.

— Hummm. Regardez, ce livre n'est même pas emballé dans un sac réglementaire. Et il n'a pas été enregistré comme pièce à conviction.

— Pas encore », répondit Ralph, mais au lieu de penser aux différentes facettes de la personnalité de Bill Samuels, il se trouvait maintenant contraint de penser aux différentes facettes de la sienne.

« Je dis juste que cette éventualité se nichait peut-être dans un coin de votre esprit. »

Vraiment ? Honnêtement, Ralph ne pouvait pas répondre. Et si tel était le cas, *pourquoi* ? Pour éviter une vilaine tache dans sa carrière, maintenant que toute cette histoire, après avoir dérapé, menaçait carrément de chavirer cul par-dessus tête ?

« Non, dit-il. Ce livre va être enregistré et versé au dossier. Car un enfant est mort, Bill. Et ce qui peut nous arriver n'est rien comparé à cela.

— Je suis d'accord, déclara Sablo.

— Évidemment », dit Samuels. Il paraissait fatigué. « Le lieutenant Yunel Sablo survivra, quoi qu'il arrive.

— En parlant de survie, dit Ralph. *Quid* de Terry Maitland ? Si on s'est réellement trompés de coupable ?

— Non, affirma Samuels. Les preuves affirment que non. »

La discussion s'acheva sur cette déclaration. Ralph retourna au poste. Là, il enregistra *Une histoire illustrée de Flint County, Douree County et Canning Township* comme pièce à conviction et le livre alla rejoindre le dossier déjà épais. Il était soulagé de s'en débarrasser.

Alors qu'il faisait le tour du bâtiment pour récupérer sa voiture personnelle, son portable sonna. Le visage de sa femme apparut sur l'écran et quand il répondit, il fut affolé par le ton de sa voix.

« Tu as pleuré, ma chérie ?

— Derek m'a appelée. De colo. »

Le cœur de Ralph s'emballa.

« Il va bien ?

— Oui, ça va. Physiquement en tout cas. Mais des camarades lui ont envoyé des mails au sujet de Terry et il est bouleversé. Il dit que c'est forcément une erreur, Coach T. ne peut pas avoir fait une chose pareille.

— Oh, ce n'est que ça. »

Ralph se remit à marcher, tout en cherchant ses clés de voiture.

« Non, il n'y a pas que ça, répondit Jeannie d'un ton ferme. Où es-tu ?

— Au poste. Je rentre à la maison.

— Pourrais-tu passer à la prison, d'abord ? Pour lui parler ?

— À Terry ? Oui, je pourrais, s'il accepte de me voir. Pourquoi ?

— Oublie toutes les preuves un instant. Des deux côtés. Et réponds à ma question, sincèrement, du fond du cœur. Tu veux bien ?

— OK... »

Il entendait le bourdonnement lointain des camions sur l'autoroute. Plus près, le chant paisible des criquets dans les herbes qui poussaient le long du bâtiment de brique où il travaillait depuis si longtemps. Il savait ce que sa femme allait lui demander.

« Crois-tu que Terry Maitland ait tué ce petit garçon ? »

Ralph songea à cet homme qui était monté dans le taxi de Willow Rainwater pour se rendre à Dubrow et l'avait appelée « madame », au lieu de l'appeler par son nom, qu'il aurait dû connaître. Ce même homme qui avait garé sa camionnette blanche derrière le Shorty's Pub et demandé la direction du centre médical le plus proche, alors que Terry Maitland avait vécu à Flint City toute sa vie. Il pensa à ces professeurs qui jureraient que Terry était avec eux, au moment de l'enlèvement et du meurtre. Puis il songea que c'était vraiment un heureux hasard que Terry se soit *levé* pour poser une question à Harlan Coben, comme s'il voulait être sûr qu'on le voie et qu'on le filme. Jusqu'aux empreintes sur le livre... Tout cela n'était-il pas trop parfait ?

« Ralph ? Tu es toujours là ?

— Je ne sais pas, avoua-t-il. Peut-être que si j'avais été coach avec lui, comme Howie... mais je l'ai juste vu entraîner Derek. Alors, pour répondre à ta question, sincèrement, du fond du cœur, je ne sais pas.

— Alors, va le voir. Regarde-le droit dans les yeux et demande-lui.

— Samuels risque de me faire la peau s'il l'apprend.

— Je me fous de Bill Samuels, mais j'aime notre fils. Et je sais que toi aussi. Fais-le pour lui, Ralph. Pour Derek. »

19

Il s'avéra qu'Arlene Peterson avait souscrit une assurance décès, et c'était une bonne chose. Ollie trouva les documents dans le tiroir du bas du petit bureau de sa mère, à l'intérieur d'une chemise glissée entre CRÉDIT MAISON (crédit qu'ils avaient presque fini de payer, soit dit en passant) et GARANTIES ÉLECTROMÉNAGER. Il appela l'entreprise de pompes funèbres, où un homme à la voix douce de professionnel du deuil – peut-être un des frères Donelli en personne – le remercia et lui annonça « votre mère est arrivée ». Comme si elle s'était rendue sur place toute seule, en Uber par exemple. Le professionnel du deuil demanda ensuite à Ollie s'il avait besoin d'un formulaire de notice nécrologique pour le journal. Ollie répondit que non. De fait, il avait devant les yeux, là sur le bureau, deux de ces formulaires vierges. Sa mère, toujours prévoyante, même dans le chagrin, avait dû photocopier celui qu'elle avait reçu pour Frank, au cas où elle se tromperait. Encore une bonne chose. Souhaitait-il venir le lendemain pour régler les détails de la cérémonie et de l'inhumation ? Ollie répondit que c'était plutôt à son père de s'en charger.

La question des frais d'obsèques étant réglée, Ollie appuya sa tête sur le bureau et pleura quelques instants. En silence, afin de ne pas réveiller son père. Quand les larmes se tarirent, il remplit le formulaire de la notice nécrologique, en majuscules car il avait une écriture épouvantable. Cette tâche terminée, il se rendit dans la cuisine et contempla les dégâts : les pâtes répandues sur le lino, la carcasse de poulet qui gisait sous la pendule, toutes ces boîtes Tupperware, tous ces plats recouverts de papier d'alu sur le comptoir. Ce spectacle lui rappela une phrase que sa mère disait toujours après les repas de famille : « Quelle porcherie ! » Il prit un grand sac-poubelle sous l'évier et le remplit, en commençant par la carcasse de poulet, particulièrement repoussante. Après quoi, il lava le sol. Quand tout fut propre comme un sou neuf (encore une expression de sa mère), Ollie s'aperçut qu'il avait faim. Même si cela paraissait inconvenant, c'était une réalité. Les êtres humains, constata-t-il, étaient foncièrement des animaux. Votre mère et votre petit frère venaient de mourir, mais vous deviez continuer à manger et à chier ce que vous mangiez. Le corps l'exigeait. Ouvrant le réfrigérateur, il le découvrit rempli de haut en bas d'autres plats cuisinés, d'autres boîtes Tupperware, d'autres assiettes de viande froide. Il choisit un hachis Parmentier dont le dessus évoquait une plaine enneigée et l'enfourna à 180. Alors qu'il attendait que le hachis chauffe, adossé au plan de travail, en ayant l'impression d'être un visiteur dans sa propre tête, son père entra dans la cuisine, d'un pas lent. Les cheveux en bataille. *Tu es tout hirsute*, aurait dit Arlene Peterson. Il avait besoin de se raser. Ses yeux étaient gonflés et vitreux.

« J'ai pris un des cachets de ta mère et j'ai dormi trop longtemps.

— Ne t'inquiète pas pour ça, papa.

— Tu as tout nettoyé. J'aurais dû t'aider.

— C'est rien.

— Ta mère… l'enterrement… »

Fred Peterson semblait incapable de trouver les mots, et son fils remarqua que sa braguette était ouverte. Il ressentit une vague pitié. Malgré cela, il n'avait plus envie de pleurer, comme s'il avait vidé toutes ses larmes, pour le moment du moins. Ça aussi, c'était une bonne chose. *Je dois compter tous les points positifs*, se dit Ollie.

« On est parés, annonça-t-il à son père. Maman avait souscrit une assurance décès, pour vous deux. Et elle est arrivée… là-bas. Aux pompes funèbres. »

Il ne voulait pas prononcer le mot *funérarium*, de crainte de provoquer un nouvel effondrement de son père. Ou le sien.

« Oh. Tant mieux. » Fred s'assit et appuya son front sur le talon de sa main. « C'est moi qui aurais dû m'en occuper. C'est mon rôle. Ma responsabilité. Je ne pensais pas dormir si longtemps.

— Tu iras demain. Tu pourras choisir le cercueil et tout ça.

— Où ?

— Chez les Frères Donelli. Comme pour Frank.

— Elle est morte, dit Fred d'un ton incrédule. Je n'arrive même pas à réaliser.

— Je sais », répondit Ollie, qui pourtant ne pensait qu'à ça. Sa mère n'avait cessé de s'excuser, jusqu'à la fin. Comme si elle était responsable de tout ce malheur. « Le type des pompes funèbres dit que tu dois faire certains choix. Tu t'en sens capable ?

— Oui, bien sûr. Demain, ça ira mieux. Il y a quelque chose qui sent bon.

— Du hachis Parmentier.

— C'est ta mère qui l'a fait ou quelqu'un qui l'a apporté ?

— Je ne sais pas.

— En tout cas, ça sent bon. »

Ils mangèrent dans la cuisine. Ensuite, Ollie déposa leurs assiettes dans l'évier car le lave-vaisselle débordait. Puis ils se rendirent dans le salon. ESPN passait du baseball maintenant, les Phillies contre les Mets. Ils regardèrent le match sans parler, chacun explorant à sa manière les contours du trou qui était apparu dans leur vie, afin de ne pas tomber dedans. Au bout d'un moment, Ollie sortit sur le perron de derrière et s'assit pour contempler les étoiles. Innombrables. Il aperçut une météorite, un satellite et plusieurs avions. Il songea que sa mère était morte et qu'elle ne verrait plus toutes ces choses. Cela lui paraissait absurde.

Quand il rentra dans la maison, le match de base-ball touchait à sa fin et son père dormait dans son fauteuil. Ollie déposa un baiser sur son front. Son père ne réagit pas.

20

Ralph reçut un texto alors qu'il se rendait à la prison du comté. De la part de Kinderman, du service d'informatique légale de la police d'État. Il s'arrêta immédiatement sur le bas-côté pour le rappeler. Kinderman répondit dès la première sonnerie.

« Le repas du dimanche, ça existe pas chez vous ? demanda Ralph.

— Que voulez-vous que je vous dise ? On est des geeks. » Ralph entendait en fond sonore les beuglements d'un groupe de heavy metal. « Et puis, je me dis toujours que les bonnes nouvelles peuvent attendre, mais les mauvaises doivent être annoncées d'emblée. On n'a pas encore fini d'explorer les disques durs de Maitland à la recherche d'éventuels fichiers cachés. Certains de ces tripoteurs d'enfants sont très forts pour ça, mais à première vue, il est clean. Pas de pornographie, enfantine ou autre. Ni sur son ordinateur de bureau, ni sur son portable, ni sur son iPad. *Idem* pour son téléphone. Un vrai Monsieur Propre.

— Et l'historique ?

— Rien d'extraordinaire : des sites marchands du style Amazon, des blogs d'infos genre *Huffington*

Post, une demi-douzaine de sites de sport. Il suit les résultats de la Major League et apparemment, c'est un supporter des Tampa Bay Rays. Rien que ça, c'est la preuve qu'il y a un truc qui tourne pas rond dans sa tête. Sinon, il regarde *Ozark* sur Netflix et *The Americans* sur iTunes. J'aime bien cette série moi aussi.

— Continuez à chercher.

— C'est pour ça qu'on me paye. »

Ralph se gara sur un emplacement réservé aux véhicules officiels derrière la prison, sortit sa carte d'officier de police de la boîte à gants et la posa sur le tableau de bord. Un agent pénitentiaire nommé L. KEENE, d'après son badge, l'attendait et l'escorta jusqu'à la salle d'interrogatoire.

« C'est contraire au règlement, inspecteur. Il est presque vingt-deux heures.

— Je sais quelle heure il est et je ne suis pas ici pour mon plaisir.

— Le procureur est au courant de votre visite ?

— Ne vous inquiétez pas pour ça, agent Keene. »

Ralph s'assit d'un côté de la table et attendit de voir si Terry allait accepter de se présenter. Pas de matériel pornographique dans ses ordinateurs, ni dans la maison donc. En tout cas, les experts n'avaient rien trouvé jusqu'à présent. Mais comme l'avait fait remarquer Kinderman, les pédophiles pouvaient se montrer très malins.

Mais était-ce vraiment malin de montrer son visage ? Et de laisser des empreintes ?

Il savait ce que répondrait Samuels : Terry avait été pris d'une folie meurtrière. À un moment donné (comme cela lui semblait loin), cette explication lui avait paru sensée.

Keene fit entrer Terry. Il portait l'uniforme marron de la prison et des tongs en plastique. Ses mains étaient menottées devant lui.

« Ôtez ces menottes, agent Keene. »

Celui-ci secoua la tête.

« C'est interdit par le protocole.

— J'en assume la responsabilité. »

Le sourire de Keene ressemblait à un rictus.

« Non, inspecteur. Ici, c'est chez moi. Et si ce type décide de sauter par-dessus la table pour vous étrangler, c'est moi qui payerai. Mais vous savez quoi ? Je ne l'attacherai pas au sol. Ça vous convient ? »

Terry sourit, l'air de dire : *Vous voyez ce que je dois endurer ?*

Ralph soupira.

« Vous pouvez nous laisser, agent Keene. Et merci. »

Keene s'en alla, mais Ralph savait qu'il les observerait à travers la glace sans tain, et sans doute les écouterait-il également. Cette visite nocturne remonterait jusqu'à Samuels. Mais impossible de faire autrement.

Il regarda Terry.

« Ne restez pas debout comme ça. Asseyez-vous, bon sang. »

Terry s'assit et croisa les mains sur la table. La chaîne des menottes produisit un tintement métallique.

« Howie Gold ne serait pas content de savoir que je vous ai parlé, dit-il, continuant à sourire.

— Samuels non plus, alors nous sommes quittes.

— Que voulez-vous ?

— Des réponses. Si vous êtes innocent, comment se fait-il qu'une demi-douzaine de témoins vous aient identifié ? Pourquoi a-t-on retrouvé vos empreintes sur la branche utilisée pour sodomiser cet enfant et partout à l'intérieur de la camionnette qui a servi à l'enlèvement ? »

Terry secoua la tête. Son sourire avait disparu.

« Je ne comprends pas plus que vous. Mais je remercie Dieu, Son fils engendré et tous les saints car je peux prouver que je me trouvais à Cap City au même moment. Et si ce n'était pas le cas, Ralph ? On connaît la réponse tous les deux. Je me retrouverais dans le couloir de la mort avant la fin de l'été, et dans deux ans, j'aurais droit à ma piqûre. Peut-être même avant car les juges sont tous partisans de la peine de mort et votre ami Samuels piétinerait tous mes appels comme un bulldozer qui écrase un château de sable. »

La première réponse qui vint à l'esprit de Ralph fut : *Ce n'est pas mon ami.* Au lieu de cela, il dit :

« Je m'intéresse à la camionnette. Celle immatriculée dans l'État de New York.

— Je ne peux pas vous aider. Je ne suis pas retourné là-bas depuis ma lune de miel, et c'était il y a seize ans. »

Au tour de Ralph de sourire.

« Je l'ignorais, mais je savais que vous n'y étiez

pas allé récemment. On a passé en revue tous vos déplacements au cours des six derniers mois. Aucun voyage, à part un séjour dans l'Ohio en avril.

— Oui, à Dayton précisément. Pendant les vacances de printemps des filles. J'avais envie de voir mon père et elles étaient d'accord pour m'accompagner. Marcy aussi.

— Votre père vit à Dayton ?

— Si on peut appeler ça vivre. Mais c'est une longue histoire, qui n'a rien à voir avec celle-ci. En tout cas, il n'est pas question de sinistre camionnette blanche ni même de voiture familiale. On a voyagé avec Southwest. Je me fiche de savoir combien de mes empreintes vous avez retrouvées dans la camionnette utilisée par ce type pour kidnapper Frank Peterson, je ne l'ai pas volée. Je ne l'ai même jamais vue. Je n'espère pas vous convaincre, mais c'est la vérité.

— Personne ne pense que vous avez volé la camionnette dans l'État de New York, dit Ralph. La théorie de Samuels, c'est que le voleur l'a abandonnée quelque part par ici, en laissant les clés sur le contact. Vous l'avez volée ensuite et vous l'avez cachée quelque part en attendant d'être prêt à… faire ce que vous avez fait.

— Que de précautions de la part d'un homme qui a agi à visage découvert.

— Samuels expliquera aux jurés que vous étiez pris d'une folie meurtrière. Et ils le croiront.

— Même après que Billy, Ev et Debbie auront témoigné à la barre ? Et après que Howie aura diffusé l'enregistrement de la conférence de Coben ? »

Ralph ne souhaitait pas s'aventurer sur ce terrain. Pas tout de suite, du moins.

« Connaissiez-vous Frank Peterson ? »

Le rire de Terry ressemblait à un aboiement.

« C'est une des questions auxquelles Howie ne voudrait pas que je réponde.

— Ça signifie que vous refusez d'y répondre ?

— Non, je vais le faire. Je lui disais bonjour quand je le croisais. Je connais de vue la plupart des gamins du West Side, mais je ne le connaissais pas *réellement*, si vous voyez ce que je veux dire. Il allait encore à l'école primaire et il ne pratiquait aucun sport. Impossible, toutefois, de ne pas remarquer ses cheveux roux. Comme un panneau stop. *Idem* pour son frère. J'ai entraîné Ollie dans la Little League, mais quand il a eu treize ans, il n'a pas continué en City League. Il se débrouillait bien sur le grand champ et il savait taper dans une balle, mais il s'est désintéressé du baseball. Ça arrive.

— Donc, vous n'aviez pas repéré le petit Frankie ?

— Non, Ralph. Je ne suis pas attiré sexuellement par les enfants.

— En le voyant pousser son vélo sur le parking de chez Gerald's, vous ne vous êtes pas dit : "Ah, voilà l'occasion ou jamais" ? »

Terry posa sur lui un regard chargé de mépris que Ralph eut du mal à soutenir. Malgré tout, il ne baissa pas les yeux. Finalement, Terry soupira, leva ses mains menottées en direction de la glace sans tain et s'écria : « On a terminé.

— Pas tout à fait, dit Ralph. J'ai une dernière question à vous poser, et je vous demande de me répondre en me regardant en face. Avez-vous tué Frank Peterson ? »

Terry ne cilla pas.

« Je ne l'ai pas tué. »

L'agent Keene ramena Terry dans sa cellule. Ralph resta assis sur son siège, attendant que le gardien revienne le chercher pour lui faire franchir les trois portes verrouillées qui se dressaient entre cette salle d'interrogatoire et l'air libre. Il détenait maintenant la réponse à la question que sa femme lui avait demandé de poser, et cette réponse, formulée droit dans les yeux, sans ciller, était : *Je ne l'ai pas tué.*

Ralph avait envie d'y croire.

Sans y parvenir.

L'ACTE D'ACCUSATION

16 juillet

1

« Non, dit Howie Gold. Non, non, non.

— C'est pour assurer sa protection, dit Ralph. Vous imaginez bien que…

— Ce que j'imagine, c'est une photo en une du journal. Ce que j'imagine, c'est l'ouverture de tous les journaux télévisés, des images montrant mon client arrivant avec un gilet pare-balles par-dessus son costume. En tenue de coupable, autrement dit. Déjà, il y a les menottes. »

Cinq hommes étaient réunis dans la salle des visites de la prison du comté ; les jouets avaient été rangés dans leurs caisses colorées en plastique et les chaises renversées sur les tables. Terry Maitland se tenait à côté de son avocat. Face à eux : le shérif du comté, Dick Doolin, Ralph Anderson et Vernon Gilstrap, l'assistant du procureur. Samuels devait déjà les attendre au tribunal. Le shérif continuait à tendre le gilet pare-balles, sans rien dire. Dessus figuraient quatre lettres d'un jaune vif accusateur, FCDC : sigle de l'Administration pénitentiaire de Flip County. Les trois bandes Velcro – une pour chaque bras, une pour la taille – pendaient.

Deux agents pénitentiaires (si vous les appelez « gardiens », ils vous remettront à votre place) montaient la garde devant la porte du hall, ils avaient croisé leurs bras épais. L'un d'eux avait surveillé Terry pendant qu'il se rasait avec un rasoir jetable, l'autre avait fouillé les poches du costume et de la chemise apportés par Marcy, sans oublier d'examiner la couture derrière la cravate bleue.

Gilstrap, l'assistant du procureur, regarda Terry.

« Qu'en dites-vous, mon gars ? Vous voulez prendre le risque de vous faire flinguer ? Moi, ça me va. L'État fera des économies en évitant un paquet d'appels jusqu'à ce que vous ayez droit à la piqûre.

— Cette remarque est déplacée », protesta Howie.

Gilstrap, un vieux de la vieille qui choisirait certainement de prendre sa retraite (avec une pension confortable) si Bill Samuels perdait les prochaines élections, répondit par un sourire narquois.

« Hé, Mitchell », dit Terry. Le gardien qui l'avait surveillé pour l'empêcher de se trancher la gorge avec un rasoir Bic haussa les sourcils, sans décroiser les bras. « Il fait chaud dehors ?

— Vingt-neuf degrés quand je suis arrivé, dit Mitchell. On va dépasser les trente-sept sur le coup de midi, qu'ils ont dit à la radio.

— Pas de gilet, alors », dit Terry en s'adressant au shérif, avec un sourire qui le fit paraître très jeune. « Je ne veux pas me présenter devant le juge Carter dans une chemise trempée de sueur. J'ai entraîné son petit-fils dans la Little League. »

Gilstrap, visiblement affolé par ce qu'il venait

d'entendre, sortit un calepin de sa veste à carreaux pour noter quelque chose.

« Allons-y », déclara Howie Gold.

Il prit Terry par le bras.

Le portable de Ralph sonna. Il était accroché à sa ceinture, du côté gauche (l'étui contenant son arme de service se trouvait à droite). Il regarda le nom qui s'affichait sur l'écran.

« Un instant, dit-il. Il faut que je réponde.

— Oh, bon sang ! protesta Howie. C'est une lecture d'acte d'accusation ou un numéro de cirque ? »

Ralph l'ignora. Il se dirigea vers le coin le plus reculé de la salle, là où étaient regroupés les distributeurs de snacks et de sodas. Arrivé sous la pancarte qui indiquait RÉSERVÉ AUX VISITEURS, il prononça quelques mots, puis écouta ce qu'on lui disait. Il coupa la communication et rejoignit les autres.

« OK. Allons-y. »

L'agent Mitchell s'était faufilé entre Howie et Terry, juste le temps de passer les menottes au détenu.

« C'est trop serré ? » demanda-t-il.

Terry secoua la tête.

« En route, alors. »

Howie ôta sa veste et la posa à cheval sur les menottes. Les deux gardiens escortèrent Terry hors de la pièce, précédés de Gilstrap qui se pavanait telle une majorette.

Howie emboîta le pas à Ralph. Et lui glissa : « C'est le merdier. » Comme Ralph ne répondait pas, il ajouta : « Très bien. Bouclez-la si vous voulez, mais il faudra bien qu'on discute avant le grand jury : vous, moi et Samuels. Et Pelley aussi, si vous voulez. Les éléments du dossier ne seront pas divulgués aujourd'hui, mais ils finiront par sortir, et à ce moment-là, on ne parlera plus d'une simple couverture médiatique locale. CNN, FOX, MSNBC, les blogs… ils seront tous là et ils vont se régaler. Ce sera OJ Simpson rencontre *L'Exorciste*. »

Assurément, et Ralph devinait que Howie ferait tout son possible pour en arriver là. S'il incitait les journalistes à se focaliser sur le fait qu'un individu semblait se trouver dans deux endroits différents en même temps, ils en oublieraient de s'intéresser au sort d'un jeune garçon qui avait été violé, assassiné, et peut-être même partiellement dévoré.

« Je sais ce que vous pensez, reprit Howie, mais je ne suis pas votre ennemi, Ralph. Sauf si vous avez un seul but : faire condamner Terry. Et je ne le crois pas. Vous n'êtes pas Samuels. Mais n'avez-vous pas envie de savoir ce qui s'est passé ? »

Ralph ne répondit pas.

Marcy Maitland attendait dans le hall ; elle semblait minuscule entre Betsy Riggins, enceinte jusqu'aux yeux, et Yunel Sablo de la police d'État. Voyant son mari, elle s'élança. Riggins tenta de la retenir, mais Marcy se dégagea sans peine. Sablo demeura en retrait, aux aguets. Marcy eut juste le temps de regarder son mari dans les yeux et de déposer un baiser sur sa joue avant que l'agent

Mitchell la saisisse par les épaules et la repousse, sans brutalité, mais fermement, vers le shérif, qui tenait toujours le gilet pare-balles, comme s'il ne savait pas quoi en faire, maintenant que Terry avait refusé de le porter.

« Venez, madame Maitland, dit Mitchell. C'est interdit.

— Je t'aime, Terry ! cria Marcy, tandis que les deux gardiens entraînaient son mari vers la sortie. Les filles t'embrassent très fort !

— Moi aussi, je vous aime. Énormément. Dis-leur que tout va s'arranger. »

Et soudain, il se retrouva dehors, sous le soleil déjà chaud et le feu nourri de dizaines de questions, toutes braillées en même temps. Pour Ralph, toujours dans le hall, toutes ces voix mêlées ressemblaient davantage à des invectives.

Il devait reconnaître que Howie était tenace. Il ne renonçait pas.

« Vous êtes dans le camp des bons, lui dit l'avocat. Vous n'avez jamais accepté un seul pot-de-vin, vous n'avez jamais enterré de preuves, vous avez toujours suivi le droit chemin. »

Je crois que j'ai bien failli enterrer une preuve hier soir, pensa Ralph. *Il s'en est fallu de peu. Si Sablo n'avait pas été là, si j'avais été seul avec Samuels…*

Howie affichait un air presque suppliant.

« Vous n'avez jamais été confronté à une affaire comme celle-ci. Aucun de nous. D'autant qu'il ne s'agit plus uniquement de ce pauvre petit garçon. Sa mère est morte, elle aussi. »

Ralph, qui n'avait pas allumé la télé ce matin, s'arrêta pour regarder Howie.

« Quoi ?

— Hier. Crise cardiaque. Ce qui fait d'elle la victime numéro deux. Alors, quoi... vous n'avez pas envie de savoir ? Vous n'avez pas envie de tirer cette histoire au clair ? »

Ralph ne put contenir sa colère plus longtemps.

« Je *sais* déjà ! Et je vais vous refiler une info, gratuitement, Howie. Cet appel que je viens de recevoir, c'était le Dr Bogan, du département de pathologie et de sérologie de l'hôpital. Il n'a pas encore tous les résultats des analyses d'ADN, et il ne les aura pas avant une quinzaine de jours, mais ils ont réussi à analyser le sperme retrouvé sur l'arrière des cuisses du garçon. Et il correspond au prélèvement salivaire que l'on a effectué samedi soir. Votre client a tué Frank Peterson, il l'a sodomisé avec une branche et il lui arraché un morceau de chair avec les dents. Et tout cela l'a tellement excité qu'il a juté sur le cadavre. »

Ralph s'éloigna à grands pas, laissant derrière lui un Howie Gold momentanément incapable de bouger et de parler. Et c'était une bonne chose, car le paradoxe central demeurait. L'ADN ne mentait pas. Mais les collègues de Terry non plus. Ralph en aurait mis sa main au feu. Ajoutez à cela les empreintes sur le livre et la vidéo de Channel 81.

Ralph était perplexe, toutes ces contradictions le rendaient fou.

Jusqu'en 2015, le tribunal de Flint County se trouvait juste à côté de la prison, ce qui était très pratique. Les détenus convoqués pour la lecture de l'acte d'accusation étaient conduits d'une construction gothique à une autre, tels des grands enfants en excursion (mais, bien évidemment, on menottait rarement les enfants pour les excursions). Aujourd'hui, une salle polyvalente inachevée jouxtait la prison et les détenus devaient être conduits six pâtés de maisons plus loin, jusqu'au nouveau tribunal, une boîte de verre de huit étages que de petits plaisantins avaient surnommée Le Poulailler.

Devant la prison, plusieurs véhicules attendaient pour effectuer ce trajet : deux voitures de police, gyrophares allumés, une fourgonnette bleue et le SUV noir étincelant de Howie Gold. Debout juste à côté de celui-ci, sur le trottoir, Alec Pelley ressemblait à un chauffeur, avec son costume sombre et ses lunettes de soleil. En face, derrière les barrières de la police, se pressaient les journalistes, les cameramen et une petite foule de spectateurs. Parmi ceux-là, plusieurs brandissaient des pancartes. Sur l'une d'elles, on pouvait lire MORT AU TUEUR D'ENFANT. Une autre affirmait : MAITLAND TU BRÛLERAS EN ENFER ! Marcy s'arrêta en haut des marches et posa sur ces pancartes un regard consterné.

Les agents pénitentiaires du comté se postèrent au pied du perron. Le shérif Doolin et Gilstrap, l'adjoint du procureur, les deux hommes techniquement responsables du rituel juridique de ce matin, escortèrent Terry jusqu'à la première voiture de police. Ralph et Yunel Sablo se dirigèrent vers celle de derrière. Howie prit Marcy par la main et l'entraîna vers sa Cadillac Escalade.

« Ne levez pas la tête. N'offrez pas aux photographes autre chose que le sommet de votre crâne.

— Ces pancartes… Howie, ces pancartes…

— Ne faites pas attention, continuez à avancer. »

À cause de la chaleur, les vitres de la fourgonnette étaient ouvertes. Les prisonniers déjà assis à l'intérieur, des fêtards du week-end pour la plupart, convoqués au tribunal pour répondre d'une série de délits mineurs, aperçurent Terry. Ils collèrent leurs visages au grillage et le huèrent.

« Pédale !

— Tu t'es pas tordu la bite en entrant ?

— Tu es bon pour la piquouse, Maitland !

— Tu lui as sucé la queue avant de la bouffer ? »

Alec fit le tour du SUV pour ouvrir la portière du passager, mais Howie secoua la tête et lui indiqua la portière arrière, du côté du trottoir. Il voulait éloigner Marcy le plus possible de la foule rassemblée sur le trottoir opposé. Elle avançait tête baissée et ses cheveux masquaient son visage, mais en l'entraînant vers la porte qu'Alec tenait ouverte, il l'entendit sangloter, malgré le brouhaha.

« *Madame Maitland !* lança un journaliste à la voix de stentor, de derrière les barrières. *Votre mari vous a-t-il dit ce qu'il allait faire ? Avez-vous essayé de l'en empêcher ?*

— Ne levez pas la tête, ne répondez pas »,
ordonna Howie. Il aurait aimé qu'elle ne puisse
pas entendre non plus. « On contrôle la situation.
Montez vite, qu'on fiche le camp d'ici. »

Tandis qu'il aidait Marcy à s'installer à bord du
SUV, Alec glissa à l'oreille de l'avocat : « Magni-
fique, non ? La moitié des flics de la ville sont en
vacances et l'intrépide shérif de Flint City parvient
difficilement à maintenir l'ordre lors du barbecue
du Rotary Club.

— Prenez le volant, dit Howie. Je monte à l'arrière avec Marcy. »

Une fois toutes les portières fermées, les brail-
lements de la foule et des détenus se trouvèrent
assourdis. Devant l'Escalade, les deux voitures de
police et la fourgonnette bleue venaient de démarrer. Elles roulaient aussi lentement qu'un convoi
funéraire. Alec les suivit. Howie vit les journalistes
courir sur le trottoir, indifférents à la chaleur ; ils
voulaient être au Poulailler quand Terry arriverait.
Les camionnettes de la télé seraient déjà là, garées
pare-chocs contre pare-chocs, tel un troupeau de
mastodontes en train de paître.

« Ils le haïssent », dit Marcy. Le peu de maquillage qu'elle avait appliqué autour de ses yeux, principalement pour masquer les cernes, avait coulé,
lui donnant l'apparence d'un raton laveur. « Il a
toujours fait le bien dans cette ville et ces gens le
haïssent.

— Ils changeront d'avis quand le grand jury
refusera de l'inculper, dit Howie. Et il refusera, je
le sais. Et Samuels le sait aussi.

— Vous en êtes sûr ?

— Oui. Dans certaines affaires, Marcy, il faut se démener pour trouver le moindre doute raisonnable. Celle-ci en est truffée ! Le grand jury ne peut pas l'inculper, en aucune façon.

— Non, ce n'est pas ce que je voulais dire. Êtes-vous sûr que ces gens changeront d'avis ?

— Évidemment. »

Howie vit la grimace d'Alec dans le rétroviseur, mais parfois, un mensonge s'imposait. Comme maintenant. Tant que le véritable meurtrier de Frank Peterson n'était pas arrêté – à supposer qu'il le soit un jour –, les habitants de Flint City resteraient convaincus que Terry Maitland avait berné la justice. Et ils le traiteraient en conséquence. Dans l'immédiat, cependant, Howie devait se concentrer sur l'acte d'accusation.

3

Tant que Ralph s'occupait des tâches prosaïques du quotidien – se demander ce qu'il allait manger le soir, faire les courses avec Jeannie, parler au téléphone avec Derek le soir (des appels plus espacés maintenant que leur fils souffrait moins de l'éloignement), ça pouvait aller. Mais quand son attention se focalisait sur Terry – comme à cet instant –, une sorte de supraconscience s'installait, et il avait l'impression que son esprit tentait de se rassurer en se disant que rien n'avait changé : le haut était toujours en haut et le bas toujours en bas, et s'il avait des gouttelettes de sueur sous le nez, la faute en incombait à la chaleur estivale à l'intérieur de cette voiture mal climatisée. Il fallait profiter de chaque jour car la vie était brève, il le savait, mais trop c'était trop. Quand le filtre de l'intellect disparaissait, la vision d'ensemble disparaissait aussi. Il n'y avait plus de forêt, uniquement des arbres. Dans les pires moments, il n'y avait plus d'arbres non plus. Uniquement l'écorce.

Lorsque la petite procession atteignit le tribunal de Flint County, Ralph se gara juste derrière le shérif, en remarquant chaque tache de soleil sur le pare-chocs arrière de la voiture de patrouille : quatre en tout. Les journalistes présents devant la prison arrivaient à leur tour et se mêlaient à une foule déjà importante massée sur la pelouse qui flanquait le perron. Ralph voyait les divers logos des chaînes de télé sur les polos des reporters, et les auréoles de transpiration sous leurs aisselles. La jolie présentatrice blonde de Channel 7, venue de Cap City, avait les cheveux en bataille et la sueur creusait des sillons dans son épais maquillage de danseuse de music-hall.

Des barrières avaient été installées ici aussi, mais le flux et le reflux de la foule agitée en avaient déplacé certaines. Une douzaine de policiers, appartenant pour moitié à la police municipale et pour moitié au bureau du shérif, faisaient tout leur possible pour dégager le trottoir et les marches du tribunal. De l'avis de Ralph, douze policiers, ce n'était pas suffisant, loin de là, mais l'été avait toujours pour effet de dégarnir les effectifs.

Les reporters se battaient pour être aux premières loges, repoussant les curieux à coups de coude, sans même s'excuser. La présentatrice blonde tenta de se poster juste devant, en utilisant le sourire qui avait fait sa gloire, ce qui lui valut de recevoir un coup de pancarte sur la tête pour la peine. Pancarte représentant une seringue grossièrement dessinée, sous ce message : MAITLAND FAIS-TOI SOIGNER. Le cameraman de la blonde repoussa l'homme à la pancarte, bousculant en même temps, d'un coup d'épaule, une femme âgée qui perdit l'équilibre. Une autre femme la retint et asséna un violent coup de sac à main sur le crâne du cameraman. Un sac rouge en faux croco, remarqua Ralph (malgré lui).

« Comment les vautours ont-ils fait pour arriver si vite ? s'étonna Sablo. Ils cavalent plus vite que des cafards quand on allume la lumière. »

Ralph se contenta de secouer la tête et contempla la foule avec un désarroi grandissant, incapable, dans son état d'hypervigilance, de la voir comme un tout. Quand le shérif Doolin descendit de voiture (la chemise de son uniforme beige sortait de son pantalon d'un côté et dévoilait un bourrelet de chair rose) et ouvrit la portière arrière pour laisser descendre Terry, quelqu'un se mit à scander : « La piqûre ! La piqûre ! »

Slogan repris en chœur par la foule, tels des supporters pendant un match de football.

« LA PIQÛRE ! LA PIQÛRE ! LA PIQÛRE ! »

Terry regarda tous ces gens. Une mèche, détachée de ses cheveux bien peignés, barrait son front au-dessus de son sourcil gauche. (Ralph se disait qu'il aurait pu compter chaque cheveu.) Son visage exprimait une stupéfaction douloureuse. *Ce sont des gens qu'il connaît*, pensa Ralph. *Il a entraîné leurs enfants, il les a accueillis chez lui pour les barbecues de fin de saison. Et aujourd'hui, ils réclament sa mort.*

Une des barrières bascula avec fracas sur la chaussée. La foule envahit le trottoir : quelques reporters munis de micros et de carnets, au milieu des habitants de Flint City qui semblaient prêts à pendre Terry Maitland au lampadaire le plus proche. Deux des policiers accoururent pour les repousser, sans ménagement. Un autre redressa la barrière, et la foule en profita pour ouvrir une brèche ailleurs. Ralph vit des dizaines de téléphones photographier et filmer la scène.

« Venez, dit-il à Sablo. Conduisons-le à l'intérieur avant qu'ils envahissent les marches. »

Ils descendirent de voiture et se précipitèrent vers le tribunal, Sablo faisant signe à Doolin et à Gilstrap d'avancer. Ralph aperçut alors Samuels derrière une des portes, interloqué… Mais pourquoi ? Comment avait-il pu ne pas prévoir cela ? Comment le shérif Doolin avait-il pu ne pas prévoir cela ? Lui-même n'était pas exempt de reproches : pourquoi n'avait-il pas insisté pour que Terry passe par-derrière, comme la plupart des employés du tribunal ?

« Reculez ! ordonna-t-il. N'empêchez pas le bon déroulement de la procédure ! »

Gilstrap et le shérif entraînèrent Terry vers les marches, chacun le tenant par un bras. Ralph eut le temps d'enregistrer (encore une fois) l'image de l'horrible veste à carreaux de l'adjoint du procureur, en se demandant si c'était sa femme qui l'avait choisie. Dans ce cas, elle devait le détester. Les prisonniers qui se trouvaient dans la fourgonnette bleue et devaient attendre, sous la chaleur grandissante, baignant dans leur jus, que la lecture de l'acte d'accusation du détenu vedette soit terminée, joignirent leurs voix à la mêlée sonore, certains scandant eux aussi *La piqûre ! La piqûre !*, d'autres se contentant d'aboyer ou de hurler comme des coyotes, en tapant du poing contre le grillage des vitres ouvertes.

Ralph se retourna vers le SUV, paume en avant, dans un geste qui signifiait *Stop !*. Il voulait que Howie et Alec Pelley gardent Marcy à l'intérieur de l'Escalade tant que Terry n'était pas dans le tribunal et la foule calmée. Peine perdue. La portière arrière, côté rue, s'ouvrit et Marcy apparut, échappant d'un mouvement d'épaule à la main tendue de l'avocat aussi aisément qu'elle avait échappé à Betsy Riggins dans le hall de la prison. Tandis qu'elle courait vers son mari, Ralph remarqua ses sandales et une coupure au mollet, sans doute due au rasoir. *Sa main a certainement tremblé*, pensa-t-il. Quand elle appela Terry, les caméras se braquèrent sur elle. Il y en avait cinq en tout et leurs objectifs ressemblaient à des yeux vitreux. Quelqu'un lui lança un livre. Ralph ne put voir le titre, mais il reconnaissait la couverture verte. *Va et poste une sentinelle*, de Harper Lee. Sa femme l'avait lu pour son club. La couverture s'arracha en vol. Le livre atteignit Marcy à l'épaule et rebondit. Elle sembla ne pas s'en apercevoir.

« Marcy ! s'écria Ralph, abandonnant sa position au pied des marches. Par ici, Marcy ! »

Elle regarda autour d'elle, peut-être le cherchait-elle, peut-être pas. Elle ressemblait à une femme perdue dans un rêve. Terry s'arrêta et se retourna en entendant le prénom de sa femme, et il résista quand le shérif Doolin tenta de l'entraîner vers les marches.

Howie atteignit Marcy avant Ralph. Au moment où il l'attrapait par le bras, un type costaud, en bleu de travail, renversa une des barrières et fonça vers elle.

« Tu l'as couvert, espèce de salope ? Hein ? »

À soixante ans, Howie était encore en forme. Et il n'était pas timoré. Sous les yeux de Ralph, il plia les genoux et décocha un coup d'épaule dans le flanc droit du type baraqué, qui fut projeté sur le côté.

« Laissez-moi faire ! dit Ralph.

— Pas la peine », répondit Howie. Son visage s'était empourpré jusqu'à la racine de ses cheveux clairsemés. Il avait pris Marcy par la taille. « On n'a pas besoin de votre aide. Faites entrer Terry ! Dépêchez-vous ! Où aviez-vous la tête, nom de Dieu ? Regardez-moi ce cirque ! »

Ralph faillit rétorquer : *C'est la faute du shérif, pas la mienne*, mais il savait qu'il était en partie responsable. Et Samuels ? Avait-il prévu ces débordements ? Les avait-il espérés même, en raison du retentissement médiatique qu'ils ne manqueraient pas de provoquer ?

Ralph se retourna juste à temps pour voir un homme vêtu d'une chemise de cow-boy esquiver un des policiers, courir sur le trottoir et cracher au visage de Terry. Avant que le type puisse s'enfuir, Ralph lui fit un croche-pied et il s'étala sur la chaussée. Ralph remarqua l'étiquette de son jean : LEVI'S BOOT CUT. Il remarqua le cercle plus clair que formait une boîte de tabac à chiquer Skoal dans la poche arrière droite. Il pointa le doigt sur un des policiers chargés de contenir la foule.

« Menottez cet homme et enfermez-le dans votre voiture.

— N-n-os voitures sont toutes d-d-derrière », répondit le policier.

Il paraissait à peine plus âgé que le fils de Ralph.

« Alors, collez-le dans la fourgonnette !

— En laissant tous ces gens… »

Ralph n'entendit pas la suite car il était en train d'assister à une scène stupéfiante. Pendant que Doolin et Gilstrap observaient la foule sans réagir, Terry aidait l'homme à la chemise de cow-boy à se relever. Il lui dit quelque chose que Ralph n'entendit pas, bien que son ouïe soit devenue sensible à tous les sons de l'univers. L'homme à la chemise de cow-boy hocha la tête et s'éloigna, une épaule appuyée contre la joue pour étancher le sang d'une éraflure. Par la suite, Ralph se souviendrait de ce bref instant dans toute cette histoire. Il y repenserait longuement au cours de ces longues nuits où le sommeil se déroberait. Terry, malgré ses menottes, aidait ce type à se relever, alors que le crachat coulait encore sur son visage. Comme une putain de scène de la Bible.

La foule avait grossi et prenait de dangereux airs de populace. Certaines personnes avaient réussi à atteindre la vingtaine de marches de granit menant aux portes du tribunal, malgré les efforts des policiers pour les repousser. Deux huissiers de justice – un homme corpulent et une femme rachitique – sortirent pour tenter de les aider à disperser les plus téméraires. Certains reculèrent, mais d'autres prirent aussitôt leur place.

Et voilà que Gilstrap et Doolin se disputaient ! L'assistant du procureur voulait ramener Terry dans la voiture jusqu'à ce que l'ordre soit rétabli, alors que le shérif voulait le conduire immédiatement à l'intérieur. Ralph savait que le shérif avait raison.

« Allez-y, leur dit-il. Yunel et moi, on vous couvre.

— Sortez vos armes, haleta Gilstrap. Ça va les faire déguerpir. »

Ce n'était pas seulement contraire au protocole, c'était de la pure folie, et Doolin et Ralph en étaient conscients. Le shérif et l'assistant du procureur repartirent vers l'avant en tenant Terry par le bras. Au moins le trottoir était-il dégagé au pied des marches. Ralph voyait briller les éclats de mica dans le bitume. *Ils laisseront des images résiduelles une fois que nous serons à l'intérieur*, pensa-t-il. *Ils flotteront devant mes yeux comme une petite constellation.*

La fourgonnette bleue tanguait sur ses amortisseurs car les prisonniers, d'humeur joyeuse, se balançaient d'un côté à l'autre en scandant *La piqûre ! La piqûre !* en chœur avec la foule. Une alarme de voiture se déclencha lorsque deux jeunes gens se mirent à danser sur une Camaro jusqu'alors immaculée, un sur le capot, l'autre sur le toit. Les caméras filmaient la foule et Ralph sut exactement à quoi ressembleraient les habitants de sa ville sur les écrans de télé de tout l'État quand ces images seraient diffusées aux infos de dix-huit heures : à des hyènes. Chaque personne se détachait de manière bien nette, grotesque. Il vit la présentatrice blonde tomber à genoux après avoir été frappée par la même pancarte, il la vit se relever et il vit l'incroyable ricanement qui déforma son joli minois lorsque, portant sa main à sa tête, elle découvrit des gouttes de sang sur ses doigts. Il vit un homme aux mains tatouées, un foulard jaune sur la tête, les traits déformés par ce qui ressemblait à de vieilles brûlures que la chirurgie n'avait pas réussi à effacer. *Un feu de cuisine*, pensa Ralph. *Peut-être qu'il avait essayé de faire cuire des côtes de porc en état d'ivresse.* Il vit un homme agiter un chapeau de cow-boy comme s'il assistait à un rodéo. Il vit Howie entraîner Marcy vers les marches, tête baissée comme s'ils affrontaient un vent violent, et il vit une femme se pencher vers l'épouse de Terry pour lui faire un doigt d'honneur. Il vit un homme qui portait un sac de toile sur l'épaule et un bonnet de marin enfoncé sur le crâne malgré la chaleur. Il vit l'huissier corpulent être poussé dans le dos et échapper de justesse à une vilaine chute grâce à une

Noire à la forte carrure qui le retint par sa ceinture. Il vit un adolescent qui avait hissé sa petite amie sur ses épaules. La fille secouait les poings et riait, une bretelle de son soutien-gorge, d'un jaune éclatant, avait glissé jusqu'à son coude. Il vit un garçon affligé d'un bec-de-lièvre, vêtu d'un T-shirt orné du visage souriant de Frank Peterson accompagné de ces mots : N'OUBLIONS PAS LA VICTIME. Il vit des pancartes qu'on agitait. Il vit des bouches ouvertes, hurlantes, dents blanches et doublures de satin rouge. Il entendit quelqu'un faire mugir un klaxon de vélo : *tut-tut-tut*. Il se tourna vers Sablo, qui écartait les bras pour contenir les gens, et il déchiffra son expression : *C'est la merde*.

Doolin et Gilstrap atteignirent enfin le pied des marches en encadrant Terry. Howie et Marcy les rejoignirent. L'avocat cria quelque chose à l'assistant du procureur, et autre chose au shérif. Ralph n'entendit pas ce qu'il disait, à cause de la clameur, mais cela eut pour effet de les faire repartir. Marcy tendit le bras vers son mari. Doolin la repoussa. Quelqu'un se mit à hurler : « À mort, Maitland ! À mort, Maitland ! » et la foule reprit ce slogan en chœur, tandis que Terry et son escorte gravissaient les marches.

L'attention de Ralph fut de nouveau attirée par l'homme qui tenait à l'épaule un sac de toile sur lequel était imprimé LISEZ LE *FLINT CITY CALL* en lettres rouges délavées, comme si le sac était resté longtemps dehors sous la pluie. En cette matinée où la température frôlait déjà les trente degrés, il avait gardé son bonnet de marin. Il plongeait maintenant la main dans son sac. Ralph repensa soudain à l'interrogatoire de Mme Stanhope, la vieille dame qui avait vu Frank Peterson monter dans la camionnette blanche avec Terry. *Vous êtes certaine qu'il s'agissait bien de Frank Peterson ?* avait-il demandé. *Oh, oui, c'était bien Frank*, avait-elle répondu. *Il y a deux Peterson, vous savez, rouquins l'un et l'autre.* Et n'étaient-ce pas des cheveux roux que Ralph voyait dépasser de sous ce bonnet ?

Il livrait notre journal, avait précisé Mme Stanhope.

La main de l'homme au bonnet ressortit du sac. Ce n'était pas un journal qu'elle tenait.

Ralph retint son souffle, alors même qu'il dégainait son Glock.

« Il a une arme ! Il a une ARME ! »

Les personnes proches d'Ollie hurlèrent et se dispersèrent. Gilstrap, l'assistant du procureur, tenait Terry par le bras. En voyant l'antique Colt à long canon, il lâcha son prisonnier et s'accroupit tel un crapaud, avant de reculer. Le shérif lâcha Terry lui aussi, mais pour dégainer son arme… ou tenter de le faire. La sangle de sécurité empêchait le pistolet de sortir de l'étui.

La ligne de mire de Ralph n'était pas dégagée. La présentatrice blonde de Channel 7, encore sonnée à cause du coup reçu sur la tête, se tenait presque devant Ollie Peterson. Un filet de sang coulait sur sa joue gauche.

« Couchez-vous, madame ! » lui cria Sablo.

Un genou à terre, il tenait son Glock dans sa main droite soutenue par sa main gauche.

Terry saisit sa femme par les avant-bras (la

chaîne des menottes était juste assez longue) et l'écarta, au moment même où Ollie ouvrait le feu par-dessus l'épaule de la présentatrice blonde. Celle-ci poussa un hurlement et plaqua sa main sur son oreille, sans doute sourde désormais. La balle érafla le côté du crâne de Terry, ébouriffant ses cheveux et projetant un jet de sang sur le costume que Marcy avait eu tant de mal à repasser.

« Mon frère ne vous a pas suffi, vous avez tué ma mère aussi ! » s'écria Ollie en tirant de nouveau.

Cette fois, il atteignit la Camaro garée de l'autre côté de la rue. Les deux jeunes gars qui dansaient dessus sautèrent sur le sol pour se mettre à l'abri.

Sablo bondit sur les marches, agrippa la journaliste blonde et la cloua au sol, en se couchant sur elle.

« Ralph ! Tirez, Ralph ! »

Ralph n'avait plus aucun obstacle devant lui désormais, mais juste au moment où il tirait, un des spectateurs qui s'enfuyaient, paniqués, le percuta. Au lieu d'atteindre Ollie, la balle fracassa une caméra de télévision portée à l'épaule. Le cameraman la laissa tomber et recula en titubant, les mains plaquées sur son visage. Du sang coulait entre ses doigts.

« Salopard ! hurlait Ollie. Assassin ! »

Il tira une troisième fois. Terry poussa un grognement et remonta sur le trottoir. Ses mains menottées tenaient son menton comme s'il venait d'être frappé par une idée qui méritait réflexion. Marcy se précipita vers lui et noua ses bras autour de sa taille. Doolin continuait à se débattre avec son automatique de service. Gilstrap s'éloignait dans la rue en courant et les pans de son horrible veste à carreaux s'agitaient derrière lui. Ralph prit le temps de viser avant de faire feu de nouveau. Cette fois-ci, personne ne le bouscula et le front du garçon bascula vers l'avant, comme s'il avait reçu un coup de marteau sur la tête. Ses yeux jaillirent de leurs orbites – singeant l'expression stupéfaite d'un personnage de dessin animé – lorsque le projectile de 9 mm lui fit exploser la cervelle. Ses genoux se dérobèrent. Il s'écroula sur son sac de porteur de journaux, le Colt glissa entre ses doigts et dévala deux ou trois marches avant de s'arrêter.

On peut gravir ces marches maintenant, songea Ralph, toujours en position de tir. *Plus de danger. RAS.* Mais les hurlements de Marcy : « *Au secours ! Oh, mon Dieu, venez aider mon mari !* » lui firent comprendre qu'il n'y avait plus aucune raison de gravir ces marches. Pas aujourd'hui en tout cas, et peut-être même jamais.

4

La première balle d'Ollie Peterson n'avait fait qu'érafler le crâne de Terry Maitland ; une plaie sanglante, mais superficielle, qui lui aurait laissé uniquement une cicatrice et une anecdote à raconter. La troisième, en revanche, avait traversé sa veste de costume au niveau de la poitrine, du côté gauche, et dessous sa chemise blanche virait au pourpre, à mesure que le sang s'écoulait de la blessure.

Le projectile aurait frappé le gilet pare-balles s'il avait accepté de le porter, pensa Ralph.

Terry gisait sur le trottoir. Les yeux ouverts. Ses lèvres remuaient. Howie voulut s'accroupir à côté de lui, mais Ralph le repoussa brutalement du bras. L'avocat se retrouva les quatre fers en l'air. Marcy s'accrochait à son mari en bredouillant : « Ce n'est rien, Ter. Ce n'est pas grave. Reste avec nous. » Ralph posa le plat de la main sur le renflement doux et élastique de sa poitrine pour la repousser elle aussi. Terry demeurait conscient, mais le temps pressait.

Soudain, une ombre s'abattit sur lui : l'un de ces foutus cameramen d'une de ces foutues chaînes de télé. Yunel Sablo le ceintura et l'envoya valdinguer. Le cameraman trébucha, se mélangea les pinceaux et s'affala sur le sol, en levant sa caméra à bout de bras pour ne pas l'abîmer.

« Terry », dit Ralph. Il voyait la sueur de son front goutter sur le visage du coach et se mêler au sang qui coulait de sa plaie au crâne. « Vous allez mourir, Terry. Vous m'entendez ? Il ne vous a pas loupé. Vous allez mourir.

— Non ! hurla Marcy. Non, c'est impossible ! Les filles ont besoin de leur papa ! C'est impossible ! »

Elle essayait de se rapprocher de son mari, mais cette fois, ce fut Alec Pelley, livide et grave, qui la retint. Howie s'était relevé à genoux, mais il ne tenta plus d'intervenir.

« Où… suis-je… touché ?

— À la poitrine, Terry. Dans le cœur, ou juste au-dessus. Vous devez passer aux aveux avant de mourir. Dites-moi que vous avez tué Frank Peterson. C'est votre dernière chance de soulager votre conscience. »

Terry sourit, et des filets de sang coulèrent des deux côtés de sa bouche.

« Sauf que je ne l'ai pas tué », dit-il. Sa voix n'était qu'un murmure, parfaitement audible cependant. « Je ne l'ai pas tué, alors dites-moi, Ralph… comment allez-vous soulager *votre* conscience ? »

Ses yeux se fermèrent et il fit un gros effort pour les rouvrir. L'espace d'une ou deux secondes, une lueur les éclaira. Puis s'éteignit. Ralph plaça sa main devant la bouche de Terry. Rien. Aucun souffle.

Il se retourna vers Marcy Maitland. Difficilement, car sa tête lui semblait peser une tonne.

« Je suis navré. Votre mari vient de décéder. »

Le shérif lâcha, d'un ton lugubre : « S'il avait mis le gilet… » Il secoua la tête.

La toute nouvelle veuve regarda Doolin d'un air hébété, mais c'est sur Ralph Anderson qu'elle se jeta. Alec Pelley voulut la retenir mais se retrouva seulement avec un lambeau de chemisier dans la main.

« C'est votre faute ! Si vous ne l'aviez pas arrêté en public, tous ces gens ne seraient pas ici ! C'est comme si vous l'aviez tué vous-même ! »

Ralph laissa Marcy lui lacérer le côté gauche du visage avec ses ongles, avant d'immobiliser ses poignets. Il la laissa faire, car il l'avait peut-être mérité… sûrement même.

« Marcy, dit-il. C'est le frère de Frank Peterson qui a tiré sur Terry, et il aurait été présent aujourd'hui quoi qu'il en soit. »

Alec Pelley et Howie Gold aidèrent Marcy à se relever, en prenant soin de ne pas marcher sur la dépouille de son mari.

Howie dit : « C'est sans doute vrai, inspecteur Anderson, mais il n'y aurait pas eu toute une foule autour de lui. On l'aurait repéré tout de suite, comme le nez au milieu de la figure. »

Alec posa sur Ralph un regard chargé d'un mépris glacial. Ralph regarda Yunel, mais celui-ci détourna la tête et se baissa pour aider la présentatrice de Channel 7, secouée de sanglots, à se relever.

« Au moins, vous avez eu vos aveux », ironisa Marcy. Elle tendit ses paumes vers Ralph. Rouges du sang de son mari. « N'est-ce pas ? »

Comme il ne disait rien, elle lui tourna le dos et aperçut Bill Samuels en haut des marches. Il sortait enfin du tribunal, flanqué des deux huissiers.

« Il a dit que ce n'était pas lui ! lui hurla-t-elle. Il a dit qu'il était innocent ! On l'a tous entendu, espèce d'ordure ! Alors qu'il allait mourir, MON MARI A DIT QU'IL ÉTAIT INNOCENT ! »

Samuels fit demi-tour et rentra à l'intérieur du tribunal, sans un mot.

Des sirènes. L'alarme de la Camaro. Les commentaires survoltés des gens qui revenaient maintenant que la fusillade était terminée. Pour voir le corps. Le photographier et le mettre sur leur page Facebook. La veste que l'avocat avait posée à cheval sur les mains de Terry afin de cacher les menottes devant la presse et les caméras traînait sur la chaussée, maculée de poussière et éclaboussée de sang. Ralph alla la ramasser et s'en servit pour couvrir le visage de Terry ; un geste qui arracha un effroyable hurlement de chagrin à sa femme. Après quoi il se dirigea vers les marches du tribunal et s'y assit, la tête entre les genoux.

MELON ET EMPREINTES DE PAS

18-20 juillet

1

Ralph n'ayant pas fait part à Jeannie de ses plus noirs soupçons concernant le procureur de Flint County – qu'il avait peut-être appelé de ses vœux ce rassemblement de citoyens furieux devant le tribunal –, elle laissa entrer Bill Samuels lorsque celui-ci sonna chez eux le mercredi soir, mais elle lui fit clairement comprendre qu'il n'était pas le bienvenu.

« Ralph est dans le jardin », dit-elle, puis elle tourna les talons pour retourner dans le salon où s'affrontaient les candidats de *Jeopardy*. « Vous connaissez le chemin. »

Samuels, vêtu d'un jean et d'un T-shirt gris tout simple, chaussé de baskets, demeura un instant dans le vestibule, songeur, avant de la suivre. Deux fauteuils faisaient face au téléviseur ; le plus gros, le plus avachi aussi, était inoccupé. Il prit la télécommande posée sur la table basse au milieu et coupa le son. Jeannie garda les yeux fixés sur la télé, alors que les candidats devaient répondre aux questions de la catégorie « Les méchants dans la littérature ». Un indice s'affichait sur l'écran : *Elle réclama la tête d'Alice.*

« Facile, dit Samuels. La Reine de cœur. Comment va-t-il, Jeannie ?

— À votre avis ?

— Je regrette que les choses aient tourné de cette façon.

— Notre fils a appris que son père avait été suspendu, dit Jeannie, sans quitter la télé des yeux. Sur Internet. Il est bouleversé, évidemment, mais il est bouleversé aussi parce que son coach préféré a été abattu devant un tribunal. Il veut rentrer à la maison. Je lui ai conseillé de laisser passer quelques jours, peut-être qu'il changera d'avis. Je ne voulais pas lui dire la vérité, à savoir que son père ne se sent pas prêt à le voir.

— Ralph n'a pas été suspendu. Il s'agit uniquement d'un congé administratif. Sans retenue de salaire. C'est la règle après ce genre d'incident.

— C'est une autre façon de dire la même chose. » Un second indice venait d'apparaître sur l'écran : *Une redoutable infirmière*. « Il dit que ça peut durer jusqu'à six mois, à condition qu'il accepte de subir une évaluation psychiatrique.

— Pourquoi refuserait-il ?

— Il envisage de tirer sa révérence. »

Samuels porta sa main à son crâne, par automatisme, mais l'épi était sage ce soir – pour l'instant, du moins – et il la laissa retomber.

« Dans ce cas, dit-il, peut-être qu'on pourrait s'associer lui et moi. Cette ville aurait besoin d'une bonne station de lavage auto. »

Cette fois, Jeannie le regarda.

« De quoi parlez-vous ?

— J'ai décidé de ne pas me représenter aux élections. »

Jeannie le gratifia d'un sourire si discret que sa propre mère ne l'aurait peut-être pas identifié comme tel.

« Vous préférez démissionner avant que l'opinion publique vous foute dehors ?

— Vous pouvez dire ça, si vous voulez.

— Oui. Allez voir Ralph dans le jardin, Monsieur le Procureur Pour Le Moment. Et proposez-lui de s'associer avec vous si ça vous chante. Mais préparez-vous à prendre vos jambes à votre cou. »

2

Ralph était assis dans une chaise longue, une bière à la main, une glacière à côté de lui. Il tourna la tête en entendant la porte de la cuisine s'ouvrir, vit Samuels et reporta son attention sur un micocoulier au-delà du grillage.

« Y a une sitelle là-bas, dit-il en tendant le doigt. Ça fait une éternité que je n'en avais pas vu. »

Comme il n'y avait pas de deuxième chaise longue, Samuels posa ses fesses sur le banc de la grande table de jardin où il s'était assis plusieurs fois, dans des circonstances plus joyeuses. Il scruta l'arbre.

« Je ne la vois pas.

— Là ! dit Ralph, au moment où un petit oiseau prenait son envol.

— À mon avis, c'était un simple moineau.

— Vous devriez aller chez l'ophtalmo. »

Ralph plongea la main dans la glacière et tendit une Shiner à Samuels.

« Jeannie dit que vous envisagez de prendre votre retraite. »

Ralph haussa les sourcils.

« Si c'est l'évaluation psychiatrique qui vous inquiète, reprit Samuels, vous réussirez le test haut la main. Vous avez fait votre devoir.

— Il ne s'agit pas de ça. Ce n'est même pas à cause du cameraman. Vous êtes au courant ? Quand la balle – la première que j'ai tirée – a atteint sa caméra, elle a volé en éclats. Et il en a reçu un morceau dans l'œil. »

Samuels l'ignorait. Il ne fit aucun commentaire, se contentant de siroter sa bière, alors qu'il détestait la Shiner.

« Il va certainement le perdre, ajouta Ralph. Les médecins de l'institut Dean McGee à Okie City essayent de le sauver, mais il va sûrement le perdre. Vous croyez qu'un cameraman peut continuer à travailler avec un seul œil ? Peut-être. Peut-être pas.

— Ralph, quelqu'un vous a bousculé au moment où vous tiriez. Et dites-vous que si cet homme n'avait pas tenu sa caméra devant son visage, il serait certainement mort à l'heure où on parle. Il faut voir le côté positif.

— Positif, mon cul. J'ai appelé sa femme pour m'excuser. Elle m'a répondu : "On va attaquer la police de Flint City en justice pour réclamer dix millions de dollars, et quand on aura gagné le procès, on s'occupera de vous." Et elle a raccroché.

— Ça ne marchera pas. Peterson était armé et vous avez agi dans l'exercice de vos fonctions.

— Ce cameraman aussi.

— Ce n'est pas la même chose. Il avait le choix.

— Non, Bill. » Ralph se retourna dans sa chaise longue. « Il avait un boulot à faire, nuance. Et c'était bien une sitelle, nom de Dieu !

— Ralph, il faut m'écouter maintenant. Maitland a tué Frank Peterson. Le frère de Peterson a tué Maitland. La plupart des gens considèrent qu'il s'est fait justice lui-même, à la manière des pionniers, et pourquoi pas ? Après tout, c'était le Far West ici, il n'y a pas si longtemps.

— Terry a affirmé que ce n'était pas lui le meurtrier. À l'article de la mort. »

Samuels se leva et se mit à faire les cent pas.

« Que pouvait-il dire d'autre, alors que sa femme pleurait toutes les larmes de son corps, agenouillée à côté de lui ? Allait-il déclarer : "Oh, oui, c'est bien moi qui ai sodomisé ce gamin et qui l'ai mordu, pas forcément dans cet ordre, et ensuite, j'ai éjaculé sur lui pour faire bonne mesure" ?

— Des tonnes de preuves étayent ce qu'il a dit avant de mourir. »

Samuels revint vers Ralph et le toisa.

« C'est bien son ADN qu'on a retrouvé dans l'échantillon de sperme, nom de Dieu ! Et l'ADN l'emporte sur *tout le reste*. C'est bien Terry qui a tué ce gamin. Je ne sais pas comment il a trafiqué son alibi, mais c'est lui.

— Vous êtes venu pour me convaincre ou pour vous convaincre vous-même ?

— Je n'ai pas besoin d'être convaincu. En fait, je suis venu vous annoncer que l'on sait maintenant qui a volé cette camionnette Econoline en premier.

— Ça change quelque chose à ce stade ? » demanda Ralph.

Néanmoins, Samuels avait détecté une lueur d'intérêt dans les yeux de l'inspecteur.

« Si votre question est : cet élément éclaire-t-il l'affaire d'un jour nouveau, la réponse est non. Toutefois, c'est une histoire fascinante. Vous voulez l'entendre ou pas ?

— D'accord.

— La camionnette a d'abord été volée par un gamin de douze ans.

— Douze ans ? Vous vous foutez de moi ?

— Non. Et il a taillé la route pendant plusieurs mois. Il est allé jusqu'à El Paso avant qu'un flic l'arrête sur le parking d'un supermarché, en train de dormir dans une Buick, volée elle aussi. Au total, il a volé quatre véhicules. En commençant par la camionnette. Il est allé jusque dans l'Ohio avec, puis il l'a abandonnée pour changer de véhicule. En laissant la clé sur le contact, comme on l'avait supposé. »

Samuels avait dit cela avec une pointe de fierté, et Ralph songea qu'il en avait le droit. Une de leurs théories se révélait exacte, au moins. Tant mieux.

« Mais on ne sait toujours pas comment cette camionnette a atterri ici, hein ? » demanda-t-il.

Quelque chose le tracassait. Un petit détail.

« Non, confirma Samuels. Nous n'avons résolu qu'une partie de l'équation. Je pensais que ça vous intéresserait de le savoir.

— Voilà, je sais. »

Samuels but une gorgée de bière et reposa la canette sur la table de jardin.

« Je ne me présenterai pas aux élections.

— Ah bon ?

— Non. Ce connard paresseux de Richmond n'a qu'à prendre ma place. On verra bien si les gens l'aimeront toujours autant quand il refusera d'intenter des actions en justice dans quatre-vingts pour cent des affaires qui atterrissent sur son bureau. Je l'ai annoncé à votre femme, et on ne peut pas dire qu'elle ait fait preuve de beaucoup de compassion.

— Si vous pensez que je lui ai raconté que tout était votre faute, Bill, vous vous trompez. Je n'ai pas dit un mot contre vous. Et pourquoi l'aurais-je fait ? C'est moi qui ai eu l'idée d'arrêter Maitland au cours de ce putain de match. Et quand les agents des Affaires internes m'interrogeront vendredi, je serai parfaitement clair sur ce point.

— Je n'en attendais pas moins de vous.

— Toutefois, comme je l'ai peut-être déjà dit, vous n'avez pas vraiment essayé de m'en dissuader.

— On le croyait coupable. Et je continue à le croire coupable, quoi qu'il ait pu dire à l'article de la mort. On n'a pas vérifié son alibi car il connaissait tout le monde dans cette foutue ville et on craignait de le faire fuir...

— Et on n'en voyait pas l'intérêt. Bon Dieu, on peut dire qu'on s'est fourré le doigt dans l'œil...

— OK, Ralph, c'est bon, j'ai saisi le message. On pensait également qu'il était extrêmement dangereux, surtout pour les jeunes garçons, et ce fameux samedi soir, il en était entouré.

— On aurait dû le faire entrer au tribunal par-derrière. J'aurais dû insister. »

Samuels secoua la tête avec véhémence, ce qui eut pour effet de réveiller son épi, qui se dressa au garde-à-vous.

« Ne vous tenez pas pour responsable. Le transfert des détenus entre la prison et le tribunal est du ressort du shérif.

— Doolin m'aurait écouté. » Ralph laissa tomber sa canette vide dans la glacière et regarda Samuels. « Et il vous aurait écouté. Vous le savez.

— Ce qui est fait est fait, comme on dit. Le passé, c'est le passé. Techniquement parlant, l'affaire demeure en suspens, mais...

— L'appellation officielle est "Affaire en cours, mais inactive". Et elle le restera, même si Marcy Maitland intente un procès à la police en affirmant que son mari a été assassiné à la suite d'une négligence. Et elle pourrait gagner.

— Elle envisage de le faire ?

— Je ne sais pas. Je n'ai pas encore trouvé le courage de lui parler. Howie pourrait vous donner une idée de son état d'esprit.

— Peut-être que je l'appellerai. Histoire de ménager la chèvre et le chou.

— Vous êtes un gisement de proverbes ce soir, monsieur le procureur. »

Samuels reprit sa canette, puis la reposa en esquissant une grimace. Jeannie les regardait par la fenêtre de la cuisine. L'air impénétrable.

« Ma mère était très branchée *Destin*.

— Moi aussi, dit Ralph d'un ton maussade. Mais après ce qui est arrivé à Terry, j'ai des doutes. Le fils Peterson a surgi de nulle part. *Nulle part.* »

Samuels ne put retenir un sourire.

« Je ne parlais pas de prédestination, mais d'un petit magazine baptisé *Destin*, rempli d'histoires de fantômes, d'agroglyphes, d'ovnis et de Dieu sait quoi encore. Ma mère me les lisait quand j'étais gamin. Il y en avait une en particulier qui me fascinait. "Des empreintes de pas dans le sable". C'était l'histoire d'un couple de jeunes mariés qui part en lune de miel dans le désert du Mojave. En camping. Une nuit, ils plantent leur tente dans un bosquet de peupliers, et quand la jeune épouse se réveille le lendemain matin, son mari a disparu. Elle sort du bosquet et avance jusqu'à la limite du sable. Là, elle voit ses empreintes de pas. Alors elle l'appelle, mais pas de réponse. »

Ralph parodia un film d'horreur : « Ouuuuuh…

— Elle suit les empreintes au-delà de la première dune, puis de la deuxième. Les traces sont de plus en plus fraîches. Elle les suit au-delà de la troisième dune…

— Et de la quatrième, de la cinquième, enchaîna Ralph en singeant l'effroi. Aujourd'hui encore, elle continue à marcher ! Désolé d'interrompre votre histoire de feu de camp, Bill, mais je crois que je vais aller manger une part de tarte, prendre une douche et me coucher.

— Non, écoutez-moi. La femme n'est pas allée au-delà de la troisième dune. Les traces de pas descendaient de l'autre côté, mais s'arrêtaient au milieu de la pente. Comme ça, subitement, au milieu de plusieurs hectares de sable. Et elle n'a jamais revu son mari.

— Et vous croyez à cette histoire ?

— Non, je suis sûr que c'est bidon. Mais il ne s'agit pas d'y croire ou pas. C'est une métaphore. » Samuels essaya encore une fois d'aplatir son épi. Qui refusa d'obéir. « On a suivi les traces de Terry parce que c'est notre métier. Notre devoir, si vous préférez. On les a suivies jusqu'à ce qu'elles s'arrêtent, le lundi matin. Est-ce un mystère ? Oui. Restera-t-il toujours des questions sans réponses ? À moins qu'un élément nouveau et sensationnel nous tombe tout rôti dans le bec, oui. Ça arrive parfois. Voilà pourquoi certaines personnes continuent à se demander ce qui est arrivé à Jimmy Hoffa. Pourquoi certaines personnes essayent encore de comprendre ce qu'il est advenu de l'équipage de la *Mary Celeste*. Pourquoi certaines personnes se disputent encore pour savoir si Oswald a agi seul ou pas quand il a abattu JFK. Parfois, les traces s'arrêtent subitement, et on doit vivre avec ça.

— À une grosse différence près, dit Ralph. Dans votre histoire, cette femme pouvait continuer à croire que son mari était toujours vivant quelque part. Elle pouvait y croire jusqu'à ce qu'elle soit une vieille femme et non plus une jeune mariée. Mais quand Marcy est arrivée devant les dernières traces de son mari, il était là, sur le trottoir, mort. Elle va l'enterrer demain, d'après la rubrique nécrologique du journal d'aujourd'hui. Elle sera seule avec ses filles, j'imagine. Mais cinquante vautours de la presse agglutinés derrière les grilles hurleront des questions et les mitrailleront. »

Samuels soupira.

« Ça suffit. Je rentre chez moi. Je voulais vous parler de ce gamin voleur de voitures – au fait, il s'appelle Merlin Cassidy – et je vois bien que vous n'êtes pas disposé à en écouter davantage.

— Non, attendez. Restez assis une minute. À mon tour de vous raconter une anecdote. Elle ne sort pas de votre magazine d'histoires paranormales, c'est du vécu. Tout est vrai. »

Samuels se rassit sur le banc.

« Quand j'étais gamin, dit Ralph, vers dix ou onze ans, l'âge de Frank Peterson environ, ma mère rapportait parfois des melons du marché, quand c'était la saison. J'adorais ça en ce temps-là. Un jour, elle en rapporte trois ou quatre dans un filet à commissions, et je lui demande si je peux en avoir une tranche. "Bien sûr, me répond-elle, mais pense bien à racler les pépins au-dessus de l'évier." Elle n'avait pas besoin de me le rappeler, j'avais déjà ouvert des tonnes de melons. Vous me suivez jusque-là ?

— Hummm. Je parie que vous vous êtes coupé.

— Non, mais ma mère l'a cru car j'ai poussé un cri qui a dû s'entendre jusque chez les voisins. Elle a accouru et je lui ai montré le melon coupé en deux. Il grouillait d'asticots et de mouches. Ma mère s'est jetée sur la bombe de Raid pour asperger les larves qui s'agitaient sur le plan de travail. Puis elle a enveloppé les deux morceaux de melon dans un torchon et elle les a jetés dans la poubelle derrière la maison. Depuis ce jour, je ne peux plus regarder un melon, et encore moins en manger. Voilà *ma* métaphore pour Terry, Bill. Le melon avait l'air bon. Il n'était pas spongieux. La peau était intacte. Ces larves n'avaient pas pu entrer à l'intérieur, et pourtant, si.

— Allez au diable avec votre melon et avec votre foutue métaphore. Je rentre chez moi. Réfléchissez avant de quitter la police, OK ? Votre femme m'a dit que je démissionnais avant que l'opinion publique me foute dehors, et elle a sans doute raison. Mais vous, vous n'êtes pas confronté aux électeurs. Uniquement à trois flics retraités qui font office d'enquêteurs des Affaires internes et à un psy qui a besoin du fric de la municipalité pour maintenir en vie son cabinet au stade terminal. Et il n'y a pas que ça. Si vous démissionnez, les gens seront encore plus convaincus qu'on a merdé. »

Ralph le dévisagea, puis s'esclaffa. Une succession de grands éclats de rire venant du ventre.

« Mais *on a merdé* ! Vous ne l'avez pas encore compris, Bill ? On a merdé. Dans les grandes largeurs. On a acheté un melon qui avait l'air bon, mais quand on l'a ouvert, devant toute la ville, il était plein d'asticots. Ils n'avaient pas pu y entrer, et pourtant ils étaient là. »

Samuels marcha vers la porte vitrée de la cuisine, d'un pas traînant. Il l'ouvrit et se retourna vivement, faisant tressauter son épi. Il montra le micocoulier.

« C'était un moineau, nom de Dieu ! »

3

Peu après minuit (à peu près au moment où le dernier membre de la famille Peterson apprenait à réaliser un nœud coulant, grâce à Wikipédia), Marcy Maitland fut réveillée par des hurlements provenant de la chambre de sa fille aînée. Grace commença – une mère ne se trompe jamais –, mais Sarah se joignit à sa sœur pour former un terrible duo. C'était la première nuit que les filles ne passaient pas dans la chambre que Marcy avait partagée avec Terry, mais évidemment, elles voulaient continuer à dormir ensemble, et Marcy songeait que cela risquait de durer un bon moment. Et elle n'y voyait pas d'inconvénient.

Ces hurlements en revanche…

Marcy n'avait pas le souvenir d'avoir couru jusqu'à la chambre de Sarah. Elle se souvenait uniquement de s'être levée, pour se retrouver sur le seuil de la porte ouverte, face à ses filles assises dans le lit, accrochée l'une à l'autre, éclairées par la pleine lune de juillet que laissait entrer la fenêtre.

« Qu'y a-t-il ? » demanda-t-elle, cherchant du regard un intrus.

Elle crut tout d'abord que l'homme (car c'était forcément un homme) se tenait accroupi dans le coin, mais il s'agissait d'un amas de pulls, de T-shirts et de baskets.

« C'est à cause d'elle ! s'écria Sarah. C'est Grace ! Elle m'a dit qu'elle avait vu quelqu'un. Oh, bon sang, maman. Elle m'a fichu la frousse ! »

Marcy s'assit au bord du lit, elle sépara les deux sœurs et prit Grace dans ses bras. La fillette continuait à jeter des regards affolés autour d'elle. L'intrus se cachait-il dans la penderie ? Possible. La porte en accordéon était fermée. Il avait pu s'y réfugier en l'entendant venir. Ou sous le lit ? Toutes ses terreurs enfantines la submergèrent, tandis qu'elle s'attendait à sentir une main se refermer autour de sa cheville. L'autre tenant un couteau.

« Grace ? Gracie ? Qui as-tu vu ? Où était-il ? »

Grace pleurait trop pour pouvoir répondre, mais elle montra la fenêtre.

Marcy s'en approcha, ses genoux menaçant de se dérober à chaque pas. La police surveil- lait-elle toujours la maison ? Howie avait dit que des agents passeraient régulièrement devant, mais ils n'étaient plus là en permanence et, de toute façon, la fenêtre de la chambre de Sarah – comme toutes les fenêtres de toutes les chambres – donnait sur le jardin de derrière ou sur la petite bande de terrain sur le côté, entre leur maison et celle des Gunderson. Et les Gunderson étaient en vacances.

La fenêtre était fermée. Et le jardin, dont chaque brin d'herbe semblait projeter une ombre au clair de lune, désert.

Marcy revint s'asseoir sur le lit et caressa les cheveux de Grace, mouillés et emmêlés par la sueur.

« Et toi, Sarah ? Tu as vu quelque chose ?

— Je… » Sarah réfléchit. Elle tenait toujours la main de sa sœur, qui sanglotait contre son épaule. « Non. J'ai cru, pendant une seconde, mais uniquement parce qu'elle hurlait : "Il y a un homme ! Il y a un homme !" En fait, il n'y avait personne. » Elle s'adressa à sa cadette. « Il n'y avait personne, Gracie. Je t'assure.

— Tu as fait un mauvais rêve, ma chérie », dit Marcy.

En songeant : *Sans doute le premier d'une longue série.*

« Non, il était là, murmura Grace.

— Dans ce cas, il sait voler », rétorqua Sarah en faisant preuve d'une étonnante maturité pour une jeune fille qui venait d'être réveillée en sursaut quelques minutes plus tôt. « Car je te signale qu'on est au premier étage.

— Je m'en fiche. Je l'ai vu. Il avait des cheveux noirs, courts et dressés sur la tête. Et un visage plein de bosses, comme de la pâte à modeler. Et des pailles à la place des yeux.

— Un cauchemar, déclara Sarah d'un ton détaché, comme si cela mettait fin à la discussion.

— Venez toutes les deux, dit Marcy en essayant d'adopter le même détachement. Vous allez finir la nuit avec moi. »

Elles suivirent leur mère sans protester et, cinq minutes plus tard, Marcy les avait installées dans son lit, une de chaque côté. Grace, dix ans, s'était déjà rendormie.

« Maman ? chuchota Sarah.

— Quoi, ma chérie ?

— L'enterrement de papa me fait peur.

— Moi aussi.

— Je ne veux pas y aller, et Gracie non plus.

— On est trois, trésor. Mais on ira quand même. On sera courageuses. C'est ce que votre père aurait voulu.

— Il me manque tellement. »

Marcy déposa un baiser sur la tempe de sa fille aînée, là où le pouls battait faiblement.

« Dors, ma chérie. »

Sarah finit par se rendormir elle aussi. Marcy, elle, demeura éveillée entre ses deux filles, les yeux fixés au plafond ; elle pensait à Grace qui se tournait vers la fenêtre, dans un rêve si réel qu'elle se croyait réveillée.

Il avait des pailles à la place des yeux.

4

Peu après trois heures du matin (à peu près au moment où Fred Peterson sortait d'un pas traînant dans son jardin, derrière la maison, en tenant dans la main gauche un repose-pieds provenant du salon et, sur son épaule, la corde pour se pendre), Jeanette Anderson fut réveillée par l'envie de faire pipi. L'autre moitié du lit était vide. Ayant soulagé sa vessie, elle descendit et trouva Ralph assis dans son fauteuil inclinable Papa Ours, regardant fixement l'écran éteint de la télé. Elle l'observa avec l'œil aiguisé d'une épouse et remarqua qu'il avait maigri depuis la découverte du corps de Frank Peterson.

Elle posa la main sur son épaule, délicatement.

Sans se retourner, il confia :

« Bill Samuels a dit une chose qui me tracasse.

— Quoi donc ?

— C'est justement ça le problème : je ne sais pas. C'est comme avoir un mot sur le bout de la langue.

— Ça concerne ce jeune garçon qui a volé la camionnette ? »

Ralph lui avait raconté sa conversation avec le procureur, au lit, avant d'éteindre la lumière, non pas parce que cette histoire contenait un élément capital, mais parce qu'un garçon de douze ans qui va du centre de l'État de New York jusqu'à El Paso en volant une succession de véhicules, c'était quand même incroyable. Peut-être pas aussi incroyable que les histoires réunies dans *Destin*, mais c'était quand même dingue. *Il devait vraiment détester son beau-père*, avait dit Jeannie avant l'extinction des feux.

« Oui, je crois qu'il y a un rapport avec ce gamin, dit Ralph. Et avec ce morceau de papier retrouvé dans la camionnette. Je m'étais promis d'y revenir, et puis ça s'est perdu dans le chaos. Je ne pense pas t'en avoir parlé. »

Jeanette sourit et ébouriffa les cheveux de son mari qui, à l'image du corps sous le pyjama, semblaient plus fins qu'au printemps.

« En fait, si. Tu m'as dit que c'était peut-être un bout de menu à emporter.

— Je suis quasiment sûr qu'il a été enregistré avec les pièces à conviction.

— Ça aussi tu me l'as dit, mon chéri.

— Il se pourrait que je fasse un saut au poste demain, pour jeter un coup d'œil. Ça m'aidera peut-être à mettre le doigt sur ce qui me turlupine.

— Très bonne idée. Le moment est venu de faire autre chose que de broyer du noir. Tu sais, j'ai relu cette histoire d'Edgar Poe. Le narrateur explique que quand il était à l'école, il faisait plus ou moins la loi. Et puis est arrivé un garçon qui portait le même nom que lui. »

Ralph prit la main de sa femme et y déposa un baiser distrait.

« Jusque-là, c'est plutôt crédible, dit-il. William Wilson n'est peut-être pas un nom aussi répandu que Joe Smith, mais ce n'est pas non plus Zbigniew Brzezinski.

— Exact, mais le narrateur découvre qu'ils ont

la même date de naissance, et ils portent les mêmes vêtements. Pire encore : ils se ressemblent. Les gens les confondent. Ça t'évoque quelque chose ?

— Oui.

— Plus tard, William Wilson Numéro Un ne cesse de croiser William Wilson Numéro Deux, et ces rencontres se terminent toujours mal pour Numéro Un, qui s'oriente sur la voie du crime et rejette la faute sur le Numéro Deux. Tu me suis ?

— Étant donné qu'il est trois heures et quart du matin, je trouve que je ne m'en sors pas trop mal.

— Pour finir, William Wilson Numéro Un frappe William Wilson Numéro Deux d'un coup d'épée, mais quand il se regarde dans un miroir, il découvre qu'il s'est frappé lui-même.

— Car il n'y a jamais eu d'autre William Wilson, je parie.

— Si, justement. Un tas de gens ont *vu* le second William Wilson. Mais finalement, William Wilson Numéro Un a été victime d'une hallucination et il s'est suicidé. Car il ne supportait pas l'existence de ce double, je suppose. »

Jeanette s'attendait à ce que Ralph ricane avec mépris, mais il hocha la tête.

« Oui, ça se tient. C'est même très fort au niveau psychologie. Surtout pour un texte du… milieu du dix-neuvième siècle ?

— Quelque chose comme ça, oui. À la fac, je suivais un cours intitulé "Le roman gothique américain", et on lisait un tas d'histoires d'Edgar Poe, dont celle-ci. Notre prof disait que les gens commettaient l'erreur de croire que Poe écrivait des contes fantastiques qui parlaient du surnaturel, alors qu'en réalité, il écrivait des histoires réalistes sur la psychopathologie.

— Avant les empreintes digitales et l'ADN, souligna Ralph en souriant. Retournons nous coucher. Je crois que je vais réussir à dormir maintenant. »

Jeanette le retint.

« Je vais te poser une question, mon cher mari. Sans doute parce qu'il est tard et que nous sommes seuls tous les deux. Personne ne t'entendra si tu te moques de moi, mais s'il te plaît, ne ris pas car ça me rendrait triste.

— Je ne me moquerai pas.

— Ça se pourrait.

— Promis.

— Tu m'as raconté l'histoire de Bill sur ces traces de pas qui s'arrêtent brusquement, et tu m'as raconté ton histoire d'asticots dans le melon, mais l'un et l'autre, vous parliez par métaphores. De même que l'histoire de Poe est une métaphore du trouble dissociatif… à en croire mon prof de fac. Mais si tu enlèves les métaphores, qu'est-ce qu'il reste ?

— Je ne sais pas.

— L'inexplicable. Alors, ma question est très simple : et si la seule réponse à l'énigme des deux Terry était d'ordre surnaturel ? »

Ralph ne rit pas. Il n'avait aucune envie de rire. Il était trop tard pour ça. Ou trop tôt. Trop quelque chose, en tout cas.

« Je ne crois pas au surnaturel. Ni aux fantômes, ni aux anges, ni à la nature divine de Jésus-Christ. Je vais à l'église, certes, mais uniquement parce que c'est un endroit calme où je peux être à l'écoute de moi-même. Et parce que c'est ce qu'on attend de moi. Je devine que c'est pareil en ce qui te concerne. Ou alors, c'est à cause de Derek.

— J'aimerais croire en Dieu, dit Jeanette, car je refuse de me dire qu'on disparaît du jour au lendemain, même si ça équilibre l'équation... étant donné qu'on vient des ténèbres, la logique veut qu'on y retourne. En revanche, je crois aux étoiles et à l'univers infini. Le grand Là-Bas. Ici-bas, je crois qu'il existe d'autres univers dans chaque poignée de sable, car l'infini est une rue à double sens. Je crois qu'il y a dans ma tête des dizaines de pensées alignées en file indienne derrière chaque pensée consciente. Je crois à la conscience et à l'inconscient, même si je ne sais pas ce que c'est. Et je crois en Conan Doyle, qui fait dire à Sherlock Holmes : "Une fois que vous avez éliminé le possible, ce qui reste, aussi improbable que cela puisse paraître, ce doit être la vérité."

— Ce n'est pas le même type qui croyait aux fées ? » demanda Ralph.

Jeanette soupira.

« Allez, viens te coucher. On va s'offrir un peu de bon temps. Peut-être que ça nous aidera à dormir. »

Ralph s'exécuta de bonne grâce, mais même pendant qu'ils faisaient l'amour (sauf au moment de l'orgasme, où toutes les pensées s'effacèrent), il se surprit à songer à la formule de Conan Doyle. C'était intelligent. Logique. Mais on pouvait l'adapter : *Une fois que vous avez éliminé le naturel, ce qui reste est forcément surnaturel.* Non. Le policier qu'il était, mais aussi l'être humain, ne pouvait croire à une explication qui transgressait les règles du monde naturel. Frank Peterson avait été tué par une personne réelle, pas par un fantôme sorti d'une bande dessinée. Alors, que restait-il, aussi improbable que cela puisse paraître ? Une seule chose. Frank Peterson avait été assassiné par Terry Maitland, aujourd'hui décédé.

5

Le mercredi soir, la lune de juillet, gonflée et orange, ressemblait à un gigantesque fruit tropical. Mais le jeudi matin, avant l'aube, tandis que Fred Peterson, dans son jardin, grimpait sur l'ottoman qui avait soutenu ses pieds durant tant de matchs du dimanche après-midi, ce n'était plus qu'une pièce de monnaie en argent, ratatinée et froide, très haut dans le ciel.

Il passa la corde autour de sa tête et la serra jusqu'à ce que le nœud coulant appuie contre l'angle de sa mâchoire, conformément aux explications fournies par Wikipédia (agrémentées d'une illustration très utile). L'autre extrémité de la corde était attachée à la branche d'un micocoulier semblable à celui qui poussait derrière le grillage de Ralph, même si celui-ci était un représentant plus âgé de la flore de Flint City car il était sorti de terre à peu près au moment où un bombardier américain larguait sa cargaison sur Hiroshima (sûrement un événement surnaturel aux yeux des Japonais qui y avaient assisté, de suffisamment loin toutefois pour ne pas être pulvérisés).

Le repose-pieds tangua sous lui. Il écouta le chant des grillons et sentit la brise nocturne – fraîche et apaisante après une journée caniculaire, et avant une autre qu'il ne verrait pas – sur ses joues luisantes de sueur. Sa décision de tirer un trait sur la lignée des Peterson de Flint City reposait en partie sur l'espoir que Frank, Arlene et Ollie n'étaient pas encore trop loin. Peut-être pouvait-il les rattraper. Mais surtout, il y avait la perspective insupportable d'assister ce matin à une double cérémonie funèbre à l'endroit même – le salon funéraire des Frères Donelli – qui accueillerait dans l'après-midi la dépouille de l'homme responsable de leur mort. C'était au-dessus de ses forces.

Il regarda autour de lui une dernière fois, en se demandant s'il voulait réellement commettre ce geste. La réponse était oui, alors il repoussa le repose-pieds, s'attendant à entendre le craquement de ses vertèbres cervicales avant de voir le tunnel de lumière s'ouvrir devant lui, le tunnel au bout duquel sa famille l'attendait et lui faisait signe de venir, dans cette nouvelle existence, plus heureuse, où l'on ne violait pas et ne tuait pas les petits garçons innocents.

Aucun craquement ne se produisit. Il avait loupé ou ignoré le passage de la notice Wikipédia qui expliquait qu'une certaine hauteur était nécessaire pour briser la nuque d'un homme de quatre-vingt-douze kilos. Au lieu de mourir sur le coup, il se mit à suffoquer. Tandis que sa trachée se resserrait et que ses yeux saillaient de leurs orbites, son instinct de survie, assoupi jusqu'alors, se réveilla en déclenchant un tintamarre de sirènes d'alarme et un déluge de signaux lumineux aveuglants. En l'espace de trois secondes, son corps prit le dessus sur son cerveau et son désir de mourir se transforma en volonté brutale de vivre.

Fred porta ses mains à son cou, referma ses doigts autour de la corde et tira, de toutes ses forces. La corde se desserra légèrement et il put aspirer un peu d'air, mais le nœud coulant faisait pression sur le côté de sa gorge comme une glande enflée. L'agrippant d'une main, il chercha à tâtons la branche à laquelle il avait attaché la corde. Ses doigts arrachèrent quelques morceaux d'écorce, qui tombèrent dans ses cheveux, mais rien de plus.

Ce n'était pas un quinquagénaire très en forme. En guise d'exercice, il se contentait de marcher jusqu'au frigo pour aller chercher une autre bière quand il se régalait devant les matchs des Dallas Cowboys. Mais déjà au lycée, en cours d'éducation physique, il n'avait jamais réussi à faire plus de cinq tractions. Sentant que sa main glissait autour de la corde, il appela son autre main à la rescousse et parvint à la desserrer un peu, le temps d'une demi-inspiration, sans parvenir toutefois à se hisser plus haut. Ses pieds se balançaient à quinze centimètres au-dessus du sol. Il perdit une pantoufle, puis l'autre. Il tenta d'appeler au secours, mais seul un râle sortit de sa bouche… et qui pouvait bien l'entendre à cette heure-ci ? Cette vieille fouineuse de Mme Gibson, la voisine d'à côté ? Elle devait dormir sur ses deux oreilles, son bréviaire à la main, rêvant du père Brixton.

Ses doigts glissèrent sur la corde. La branche émit un craquement. Sa respiration s'arrêta. Il sentait battre le sang prisonnier à l'intérieur de sa tête, prêt à faire exploser son cerveau. *Ce n'était pas censé se passer de cette manière.*

Il battit des bras pour attraper la corde : un homme qui se noie et tente d'atteindre la surface du lac dans lequel il est tombé. Des grosses spores noires apparurent devant ses yeux. Elles explosèrent pour former d'extravagants champignons vénéneux. Mais avant qu'ils envahissent tout son champ de vision, il aperçut un homme dans le patio, éclairé par la lune, une main posée dans un geste possessif sur le barbecue avec lequel Fred ne ferait plus jamais griller un steak. Mais peut-être n'était-ce pas un homme. Ses traits étaient grossiers, comme façonnés par un sculpteur aveugle. Et il avait des pailles à la place des yeux.

6

June Gibson était justement la femme qui avait préparé les lasagnes qu'Arlene Peterson avait renversées sur sa tête avant de faire un infarctus, et elle ne dormait pas. Pas plus qu'elle ne pensait au père Brixton. Elle aussi souffrait, énormément. Trois ans s'étaient écoulés depuis sa dernière crise de sciatique, et elle avait osé espérer en être débarrassée, mais la douleur était réapparue : une méchante visiteuse indésirable qui faisait irruption chez vous et s'y installait. Cela avait commencé par une simple raideur derrière le genou gauche après la réunion qui avait suivi l'enterrement, chez les Peterson, ses voisins, mais elle savait déceler les signes et elle avait supplié le Dr Richland de lui prescrire de l'Oxycodon, ce qu'il avait fait à contrecœur. Les pilules n'avaient guère eu d'effet. La douleur courait maintenant sur tout le côté gauche, du bas du dos jusqu'à la cheville, qu'elle enserrait d'un bracelet hérissé d'épines. Une des caractéristiques les plus cruelles de la sciatique, dans son cas du moins, était que la position couchée amplifiait la douleur au lieu de l'atténuer. Alors, June restait assise dans son salon, en pyjama et robe de chambre, regardant à la télé une publicité pour un appareil qui vous façonnait des abdos sexy ou jouant au solitaire sur l'iPad que son fils lui avait offert pour la fête des Mères.

Son dos était mal en point et sa vue faiblissait, mais elle avait coupé le son du téléachat et son ouïe fonctionnait à merveille. Elle entendit très distinctement un coup de feu provenant de la maison voisine et se leva d'un bond, ignorant l'éclair de douleur qui parcourut toute la partie gauche de son corps.

Mon Dieu, Fred Peterson s'est suicidé.

Appuyée sur sa canne, pliée en deux telle une vieille bique, elle clopina jusqu'à la porte de derrière. De la terrasse couverte, dans la lumière de cette lune argentée impitoyable, elle découvrit Peterson recroquevillé sur sa pelouse. Ce n'était pas un coup de feu qu'elle avait entendu. Autour de son cou était enroulée une corde qui serpentait jusqu'à une branche brisée.

Lâchant sa canne, qui ne servirait qu'à la ralentir, Mme Gibson descendit en crabe les marches de sa terrasse et parcourut au petit trot les trente mètres qui séparaient les deux jardins, sourde à ses cris de douleur provoqués par son nerf sciatique qui se déchaînait et la lacérait, de ses fesses décharnées jusqu'au pied gauche.

Elle s'agenouilla près de M. Peterson, observa son visage enflé et empourpré, la langue pendante et la corde qui mordait dans la chair flasque de son cou. Glissant les doigts sous la corde, elle tira dessus de toutes ses forces, ce qui déclencha une nouvelle salve de souffrance. Accompagnée d'un cri, qu'elle entendit cette fois : un long hurlement strident, un ululement. Des lumières s'allumèrent dans les maisons d'en face, mais Mme Gibson ne les vit pas. La corde se desserrait enfin, bénis soient

Dieu, Jésus, Marie et tous les saints. Elle attendit que M. Peterson avale de l'air.

En vain.

Durant la première phase de sa vie professionnelle, Mme Gibson avait été caissière à la Flint City First National. Quand elle avait pris sa retraite, à l'âge obligatoire de soixante-deux ans, elle avait suivi des cours afin de devenir aide-ménagère qualifiée, une activité qu'elle avait exercée afin d'améliorer sa retraite, jusqu'à soixante-quatorze ans. Un de ces cours concernait inévitablement les techniques de réanimation. Agenouillée maintenant à côté du corps massif de M. Peterson, elle inclina sa tête en arrière, lui pinça les narines, lui ouvrit la bouche en grand et plaqua ses lèvres sur les siennes.

Elle en était à sa dixième respiration et commençait à avoir des vertiges lorsque M. Jagger, le voisin d'en face, la rejoignit et tapota son épaule osseuse.

« Il est mort ?

— Je fais tout pour l'éviter. » Mme Gibson palpa les poches de sa robe de chambre, sentit le rectangle de son téléphone à travers le tissu, le sortit et le lança à l'aveuglette derrière elle. « Appelez les secours. Et si je m'évanouis, vous devrez me relayer. »

Mais elle ne s'évanouit pas. À la quinzième respiration (alors qu'elle était sur le point de tourner de l'œil), Fred Peterson avala une grande bouffée d'air, gorgée de salive. Puis une deuxième. Mme Gibson attendit qu'il ouvre les yeux, et comme cela n'arrivait pas, elle souleva une paupière. Dessous, elle ne vit que le blanc de l'œil, tout rouge, à cause des vaisseaux sanguins éclatés.

Fred Peterson prit une troisième inspiration, puis s'arrêta. Mme Gibson entreprit alors de lui prodiguer un massage cardiaque, tant bien que mal. Elle ignorait si c'était utile, mais elle se disait que ça ne pouvait pas faire de mal. Curieusement, la douleur dans son dos et sa jambe avait diminué. Était-il possible de chasser la sciatique par un traitement de choc ? Non, évidemment. Idée ridicule. C'était l'adrénaline, et une fois que ses réserves seraient épuisées, la douleur réapparaîtrait, pire que jamais.

Une sirène flotta sur la pénombre du petit matin.

Mme Gibson se remit à souffler dans la gorge de Fred Peterson (son contact le plus intime avec un homme depuis le décès de son mari en 2004), s'arrêtant chaque fois qu'elle se sentait au bord de l'évanouissement. M. Jagger ne proposa pas de la remplacer, et elle ne le lui demanda pas. Jusqu'à l'arrivée de l'ambulance, c'était entre Peterson et elle.

Par moments, quand elle interrompait le bouche-à-bouche, il prenait une grande inspiration baveuse. Pas toujours. Elle remarqua à peine les pulsations de la lumière rouge de l'ambulance quand elle balaya les deux jardins adjacents, éclairant par intermittence le morceau de branche brisée du micocoulier auquel M. Peterson avait tenté de se pendre. Un des ambulanciers l'aida à se relever et elle parvint à rester debout presque sans ressentir la moindre douleur. Incroyable. Même si ce miracle était temporaire, elle l'acceptait avec reconnaissance.

« On prend le relais, madame. Vous avez fait un sacré travail.

— Exact, confirma M. Jagger. Vous l'avez sauvé, June ! Vous avez sauvé la vie de ce pauvre gars. »

Essuyant la salive sur son menton (un mélange de la sienne et de celle de Peterson), Mme Gibson répondit :

« Peut-être. Et peut-être que je n'aurais pas dû. »

7

Le mardi matin, à huit heures, Ralph tondait l'herbe du jardin derrière la maison. Devant cette journée d'oisiveté qui s'annonçait, il ne savait pas quoi faire d'autre pour occuper son temps… mais pas son esprit, qui continuait à tourner en rond tel un hamster à l'intérieur de sa roue : le corps martyrisé de Frank Peterson, les témoins, la conférence de Coben enregistrée, l'ADN, la foule devant le tribunal. Surtout ça. Pour une raison inexpliquée, il revoyait sans cesse la bretelle du soutien-gorge qui avait glissé de l'épaule de cette fille, un fin ruban jaune vif qui tressautait alors qu'elle agitait les poings, perchée sur les épaules de son petit ami.

Il entendit à peine le crépitement de xylophone de son portable. Il arrêta la tondeuse pour répondre, planté au milieu du jardin, en baskets, ses chevilles nues constellées de brins d'herbe.

« Anderson, j'écoute.

— Troy Ramage, chef. »

Un des deux agents de police qui avaient arrêté Terry. Il y avait si longtemps. Dans une autre vie, comme on disait.

« Quoi de neuf, Troy ?

— Je suis à l'hôpital avec Betsy Riggins. »

Ralph sourit, une expression devenue si rare sur son visage ces derniers temps qu'elle paraissait incongrue.

« Elle va accoucher ?

— Non, pas encore. Le chef lui a demandé de venir parce que vous êtes en congé et Jack Hoskins est toujours à la pêche sur le lac Ocoma. Il m'a envoyé lui tenir compagnie.

— Que se passe-t-il ?

— Une ambulance a amené Fred Peterson il y a quelques heures. Il a tenté de se pendre dans son jardin, mais la branche à laquelle il avait attaché la corde s'est brisée. La voisine, une certaine Mme Gibson, lui a fait du bouche-à-bouche et l'a sauvé. Elle est venue prendre de ses nouvelles et le chef veut qu'elle fasse une déposition. C'est le protocole, je suppose, mais pour moi, pas la peine de chercher midi à quatorze heures. Ce pauvre gars a toutes les raisons du monde de vouloir tirer sa révérence.

— Il est dans quel état ?

— D'après les toubibs, ses fonctions cérébrales sont quasiment nulles. Il a une chance sur cent de reprendre connaissance. Betsy a pensé que vous voudriez le savoir. »

Ralph crut pendant un instant qu'il n'allait pas garder le bol de céréales avalé ce matin, et il tourna le dos à sa tondeuse pour ne pas l'asperger.

« Chef ? Vous êtes toujours là ? »

Ralph ravala un mélange aigre de lait et de riz soufflé.

« Oui, je suis là. Où est Betsy ?

— Dans la chambre de Peterson avec Mme Gibson. L'inspectrice Riggins m'a chargé de vous appeler, car on n'a pas le droit d'utiliser des portables en soins intensifs. Les médecins leur ont proposé une pièce pour pouvoir discuter tranquillement, mais Mme Gibson a insisté pour rester auprès de Peterson. Comme si elle pensait qu'il pouvait l'entendre. C'est une vieille femme charmante, mais son dos la fait souffrir, ça se voit à sa façon de marcher. Alors qu'est-ce qu'elle fait là ? Peut-être qu'elle attend un miracle ? »

Ralph comprenait les motivations de Mme Gibson. Elle avait sans doute échangé des recettes de cuisine avec Arlene Peterson, elle avait vu grandir Ollie et Frankie. Fred avait peut-être dégagé son allée après une des rares tempêtes de neige qui frappaient parfois Flint City. Elle était là par respect et tristesse, à cause d'un sentiment de culpabilité, car au lieu de laisser mourir Peterson, elle l'avait condamné à un séjour sans fin dans une chambre d'hôpital, où des machines respireraient à sa place.

L'horreur absolue de ces huit derniers jours

s'abattit sur lui telle une vague. Le meurtrier n'avait pas seulement pris la vie du jeune garçon, il avait décimé toute la famille Peterson. Le grand ménage.

Non, pas « le meurtrier ». Pourquoi cet anonymat ? Terry. Le meurtrier était Terry. Il n'y avait pas d'autre suspect.

« J'ai pensé que vous voudriez être au courant, répéta Ramage. Et puis, il faut voir le bon côté des choses : Betsy va peut-être commencer à avoir des contractions pendant qu'elle est ici. Ça évitera à son mari de l'emmener en voiture.

— Dites-lui de rentrer chez elle.

— Bien reçu. Euh… chef ? Désolé pour la façon dont ça s'est passé au tribunal. Quel merdier !

— Oui, ça résume bien la situation. Merci d'avoir appelé. »

Ralph se remit à tondre en marchant lentement derrière sa vieille Lawnboy bancale (il faudrait vraiment qu'il aille en acheter une neuve chez Home Depot : il n'avait plus d'excuse maintenant qu'il avait tout ce temps libre), et il achevait le dernier coin de pelouse quand son portable recommença à jouer son boogie au xylophone. *Sans doute Betsy*, pensa-t-il. Erreur. Même si cet appel provenait effectivement de l'hôpital.

« On n'a toujours pas les résultats complets des analyses ADN, dit le Dr Edward Bogan, mais on a ceux de la branche utilisée pour sodomiser le garçon. Le sang, plus des fragments de peau provenant de la main du meurtrier quand il a… tenu la branche…

— Je vois, dit Ralph. Ne faites pas durer le suspense.

— Il n'y a aucun suspense, inspecteur. Les échantillons prélevés sur la branche correspondent au prélèvement salivaire.

— Bien. Merci pour cette information, docteur Bogan. Transmettez-la au chef Geller et au lieutenant Sablo de la police d'État. Je suis en congé administratif et je le resterai sans doute tout l'été.

— C'est ridicule.

— C'est le règlement. Je ne sais pas qui Geller va choisir pour faire équipe avec Yunel – Jack Hoskins est en vacances et Betsy Riggins va accoucher de son premier enfant d'une minute à l'autre –, mais il trouvera bien quelqu'un. Et puis, quand on y réfléchit, maintenant que Maitland est mort, il n'y a plus vraiment d'enquête. On se contente de combler les trous.

— Des trous importants, dit Bogan. L'épouse de Maitland peut décider d'intenter un procès. Cette nouvelle analyse d'ADN incitera peut-être son avocat à changer d'avis. Selon moi, ce procès serait une obscénité. Son mari a assassiné cet enfant de la plus abominable des manières, et si elle n'était pas au courant de ses… penchants, c'est qu'elle ne faisait pas attention. Avec les sadiques sexuels, il y a toujours des signes. Toujours. Si vous voulez mon avis, on aurait dû vous décerner une médaille au lieu de vous mettre en congé.

— Merci pour votre soutien.

— Je dis ce que je pense, voilà tout. On attend

encore d'autres analyses. Voulez-vous que je vous tienne informé à mesure qu'elles arrivent ?

— Volontiers. »

Le chef Geller allait peut-être faire revenir Hoskins prématurément, mais ce type était un bon à rien, même sobre, ce qui n'arrivait plus très souvent.

Ralph coupa la communication et tondit la dernière bande de pelouse. Après quoi il fit rouler la Lawnboy jusqu'au garage. En nettoyant le moteur, il songea à une autre nouvelle d'Edgar Poe, l'histoire d'un homme emmuré dans une cave à vin. Il ne l'avait pas lue, mais il avait vu le film.

Pour l'amour de Dieu, Montresor ! avait hurlé l'homme que l'on emmurait vivant, et son bourreau avait approuvé : Pour l'amour de Dieu.

Ici, c'était Terry Maitland que l'on emmurait, mais les briques étaient de l'ADN et il était déjà mort. Il existait des preuves contradictoires, en effet, et c'était troublant, mais désormais, ils avaient des échantillons d'ADN prélevés à Flint City et aucun provenant de Cap City. Certes, il y avait les empreintes digitales sur le livre, mais des empreintes, ça pouvait se falsifier. Ce n'était pas aussi simple que le laissaient croire les séries policières, mais c'était faisable.

Et les témoins, Ralph ? Ces professeurs qui le connaissaient depuis des années ?

Peu importe. Pense à l'ADN. Des preuves concrètes. Il n'y a pas plus solide.

Dans la nouvelle de Poe, Montresor était trahi

par un chat noir qu'il avait emmuré par inadvertance avec sa victime. Ses miaulements avaient alerté les personnes qui descendaient dans la cave. Ce chat, devinait Ralph, était une autre métaphore : la voix de la conscience du meurtrier. Mais parfois, un cigare n'était qu'un cigare et un chat juste un chat. Il n'y avait aucune raison de repenser sans cesse au regard mourant de Terry, ou à ses dernières paroles. Comme l'avait souligné Samuels, sa femme était agenouillée à côté de lui et elle lui tenait la main.

Ralph s'assit sur son établi, il se sentait étrangement fatigué pour un homme qui avait simplement tondu une petite étendue d'herbe. Les images des minutes précédant la fusillade ne le quittaient pas. L'alarme de la voiture. Le rictus hideux de la présentatrice blonde en découvrant qu'elle saignait ; une légère égratignure sans doute, mais c'était bon pour l'audience. L'homme brûlé aux mains tatouées. Le garçon au bec-de-lièvre. Le soleil qui faisait ressortir la constellation complexe des éclats de mica sur le trottoir. La bretelle de soutien-gorge jaune qui tressautait. Ce détail plus que tout le reste. Comme s'il voulait mener vers autre chose, mais parfois, une bretelle de soutien-gorge n'est qu'une bretelle de soutien-gorge.

« Et un homme ne peut pas se trouver dans deux endroits à la fois, murmura-t-il.

— Ralph ? Tu parles tout seul ? »

Il sursauta et leva la tête. Jeannie se tenait sur le seuil du garage.

« Oui, faut croire, puisqu'il n'y a personne d'autre.

— Je suis là, dit-elle. Ça va ?

— Pas très bien », avoua-t-il, et il lui parla de Fred Peterson.

Jeannie accusa le coup.

« Oh, mon Dieu. C'est la fin de cette famille. À moins qu'il reprenne connaissance.

— Quoi qu'il arrive, cette famille est anéantie. » Ralph descendit de l'établi. « Je ferai un saut au poste un peu plus tard, pour jeter un coup d'œil à ce morceau de papier. Ce bout de menu ou je ne sais quoi.

— Prends une douche d'abord. Tu sens l'essence et l'herbe. »

Il sourit et mima un salut militaire.

« À vos ordres, chef. »

Jeannie se dressa sur la pointe des pieds pour l'embrasser sur la joue.

« Ralph ? Tu t'en remettras. Tu verras. Crois-moi. »

8

N'ayant jamais été en congé administratif, il y avait un tas de choses que Ralph ignorait. Ainsi, avait-il seulement le droit de pénétrer dans l'enceinte du poste de police ? C'est pourquoi il attendit le milieu de l'après-midi avant de s'y rendre, lorsque le pouls de l'agitation quotidienne faiblissait. Quand il arriva, il n'y avait personne dans la salle principale, à l'exception de Stephanie Gould, encore en civil, qui remplissait des rapports sur un des vieux ordinateurs que la municipalité promettait toujours de remplacer, et Sandy McGill, au standard, occupée à lire *People*. Le bureau du chef Geller était vide.

« Hé, inspecteur ! s'exclama Stephanie en levant la tête. Qu'est-ce que vous faites ici ? Il paraît que vous êtes en congés payés.

— J'essaye de m'occuper.

— Je peux vous aider, répondit-elle en tapotant la pile de dossiers à côté de son ordinateur.

— Une autre fois, peut-être.

— Je suis désolée pour ce qui s'est passé. On l'est tous.

— Merci. »

Ralph se dirigea vers le standard et demanda à Sandy la clé de la salle des scellés. Elle la lui remit sans hésitation, levant à peine les yeux de son magazine. À côté de la salle, un clipboard pendait à un crochet, avec un stylo. Ralph envisagea de sauter cette formalité, mais finalement, il inscrivit son nom, la date et l'heure : quinze heures trente. Il n'avait pas le choix, en réalité : Gould et McGill l'avaient vu et elles savaient pourquoi il était là. Si quelqu'un lui demandait ce qu'il était venu chercher, il répondrait franchement. Après tout, il s'agissait d'un simple congé administratif, pas d'une suspension.

La salle des scellés, à peine plus grande qu'un placard, était surchauffée et étouffante. Les rampes de néon au plafond clignotaient. Comme les antiques ordinateurs, elles avaient besoin d'être changées. Grâce aux crédits fédéraux, Flint City veillait à ce que sa police dispose de tout l'armement nécessaire, voire plus. Alors, quelle importance si l'infrastructure partait à vau-l'eau ?

Si Frank Peterson avait été assassiné à l'époque où Ralph était entré dans la police, les pièces à conviction auraient peut-être rempli quatre cartons, ou même une demi-douzaine, mais l'informatique avait accompli des merveilles en matière de compression, et aujourd'hui, il n'y en avait que deux, plus la boîte à outils retrouvée à l'arrière de la camionnette. Celle-ci contenait un banal ensemble de clés, de marteaux et de tournevis. Les empreintes de Terry n'apparaissaient sur aucun de ces outils, ni sur la boîte. Ralph en déduisait qu'elle était déjà dans la camionnette au moment du vol, et que Terry n'avait pas pris la peine d'examiner son contenu après avoir volé la camionnette pour son usage propre.

Un des deux cartons portait la mention DOMICILE MAITLAND. L'autre CAMIONNETTE/SUBARU. C'était celui-ci qui intéressait Ralph. Il coupa le ruban adhésif. Rien ne l'en empêchait, maintenant que Terry était mort.

Après avoir fouillé brièvement, il sortit le sachet en plastique transparent contenant le bout de papier dont il se souvenait. Bleu, vaguement triangulaire. En haut, en caractères gras, on pouvait lire : **TOMMY ET TUP**. Ce qui venait après **TUP** avait disparu. Dans le coin supérieur, un petit dessin représentait une tourte fumante. Bien que Ralph ne s'en souvienne pas particulièrement, c'était sans doute ce détail qui l'avait amené à penser qu'il s'agissait d'un menu. Qu'avait donc dit Jeannie au cours de leur discussion ce matin ? *Je crois qu'il y a dans ma tête des dizaines de pensées alignées en file indienne derrière chaque pensée consciente.* Si sa femme avait raison, Ralph aurait payé cher pour connaître celle qui se cachait derrière cette bretelle de soutien-gorge jaune. Car il y en avait une, il en était quasiment certain.

Autre chose dont il était presque certain : ce bout de papier se trouvait sur le plancher de la camionnette. Quelqu'un avait glissé des menus sous les essuie-glaces des véhicules garés à proximité de celle-ci. Le conducteur – peut-être le gamin qui l'avait volée dans l'État de New York ou celui qui l'avait volée ensuite – avait arraché le prospectus au lieu de soulever les essuie-glaces, ne laissant que ce triangle de papier. Le conducteur ne s'en était pas aperçu sur le coup, mais en roulant, il l'avait vu. Peut-être avait-il sorti la main pour l'enlever, et il l'avait laissé tomber à ses pieds, plutôt que de le laisser s'envoler. Car même si c'était un voleur, ce n'était pas un pollueur. Ou bien il y avait une voiture de police derrière lui et il avait peur de commettre le moindre geste susceptible d'attirer l'attention. Autre hypothèse, il avait tenté de le jeter par la fenêtre, mais un souffle de vent l'avait renvoyé à l'intérieur. Ralph avait enquêté sur plusieurs accidents de voiture, dont un très grave, où la même chose s'était produite avec des mégots de cigarette.

Il sortit son calepin de sa poche arrière – congé administratif ou pas, il l'avait toujours sur lui – et nota TOMMY ET TUP sur une page vierge. Il replaça le carton CAMIONNETTE/SUBARU sur l'étagère, puis ressortit de la salle (sans omettre d'indiquer l'heure) et verrouilla la porte. En rendant la clé à Sandy, il tendit son calepin ouvert devant elle. Sandy abandonna les dernières aventures de Jennifer Aniston pour y jeter un coup d'œil.

« Ça vous dit quelque chose ?

— Non. »

Elle replongea dans son magazine. Ralph retourna auprès de l'agente Gould, toujours occupée à entrer des informations dans une base de données quelconque en jurant à voix basse quand elle faisait une faute de frappe, ce qui semblait fréquent.

« Tup, c'est un vieux mot d'argot anglais pour dire baiser, je crois. Comme dans : "Hier soir, j'ai tupé ma nana, mec." Mais je ne vois rien d'autre. C'est important ?

— Je ne sais pas. Sans doute pas.

— Essayez sur Google. »

En attendant que son ordinateur d'une autre époque démarre, il décida d'interroger la banque de données qu'il avait épousée. Jeannie répondit dès la première sonnerie, et elle n'eut même pas besoin de réfléchir pour répondre à sa question.

« Ça pourrait être Tommy et Tuppence. Deux adorables détectives inventés par Agatha Christie, qu'elle utilisait quand elle n'écrivait pas les aventures d'Hercule Poirot ou de Miss Marple. Si c'est bien ça, tu vas certainement tomber sur un restaurant tenu par des Britanniques expatriés, qui propose des spécialités du style *bubble and squeak*[1].

— *Bubble* quoi ?

— Laisse tomber.

— De toute façon, ça ne mène sûrement nulle part », dit-il.

Mais peut-être que si. Vous enquêtiez sur ce genre de conneries pour en avoir le cœur net, dans un sens comme dans l'autre. Pardon à Sherlock Holmes, mais enquêter sur des conneries constituait le gros du travail d'inspecteur.

« Je suis curieuse de savoir, quand même. Tu me raconteras en rentrant. Oh, au fait, on n'a plus de jus d'orange.

— Je m'arrêterai chez Gerald's », promit-il, et il raccrocha.

Il se connecta à Google, entra TOMMY ET TUP-PENCE, puis ajouta RESTAURANT. Si les ordinateurs de la police de Flint City étaient vieux, la connexion wifi était neuve, et rapide. Il trouva ce qu'il cherchait en quelques secondes. Le Pub-Café Tommy et Tuppence se trouvait sur Northwoods Boulevard, à Dayton, Ohio.

Dayton... Le nom de cette ville n'était-il pas déjà apparu dans cette sinistre enquête ? Et si oui, à quel moment ? Ralph se renversa dans son siège et ferma les yeux. Le lien qu'il essayait désespérément d'établir à partir de cette bretelle de soutien-gorge jaune continuait à lui échapper, mais pas celui-ci. La ville

---

1. Plat traditionnel britannique fait avec des restes de légumes.

de Dayton avait été évoquée au cours de sa dernière vraie conversation avec Terry Maitland. Ils parlaient de la camionnette, et Terry avait déclaré qu'il n'avait pas mis les pieds dans l'État de New York depuis sa lune de miel. Le seul voyage qu'il avait effectué récemment, c'était dans l'Ohio. À Dayton, précisément.

Pour les vacances de printemps des filles. Je voulais voir mon père. Et quand Ralph lui avait demandé si son père vivait là-bas, Terry avait répondu : *Si on peut appeler ça vivre.*

Il téléphona à Sablo : « Salut, Yunel, c'est moi.

— Hé, Ralph. Alors, comment ça se passe la retraite ?

— Bien. Vous devriez voir ma pelouse. J'ai entendu dire que vous aviez été félicité pour avoir protégé le corps délectable de cette petite conne de journaliste.

— Oui, il paraît. On peut dire que la vie a souri au fils d'une pauvre famille de paysans mexicains.

— Vous ne m'avez pas raconté que votre père était le plus gros vendeur de voitures d'Amarillo ?

— Oui, peut-être. Mais quand vous devez choisir entre la vérité et la légende… imprimez la légende. La leçon de John Ford dans *L'homme qui tua Liberty Valance*. Que puis-je faire pour vous ?

— Samuels vous a parlé du gamin qui le premier a volé la camionnette ?

— Ouais. Sacrée histoire. En plus, ce gamin s'appelait Merlin ! Vous le saviez ? Il fallait que ce soit une sorte de magicien pour aller jusqu'au Texas.

— Vous avez des contacts à El Paso ? C'est là-bas qu'a pris fin sa cavale, mais je sais par Samuels que le gamin a abandonné la camionnette dans l'Ohio. Ce que je voudrais savoir plus précisément, c'est s'il l'a laissée près d'un café baptisé Tommy et Tuppence, dans Northwoods Boulevard, à Dayton.

— Je peux tenter le coup.

— Toujours d'après Samuels, Merlin le Magicien a fait de la route. Pouvez-vous essayer de savoir également *quand* il a largué la camionnette ? Si ça ne serait pas en avril, par hasard ?

— Je peux essayer. Vous voulez bien me dire pourquoi ?

— Terry Maitland se trouvait à Dayton en avril. Pour rendre visite à son père.

— Ah oui ? » Yunel semblait totalement concerné maintenant. « Seul ?

— Non, avec sa famille. Et ils ont voyagé en avion.

— Voilà qui règle le problème.

— Sans doute, mais cette question exerce une fascination particulière sur mon esprit.

— Il va falloir m'expliquer, inspecteur, car je ne suis que le fils d'un pauvre fermier mexicain. »

Ralph soupira.

« Bon, je vais voir ce que je peux trouver.

— Merci, Yunel. »

Juste au moment où Ralph raccrochait, le chef Geller entra, un sac de sport à la main, les cheveux encore mouillés comme s'il sortait de sous la douche. Ralph le salua d'un geste et reçut un froncement de sourcils en retour.

« Vous n'avez rien à faire ici, inspecteur. »

Ah, voilà qui répondait à *la* question.

« Rentrez chez vous. Tondez la pelouse ou je ne sais quoi.

— C'est déjà fait, répondit Ralph en se levant. Ma prochaine corvée, c'est ranger la cave.

— Parfait. Mettez-vous au boulot. » Geller s'arrêta sur le seuil de son bureau et se retourna. « Ralph… Je suis désolé pour toute cette histoire. Franchement désolé. »

Les gens n'arrêtent pas de dire ça, songea Ralph en sortant sous la chaleur de l'après-midi.

9

Yunel l'appela chez lui à neuf heures et quart, pendant que Jeannie prenait sa douche. Ralph nota tout. Il n'y avait pas grand-chose, mais suffisamment pour que cela présente un certain intérêt. Il alla se coucher une heure plus tard et plongea dans un véritable sommeil pour la première fois depuis que Terry avait été abattu devant le tribunal. Il se réveilla à quatre heures le vendredi matin, après avoir rêvé de l'adolescente qui agitait les poings vers le ciel, assise sur les épaules de son petit copain. Il se redressa vivement dans son lit, encore endormi, sans avoir conscience de crier, jusqu'à ce que sa femme, effrayée, se redresse à côté de lui et le prenne par les épaules.

« Ralph ! Qu'y a-t-il ? Ralph !

— Pas la bretelle ! La *couleur* de la bretelle !

— Qu'est-ce que tu racontes ? » Elle le secoua. « Tu as fait un rêve, mon chéri ? Un cauchemar ? »

Je crois qu'il y a dans ma tête des dizaines de pensées alignées en file indienne derrière chaque pensée consciente. Voilà ce qu'avait dit Jeannie. Et voilà ce qu'était ce rêve, qui déjà s'évanouissait comme tous les rêves : une de ces pensées.

« Je le tenais ! Dans mon rêve, je le tenais !

— Quoi donc, mon chéri ? Ça concerne Terry ?

— La fille. La bretelle de son soutien-gorge était jaune vif. Mais il y avait autre chose de la même couleur. Et dans mon rêve, je savais ce que c'était… » Il balança ses pieds sur le plancher et posa les mains sur ses genoux, sous le large caleçon qu'il portait pour dormir. « Tout a fichu le camp.

— Ça va revenir. Recouche-toi. Tu m'as flanqué une sacrée frousse.

— Désolé. »

Ralph se rallongea.

« Tu vas réussir à te rendormir ?

— Je ne sais pas.

— Que t'a dit le lieutenant Sablo au téléphone ?

— Je ne te l'ai pas dit ? »

Il savait bien que non.

« Non, et je ne voulais pas te déranger, tu avais la tête d'un homme qui réfléchit.

— Je te raconterai tout demain matin.

— Étant donné que tu m'as réveillée en me filant une peur bleue, autant tout me raconter maintenant.

— En fait, il n'y a pas grand-chose à raconter. Yunel a réussi à retrouver la trace du gamin par le biais de l'agent qui l'a arrêté et qui s'est pris de sympathie pour lui, apparemment, alors il s'intéresse à ce qu'il devient. Pour le moment, le jeune Cassidy a été placé dans un centre d'accueil pour orphelins, là-bas à El Paso. Il va être jugé par un tribunal pour mineurs pour vols de voitures, mais nul ne sait où exactement. Probablement à Dutchess County, dans l'État de New York. Toutefois, ils ne semblent pas impatients de le récupérer, et lui n'est pas impatient de retourner là-bas. Alors, pour l'instant, il évolue dans une sorte de vide juridique et, d'après Yunel, ça lui convient. Apparemment, beau-papa le battait fréquemment, pendant que maman faisait semblant de ne rien voir. Le schéma classique.

— Pauvre gosse. Pas étonnant qu'il ait fugué. Qu'est-ce qu'il va devenir ?

— Oh, ils finiront par le renvoyer chez lui. Les rouages de la justice tournent lentement, mais ils broient de manière extrêmement fine. Il sera condamné à une peine avec sursis, ou peut-être qu'ils tiendront compte du temps qu'il a passé dans ce centre. Les flics de sa ville seront informés de sa situation familiale mais au bout d'un moment, tout va recommencer. Les types qui frappent les enfants appuient parfois sur PAUSE, mais rarement sur STOP. »

Ralph noua ses mains derrière sa nuque et repensa à Terry, qui n'avait jamais eu le moindre geste violent, il n'avait même jamais bousculé un arbitre.

« Ce gamin a transité par Dayton, reprit Ralph. À ce moment-là, il commençait à flipper à cause de la camionnette. Alors il s'est garé sur un parking, parce qu'il était gratuit, qu'il n'y avait pas de gardien et qu'il a aperçu les deux arches dorées du McDo un peu plus loin. Il ne se souvient pas d'être passé devant chez Tommy et Tuppence. Par contre, il se souvient d'un jeune gars qui portait un T-shirt avec Tommy quelque chose marqué dans le dos. Le gars tenait une pile de prospectus bleus qu'il coinçait sous les essuie-glaces des voitures garées le long du trottoir. Il a aperçu le gamin, Merlin, et il lui a proposé deux dollars pour faire la même chose avec les voitures arrêtées sur le parking. Non merci, lui a répondu le gamin, et il est allé déjeuner chez Mickey D. Quand il est ressorti, le gars était parti, mais il y avait des menus sur les pare-brise de toutes les voitures du parking. Le gamin était nerveux ; il a pris ça pour un mauvais présage, ne me demande pas pourquoi. Bref, il a décidé que le moment était venu de changer de véhicule.

— S'il n'avait pas été aussi nerveux, sans doute qu'il se serait fait arrêter bien avant, fit remarquer Jeannie.

— Tu as raison. Quoi qu'il en soit, il a fait le tour du parking, à la recherche d'une voiture qui n'était pas fermée à clé. Il a dit à Yunel qu'il était surpris qu'il y en ait autant.

— Pas toi, je parie. »

Ralph sourit.

« Les gens sont imprudents. Dans la cinquième ou sixième voiture ouverte, il a trouvé une clé de secours glissée derrière le pare-soleil. Le véhicule idéal : une Toyota noire, banale, comme on en croise des milliers sur les routes. Mais avant de décamper, notre jeune Merlin est retourné mettre la clé de la camionnette sur le contact. Comme il l'a expliqué à Yunel, il espérait que quelqu'un d'autre la volerait car, je le cite, "Ça enverrait les flics sur une fausse piste". À l'entendre, il était recherché pour meurtre dans six États, alors que c'était juste un gamin fugueur qui n'oubliait jamais de mettre son clignotant avant de tourner.

— Il a dit ça ? demanda Jeannie, amusée.

— Oui. Ah, au fait, s'il est retourné à la camionnette, c'était aussi pour récupérer une pile de cartons écrasés sur lesquels il s'asseyait pour paraître plus grand au volant.

— Je crois que j'aime bien ce gamin. Derek n'aurait jamais pensé à ça. »

On ne lui a jamais donné de raisons d'y penser, se dit Ralph.

« Sais-tu s'il a laissé le menu sous les essuie-glaces de la camionnette ?

— Yunel lui a posé la question et il a répondu qu'il l'avait laissé, évidemment. Pourquoi il l'aurait enlevé ?

— Donc, celui qui l'a arraché en laissant le petit morceau qui s'est retrouvé à l'intérieur, c'est celui qui a volé la camionnette sur le parking à Dayton.

— Presque à coup sûr. Voilà pourquoi j'avais la

tête d'un homme qui réfléchit. D'après le gamin, c'était en avril. Je prends cette information avec des pincettes car je doute qu'il ait fait très attention aux dates, mais il a expliqué à Yunel que c'était au printemps, les arbres étaient en fleurs et la température pas encore trop chaude. Alors, ça semble *probable*. Et puis, c'est en avril que Terry a fait le trajet jusqu'à Dayton pour voir son père.

— Sauf qu'il voyageait en famille et qu'ils ont pris l'avion.

— Je sais. On pourrait appeler ça une coïncidence. Seulement, quand la même camionnette se retrouve ici, à Flint City, j'ai du mal à croire à deux coïncidences. Yunel a suggéré que Terry avait peut-être un complice.

— Qui lui ressemble comme deux gouttes d'eau ? » Jeannie haussa un sourcil. « Un frère jumeau nommé William Wilson, peut-être ?

— Oui, je sais, c'est ridicule. Mais tu vois bien que tout ça est bizarre, non ? Terry est à Dayton, la camionnette aussi. Terry rentre chez lui, ici, et la camionnette réapparaît à Flint City. Il existe un mot pour ça, mais j'ai oublié lequel.

— Convergence, peut-être ?

— Il faut que je parle à Marcy, déclara Ralph. Je veux qu'elle me raconte leur voyage à Dayton. Tout ce dont elle se souvient. Mais évidemment, elle refusera de me parler, et je n'ai absolument aucun moyen de l'y contraindre.

— Tu vas essayer quand même ?

— Oh, oui. Je vais essayer.

« — Tu vas pouvoir dormir maintenant ?

— Je crois. Je t'aime.

— Moi aussi. »

Ralph commençait à sombrer quand Jeannie lui parla à l'oreille, d'un ton ferme, presque agressif, pour tenter de provoquer un choc : « Si ce n'était pas le soutien-gorge, c'était quoi ? »

L'espace d'un instant, Ralph vit nettement le mot CANT[1]. Mais les lettres étaient bleu-vert, pas jaunes. Il y avait quelque chose là. Il voulut s'en saisir, mais ça lui échappa.

« Je n'y arrive pas, dit-il.

— Pour le moment, répondit Jeannie. Mais tu trouveras. Je te connais. »

Ils s'endormirent. Quand Ralph se réveilla, il était huit heures et tous les oiseaux chantaient.

10

Aux environs de dix heures, en ce vendredi matin, Sarah et Grace en étaient arrivées à l'album *Hard Day's Night*, et Marcy craignait de devenir folle.

Les filles avaient découvert dans l'atelier du garage le tourne-disque de Terry – une affaire sur eBay, avait précisé leur mère – ainsi que sa collection complète, patiemment réunie, des albums des Beatles. Elles avaient monté le tout dans la chambre de Grace et commencé par *Meet the*

---

1. Contraction de « can not », signifiant « je ne peux pas ».

Beatles !. « On va tous les écouter, avait déclaré Sarah à leur mère. En souvenir de papa. Si tu veux bien. »

Marcy leur avait donné l'autorisation. Que pouvait-elle dire d'autre en voyant leurs visages graves, pâles, et leurs yeux rougis ? Mais elle n'avait pas imaginé que ces chansons l'ébranleraient à ce point. Les filles les connaissaient toutes, évidemment, car lorsque Terry bricolait dans le garage, la platine tournait en permanence, faisant résonner la musique de tous ces groupes de l'invasion britannique qu'il n'avait pas connus à l'époque, étant né un peu trop tard : les Searchers, les Zombies, les Dave Clark Five, les Kinks, T. Rex et, bien entendu, les Beatles. Surtout les Beatles.

Les filles aimaient ces groupes et ces chansons car leur père les aimait, mais le contexte émotionnel leur échappait. Elles n'avaient pas écouté « I Call Your Name » en échangeant des caresses à l'arrière de la voiture du père de Terry, en sentant les lèvres de Terry dans leur cou, les mains de Terry sous leur pull. Elles n'avaient pas écouté « Can't Buy Me Love », la chanson qui passait actuellement au premier étage, assises dans le canapé du premier studio où ils avaient vécu ensemble, se tenant par la main pendant qu'ils regardaient *A Hard Day's Night* sur un vieux magnétoscope acheté dans une brocante pour vingt dollars. Les Fab Four, jeunes, se déchaînaient en noir et blanc, et Marcy savait déjà qu'elle épouserait le jeune homme assis à côté d'elle, même si lui ne le savait pas encore. John Lennon était-il déjà mort quand ils regardaient cette vieille vidéo ? Abattu en pleine rue, comme son mari ?

Elle ne savait pas, ne s'en souvenait pas. Elle savait uniquement que Sarah, Grace et elle avaient affronté l'enterrement en restant dignes, mais maintenant que la cérémonie était terminée, sa vie de mère célibataire (Oh, quelle horrible expression !) s'étendait devant elle, et cette musique enjouée la rendait folle de chagrin. Chaque harmonie vocale, chaque accord de George Harrison ouvrait une plaie. Deux fois, elle s'était levée de la table de la cuisine où elle était assise devant une tasse de café qui refroidissait. Deux fois, elle s'était plantée au pied de l'escalier en prenant sa respiration pour crier : *Arrêtez ! Éteignez-moi ça !* Et deux fois, elle était retournée dans la cuisine. Ses filles aussi étaient en deuil.

Cette fois, quand elle se leva, ce fut pour se diriger vers le tiroir des ustensiles, qu'elle ouvrit entièrement. Elle fut surprise d'y découvrir un paquet de cigarettes Winston. Il en restait trois. Non, quatre. Une cigarette se cachait au fond du tiroir. Elle n'avait pas fumé depuis les cinq ans de sa fille cadette, le jour où elle avait été prise d'une quinte de toux alors qu'elle mixait la pâte pour le gâteau de Gracie. Elle avait fait le serment d'arrêter, définitivement. Toutefois, au lieu de jeter ces derniers soldats du cancer, elle les avait fourrés dans le tiroir à ustensiles, comme si une partie d'elle-même, sombre et visionnaire, savait qu'elle en aurait besoin un jour.

Ces cigarettes ont cinq ans. Elles doivent être complètement sèches. Tu vas tousser avant de t'évanouir.

Encore mieux.

Elle en sortit une du paquet, prise déjà par l'envie. *Les fumeurs n'arrêtent jamais, ils font des pauses,* pensa-t-elle. Elle se dirigea vers l'escalier et tendit l'oreille. « And I Love Her » avait cédé la place à « Tell Me Why » (Dis-moi pourquoi, question éternelle). Elle imaginait ses filles assises sur le lit de Grace, écoutant la musique sans parler. Se tenant par la main peut-être. Recevant la communion de papa. Les albums de papa, achetés pour certains chez le disquaire de Cap City, Turn Back the Hands of Time, d'autres sur Internet, tous passés entre ces mêmes mains qui avaient tenu ses filles.

Marcy traversa le salon en direction du petit poêle en fonte qu'ils allumaient seulement durant les nuits d'hiver vraiment froides, et prit, à l'aveuglette, la boîte d'allumettes de cuisine sur l'étagère voisine. À l'aveuglette car cette étagère accueillait une rangée de photos qu'elle n'avait pas le courage de regarder. Dans un mois peut-être. Ou dans un an. Combien de temps fallait-il pour se remettre du premier stade du deuil, le plus brutal ? Sans doute aurait-elle pu trouver une réponse sur Doc.com, mais, là encore, elle avait peur de regarder.

Au moins, les journalistes étaient partis après l'enterrement, pressés de rentrer à Cap City pour couvrir un nouveau scandale politique, et elle ne serait pas obligée de sortir sur la terrasse de derrière où une des filles pouvait, en regardant par la fenêtre, la voir renouer avec son ancien vice. Ou dans le garage, où elles risquaient de sentir l'odeur de tabac si elles descendaient chercher de nouveaux disques.

En sortant, elle se trouva face à Ralph Anderson, poing levé pour frapper à la porte.

11

L'expression horrifiée avec laquelle elle le regardait – comme s'il était une sorte de monstre, un zombie échappé d'une série télé bien connue – lui fit l'effet d'un coup dans la poitrine. Ce qui lui laissa le temps de remarquer ses cheveux ébouriffés, une tache sur le revers de son peignoir (trop grand pour elle, peut-être était-ce celui de Terry), la cigarette légèrement tordue qu'elle tenait entre deux doigts. Et autre chose. Elle qui avait toujours été une jolie femme perdait déjà sa beauté. Il aurait cru cela impossible.

« Marcy...

— Non. Vous n'avez rien à faire ici. Allez-vous-en. »

Elle parlait tout bas, d'une voix haletante, comme si elle avait reçu un coup elle aussi.

« Il faut que je vous parle. Je vous en prie, laissez-moi vous parler.

— Vous avez tué mon mari. Il n'y a rien à ajouter. »

Elle commença à refermer la porte. Ralph retint le battant avec sa paume.

« Je ne l'ai pas tué, mais c'est vrai, j'ai joué un rôle dans sa mort. Traitez-moi de complice si vous voulez. Je n'aurais jamais dû l'arrêter de cette manière. J'ai eu tort. À de nombreux égards. J'avais mes raisons, mais c'étaient de mauvaises raisons. Je…

— Enlevez votre main de la porte. Tout de suite, ou je vous fais arrêter.

— Marcy…

— Ne m'appelez pas par mon prénom ! Vous n'avez pas le droit de m'appeler de cette façon, après ce que vous avez fait. Si je ne hurle pas de toutes mes forces, c'est parce que mes filles sont en haut. Elles écoutent les disques de leur père mort.

— S'il vous plaît. » Il faillit ajouter : *Ne m'obligez pas à vous supplier*, mais cela aurait été inconvenant, car insuffisant. « Je vous en supplie. Par pitié, écoutez-moi. »

Elle montra la cigarette et lâcha un effroyable rire atone.

« Maintenant que la vermine est partie, je pensais pouvoir fumer une clope sur le pas de ma porte. Et regardez qui est là ! La grosse vermine ! La vermine des vermines. Dernier avertissement, Monsieur La Vermine qui a fait tuer mon mari. Foutez… le… camp de chez moi.

— Et si ce n'était pas lui ? »

Marcy écarquilla les yeux et la pression de sa main sur la porte se relâcha, momentanément du moins.

« Et si Terry… Nom de Dieu, il vous a *dit* que ce n'était pas lui le meurtrier ! Il vous l'a dit alors qu'il allait mourir ! Que voulez-vous de plus ? Un télégramme remis en main propre par l'ange Gabriel ?

— Si ce n'est pas lui, le coupable court toujours, et il est responsable de la destruction de la famille Peterson, et de la vôtre également. »

Après avoir réfléchi un moment, elle déclara : « Oliver Peterson est mort parce que ce salopard de Samuels et vous avez organisé tout ce cirque. Et c'est bien *vous* qui l'avez tué, n'est-ce pas, inspecteur Anderson ? Vous lui avez tiré une balle dans la tête. Vous avez eu votre homme. Pardon, votre *garçon.* »

Elle lui claqua la porte au nez. Ralph leva le poing de nouveau pour frapper, puis se ravisa et s'en alla.

12

Marcy demeura de l'autre côté, tremblante. Sentant ses genoux se dérober, elle parvint à attraper le petit banc qui servait à s'asseoir pour ôter les chaussures boueuses. À l'étage, le Beatles assassiné parlait de toutes les choses qu'il ferait en rentrant chez lui. Marcy regarda la cigarette entre ses doigts, avec l'air de se demander de quelle façon elle était arrivée là, puis elle la cassa en deux et glissa les bouts dans la poche du peignoir (c'était effectivement celui de Terry). *Au moins, Anderson m'a empêchée de reprendre cette saloperie. Peut-être que je devrais lui envoyer un mot de remerciement.*

Quel culot de venir frapper à sa porte après avoir attaqué sa famille au pied-de-biche, cogné dans tous les sens jusqu'à ce qu'il ne reste que des ruines. Quel culot et quelle cruauté. Prends ça dans les dents ! Mais…

Si ce n'est pas lui, le coupable court toujours.

Comment était-elle censée gérer ça, alors qu'elle n'osait même pas aller sur Internet pour connaître la durée du premier stade du deuil ? Et d'abord, pourquoi devrait-elle faire quoi que ce soit ? En quoi était-elle responsable ? La police s'était trompée de coupable et avait persisté dans son erreur, même après avoir vérifié l'alibi de Terry, aussi solide que le rocher de Gibraltar. Qu'ils trouvent le vrai coupable, s'ils en avaient le courage. Elle aurait une autre tâche : tenir jusqu'au soir sans devenir folle et puis, dans un avenir difficile à envisager, à décider quelle serait la prochaine étape de sa vie. Devait-elle continuer à habiter ici, où la moitié de la population croyait que le garçon qui avait assassiné son mari avait exaucé la volonté de Dieu ? Devait-elle condamner ses filles à affronter ces sociétés cannibales que l'on appelait collège et lycée, où le simple fait de ne pas porter la bonne paire de baskets vous valait d'être ridiculisé et ostracisé ?

J'ai eu raison de renvoyer Anderson. Je ne veux pas qu'il mette les pieds chez moi. Certes, j'ai perçu la franchise dans sa voix – du moins, il me semble –, mais comment puis-je l'écouter, après ce qu'il a fait ?

Si ce n'est pas lui, le coupable…

« La ferme ! s'ordonna-t-elle. Tais-toi, je t'en prie, tais-toi. »

… court toujours.

Et s'il recommençait ?

13

La majorité des citoyens les plus éminents de Flint City pensaient que Howard Gold était né riche, ou du moins dans une famille aisée. Bien qu'il n'ait pas honte, loin de là, de son passé d'enfant de la balle, il ne prenait pas la peine de détromper les gens. En vérité, il était le fils d'un laboureur itinérant, parfois cow-boy ou monteur de chevaux dans des rodéos, qui avait voyagé dans tout le sud-ouest du pays à bord d'une caravane Airstream avec son épouse et leurs deux fils. Howard et Edward. Howard avait réussi à atteindre l'université, puis il avait aidé Eddie à en faire autant. Il prenait soin de ses parents, aujourd'hui à la retraite (Andrew Gold n'avait quasiment pas économisé un sou) et il lui restait largement de quoi vivre.

Il était membre du Rotary et du Rolling Hills Country Club. Il invitait ses gros clients à dîner dans les meilleurs restaurants de Flint City (il y en avait deux) et soutenait une dizaine d'associations caritatives, dont les terrains de sport du parc Estelle-Barga. Il pouvait très bien commander des vins fins et envoyer à quelques clients des coffrets cadeaux de chez Harry & David pour Noël, mais quand il était seul dans son bureau, comme en ce vendredi midi, il préférait retrouver ses habitudes de gamin, lorsqu'il voyageait entre l'Oklahoma et le Nevada, et retour, en écoutant Clint Black à la radio et en révisant ses leçons à côté de sa mère, quand il n'allait pas à l'école quelque part. Il supposait que sa vésicule biliaire mettrait fin tôt ou tard à ces déjeuners solitaires et gras, mais il avait atteint la soixantaine sans qu'elle se manifeste, alors bénie soit l'hérédité. Quand le téléphone sonna, il réglait son compte à un sandwich aux œufs et au fromage, agrémenté d'une bonne dose de mayonnaise et de frites telles qu'il les aimait : noircies et croquantes, aspergées de ketchup. Posée sur le bord du bureau l'attendait une part de tarte aux pommes sur laquelle fondait une boule de glace à la vanille.

« Howard Gold, j'écoute.

— Howie, c'est Marcy. Ralph Anderson est venu me voir ce matin. »

Howie fronça les sourcils.

« Il est venu chez vous ? Il n'en a pas le droit. Il est en congé administratif. Et à supposer qu'il décide de rester dans la police, il ne reprendra pas un service actif avant longtemps. Vous voulez que j'appelle le chef Geller pour lui en parler ?

— Non. Je lui ai claqué la porte au nez.

— Bravo !

— Mais je ne suis pas tranquille. Il a dit une chose qui me tracasse. Répondez-moi franchement, Howard : croyez-vous que Terry a tué ce garçon ?

— Mon Dieu, non ! Je vous l'ai déjà dit. Il y a des preuves qui l'accusent, nous le savons, mais beaucoup d'autres affirment le contraire. Il aurait été innocenté. Mais la question n'est pas là. Terry était incapable de faire une chose pareille. Et puis, n'oublions pas ses dernières paroles.

— Les gens diront qu'il n'a pas voulu avouer la vérité devant moi. D'ailleurs, c'est sûrement ce qu'ils disent déjà. »

Ma pauvre, songea Howard, *je ne suis même pas certain qu'il avait conscience de votre présence.*

« Je pense qu'il a dit la vérité, Marcy.

— Moi aussi. Et dans ce cas, le coupable court toujours, et s'il a tué un enfant, tôt ou tard, il en tuera un autre.

— C'est Anderson qui vous a fourré cette idée dans la tête. » Il repoussa ce qui restait de son sandwich, il n'en voulait plus. « Ça ne m'étonne pas. Culpabiliser les gens, c'est une vieille ruse de flic, mais il a eu tort d'essayer avec vous. Il mérite une réprimande pour ça. Un blâme dans son dossier, au minimum. Vous venez d'enterrer votre mari, nom d'un chien.

— Mais ce qu'il a dit est vrai. »

Peut-être, pensa Howie. *Mais cela pose une question : pourquoi vous l'a-t-il dit à vous ?*

« Et ce n'est pas tout, reprit Marcy. Si la police ne retrouve pas le véritable meurtrier, les filles et moi, on sera obligées de quitter la ville. Si j'étais seule, je pourrais affronter les messes basses et les ragots, mais je ne peux pas leur imposer ça. Je ne vois qu'un seul endroit où aller : chez ma sœur, dans le Michigan, et ça ne serait pas juste non plus pour Debra et Sam. Ils ont deux enfants eux aussi et leur maison n'est pas très grande. Pour moi, cela voudrait dire repartir de zéro, et je me sens trop fatiguée. Oh, Howie, je me sens… brisée.

— Je comprends. Qu'est-ce que je peux faire pour vous ?

— Appelez Anderson. Dites-lui que j'accepte de le recevoir à la maison, ce soir. Il pourra me poser ses questions. Mais je veux que vous soyez là. Avec votre enquêteur, s'il est libre et s'il accepte de venir. Vous êtes d'accord ?

— Bien sûr, si c'est ce que vous voulez. Et je suis certain qu'Alec viendra aussi. Toutefois, je tiens à… vous mettre en garde. Je suis sûr que Ralph est dévasté par ce qui est arrivé, et je devine qu'il s'est excusé…

— Il m'a suppliée. »

C'était assez surprenant, mais peut-être pas tant que ça.

« Ce n'est pas un mauvais bougre, dit Howie. C'est un type bien qui a commis une erreur. Mais n'oubliez pas une chose, Marcy : il a tout intérêt à prouver que c'est Terry qui a tué le petit Peterson. Car dans ce cas, sa carrière repartira sur de bons rails. Si l'affaire n'est jamais résolue, il a encore une chance de sauver son insigne. Mais si jamais le vrai meurtrier réapparaît, il peut dire adieu à la police. Il se retrouvera agent de sécurité à Cap City pour un salaire deux fois inférieur. Sans même parler des procès qui lui pendront au nez.

— Je sais bien, mais…

— Je n'ai pas terminé. Ses questions concerneront forcément Terry. Il avance peut-être à l'aveuglette, mais peut-être pense-t-il détenir un élément qui relie Terry au meurtre, d'une manière différente. Alors, vous êtes toujours certaine de vouloir organiser cette rencontre ? »

Il y eut un silence, puis Marcy dit : « Jamie Mattingly est ma meilleure amie à Barnum Court. Elle a gardé les filles après l'arrestation de Terry, mais maintenant, elle ne répond même plus quand je l'appelle, et elle m'a rayée de la liste de ses amis sur Facebook. Ma meilleure amie m'a officiellement reniée.

— Elle reviendra.

— Oui, si on retrouve le vrai meurtrier. À ce moment-là, elle reviendra à genoux. Peut-être que je lui pardonnerai d'avoir cédé à la pression de son mari, car c'est ce qui s'est passé, vous pouvez en être sûr. Ou peut-être pas. C'est une décision que je ne peux pas prendre dans la situation actuelle. C'est ma façon de vous dire : allez-y, organisez cette rencontre. Vous serez là pour me protéger. Et M. Pelley aussi. Je veux savoir pourquoi Anderson a eu le courage de venir frapper à ma porte. »

14

Cet après-midi-là, vers seize heures, un vieux pick-up Dodge roulait bruyamment sur une route de campagne à vingt kilomètres au sud de Flint City, en soulevant un panache de poussière. Il passa devant une vieille éolienne aux pales brisées ; un ranch déserté, percé de trous lumineux là où se trouvaient les fenêtres autrefois ; un cimetière abandonné depuis longtemps, surnommé localement le Cimetière du Cow-boy ; et un gros rocher sur lequel quelqu'un avait peint ce message, à moitié effacé : TRUMP MAKE AMERICA GREAT AGAIN. À l'arrière du pick-up, des bidons de lait en fer roulaient et venaient heurter les parois du plateau. Au volant, un garçon de dix-sept ans nommé Dougie Elfman ne cessait de jeter des coups d'œil à son portable en conduisant. Quand il atteignit la Highway 79, il avait deux barres de réseau et il estima que ce serait suffisant. Il s'arrêta à l'intersection, descendit du pick-up et regarda derrière lui. Rien. Évidemment. Malgré tout, il se sentit soulagé. Il appela son père. Clark Elfman répondit dès la deuxième sonnerie.

« Les bidons étaient bien dans la grange ?

— Ouais, répondit Dougie. J'en ai deux douzaines, mais faudra les nettoyer. Ils sentent encore le lait caillé.

— Et le harnachement ?

— Y avait plus rien, papa.

— Ah, c'est pas la meilleure nouvelle de la

semaine, mais je m'y attendais. Pourquoi tu m'appelles, fiston ? Où tu es ? On dirait que tu es sur la face cachée de la lune.

— Je suis sur la 79. Écoute, papa... y a quelqu'un qui s'est installé dans la grange.

— Quoi ? Tu veux dire des vagabonds ou des hippies ?

— Non. Y a pas plein de trucs qui traînent, genre des boîtes de bière, des emballages ou des bouteilles d'alcool... et personne n'a chié dans les parages, à moins qu'ils aient marché cinq cents mètres jusqu'aux buissons les plus proches. Aucune trace de feu de camp non plus.

— Dieu soit loué, dit Elfman, vu comme c'est sec. Qu'est-ce que tu as trouvé, alors ? Même si ça n'a pas d'importance, étant donné qu'il y a plus rien à voler, et ces vieux bâtiments à moitié écroulés valent plus un clou. »

Dougie continuait à regarder derrière lui. La route paraissait déserte, mais il aurait bien aimé que la poussière retombe plus vite.

« J'ai trouvé un jean qu'avait l'air neuf, un slip Jockey, neuf aussi, et des baskets super chères, celles qu'ont du gel à l'intérieur. Comme neuves elles aussi. Sauf que toutes ces affaires étaient couvertes de taches de je ne sais quoi. Pareil pour le tas de foin où que je les ai trouvées.

— Du sang ?

— Non, pas du sang. En tout cas, le foin est devenu tout noir.

— De l'essence ? De l'huile pour moteur ? Un truc dans ce genre ?

— Non, ce truc n'était pas noir, y avait juste le foin. Je sais pas ce que c'était. »

En revanche, les taches durcies sur le jean et le slip, Dougie savait à quoi ça ressemblait. Il se masturbait trois fois, voire quatre fois par jour depuis l'âge de quatorze ans, et il balançait la purée dans un vieux morceau de serviette qu'il rinçait ensuite au robinet du jardin en l'absence de ses parents. Parfois, il oubliait, et le morceau de serviette devenait tout dur.

Mais là, il y en avait beaucoup, *vraiment beaucoup*, et franchement, qui irait éjaculer sur une paire d'Adipower toute neuve, des pompes super classe qui coûtaient plus de cent quarante dollars, même chez Wally World ? Dans d'autres circonstances, Dougie aurait peut-être eu l'idée de les emporter, mais pas avec ce truc dégueu dessus, et aussi à cause de l'autre chose qu'il avait remarquée.

« Bah, laisse tomber et rentre à la maison, dit son père. Au moins, tu as récupéré les bidons.

— Il faut que tu préviennes la police. Il y avait une ceinture sur le jean… avec une boucle argentée en forme de tête de cheval.

— Je comprends rien à ton histoire de ceinture, fiston.

— Aux infos, ils ont dit que Terry Maitland portait une ceinture comme celle-là lorsque des gens l'ont vu à la gare de Dubrow. Quand il a tué ce pauvre gosse.

— Ils ont dit ça ?

— Oui, papa.

— Merde, alors. Reste où tu es, je te rappelle. Je

suppose que les flics vont rappliquer. Je vais venir aussi.

— Dis-leur de me retrouver chez Biddle.

— Biddle ?… C'est presque à dix bornes, vers Flint !

— Je sais. Mais je veux pas rester ici. »

La poussière était retombée et il n'y avait rien à voir ; malgré cela Dougie ne se sentait pas rassuré. Pas une seule voiture n'était passée sur la route principale depuis qu'il parlait avec son père, et il voulait aller dans un endroit où il y avait des gens.

« Qu'est-ce qui va pas, fiston ?

— Quand j'étais dans la grange, là où j'ai trouvé ces vêtements… J'avais déjà récupéré les bidons et je cherchais ce harnachement que tu m'avais parlé… Et j'ai commencé à me sentir mal à l'aise. Comme si quelqu'un m'observait.

— Tu as eu les jetons, c'est tout. L'homme qui a assassiné ce garçon est bien mort.

— Je sais. Mais dis aux flics que je les attends chez Biddle. Je les emmènerai sur place, mais je veux pas rester tout seul ici. »

Il coupa la communication avant que son père ait le temps de protester.

15

Le rendez-vous avec Marcy fut fixé à vingt heures le soir même chez les Maitland. Ralph reçut par téléphone le feu vert de Howie Gold, qui lui annonça qu'Alec Pelley serait présent également.

Ralph lui demanda s'il pouvait amener Yunel Sablo, si celui-ci était disponible.

« Hors de question, répondit Howie. Si vous amenez le lieutenant, ou n'importe qui d'autre, y compris votre charmante épouse, j'annule tout. »

Ralph accepta. Il n'avait pas le choix. Il s'occupa dans la cave pendant un petit moment, c'est-à-dire qu'il déplaça des cartons d'un endroit à l'autre, avant de les remettre à leur place. Il toucha à peine à son dîner. Deux longues heures s'étiraient encore devant lui. Il repoussa sa chaise.

« Je vais rendre visite à Fred Peterson à l'hôpital.

— Pourquoi ?

— Ça me semble normal.

— Je t'accompagne, si tu veux. »

Ralph secoua la tête.

« J'irai directement à Barnum Court ensuite.

— Tu t'épuises. Tu te mets la rate au court-bouillon, aurait dit ma grand-mère.

— Ça va, je tiens le coup. »

Sa femme lui adressa un sourire qui indiquait qu'elle n'était pas dupe, puis se dressa sur la pointe des pieds pour l'embrasser.

« Appelle-moi. Quoi qu'il arrive, appelle-moi. »

Il sourit.

« Pas question. Je reviendrai tout te raconter de vive voix. »

16

En entrant dans le hall de l'hôpital, Ralph croisa l'inspecteur en congé, qui ressortait. Jack Hoskins était un homme frêle aux cheveux prématurément gris, avec des poches sous les yeux et un nez sillonné de veines rouges. Il portait encore sa tenue de pêche – chemise et pantalon kaki, dotés d'innombrables poches –, mais il avait accroché son insigne à sa ceinture.

« Qu'est-ce que tu fabriques ici, Jack ? Je te croyais en vacances.

— On m'a rappelé trois jours plus tôt. J'ai débarqué en ville il n'y a pas une heure. Mon épuisette, mes cuissardes, mes cannes et tout mon matos sont encore dans la camionnette. Le chef se disait qu'il aimerait bien avoir au moins un inspecteur sous la main. Betsy Riggins est au cinquième, en train d'accoucher. Le travail a commencé en fin d'après-midi. J'ai parlé à son mari, qui dit qu'il y en a encore pour longtemps. Comme s'il pouvait le savoir. Quant à toi... » Il marqua une pause pour donner plus de poids à ses paroles : « Tu es dans un sacré pétrin, Ralph. »

Jack Hoskins ne faisait aucun effort pour masquer sa satisfaction. Un an plus tôt, on avait demandé à Ralph et à Betsy Riggins de remplir des formulaires d'évaluation concernant Jack, en vue d'une éventuelle augmentation de salaire. Betsy, celle qui avait le moins d'ancienneté parmi les inspecteurs, avait répondu ce qu'il fallait. Ralph, lui, avait remis le formulaire au chef Geller après avoir écrit juste deux mots : « Pas d'avis ». Cela n'avait pas empêché Hoskins d'obtenir son augmentation ; il s'agissait d'un avis malgré tout. Hoskins n'était pas censé voir les évaluations, mais évidemment, le commentaire de Ralph lui était revenu aux oreilles.

« Tu es allé voir Fred Peterson ?

— Exact. » Jack fit saillir sa lèvre inférieure et souffla, soulevant quelques mèches éparses sur son front. « Y a des moniteurs partout dans sa chambre, mais les courbes ne s'agitent pas beaucoup. Ça m'étonnerait qu'il se réveille.

— Bon courage pour la reprise.

— Fait chier. Il me restait trois jours, ça mordait de tous les côtés et je n'ai même pas eu le temps de changer de chemise. Elle pue le poisson. J'ai reçu des appels du chef Geller et du shérif Doolin. Faut que je me tape le chemin jusqu'à ce bled paumé qu'on appelle Canning Township. J'ai cru comprendre que ton pote Sablo était déjà sur place. Je parie que je serai pas chez moi avant dix ou onze heures. »

Ralph aurait pu répondre : *Je n'y suis pour rien*. Mais sur qui d'autre ce bon à rien qui attendait la retraite pouvait-il rejeter la faute ? Sur Betsy, tombée enceinte en novembre dernier ?

« Qu'est-ce qu'il y a d'intéressant à Canning ?

— Un jean, un slip et des baskets. Un gamin les a découverts dans une cabane ou une grange, en cherchant des bidons de lait pour son père. Et aussi une ceinture avec une boucle en forme de tête de cheval. Évidemment, le labo mobile sera déjà sur place, et moi, je serai aussi utile que des pis à un taureau. Mais le chef…

— Il y aura des empreintes sur la boucle de ceinture, le coupa Ralph. Et des traces de pneus laissés par la camionnette, ou la Subaru. Ou les deux.

— Tu ne vas pas m'apprendre mon métier. Je portais déjà un insigne d'inspecteur quand tu te trimballais en uniforme. »

Le sous-entendu était évident : *Et je serai encore inspecteur quand tu bosseras comme vigile dans un centre commercial.*

Jack s'en alla. Ralph se réjouit de le voir partir. Il regrettait seulement de ne pas pouvoir se rendre à Canning Township lui aussi. À ce stade, de nouveaux indices pouvaient se révéler précieux. Point positif : Sablo était déjà sur place et il superviserait l'unité de la police scientifique. Ils auraient quasiment fini leur travail le temps que Jack arrive et sabote des indices comme il l'avait déjà fait en deux occasions au moins, à sa connaissance.

Il monta d'abord au service maternité, mais tous les sièges de la salle d'attente étaient inoccupés, alors peut-être que l'accouchement se déroulait plus vite que l'avait prédit Billy Riggins, nerveux et novice en la matière. Ralph aborda une infirmière et la pria de dire à Betsy qu'il lui souhaitait bonne chance.

« Je le lui dirai dès que je pourrai, répondit l'infirmière, mais elle est très occupée pour l'instant. Ce petit bonhomme semble pressé de sortir. »

L'image du corps ensanglanté, violenté, de Frank Peterson traversa brièvement l'esprit de Ralph, et il songea : *Si ce petit bonhomme savait à quoi ressemble ce monde, il se débattrait pour rester dans le ventre de sa mère.*

Il reprit l'ascenseur afin de se rendre aux soins intensifs, deux étages plus bas. Le dernier représentant de la famille Peterson se trouvait dans la chambre 304. Son cou, entouré d'un épais bandage, était immobilisé par une minerve. Un respirateur artificiel produisait un sifflement régulier, l'espèce de petit accordéon à l'intérieur se déployait et se rétractait. Comme l'avait dit Jack Hoskins, les courbes qui s'affichaient sur les moniteurs disposés autour du lit étaient peu actives. Il n'y avait aucun bouquet de fleurs dans la chambre (Ralph devinait que c'était interdit en soins intensifs), mais deux ballons gonflés à l'hélium, accrochés au pied du lit, flottaient près du plafond. Dessus étaient imprimées de joyeuses exhortations que Ralph n'avait pas envie de regarder. Il écouta le sifflement de la machine qui respirait à la place de Fred. Il regarda les tracés sur les écrans et repensa au commentaire de Jack : *Ça m'étonnerait qu'il se réveille.*

Alors qu'il était assis à côté du lit, un souvenir datant de l'époque du lycée lui revint en mémoire ; quand ce qu'on appelait maintenant les études environnementales n'étaient encore que les sciences de la Terre, tout bonnement. Ils avaient étudié la pollution. M. Greer avait pris une bouteille d'eau minérale Poland Spring et en avait rempli un verre. Il avait invité une élève – Misty Trenton, avec ses délicieuses minijupes – à s'avancer jusqu'au bureau pour en boire une gorgée. Ce qu'elle avait fait. M. Greer avait alors pris un compte-gouttes et l'avait plongé dans une bouteille d'encre Carter. Et il avait versé une goutte dans l'eau. Les élèves, fascinés, avaient regardé cette goutte solitaire descendre dans le verre en laissant un tentacule couleur indigo derrière elle. M. Greer avait agité le verre et très vite, toute l'eau avait pris une teinte bleutée. *Est-ce que tu la boirais maintenant ?* avait-il demandé à Misty. Elle avait secoué la tête, si vigoureusement qu'une de ses pinces à cheveux était tombée, et tout le monde, y compris Ralph, avait ri. Aujourd'hui, il ne riait plus.

Moins de quinze jours plus tôt, les Peterson étaient une famille parfaitement heureuse. Puis était arrivée la goutte d'encre pollueuse. On pouvait dire que c'était à cause de la chaîne du vélo de Frankie Peterson, et qu'il serait rentré chez lui sain et sauf si elle ne s'était pas brisée. Mais il serait rentré sain et sauf *également* – en poussant son vélo au lieu de rouler avec – si Terry Maitland n'avait pas attendu sur le parking de l'épicerie à ce moment-là. La goutte d'encre, c'était Terry, pas la chaîne de vélo. C'était Terry qui avait pollué, puis détruit l'ensemble de la famille Peterson. Terry, ou celui qui apparaissait sous ses traits.

Si tu enlèves les métaphores, avait dit Jeannie, *il te reste l'inexplicable. Le surnaturel.*

Mais ce n'est pas possible. Le surnaturel n'existe que dans les livres et les films, pas dans le monde réel.

Dans le monde réel où des ivrognes incompétents comme Jack Hoskins ont droit à des augmentations de salaire. Tout ce que Ralph avait pu connaître en presque cinquante ans d'existence niait cette idée. Jusqu'à la possibilité même d'une telle éventualité. Pourtant, en regardant Fred (ou ce qu'il en restait), il devait reconnaître qu'il y avait quelque chose de diabolique dans la façon dont la mort de ce jeune garçon s'était propagée, n'emportant pas seulement un ou deux membres de cette famille nucléaire, mais la totalité. Et les dégâts ne se limitaient pas aux Peterson. Nul ne pouvait mettre en doute que Marcy et ses filles conserveraient des séquelles toute leur vie, peut-être même un handicap permanent.

Ralph pouvait se dire que toutes les atrocités s'accompagnaient de semblables dommages collatéraux, n'en avait-il pas été témoin à maintes reprises ? Si. Mais ce cas était plus personnel, d'une certaine manière. Un peu comme si ces gens avaient été visés. Lui-même ne faisait-il pas partie des dommages collatéraux ? Et Jeannie ? Et Derek, qui allait rentrer de colonie de vacances pour découvrir qu'un grand nombre de choses qu'il tenait pour acquises, le travail de son père, par exemple, se trouvaient maintenant menacées.

Le respirateur artificiel sifflait. La poitrine de Fred Peterson se soulevait et retombait. De temps à autre, il produisait un bruit bizarre ressemblant à un ricanement. Comme si tout cela était une gigantesque plaisanterie, compréhensible seulement quand on était dans le coma.

Ralph ne pouvait en supporter davantage. Il quitta la chambre, et quand il atteignit l'ascenseur, il courait presque.

17

Une fois dehors, il s'assit sur un banc, à l'ombre, et appela le poste. Sandy McGill répondit, et lorsque Ralph lui demanda si elle avait des nouvelles en provenance de Canning Township, il y eut un silence. Puis, visiblement gênée, Sandy expliqua :

« Je ne suis pas censée évoquer ce sujet avec vous, Ralph. Le chef Geller a laissé des instructions précises. Désolée.

— Ce n'est pas grave », répondit Ralph en se levant. Son ombre s'étirait devant lui, l'ombre d'un pendu, et bien évidemment, il repensa à Fred Peterson. « Les ordres, c'est les ordres.

— Merci pour votre compréhension. Jack Hoskins est revenu, il va se rendre sur place.

— Très bien. »

Il coupa la communication et se dirigea vers le parking de l'hôpital en se disant que ça n'avait pas d'importance : Yunel le tiendrait informé.

Probablement.

Il monta dans sa voiture et brancha la clim. Sept heures et quart. Trop tard pour rentrer, trop tôt pour se rendre chez les Maitland. Il ne lui restait plus qu'à traîner en ville, au hasard, tel un adolescent nombriliste. En se posant des questions. Pourquoi Terry avait-il appelé Willow Rainwater « madame » ? Pourquoi avait-il demandé où se trouvait le centre médical le plus proche, alors qu'il avait toujours vécu à Flint City ? Pourquoi avait-il partagé une chambre d'hôtel avec Billy Quade ? Une sacrée chance. Pourquoi s'était-il levé pour poser une question à Harlan Coben ? Ça aussi, c'était une chance. En s'interrogeant sur la goutte d'encre qui teignait de bleu l'eau dans le verre, sur les empreintes de pas qui s'arrêtaient subitement dans le sable, sur les asticots qui grouillaient à l'intérieur d'un melon qui semblait bon vu de l'extérieur. En songeant que si on commençait à envisager des explications surnaturelles, on ne pouvait plus se considérer comme totalement sain d'esprit, et que s'interroger sur sa santé mentale n'était peut-être pas très bon signe. C'était comme penser à son rythme cardiaque : cela voulait peut-être déjà dire qu'il y avait un problème.

Il alluma la radio et chercha une musique forte. Finalement, il tomba sur les Animals qui braillaient « Boom Boom ». Il roula en ville, jusqu'à ce qu'il soit l'heure de se rendre au domicile des Maitland, à Barnum Court. Enfin.

18

Ce fut Alec Pelley qui vint lui ouvrir quand il frappa à la porte et qui lui fit traverser le salon, jusque dans la cuisine. De nouveau, Ralph entendit les Animals, venant du premier étage. Cette fois, ils interprétaient leur plus grand succès. *It's been the ruin of many a poor boy*, gémissait Eric Burdon, *and God, I know I'm one.*

Convergence, pensa-t-il. Le mot de Jeannie.

Marcy et Howie Gold étaient assis à la table de la cuisine et buvaient du café. Il y avait une autre tasse à la place occupée par Alec, mais personne ne proposa à Ralph de lui en servir une. *J'ai pénétré dans le camp ennemi*, pensa-t-il, et il s'assit.

« Merci de me recevoir. »

Au lieu de répondre, Marcy prit sa tasse d'une main un peu tremblante.

« C'est très douloureux pour ma cliente, dit Howie, alors soyez bref. Vous avez dit à Marcy que vous vouliez lui parler…

— Non, qu'il *devait* me parler, rectifia Marcy. Voilà ce qu'il a dit.

— Je le note. Eh bien, inspecteur Anderson, de quoi deviez-vous lui parler ? Si vous venez vous excuser, allez-y, mais sachez que nous nous réservons le droit d'entreprendre des démarches judiciaires. »

Ralph n'était pas encore prêt à faire des excuses. Aucune de ces trois personnes n'avait vu la branche ensanglantée enfoncée dans l'anus de Frank Peterson. Lui, oui.

« Un fait nouveau est apparu, confia-t-il. Ce n'est peut-être pas capital, mais cela pourrait peut-être suggérer quelque chose, sans que je puisse dire quoi exactement. Ma femme appelle ça la convergence.

— Pourriez-vous être un peu plus précis ? demanda Howie.

— Il s'avère que la camionnette ayant servi à enlever le jeune Peterson a été volée par un garçon à peine plus âgé que la victime elle-même. Ce gamin s'appelle Merlin Cassidy. Il voulait fuir un beau-père violent. Au cours de sa fugue, entre l'État de New York et le sud du Texas, où il a finalement été arrêté, il a volé plusieurs véhicules. Il a abandonné la camionnette à Dayton, dans l'Ohio, en avril. Marcy… Madame Maitland, votre famille et vous étiez à Dayton à cette époque. »

Marcy portait sa tasse à ses lèvres. Elle la reposa bruyamment.

« Ah, non ! Vous ne mettrez pas ça sur le dos de Terry. Nous avons fait l'aller-retour en avion, et excepté le moment où Terry est allé voir son père, nous sommes tous restés ensemble. Il n'y a rien à ajouter. Sur ce, je pense que vous devriez vous en aller.

— Holà, dit Ralph. On a très vite su que c'était un voyage en famille, et que vous aviez pris l'avion, dès qu'on a commencé à s'intéresser à Terry, quasiment. C'est juste que… Cela ne vous paraît pas étrange ? La camionnette se trouve là-bas en même temps que vous, puis elle réapparaît ici. Terry m'a affirmé qu'il ne l'avait jamais vue, et encore moins volée. J'ai envie de le croire.

360

On a retrouvé ses empreintes partout à l'intérieur, mais malgré tout, j'ai envie de le croire. Et j'y parviens presque.

— J'en doute, dit Howie. N'essayez pas de nous embobiner.

— Est-ce que vous me croiriez plus facilement, est-ce que vous me feriez un peu confiance, même, si je vous disais que nous avons la preuve matérielle que Terry se trouvait à Cap City ? Ses empreintes sont sur un livre vendu au kiosque de l'hôtel. Et un témoin l'a vu prendre ce livre à peu près au moment où Frank Peterson se faisait enlever.

— Vous plaisantez ? » s'exclama Alec Pelley.

Il semblait presque choqué.

« Non. »

Bien que le dossier soit désormais enterré, comme Terry lui-même, Bill Samuels serait furieux s'il apprenait que Ralph avait parlé de ce livre à Marcy et à son avocat, mais il était bien décidé à repartir d'ici avec des réponses.

« Nom de Dieu ! lâcha Alec.

— Donc, vous *savez* qu'il était là-bas ! » s'écria Marcy. Des taches rouges marbraient ses joues. « Vous le savez forcément ! »

Ralph ne voulait pas s'aventurer sur ce terrain, il y avait déjà passé trop de temps.

« Terry m'a parlé de ce voyage à Dayton la dernière fois que je l'ai interrogé. Il m'a dit qu'il avait envie de rendre visite à son père, mais il a prononcé le mot *envie* en faisant une drôle de grimace, et quand je lui ai demandé si son père vivait là-bas, il m'a répondu "Si on peut appeler ça vivre". Qu'est-ce que ça signifie ?

— Ça signifie que Peter Maitland est atteint de la maladie d'Alzheimer à un stade avancé, expliqua Marcy. Il est à l'Institut de la mémoire Heisman, un département du Kindred Hospital.

— Je vois. C'était dur pour Terry d'aller lui rendre visite.

— Très dur. »

Marcy se détendait légèrement. Ralph se réjouissait de constater qu'il n'avait pas perdu tout son savoir-faire, même si ce n'était pas comme se retrouver dans une salle d'interrogatoire avec un suspect. Howie et Alec Pelley demeuraient aux aguets, prêts à faire taire Marcy s'ils sentaient qu'elle s'apprêtait à poser le pied sur une mine.

« Mais pas uniquement parce que son père ne le reconnaissait plus. Cela faisait bien longtemps qu'ils n'entretenaient plus de relations.

— Pour quelle raison ?

— Cela a-t-il un rapport quelconque avec notre affaire, inspecteur ? demanda Howie.

— Je ne sais pas. Peut-être que non. Mais puisque nous ne sommes pas au tribunal, maître, si vous laissiez votre cliente répondre à cette foutue question ? »

Howie se tourna vers Marcy et haussa les épaules. À *vous de voir*.

« Terry était l'enfant unique de Peter et Melinda. Il a grandi ici, à Flint City, comme vous le savez, et il y a toujours vécu, sauf durant les quatre années passées à l'Ohio State University.

— Où vous l'avez connu ?

— Exact. Bref, Peter Maitland travaillait pour la Cheery Petroleum Company, à l'époque où cette région produisait encore une importante quantité de pétrole. Il est tombé amoureux de sa secrétaire et a divorcé. Cela a provoqué de vives rancœurs, et Terry a pris le parti de sa mère. Terry a toujours été… attaché à l'idée de loyauté, même enfant. Il voyait son père comme un menteur, ce qu'il était évidemment, et toutes les tentatives de Peter pour se justifier ne faisaient qu'envenimer les choses. Pour faire court, Peter a épousé sa secrétaire, Dolores de son prénom, et a demandé sa mutation au siège de la compagnie.

— Situé à Dayton ?

— Exact. Il n'a même pas essayé d'obtenir la garde alternée. Il savait que Terry avait fait son choix. Néanmoins, Melinda insistait pour que Terry aille le voir de temps en temps, affirmant qu'un garçon avait besoin de connaître son père. Alors, Terry obéissait, mais uniquement pour faire plaisir à sa mère. Il a toujours considéré son père comme un lâche qui avait pris la fuite. »

Howie intervint :

« Ça correspond bien au Terry que j'ai connu.

— Melinda est décédée en 2006. Crise cardiaque. La seconde épouse de Peter est morte deux ans plus tard, d'un cancer du poumon. Terry a continué à se rendre à Dayton une ou deux fois par an, en mémoire de sa mère, et il a toujours gardé des rapports courtois avec son père. Pour la même raison, je suppose. En 2011, je crois, Peter a commencé à perdre la tête. Il laissait ses pantoufles sous la douche au lieu de les mettre sous son lit, les clés de voiture dans le réfrigérateur, etc. Comme Terry est… *était* son seul proche parent encore en vie, c'est lui qui s'est arrangé pour le faire admettre à l'Institut de la mémoire Heisman. En 2014.

— Ce genre d'établissements, ça coûte cher, fit remarquer Alec. Qui paye ?

— Peter Maitland possédait une très bonne assurance. Dolores avait insisté. Il avait toujours été un gros fumeur, et elle pensait certainement toucher le pactole à sa mort. Mais elle est partie avant lui. Tabagie passive, sans doute.

— Vous parlez comme si Peter Maitland était mort, dit Ralph. C'est le cas ?

— Non, il vit toujours. » Faisant écho délibérément aux paroles de son mari, elle ajouta : « Si on peut appeler ça vivre. Il a même arrêté de fumer. C'est interdit dans ce service.

— Combien de temps êtes-vous restés à Dayton lors de votre dernière visite ?

— Cinq jours. Terry est allé voir son père trois fois.

— Les filles et vous, vous ne l'accompagniez pas ?

— Non. Terry ne voulait pas. Et moi non plus. Peter pouvait difficilement jouer le rôle du grand-père auprès de Sarah et de Grace, et la petite n'aurait pas compris.

— Que faisiez-vous pendant ce temps-là ? »

Marcy sourit.

« À vous entendre, on pourrait croire que Terry passait un temps fou avec son père, mais pas du tout. Ses visites ne duraient jamais plus d'une heure ou deux. La plupart du temps, on était tous les quatre ensemble. Quand Terry se rendait à l'hôpital, on traînait à l'hôtel, et les filles se baignaient dans la piscine couverte. Un jour, on est allées au musée toutes les trois et un après-midi, je les ai emmenées voir un film de Disney. Il y avait un cinéma multisalles près de l'hôtel. On a peut-être vu trois ou quatre autres films, tous ensemble. On a visité aussi le musée de l'Armée de l'air, et le Boonshoft, un musée consacré aux sciences. Tous ensemble là aussi. Les filles ont adoré. Des vacances en famille, tout simplement, inspecteur, si ce n'est que Terry s'absentait quelques heures pour accomplir son devoir filial. »

Et peut-être voler une camionnette, pensa Ralph.

C'était possible, Merlin Cassidy et la famille Maitland auraient pu se trouver à Dayton au même moment, mais c'était tiré par les cheveux. Et puis, restait la question de savoir comment Terry avait pu ramener la camionnette à Flint City. D'abord, pourquoi se serait-il donné cette peine ? Il y avait un tas de véhicules à voler dans les environs de Flint City. La Subaru de Barbara Nearing en était la parfaite illustration.

« Vous avez certainement pris plusieurs repas à l'extérieur, non ? » demanda Ralph.

Howie se pencha en avant en entendant cette question, sans intervenir.

« On faisait souvent appel au room-service.

Sarah et Grace aimaient beaucoup ça. Mais on prenait des repas dehors aussi, bien sûr. Surtout au restaurant de l'hôtel, si on peut appeler ça "dehors".

— Êtes-vous allés dans un endroit baptisé Tommy et Tuppence ?

— Non. Un restaurant avec un nom pareil, je m'en souviendrais. Un soir, on a mangé au IHOP et deux fois au Cracker Barrel, je crois. Pourquoi ?

— Comme ça », répondit Ralph.

Le regard que lui adressa Howie indiquait qu'il n'était pas dupe, mais là encore, il ne dit rien. Alec, lui, demeurait impassible, les bras croisés.

« Ce sera tout ? demanda Marcy. J'en ai assez de toute cette histoire. Et de vous.

— S'est-il passé une chose inhabituelle durant votre séjour à Dayton ? N'importe quoi ? Une de vos filles qui se serait perdue un court instant ? Terry qui aurait rencontré un vieil ami, ou bien vous ? Un colis que vous auriez reçu…

— Une soucoupe volante ? ironisa Howie. Un homme en imperméable qui envoie un message codé ? Ou Les Rockettes qui dansent sur un parking ?

— Vous ne m'aidez pas, maître. Croyez-le si vous voulez, mais j'essaye de contribuer à la solution.

— Non, rien », répondit Marcy. Elle se leva pour rassembler les tasses. « Terry est allé voir son père, on a passé de bonnes vacances et on est rentrés, en avion. On n'est pas allés chez Tommy Machin-Chose et on n'a pas volé de camionnette. Alors, je vous prie de bien vouloir…

— Papa s'est coupé. »

Tous les regards se tournèrent vers la porte. Sarah Maitland se tenait sur le seuil de la cuisine, le teint pâle, beaucoup trop maigre dans son jean et son T-shirt des Rangers.

« Sarah, qu'est-ce que tu fais ici ? » Marcy déposa les tasses sur le comptoir et se dirigea vers sa fille. « Je vous ai demandé, à toi et à ta sœur, de rester là-haut tant que nous n'avions pas fini de parler.

— Grace s'est endormie. La nuit dernière, elle n'a pas fermé l'œil à cause de ces stupides cauchemars et de cette histoire d'homme qui avait des pailles à la place des yeux. J'espère que ça ne va pas recommencer ce soir. Si elle se réveille, tu devrais lui donner un peu de Benadryl.

— Je suis sûre qu'elle va bien dormir. Allez, remonte dans ta chambre. »

Mais Sarah refusa de bouger. Elle regardait Ralph, non pas avec le mépris et la méfiance de sa mère, mais avec une sorte d'intense curiosité qui le mettait mal à l'aise. Il eut du mal à soutenir son regard.

« Ma maman dit que vous avez fait tuer mon papa. C'est vrai ?

— Non », répondit-il, et les excuses jaillirent enfin. Et presque sans effort, à son grand étonnement. « Mais je suis un peu responsable et je le regrette profondément. J'ai commis une erreur que je garderai en moi toute ma vie.

— Tant mieux, répondit Sarah. Peut-être que vous le méritez. » Elle s'adressa à sa mère : « D'accord, je remonte, mais si Grace se met à hurler en pleine nuit, j'irai dormir dans ta chambre.

— Avant que tu partes, Sarah, peux-tu me parler de cette coupure ? demanda Ralph.

— C'est arrivé quand il est allé voir son père. Une infirmière l'a soigné tout de suite. Elle lui a mis de la Bétadine et un sparadrap. Rien de grave. Il a dit que ça faisait pas mal.

— Allez, monte dans ta chambre, ordonna Marcy.

— OK. »

Ils la regardèrent marcher vers l'escalier, pieds nus. Arrivée en bas des marches, elle se retourna.

« Le restaurant Tommy et Tuppence était juste en face de notre hôtel, de l'autre côté de la rue. J'ai vu l'enseigne quand on est allées au musée avec la voiture de location. »

19

« Parlez-moi de cette coupure », dit Ralph.

Marcy posa les mains sur ses hanches.

« Pourquoi ? Pour en faire tout un plat ? Sans raison ?

— Il vous pose cette question parce qu'il n'a rien d'autre à se mettre sous la dent, dit Alec. Mais j'avoue que ça m'intéresse moi aussi.

— Si vous êtes trop fatiguée…, dit Howie.

— Non, ça va. Je vous le répète, ce n'était rien du tout, une simple égratignure. Est-ce arrivé la deuxième fois qu'il est allé voir son père… ? » Elle baissa la tête, sourcils froncés. « Non, c'était la dernière fois, parce qu'on a repris l'avion le lendemain matin. En sortant de la chambre, Terry a percuté un aide-soignant. Aucun des deux ne regardait où il allait, a-t-il dit. Normalement, ça se serait limité à un choc et des excuses, mais manque de chance, un agent d'entretien venait de laver le sol et c'était encore mouillé. L'aide-soignant a glissé et a voulu se retenir à Terry, mais il est tombé quand même. Terry l'a aidé à se relever, il lui a demandé si ça allait, et le gars a répondu oui. Terry était déjà au milieu du couloir quand il s'est aperçu que son poignet saignait. L'aide-soignant avait dû le griffer en essayant de s'accrocher à lui. Une infirmière a désinfecté la griffure et lui a fait un pansement, comme l'a dit Sarah. Fin de l'histoire. Alors, vous êtes plus avancé maintenant ?

— Non », avoua Ralph. Toutefois, ce n'était pas comme la bretelle de soutien-gorge jaune. Il sentait qu'il y avait un lien, une convergence, pour reprendre le mot de Jeannie, qu'il pouvait déterminer, mais pour ce faire, il aurait besoin de l'aide de Yunel Sablo. Il se leva. « Merci de m'avoir reçu, Marcy. »

Elle le gratifia d'un sourire glacial.

« Madame Maitland, je vous prie.

— Message reçu. Et vous, Howard, merci d'avoir organisé cette entrevue. »

Il tendit la main à l'avocat. Elle demeura suspendue dans le vide quelques secondes, jusqu'à ce que Howie finisse par la serrer.

« Je vous raccompagne, déclara Alec.

— Je peux retrouver le chemin.

— J'en suis sûr, mais comme je vous ai fait entrer, ça me semble logique. »

Ils traversèrent le salon, puis le petit vestibule. Alec ouvrit la porte. Ralph sortit et fut surpris de voir Alec sortir derrière lui. Et de l'entendre demander :

« C'est quoi, cette histoire de coupure ? »

Ralph l'observa.

« Je ne comprends pas ce que vous voulez dire.

— Je crois que si. Votre visage a changé.

— Un petit problème de reflux gastrique. Ça m'arrive souvent, d'autant que l'ambiance était plutôt tendue. Mais moins difficile à supporter que le regard de cette fillette. J'avais l'impression d'être un insecte sous un microscope. »

Alec referma la porte derrière eux. Ralph se trouvait deux marches plus bas, mais compte tenu de sa grande taille, les deux hommes se trouvaient presque à la même hauteur.

« J'ai quelque chose à vous dire, avoua Alec.

— Je vous écoute. »

Ralph se raidit.

« Cette arrestation, c'était n'importe quoi. Du grand guignol. Je suis sûr que vous en êtes conscient maintenant.

— Je crois que j'en ai déjà pris pour mon grade, ce soir. »

Ralph fit demi-tour pour s'en aller.

« Je n'ai pas terminé. »

Ralph se retourna, tête baissée, jambes légèrement écartées. Une posture de boxeur.

« Je n'ai pas d'enfant, reprit Alec. Marie ne pouvait pas en avoir. Mais si j'avais eu un fils de l'âge du vôtre, et si j'avais eu la preuve qu'un pervers sexuel avait joué un rôle important à ses yeux, qu'il avait même incarné un modèle, j'aurais peut-être fait la même chose, ou pire. Ce que je veux dire, c'est que je comprends pourquoi vous avez perdu le sens de la mesure.

— Très bien. Ça ne m'aide pas à me sentir mieux, mais merci.

— Si jamais vous changez d'avis au sujet de cette histoire de coupure, appelez-moi. Nous sommes peut-être tous dans le même camp.

— Bonsoir, Alec.

— Bonsoir, inspecteur. Prenez soin de vous. »

20

Il racontait à Jeannie comment s'était passée leur conversation quand son téléphone sonna. C'était Yunel.

« Est-ce qu'on pourrait se parler demain, Ralph ? Il y avait un truc bizarre dans cette grange où le gamin a découvert les vêtements que Maitland portait à la gare. Plusieurs choses même.

— Dites-moi tout maintenant.

— Non. Je rentre chez moi. Je suis vanné. Et j'ai besoin de réfléchir à tout ça.

— OK. Demain, alors. Où ?

— Dans un endroit tranquille, à l'écart. Je n'ai pas envie qu'on me voie avec vous. Vous êtes en congé administratif et moi, je ne suis plus sur cette affaire normalement. D'ailleurs, il n'y a plus d'affaire. Maintenant que Maitland est mort.

— Que vont devenir ces vêtements ?

— Ils vont être envoyés à Cap City pour analyses. Ensuite, ils seront remis au bureau du shérif de Flint County.

— Vous plaisantez ? Ils devraient être conservés avec tous les indices concernant Maitland. De surcroît, Dick Doolin n'est même pas capable de se moucher sans avoir le mode d'emploi.

— Certes, mais Canning Township étant un comté, et non pas une ville, il dépend de la juridiction du shérif. Il paraît que le chef Geller a envoyé un inspecteur sur place, mais c'est par pure courtoisie.

— Hoskins.

— Oui, voilà. Il n'est pas encore là, et le temps qu'il arrive, il n'y aura plus personne. Il s'est peut-être perdu. »

Ou bien il s'est arrêté en chemin pour s'enfiler quelques verres, songea Ralph.

« Ces vêtements vont se retrouver dans un carton, quelque part, et ils y seront encore à l'aube du vingt-deuxième siècle, ajouta Yunel. Tout le monde s'en fout. Aux yeux de l'opinion publique, Maitland a tué ce gamin, Maitland est mort, passons à autre chose.

— Je ne suis pas prêt à tirer un trait », répondit Ralph, et il sourit en voyant Jeannie, assise sur le canapé, serrer les poings, pouces dressés. « Et vous ?

— Est-ce que je serais en train de vous parler ? Alors, où peut-on se retrouver demain ?

— Il y a un petit café près de la gare de Dubrow. Le O'Malley's Irish Spoon. Vous trouverez ?

— Je pense.

— Dix heures ?

— Parfait. Si jamais j'ai un empêchement, je vous préviendrai.

— Vous avez toutes les dépositions des témoins, n'est-ce pas ?

— Sur ma tablette.

— Pensez à les apporter. Mes dossiers sont au poste et je n'ai pas le droit d'y mettre les pieds. J'ai un tas de choses à vous dire.

— Moi aussi, dit Yunel. Il se peut qu'on résolve cette affaire, Ralph, mais je ne sais pas si on aimera ce qu'on risque de découvrir. On s'engage dans une forêt très profonde. »

En fait, songea Ralph en mettant fin à la communication, *c'est un melon, et cette saloperie grouille d'asticots.*

21

Jack Hoskins s'arrêta au Gentlemen, Please en se rendant au domicile d'Elfman. Il commanda une vodka-tonic qu'il estimait bien méritée, ayant dû abréger ses vacances. Il la but d'un trait, puis en commanda une autre, qu'il sirota. Il y avait deux stripteaseuses sur scène, encore tout habillées (ce qui voulait dire qu'elles portaient un soutien-gorge et une culotte), mais elles se frottaient l'une contre l'autre d'une manière lascive qui provoqua chez Jack une demi-érection.

Quand il sortit son portefeuille pour payer, le barman l'arrêta d'un geste.

« C'est offert par la maison.

— Merci. »

Jack laissa un pourboire sur le bar et ressortit. Il se sentait un peu mieux. De retour dans sa voiture, il prit un rouleau de pastilles de menthe dans la boîte à gants et en croqua deux. Les gens affirment que la vodka est inodore, mais c'est des conneries.

La route de campagne avait été condamnée par des rubalises jaunes. Hoskins descendit de voiture, ôta un des piquets auxquels étaient attachées les bandes de plastique jaune et le remit en place après être passé. *Quelle galère*, pensa-t-il. Et la galère s'accentua quand il arriva devant des bâtiments en bois – une grange et trois cabanes – pour découvrir qu'il n'y avait personne. Il tenta d'appeler le poste pour partager sa frustration avec quelqu'un, ne serait-ce que Sandy McGill, qu'il considérait comme une connasse coincée. Mais sa radio n'émit que des grésillements, et bien entendu, son portable ne captait aucun réseau à Ploucville.

Il prit sa lampe torche et descendit de voiture, surtout pour se dégourdir les jambes. Il n'y avait rien à glaner ici. On l'avait envoyé à la chasse au dahu et il était le dindon de la farce. Un vent violent soufflait, un courant brûlant qui serait le meilleur ami d'un feu de broussailles. Un bosquet de peupliers se dressait autour d'une vieille pompe à eau. Les feuilles dansaient et bruissaient, leurs ombres filaient sur le sol au clair de lune.

D'autres rubalises étaient tendues devant l'entrée de la grange où l'on avait découvert les vêtements. Déposés dans un sac et expédiés à Cap City à l'heure qu'il est. N'empêche, c'était flippant de penser que Maitland était venu ici, après avoir tué ce môme.

D'une certaine façon, pensa Jack, *je marche sur ses traces. D'abord le ponton où il a enlevé ses vêtements ensanglantés, puis le Gentlemen, Please. Après le bar de striptease, il s'est rendu à Dubrow, mais il a dû faire demi-tour pour… venir ici.*

La porte ouverte de la grange ressemblait à une bouche béante. Hoskins répugnait à s'en approcher, ici au milieu de nulle part, seul. Certes, Maitland était mort et les fantômes n'existaient pas, mais quand même, il n'avait pas envie de s'en approcher. Il dut s'obliger à avancer, lentement, pas à pas, jusqu'à ce qu'il puisse braquer le faisceau de sa lampe à l'intérieur.

Quelqu'un se tenait au fond.

Jack laissa échapper un petit cri et voulut se saisir de son arme, mais il s'aperçut qu'il ne la portait pas à la ceinture. Le Glock était resté dans le petit coffre-fort Gardall installé dans son pick-up. Sa lampe lui échappa des mains. Il se baissa pour la ramasser et sentit aussitôt la vodka lui remonter à l'intérieur du crâne, de quoi provoquer une sensation de vertige.

De nouveau, il pointa sa lampe sur l'intérieur de la grange… et éclata de rire. Ce n'était pas un homme qu'il avait vu, mais un vieil harnachement, à moitié fendu en deux.

Il est temps de foutre le camp d'ici. Un arrêt au Gentlemen, Please peut-être pour m'en jeter un dernier, et puis retour au bercail et direct au plu...

Il y avait quelqu'un derrière lui et, cette fois, ce n'était pas une illusion. Il apercevait l'ombre, longue et fine. Et... était-ce une respiration qu'il entendait ?

D'une seconde à l'autre, il va me sauter dessus. Il faut que je me jette au sol.

Mais il n'y arrivait pas. Il était pétrifié. Pourquoi n'avait-il pas fait demi-tour en constatant que tout le monde était reparti ? Pourquoi n'avait-il pas sorti son arme du coffre ? Et d'abord, pourquoi était-il descendu de son pick-up ? Jack comprit soudain qu'il allait mourir à Canning Township, au bout d'un chemin de terre.

C'est alors qu'il sentit une main se poser sur sa nuque, une main aussi chaude qu'une bouillotte. Il essaya de hurler, sans y parvenir. Sa poitrine était cadenassée, comme le Glock dans le coffre. Une seconde main allait se joindre à la première pour l'étrangler.

Mais le contact de la main disparut. Ne restèrent que les doigts qui allaient et venaient – très délicatement –, qui jouaient sur sa peau et laissaient des traces de chaleur.

Jack n'aurait su dire combien de temps il demeura là, incapable de bouger. Vingt secondes ? deux minutes ? Le vent ébouriffait ses cheveux et caressait son cou, comme ces doigts. Les ombres des peupliers traversaient l'étendue de terre et d'herbe tels des poissons qui s'enfuient. L'individu, ou la chose, se tenait derrière lui. Elle le touchait, le caressait.

Et soudain, doigts et ombre se volatilisèrent.

Jack fit volte-face et, cette fois, le cri jaillit de sa gorge, puissant et long, quand le pan de sa veste, gonflé par le vent, produisit un claquement. Et qu'il se retrouva face…

… au vide.

Juste quelques constructions abandonnées sur une parcelle de terre.

Il n'y avait personne. Il n'y avait jamais eu personne. Personne dans la grange, juste une attelle brisée. Et pas de doigts sur sa nuque en sueur, uniquement le vent. Il regagna son pick-up à grandes enjambées en regardant par-dessus son épaule, une fois, deux fois, trois fois. Il monta à bord, en tressaillant quand une ombre mue par le vent traversa à toute vitesse le rétroviseur, et il mit le contact. Il redescendit le chemin à quatre-vingts kilomètres-heure, passant devant le vieux cimetière et le ranch abandonné, sans se soucier des rubalises, qu'il arracha au passage. Il bifurqua sur la 79, dans un crissement de pneus, et reprit la direction de Flint City. Quand il franchit les limites de la ville quelques minutes plus tard, il avait eu le temps de se convaincre qu'il ne s'était rien passé là-bas, devant cette grange. Et les palpitations dans son cou ne voulaient rien dire non plus.

Absolument rien.

JAUNE

21-22 juillet

1

En ce dimanche matin, à dix heures, le O'Malley Irish Spoon avait rarement été aussi désert. Deux vieux schnocks étaient assis non loin de l'entrée, devant des tasses de café et un plateau d'échecs. L'unique serveuse regardait, fascinée, un petit téléviseur fixé au-dessus du bar qui diffusait une émission de téléachat. Le produit proposé semblait être un club de golf.

Yunel Sablo, vêtu d'un jean délavé et d'un T-shirt moulant qui dévoilait sa musculature admirable (Ralph n'avait plus de musculature admirable depuis 2007 environ), avait choisi une des tables du fond. Lui aussi regardait la télé, mais en voyant Ralph, il lui fit un signe de la main.

Alors qu'il s'asseyait, Yunel dit : « Je ne comprends pas pourquoi cette serveuse est fascinée par ce club de golf.

— Vous voulez dire que les femmes ne jouent pas au golf ? Dans quel monde de machistes vivez-vous, *amigo* ?

— Je sais bien que les femmes jouent au golf, mais ce club est creux. L'idée, c'est que si vous êtes pris d'une envie pressante au quatorzième trou, vous pouvez pisser dedans. Il y a même une sorte de petit tablier que vous pouvez déployer pour cacher votre engin. Ça ne peut pas marcher avec une femme. »

La serveuse vint prendre leur commande. Ralph prit des œufs brouillés et des toasts de pain de seigle, les yeux rivés sur le menu pour éviter de la regarder, de crainte d'éclater de rire. Une envie qu'il ne pensait pas devoir réprimer ce matin. Un petit ricanement lui échappa malgré tout. C'était l'image du tablier.

La serveuse n'avait pas besoin de lire dans les pensées.

« Oui, on peut trouver ça amusant, dit-elle. Sauf si votre mari est un dingue de golf qui a une prostate grosse comme un pamplemousse et que vous ne savez pas quoi lui offrir pour son anniversaire. »

Ralph croisa le regard de Yunel, et ce fut la goutte d'eau qui fait déborder le vase. Ils partirent d'un grand éclat de rire qui leur valut un coup d'œil réprobateur de la part des deux joueurs d'échecs.

« Vous voulez commander quelque chose vous aussi ? demanda la serveuse à Yunel, ou vous vous contentez de boire du café en vous moquant du Fer 9 Confort ? »

Yunel commanda des *huevos rancheros*. Une fois la serveuse repartie, il dit : « On vit dans un monde étrange, *amigo*, rempli de choses étranges. Vous ne trouvez pas ?

— Étant donné le sujet que nous allons évoquer, je suis obligé d'être d'accord. Alors, qu'y avait-il de si étrange à Canning Township ?

— Un tas de choses. »

Yunel possédait une sacoche en cuir, un accessoire que Jack Hoskins qualifiait (avec mépris) de « sac à main pour homme ». Il en sortit un iPad mini protégé par une housse qui avait beaucoup voyagé. Ralph avait remarqué que de plus en plus de policiers utilisaient ce type de gadgets et il devinait que d'ici 2020 ou 2025, ils auraient totalement remplacé le traditionnel calepin. Le monde évoluait. Vous avanciez avec lui ou bien vous restiez en rade. Tout compte fait, il préférait recevoir une tablette pour son anniversaire plutôt qu'un Fer 9 Confort.

Yunel tapota sur plusieurs icônes pour faire apparaître ses notes.

« Un jeune garçon nommé Douglas Elfman a découvert les vêtements abandonnés hier en fin d'après-midi. Il a reconnu la boucle de ceinturon en forme de tête de cheval dont il avait entendu parler aux infos. Il a appelé son père, qui a contacté immédiatement la police d'État. Je suis arrivé sur place avec l'équipe du labo sur le coup de six heures moins le quart. Pour le jean, difficile à dire, ils se ressemblent tous, mais j'ai reconnu immédiatement la boucle de ceinture. Regardez vous-même. »

Il tapota sur l'écran encore une fois, et la photo de la boucle en question s'afficha en gros plan. Pour Ralph, cela ne faisait aucun doute : c'était bien celle que Terry arborait sur les images de surveillance de la gare de Dubrow.

Se parlant à lui-même autant qu'à Yunel, il dit : « Un maillon de plus. Il abandonne la camionnette derrière le Shorty's. Il prend la Subaru. Il l'abandonne près du pont de Fer, il se change…

— Jean 501, slip Jockey, chaussettes de sport blanches et une putain de paires de baskets hors de prix. Sans oublier la ceinture de cow-boy.

— Hummm. Après avoir enfilé des vêtements propres, il monte dans un taxi devant le Gentlemen, Please pour se rendre à Dubrow. Mais une fois arrivé à la gare, il ne prend pas le train. Pourquoi ?

— Peut-être qu'il voulait brouiller les pistes, auquel cas il avait prévu de faire demi-tour depuis le début. Ou bien… j'ai une idée complètement dingue. Vous voulez l'entendre ?

— Bien sûr, dit Ralph.

— Je pense que Maitland avait l'intention de prendre le train jusqu'à Dallas-Fort Worth, puis de continuer. Jusqu'au Mexique, ou en Californie. Pourquoi rester à Flint City après avoir tué le fils Peterson, en sachant que des gens l'avaient vu ? Sauf que…

— Sauf que quoi ?

— Il ne supportait pas l'idée de manquer le grand match à venir. Il voulait apporter une victoire de plus à ses joueurs. Il voulait les emmener en finale.

— C'est complètement dingue, en effet.

— Plus dingue que le meurtre de ce gamin ? »

Un point pour Yunel. L'arrivée de leur commande évita à Ralph de répondre. Après le départ de la serveuse, il demanda :

« Vous avez trouvé des empreintes sur la ceinture ? »

Yunel fit glisser son doigt sur sa tablette et montra à Ralph un autre agrandissement de la tête de cheval. Une fine couche de poudre blanche couvrait le métal argenté. Ralph distingua une superposition d'empreintes qui ressemblaient à ces dessins de pieds sur les anciens schémas destinés à enseigner divers pas de danse.

« Les gars de la police scientifique possédaient les empreintes de Maitland dans leur ordinateur, répondit Yunel, et le logiciel a établi immédiatement une correspondance. Mais attendez, ce n'est pas ça le plus bizarre, Ralph. Les crêtes et les volutes sont peu marquées, et totalement interrompues par endroits. Ça tiendra le coup devant un tribunal, mais le technicien qui a effectué les prélèvements, et il en a effectué des milliers, m'a dit qu'elles ressemblaient à des empreintes d'une personne âgée. Quatre-vingts ou quatre-vingt-dix ans. Je lui ai demandé si ça pouvait être dû au fait que Maitland, pressé de se changer et de foutre le camp, avait agi dans la précipitation. Le technicien a répondu que c'était possible, mais je voyais bien qu'il ne paraissait pas très convaincu.

— Hummm », fit Ralph en attaquant ses œufs brouillés. Son appétit, à l'instar de son éclat de rire inattendu provoqué par le club de golf à double usage, constituait une heureuse surprise. « C'est bizarre, en effet, mais sans doute accessoire. »

Et pendant combien de temps encore allait-il continuer à rejeter les anomalies qui ne cessaient de surgir dans cette affaire en les qualifiant d'accessoires ?

« On a trouvé un autre groupe d'empreintes, ajouta Yunel. Floues elles aussi, trop floues à vrai dire pour que le technicien se donne la peine de les soumettre au fichier central du FBI, mais il possédait déjà toutes les empreintes éparses relevées à bord de la camionnette, plus celles de la ceinture… Dites-moi ce que vous en pensez. »

Il tendit son iPad à Ralph. Sur l'écran s'affichaient deux jeux d'empreintes : SUJET INCONNU CAMIONNETTE et SUJET INCONNU BOUCLE DE CEINTURE. Elles se ressemblaient, mais pas totalement. Dans un procès, elles ne prouveraient rien du tout, surtout face à un avocat coriace de la trempe de Howie Gold. Mais Ralph n'était pas au tribunal, et pour lui toutes ces empreintes appartenaient à la même personne, car ça collait avec ce que lui avait appris Marcy Maitland la veille. La correspondance n'était pas parfaite, certes, mais suffisante pour un inspecteur en congé administratif qui n'était pas obligé d'en référer à ses supérieurs ou à un procureur fermement décidé à se faire réélire.

Pendant que Yunel mangeait ses *huevos rancheros*, Ralph lui raconta son entrevue avec Marcy, en mettant un élément de côté pour plus tard.

« Tout tourne autour de la camionnette, conclut-il. Les techniciens trouveront peut-être quelques empreintes appartenant au gamin qui l'a volée le premier…

— C'est fait. La police d'El Paso nous a transmis les empreintes de Merlin Cassidy. Un informaticien a établi la concordance avec certaines des empreintes relevées dans la camionnette, principalement sur la boîte à outils, que Cassidy a dû ouvrir pour voir si elle ne contenait pas des objets de valeur. Elles sont bien nettes et ce ne sont pas celles-ci. »

D'un mouvement de l'index, il revint sur les empreintes floues du SUJET INCONNU, étiquetées CAMIONNETTE et BOUCLE DE CEINTURE.

Ralph se pencha en avant et écarta son assiette.

« Vous voyez comme tout s'imbrique ? On sait que ce n'est pas Terry qui a volé la camionnette à Dayton car les Maitland sont rentrés en avion. Mais si les empreintes floues prélevées dans la camionnette et sur la boucle de ceinture sont les mêmes…

— Vous pensez qu'il avait un complice, finalement. Celui qui a conduit la camionnette de Dayton à Flint City.

— Forcément, dit Ralph. Il n'y a pas d'autre explication.

— Un complice qui lui ressemblait ?

— On en revient toujours à ça, soupira Ralph.

— Et les deux jeux d'empreintes se trouvaient sur la ceinture, poursuivit Yunel. Ce qui signifie que Maitland et son double portaient la même, et peut-être aussi les mêmes vêtements. Pas de problème de taille, hein ? Des jumeaux séparés à la naissance. Seul problème : les registres indiquent que Terry Maitland était enfant unique.

— Vous avez autre chose à part ça ?

— Oui. On en arrive au très très bizarre. » Yunel déplaça sa chaise pour s'asseoir à côté de Ralph. La photo sur l'écran de l'iPad montrait en gros plan le jean, les chaussettes, le slip et les baskets, rassemblés en tas à côté d'un triangle jaune en plastique portant le chiffre 1. « Vous voyez ces taches ?

— Oui. C'est quoi ?

— Je ne sais pas. Et les gars du labo non plus. Mais l'un d'eux a dit que ça ressemblait à du sperme, et je ne suis pas loin de penser comme lui. Sur les photos, ça ne se voit pas bien, mais…

— Du sperme ? Sérieusement ? »

La serveuse revint. Ralph retourna la tablette.

« Encore un peu de café, messieurs ? »

Ils tendirent leurs tasses. Quand la serveuse fut repartie, Ralph s'empressa de revenir sur la photo des vêtements, en l'agrandissant avec deux doigts.

« Allons, Yunel, il y en a sur l'entrejambe du jean, sur les deux jambes, sur le revers…

— Et aussi sur le slip et les chaussettes. Sans parler des baskets. Dehors et dedans. Séché. Comme un joli vernis craquelé sur une poterie. Il y avait peut-être de quoi remplir un fer 9 creux. »

Cette fois, Ralph ne rit pas.

« Ça ne peut pas être du sperme. Même John Holmes du temps de sa splendeur…

— Je sais. Et le sperme ne fait pas ça… »

Yunel balaya l'écran avec son doigt. La photo suivante représentait un plan large de la grange. Un autre triangle jaune, portant le chiffre 2, avait été disposé à côté d'un tas de foin. Du moins, Ralph supposait que c'était du foin. Dans le coin gauche de la photo, un triangle numéro 3 avait été posé sur une balle de foin affaissée qui semblait être là depuis longtemps. Presque entièrement noircie. Idem sur le côté, comme si une substance corrosive avait coulé jusqu'au sol.

« C'est la même substance ? demanda Ralph. Vous en êtes sûr ?

— À quatre-vingt-dix pour cent. On en a trouvé aussi dans le grenier. Si c'est bien du sperme, on est face à une pollution nocturne qui mérite de figurer dans le *Livre Guinness des records*.

— Non, impossible. C'est autre chose. Premièrement, le sperme ne fait pas noircir la paille. Ça n'a aucun sens.

— C'est aussi mon avis, mais évidemment, je ne suis que le fils d'une famille de pauvres fermiers mexicains.

— Je suppose que les gars du labo vont l'analyser. »

Yunel acquiesça.

« Ils sont dessus.

— Vous me tiendrez informé ?

— Oui. Vous comprenez pourquoi je disais que ça devient de plus en plus bizarre ?

— Jeannie a dit que c'était inexplicable. » Ralph se racla la gorge. « En fait, elle a employé le mot *surnaturel*.

— Ma Gabriela a suggéré la même chose. C'est peut-être un truc de nanas. Ou de Mexicains. »

Ralph haussa les sourcils.

« *Sí, señor*, dit Yunel en riant. La mère de ma femme est morte jeune, et elle a été élevée par son *abuela*. Cette vieille femme lui a farci la tête de légendes. Quand je lui ai parlé de cette affaire, Gaby m'a raconté l'histoire du croque-mitaine mexicain. Le type en question était en train de mourir de la tuberculose, et un vieux sage qui vivait dans le désert, un *ermitaño*, lui a affirmé qu'il pouvait guérir en buvant le sang des enfants et en se frottant la poitrine et les parties intimes avec leur graisse. Alors, le croque-mitaine l'a écouté, et maintenant, il est immortel. On raconte qu'il choisit uniquement les enfants pas sages. Il les emporte dans un grand sac noir. Gaby m'a avoué qu'un jour, elle avait sept ans, elle s'est mise à hurler quand le médecin est venu chez elle soigner son frère qui avait la scarlatine.

— Parce que le médecin avait un sac noir ? »

Yunel hocha la tête.

« J'ai le nom de ce croque-mitaine sur le bout de la langue, mais pas moyen de m'en souvenir. Je déteste ça. Pas vous ?

— Vous pensez donc qu'on a affaire à un croque-mitaine ?

— Non. Je suis peut-être le fils d'une famille de pauvres fermiers mexicains ou bien le fils d'un vendeur de voitures d'Amarillo, mais je ne suis pas *atontado*. C'est bien un homme qui a tué Frank Peterson, aussi mortel que vous et moi, et cet homme est presque à coup sûr Terry Maitland. Si on pouvait reconstituer ce qui s'est passé, toutes les pièces s'emboîteraient et je pourrais enfin dormir la nuit. Parce que cette histoire finit par me rendre dingue. » Il consulta sa montre. « Il faut que j'y aille. J'ai promis à ma femme de la conduire à une foire d'artisanat à Cap City. D'autres questions ?

Au moins une, je suppose, car il y a encore un truc bizarre.

— Y avait-il des traces de véhicule dans la grange ?

— Ce n'est pas à ça que je pensais, mais il se trouve que oui, il y en avait. Pas très utiles, cependant. On distingue des empreintes de pneus, et des taches d'huile, mais pas de quoi établir des comparaisons. Selon moi, elles ont été faites par la camionnette qu'a utilisée Maitland pour enlever le gamin. Les roues sont trop écartées pour qu'il s'agisse de la Subaru.

— Euh… dites voir. Vous avez toutes les dépositions des témoins sur votre tablette magique, hein ? Avant de partir, pourriez-vous retrouver celle de Claude Bolton. Un videur du Gentlemen, Please. Même s'il réfute ce terme, dans mon souvenir. »

Yunel ouvrit un dossier, secoua la tête, en ouvrit un autre, puis tendit l'iPad à Ralph.

« Faites défiler. »

Ralph fit défiler le texte, dépassa le passage qui l'intéressait, puis revint en arrière.

« Ah, voilà. Bolton a déclaré : "Y a un autre truc qui me revient. C'est pas énorme, mais si c'est vraiment lui qui a tué ce gamin, ça fout les jetons." D'après lui, le type l'aurait coupé. Quand je lui ai demandé ce qu'il entendait par là, il m'a expliqué qu'il avait remercié Maitland pour s'être occupé des neveux de son ami, et il lui a serré la main. À ce moment-là, l'ongle de l'auriculaire de Maitland lui a égratigné le dos de la main. Ça lui a rappelé l'époque où il se droguait, car certains types qu'il fréquentait se laissaient pousser l'ongle du petit doigt pour sniffer la coke. Apparemment, c'était très chic.

— Et alors ? C'est important ? »

Yunel consulta de nouveau sa montre, de manière ostentatoire.

« Peut-être pas. Peut-être que… » Il refusait d'employer l'adjectif « accessoire » une fois de plus. Ce mot lui déplaisait de plus en plus. « Ce n'est pas grand-chose sans doute, mais ma femme appelle ça une convergence. Car Terry a été blessé de la même manière quand il est allé voir son père à Dayton dans un institut pour personnes atteintes de démence sénile. »

Ralph raconta rapidement l'histoire de l'aide-soignant qui avait glissé et entaillé la main de Terry en voulant se retenir à lui.

Après un moment de réflexion, Yunel haussa les épaules.

« Je pense que c'est une pure coïncidence, *amigo*. Et il faut vraiment que j'y aille, si je ne veux pas encourir la colère de Gabriela. Mais il y a encore une chose qui vous échappe, et je ne parle pas des traces de pneus. Votre pote Bolton le mentionne lui aussi. Revenez un peu en arrière dans sa déposition et vous trouverez. »

Ralph n'avait pas besoin de remonter plus haut dans le document. C'était juste devant lui.

« Un pantalon, un slip, des chaussettes et des baskets… mais pas de chemise.

— Exact, dit Yunel. Soit c'était sa chemise

préférée, soit il n'en avait pas d'autre de rechange quand il a quitté la grange. »

2

À mi-chemin de Flint City, Ralph comprit enfin pourquoi cette bretelle de soutien-gorge le tracassait.

Il se gara sur l'immense parking d'une grande surface vendant uniquement de l'alcool et sortit son portable pour appeler Yunel. Il tomba sur sa boîte vocale. Il ne laissa pas de message. Yunel avait déjà fait plus que son devoir, *laissons-le profiter de son week-end*, se dit-il. Et maintenant que Ralph avait le temps d'y réfléchir, il se disait qu'il n'avait pas envie de partager cette convergence avec quiconque, sauf peut-être avec sa femme.

La bretelle de soutien-gorge n'était pas la seule chose jaune qu'il avait vue durant cet épisode d'hypervigilance avant l'assassinat de Terry ; son cerveau avait simplement remplacé un élément faisant partie du vaste tableau ubuesque, et masqué par Ollie Peterson qui avait sorti un vieux revolver de son sac en tissu quelques secondes plus tard. Pas étonnant que cette image se soit perdue.

L'homme aux horribles brûlures sur le visage et aux tatouages sur les mains portait un bandana jaune sur la tête, sans doute pour masquer d'autres cicatrices. Mais était-ce vraiment un bandana ? Ne pouvait-il pas s'agir d'autre chose ? La chemise manquante, par exemple ? Celle que Terry portait à la gare ?

Je pousse un peu, pensa-t-il, et peut-être était-ce le cas... mais son subconscient (ces fameuses pensées derrière les pensées) s'époumonait depuis le début.

Les yeux fermés, il s'efforça de faire apparaître précisément ce qu'il avait vu durant les dernières secondes de la vie de Terry. Le vilain rictus de la présentatrice blonde découvrant le sang sur ses doigts. Le dessin de la seringue qui accompagnait ces mots MAITLAND FAIS-TOI SOIGNER. Le garçon au bec-de-lièvre. La femme penchée en avant pour faire un doigt d'honneur à Marcy. L'homme brûlé dont la moitié des traits semblaient avoir été effacés par un coup de gomme de Dieu, ne laissant que des bosses, une peau rose à vif et un trou là où se trouvait le nez avant que les flammes ne gravent sur son visage des tatouages bien plus sauvages que ceux de ses mains. Et ce que vit Ralph en se remémorant cette scène, ce n'est pas un bandana, mais quelque chose de bien plus large, qui tombait sur ses épaules à la manière d'une coiffe.

Oui, ça pouvait être une chemise... Et alors ? Était-ce nécessairement *la* chemise ? Celle que portait Terry sur les images de vidéosurveillance ? Existait-il un moyen de le savoir ?

Possible, mais pour cela, il devait enrôler Jeannie, beaucoup plus douée que lui avec les ordinateurs. Par ailleurs, le moment était sans doute venu de cesser de considérer Howard Gold et Alec Pelley comme des ennemis. *Nous sommes peut-être tous dans le même camp*, avait dit Pelley la veille au soir, sur le perron de la maison des Maitland, et c'était peut-être vrai. Ou ça pouvait le devenir.

Ralph redémarra et rentra chez lui, en flirtant avec les limitations de vitesse durant tout le trajet.

3

Ralph et sa femme étaient assis à la table de la cuisine, l'ordinateur de Jeannie ouvert devant eux. Il y avait quatre grandes chaînes de télé à Flint City, affiliées aux networks nationaux, plus Channel 81, la chaîne publique qui diffusait des informations locales, retransmettait les réunions du conseil municipal et diverses manifestations qui se déroulaient dans les environs (comme l'intervention de Harlan Coben au cours de laquelle Terry était apparu en *guest star* inattendue). Toutes les cinq étaient présentes devant le tribunal pour la lecture de l'acte d'accusation de Terry, toutes les cinq avaient filmé la fusillade, en faisant des gros plans sur la foule. Évidemment, dès que le premier coup de feu avait éclaté, toutes les caméras s'étaient braquées sur Terry, le visage à moitié ensanglanté, écartant sa femme de la ligne de tir avant de s'écrouler sur le trottoir, frappé d'une balle mortelle. Les images de CBS devenaient noires avant cet instant fatidique car le premier tir de Ralph avait pulvérisé leur caméra, et blessé le cameraman à l'œil.

Quand ils eurent visionné chaque séquence deux

fois, Jeannie se tourna vers son mari, les lèvres pincées. Elle ne dit rien. Ce n'était pas nécessaire.

« Repasse les images de Channel 81, demanda Ralph. Leur caméra s'est affolée dès que la fusillade a débuté, mais elle a capté les meilleurs plans de foule juste avant.

— Ralph, dit Jeannie en lui touchant le bras. Tu es sûr que tu... ?

— Oui, tout va bien », dit-il. Il mentait. Il avait l'impression que le monde vacillait, et qu'il allait bientôt basculer dans le vide. « Repasse les images, s'il te plaît. Sans le son. Le commentaire incessant du journaliste m'empêche de me concentrer. »

Son épouse s'exécuta et ils regardèrent les images ensemble. Des gens qui agitaient les bras. Qui criaient sans émettre de sons, leurs bouches qui s'ouvraient et se fermaient comme des poissons hors de l'eau. À un moment donné, la caméra effectuait un rapide travelling latéral et de haut en bas, trop tard pour saisir l'homme qui avait craché au visage de Terry, mais à temps pour montrer Ralph qui le faisait trébucher en donnant l'impression qu'il s'agissait d'un geste accidentel. Il regarda Terry aider le cracheur à se relever (une scène tout droit sortie de la Bible, avait-il pensé à cet instant). Puis la caméra revenait sur la foule. Il vit les deux huissiers – l'homme grassouillet, la femme rachitique – s'efforcer de dégager les marches du palais de justice. Il vit la présentatrice blonde de Channel 7 se relever en examinant d'un air incrédule ses doigts ensanglantés. Il vit Ollie Peterson avec son sac de toile et son bonnet d'où dépassaient quelques mèches de cheveux roux. Dans quelques secondes, Ollie deviendrait la vedette du spectacle. Il vit le garçon au bec-de-lièvre, le cameraman de Channel 81 qui s'immobilisait le temps de filmer le visage de Frank Peterson sur le T-shirt de l'adolescent, avant de poursuivre son panoramique…

« Stop, ordonna Ralph. Arrête-toi là ! »

Jeannie obéit et ils regardèrent l'image, légèrement floue à cause du mouvement rapide du cameraman, qui tentait de tout enregistrer.

Ralph tapota l'écran.

« Tu vois ce type qui agite son chapeau de cowboy ?

— Oui.

— Le brûlé se trouvait juste à côté.

— Si tu le dis, concéda Jeannie d'un ton étrange, teinté d'une nervosité qu'il ne lui connaissait pas.

— Je te jure qu'il était là. Je l'ai vu. C'était comme si je faisais un trip au LSD, à la mescaline ou un truc dans le genre. Je voyais *tout*. Repasse les autres images. Celles-ci offrent les meilleurs plans de foule, mais celles de FOX n'étaient pas trop mal et…

— Non. » Jeannie appuya sur le bouton ARRÊT et referma l'ordinateur. « L'homme que tu as vu n'apparaît sur aucune de ces images, Ralph. Tu le sais aussi bien que moi.

— Tu crois que je suis fou ? Tu crois que je fais une… tu m'as compris.

— Une dépression ? » Jeannie avait posé la main sur son bras, de nouveau, et elle le pinça affectueusement. « Non, bien sûr que non. Si tu affirmes l'avoir vu, c'est que tu l'as vu. Si tu penses qu'il portait cette chemise sur la tête, pour se protéger du soleil ou pour se donner un genre, c'est sans doute vrai. Tu as eu un mois difficile, sans doute le plus dur de ta vie, mais j'ai foi dans ton pouvoir d'observation. C'est juste que… tu dois bien comprendre… »

Elle laissa sa phrase en suspens. Ralph attendit. Enfin, elle poursuivit :

« Il y a quelque chose de malsain dans tout ça, et plus tu découvres de choses, plus ça empire. Ça m'effraye. Cette histoire que t'a racontée Yunel m'effraye. Ça ressemble à une histoire de vampire, non ? J'ai lu *Dracula* quand j'étais au lycée et je me souviens notamment que les vampires ne se reflètent pas dans les miroirs. Et une chose qui n'a pas de reflet n'apparaîtra pas davantage sur des images filmées pour la télé.

— Tu divagues. Les vampires n'existent pas plus que les fantômes, les sorcières ou… »

Elle frappa sur la table du plat de la main : un coup de pistolet qui le fit sursauter. Le regard noir de Jeannie lançait des éclairs.

« Réveille-toi, Ralph ! Regarde la réalité en face ! *Terry Maitland se trouvait à deux endroits en même temps !* Si tu cesses de chercher une explication et si tu acceptes…

— Je ne peux pas, ma chérie. Cela va à l'encontre de tout ce en quoi j'ai toujours cru. Si je commence à accepter ce genre de choses, c'est là que je deviendrai fou.

— Bien sûr que non ! Tu es plus fort que ça.

Mais tu n'es pas obligé d'envisager cette hypothèse, voilà ce que je veux te faire comprendre. Terry est mort. Tu peux tirer un trait sur tout ça.

— Et si ce n'est pas Terry qui a tué Frankie Peterson ? Tu as pensé à Marcy ? Et à ses filles ? »

Jeannie se leva et marcha jusqu'à la fenêtre, au-dessus de l'évier, pour regarder dans le jardin de derrière. Elle serrait les poings.

« Derek a encore téléphoné. Il veut toujours rentrer à la maison.

— Que lui as-tu répondu ?

— De rester encore un peu, jusqu'au milieu du mois prochain. Même si j'aimerais beaucoup le voir revenir à la maison. J'ai réussi à le convaincre finalement, et tu sais pourquoi ? » Elle se retourna vers son mari. « Parce que je ne veux pas le savoir ici, dans cette ville, pendant que tu continues à patauger dans cette sale histoire. Parce que j'aurais peur dès la nuit tombée. Imagine qu'il s'agisse réellement d'une créature surnaturelle, Ralph. Et si elle découvre que tu la cherches ? »

Ralph prit sa femme dans ses bras. Elle tremblait. Il pensa : *Une partie d'elle-même y croit pour de bon.*

« Yunel m'a raconté cette histoire, mais il est persuadé que le meurtrier est un être humain. Et moi aussi. »

Le visage plaqué contre le torse de son mari, Jeannie demanda :

« Alors, pourquoi est-ce que l'homme au visage brûlé n'apparaît sur aucune image ?

— Je ne sais pas.

— Je pense à Marcy, évidemment. » Elle leva

les yeux et Ralph vit qu'elle pleurait. « Et je pense à ses filles. Je pense à Terry aussi… et aux Peterson… Mais je pense surtout à toi, et à Derek. Vous êtes ce que j'ai de plus cher. Tu ne peux pas oublier toute cette affaire ? Aller au bout de ton congé, aller voir le psy et tourner la page ?

— Je ne sais pas », répondit Ralph, mais en vérité, il savait.

Seulement, il ne voulait pas l'avouer à Jeannie, alors qu'elle se trouvait dans cet état étrange. Non, il ne se sentait pas capable de tourner la page.

Pas encore.

4

Ce soir-là, assis à la table de pique-nique dans le jardin de derrière, Ralph fumait un cigarillo en contemplant le ciel. Il n'y avait pas d'étoiles, mais il distinguait la lune derrière les nuages qui s'accumulaient. La vérité ressemblait souvent à cela, pensait-il : un cercle de lumière blafarde derrière des nuages. Parfois elle parvenait à percer, parfois les nuages s'épaississaient, et la lumière disparaissait totalement.

Une seule chose était certaine : la nuit tombée, le personnage tuberculeux et décharné de la légende de Yunel devenait plus plausible. Pas *crédible*. Ralph ne pourrait jamais croire à l'existence d'une telle créature, pas plus qu'il ne croyait au Père Noël, mais il pouvait l'imaginer : une version à la peau mate de Slender Man, ce croque-mitaine des jeunes Américaines pubères. Grand et grave dans son costume noir, le visage semblable à une ampoule, transportant un sac suffisamment grand pour contenir un garçonnet, ou une fillette, recroquevillé. D'après Yunel, le croque-mitaine mexicain prolongeait sa vie en buvant du sang d'enfants et en s'enduisant le corps de leur graisse… et même si ça ne ressemblait pas exactement à ce qui était arrivé au petit Peterson, il existait des similitudes. Se pouvait-il que le meurtrier – Maitland peut-être, ou l'individu non identifié aux empreintes floues – croie réellement être un vampire, ou autre créature surnaturelle ? Jeffrey Dahmer n'était-il pas convaincu de créer des zombies en tuant tous ces sans-abri ?

Mais tout cela n'explique pas pourquoi l'homme au visage brûlé n'apparaît pas sur les images des chaînes de télé.

Jeannie l'appela : « Rentre, Ralph. Il va pleuvoir. Tu peux fumer cette chose malodorante dans la cuisine, si tu y tiens vraiment. »

Ce n'est pas à cause de la pluie que tu veux me faire rentrer. Tu veux que je rentre car une partie de toi-même ne peut s'empêcher de penser que le croque-mitaine de Yunel rôde dans les parages, juste derrière le halo de l'éclairage de jardin.

Ridicule, évidemment, mais il compatissait avec l'inquiétude de sa femme. Il la ressentait lui aussi. Il repensait aux paroles de Jeannie : *Plus tu découvres de choses, plus ça empire.*

Ralph rentra dans la maison, éteignit son cigarillo sous l'eau du robinet, puis récupéra son téléphone en train de charger. Quand Howie répondit, Ralph demanda : « Pouvez-vous venir ici demain avec M. Pelley ? J'ai un tas de choses à vous dire, dont certaines totalement incroyables. Je vous invite à déjeuner. J'irai acheter des sandwiches chez Rudy. »

Howie accepta aussitôt. Ralph mit fin à la communication et aperçut Jeannie sur le seuil, bras croisés.

« Tu ne peux donc pas tirer un trait ?

— Non, ma chérie. Je suis désolé. »

Elle soupira.

« Tu feras attention, au moins ?

— J'agirai avec la plus grande prudence.

— Tu as intérêt, ou sinon tu auras affaire à moi. Et inutile d'aller acheter des sandwiches chez Rudy. Je vous préparerai quelque chose à manger. »

5

Le dimanche étant pluvieux, ils se réunirent autour de la table de la salle à manger des Anderson, qu'ils utilisaient rarement : Ralph, Jeannie, Howie et Alec. Yunel Sablo se joignit à eux, via Skype et l'ordinateur portable de l'avocat, de chez lui à Cap City.

Ralph commença par récapituler les éléments qu'ils connaissaient déjà, avant de donner la parole à Yunel, qui rapporta à Howie et Alec ce qu'il avait découvert dans la grange d'Elfman. Quand il eut fini, l'avocat déclara :

« Tout cela n'a aucun sens. Nous sommes à des années-lumière de toute logique.

— Cet individu dormait dans le grenier d'une grange abandonnée ? demanda Alec à Yunel. Il s'y cachait ? C'est ce que vous pensez ?

— C'est l'hypothèse de départ.

— Dans ce cas, il ne peut pas s'agir de Terry, déclara Howie. Il a passé toute la journée de samedi en ville. Le matin, il a emmené les filles à la piscine municipale, et l'après-midi, il était au parc Estelle-Barga pour préparer le terrain. En tant que coach de l'équipe qui recevait, c'était de sa responsabilité. De nombreux témoins l'ont vu, dans ces deux endroits.

— Et de samedi à lundi, intervint Alec, il était derrière les barreaux. Comme vous le savez, Ralph.

— Toutes sortes de personnes peuvent témoigner des faits et gestes de Terry, presque à chaque instant, concéda Ralph. C'est le cœur du problème depuis le début, mais oublions cela un instant. J'aimerais vous montrer quelque chose. Yunel l'a déjà vu ; il a visionné les images ce matin. Mais je lui ai posé une question *avant* qu'il les regarde, et maintenant, je vais vous la poser à vous aussi. L'un de vous deux a-t-il remarqué un homme affreusement défiguré devant le tribunal ? Il portait quelque chose sur la tête, mais je ne vous dirai pas quoi tout de suite. Alors ? »

Howie répondit par la négative. Toute son attention était fixée sur son client et l'épouse de celui-ci. Alec Pelley en revanche…

« Oui, je l'ai vu. Il semblait avoir été brûlé dans

un incendie. Quant à cette chose qu'il portait sur la tête… »

Il s'interrompit, les yeux écarquillés.

« Allez-y, l'encouragea Yunel de son salon à Cap City. Crachez le morceau. Vous vous sentirez mieux. »

Alec se massait les tempes comme s'il souffrait d'une migraine.

« Tout d'abord, j'ai cru qu'il s'agissait d'un bandana ou d'un foulard quelconque. Je me suis dit que ses cheveux avaient brûlé et comme ils ne pouvaient plus repousser, il voulait protéger son crâne du soleil. Mais maintenant, je me dis que c'était peut-être une chemise. Celle qui n'a pas été retrouvée dans la grange. C'est ce que vous pensez ? Ce serait la chemise que portait Terry sur les images enregistrées à la gare ?

— Vous avez gagné la queue du Mickey », dit Yunel.

Howie regardait Ralph en fronçant les sourcils.

« Vous essayez encore de faire porter le chapeau à Terry ? »

Jeannie prit la parole pour la première fois :

« Il essaye juste de découvrir la vérité… ce qui n'est sans doute pas une très bonne idée, si vous voulez mon avis.

— Regardez ça, Alec, poursuivit Ralph. Et montrez-moi l'homme au visage brûlé. »

Il fit défiler les images filmées par Channel 81, puis celles de FOX, et enfin, à la demande d'Alec (le nez quasiment collé à l'écran de l'ordinateur), celles de Channel 81 de nouveau. Alec se renversa contre le dossier de sa chaise.

« Il n'y est pas. C'est impossible. »

Yunel intervint : « Il se trouvait à côté du type qui agitait son chapeau de cow-boy, n'est-ce pas ?

— Oui, je crois bien. Et un peu plus haut que la journaliste blonde qui a reçu un coup de pancarte sur la caboche. Je vois bien le type au chapeau de cow-boy et celui qui brandit sa pancarte... mais pas le brûlé. Comment est-ce possible ? »

Personne ne répondit.

Howie dit : « Revenons-en aux empreintes une minute. Combien y avait-il d'empreintes différentes à l'intérieur de la camionnette, Yunel ?

— Une demi-douzaine, d'après les gars du labo. »

Howie émit un grognement.

« Ne vous énervez pas. Nous avons réussi à en identifier au moins quatre : celles du fermier de l'État de New York à qui appartenait la camionnette, celles de son fils aîné qui la conduisait parfois, celles du gamin qui l'a volée et celles de Terry Maitland. Ne reste qu'un ensemble d'empreintes, bien nettes, que nous n'avons pas identifiées. Elles appartiennent peut-être à un ami du fermier, ou à ses plus jeunes fils, qui jouaient à l'intérieur de la camionnette... Et les empreintes floues.

— Les mêmes que celles retrouvées sur la boucle de ceinture ?

— Probablement, mais impossible de l'affirmer. Elles présentent quelques crêtes visibles, mais pas

405

de quoi établir une identification formelle, recevable par un tribunal.

— Hummm. Je vois. Alors, permettez-moi de vous poser une question à vous trois, messieurs. Se peut-il qu'un homme grièvement brûlé – aux mains et au visage – laisse ce type d'empreintes ? Si floues qu'on ne peut pas les identifier ?

— Oui, répondirent en chœur Yunel et Alec, malgré le très léger décalage dû à la connexion informatique.

— Le problème, ajouta Ralph, c'est que le brûlé présent devant le tribunal avait les mains tatouées. Si ses empreintes digitales ont été détruites par les flammes, les tatouages devraient l'être aussi, non ? »

Howie secoua la tête.

« Pas nécessairement. Si je prends feu, il se peut que j'essaye d'éteindre les flammes, mais dans ce cas, j'utilise mes paumes. »

Il joignit le geste à la parole en frappant son torse imposant du plat de la main.

S'ensuivit un moment de silence. Puis, d'une voix presque inaudible, Alec Pelley dit : « Le type au visage brûlé était bien là. Je suis prêt à le jurer sur une pile de bibles.

— L'unité scientifique de la police d'État va analyser la substance qui a noirci le foin dans la grange, dit Ralph, mais que peut-on faire en attendant ? Je suis ouvert à toutes les suggestions.

— Faisons marche arrière direction Dayton, proposa Alec. On sait que Maitland est allé là-bas, et on sait que la camionnette s'y trouvait aussi. Alors, peut-être qu'on y dénichera quelques réponses également. Je ne peux pas m'y rendre personnellement, j'ai trop de fers au feu pour le moment, mais je connais quelqu'un de très bien. Laissez-moi juste le temps de l'appeler pour savoir s'il est disponible. »

Ils en restèrent là.

6

Grace Maitland, dix ans, dormait mal depuis le meurtre de son père, et des cauchemars venaient hanter ses rares heures de sommeil. En ce dimanche après-midi, la fatigue l'enveloppa comme un édredon. Pendant que sa mère et sa sœur confectionnaient un gâteau dans la cuisine, Grace s'éclipsa et monta s'allonger sur son lit. Malgré la pluie, le ciel était lumineux, et elle s'en réjouissait. L'obscurité lui faisait peur désormais. Elle entendait Sarah et leur mère discuter en bas. Ça aussi, ça la rassurait. Grace ferma les yeux et, alors qu'une seconde ou deux seulement semblaient s'être écoulées quand elle les rouvrit, sans doute avait-elle dormi plusieurs heures car la pluie tombait plus fort et la lumière avait viré au gris. Des ombres avaient envahi sa chambre.

Un homme, assis sur son lit, la regardait. Il portait un jean et un T-shirt vert. Les tatouages sur ses mains remontaient le long de ses bras. Des serpents, une croix, un poignard et une tête de mort. Son visage ne semblait plus avoir été sculpté dans de la pâte à modeler par un enfant sans talent, mais elle le reconnut malgré tout. C'était l'homme qu'elle avait vu devant la fenêtre de Sarah. Au moins, il n'avait plus des pailles à la place des yeux. Il avait les yeux de son père. Grace les aurait reconnus n'importe où. Elle se demandait si elle était dans la réalité ou si elle rêvait. Dans ce cas, c'était mieux que les cauchemars. Un peu mieux.

« Papa ?

— Oui, c'est moi », dit l'homme.

Son T-shirt vert changeait des maillots aux couleurs des Golden Dragons que portait son père, et Grace comprit qu'elle rêvait, finalement. Le T-shirt prit temporairement l'apparence d'un vêtement blanc et ample, une sorte de blouse, avant de redevenir un T-shirt vert.

« Je t'aime, Gracie.

— Il ne parle pas comme ça, dit la fillette. Vous essayez de l'imiter. »

L'homme se pencha vers elle. Grace recula, les yeux fixés sur ceux de son père. Ils étaient plus convaincants que cette voix sirupeuse, mais ce n'était toujours pas lui.

« Je veux que vous vous en alliez.

— Oui, je m'en doute. Et les gens qui sont en Enfer veulent de l'eau bien fraîche. Tu es triste, Grace ? Ton papa te manque ?

— Oui ! » La fillette se mit à pleurer. « Allez-vous-en ! C'est pas les vrais yeux de mon papa, vous faites semblant !

— N'attends aucune compassion de ma part. Je suis content que tu sois triste. J'espère que tu res-

teras triste longtemps, et que tu pleureras. *Ouin,
ouin.* Comme un bébé.

— Taisez-vous ! »

L'homme se redressa.

« D'accord. À condition que tu fasses quelque
chose pour moi. Tu veux bien faire quelque chose
pour moi, Grace ?

— Quoi donc ? »

Il le lui dit, et voilà que Sarah la secouait pour
qu'elle descende manger une part de gâteau. C'était
donc bien un rêve, et elle n'était pas obligée de
faire quoi que ce soit, mais si elle le faisait, peut-
être que ce rêve affreux ne reviendrait plus jamais.

Elle s'obligea à manger un peu de gâteau, bien
qu'elle n'ait pas faim, et quand sa sœur et sa mère
s'installèrent dans le canapé pour regarder un film
à l'eau de rose, Grace déclara qu'elle n'aimait pas
les histoires d'amour ; elle préférait monter dans sa
chambre pour jouer à Angry Birds. Mais au lieu de
cela, elle se rendit dans celle de ses parents (devenue la chambre de sa mère maintenant, et c'était
triste), et prit le téléphone portable sur la table de
chevet. Le numéro du policier ne figurait pas dans
les contacts, mais celui de M. Gold, si. Elle l'appela, en tenant l'appareil à deux mains pour l'empêcher de trembler. Elle pria pour qu'il réponde. Sa
prière fut exaucée.

« Marcy ? Que se passe-t-il ?

— C'est Grace. J'appelle avec le téléphone de
ma maman.

— Bonjour, Grace. Je suis content de t'entendre. Pourquoi m'appelles-tu ?

— Je ne savais pas comment faire pour appeler l'inspecteur de police. Celui qui a arrêté mon père.

— Pourquoi veux-tu…

— J'ai un message pour lui. De la part d'un homme. Je sais que c'était sûrement un rêve, en vérité, mais je ne veux pas prendre de risques. Je vais vous dire ce qu'il m'a dit et vous pourrez le répéter à l'inspecteur.

— Quel homme, Grace ? Qui t'a donné ce message ?

— La première fois que je l'ai vu, il avait des pailles à la place des yeux. Il dit qu'il ne reviendra plus si je transmets le message à l'inspecteur Anderson. Il a essayé de me faire croire qu'il avait les yeux de mon papa, mais c'est pas vrai. Son visage est plus joli maintenant, mais il fait encore peur. Je veux pas qu'il revienne, même si c'est juste en rêve. Vous le direz à l'inspecteur Anderson, alors ? »

Sa mère était apparue sur le seuil de la chambre et elle l'observait sans rien dire. Grace devinait qu'elle allait avoir des ennuis, mais elle s'en fichait.

« Que dois-je lui dire, Grace ?

— D'arrêter. S'il ne veut pas qu'il arrive quelque chose de grave, dites-lui qu'il doit arrêter. »

7

Grace et Sarah étaient assises sur le canapé dans le salon. Marcy, coincée entre ses deux filles, les tenait par les épaules. Howie Gold avait pris place dans le fauteuil qui avait été celui de Terry jusqu'à ce que le monde chavire. Il était flanqué d'un repose-pieds. Ralph Anderson le tira jusque devant le canapé et s'y assit. Il avait de si longues jambes que ses genoux encadraient presque son visage. Sans doute offrait-il un spectacle comique, et si cela pouvait détendre un peu Grace Maitland, tant mieux.

« Ça devait être un rêve effrayant, Grace. Tu sais que c'était un rêve, hein ?

— Évidemment, répondit Marcy, le visage crispé et pâle. Il n'y avait pas d'homme dans la maison. Personne n'aurait pu monter sans qu'on le voie.

— Ou sans qu'on l'entende, au moins », ajouta Sarah d'une petite voix timide. Apeurée. « Notre escalier grince comme c'est pas permis.

— Vous êtes ici pour une seule raison : pour rassurer ma fille, dit Marcy. Alors, allez-y. »

Ralph s'adressa à la fillette : « Tu sais bien qu'il n'y a pas d'homme dans la maison, hein ?

— Oui. » Grace en semblait convaincue. « Il est parti. Il a dit qu'il s'en irait si je vous transmettais le message. Je crois qu'il ne reviendra plus maintenant, que ce soit un rêve ou pas. »

Sarah poussa un soupir mélodramatique.

« Nous voilà soulagées.

— Chut, ma chérie », dit sa mère.

Ralph sortit son carnet.

« Dis-moi à quoi il ressemblait. Cet homme dans ton rêve. Je suis inspecteur, et je suis sûr maintenant que c'était un rêve. »

Marcy ne l'aimait pas, et sans doute ne l'aimerait-elle jamais, mais elle le remercia d'un regard.

« Il était plus beau qu'avant, dit Grace. Il n'avait plus son visage en pâte à modeler.

— C'est à ça qu'il ressemblait la première fois, précisa Sarah. D'après ce qu'elle raconte. »

Marcy intervint : « Sarah, va donc dans la cuisine avec M. Gold et coupe une part de gâteau pour tout le monde. Tu veux bien ? »

Sarah regarda Ralph.

« Même pour lui ? On l'aime bien maintenant ?

— Gâteau pour tout le monde, répondit Marcy, esquivant habilement la question. On appelle ça l'hospitalité. Allez, file. »

Sarah s'arracha au canapé et traversa la pièce en direction de Howie.

« On me flanque à la porte.

— Ça arrive même aux gens bien, fit Howie. Je te rejoins chez les pestiférés.

— Hein ?

— Non, rien. »

Il se leva et ils se rendirent ensemble dans la cuisine.

« Soyez bref, je vous prie, dit Marcy à Ralph. Vous êtes ici uniquement parce que Howie a dit que c'était important. Et que cela avait peut-être un rapport avec… vous voyez. »

Ralph hocha la tête, sans quitter Grace des yeux.

« Cet homme qui avait un visage en pâte à modeler la première fois…

— Et aussi des pailles à la place des yeux. Elles dépassaient, comme dans un dessin animé, et les ronds noirs que les gens ont dans les yeux, c'étaient des trous.

— Mouais. » Dans son carnet, Ralph nota : *Des pailles à la place des yeux ?* « Quand tu dis que son visage ressemblait à de la pâte à modeler, est-ce que ça pourrait vouloir dire qu'il était brûlé ? »

La fillette réfléchit.

« Non. On aurait plutôt dit qu'il n'était pas entier… pas…

— Pas fini ? » suggéra sa mère.

Grace hocha la tête et mit son pouce dans sa bouche. Ralph pensa alors : *Cette gamine de dix ans qui suce son pouce, au visage meurtri… c'est la mienne.* Et peu importe que les preuves sur lesquelles il s'était appuyé aient été limpides.

« Et aujourd'hui, à quoi ressemblait-il, Grace ? Cet homme dans ton rêve ?

— Il avait des petits cheveux noirs dressés sur sa tête, comme un porc-épic. Et une barbichette autour de la bouche. Il avait les yeux de mon papa, mais c'étaient pas vraiment ses yeux. Il avait aussi des tatouages sur les mains et sur les bras. Des serpents. Au début, son T-shirt était vert, puis on aurait dit le maillot de baseball de mon papa, avec le dragon doré dessus, et après, ça ressemblait plutôt à ce machin blanc que porte Mme Gerson quand elle coupe les cheveux de maman. »

Ralph se tourna vers Marcy, qui dit :

« Je pense qu'elle veut parler d'une blouse.

— Oui, voilà, confirma Grace. Après, c'est redevenu un T-shirt vert, et j'ai compris que c'était un rêve. Mais… » Sa bouche se mit à trembler et ses yeux s'emplirent de larmes qui coulèrent sur ses joues rougies. « Il m'a dit des choses méchantes. Il a dit qu'il était content que je sois triste. Il m'a traitée de bébé. »

Elle appuya son visage contre la poitrine de sa mère et laissa éclater ses sanglots. Marcy regarda Ralph par-dessus la tête de sa fille. À cet instant, elle n'éprouvait plus de colère envers lui, elle avait peur. Pour sa fille. *Elle sait qu'il ne s'agissait pas d'un simple rêve*, pensa Ralph. *Elle voit que pour moi, ça a une signification.*

Quand les pleurs de la fillette s'apaisèrent, Ralph dit : « Parfait, Grace. Merci de m'avoir raconté ton rêve. C'est fini tout ça maintenant, hein ?

— Oui, répondit Grace d'une voix enrouée par les larmes. Il est parti. J'ai fait ce qu'il m'a demandé et il est parti.

— On va manger le gâteau ici, déclara Marcy. Va aider ta sœur à apporter les assiettes. »

Grace se précipita dans la cuisine. Quand Marcy et Ralph se retrouvèrent seuls, elle confia : « C'est très dur pour elles, surtout pour Grace. Je serais tentée de penser que c'était juste un rêve, mais Howie n'est pas de cet avis, et je sens que vous non plus, n'est-ce pas ?

— Madame Maitland… Marcy… Je ne sais pas quoi penser. Avez-vous inspecté la chambre de Grace ?

— Bien sûr. Dès qu'elle m'a expliqué pourquoi elle avait appelé Howie.

— Aucun signe de la présence d'un intrus ?

— Non. La fenêtre était fermée. Et Sarah a raison au sujet de l'escalier. C'est une vieille maison et toutes les marches grincent.

— Et le lit ? Grace dit que l'homme s'y est assis. »

Marcy émit un petit rire sans joie.

« Difficile à dire. Elle gigote comme un ver depuis… » Elle enfouit son visage dans ses mains. « C'est affreux. »

Ralph se leva et s'approcha du canapé, avec l'intention de la réconforter, mais Marcy se raidit et recula.

« Je vous en supplie, dit-elle, ne vous asseyez pas. Et ne me touchez pas. Votre présence dans cette maison n'est que tolérée, inspecteur. Afin que ma fille cadette dorme enfin cette nuit, sans réveiller toute la maison avec ses hurlements. »

Ralph fut dispensé de répondre grâce au retour de Howie et des deux fillettes. Grace tenait prudemment une assiette dans chaque main. Marcy sécha ses larmes d'un geste rapide, presque imperceptible, et plaqua sur son visage un sourire éclatant.

« Bravo ! » s'exclama-t-elle.

Ralph prit sa part de gâteau en disant merci. Il avait raconté à Jeannie tous les détails de cette affaire cauchemardesque, mais il ne lui parlerait pas du rêve de la fillette. Non, pas ça.

8

Alec Pelley pensait avoir parmi ses contacts le numéro qui l'intéressait, mais quand il l'appela, un message lui annonça qu'il n'était plus attribué. Il dénicha son vieux carnet d'adresses noir (jadis fidèle compagnon qui l'avait accompagné partout, aujourd'hui relégué dans un tiroir de bureau – tout en bas qui plus est – en ces temps du tout numérique) et il essaya un autre numéro.

« Finders Keepers », dit la voix au bout du fil.

Persuadé d'être tombé sur un répondeur (hypothèse plausible en ce samedi soir), Alec attendit qu'on lui indique les horaires d'ouverture, suivis de la liste de diverses options accessibles en tapant tel ou tel chiffre, jusqu'à ce qu'on l'invite à laisser un message après le signal sonore. Au lieu de cela, la voix demanda, d'un ton un peu ronchon : « Y a quelqu'un ? »

Alec s'aperçut qu'il connaissait cette voix, bien qu'il ne puisse pas mettre un nom dessus. Depuis quand n'avait-il pas parlé à la personne qui possédait cette voix ? Deux ans ? Trois ?

« Je vais raccrocher...

— Non. Je suis là. Je m'appelle Alec Pelley. J'essayais de joindre Bill Hodges. J'ai travaillé avec lui sur une affaire il y a quelques années, juste après avoir pris ma retraite de la police d'État. Un mauvais acteur nommé Oliver Madden avait volé un avion appartenant à un magnat du pétrole texan qui s'appelait...

— Dwight Cramm. Je m'en souviens. Et je me

souviens de vous, monsieur Pelley. Bien qu'on ne se soit jamais rencontrés. M. Cramm ne nous a pas payés rubis sur l'ongle, je suis au regret de le dire. J'ai dû lui envoyer une demi-douzaine de factures au moins, puis menacer d'intenter une action en justice. J'espère que vous avez eu plus de chance.

— Ça n'a pas été simple, répondit Alec en souriant à l'évocation de ce souvenir. Le premier chèque qu'il m'a envoyé m'est revenu impayé, mais le second est passé. Vous êtes Holly, c'est bien ça ? Je ne me souviens pas de votre nom de famille, mais Bill ne tarissait pas d'éloges sur vous.

— Holly Gibney.

— Eh bien, ravi de pouvoir bavarder avec vous, madame Gibney. J'ai essayé de joindre Bill, mais je suppose qu'il a changé de numéro. »

Silence.

« Madame Gibney ? Vous êtes là ?

— Oui, je suis toujours là. Bill est mort il y a deux ans.

— Oh, mon Dieu ! Toutes mes condoléances. Son cœur ? »

Alec n'avait rencontré Bill Hodges qu'une seule fois – ils travaillaient essentiellement par téléphone et par mails –, mais il se souvenait d'un homme plutôt enrobé.

« Cancer. Le pancréas. Maintenant, c'est moi qui dirige la société, avec Peter Huntley. Un ancien collègue de Bill dans la police.

— Tant mieux.

— Non, pas tant mieux. Les affaires marchent très bien, mais je plaquerais tout sans hésiter si ça pouvait faire revenir Bill. Le cancer, c'est une vraie saloperie. »

Alec faillit la remercier et conclure son appel en réitérant ses condoléances. Par la suite, il se demanda ce que ça aurait changé. Mais il se remémora une chose que lui avait dite Bill au sujet de cette femme pendant qu'ils essayaient de récupérer le King Air de Dwight Cramm. *Elle est excentrique, un peu obsessionnelle et pas très douée pour les relations personnelles, mais aucun détail ne lui échappe. Holly aurait fait un sacré flic.*

« J'espérais engager Bill pour un travail d'enquête, dit-il, mais vous pourriez peut-être le remplacer. Il disait le plus grand bien de vous.

— Vous m'en voyez ravie, monsieur Pelley. Mais je doute que nous correspondions à ce que vous cherchez. Finders Keepers s'occupe surtout de retrouver des personnes disparues ou des détenus en cavale. » Après une pause, elle ajouta : « Sans compter que nous sommes loin de chez vous, à moins que vous appeliez du Nord-Est.

— Non, mais l'affaire qui m'intéresse se passe dans l'Ohio. Et je ne peux pas me déplacer, je suis retenu ici par différentes obligations. Vous êtes à quelle distance de Dayton ?

— Un instant, je vous prie. » Elle revint en ligne presque immédiatement. « Trois cent soixante et onze kilomètres très exactement, d'après MapQuest. Un excellent logiciel. De quelle affaire s'agit-il, monsieur Pelley ? Avant que vous répondiez à cette question, sachez que s'il y a un risque de violence, je serai obligée de décliner votre proposition. J'ai la violence en horreur.

— Non, aucune violence. Un crime a été commis – le meurtre d'un enfant –, mais ça s'est passé ici, et l'homme arrêté pour ce meurtre est mort. La question, c'est de savoir si c'était réellement lui le coupable. Pour y répondre, il faut enquêter sur un voyage qu'il a effectué à Dayton en avril dernier, avec sa famille.

— Je vois. Et qui payera les honoraires de l'agence ? Vous ?

— Non. Un avocat nommé Howie Gold.

— À votre connaissance, ce M. Gold paie plus rapidement que Dwight Cramm ? »

Cette question fit sourire Alec.

« Soyez sans crainte. »

Si l'avance sortait de la poche de Howie, effectivement, la totalité des honoraires de l'agence Finders Keepers – en supposant que Holly Gibney accepte l'enquête – serait réglée finalement par Marcy Maitland, qui en aurait tout à fait les moyens. La compagnie d'assurances rechignerait à indemniser l'épouse d'un homme accusé de meurtre mais, Terry n'ayant jamais été inculpé de quoi que ce soit, ils n'auraient aucun recours. Sans oublier le procès intenté par Howie contre Flint City, au nom de Marcy, pour décès imputable à une faute de la police. Il avait confié à Alec son espoir d'obtenir un règlement à l'amiable, accompagné d'un chèque à sept chiffres. Un compte en banque bien garni ne lui rendrait pas son mari, mais cela payerait les frais d'enquête, l'achat d'une maison si Marcy décidait de déménager, et les études des filles. L'argent n'était pas un remède contre le chagrin, se dit Alec, mais il leur permettrait de porter le deuil dans un confort relatif.

« Parlez-moi de cette affaire, monsieur Pelley. Et je vous dirai si je l'accepte.

— Cela risque de prendre du temps. Je peux vous rappeler demain, pendant les heures de bureau, si vous préférez.

— Non, ce soir, c'est très bien. Accordez-moi juste un instant pour arrêter le film que je suis en train de regarder.

— J'espère que je ne vous gâche pas la soirée.

— Non, rassurez-vous. J'ai déjà vu *Les Sentiers de la gloire* une dizaine de fois, au moins. Un des meilleurs films de Kubrick. Bien meilleur que *Shining* et *Barry Lyndon*, si vous voulez mon avis. Mais évidemment, il était beaucoup plus jeune quand il l'a réalisé. Les jeunes artistes prennent plus facilement des risques, toujours selon moi.

— Je ne suis pas très cinéphile, avoua Alec en repensant aux paroles de Bill Hodges : excentrique et un peu obsessionnelle.

— Les films illuminent le monde, voilà ce que je pense. Une seconde, je vous prie… » En fond sonore, une musique assourdie s'arrêta. Holly revint en ligne. « Eh bien, expliquez-moi ce qui vous intéresse à Dayton, monsieur Pelley.

— Ce n'est pas juste une longue histoire, c'est aussi une étrange histoire. Je vous préviens. »

Holly laissa échapper un éclat de rire tonitruant,

qui tranchait avec sa manière de parler plutôt réservée. Cela la rajeunissait.

« Ce ne sera pas la première histoire étrange que j'entends, croyez-moi. Quand j'étais avec Bill… Enfin, bref. Si nous devons avoir une longue discussion, commencez par m'appeler Holly. Je vais mettre le haut-parleur pour avoir les mains libres. Attendez… Voilà. Racontez-moi tout. »

Encouragé, Alec se lança. En fond sonore, la musique de film avait été remplacée par le cliquetis d'un clavier. Holly prenait des notes. Et avant même la fin de leur conversation, il se réjouit de ne pas avoir raccroché. Elle posait les bonnes questions, précises et pertinentes. L'étrangeté de cette affaire ne semblait pas la perturber. La disparition de Bill Hodges était une bien triste nouvelle, mais Alec songeait qu'il avait peut-être trouvé la remplaçante idéale.

Quand il eut achevé son récit, il demanda :

« Eh bien, êtes-vous intriguée ?

— Oui, monsieur Pelley.

— Alec. Si je vous appelle Holly, vous devez m'appeler Alec.

— Très bien, Alec. Finders Keepers va prendre cette affaire. Je vous adresserai des rapports réguliers par téléphone, par mail ou sur FaceTime, que je trouve bien plus pratique que Skype, personnellement. Et quand j'aurai rassemblé le maximum d'informations, je vous enverrai un résumé complet.

— Merci. Cela me paraît très…

— Bien. Maintenant, je vais vous donner un numéro du compte sur lequel vous pourrez virer le montant de l'avance dont nous sommes convenus. »

HOLLY

22-24 juillet

1

Holly reposa le téléphone du bureau (qu'elle rapportait toujours à la maison, même si Pete la taquinait à ce sujet) sur son socle, à côté de son téléphone personnel, et demeura assise devant son ordinateur pendant peut-être trente secondes. Puis elle appuya sur le bouton de son moniteur Fitbit pour prendre son pouls. Soixante-quinze, soit huit à dix pulsations de plus que la normale. Pas étonnant. Cette affaire Maitland l'avait excitée et passionnée comme aucune autre affaire depuis qu'elle en avait fini avec l'horrible et non regretté Brady Hartsfield.

Mais ce n'était pas tout à fait exact. En réalité, plus rien ne l'excitait depuis la mort de Bill. Pete Huntley était très bien, mais – ici, dans le silence de son joli appartement, elle pouvait se l'avouer –, c'était un gagne-petit. Il se contentait de courir après les cas sociaux, les fugitifs, les voitures volées, les animaux perdus et les pères qui ne payaient pas les pensions alimentaires. Et si Holly avait dit la vérité, rien que la vérité, à Alec Pelley – elle détestait effectivement la violence qui lui nouait l'estomac (sauf dans les films) –, la traque de Hartsfield lui avait malgré tout donné l'impression d'être vivante, comme rien d'autre depuis. Celle de Morris Bellamy aussi, un dingue de littérature qui avait assassiné son écrivain préféré.

Aucun Brady Hartsfield, aucun Morris Bellamy ne l'attendrait à Dayton, et c'était tant mieux car Pete se trouvait dans le Minnesota, en vacances, et son ami Jerome était parti avec sa famille en Irlande.

« J'embrasserai la pierre de l'éloquence pour toi, la Blarney Stone, ma chérie », lui avait-il dit à l'aéroport, en prenant un accent irlandais aussi affreux que le parler « petit nègre » qu'il affectait encore parfois, pour la faire enrager.

« Je te le déconseille, avait-elle répondu. Songe à tous les microbes qu'il doit y avoir dessus. *Beurk.* »

Alec Pelley pensait que je serais rebutée par l'étrangeté de cette affaire, se dit-elle en esquissant un sourire. *Il pensait que je répondrais : « C'est impossible, une personne ne peut pas se trouver dans deux endroits en même temps, et une personne ne peut pas disparaître sur des images d'actualité. Il s'agit d'une plaisanterie ou d'une arnaque. » Mais ce qu'Alec Pelley ignore, et je ne le lui dirai pas, c'est qu'une personne peut se trouver dans deux endroits en même temps. Brady Hartsfield l'a fait, et quand il est enfin mort, il habitait le corps d'un autre homme.*

« Tout est possible, dit-elle en s'adressant à la pièce vide. Absolument tout. Le monde est rempli de coins et recoins étranges. »

Elle ouvrit Firefox et trouva l'adresse du Tommy et Tuppence. L'hôtel le plus proche était le Fairview, sur Northwoods Boulevard. La famille Maitland avait-elle logé là ? Elle poserait la question à Pelley par mail, mais c'était fort probable, compte tenu des déclarations de la fille aînée des Maitland. En se rendant sur le site de Trivago, Holly découvrit qu'elle pouvait réserver une chambre correcte pour quatre-vingt-douze dollars la nuit. Elle envisagea de s'offrir une petite suite, mais y renonça très vite. Cela ferait gonfler la note de frais : une pratique détestable et une pente savonneuse.

Elle appela le Fairview Hotel (avec le téléphone du bureau, étant donné qu'il s'agissait d'une dépense justifiée) et réserva une chambre pour trois nuits, à partir du lendemain. Après quoi, elle ouvrit Math Cruncher sur son ordinateur. Le meilleur programme, selon elle, pour résoudre les problèmes quotidiens. Au Fairview, les chambres étaient disponibles à partir de quinze heures et la vitesse à laquelle sa Prius consommait le moins de carburant, sur autoroute, était de 100 kilomètres-heure. Elle ajouta un arrêt pour faire le plein et sans doute grignoter un repas médiocre dans une cafétéria... plus quarante-cinq minutes à cause des inévitables ralentissements dus aux travaux...

« Je partirai à dix heures, déclara-t-elle. Non, neuf heures et demie plutôt, pour être sûre. » Et pour être encore plus sûre, elle utilisa son application Waze afin d'établir un itinéraire de rechange, au cas où.

Elle se doucha (afin de ne pas avoir à le faire en se levant), enfila sa chemise de nuit, se brossa les dents, passa le fil dentaire (les dernières études affirmaient que cela ne servait pas à lutter contre les caries, mais ce geste faisait partie de ses habitudes et elle continuerait jusqu'à sa mort), ôta ses pinces à cheveux, les disposa côte à côte, puis se rendit dans la chambre d'amis, pieds nus.

Cette pièce faisait office de cinémathèque. Sur les étagères s'alignaient des DVD, certains dans des boîtiers colorés, la plupart faits maison grâce au graveur dernier cri de Holly. Il y en avait des milliers (4 375 précisément), mais elle n'eut aucun mal à trouver celui qu'elle cherchait car ils étaient classés par ordre alphabétique. Elle le prit et alla le déposer sur sa table de chevet, où elle était certaine de le voir en faisant sa valise demain matin.

Après quoi, elle s'agenouilla, ferma les yeux et joignit les mains. Ces prières du matin et du soir étaient une idée de son psychiatre, et quand Holly avait protesté et déclaré qu'elle ne croyait pas trop en Dieu, il lui avait expliqué que le fait de confier à voix haute ses inquiétudes et ses espoirs à un pouvoir supérieur hypothétique l'aiderait, même si elle n'était pas croyante. Et effectivement, ça semblait fonctionner.

« C'est encore Holly Gibney, et j'essaye toujours de faire de mon mieux. Si vous êtes là, protégez Pete pendant qu'il est à la pêche, s'il vous plaît, car seul un idiot part sur un bateau sans savoir nager. Bénissez, je vous prie, les Robinson, là-bas en Irlande, et si Jerome envisage réellement d'embrasser la pierre de l'éloquence, j'aimerais que vous l'incitiez à se raviser. Je bois du Boots pour essayer de prendre un peu de poids car le Dr Stonefield dit que je suis trop maigre. Je n'aime pas ça, mais chaque dose possède deux cent quarante calories, à en croire l'emballage. Je prends aussi mon Lexapro, et je ne fume pas. Demain, je me rends à Dayton. Je vous en supplie, aidez-moi à conduire prudemment, à respecter le code de la route, et à utiliser au mieux les éléments dont je dispose. Et qui sont très intéressants. » Elle réfléchit. « Bill me manque toujours. Voilà, je crois que c'est tout pour ce soir. »

Elle se coucha et, cinq minutes plus tard, elle dormait.

2

Holly arriva au Fairview Hotel à quinze heures dix-sept. Elle aurait pu faire mieux, mais ce n'était pas trop mal quand même. Elle aurait pu arriver à quinze heures douze, estimait-elle, si tous les feux rouges ne s'étaient pas ligués contre elle dès qu'elle avait quitté l'autoroute. La chambre était correcte. Dans la salle de bains, les serviettes avaient été étendues légèrement de travers sur la porte de la douche, mais elle y remédia aussitôt après avoir utilisé les toilettes et s'être lavé les mains et le visage. Aucun lecteur de DVD n'était relié au téléviseur, mais pour quatre-vingt-douze dollars la nuit, cela ne l'étonnait pas. Si elle éprouvait le besoin de regarder le film qu'elle avait apporté, son ordinateur ferait très bien l'affaire. Réalisé au rabais, en une dizaine de jours certainement, ce n'était pas le genre de film qui nécessitait une image haute définition et un son Dolby.

Le restaurant Tommy et Tuppence se trouvait à un pâté de maisons de l'hôtel. Holly en aperçut l'enseigne dès qu'elle sortit de sous la marquise. Elle s'y rendit et examina le menu affiché sur la vitre. Dans le coin supérieur gauche un dessin représentait une tourte fumante. Et dessous, on pouvait lire : LA TOURTE À LA VIANDE DE BŒUF ET AUX ROGNONS EST NOTRE SPÉCIALITÉ.

Elle continua à marcher et arriva bientôt devant un parking aux trois quarts plein. PARKING MUNICIPAL, indiquait une pancarte. STATIONNEMENT LIMITÉ À SIX HEURES. Holly entra et chercha des tickets sur les pare-brise ou des marques à la craie sur les pneus. En vain. Ce qui voulait dire que personne n'était là pour faire respecter la durée limitée. Le système reposait sur la confiance. Dans l'État de New York, ça ne marcherait pas, mais peut-être que ça fonctionnait dans l'Ohio. En l'absence de contrôle, impossible de dire combien de temps la camionnette avait stationné ici après que Merlin Cassidy l'avait abandonnée. Pas très longtemps sans doute, devinait-elle : comment résister aux portières non verrouillées et aux clés restées sur le contact ?

Elle retourna au Tommy et Tuppence et se présenta à la femme qui l'accueillit en expliquant qu'elle enquêtait sur un homme qui avait résidé dans les parages au printemps dernier. Il s'avéra que cette femme était également copropriétaire du restaurant. Comme c'était encore calme, avant le coup de feu du soir, elle se montra toute disposée à bavarder. Holly voulut savoir si, par hasard, elle se souvenait à quelle date le restaurant avait distribué des menus dans les environs.

« Cet homme, qu'est-ce qu'il a fait ? » demanda la femme.

Elle s'appelait Mary, et non Tuppence, et son accent évoquait le New Jersey bien plus que New-castle.

« Je ne suis pas autorisée à le dire. Il s'agit d'une affaire judiciaire, vous comprenez ?

— Oui, je me souviens de la date, dit Mary. Ce serait bizarre que je ne m'en souvienne pas.

— Pourquoi donc ?

— Quand on a ouvert, il y a deux ans, le restaurant s'appelait Chez Fredo. Comme dans *Le Parrain*, vous voyez ?

— Oui, dit Holly, même si on se souvient surtout de Fredo dans *Le Parrain II*, pour la scène où son frère Michael l'embrasse et lui dit : "Je sais que c'est toi, Fredo. Tu m'as brisé le cœur."

— Ça, je ne sais pas, mais je sais qu'il y a environ deux cents restaurants italiens à Dayton, et on ne s'en sortait pas. Alors, on a décidé de tenter la cuisine britannique, si on peut appeler ça de la cuisine – *fish and chips*, saucisse-purée, et même des toasts aux haricots – et de rebaptiser le restaurant Tommy et Tuppence, comme dans les romans d'Agatha Christie. On se disait qu'à ce stade, on n'avait plus rien à perdre. Et vous savez quoi ? Ça a marché. Je n'en revenais pas. Le midi, on fait le plein, et presque tous les soirs aussi. » Quand elle se pencha en avant, Holly sentit très nettement l'odeur du gin dans son haleine. « Vous voulez que je vous dise un secret ?

— J'adore les secrets, répondit Holly, en toute franchise.

— La tourte à la viande et aux rognons arrive surgelée d'une société de Paramus. Nous, on la fait juste réchauffer au four. Et vous savez quoi ? Le critique gastronomique du *Dayton News* l'a adorée ! Il nous a donné cinq étoiles. Je plaisante pas ! » Mary se pencha encore un peu plus et murmura : « Si vous le répétez à quelqu'un, je serai obligée de vous tuer. »

Holly passa son pouce sur ses lèvres fines et tourna une clé imaginaire, un geste qu'elle avait vu faire à Bill Hodges en de nombreuses occasions.

« Et donc, dit-elle, quand vous avez rouvert le restaurant avec un nouveau nom et un nouveau menu… Ou peut-être juste avant…

— Johnny – c'est mon mari – voulait distribuer des prospectus une semaine avant, mais je lui ai dit que je trouvais ça idiot, les gens oublieraient. Alors, on a attendu la veille. On a engagé un gamin et imprimé suffisamment de menus pour couvrir un rayon de neuf pâtés de maisons.

— Y compris le parking, un peu plus haut dans la rue.

— Oui. C'est important ?

— Vous voulez bien consulter votre calendrier pour savoir quel jour c'était précisément ?

— Inutile. C'est gravé dans ma mémoire. » Mary se tapota le front. « Le 19 avril. Un jeudi. On a ouvert… rouvert, plutôt, le vendredi. »

Holly résista à l'envie de corriger la faute de grammaire de Mary, la remercia et se retourna pour prendre congé.

« Vous êtes sûre que vous ne pouvez pas me dire ce qu'a fait ce type ?

— Désolée. Je perdrais mon boulot.

— Venez dîner, au moins, si vous logez en ville.

— Promis », dit Holly.

Elle n'en ferait rien, c'était sûr. Comment savoir si d'autres plats surgelés n'arrivaient pas de Paramus ?

3

L'étape suivante était une visite à l'Institut de la mémoire Heisman, pour s'entretenir avec le père de Terry Maitland s'il était dans un bon jour (à supposer qu'il ait encore des bons jours). Même s'il planait complètement, elle pourrait sans doute interroger certaines des personnes qui travaillaient au centre. En attendant, de retour dans son agréable chambre d'hôtel, elle alluma son ordinateur et envoya à Alec Pelley un mail intitulé GIB-NEY RAPPORT I.

Les menus du Tommy et Tuppence ont été distribués dans un rayon de neuf pâtés de maisons le jeudi 19 avril. Ma conversation avec la copropriétaire du restaurant, MARY HOLLISTER, me permet de confirmer l'exactitude de cette date. Dès lors, nous pouvons affirmer que c'est ce jour-là que MERLIN CASSIDY a abandonné la camionnette sur le parking voisin. Notez que LA FAMILLE MAITLAND est arrivée à Dayton le samedi 21 avril aux alentours de midi. Je suis quasiment certaine que la camionnette n'était déjà plus là. Je me renseignerai auprès de la police locale dès demain, en espérant éliminer une possibilité supplémentaire. Ensuite, je me rendrai à l'Institut de la mémoire Heisman. Si vous avez des questions, envoyez-moi un mail ou appelez-moi sur mon portable.

Holly Gibney
Finders Keepers

Cela étant réglé, Holly descendit au restaurant de l'hôtel et commanda un repas léger (elle n'avait jamais recours au room-service, qu'elle jugeait ridiculement hors de prix). Dans la liste des programmes à la demande, elle trouva un film avec Mel Gibson qu'elle n'avait pas vu. 9,99 dollars. Qu'elle déduirait de la liste de ses frais quand elle rédigerait sa facture. Le film n'était pas formidable, mais Gibson faisait de son mieux avec ce dont il disposait. Elle nota le titre et la durée dans son carnet de visionnage du moment (elle en avait déjà rempli deux douzaines) et lui accorda trois étoiles. Sur ce, elle vérifia que la serrure et le verrou de la porte étaient bien fermés, récita ses prières (comme toujours, elle conclut en confiant à Dieu que Bill lui manquait) et alla se coucher. Elle dormit pendant huit heures, sans faire de rêves. Du moins, aucun dont elle se souvienne.

4

Au matin, après un café, une marche de cinq kilomètres d'un pas vif, un petit-déjeuner dans une cafétéria des environs et une douche chaude, Holly appela la police de Dayton et demanda le service des contraventions. Après une attente d'une agréable brièveté, un certain officier Linden lui demanda en quoi il pouvait lui être utile. Holly trouva cela charmant. Un policier aimable égayait sa journée. Même si, pour être honnête, on en rencontrait souvent dans le Midwest.

Elle se présenta, expliqua qu'elle s'intéressait à une camionnette Econoline blanche abandonnée sur un parking public de Northwoods Boulevard en avril. Et demanda si la police de Dayton inspectait régulièrement les parkings de la ville.

« Bien sûr, répondit l'officier Linden. Mais pas pour vérifier que personne ne dépasse les six heures autorisées. Nous sommes des policiers, pas des contractuelles.

— Je comprends, dit Holly. Mais ils repèrent les éventuelles épaves, je suppose ? »

Cette question fit rire l'officier Linden.

« Votre société doit faire pas mal de récupérations et de saisies de véhicules ?

— Avec les fugitifs, c'est notre gagne-pain.

— Dans ce cas, vous savez comment ça marche. On s'intéresse particulièrement aux voitures de luxe qui sont garées depuis un certain temps, en ville et sur les parkings longue durée des aéroports. Les Denali, les Escalade, les Jag et les BM. Vous dites que cette camionnette était immatriculée dans l'État de New York ?

— Exact.

— Elle n'a pas dû attirer l'attention dès le premier jour. Figurez-vous que des habitants de l'État de New York viennent à Dayton, aussi bizarre que cela puisse paraître. Mais si elle était encore là le lendemain… probablement. »

Ce qui laissait encore une journée entière avant l'arrivée des Maitland.

« Merci, monsieur l'agent.

— Je peux me renseigner auprès de la fourrière, si vous voulez.

— Ce ne sera pas nécessaire. La camionnette a réapparu à un millier de kilomètres au sud d'ici.

— Puis-je savoir pourquoi elle vous intéresse, si ça ne vous ennuie pas ?

— Nullement », répondit Holly. Après tout, c'était un officier de police. « Elle a servi à enlever un enfant, qui a été assassiné ensuite. »

5

Désormais convaincue à quatre-vingt-dix-neuf pour cent que la camionnette était partie bien avant que Terry Maitland arrive à Dayton avec sa femme et ses filles, le 21 avril, Holly se rend à l'Institut de la mémoire Heisman au volant de sa Prius. C'était un bâtiment de grès, bas et long, situé au milieu de deux hectares de terrain bien entretenu. Un bosquet séparait l'Institut du Kindred Hospital, auquel il appartenait, et qui le gérait, de manière profitable, de toute évidence, car ça sentait le luxe. *Soit Peter Maitland possédait un confortable pécule, soit il avait une bonne assurance, ou les deux*, songea Holly, impressionnée. Si tôt dans la matinée, il y avait de nombreuses places libres sur le parking, pourtant, Holly en choisit une tout au fond. Son Fitbit lui avait fixé un objectif de douze mille pas par jour, et tout était bon à prendre.

Elle s'arrêta une minute pour regarder trois aides-soignants promener trois résidents (dont un qui donnait l'impression de savoir où il était), puis elle entra. Le hall, haut de plafond, était agréable, mais derrière les bonnes odeurs de cire et d'encaustique, Holly détecta des effluves d'urine provenant des profondeurs du bâtiment. Et autre chose, de plus capiteux. Cela aurait été ridicule et mélodramatique de parler de l'odeur de l'espoir perdu, mais pour Holly, c'était tout à fait ça. *Sans doute parce que j'ai passé presque toutes les premières années de ma vie à regarder le trou plutôt que le doughnut*, pensa-t-elle.

Un écriteau placé sur le comptoir d'accueil indiquait : TOUS LES VISITEURS DOIVENT SE PRÉSENTER. La femme assise au bureau (Mme Kelly, à en croire la petite plaque posée devant elle) accueillit Holly par un sourire chaleureux.

« Bonjour, vous désirez ? »

Jusqu'à présent, tout se passait normalement, sans anicroche. Les choses déraillèrent quand Holly demanda s'il était possible de rendre visite à

Peter Maitland. Le sourire de Mme Kelly demeura sur ses lèvres, mais disparut de son regard.

« Vous êtes de la famille ?

— Non. Je suis une *amie* de la famille. »

Ce n'était pas vraiment un mensonge, se dit-elle. Après tout, elle travaillait pour l'avocat de Mme Maitland, on pouvait donc parler d'une sorte d'amitié, non ? Puisqu'on l'avait engagée pour laver la réputation de feu le mari de la veuve ?

« Je crains que ça ne soit pas suffisant », dit Mme Kelly, dont le sourire, ou ce qu'il en restait, était de pure forme désormais. « Si vous n'êtes pas de la famille, je me vois obligée de vous demander de partir. De toute façon, M. Maitland ne saurait pas qui vous êtes. Son état s'est dégradé au cours de cet été.

— Uniquement cet été, ou depuis que Terry est venu le voir au printemps ? »

Cette fois, le sourire disparut totalement.

« Vous êtes journaliste ? Dans ce cas, la loi vous oblige à me le dire, et je vous demanderais de quitter les lieux immédiatement. Si vous refusez, j'appellerai la sécurité pour vous faire expulser. Nous en avons plus qu'assez des individus de votre espèce. »

Intéressant. Cela n'avait peut-être rien à voir avec l'affaire qui l'amenait, ou peut-être que si. Cette femme était devenue agressive dès que Holly avait prononcé le nom de Peter Maitland.

« Non, je ne suis pas journaliste.

— Soit. Je vous crois sur parole, mais si vous

n'êtes pas de la famille, je dois quand même vous demander de partir.

— Très bien. » Holly s'éloigna d'un ou deux pas. Puis, traversée par une idée, elle se retourna. « Supposons que je demande au fils de M. Maitland, Terry, de vous appeler pour se porter garant de moi. Ça vous irait ?

— Sans doute, répondit Mme Kelly, réticente malgré tout. Toutefois, il devra répondre à quelques questions pour me prouver que ce n'est pas un de vos collègues qui se fait passer pour M. Maitland. Je peux vous paraître paranoïaque, madame Gibney, mais nous en avons vu de toutes les couleurs ici, et je prends mes responsabilités très au sérieux.

— Je comprends.

— Peut-être. Peut-être pas. Quoi qu'il en soit, ça ne vous servira à rien de parler avec Peter. La police a pu s'en apercevoir. Il est atteint d'un alzheimer au stade le plus avancé. Si vous contactez M. Maitland Jr, il vous le dira.

M. Maitland Junior ne me dira rien, madame Kelly, car il est mort depuis une semaine. Mais vous l'ignorez, n'est-ce pas ?

« Quand la police a-t-elle tenté d'interroger Peter Maitland pour la dernière fois ? C'est l'amie de la famille qui vous pose la question. »

Après réflexion, Mme Kelly dit : « Je ne vous crois pas, et je ne répondrai pas à vos questions. »

À ce stade de la conversation, Bill se serait montré sympa et compréhensif ; Mme Kelly et lui auraient peut-être même fini par échanger leurs adresses mail en promettant de rester en contact sur Facebook. Hélas, si Holly possédait un excellent esprit de déduction, elle devait encore travailler ce que son psy appelait « le sens du contact ». Elle repartit, un peu abattue mais nullement découragée.

Cette histoire devenait de plus en plus intéressante.

6

À onze heures, en ce mardi matin ensoleillé, Holly, assise sur un banc du parc Andrew-Dean, à l'ombre, sirotait un *caffè latte* provenant d'un Starbucks voisin, en repensant à son étrange entretien avec Mme Kelly.

Cette femme ignorait que Terry était mort, comme les autres employés de l'Institut Heisman sans doute, et cela n'étonnait pas Holly outre mesure. Les meurtres de Frank Peterson et de Terry Maitland avaient été commis dans une petite ville à des centaines de kilomètres d'ici. En supposant qu'ils aient eu les honneurs de la presse nationale au cours de la semaine où un terroriste de l'État islamique avait abattu huit personnes dans un centre commercial du Tennessee et où une tornade avait rasé une bourgade de l'Indiana, cela n'aurait été qu'un entrefilet fugace dans les profondeurs du *Huffington Post*. Et puis, ce n'était pas comme si Marcy Maitland avait pu appeler son beau-père pour lui annoncer la triste nouvelle, compte tenu de l'état mental de celui-ci.

Êtes-vous journaliste ? lui avait demandé Mme Kelly. *Nous en avons plus qu'assez des individus de votre espèce.*

Donc, des journalistes étaient venus à l'Institut Heisman, la police également ; et Mme Kelly, postée en première ligne, avait dû les affronter. Mais leurs questions ne concernaient pas Terry Maitland car sinon elle aurait appris sa mort. Alors, pourquoi tout ce foutu ramdam ?

Holly poussa son gobelet de café, sortit son iPad de son sac à bandoulière, l'alluma et vérifia que la batterie était chargée, ce qui lui éviterait de retourner au Starbucks. Après s'être acquittée d'un droit d'entrée minime pour accéder aux archives du quotidien local (une somme qu'elle nota scrupuleusement dans ses frais), elle commença sa recherche à la date du 19 avril, jour où Merlin Cassidy avait abandonné la camionnette. Jour également où cette même camionnette avait sans doute été volée une seconde fois. Elle éplucha avec soin les infos locales sans trouver aucune mention de l'Institut de la mémoire. *Idem* pour les cinq jours suivants, même s'il y avait pléthore d'autres nouvelles : des accidents de voiture, deux cambriolages, un incendie dans une boîte de nuit, une explosion dans une station-service, une affaire de détournement de fonds impliquant un fonctionnaire de l'enseignement, une battue afin de retrouver deux sœurs (blanches) qui avaient disparu à Trotwood, non loin de là, un officier de police accusé d'avoir tiré sur un adolescent (noir) non armé, la façade d'une synagogue souillée par une croix gammée.

Et puis, le 25 avril, un gros titre en première page annonçait que Jolene et Amber Howard, les deux sœurs de Trotwood, avaient été retrouvées mortes et mutilées dans un ravin, à proximité de leur domicile. Selon une source policière anonyme, « les fillettes avaient subi des violences d'une incroyable sauvagerie ». Et oui, elles avaient été agressées sexuellement.

Terry Maitland se trouvait à Dayton le 25 avril. Certes, il était en famille, mais…

Rien de nouveau le 26 avril, jour où Terry Maitland avait rendu visite à son père pour la dernière fois ; ni le 27, jour où la famille Maitland avait regagné Flint City en avion. Puis, le 28, la police annonçait qu'elle interrogeait « un suspect potentiel ». Deux jours plus tard, le suspect en question était arrêté. Un certain Heath Holmes. Âgé de trente-quatre ans, habitant à Dayton, il travaillait en tant qu'aide-soignant à l'Institut Heisman.

Holly reprit son *caffè latte*, en but la moitié en quelques longues gorgées, puis, les yeux écarquillés, elle contempla les profondeurs sombres du parc. Elle consulta son Fitbit. Son pouls galopait à cent dix pulsations par minute, éperonné par la caféine, mais pas seulement.

Elle replongea dans les archives du *Daily News* et fit défiler tout le mois de mai, jusqu'en juin, en suivant le fil de l'histoire. Contrairement à Terry Maitland, Heath Holmes avait survécu à son inculpation mais, à l'instar de Terry (Jeannie Anderson aurait parlé de *convergence*), lui non plus ne serait jamais jugé pour les meurtres de Jolene et d'Amber Howard. Il s'était suicidé à la prison de Montgomery le 7 juin.

Holly consulta de nouveau son Fitbit : son pouls

était monté à cent vingt. Ce qui ne l'empêcha pas de vider d'un trait la fin de son *caffè latte*. Il fallait vivre dangereusement.

Bill, j'aimerais tellement que tu sois avec moi sur ce coup-là. Tellement. Avec Jerome aussi. À nous trois, on aurait pris cette affaire à bras-le-corps et on ne l'aurait pas lâchée.

Hélas, Bill était mort. Jerome était en Irlande, et elle ne parviendrait pas à percer ce mystère. Pas seule en tout cas. Cependant, cela ne voulait pas dire qu'elle en avait fini à Dayton. Pas tout à fait.

De retour dans sa chambre d'hôtel, elle commanda un sandwich au room-service (tant pis pour la note de frais) et ouvrit son ordinateur. Elle ajouta ses dernières découvertes aux notes qu'elle avait prises durant sa conversation téléphonique avec Alec Pelley. Alors qu'elle les faisait défiler d'avant en arrière sur l'écran, un vieux dicton de sa mère s'immisça dans ses réflexions : « *On ne mélange pas les torchons et les serviettes.* » La police de Dayton n'avait pas eu vent du meurtre de Frank Peterson, et la police de Flint City ignorait tout du meurtre des sœurs Howard. Rien de surprenant. Les deux crimes avaient été commis dans des régions différentes, à plusieurs mois d'intervalle. Nul ne savait que Terry Maitland s'était trouvé dans ces deux endroits, et nul ne connaissait le lien avec l'Institut de la mémoire Heisman. Chacune de ces affaires était traversée par une autoroute de l'information et celle-ci était inondée à deux endroits, au minimum.

« Mais moi, je sais, dit Holly. En partie, du moins. Je sais. Seulement… »

Les coups frappés à la porte la firent sursauter. Elle alla ouvrir au garçon d'étage, signa la note, ajouta dix pour cent de pourboire (après avoir vérifié que le service n'était pas compris) et le poussa dehors. Elle arpenta la chambre en grignotant son BLT, sans se soucier du goût qu'il avait.

Que pourrait-elle encore découvrir ? L'idée qu'il manquait des pièces au puzzle qu'elle tentait de reconstituer la tracassait, la hantait même. Elle ne pensait pas qu'Alec Pelley lui ait délibérément caché des choses, mais peut-être jugeait-il certaines informations – des informations capitales – sans intérêt.

Sans doute pouvait-elle appeler Mme Maitland, mais celle-ci se mettrait à pleurer, et Holly ne saurait pas comment la réconforter, elle n'avait jamais su s'y prendre. Une seule fois, récemment, elle avait aidé la sœur de Jerome Robinson à traverser un moment difficile, mais en règle générale, elle était nulle dans ce domaine. De plus, la pauvre veuve aurait l'esprit embrumé par le chagrin et elle aussi risquait de négliger des éléments importants, ces petits détails qui peuvent dessiner un tableau d'ensemble à partir de fragments, comme ces trois ou quatre pièces de puzzle qui tombent toujours par terre et vous empêchent de reconstituer la totalité de l'image tant que vous ne les avez pas retrouvées après les avoir cherchées partout.

La personne la plus apte à connaître tous les détails, les petits comme les grands, était l'inspecteur qui avait interrogé la plupart des témoins et arrêté Maitland. Ayant travaillé avec Bill Hodges, Holly avait confiance dans les inspecteurs de police. Même s'ils n'excellaient pas tous dans leur domaine, assurément. Ainsi, elle n'avait guère de respect pour Isabelle Jaynes, l'équipière de Pete Huntley après que Bill avait pris sa retraite ; et cet inspecteur, là, Ralph Anderson, avait commis une grave erreur en arrêtant Maitland dans un lieu public. Néanmoins, un mauvais choix ne faisait pas nécessairement un mauvais flic, et Pelley lui avait fait part des circonstances atténuantes : Terry Maitland avait côtoyé de près le fils d'Anderson. Par ailleurs, les interrogatoires paraissaient avoir été menés de manière rigoureuse. En conclusion, Holly se disait qu'Anderson était le mieux placé pour détenir les pièces manquantes.

Cela méritait réflexion. En attendant, une seconde visite à l'Institut Heisman s'imposait.

7

Elle arriva à quatorze heures trente, en contournant le centre sur le côté gauche cette fois, là où des panneaux annonçaient PARKING RÉSERVÉ AU PERSONNEL et PARKING AMBULANCE NE PAS STATIONNER. Elle alla se garer tout au fond, en marche arrière, afin de pouvoir observer le bâtiment. Un quart d'heure plus tard, quelques voitures commencèrent à arriver, celles des employés qui travaillaient de quinze à vingt-trois heures. Peu après quinze heures, le personnel de jour – des aides-soignants principalement, quelques infirmières, deux hommes en costume (sans doute des médecins) – s'en allèrent. Un des hommes en costume conduisait une Cadillac, l'autre une Porsche. Aucun doute, c'étaient bien des médecins. Holly jaugea soigneusement les autres employés et choisit sa cible. Une infirmière d'un certain âge vêtue d'une tunique ornée d'une multitude d'ours en peluche dansants. Elle possédait une vieille Honda Civic rouillée sur les côtés. Un feu arrière cassé avait été rafistolé avec du ruban adhésif épais. Un autocollant à moitié effacé, sur le pare-chocs, proclamait : JE SOUTIENS HILLARY. Avant de s'installer au volant, elle alluma une cigarette. La voiture était vieille et les cigarettes coûtaient cher. De mieux en mieux.

Holly la suivit hors du parking puis sur cinq kilomètres vers l'ouest. La ville céda la place à une agréable banlieue qui devint vite moins agréable. La femme pénétra dans l'allée d'un pavillon, au milieu d'autres pavillons identiques, presque au coude à coude. Des jouets en plastique bon marché s'étaient échoués dans la plupart des minuscules jardins. Holly se gara le long du trottoir et pria pour avoir la force, la patience, la sagesse ; après quoi elle descendit de voiture.

« Madame l'infirmière ? Pardonnez-moi… »

La femme se retourna. Elle avait le visage ridé et les cheveux prématurément gris d'une grosse fumeuse ; difficile dès lors de lui donner un âge. Quarante-cinq ans peut-être. Cinquante. Pas d'alliance.

« Je peux vous aider ?

— Oui. Et je vous payerai pour ça, répondit Holly. Cent dollars en liquide si vous me parlez de Heath Holmes et de ses liens avec Peter Maitland.

— Vous m'avez suivie depuis mon travail ?

— En fait, oui. »

La femme fronça les sourcils.

« Vous êtes journaliste ? Mme Kelly nous a prévenus qu'une journaliste rôdait dans les parages, et elle a promis de renvoyer quiconque lui adressait la parole.

— C'est bien de moi qu'il s'agit, mais je ne suis pas journaliste. Je suis enquêtrice, et Mme Kelly ne saura jamais que vous m'avez parlé.

— Faites-moi voir une pièce d'identité. »

Holly lui montra son permis de conduire et une carte de l'agence Finders Keepers. La femme les examina attentivement, avant de les lui rendre.

« Candy Wilson.

— Enchantée.

— Hmmm. Tant mieux. Mais si je dois risquer ma place pour vous, ça vous coûtera deux cents dollars. » Après une pause, elle ajouta : « Deux cent cinquante.

— Entendu », répondit Holly.

Sans doute aurait-elle pu convaincre l'infirmière d'accepter deux cents dollars, voire cent cinquante, mais elle ne savait pas marchander (*barguigner*, disait sa mère). Et puis, cette femme semblait en avoir besoin.

« Vous feriez mieux d'entrer, dit Wilson. Les voisins ont les oreilles qui traînent par ici. »

8

L'intérieur de la maison empestait le tabac, et Holly éprouva une forte envie de fumer une cigarette, pour la première fois depuis une éternité. Wilson se laissa tomber dans un fauteuil qui, comme le feu arrière de sa voiture, était rafistolé avec du ruban adhésif. À côté se trouvait un cendrier sur pied, un modèle que Holly n'avait pas revu depuis que son grand-père était mort (d'un emphysème). L'infirmière sortit son paquet de cigarettes de sa poche de pantalon en nylon et en alluma une avec son briquet Bic. Elle n'en proposa pas à Holly, qui n'en fut pas étonnée compte tenu du prix des cigarettes de nos jours, et s'en réjouit. Peut-être en aurait-elle pris une.

« L'argent d'abord », dit Candy Wilson.

Holly, qui n'avait pas oublié de retirer du liquide à un distributeur en se rendant à l'Institut de la mémoire, sortit son portefeuille de son sac à main et compta la somme convenue. Wilson recompta les billets et les fourra dans sa poche de pantalon, avec ses cigarettes.

« J'espère que vous allez vraiment la boucler, Holly. Dieu sait si j'ai besoin de ce fric, vu que mon salopard de mari a vidé notre compte en banque quand il a foutu le camp, mais Mme Kelly ne plaisante pas. Elle me fait penser à un des dragons dans *Games of Thrones*. »

Une fois de plus, Holly passa l'ongle de son pouce sur ses lèvres et tourna une clé imaginaire. Candy Wilson sourit. Elle sembla se détendre. Son regard balaya le salon, petit et sombre, meublé de bric et de broc dans le style des premiers colons.

« C'est moche, hein ? Avant, on avait une jolie maison dans la banlieue ouest. Pas un château, évidemment, mais rien à voir avec ce taudis. Mon salopard de mari l'a vendue dans mon dos, juste avant de foutre le camp au soleil couchant. Vous savez ce qu'on dit ? Il n'y a pas pire aveugle que celui qui ne veut pas voir. Je regrette presque qu'on n'ait pas eu d'enfants, pour pouvoir les monter contre lui. »

Bill aurait su quoi répondre à cela, mais pas Holly, alors elle sortit son carnet et s'intéressa au motif de sa visite.

« Heath Holmes travaillait comme aide-soignant à l'Institut Heisman.

— Exact. On l'appelait Handsome Heat[1]. Pour plaisanter, mais pas seulement. Il ne ressemblait pas à Chris Pine ni à Tom Hidleston, mais il n'était pas vilain à regarder. Un chic type, par-dessus le marché. De l'avis général. Ce qui prouve bien qu'on ne sait jamais ce que cache le cœur d'un homme. Je l'ai découvert avec mon connard de mari, mais au moins, il n'a jamais violé ni mutilé de pauvres gamines. Vous avez vu leurs portraits dans le journal ? »

Holly hocha la tête. Deux belles petites blondes, arborant le même joli sourire. Douze et dix ans, soit l'âge exact des filles de Terry Maitland. Encore un détail qui convergeait. Peut-être n'y avait-il

---

1. Beau-Gosse torride.

aucun rapport, mais l'idée que les deux affaires n'en faisaient qu'une, simple murmure au départ, s'amplifiait dans l'esprit de Holly. Encore quelques éléments qui allaient dans ce sens et le murmure deviendrait un cri.

« Qui peut faire une chose pareille ? » demanda Wilson, mais ce n'était pas vraiment une question. « Un monstre, voilà tout.

— Combien de temps avez-vous travaillé avec lui, madame Wilson ?

— Appelez-moi Candy, d'accord ? Je laisse les gens m'appeler par mon prénom quand ils payent mes factures de gaz et d'électricité du mois suivant. J'ai travaillé avec lui pendant sept ans, sans jamais me douter de rien.

— D'après le journal, il était en vacances quand les fillettes ont été tuées.

— Ouais, il était à Regis, à une cinquantaine de kilomètres au nord d'ici. Chez sa mère. Qui a raconté à la police qu'il n'avait pas bougé. »

Wilson leva les yeux au ciel.

« Toujours d'après le journal, dit Holly, il avait un casier judiciaire.

— Ouais, mais rien de bien méchant. Une virée à bord d'une voiture volée quand il avait dix-sept ans. » Elle regarda sa cigarette en fronçant les sourcils. « Normalement, les journalistes n'auraient pas dû le savoir. Les casiers des mineurs sont confidentiels. Autrement, il n'aurait sans doute pas été engagé à l'Institut Heisman, malgré sa formation militaire et ses cinq ans chez Walter Reed.

— Vous le connaissiez très bien, apparemment.

— Surtout, n'allez pas croire que j'essaye de le défendre. J'ai bu quelques verres avec lui, mais c'était pas des rancards, rien à voir. Parfois, après le boulot, on allait au Shamrock, en bande. À l'époque où j'avais encore les moyens de payer une tournée quand venait mon tour. Mais c'est du passé. Bref, on se surnommait les Cinq Amnésiques, rapport à…

— J'ai compris, dit Holly.

— J'en suis sûre. Et on connaissait toutes les plaisanteries sur alzheimer. Méchantes pour la plupart, alors que nos patients, dans l'ensemble, sont adorables, mais on se les racontait pour… je ne sais pas…

— Pour essayer de vous rassurer ?

— Oui, voilà. Vous voulez une bière, Holly ?

— D'accord. Merci. »

Elle n'aimait pas beaucoup la bière, et ce n'était pas recommandé quand on prenait du Lexapro, mais elle souhaitait poursuivre la conversation.

Wilson s'absenta et revint avec deux Bud Light. Elle ne proposa pas de verre à Holly, pas plus qu'elle ne lui avait proposé de cigarette.

« Moi, j'étais au courant de cette virée », reprit-elle en s'asseyant dans le canapé rafistolé qui laissa échapper un soupir de lassitude. « On était tous au courant. Vous savez comment c'est : les gens se confient quand ils ont bu quelques verres. Mais rien à voir avec ce qu'il a fait en avril. J'arrive toujours pas à y croire. Quand je pense que je l'ai embrassé sous le gui à Noël dernier. »

Elle frissonna, ou fit semblant.

« Donc, il était en vacances la semaine du 23 avril…

— Si vous le dites. Je sais juste qu'on était au printemps, rapport à mes allergies. » Sur ce, elle alluma une autre cigarette. « Il a dit qu'il allait à Regis ; sa mère et lui voulaient organiser une cérémonie religieuse pour son père mort un an avant. "Une cérémonie du souvenir", comme il disait. Et peut-être qu'il y est vraiment allé, mais il est revenu pour tuer ces deux gamines de Trotwood. Aucun doute là-dessus : des gens l'ont vu et les vidéos de surveillance d'une station-service le montrent en train de faire le plein.

— De quel véhicule ? demanda Holly. Une camionnette ? »

On appelait ça orienter un témoignage, et Bill n'aurait pas apprécié, mais elle ne pouvait pas s'en empêcher.

« Je ne sais pas. Je ne me souviens plus si les journaux en ont parlé. Son pick-up sûrement. Un Tahoe customisé. Jantes personnalisées, des chromes partout. Avec une cellule amovible pour le camping. Il a pu les emmener là-dedans. Peut-être qu'il les a droguées, en attendant de… vous voyez, quoi… abuser d'elles.

— Seigneur.

— Oui, dit Candy Wilson en hochant la tête. C'est le genre de choses qu'on ne veut pas imaginer, mais en même temps, on peut pas s'en empêcher. Moi, en tout cas. Ils ont retrouvé son ADN aussi, comme vous le savez certainement, vu que c'était marqué dans le journal.

— Oui.

— Et j'ai vu Heath cette semaine-là, car il est venu travailler une journée. "Ça te manque, le boulot, hein ?" je lui ai dit. Il n'a pas répondu, il m'a juste adressé un sourire à vous glacer les sangs et il a continué à avancer dans l'aile B. Je l'avais jamais vu sourire comme ça, jamais. Je parie qu'il avait encore le sang des gamines sous les ongles. Peut-être même sur sa bite et ses couilles. Bon sang, j'ai la chair de poule rien que d'y penser. »

Holly aussi, mais elle ne le dit pas. Elle but une gorgée de bière et demanda quel jour c'était.

« Comme ça, de but en blanc, je pourrais pas vous le dire. C'était après la disparition des gamines en tout cas. Hé, vous savez quoi ? Je crois bien que je peux retrouver la date car j'avais rendez-vous chez le coiffeur ce jour-là, après le boulot. Pour ma couleur. J'y suis pas retournée depuis, comme vous pouvez le voir, j'imagine. Une minute. »

Elle se dirigea vers un petit bureau installé dans un coin de la pièce et revint avec un agenda, qu'elle feuilleta. « Ah, voilà ! Debbie's Hairport. Le 26 avril. »

Holly nota la date et ajouta un point d'exclamation. C'était le jour où Terry avait rendu visite à son père pour la dernière fois. Sa famille et lui avaient pris l'avion le lendemain pour rentrer.

« Peter Maitland connaissait-il M. Holmes ? »

Wilson répondit par un éclat de rire.

« Peter Maitland ne connaît plus personne, ma jolie. L'année dernière, et même au début de cette année, il avait encore quelques moments de

453

lucidité. Il pouvait encore aller seul à la cafète et réclamer un chocolat. Généralement, les choses qu'ils aiment, ils s'en souviennent plus longtemps. Maintenant, il reste assis là, à vous regarder. Si un jour j'attrape cette saloperie de maladie, j'avalerai un flacon de comprimés pour en finir pendant que les cellules de mon cerveau savent encore à quoi servent ces médocs. Mais si vous me demandez si Heath connaissait Maitland, la réponse est oui, évidemment. Certains aides-soignants passent d'un service à l'autre, mais Heath restait affecté aux chambres impaires de l'aile B. Il affirmait que certains patients le reconnaissaient, même quand ils avaient quasiment perdu la boule. Et Maitland occupe la chambre B-5.

— Le jour où vous avez aperçu Heath, il se rendait dans la chambre de Maitland ?

— Sûrement. Je sais un truc qui n'était pas dans le journal, et vous pouvez être sûre que ça aurait fait du raffut au procès, s'il avait eu lieu.

— Quoi donc, Candy ? C'est quoi, ce truc ?

— Quand la police a appris que Heath était revenu au centre après les meurtres, ils ont fouillé toutes les chambres de l'aile B, en s'intéressant particulièrement à celle de Maitland car Cam Melinsky avait vu Heath en sortir. Cam, c'est l'agent d'entretien. Il a remarqué Heath parce qu'il était en train de nettoyer le sol – Cam, je veux dire – et Heath a glissé. Il est tombé sur le cul.

— Vous en êtes sûre, Candy ?

— Absolument. Mais c'est pas tout. Ma meilleure amie parmi les infirmières, une femme qui s'appelle Penny Prudhomme. Elle a entendu un des flics parler au téléphone après avoir fouillé la chambre B-5. Il a dit qu'ils avaient trouvé des cheveux. Des cheveux *blonds*. Alors, qu'est-ce que vous dites de ça, hein ?

— Je pense qu'ils ont fait des analyses d'ADN pour savoir s'ils appartenaient à une des filles Howard.

— Un peu, mon neveu. Comme dans *Les Experts*.

— Les résultats n'ont jamais été rendus publics, si ?

— Non. Mais vous savez ce que les flics ont découvert dans le sous-sol de Mme Holmes, hein ? »

Holly hocha la tête. Ce détail, lui, avait été rendu public. Et en lisant cette information, les parents avaient dû recevoir une flèche en plein cœur. Sans doute qu'on en avait parlé à la télé également.

« De nombreux prédateurs sexuels gardent des trophées, dit Candy avec autorité. J'ai vu ça dans *Forensic Files* et *Dateline*. C'est un truc courant chez ces cinglés.

— Même si Heath Holmes ne vous a jamais donné l'impression d'être cinglé.

— Ils le cachent, répondit Candy Wilson d'un ton inquiétant.

— Pourtant, il ne s'est pas donné beaucoup de mal pour dissimuler son crime, n'est-ce pas ? Plusieurs personnes l'ont vu, il a même été filmé.

— Et alors ? Il est devenu cinglé, et les cinglés n'en ont rien à foutre. »

Je suis certaine que l'inspecteur Anderson et le procureur de Flint City ont dit exactement la même chose au sujet de Terry Maitland, pensa Holly. *Même si certains serial killers – des prédateurs sexuels, pour reprendre le terme employé par Candy Wilson – échappent à la police pendant des années. Comme Ted Bundy, ou John Wayne Gacy.*

Holly se leva.

« Merci infiniment de m'avoir accordé un peu de votre temps.

— Remerciez-moi en vous arrangeant pour que Mme Kelly ne sache pas que je vous ai parlé.

— Promis. »

Alors que Holly franchissait la porte, Candy demanda : « Vous êtes au courant pour sa mère, hein ? Ce qu'elle a fait après que Heath s'est suicidé en prison ? »

Holly s'arrêta, ses clés de voiture à la main.

« Non.

— C'était un mois plus tard. Vous êtes pas allée aussi loin dans vos recherches, je parie. Eh bien, elle s'est pendue. Comme lui. Mais dans son sous-sol, pas dans une cellule.

— Nom d'un chien ! Elle a laissé un mot ?

— Pas que je sache. Mais c'est dans ce sous-sol que la police avait retrouvé une culotte tachée de sang. Avec Winnie l'Ourson dessus. Et aussi Tigrou et Petit Gourou. Quand votre fils unique fait une chose pareille, pas besoin de laisser un mot, hein ? »

9

Lorsque Holly ne savait plus trop quoi faire, très souvent elle se mettait en quête d'un International House of Pancakes ou d'un Denny's. Les deux enseignes servaient des petits-déjeuners toute la journée, une nourriture réconfortante que vous pouviez manger lentement, sans vous soucier de la carte des vins ou des serveurs trop insistants. Elle dénicha un IHOP près de son hôtel.

Une fois assise à une table pour deux, dans un coin, elle commanda des pancakes, un seul œuf brouillé et des galettes de pommes de terre (toujours délicieuses à l'IHOP). En attendant d'être servie, elle alluma son ordinateur et chercha le numéro de téléphone de Ralph Anderson. En vain, ce qui ne l'étonna pas vraiment. Les officiers de police étaient souvent sur liste rouge. Elle pourrait sans doute obtenir son numéro malgré tout (Bill lui avait enseigné toutes les astuces), et elle voulait *absolument* lui parler, car elle était convaincue que chacun d'eux détenait des pièces du puzzle qui faisaient défaut à l'autre.

« C'est une serviette, je suis un torchon, dit-elle.

— Pardon, madame ? »

La serveuse lui apportait son dîner.

« Je disais que je mourais de faim.

— Je l'espère, avec tout ce que vous avez commandé. » Elle déposa les assiettes. « Cela étant, vous avez besoin de vous remplumer un peu, si je peux me permettre. Vous êtes trop maigre.

— J'avais un ami qui me répétait toujours la

même chose », répondit Holly, et elle eut soudain envie de pleurer. À cause de cette phrase : *J'avais un ami*. Le temps avait passé, et sans doute guérissait-il toutes les blessures, mais bon sang, certaines cicatrisaient trop lentement. Et la différence entre *j'ai* et *j'avais* ressemblait à un gouffre.

Elle mangea sans se presser, et sans lésiner sur le sirop d'érable. Ce n'était pas du vrai, mais il avait du goût, et ça faisait du bien de s'asseoir pour manger en prenant son temps.

Son repas terminé, elle avait pris une décision, à contrecœur. En appelant l'inspecteur Anderson sans en informer Pelley, elle risquait de se faire virer, alors qu'elle voulait « faire son affaire de cette affaire », comme disait Bill. Mais surtout, ce serait contraire à l'éthique.

La serveuse revint lui proposer du café, que Holly accepta volontiers. Au Starbucks, on ne vous resservait pas gratuitement. Et le café de l'IHOP, sans être excellent, était plutôt bon. Comme le sirop d'érable. *Et comme moi*, pensa Holly. Son thérapeute affirmait que ces moments d'affirmation de soi au cours de la journée étaient très importants. *Je ne suis peut-être pas Sherlock Holmes, ni Tommy et Tuppence, en l'occurrence, mais je suis assez douée, et je connais mon métier. M. Pelley va peut-être me disputer, et je n'aime pas les disputes, mais je lui tiendrai tête s'il le faut. Je ferai appel à mon Bill Hodges intérieur.*

Elle s'accrocha à cette pensée en composant le numéro de téléphone. Quand Pelley répondit, elle déclara : « Terry Maitland n'a pas tué le jeune Peterson.

— Hein ? Vous avez bien dit ce que…

— Oui. J'ai découvert des choses très intéressantes, ici, à Dayton, monsieur Pelley, mais avant de vous faire mon rapport, j'aurais besoin de parler à l'inspecteur Anderson. Y voyez-vous une objection ? »

Contrairement à ce qu'elle redoutait, Pelley ne se mit pas en colère.

« Il faut que j'en réfère à Howie Gold, qui demandera à Marcy. Mais je pense qu'ils seront d'accord l'un et l'autre. »

Holly se détendit et but une gorgée de café.

« Tant mieux. Voyez ça avec eux le plus vite possible, et communiquez-moi son numéro. J'aimerais lui parler dès ce soir.

— Pour quelle raison ? Qu'avez-vous découvert ?

— Laissez-moi vous poser une question. Savez-vous s'il s'est produit quelque chose d'inhabituel à l'Institut de la mémoire Heisman le jour où Terry Maitland a rendu visite à son père pour la dernière fois ?

— Inhabituel ? »

Cette fois, Holly n'influença pas le témoin.

« N'importe quoi. Vous ne le savez peut-être pas, mais peut-être que si. Terry a peut-être raconté quelque chose à sa femme en rentrant à leur hôtel, par exemple.

— Non, je ne vois pas… à moins que vous fassiez allusion au fait que Terry a bousculé un aide-soignant en repartant. L'homme est tombé à cause du sol mouillé, mais c'est un simple accident. Aucun des deux n'a été blessé. »

Holly serra le téléphone dans sa main, à en faire craquer ses jointures.

« Vous ne m'aviez pas raconté ça.

— Ça ne me semblait pas important.

— Voilà pourquoi il faut que je parle à l'inspecteur Anderson. Il me manque des pièces du puzzle. Vous venez de m'en donner une. Il en possède peut-être d'autres. Et puis, il peut découvrir certaines choses auxquelles je n'aurai pas accès.

— Vous êtes en train de dire que cette collision, au moment où Maitland repartait, pourrait avoir un intérêt quelconque ? Si oui, lequel ?

— Laissez-moi parler à l'inspecteur Anderson d'abord. *S'il vous plaît.* »

Il y eut un long silence, puis Pelley répondit : « Je vais voir ce que je peux faire. »

La serveuse déposa la note sur la table, au moment où Holly rangeait son portable.

« Ça semblait sérieux », lâcha la jeune femme.

Holly lui sourit.

« Merci pour le service. »

La serveuse repartit. L'addition s'élevait à 18 dollars et 20 cents. Holly laissa un billet 5 dollars sous son assiette. Beaucoup plus que le pourboire conseillé, mais elle brûlait d'excitation.

À peine venait-elle de regagner sa chambre que son portable sonna. NUMÉRO INCONNU indiquait l'écran.

« Allô ? Ici Holly Gibney, qui est à l'appareil ?

— Ralph Anderson. Alec Pelley m'a donné votre numéro, madame Gibney, et il m'a expliqué ce que vous faisiez. Ma première question est la suivante : *savez*-vous ce que vous faites, justement ?

— Oui. »

Holly avait bien des soucis, et malgré des années de thérapie, elle était habitée par de nombreux doutes, mais de cela, elle était certaine.

« Hummm. Peut-être que oui et peut-être que non, dit Anderson. Je n'ai aucun moyen de le savoir, n'est-ce pas ?

— En effet, confirma-t-elle. Pas pour le moment, du moins.

— Vous avez déclaré à Alec que Terry Maitland n'avait pas tué Frank Peterson. Vous sembliez très sûre de vous, a-t-il précisé. Je me demande comment vous pouvez émettre une telle affirmation, alors que vous vous trouvez à Dayton et que le meurtre en question s'est produit ici, à Flint City.

— Parce qu'un crime similaire a été commis ici au moment où Maitland se trouvait en ville. Ce n'est pas un petit garçon qui a été tué, mais deux fillettes. Même mode opératoire *grosso modo* : viols et mutilations. L'homme arrêté par la police affirmait être resté chez sa mère, à cinquante kilomètres de là, et celle-ci l'a confirmé, mais des gens l'ont vu à Trotwood, la banlieue où les fillettes ont été enlevées. Il a été filmé par des caméras de surveillance. Ça vous évoque quelque chose ?

— Oui, mais cela n'a rien de surprenant. La plupart des meurtriers inventent un alibi quelconque quand ils se font prendre. Même si vous n'avez jamais été confrontée à cela en courant après des fugitifs – Alec m'a expliqué que c'était l'activité principale de votre agence –, vous l'avez sûrement vu à la télé.

— Cet homme était aide-soignant à l'Institut Heisman et, alors qu'il aurait dû être en vacances, il s'est rendu à son travail au moins une fois durant la semaine où M. Maitland était là pour voir son père. Lors de la dernière visite de M. Maitland, le 26 avril précisément, les deux meurtriers présumés se sont tombés dessus. Littéralement parlant.

— Vous voulez rire ?! s'écria Anderson.

— Non. Mon ancien partenaire chez Finders Keepers aurait appelé ça une situation "non risible". Alors, j'ai éveillé votre curiosité ?

— Pelley vous a-t-il dit que cet aide-soignant avait griffé Maitland en tombant ? Qu'il a voulu se retenir à lui et lui a égratigné le bras ? »

Holly ne répondit pas. Elle pensait au film qu'elle avait emporté. Elle n'avait pas pour habitude de se lancer des fleurs, ce choix ressemblait à un coup de génie intuitif néanmoins. Mais avait-elle douté un seul instant que l'affaire Maitland sortait de l'ordinaire ? Non. Essentiellement grâce à son expérience avec le monstrueux Brady

Wilson Hartsfield. Ces choses-là ont tendance à élargir votre sens de l'analyse.

« Et ce n'est pas la seule coupure. » Anderson semblait se parler à lui-même. « Il y en a eu une autre. Ici, cette fois. Après le meurtre de Frank Peterson. »

Encore une pièce manquante.

« Dites-moi, inspecteur. Dites-moi dites-moi dites-moi !

— Je pense que... Non, pas au téléphone. Pouvez-vous venir ? Il faut qu'on se parle. Vous, moi, Alec Pelley, Howie Gold et un inspecteur de la police d'État qui a enquêté sur cette affaire lui aussi. Et peut-être Marcy également.

— Très bonne idée. Mais je dois d'abord en discuter avec mon client, M. Pelley.

— Parlez-en plutôt à Howie Gold. Je vais vous donner son numéro.

— Le protocole...

— Alec travaille pour Howie. Aucun problème de protocole, donc. »

Holly réfléchit.

« Pouvez-vous contacter la police de Dayton et le procureur de Montgomery County ? Je n'arrive pas à obtenir tous les renseignements que je voudrais au sujet des meurtres des fillettes et de Heath Holmes – l'aide-soignant –, et je pense que vous aurez plus de chance.

— Le procès de ce type n'a pas encore eu lieu ? Dans ce cas, je doute qu'ils acceptent de livrer des infos...

— M. Holmes est mort. » Holly marqua une pause. « Comme Terry Maitland.

— Bon Dieu, murmura Anderson. Ça devient de plus en plus dingue.

— Et ce n'est pas fini », dit Holly.

Encore une chose dont elle était sûre.

« En effet, dit Anderson. Les asticots dans le melon.

— Pardon ?

— Non, rien. Appelez M. Gold, d'accord ?

— Je continue à penser que je ferais bien d'appeler M. Pelley d'abord. Pour être sûre.

— Si vous y tenez. Et, madame Gibney... j'ai l'impression que vous connaissez votre travail. »

Cela la fit sourire.

11

Après avoir obtenu le feu vert de M. Pelley, Holly appela aussitôt Howie Gold. Nerveuse, elle marchait de long en large sur la moquette bon marché de sa chambre d'hôtel en tapotant compulsivement sur son Fitbit pour prendre son pouls. Oui, M. Gold estimait qu'il serait bon qu'elle les rejoigne, et non, elle n'avait pas besoin de voyager en classe éco.

« Prenez un billet en business, lui dit-il. Il y a plus de place pour les jambes.

— Très bien. »

La tête lui tournait.

« Vous pensez réellement que Terry n'a pas tué le petit Peterson ?

— Tout comme je pense que Heath Holmes n'a pas tué ces deux fillettes, dit-elle. À mon avis, c'est quelqu'un d'ailleurs. Un « outsider »

VISITES

25 juillet

1

En ce mercredi matin, l'inspecteur Jack Hoskins de la police de Flint City fut réveillé à deux heures du matin par une triple contrariété : la gueule de bois, un coup de soleil et l'envie de chier. *Ça m'apprendra à manger à Los Tres Molinos*, pensa-t-il... Mais avait-il vraiment mangé là-bas ? Il en était presque sûr – des enchiladas au porc et au fromage épicé –, mais pas *absolument* certain. C'était peut-être à L'Hacienda. Les souvenirs de la veille étaient flous.

Faut que je freine sur la vodka. Fini les vacances.

Prématurément. Parce que leur petite police de merde n'avait plus qu'un seul inspecteur en service actuellement. Parfois, c'était vraiment une chienne de vie. Souvent, même.

Il se leva et le bruit sourd qui résonna dans sa tête quand ses pieds entrèrent en contact avec le sol le fit grimacer. Il massa la brûlure sur sa nuque. Il ôta son caleçon, prit le journal sur la table de chevet et se rendit aux toilettes d'un pas lourd pour faire ce qu'il avait à faire. Confortablement installé sur le siège de la cuvette, attendant que s'évacue ce flot semi-liquide qui survenait toujours six heures environ après qu'il avait mangé mexicain (retiendrait-il la leçon un jour ?), il ouvrit le *Call* et tourna les pages jusqu'à la section des bandes dessinées, seule chose valable dans le journal local.

Les yeux plissés, il déchiffrait les minuscules bulles de dialogue de *Get Fuzzy* quand il entendit le rideau de douche s'agiter. Levant les yeux, il aperçut une ombre derrière les marguerites imprimées. Son cœur fit un bond dans sa gorge. Il y avait quelqu'un dans sa baignoire. Un intrus. Pas juste un cambrioleur sans doute camé qui s'était faufilé par la fenêtre de la salle de bains et réfugié dans la seule cachette possible en voyant la lumière de la chambre s'allumer. Non. Il s'agissait de ce même individu qui se trouvait derrière lui dans cette foutue grange abandonnée à Canning Township. Il le savait, aussi sûrement qu'il savait qu'il s'appelait Hoskins. Cette rencontre fortuite (si elle était réellement fortuite) demeurait ancrée dans son esprit depuis, et il s'attendait quasiment à ce... *retour.*

Tu sais bien que c'est des conneries. Tu as cru voir un homme dans la grange, mais quand tu l'as éclairé avec ta lampe, c'était un vieil harnachement démantibulé. Maintenant, tu crois qu'il y a un intrus dans ta baignoire, mais ce qui ressemble à sa tête, c'est juste le pommeau de douche ; son bras, c'est la brosse à long manche coincée dans la barre d'appui fixée au mur ; quant au bruissement du rideau, c'était un courant d'air ou un bruit dans ta tête.

Il ferma les yeux. Les rouvrit et contempla le rideau de douche orné de ces fleurs ridicules, le genre de rideau qui peut plaire uniquement à une ex-femme. Maintenant qu'il était parfaitement réveillé, la réalité reprenait ses droits. Oui, c'était juste le pommeau et la brosse à long manche. Quel imbécile ! Un imbécile qui avait la gueule de bois : la pire espèce. Il…

Le rideau bruissa de nouveau. Car cette chose dont Hoskins voulait se convaincre qu'il s'agissait de sa brosse pour le dos était maintenant dotée de doigts flous qui se tendaient vers le plastique. Le pommeau de douche se retourna et sembla le regarder fixement à travers le rideau transparent. L'inspecteur laissa échapper le journal, qui atterrit sur le carrelage presque sans bruit. Ça cognait et cognait dans sa tête. Il avait la nuque en feu. Ses intestins se relâchèrent et la salle de bains exiguë fut envahie par l'odeur de ce qui lui apparut soudain comme son dernier repas. La main se tendait vers le bord du rideau. Dans une seconde, deux tout au plus, elle allait l'ouvrir et il découvrirait une créature si horrible que, par comparaison, son pire cauchemar ressemblerait à un doux rêve éveillé.

« Non, murmura-t-il. Non. » Il voulut se lever des toilettes, mais ses jambes refusèrent de le soutenir et son énorme postérieur retomba sur le siège. « Par pitié, non. »

Une main apparut sur le côté du rideau, mais au lieu de l'ouvrir, elle l'empoigna. Sur les doigts était tatoué ce mot : CANT.

« Jack. »

Il était incapable de répondre. Il resta assis sur les toilettes, nu, en continuant à se vider de ses entrailles dans la cuvette, le cœur cognant comme un moteur qui s'emballe. D'une seconde à l'autre, il allait jaillir de sa poitrine, et la dernière chose qu'il verrait sur terre, ce serait son cœur gisant sur le carrelage, aspergeant de sang ses chevilles et les bandes dessinées du *Flint City Call* à chacun de ses ultimes soubresauts.

« Ce n'est pas un coup de soleil, Jack. »

Il aurait aimé s'évanouir. Tomber de la cuvette. Et s'il se faisait une commotion cérébrale, s'il s'ouvrait le crâne même, quelle importance ? Au moins, il échapperait à tout ça. Mais sa conscience était toujours là. À l'instar de la silhouette dans la baignoire. Et des doigts agrippés au rideau : CANT, en lettres bleu délavé.

« Touche ta nuque, Jack. Si tu ne veux pas que j'ouvre ce rideau pour me montrer à toi, fais-le. Maintenant. »

Hoskins leva la main et la posa sur sa nuque. La réaction de son corps fut instantanée : de terrifiants éclairs de douleur irradièrent jusque dans ses tempes et ses épaules. En regardant sa main, il la découvrit rouge de sang.

« Tu souffres d'un cancer, l'informa la silhouette derrière le rideau. Il a envahi tes glandes lymphatiques, ta gorge, tes sinus. Il est dans tes *yeux*, Jack. Il dévore tes yeux. Bientôt, tu pourras le voir : des petites cellules cancéreuses grises qui se promèneront dans ton champ de vision. Sais-tu quand tu l'as attrapé ? »

Bien sûr qu'il le savait. Quand cette créature l'avait touché, là-bas à Canning Township. Quand elle l'avait *caressé*.

« C'est moi qui te l'ai inoculé, mais je peux le reprendre. Tu voudrais que je le reprenne ?

— Oui », chuchota Jack. Et il se mit à pleurer. « Reprenez-le. Je vous en supplie, reprenez-le.

— Tu feras quelque chose si je te le demande ?

— Oui.

— Sans hésiter ?

— Oui !

— Je te crois. Et tu ne me donneras aucune raison de ne pas te croire, hein ?

— Non ! Non !

— Très bien. Lave-toi maintenant. Tu pues. »

La main tatouée se retira, mais la silhouette cachée derrière le rideau de douche continua à l'observer. Non, ce n'était pas un homme, finalement. Mais une créature bien plus terrible que le plus terrible des hommes ayant jamais existé. Hoskins tendit la main vers le papier-toilette, conscient ce faisant de basculer sur le côté et de tomber du siège, pendant que le monde s'obscurcissait et rétrécissait, simultanément. Tant mieux. Il tomba, sans ressentir aucune douleur. Avant même d'atteindre le sol, il avait perdu connaissance.

2

Jeannie Anderson se réveilla à quatre heures du matin, la vessie pleine, comme d'habitude. En temps normal, elle aurait utilisé leur salle de bains, mais Ralph dormait mal depuis le meurtre de Terry Maitland, et ce soir elle l'avait trouvé particulièrement agité. Alors, après s'être levée, elle se dirigea vers les toilettes situées au bout du couloir, à côté de la chambre de Derek. S'étant soulagée, elle faillit tirer la chasse, mais songea que cela risquait de réveiller Ralph. Ça attendrait demain matin.

Bon sang, encore deux heures, pensa-t-elle en ressortant des toilettes. *Deux heures de sommeil, c'est tout ce que…*

Elle s'immobilisa dans le couloir. Il faisait noir au rez-de-chaussée quand elle était sortie de la chambre, non ? Certes, elle dormait à moitié, mais si une lumière avait été allumée, elle l'aurait remarquée.

Tu en es sûre ?

Non, pas totalement. En tout cas, il y avait de la lumière en bas. Une lumière blanche. Tamisée. Le néon au-dessus de la cuisinière.

Elle avança jusqu'au palier et contempla d'en haut cette lumière, front plissé, concentrée. Avaient-ils enclenché l'alarme avant de monter se coucher ? Oui. C'était devenu un automatisme. Elle l'avait activée et Ralph avait vérifié. Une habitude là encore, qui avait commencé, à l'instar des insomnies de Ralph, après la mort de Terry Maitland.

Jeannie envisagea de réveiller son mari, puis décida de s'abstenir. Il avait besoin de dormir. Elle eut l'idée, alors, d'aller chercher son revolver de service, dans la boîte rangée sur l'étagère du haut de la penderie, mais la porte grinçait et cela le réveillerait à coup sûr. Et puis, n'était-elle pas un peu parano ? Cette lumière était déjà allumée quand elle s'était rendue aux toilettes, mais elle ne s'en était pas aperçue voilà tout. Ou bien elle s'était allumée toute seule, à cause d'un dysfonctionnement. Elle descendit rapidement, en faisant un écart à gauche sur la troisième marche et à droite sur la neuvième pour éviter de les faire grincer, sans même s'en rendre compte.

Elle marcha jusqu'au seuil de la cuisine et risqua un coup d'œil à l'intérieur, se sentant un peu ridicule. Son soupir de soulagement souleva une mèche de cheveux. Il n'y avait personne dans la cuisine. Mais alors qu'elle se dirigeait vers la cuisinière, elle s'arrêta. Habituellement, il y avait quatre chaises autour de la table, trois pour la famille et une quatrième qu'ils appelaient la chaise de l'invité. Il n'y en avait plus que trois.

« Ne bougez pas, ordonna une voix. Si vous bougez, je vous tue. Si vous hurlez, je vous tue. »

Elle se figea, le cœur battant à tout rompre. Ses cheveux s'étaient dressés sur sa nuque. Si elle n'avait pas vidé sa vessie avant de descendre, l'urine aurait coulé le long de ses cuisses et formé une flaque. L'homme, l'intrus, était assis sur la chaise des invités, dans leur salon, suffisamment en retrait pour que Jeannie aperçoive uniquement le bas de ses jambes. Il portait un jean délavé et était pieds nus dans des mocassins. De petites plaques rouges constellaient ses chevilles, peut-être du psoriasis. La partie supérieure de son corps n'était qu'une vague silhouette. On devinait de larges épaules, légèrement tombantes, non pas à cause de la fatigue, mais comme si des muscles trop développés l'empêchaient de les redresser. C'était curieux ce que l'on pouvait remarquer dans un moment pareil, songea-t-elle. La terreur annihilait les capacités de tri de son cerveau, et tout se déversait sans *a priori*. Voilà l'homme qui avait tué Frank Peterson. L'homme qui l'avait mordu comme un animal sauvage et l'avait violé avec une branche. Cet homme se trouvait dans sa maison, et elle était là, face à lui, dans son pyjama-short sous lequel ses tétons devaient pointer comme deux phares.

« Écoutez-moi, dit-il. Vous m'écoutez ?

— Oui », murmura Jeannie, mais elle se sentait vaciller et craignait de s'évanouir avant d'avoir entendu ce qu'il avait à dire. Car dans ce cas, il la tuerait. Ensuite, il repartirait, ou bien il monterait à l'étage et tuerait Ralph. Avant même que celui-ci comprenne ce qui se passait.

Et à son retour de colonie, Derek serait orphelin.

Non. Non. *Non.*

« Que… qu'est-ce que vous voulez ?

— Dites à votre mari que c'est fini. Dites-lui d'arrêter. S'il obéit, tout redeviendra comme avant. Sinon, dites-lui que je le tuerai. Je les tuerai tous. »

Sa main émergea de l'obscurité du salon pour pénétrer dans la faible lueur que projetait l'unique tube au néon. Une main épaisse. Qui se transforma en poing.

« Qu'est-ce qui est écrit sur mes doigts ? Lisez. »

Jeannie déchiffra les lettres bleu délavé. Elle voulut parler, sans y parvenir. Sa langue n'était qu'une protubérance accrochée à son palais.

L'homme se pencha en avant. Elle découvrit

des yeux sous un large front. Des cheveux noirs, si courts qu'ils se hérissaient sur son crâne. Et des yeux noirs qui n'étaient pas seulement posés sur elle, mais qui pénétraient en elle, qui fouillaient son cœur et son esprit.

« Il est écrit MUST[1], dit-il. Vous le voyez, hein ?

— Ou… Ou… Oui.

— Vous devez lui dire d'arrêter. » Les lèvres rouges remuaient dans le cercle d'un bouc noir. « Dites-lui que si lui ou l'un d'entre eux essaye de me retrouver, je les tuerai, et je laisserai leurs entrailles dans le désert pour les vautours. Vous avez compris ? »

Oui, voulut-elle répondre, mais sa langue demeura figée et ses genoux se dérobèrent. Elle tendit les bras devant elle afin d'amortir sa chute, sans savoir si elle y parvint car elle avait perdu connaissance avant d'atteindre le sol.

3

Jack se réveilla à sept heures. Le soleil d'été, éclatant, entrait par la fenêtre et se répandait sur son lit. Dehors, des oiseaux gazouillaient. Il se redressa brutalement en jetant des regards affolés autour de lui, à peine conscient du martèlement sous son crâne, dû à la vodka de la veille.

Il se leva prestement et ouvrit le tiroir de sa table de chevet, dans lequel il gardait un Path-

---

1. « Je dois. »

finder calibre 38, en cas d'agression. Le revolver collé contre la joue, le canon court pointé vers le plafond, il traversa la chambre à grandes enjambées. Du pied, il écarta son caleçon qui traînait par terre, et quand il atteignit la porte, ouverte, il s'arrêta, le dos au mur. L'odeur qui flottait dans l'air, si elle s'atténuait, lui était familière : les retombées de l'expérience enchiladas de la veille au soir. Il s'était levé pour aller déféquer : ça au moins, il ne l'avait pas rêvé.

« Il y a quelqu'un ? Si oui, répondez. Je suis armé et j'hésiterai pas à tirer. »

Rien. Jack retint son souffle et pivota dans l'encadrement de la porte, accroupi, balayant la salle de bains avec le canon du .38. Il vit les toilettes, l'abattant levé et le siège baissé. Il vit le journal par terre, ouvert à la page des bandes dessinées. Il vit la baignoire et son rideau à fleurs tiré. Il vit des formes derrière, mais c'étaient celles du pommeau de la douche, de la barre d'appui et de la brosse pour le dos.

Tu es sûr ?

Avant que son courage l'abandonne, il fit un pas en avant, glissa sur le tapis de bain et s'accrocha au rideau de douche pour éviter de basculer cul par-dessus tête. Le rideau se décrocha et lui couvrit le visage. Il hurla, l'arracha furieusement et pointa le revolver sur la baignoire… vide. Personne. Pas de croque-mitaine. Il examina le fond. Il n'était pas véritablement un maniaque de la propreté et si quelqu'un s'était caché là, il aurait laissé des traces dans la fine couche de savon et de shampoing séchés. Rien. Tout cela n'était qu'un rêve. Un cauchemar particulièrement net.

Néanmoins, il inspecta la fenêtre de la salle de bains et les trois portes qui donnaient sur l'extérieur. Tout était bien fermé.

OK. Le moment était venu de se détendre. Ou presque. Il retourna dans la salle de bains afin de jeter encore un coup d'œil, dans le placard à serviettes cette fois. Rien. Du bout du pied, il repoussa le rideau de douche, d'un air dégoûté. Il était temps de le changer. Il ferait un saut chez Home Depot dans la journée.

D'un geste distrait, il se frotta la nuque et poussa un sifflement de douleur lorsque ses doigts entrèrent en contact avec la peau. Il se planta devant le miroir au-dessus du lavabo et tourna la tête, mais impossible de voir sa nuque en regardant par-dessus son épaule. Il ouvrit le tiroir du haut du meuble situé sous le lavabo. Il ne contenait que du matériel de rasage, des peignes, une bande élastique à moitié déroulée et le plus vieux tube d'antifongique du monde : encore un petit souvenir de l'ère Greta. Comme ce stupide rideau de douche.

Enfin, dans le tiroir du fond, il trouva ce qu'il cherchait : un miroir au manche brisé. Il ôta la poussière qui le recouvrait, recula jusqu'à ce que ses fesses cognent contre le bord du lavabo et leva le miroir. Sa nuque était enflammée et il voyait apparaître quelques petites cloques semblables à des semences de perles. Comment était-ce possible, alors qu'il se tartinait de crème solaire et n'avait aucun autre coup de soleil ailleurs ?

Ce n'est pas un coup de soleil, Jack.

Hoskins émit un petit gémissement. Assurément, personne n'avait mis les pieds dans sa baignoire cette nuit, et certainement pas une sorte de cinglé effrayant qui s'était fait tatouer CANT sur les doigts. En revanche, une chose était sûre : il y avait plusieurs cas de cancer de la peau dans sa famille. Sa mère et un de ses oncles en étaient morts. Ça va avec les cheveux roux, disait son père, après que lui-même s'était fait retirer des polypes sur un bras, des grains de beauté précancéreux sur les mollets et un carcinome basocellulaire à la naissance du cou.

Jack se souvenait de cet énorme grain de beauté noir (qui ne cessait de grossir) sur la joue de son oncle ; il se souvenait des plaies à vif sur le sternum de sa mère et de son bras gauche rongé. La peau était le plus grand organe du corps, et quand il commençait à se détraquer, ce n'était pas beau à voir.

Tu voudrais que je le reprenne ? avait demandé l'homme derrière le rideau.

« C'était un rêve, dit Hoskins. J'ai eu la trouille de ma vie à Canning, et hier soir, je me suis empiffré de mauvaise bouffe mexicaine, alors j'ai fait un cauchemar. Un point c'est tout. »

Cela ne l'empêcha pas de chercher des ganglions sous ses aisselles, sous sa mâchoire, à l'intérieur de ses narines. Rien. Un coup de soleil sur la nuque, voilà tout. Sauf qu'il n'en avait pas d'autres ailleurs. Uniquement cette bande de peau qui l'élançait. Ça ne saignait pas vraiment (preuve que la rencontre de cette nuit n'était qu'un rêve), mais une multitude de cloques apparaissaient déjà. Sans doute devrait-il aller consulter, et il le ferait... après avoir attendu deux ou trois jours que ça guérisse tout seul.

Tu feras quelque chose si je te le demande ? Sans hésiter ?

Personne n'hésiterait, pensa Jack en observant sa nuque dans le miroir. Si l'alternative, c'était de se faire bouffer – vivant – de l'extérieur. Personne.

4

Jeannie se réveilla les yeux rivés au plafond de la chambre, sans comprendre immédiatement pourquoi elle sentait dans sa bouche le goût cuivré de la panique, comme si elle avait échappé de peu à une mauvaise chute, ni pourquoi elle tendait les mains devant elle, doigts écartés, dans un geste de défense. Puis elle vit que le lit à sa gauche était vide et elle entendit Ralph sous la douche. Elle pensa alors : *C'était un rêve. Le cauchemar le plus réaliste de tous les temps, certes, mais ce n'était que ça.*

À ceci près que cette explication ne lui apporta aucun soulagement, car elle n'y croyait pas. Ce rêve ne s'effaçait pas comme le faisaient généralement les rêves au réveil, y compris les plus affreux. Elle se souvenait de tout, de la lumière en bas, de l'homme assis sur la chaise des invités, à l'entrée du salon. Elle se souvenait de cette main qui s'avançait dans la pénombre et formait un poing pour qu'elle puisse lire les lettres tatouées et délavées sur les jointures : MUST.

Vous devez lui dire d'arrêter.

Jeannie repoussa les draps et quitta la chambre, presque en courant. Dans la cuisine, la lumière au-dessus de la cuisinière était éteinte, et les quatre chaises étaient à leur place autour de la table sur laquelle ils prenaient la plupart de leurs repas. Cela aurait dû la rassurer.

Eh bien, non.

5

Quand Ralph descendit, rentrant sa chemise dans son pantalon d'une main et tenant ses baskets de l'autre, il découvrit sa femme assise à la table de la cuisine. Il n'y avait pas de tasse de café devant elle, ni verre de jus d'orange, ni bol de céréales. Il lui demanda si tout allait bien.

« Non, dit-elle. Un homme est entré ici cette nuit. »

Ralph se figea, un pan de sa chemise hors du pantalon. Il laissa tomber ses baskets.

« Pardon ?

— Il y avait un homme dans le salon. Celui qui a tué Frank Peterson. »

Il regarda autour de lui, parfaitement réveillé soudain.

« Quand ? Qu'est-ce que tu racontes ?

— Cette nuit. Il a fichu le camp maintenant,

mais il avait un message pour toi. Assieds-toi, Ralph. »

Il obéit et Jeannie lui raconta ce qui s'était passé. Il l'écouta sans rien dire, en la regardant droit dans les yeux. Il n'y voyait rien d'autre qu'une absolue certitude. Quand elle eut terminé, il se leva pour aller examiner le boîtier de l'alarme près de la porte de derrière.

« L'alarme est enclenchée, Jeannie. Et la porte verrouillée. Celle-ci en tout cas.

— Je sais que l'alarme est enclenchée. Et les portes sont toutes verrouillées. J'ai vérifié. *Idem* pour les fenêtres.

— Alors, comment…

— Je ne sais pas, mais il était là.

— Assis à côté ? demanda-t-il en désignant l'arche entre la cuisine et le salon.

— Oui. Comme s'il ne voulait pas se montrer en pleine lumière.

— Un type costaud, dis-tu ?

— Oui. Peut-être pas aussi costaud que toi – je ne pouvais pas voir sa taille car il était assis –, mais il avait des épaules larges, et plein de muscles. Comme un type qui passe trois heures par jour à la salle de sport. Ou qui a soulevé de la fonte en prison. »

Ralph se leva de table et s'agenouilla à l'endroit où le plancher de la cuisine rencontrait la moquette du salon. Jeannie savait ce qu'il cherchait, et elle savait aussi qu'il ne trouverait rien. Elle avait déjà vérifié, et cela ne l'avait pas fait changer d'avis. À moins d'être fou, vous saviez faire la différence

483

entre les rêves et la réalité, même quand la réalité se situait bien loin des frontières de la vie normale. Il fut un temps où elle aurait pu en douter (comme Ralph en doutait présentement, elle le savait), mais plus maintenant. Maintenant, elle savait à quoi s'en tenir.

Il se releva.

« La moquette est neuve, chérie. Si un homme s'était assis là, même très peu de temps, les pieds de la chaise auraient laissé des marques. Or il n'y en a pas.

— Je sais. Pourtant, il était bien là.

— Tu veux dire que c'était un fantôme ?

— Je ne sais pas. En revanche, je sais qu'il avait raison. Il faut que tu arrêtes. Sinon, il va arriver quelque chose. » Elle s'approcha de son mari et renversa la tête pour le regarder en face. « Quelque chose de terrible. »

Ralph lui prit les mains.

« Ces dernières semaines ont été stressantes, Jeannie. Pour toi autant que pour… »

Elle recula.

« Non, Ralph, pas de ça. S'il te plaît. Cet homme était ici, je le sais.

— Soit. Admettons. J'ai déjà été menacé. Tout flic digne de ce nom a été menacé un jour ou l'autre.

— Tu n'es pas le seul à être menacé ! »

Jeannie devait prendre sur elle pour ne pas hurler. Elle avait l'impression d'être prisonnière d'un de ces films d'horreur ridicules où personne ne croit l'héroïne quand elle affirme que Jason ou Freddy ou Michael Myers est revenu.

« Il était chez nous ! »

Ralph faillit reprendre ses arguments : les portes verrouillées, les fenêtres fermées, l'alarme qui ne s'était pas déclenchée. Il faillit rappeler à sa femme qu'elle s'était réveillée dans son lit ce matin, saine et sauve. Mais il voyait sur son visage que cela ne servirait à rien. Et compte tenu de l'état dans lequel elle se trouvait, il n'avait aucune envie de provoquer une dispute.

« Avait-il le visage brûlé, Jeannie ? Comme l'homme que j'ai vu devant le tribunal ? »

Elle secoua la tête.

« Tu en es sûre ? Tu as dit qu'il était dans la pénombre.

— Il s'est penché à un moment et j'ai vu une partie de son visage. » Elle frissonna. « Il avait un grand front qui surplombait ses yeux. Des yeux sombres, noirs peut-être, ou marron, ou bleu très foncé, difficile à dire. Il avait des cheveux courts et noirs, tout hérissés. Gris par endroits. Et il portait un bouc. Ses lèvres étaient très rouges. »

Cette description fit tilt dans l'esprit de Ralph, mais il se méfia de sa réaction : sans doute se laissait-il influencer par la force de conviction de Jeannie. Dieu sait pourtant qu'il avait envie de la croire. S'il y avait eu la moindre trace de preuve concrète…

« Hé, attends voir ! s'exclama-t-elle. Il portait des mocassins sans chaussettes et il avait plein de marques rouges sur les chevilles. J'ai pensé que c'était peut-être du psoriasis, mais maintenant, je me dis que ça pouvait être des brûlures. »

Ralph mit en marche la cafetière.

« Je ne sais pas quoi te dire, Jeannie. Tu t'es réveillée dans ton lit, et rien n'indique que quelqu'un…

— Un jour, tu as ouvert un melon, et il était plein d'asticots. C'est arrivé, tu le sais. Alors, pourquoi refuses-tu de croire que *ça aussi*, c'est arrivé.

— Même si je le croyais, je ne pourrais pas arrêter. Tu ne comprends donc pas ?

— Ce que je comprends, c'est que cet homme assis dans notre salon avait raison sur un point : *c'est terminé*. Frank Peterson est mort. Terry est mort. Tu vas reprendre du service et on… on pourra… on pourrait… »

Elle n'acheva pas sa phrase car ce qu'elle voyait sur le visage de son mari montrait clairement qu'elle perdait son temps. Ce n'était pas de l'incrédulité. C'était de la déception. Comment pouvait-elle imaginer qu'il soit capable de tirer un trait ? pensait-il. L'arrestation de Terry Maitland sur le terrain de baseball avait été le premier domino, celui qui avait provoqué une réaction en chaîne de violences et de souffrances. Et maintenant, sa femme et lui se disputaient au sujet d'un fantôme. Tout cela à cause de lui, voilà ce qu'il pensait.

« Si tu refuses d'arrêter, dit-elle, je veux que tu recommences à porter ton arme. Moi, en tout cas, je prendrai le petit .22 que tu m'as offert il y a trois ans. Sur le coup, je trouvais ce cadeau ridicule, mais je me dis que tu avais raison. Tu as peut-être des dons de voyant.

— Jeannie…

— Tu veux des œufs ?

— Euh, oui. »

Il n'avait pas faim, mais si la seule chose qu'il pouvait faire pour elle ce matin, c'était manger ce qu'elle lui préparait, soit.

Jeannie sortit les œufs du réfrigérateur et continua à lui parler sans se retourner :

« Je veux qu'on bénéficie d'une protection policière durant la nuit. Pas forcément du crépuscule à l'aube, mais je veux que quelqu'un passe régulièrement. Tu peux arranger ça ? »

Une protection policière contre un fantôme ne servira pas à grand-chose, se dit-il, mais il était marié depuis trop longtemps pour exprimer cette pensée.

« Oui, certainement.

— Tu devrais prévenir Howie Gold et les autres également. Quitte à passer pour un fou.

— Chérie… »

Elle le coupa : « Il a dit que si toi ou n'importe lequel d'entre vous essayait de le retrouver, il abandonnerait vos entrailles dans le désert pour nourrir les vautours. »

Ralph voulut faire remarquer que, s'ils voyaient parfois un rapace tournoyer dans le ciel (surtout le jour de ramassage des ordures), il n'y avait pas vraiment de désert autour de Flint City. Ce détail suffisait à prouver que cette rencontre nocturne n'avait été qu'un rêve. Mais il préféra garder le silence, là encore. Pas question de mettre de l'huile sur le feu alors que les flammes semblaient se calmer.

« Promis », dit-il, et c'était une promesse qu'il avait l'intention de tenir. Il fallait tout déballer sur la table. Chaque élément de cette affaire délirante.

« Tu sais qu'on doit se réunir au cabinet de Howie ? Avec cette femme qu'Alec Pelley a engagée pour enquêter sur le voyage de Terry à Dayton.

— Celle qui affirme catégoriquement que Terry est innocent ? »

Cette fois, ce que Ralph pensa mais qu'il ne dit pas (il y avait dans les vieux couples mariés des océans de choses non exprimées, apparemment), c'était : *Uri Geller affirmait catégoriquement qu'il pouvait tordre des petites cuillères par le pouvoir de son esprit.*

« Oui. Elle prend l'avion exprès. Si ça se trouve, elle raconte n'importe quoi, mais elle a travaillé avec un ancien flic décoré, et son enquête m'a paru solide, alors peut-être a-t-elle réellement découvert quelque chose à Dayton. En tout cas, elle semblait sûre d'elle. »

Jeannie commença à casser les œufs.

« Tu continuerais même si, en descendant un matin, je trouvais l'alarme débranchée, la porte de derrière grande ouverte et des empreintes de pas sur le carrelage. Tu continuerais malgré tout.

— Oui. »

Jeannie méritait la vérité, sans fard.

Elle se tourna vers lui, spatule levée, comme une arme.

« Puis-je me permettre de dire que tu te comportes comme un imbécile ?

— Tu peux dire tout ce que tu veux, mais souviens-toi de deux choses, ma chérie. Que Terry soit coupable ou innocent, j'ai une part de responsabilité dans le fait qu'il a été tué.

— Tu…

— Chut. Je parle et toi, tu essayes de comprendre. »

Elle se tut.

« Et s'il est innocent, un tueur d'enfant se balade en liberté.

— J'ai compris. Mais tu ouvres peut-être des portes sur des choses qui dépassent, de loin, tes capacités de compréhension. Ou les miennes.

— Des choses surnaturelles ? C'est à ça que tu penses ? Car je ne peux pas croire à ces trucs-là. Et je n'y croirai jamais.

— Crois ce que tu veux, rétorqua Jeannie en se tournant de nouveau vers la cuisinière. En tout cas, cet homme était bien là cette nuit. J'ai vu son visage et j'ai vu le mot tatoué sur ses doigts. MUST. Il était… terrifiant. C'est le seul mot qui me vient à l'esprit. Et que tu ne me croies pas, ça me donne envie de pleurer, de te balancer cette poêle à la tête ou de… Je ne sais pas. »

Ralph s'approcha et la prit dans ses bras.

« Je crois que *tu* y crois. Ça, c'est vrai. Et je te fais une promesse : si rien ne sort de la réunion de ce soir, je serai beaucoup plus disposé à laisser tomber. Je suis conscient qu'il y a des limites. Ça te va ?

— Il faut bien, pour le moment du moins. Je sais que tu as commis une erreur sur le terrain de baseball. Et je sais que tu essayes de te racheter. Mais imagine que tu fasses une plus grosse erreur encore en t'obstinant ?

— Et toi, imagine que ce soit Derek qu'on ait découvert à Figgis Park ? répliqua-t-il. Tu voudrais que je laisse tomber ? »

Elle n'apprécia pas cette question, qu'elle considérait comme un coup bas. Mais elle ne savait pas quoi répondre. Car s'il s'était agi de Derek, elle aurait voulu que Ralph traque l'homme – ou *la créature* – qui avait commis ce geste jusqu'au bout du monde. Et elle aurait été à ses côtés.

« OK. Tu as gagné. Juste une dernière chose... non négociable.

— Quoi donc ?

— J'irai avec toi à cette réunion ce soir. Et ne me raconte pas de bobards comme quoi c'est une affaire de police car on sait bien, toi et moi, qu'il n'en est rien. En attendant, mange tes œufs. »

6

Jeannie envoya Ralph au supermarché avec une liste de courses, car peu importait de savoir qui s'était introduit dans leur maison la nuit précédente – un être humain, un fantôme ou un personnage évoluant dans un rêve d'une extraordinaire précision –, M. et Mme Anderson devaient continuer à se nourrir. Soudain, à mi-chemin, tous les éléments s'assemblèrent dans l'esprit de Ralph. Sans coup de théâtre, car les faits essentiels étaient là depuis le début, devant lui, littéralement, dans la salle d'interrogatoire d'un poste de police. Avait-il interrogé, en tant que témoin, le véritable meurtrier de Frank Peterson ? L'avait-il remercié pour son aide, avant de le laisser partir ? Cela paraissait impossible, compte tenu de la montagne de preuves qui reliaient Terry à ce meurtre, mais…

Il s'arrêta sur le bas-côté et appela Yunel Sablo.

« Je serai là ce soir, n'ayez crainte, dit Yunel. Je ne voudrais pas manquer les dernières nouvelles de ce gigantesque merdier, en provenance directe de l'Ohio. Et je suis déjà sur Heath Holmes. Je n'ai pas déniché grand-chose pour l'instant, mais quand on se verra, j'aurai certainement beaucoup plus d'éléments.

— Tant mieux, mais je ne vous appelle pas pour ça. Pouvez-vous sortir le casier de Claude Bolton ? Il travaille comme videur au Gentlemen, Please. Vous trouverez des condamnations pour détention de substances prohibées, essentiellement, et peut-être une ou deux arrestations pour détention de drogue dans le but de la vendre.

— C'est le type qui préfère se faire appeler agent de sécurité ?

— Lui-même. Notre ami Claude.

— Qu'est-ce que vous lui voulez ?

— Je vous le dirai ce soir, si ça débouche sur du concret. Pour l'instant, sachez simplement qu'une suite d'événements semble mener de Holmes à

Maitland et à Bolton. Je peux me tromper, mais ça m'étonnerait.

— Vous me torturez, Ralph ! Dites-moi tout !

— Pas maintenant. Pas avant d'être sûr. Et j'ai besoin d'autre chose. Bolton est une publicité vivante pour un salon de tatouages, et je suis quasiment certain qu'il a une inscription sur les doigts. J'aurais dû faire plus attention, mais vous savez comment c'est quand on interroge quelqu'un, surtout si le type assis de l'autre côté de la table a un casier.

— Vous ne quittez pas son visage des yeux.

— Exact. Toujours regarder le visage. Car lorsque les types comme Bolton se mettent à mentir, c'est comme s'ils brandissaient une pancarte disant : *Je suis le roi des baratineurs*.

— Vous pensez que Bolton a menti en racontant que Maitland était entré dans le club pour utiliser le téléphone ? Pourtant, la femme chauffeur de taxi a plus ou moins confirmé son histoire.

— Ce n'est pas ce que j'ai pensé sur le moment, mais j'en sais un peu plus désormais. Essayez de découvrir ce qu'il a de tatoué sur les doigts. S'il y a quelque chose.

— Qu'est-ce que ça pourrait être, selon vous, *amigo* ?

— Je ne veux pas vous le dire, mais si j'ai vu juste, ce sera noté dans son casier. Une dernière chose... Pouvez-vous m'envoyer sa photo par mail ?

— Avec plaisir. Laissez-moi quelques minutes.

— Merci, Yunel.

« — Vous avez un plan pour approcher M. Bolton ?

— Pas encore. Il ne doit pas savoir que je m'intéresse à lui.

— Vous promettez de tout m'expliquer ce soir ?

— Dans la mesure du possible.

— Ça va faire avancer l'affaire ?

— Franchement ? Je n'en sais rien. Du nouveau au sujet de la substance retrouvée sur les vêtements et le foin dans la grange ?

— Pas pour l'instant. Je m'occupe de Bolton.

— Merci.

— Où allez-vous maintenant ?

— Faire des courses au supermarché.

— J'espère que vous avez pensé aux coupons de réduction de votre femme. »

Ralph sourit et regarda le paquet de coupons, maintenus par un élastique, posé sur le siège du passager.

« Je ne risque pas de les oublier. »

7

Il ressortit du supermarché avec trois sacs de courses, qu'il déposa dans le coffre de sa voiture, puis il consulta son téléphone. Deux messages de Yunel Sablo. Il ouvrit d'abord celui auquel était jointe une photo. Sur ce cliché d'identité judiciaire, Claude Bolton faisait beaucoup plus jeune que l'homme qu'il avait interrogé avant l'arrestation de Maitland. Et il paraissait complètement défoncé : regard vague, joue éraflée et quelque

493

chose sur le menton qui pouvait être du jaune d'œuf ou du vomi. Ralph se souvint que Bolton avait affirmé qu'il assistait aux réunions des Narcotiques Anonymes à cette époque, et qu'il avait décroché depuis cinq ou six ans. Peut-être que oui, peut-être que non.

Le document joint au second message de Yunel était le casier judiciaire de Bolton. Celui-ci contenait une longue liste d'arrestations, essentiellement pour des délits mineurs, et de signes distinctifs. Parmi lesquels une cicatrice dans le dos, une autre sous les côtes, à droite, une autre sur la tempe droite, et environ deux douzaines de tatouages. Un aigle, un couteau à la lame sanglante, une sirène, une tête de mort avec des bougies enfoncées dans les orbites, et un tas d'autres dont Ralph se fichait. Ce qui l'intéressait, c'étaient les mots inscrits sur ses doigts : CANT à droite, MUST à gauche.

L'homme brûlé posté devant le palais de justice avait des tatouages sur les doigts lui aussi, mais s'agissait-il des mêmes ? Ralph ferma les yeux et essaya de visualiser la scène, en vain. Il savait, par expérience, que les tatouages sur les doigts étaient courants chez les prisonniers. Sans doute avaient-ils pris cette idée dans les films. On voyait souvent LOVE et HATE, ou bien GOOD et BAD[1]. Il se souvint que Jack Hoskins lui avait parlé d'un petit cambrioleur à tête de rat qui arborait SUCK et FUCK sur ses phalanges, en soulignant que ça ne devait pas l'aider pour draguer.

---

1. « Amour » et « haine ». « Bon » et « méchant ».

La seule chose dont Ralph était certain, c'était qu'il n'y avait pas de tatouages sur les bras du brûlé. Ceux de Claude Bolton en étaient couverts, mais évidemment, les flammes qui avaient ravagé le visage du brûlé avaient pu les effacer. Seulement...

« Impossible que cet homme devant le tribunal ait été Bolton », dit-il à voix haute en ouvrant les yeux pour regarder les gens qui entraient dans le supermarché et en sortaient. « Impossible. Bolton n'était pas brûlé. »

C'est de plus en plus dingue, avait-il dit à Holly Gibney la veille. *Et ce n'est pas fini*, avait-elle répondu. Elle avait bien raison.

8

Ils rangèrent les courses. Cette tâche achevée, Ralph annonça à Jeannie qu'il voulait lui montrer quelque chose sur son portable.

« Quoi donc ?

— Regarde et dis-toi bien que la personne sur cette photo est un peu plus âgée aujourd'hui. »

Il lui tendit son téléphone. Sa femme regarda le cliché d'identité judiciaire pendant dix secondes, avant de lui rendre l'appareil. Ses joues étaient presque livides.

« C'est lui. Il a les cheveux plus courts maintenant et un bouc a remplacé sa petite moustache, mais c'est bien l'homme que j'ai vu ici la nuit dernière. Celui qui a menacé de te tuer. Comment il s'appelle ?

— Claude Bolton.

— Tu vas l'arrêter ?

— Pas tout de suite. D'ailleurs, même si je le voulais, je ne sais pas si je pourrais, vu que je suis en congé administratif.

— Que comptes-tu faire, alors ?

— Dans l'immédiat ? Essayer de savoir où il se trouve. »

Son premier réflexe fut de rappeler Yunel, mais il enquêtait sur Holmes, le tueur de Dayton. Sa deuxième idée, Jack Hoskins, fut immédiatement rejetée. C'était un ivrogne doublé d'une pipe-lette. Heureusement, il lui restait une troisième solution.

Il contacta l'hôpital, où on l'informa que Betsy Riggins était rentrée chez elle avec son petit bout de chou. Il lui téléphona aussitôt. Après avoir demandé comment se portait le nouveau-né (pro-voquant un monologue de dix minutes concernant aussi bien l'allaitement que le coût des couches), il lui demanda si elle accepterait de donner un coup de main à un cher collègue en passant quelques appels, à titre officiel. Il lui expliqua ce qu'il voulait.

« C'est au sujet de Maitland ?

— Euh, Betsy... étant donné ma situation actuelle, moins tu en sauras, mieux ça vaudra.

— Ça signifie que tu risques d'avoir des ennuis. Et moi aussi, pour t'avoir aidé.

— Si tu t'inquiètes à cause du chef Geller, sache que je ne lui dirai rien. »

S'ensuivit un long silence. Ralph attendit. Finalement, Betsy dit :

« J'ai de la peine pour l'épouse de Maitland. Beaucoup de peine. Elle m'a fait penser à ces reportages qu'on voit à la télé, après un attentat suicide, à ces survivants qui déambulent avec du sang dans les cheveux, sans comprendre ce qui vient de se passer. Tu penses que ce que tu me demandes pourrait l'aider ?

— Possible. Mais je ne veux pas en dire davantage.

— Je vais voir ce que je peux faire. John Zellman n'est pas un abruti total, et son club de striptease a besoin de renouveler sa licence tous les ans. Cela pourrait l'inciter à coopérer. Je te rappelle si je fais chou blanc. Mais si ça se passe comme je le pense, c'est lui qui t'appellera.

— Merci, Betsy.

— Ça reste entre nous, Ralph. Je compte bien retrouver mon boulot en revenant de congé de maternité. Compris ?

— Message reçu cinq sur cinq. »

9

John Zellman, propriétaire et gérant du Gentlemen, Please, appela Ralph un quart d'heure plus tard. Il paraissait plus curieux qu'agacé, et désireux d'apporter son aide. Oui, il était certain que

Claude Bolton se trouvait au club quand le pauvre gamin avait été enlevé et assassiné.

« Comment pouvez-vous être aussi affirmatif, monsieur Zellman ? Je croyais qu'il prenait son service à seize heures seulement.

— Oui, mais il est arrivé plus tôt ce jour-là. Vers quatorze heures. Il voulait un congé pour aller à la grande ville avec une des filles. Elle avait un problème personnel, paraît-il. » Zellman ricana. « C'était plutôt lui qui avait un problème personnel. Sous la ceinture.

— Une certaine Carla Jeppeson ? demanda Ralph en faisant défiler la transcription de la déposition de Bolton sur son iPad. Alias Fée espiègle ?

— Elle-même, répondit Zellman en riant. Si l'absence de nichons n'a aucune importance, cette fille va faire carrière. Y en a qui aiment ça, me demandez pas pourquoi. Entre Claude et elle, y a un truc, mais ça va pas durer. Son mari est derrière les barreaux – chèques en bois, je crois –, mais il doit sortir à Noël. Elle tue le temps avec Claude. Je le lui ai dit d'ailleurs, mais vous savez ce que c'est : il pense avec sa bite.

— Vous êtes certain que c'est bien ce jour-là qu'il est venu travailler plus tôt ? Le 10 juillet ?

— Certain. Je l'ai bien noté car il était pas question que Claude soit payé pour passer deux jours à Cap City alors que, deux semaines plus tard, il devait prendre ses congés… *payés*, par-dessus le marché.

— Scandaleux en effet. Vous avez envisagé de le renvoyer ?

— Non. Au moins, il jouait franc jeu. Et puis, je vais vous dire, Claude fait partie des bons videurs, et ils sont plus rares que les dents dans la bouche d'une poule. La plupart sont des gonzesses qui jouent les durs mais qui se défilent dès qu'une bagarre éclate, comme ça arrive parfois, ou alors des types qui se la jouent à la Hulk chaque fois qu'un client les prend de haut. Claude est capable de flanquer un type à la porte en cas de besoin, mais la plupart du temps, c'est pas nécessaire. Il sait calmer les excités. Il a un truc. Je crois que c'est grâce à toutes ces réunions où il va.

— Les Narcotiques Anonymes ? Il m'en a parlé.

— Oui, il s'en cache pas. Il en est même fier, et il a le droit de l'être. Y a plein de camés qui n'arrivent pas à décrocher. Quand cette saloperie vous tient, elle vous lâche plus. Elle a de sacrés crocs.

— Il est clean, alors ?

— Je le saurais, sinon. Les junkies, je les repère, inspecteur. Croyez-moi. Pas de ça au Gentlemen. »

Ralph avait des doutes, mais il ne releva pas.

« Jamais de rechutes ?

— Ils rechutent tous, au début du moins. Mais pas Claude, pas depuis qu'il travaille pour moi. Il boit pas non plus. Un jour, je lui ai demandé pourquoi, vu que son problème, c'est la drogue. Il m'a répondu que c'était kif-kif. Il m'a expliqué que s'il buvait un verre, même une bière, ça lui donnerait envie de s'enfiler de la coke, ou un truc encore plus fort. » Après une pause, Zellman ajouta : « C'était peut-être un salopard à l'époque où il se camait, mais plus maintenant. C'est un gars bien. Dans un métier où les clients viennent pour boire des margaritas et mater des chattes rasées, c'est pas courant.

— Je comprends. Bolton est en vacances ?

— Ouais. Depuis dimanche. Dix jours.

— Ce qu'on pourrait appeler des vacances à domicile ?

— Vous voulez dire, est-ce qu'il est ici, à FC ? Non, il est au Texas, quelque part près d'Austin. C'est de là qu'il vient. Attendez une seconde. J'ai sorti son dossier avant de vous appeler… » Ralph entendit un bruit de feuilles, puis Zellman revint en ligne. « Marysville, c'est le nom du bled. Juste un gros point sur la carte, d'après ce qu'il dit. J'ai noté l'adresse parce que j'envoie une partie de sa paye là-bas, tous les quinze jours. À sa mère. Elle est âgée et mal en point. Elle a de l'emphysème. Claude est parti voir s'il pourrait pas la mettre dans une maison pour personnes dépendantes, mais il n'y croyait pas trop. Il dit que c'est une vieille bique têtue. De toute façon, je vois pas comment il pourrait payer, avec ce qu'il gagne ici. Le gouvernement devrait aider les pauvres gars comme Claude à s'occuper d'une personne âgée, mais il s'en fout. »

Disait l'homme qui avait sans doute voté pour Donald Trump, songea Ralph.

« Eh bien, merci, monsieur Zellman.

— Je peux vous demander pourquoi vous voulez lui parler ?

— Oh, juste quelques questions de routine. Des détails.

500

« — Pour n'en négliger aucun, c'est ça ?

— Exact. Vous avez son adresse ?

— Oui. Vous avez un crayon ? »

Ralph avait son fidèle iPad, ouvert sur l'application Quick Notes.

« Je vous écoute.

— Boîte 397, Rural Star Road 2, Marysville, Texas.

— Et le nom de sa mère ? »

Zellman s'esclaffa.

« Lovie. Qu'est-ce que vous dites de ça ? Lovie Ann Bolton. »

Ralph le remercia de nouveau et coupa la communication.

« Alors ? demanda Jeannie.

— Attends un peu. Tu remarqueras que j'ai la tête du gars qui réfléchit.

— En effet. Est-ce que tu peux boire un thé glacé pendant que tu réfléchis ? »

Elle souriait. Ça lui allait bien. C'était un pas dans la bonne direction.

« Certainement. »

Il reporta son attention sur son iPad (en se demandant comment il faisait avant, sans ce fichu appareil) et localisa Marysville, à une centaine de kilomètres à l'ouest d'Austin. Un simple point sur la carte, en effet, dont l'unique titre de gloire était un truc baptisé Marysville Hole.

Il réfléchit à ce qu'il allait faire à présent, en sirotant son thé glacé, puis il appela Horace Kinney, de la police de la route du Texas. Devenu capitaine, Kinney passait le plus clair de son temps derrière un bureau, mais Ralph avait travaillé avec lui dans plusieurs affaires à cheval sur différents États, à l'époque où Kinney parcourait cent cinquante mille kilomètres par an dans le nord et l'ouest du Texas.

« Horace, dit Ralph quand ils eurent échangé les banalités d'usage, j'ai un service à te demander.

— Grand ou petit ?

— Moyen. Et ça nécessite un peu de doigté.

— Oh, faut aller dans le Connecticut ou à New York pour ça, mon vieux. Ici, c'est le Texas. Alors, qu'est-ce que tu veux ? »

Ralph le lui dit. Kinney lui répondit qu'il avait l'homme qu'il lui fallait ; il se trouvait justement dans le secteur.

10

Cet après-midi-là, sur le coup de quinze heures, Sandy McGill, standardiste de la police de Flint City, découvrit en levant la tête Jack Hoskins planté devant son bureau, de dos.

« Jack ? Vous avez besoin de quelque chose ?

— Regardez ma nuque et dites-moi ce que vous voyez. »

Perplexe, mais de bonne volonté, Sandy se leva pour regarder.

« Tournez-vous un peu plus vers la lumière. » Jack s'exécuta. « Oh, vous avez un sacré coup de soleil. Vous devriez aller acheter de la crème à l'aloe vera.

« — Ça guérira le coup de soleil ?

— Seul le temps le guérira, mais ça soulagera la sensation de brûlure.

— C'est bien un coup de soleil, hein ? »

Sandy plissa le front.

« Oui, oui. Un sérieux même, avec des cloques. Vous ne savez pas qu'il faut mettre de la crème solaire à la pêche ? Vous voulez attraper un cancer de la peau ou quoi ? »

Le simple fait d'entendre ces mots prononcés à voix haute intensifia la sensation de chaleur sur sa nuque.

« J'ai oublié.

— Et sur les bras, c'est comment ?

— Beaucoup moins grave. »

À vrai dire, il n'y avait même aucune brûlure. C'était uniquement sur la nuque. Là où *quelqu'un* l'avait touché, dans cette grange abandonnée. Du bout des doigts.

« Merci, Sandy.

— Les blonds et les roux sont les plus sensibles. Si ça ne s'arrange pas, vous devriez aller voir un médecin. »

Jack quitta le bureau sans répondre ; il pensait à l'homme dans son rêve. Tapi derrière le rideau de douche.

Je te l'ai donné, mais je peux le reprendre. Tu voudrais que je le reprenne ?

Il songea : *Ça disparaîtra tout seul, comme n'importe quel coup de soleil.*

Peut-être, peut-être pas. Et ça faisait de plus en plus mal. Il pouvait à peine y toucher, et il ne

503

cessait de repenser à ces plaies ouvertes qui rongeaient la peau de sa mère. Au début, le cancer avançait en rampant, mais une fois bien installé, il s'était mis à galoper. À la fin, il dévorait sa gorge et ses cordes vocales, transformant ses hurlements en grognements. Néanmoins, le jeune Jack Hoskins, âgé de onze ans, qui l'écoutait à travers la porte close de sa chambre de malade, comprenait très bien ce qu'elle demandait à son père : de mettre fin à ses souffrances. *Tu le ferais pour un chien*, disait-elle de sa voix éraillée. *Pourquoi tu refuses de le faire pour moi ?*

« C'est juste un coup de soleil, dit-il en faisant démarrer sa voiture. Rien de plus. Un putain de coup de soleil. »

Il avait besoin d'un remontant.

11

Il était dix-sept heures cet après-midi-là quand un véhicule de la police de la route du Texas s'engagea dans l'allée signalée par la boîte 397. Lovie Bolton était assise sur sa terrasse, une cigarette à la main ; sa bouteille d'oxygène se trouvait à côté de son rocking-chair, dans son support sur roulettes.

« Claude ! s'écria-t-elle de sa voix rauque. On a de la visite ! C'est la police ! Tu ferais bien de venir voir ! »

Claude était dans le jardin envahi de mauvaises herbes derrière la petite maison composée de pièces en enfilade. Il enlevait le linge étendu sur un fil et le pliait soigneusement dans un panier en osier. La machine à laver de sa mère fonctionnait, mais le sèche-linge avait rendu l'âme peu de temps avant qu'il arrive et désormais, elle s'essoufflait trop vite pour étendre la lessive. Claude avait l'intention de lui acheter un nouveau sèche-linge avant de repartir, mais il ne cessait de remettre cette tâche à plus tard. Et maintenant, voilà que la police débarquait, à moins que sa mère se trompe, mais il en doutait. Si elle avait un tas de problèmes de santé, elle avait conservé une très bonne vue.

Il fit le tour de la maison et vit un grand flic descendre d'un SUV noir et blanc. En découvrant le logo doré du Texas sur la portière du conducteur, Claude sentit son ventre se nouer. Cela faisait bien longtemps qu'il n'avait commis aucun acte susceptible de motiver une arrestation, mais cette réaction était devenue instinctive. Il fourra la main dans sa poche et referma ses doigts autour de sa médaille des Narcotiques Anonymes récompensant six ans d'abstinence, comme il le faisait souvent dans les moments de stress, de manière presque inconsciente.

Le policier glissa ses lunettes de soleil dans sa poche de poitrine, tandis que Mme Bolton essayait de s'arracher à son rocking-chair.

« Inutile de vous lever, madame, dit-il. Je n'en vaux pas la peine. »

Elle émit un ricanement rouillé et se rassit.

« Vous êtes sacrément grand, en tout cas. Comment vous vous appelez, monsieur l'agent ?

— Sipe, madame. Caporal Owen Sipe. Enchanté. »

Il serra la main qui ne tenait pas la cigarette, en prenant soin de ne pas broyer les doigts de la vieille dame.

« Moi de même, monsieur l'agent. Voici mon fils, Claude. Il habite à Flint City, mais il est venu me donner un coup de main, comme qui dirait. »

Sipe se tourna vers Claude, qui lâcha sa médaille et serra à son tour la main du policier.

« Enchanté, monsieur Bolton », dit celui-ci. Il garda la main de Claude dans la sienne, le temps de l'examiner. « Je vois que vous avez des petits tatouages sur les doigts.

— Faut voir les deux pour comprendre le message. » Claude tendit son autre main. « Je me les suis faits moi-même, en prison. Mais si vous êtes venu jusqu'ici pour me voir, vous le savez sûrement.

— CANT et MUST, lut l'agent Sipe, ignorant cette dernière remarque. J'ai déjà vu des tatouages sur les mains, mais jamais ceux-là.

— Ils racontent une histoire. Et je la transmets dès que je peux. C'est ma façon à moi de me racheter. Je suis clean maintenant, mais le combat a été dur. J'ai assisté à un tas de réunions des Alcooliques Anonymes et des Narcotiques Anonymes quand j'étais en taule. Au début, c'était uniquement parce qu'ils nous filaient des doughnuts de chez Krispy Kreme, mais au bout d'un moment, tout ce qu'ils disaient m'est rentré dans le crâne. J'ai appris qu'un camé ne sait que deux choses : il ne *peut pas* se droguer (*cant*) et il *doit* se droguer

506

(*must*). C'est le grand dilemme, le nœud dans votre tête. Vous ne pouvez pas le trancher, et vous ne pouvez pas le défaire, alors vous devez apprendre à passer par-dessus. C'est faisable, mais pour ça, faut jamais oublier le principe de base. Vous *devez*, mais vous ne *pouvez pas*.

— Hummm, fit Sipe. Une sorte de parabole, hein ?

— Maintenant, il boit plus et il se drogue plus, déclara Lovie du fond de son rocking-chair. Il touche même plus à cette saloperie. » Elle lança son mégot de cigarette sur le sol. « C'est un brave garçon.

— Personne ne l'accuse de quoi que ce soit », dit Sipe, et Claude se détendit. Un peu. Mieux valait ne pas trop se détendre quand la police vous rendait visite à l'improviste. « J'ai reçu un appel des collègues de Flint City. À mon avis, ils sont en train de boucler un dossier et ils ont besoin de vous pour vérifier un détail au sujet d'un certain Terry Maitland. »

Sipe sortit son téléphone, le tripatouilla et montra une photo à Claude.

« Est-ce le ceinturon que portait ce Maitland le soir où vous l'avez vu ? Et ne me demandez pas ce que ça signifie car je n'en ai aucune idée. Ils m'ont juste chargé de vous poser la question. »

Ce n'était pas la raison pour laquelle Sipe avait été envoyé ici, mais la consigne de Ralph Anderson, relayée par le capitaine Horace Kinney, était de ne pas éveiller les soupçons afin que l'ambiance reste détendue.

Claude examina le téléphone, puis le rendit au policier.

« Je ne peux pas en être absolument certain, ça ne date pas d'hier, mais ça y ressemble.

— Eh bien, merci. Merci à tous les deux. »

Sipe rangea son téléphone dans sa poche et tourna les talons.

« C'est tout ? demanda Claude. Vous êtes venu jusqu'ici pour poser juste une question ?

— Oui, on peut dire ça. Faut croire que quelqu'un voulait vraiment en avoir le cœur net. Merci de m'avoir accordé un peu de votre temps. Je vais transmettre l'info en retournant à Austin.

— C'est pas la porte à côté, agent Sipe, dit Lovie. Entrez donc boire un verre de thé glacé. C'est un mélange tout prêt, mais il n'est pas mauvais.

— Je n'ai pas le temps d'entrer et de m'asseoir, je veux être rentré avant la nuit, si possible. En revanche, je veux bien y goûter ici, sur la terrasse, si ça ne vous ennuie pas.

— Absolument pas. Claude, va chercher un verre de thé pour ce charmant policier.

— Un *petit* verre, dit Sipe en écartant son pouce et son index d'un centimètre. Deux gorgées et je reprends la route. »

Claude disparut dans la maison. Sipe s'appuya contre le mur et se retourna vers Lovie Bolton, dont le visage aimable ressemblait à un océan de rides.

« Votre garçon est gentil avec vous, on dirait.

— Je serais perdue sans lui. Il m'envoie de l'argent tous les quinze jours et il vient me voir dès

508

qu'il peut. Il voudrait que j'aille dans une maison de retraite à Austin, et peut-être bien que j'irai un jour, s'il a les moyens, mais pour l'instant, il peut pas. C'est le meilleur des fils, agent Sipe. Un vrai fauteur de troubles dans sa jeunesse, mais il s'est bien racheté.

— Oui, je comprends. Dites, il vous a déjà emmenée au Big 7, un peu plus loin sur la route ? Ils servent un petit-déjeuner d'enfer.

— Je me méfie de ces restaurants au bord de la route », répondit-elle en sortant son paquet de cigarettes de sa robe de chambre. Elle en coinça une entre ses fausses dents. « Une fois, en 74, à Abilene, j'ai chopé une ptomaïne, et j'ai failli mourir. C'est mon fils qui fait la cuisine quand il est là. C'est pas un grand chef, mais il se débrouille. Il sait se servir d'une poêle. Il fait pas brûler le bacon. »

Elle lui adressa un clin d'œil en allumant sa cigarette. Sipe sourit, en priant pour que la bouteille d'oxygène soit bien étanche et que la vieille femme ne les expédie pas tous les deux *ad patres*.

« Je parie que c'est lui qui a préparé votre petit-déjeuner ce matin.

— Et comment ! Café, toasts aux raisins et œufs brouillés avec plein de beurre, comme je les aime.

— Vous êtes matinale, madame ? Je vous demande ça à cause de l'oxygène et tout le…

— On se lève tôt tous les deux. En même temps que le soleil. »

Claude revint avec trois verres de thé glacé sur un plateau, deux grands et un plus petit. Owen

Sipe vida le sien en deux gorgées, fit claquer ses lèvres et annonça qu'il devait repartir. Les Bolton le suivirent du regard, Lovie dans son rocking-chair, Claude assis sur les marches de la terrasse, contemplant d'un air soucieux le panache de poussière dans le sillage de la voiture de police qui regagnait la route principale.

« Tu vois comme les policiers sont gentils quand tu n'as rien fait de mal ? dit sa mère.

— Ouais.

— Il est venu jusqu'ici juste pour te poser une question sur une ceinture. Tu te rends compte ?

— Il n'est pas venu pour ça, maman.

— Ah bon ? Pour quoi, alors ?

— Je sais pas trop, mais pas pour ça. » Claude posa son verre sur la marche et observa ses doigts. CANT et MUST, le dilemme qu'il avait enfin réussi à surmonter. Il se leva. « Bon, je ferais bien d'aller chercher le reste du linge. Ensuite, j'irai faire un tour chez Jorge pour lui demander si je peux lui filer un coup de main demain. Il refait son toit.

— Tu es un gentil garçon, Claude. » Il vit des larmes dans les yeux de sa mère et en fut ému. « Viens faire un gros câlin à ta maman.

— J'arrive. »

12

Ralph et Jeannie Anderson s'apprêtaient à se rendre à la réunion organisée au cabinet de Howie Gold quand le portable de Ralph sonna. C'était

Horace Kinney. Ralph s'entretint avec lui pendant que Jeannie mettait ses boucles d'oreilles et enfilait ses chaussures.

« Merci, Horace. À charge de revanche. »

Jeannie le regardait avec curiosité.

« Alors ?

— Horace a envoyé un agent chez les Bolton à Marysville. Sous un faux prétexte. En fait, il voulait…

— Je sais ce qu'il voulait savoir.

— Hummm. D'après Mme Bolton, Claude a préparé leur petit-déjeuner vers six heures ce matin. Alors, si tu as vu Bolton dans le salon à quatre heures…

— J'ai regardé le réveil quand je me suis levée pour aller faire pipi. Il était quatre heures six.

— D'après MapQuest, il y a six cent quatre-vingts kilomètres entre Flint City et Marysville. En aucun cas il ne pouvait être là-bas à temps pour préparer le petit-déjeuner à six heures, ma chérie.

— La mère a peut-être menti, suggéra Jeannie, sans conviction.

— Sipe – le policier envoyé sur place par Horace – affirme qu'il n'a pas eu cette impression. Il l'aurait senti.

— C'est comme avec Terry, alors. Un homme qui se trouve dans deux endroits en même temps. Car il était bien ici, Ralph. Crois-moi. »

Avant qu'il puisse répondre, on sonna à la porte. Il enfila une veste pour cacher le Glock fixé à sa ceinture et descendit. Bill Samuels, le procureur, se tenait sur le perron, à peine reconnaissable en jean et T-shirt bleu.

« Howard m'a appelé. Il m'a informé qu'une petite réunion, informelle, devait avoir lieu à son cabinet, au sujet de l'affaire Maitland, et il m'a suggéré d'y participer. Alors, j'ai pensé que l'on pourrait s'y rendre ensemble, si vous êtes d'accord.

— Je suppose que oui, répondit Ralph. Mais dites-moi, Bill… à qui d'autre en avez-vous parlé ? Au chef Geller ? Au shérif Doolin ?

— À personne. Je ne suis pas un génie, mais je ne suis pas tombé du berceau. »

Jeannie rejoignit son mari à la porte en inspectant le contenu de son sac à main.

« Bonjour, Bill. Quelle surprise de vous voir ici. »

Le sourire de Samuels n'exprimait aucune joie.

« À dire vrai, j'en suis moi-même étonné. Cette affaire ressemble à un zombie qui ressuscite en permanence.

— Que pense votre ex-femme de tout ça ? » demanda Ralph, et, voyant le regard noir de Jeannie, il ajouta : « Si je dépasse les bornes, préviens-moi.

— Oh, nous en avons parlé, avoua Samuels. Même s'il serait plus exact de dire qu'elle a parlé et que j'ai écouté. Elle pense que je suis en partie responsable de l'assassinat de Maitland, et elle n'a pas totalement tort. » De nouveau, il essaya de sourire, sans y parvenir cette fois. « Mais comment pouvions-nous savoir, Ralph ? Dites-le-moi. C'était du tout cuit, non ? Rétrospectivement… en sachant tout ce qu'on savait… pouvez-vous sincèrement dire que vous auriez agi autrement ?

— Oui, répondit Ralph. Je ne l'aurais pas arrêté devant tous les habitants de cette foutue ville, et j'aurais insisté pour qu'il entre au tribunal par-derrière. Allons-y, on va être en retard. »

TORCHONS
ET SERVIETTES

25 juillet

1

Finalement, Holly ne voyagea pas en classe affaires, même si elle aurait pu le faire en choisissant le vol Delta de dix heures quinze, qui l'aurait conduite à Cap City à douze heures trente. Souhaitant prolonger son séjour dans l'Ohio, elle avait fractionné son voyage en trois étapes, en empruntant de petits coucous qui allaient probablement la secouer dans le ciel agité de juillet. Un trajet pas très agréable, à l'étroit, mais supportable. Ce qui l'était moins, c'était de savoir qu'elle n'arriverait pas à Flint City avant dix-huit heures, en supposant que ses correspondances s'enchaînent à la perfection. La réunion au cabinet de Howie Gold débutait à dix-neuf heures, et Holly détestait par-dessus tout arriver en retard à un rendez-vous. C'était l'assurance de ne pas partir d'un bon pied.

Elle rassembla ses quelques affaires, régla sa note d'hôtel et parcourut la cinquantaine de kilomètres qui la séparaient de Regis. Tout d'abord, elle se rendit dans la maison où Heath Holmes avait séjourné au cours de ses vacances, avec sa mère. Tout était fermé, les fenêtres condamnées par des planches, sans doute à cause des vandales qui s'en servaient comme cibles pour lancer des pierres. Dans le jardin, qui avait sacrément besoin d'être tondu, une pancarte indiquait : À VENDRE. CONTACTER LA FIRST NATIONAL BANK DE DAYTON.

En regardant la maison, Holly devina que les gamins du coin ne tarderaient pas à raconter qu'elle était hantée (si ce n'était déjà fait) et elle médita sur l'essence de la tragédie. À l'instar de la rougeole, des oreillons et de la rubéole, la tragédie était contagieuse. Mais il n'existait pas de vaccin. La mort de Frank Peterson à Flint City avait contaminé sa malheureuse famille et s'était répandue à travers toute la ville. Sans doute était-ce différent dans cette communauté de banlieue où les gens entretenaient des liens moins forts, mais la famille Holmes avait bel et bien disparu, il n'en restait que cette maison vide.

Elle envisagea de photographier la maison aux fenêtres condamnées, avec le panneau À VENDRE au premier plan – l'image-même du chagrin et du deuil –, puis se ravisa. Certaines des personnes qu'elle allait rencontrer comprendraient peut-être, elles ressentiraient ces choses, mais la plupart probablement pas. Pour elles, ce ne serait qu'une photo.

Holly se rendit ensuite au cimetière du Repos Paisible, situé en périphérie. Là, elle trouva la famille de nouveau réunie : le père, la mère et le fils unique. Il n'y avait aucune fleur et la pierre tombale marquant la sépulture de Heath Holmes avait été renversée. Holly imagina que celle de Terry Maitland avait dû connaître un sort identique. Si la tristesse était contagieuse, la colère aussi. C'était une petite pierre tombale toute simple portant uniquement le nom du défunt, ses dates de naissance et de mort, et une tache de matière séchée qui était peut-être un reste d'œuf. Au prix d'un gros effort, Holly redressa le lourd bloc de pierre, sachant qu'il ne resterait pas longtemps debout. Mais chacun faisait ce qu'il pouvait.

« Vous n'avez tué personne, n'est-ce pas, monsieur Holmes ? Vous étiez au mauvais endroit au mauvais moment, voilà tout. » Avisant un petit bouquet sur une tombe voisine, elle emprunta quelques fleurs pour les déposer sur celle de Heath. Des fleurs coupées constituaient une piètre commémoration – elles mouraient également –, mais c'était mieux que rien. « Vous voilà condamné pour l'éternité. Personne ici ne croira jamais la vérité. Et ces gens que je vais rencontrer ce soir ne la croiront pas non plus. »

Malgré tout, elle s'efforcerait de les convaincre. Chacun faisait ce qu'il pouvait, qu'il s'agisse de redresser une pierre tombale ou de convaincre des hommes et des femmes du vingt et unième siècle que dans ce monde il existait des monstres d'autant plus forts que des individus rationnels refusaient de croire à leur existence.

En regardant autour d'elle, Holly aperçut un caveau sur une colline basse (dans cette partie de l'Ohio, il n'y avait pas de hautes collines). Elle s'en approcha pour lire les noms gravés sur le linteau de granite, puis descendit les trois marches et jeta un coup d'œil à l'intérieur, où des bancs de pierre permettaient de s'asseoir et de méditer sur les morts du temps jadis inhumés en ce lieu. L'inconnu s'était-il caché ici après avoir accompli son geste infâme ? Pas d'après elle, car n'importe qui – peut-être même un des vandales qui avaient renversé la pierre tombale de Heath Holmes – pouvait monter jusqu'ici, poussé par la curiosité. En outre, le soleil éclairait sans doute cette zone de méditation durant une heure ou deux dans l'après-midi, et s'il était ce qu'elle croyait, il préférait l'obscurité. Pas toujours, non, pas pendant certaines périodes. Cruciales. Holly n'avait pas achevé ses recherches, mais elle en était quasiment certaine. Et puis, il y avait autre chose : si le meurtre représentait l'œuvre de sa vie, la tristesse en était le moteur. La tristesse et la colère.

Alors, non, il n'avait pas cherché le repos dans ce caveau. En revanche, elle devinait qu'il était venu dans ce cimetière, peut-être même avant les décès de Mavis Holmes et de son fils. Holly avait l'impression (tout en sachant qu'il s'agissait certainement d'un effet de son imagination) de sentir sa présence. Brady Hartsfield dégageait cette même odeur : la puanteur du surnaturel. Bill le savait, et les infirmières qui s'étaient occupées de Hartsfield aussi, même s'il était censé se trouver dans un état de semi-catatonie.

Sans se presser, elle regagna le petit parking du cimetière, son sac cognant contre sa hanche. Sa Prius l'attendait sous un soleil estival cuisant. Elle passa devant sans s'arrêter, puis pivota lentement sur elle-même pour étudier le décor environnant. La campagne n'était pas loin (elle sentait les effluves d'engrais), mais ici, c'était une zone de transition, industrielle autrefois, laide et désolée. Elle ne figurerait pas dans les brochures publicitaires de la chambre de commerce (à supposer que Regis possède une chambre de commerce). Il n'y avait rien à visiter. Rien qui attire le regard. Celui-ci était rebuté au contraire, comme si cette terre elle-même criait : *Fichez le camp, il n'y a rien pour vous ici. Adieu et ne revenez pas.* Il y avait bien le cimetière, mais une fois l'hiver de retour, peu de gens visitaient le Repos Paisible, et le vent du nord glacial chassait vite les rares personnes venues honorer, brièvement, les défunts.

Un peu plus loin, il y avait une voie ferrée, mais les rails étaient rouillés et des mauvaises herbes poussaient entre les traverses. Les fenêtres de la gare, depuis longtemps abandonnée, étaient condamnées par des planches elles aussi, comme celles de la maison des Holmes. Derrière, sur une voie de garage, stationnaient deux wagons de marchandises dont les roues avaient été avalées par les plantes grimpantes. Ils semblaient dater de la guerre du Vietnam. Autour de la gare désaffectée, d'anciens entrepôts, abandonnés depuis longtemps eux aussi, et ce qu'elle devinait être des ateliers, devenus inutiles. Au-delà se dressait une usine à moitié en ruine, enfoncée jusqu'à la taille dans les tournesols et les buissons. Quelqu'un avait peint un svastika à la bombe sur le mur de brique délabré qui avait été rouge autrefois, il y a très très longtemps. D'un côté de l'autoroute qui la ramènerait en ville, un grand panneau d'affichage, de guingois, affirmait : L'AVORTEMENT ARRÊTE UN CŒUR QUI BAT ! CHOISISSEZ LA VIE ! De l'autre côté, un bâtiment long et bas était surmonté d'une enseigne qui annonçait : SPE DY ROBO CAR WASH. Devant, sur le parking désert, Holly remarqua une pancarte semblable à celle qu'elle avait déjà vue : À VENDRE. CONTACTER LA FIRST NATIONAL BANK DE DAYTON.

Je pense que tu es venu ici. Pas dans le caveau, mais tout près. Pour sentir l'odeur des larmes quand le vent souffle dans la bonne direction. Pour entendre les rires des hommes ou des garçons qui ont renversé la pierre tombale de Heath Holmes et sans doute uriné dessus.

Soudain, malgré la chaleur, Holly frissonna. Si elle avait eu plus de temps, elle aurait pu explorer ces lieux déserts. Il n'y avait plus aucun danger, l'outsider avait quitté l'Ohio depuis longtemps. Et sans doute avait-il quitté Flint City également.

Elle prit quatre photos avec son iPad : la gare, les wagons de marchandises, l'usine, la station de lavage. En les faisant défiler sur l'écran, elle décréta qu'elles feraient l'affaire. Il faudrait bien. Elle avait un avion à prendre.

Et des gens à convaincre.

Si elle y parvenait. À cet instant, elle se sentait toute petite et seule. Il était facile d'imaginer les rires et le ridicule ; des réactions auxquelles elle pensait, naturellement. Malgré tout, elle essayerait. Il le fallait. Pour les enfants assassinés, oui – Frank Peterson, les filles Howard et ceux qui les avaient précédés –, mais aussi pour Terry Maitland et Heath Holmes. Chacun faisait ce qu'il pouvait.

Il lui restait un arrêt à effectuer. Coup de chance, c'était sur son chemin.

2

Un vieil homme assis sur un banc du square de Trotwood se fit un plaisir de lui indiquer l'endroit où avaient été découverts les corps de « ces pauvres petites ». Ce n'était pas loin, précisa-t-il, et elle ne pouvait pas le louper.

En effet.

Holly se gara, descendit de voiture et contempla le fossé que des personnes éplorées – et des amateurs de frissons – avaient tenté de transformer en autel. Il y avait de nombreuses cartes scintillantes sur lesquelles prédominaient des mots tels que CHA-GRIN ou PARADIS. Des ballons également, certains dégonflés, d'autres plus récents, même si Amber et Jolene Howard avaient été découvertes trois mois plus tôt à cet endroit. Il y avait une statuette de la Vierge Marie, qu'un petit plaisantin avait affublée d'une moustache. Et un ours en peluche qui fit frissonner Holly. Son corps grassouillet et marron était couvert de moisissures.

Elle leva son iPad pour prendre une photo.

Elle ne retrouvait pas les effluves de cette odeur qu'elle avait perçue (ou cru percevoir) au cimetière, mais elle aurait parié que l'inconnu était venu ici à un moment ou à un autre après la découverte des corps, afin de renifler le chagrin de ces pèlerins qui se recueillaient devant cet autel de fortune, comme on hume un bon vin. Et respirer l'excitation de ceux – peu nombreux, mais il y en avait toujours quelques-uns – qui étaient là pour imaginer ce que l'on pouvait ressentir en accomplissant un tel geste, et pour écouter les hurlements des jeunes victimes.

Oui, tu es venu, mais pas tout de suite. Pas avant d'être sûr de ne pas attirer l'attention, comme c'est arrivé le jour où le frère de Frank Peterson a abattu Terry Maitland.

« Tu n'as pas pu résister cette fois-là, hein ? murmura Holly. Tu étais comme un homme affamé face à un repas de Thanksgiving. »

Un minivan s'arrêta devant la Prius de Holly. Deux autocollants ornaient le pare-chocs. Le premier proclamait MOM'S TAXI. Et le second : JE CROIS AU DEUXIÈME AMENDEMENT. ET JE VOTE. La femme qui en descendit, la trentaine, était bien habillée, grassouillette, jolie. Elle tenait un bouquet de fleurs. Elle s'agenouilla et le déposa à côté d'une croix en bois sur laquelle on avait écrit PETITES FILLES dans un sens et AVEC JÉSUS dans l'autre. Puis elle se redressa.

« C'est triste, hein ? dit-elle en s'adressant à Holly.

— Oui.

— Je suis chrétienne, et malgré cela, je suis contente que l'homme qui a fait ça soit mort, oui. Contente. Je suis contente qu'il soit en enfer. C'est horrible de ma part, non ?

— Il n'est pas en enfer », répondit Holly.

La femme eut un mouvement de recul, comme si on l'avait frappée.

« Il *apporte* l'enfer. »

Holly se rendit à l'aéroport de Dayton. Bien que légèrement en retard, elle résista à l'envie de dépasser la vitesse autorisée. S'il y avait des lois, ce n'était pas pour rien.

3

Voyager en empruntant de petits avions (Camelote Airways, comme disait Bill) présentait certains avantages. Premièrement, son dernier vol la déposa à l'aéroport de Kiowa, à Flint County, ce qui lui évita de faire cent kilomètres depuis Cap City. Autre intérêt des sauts de puce, cela lui permit de poursuivre ses recherches. Durant les brèves escales entre deux avions, elle utilisa le wifi des aéroports pour télécharger le maximum d'informations. Et pendant les vols eux-mêmes, elle lut ce qu'elle avait récupéré, faisant défiler les documents à toute vitesse sur son écran, tellement concentrée qu'elle entendit à peine les cris d'effroi des autres passagers lorsque le deuxième avion, un turbopropulseur de trente sièges, traversa un trou d'air et chuta comme un ascenseur.

Holly arriva à destination avec seulement cinq minutes de retard sur son planning et, en pressant le pas, elle fut la première à se présenter au comptoir de chez Hertz, ce qui lui valut un regard noir de la part du représentant de commerce surchargé de bagages qu'elle devança grâce à un sprint final. Sur le trajet qui la conduisait en ville, voyant approcher l'heure fatidique du rendez-vous, elle céda à la tentation et dépassa la vitesse autorisée. Mais de 10 kilomètres-heure seulement.

4

« La voilà, c'est forcément elle. »

Howie Gold et Alec Pelley se tenaient devant l'immeuble qui abritait le cabinet de l'avocat. Ce dernier désignait une femme svelte en tailleur gris et chemisier blanc qui trottinait sur le trottoir. Un gros sac fourre-tout cognait contre sa hanche fine. Ses cheveux courts encadraient son petit visage et une frange veinée de mèches grises s'arrêtait juste au-dessus de ses sourcils. Exception faite d'un soupçon de rouge à lèvres presque effacé, elle ne portait aucun maquillage. Si le soleil se couchait, il faisait encore chaud et un filet de sueur coulait sur une de ses joues.

« Mademoiselle Gibney ? demanda Howie en s'avançant.

— Oui, dit-elle, haletante. Je suis en retard ?

— En fait, vous avez deux minutes d'avance, répondit Alec. Puis-je prendre votre sac ? Il semble lourd.

— Ça va, merci. »

Elle regarda successivement l'avocat corpulent et dégarni, puis le détective privé qui l'avait engagée. Pelley mesurait au moins quinze centimètres de plus que son patron ; ses cheveux grisonnants étaient coiffés en arrière, il portait un pantalon beige et une chemise blanche au col ouvert.

« Les autres sont déjà arrivés ?

— L'inspecteur Anderson… Ah, quand on parle du loup », dit Alec.

En se retournant, Holly vit trois personnes approcher. Dont une femme d'âge mûr qui avait conservé la beauté de ses jeunes années, malgré les cernes, mal masqués par du fond de teint et un peu de poudre, qui suggéraient qu'elle dormait mal ces temps-ci. À sa gauche se tenait un homme maigre, visiblement nerveux, affligé à l'arrière du crâne d'un épi qui se détachait de sa chevelure parfaitement maîtrisée par ailleurs. Et à sa droite…

L'inspecteur Anderson était un homme grand aux épaules tombantes, menacé par l'apparition d'une bedaine s'il ne faisait pas plus de sport et davantage attention à ce qu'il mangeait. Sa tête penchait légèrement vers l'avant et ses yeux, d'un bleu éclatant, la parcoururent de haut en bas, de la proue à la poupe. Non, ce n'était pas Bill, bien évidemment. Bill était mort il y a deux ans et il ne reviendrait pas. En outre, cet homme semblait bien plus jeune que Bill à l'époque où elle l'avait rencontré. La ressemblance venait de cette curiosité avide. Il tenait la femme par la main, d'où on pouvait déduire qu'il s'agissait de Mme Anderson. Intéressant, qu'elle soit venue avec lui.

Tout le monde se présenta. L'homme maigre à l'épi sur le crâne était le procureur de Flint County,

William (« Appelez-moi Bill, je vous en prie ») Samuels.

« Montons dans mon bureau, proposa Howie. Il fera plus frais. »

Mme Anderson – Jeanette – demanda à Holly si elle avait fait bon voyage, et Holly donna la réponse appropriée. Après quoi, elle se tourna vers Howie pour savoir si son bureau était équipé d'un système de projection audiovisuelle. « Bien évidemment », lui dit-il, et elle pourrait l'utiliser à sa guise si elle souhaitait leur présenter des documents. Quand ils sortirent de l'ascenseur, Holly demanda où se trouvaient les toilettes.

« J'en ai juste pour une minute ou deux. J'arrive directement de l'aéroport.

— Bien sûr. À gauche au fond du couloir. »

Holly craignait que Mme Anderson décide de l'accompagner, mais il n'en fut rien. Tant mieux. Car si Holly avait effectivement envie de faire pipi (« aller au petit coin », disait sa mère), elle avait autre chose de plus important à faire, et qui nécessitait la plus grande intimité.

Assise sur la cuvette, jupe relevée, son sac glissé entre ses chaussures confortables, elle ferma les yeux. Sachant que les espaces carrelés comme celui-ci amplifiaient tous les sons, elle pria en silence.

C'est encore Holly Gibney. J'ai besoin d'aide. Vous savez que je ne suis pas très douée avec les inconnus, même en tête à tête, et ce soir, je vais en avoir six devant moi. Sept, si la veuve de M. Maitland est présente. Je mentirais en disant que je ne suis pas ner-

veuse. Bill saurait s'y prendre, lui, mais je ne suis pas Bill. Aidez-moi à me montrer à sa hauteur. Aidez-moi à comprendre leur incrédulité naturelle et à ne pas en avoir peur.

Elle conclut à voix haute, mais dans un murmure :

« Je Vous en supplie, Seigneur, aidez-moi à ne pas merder. » Après un silence, elle ajouta : « Je n'ai pas fumé. »

5

Tout le monde prit place dans la salle de réunion du cabinet de Howard Gold qui, si elle était plus petite que celle de *The Good Wife* (Holly avait regardé les sept saisons et était passée maintenant à la suite), était quand même très agréable. Tableaux de bon goût, table en acajou verni, fauteuil en cuir. Mme Maitland était présente, effectivement, assise à la droite de M. Gold qui trônait en bout de table, comme toujours. Il lui demanda qui gardait les enfants.

Marcy lui adressa un sourire sans joie.

« Lukesh et Chandra Patel se sont portés volontaires. Leur fils jouait dans l'équipe de Terry. D'ailleurs, Baibir occupait la troisième base quand... » Elle se tourna vers l'inspecteur Anderson. « Quand vos hommes sont venus l'arrêter. Baibir était effondré. Il n'a pas compris. »

Anderson croisa les bras, sans rien dire. Son

épouse posa la main sur son épaule et lui murmura quelque chose à l'oreille. Anderson hocha la tête.

« Nous allons pouvoir commencer, dit Howie. Je n'ai pas établi d'ordre du jour, mais peut-être que notre visiteuse aimerait commencer. Holly Gibney est une détective privée engagée par Alec pour enquêter sur une affaire survenue à Dayton, en partant de l'hypothèse que les deux affaires étaient liées. Nous sommes là, entre autres choses, pour essayer de déterminer si tel est le cas.

— Je ne suis pas détective privée, rectifia Holly. C'est mon collègue, Peter Huntley, qui possède une licence de détective. Notre société s'occupe surtout de saisies et de détenus en cavale. Il nous arrive cependant de mener des enquêtes crimi-nelles, quand on ne risque pas de se faire répri-mander par la police. On a d'excellents résultats avec les animaux perdus, par exemple. »

Elle se trouvait lamentable et sentit le sang lui monter au visage.

« Mlle Gibney est un peu trop modeste, dit Alec. Je crois savoir que vous avez participé à la traque d'un fugitif violent nommé Morris Bellamy.

— C'est mon équipier qui s'est occupé de cette affaire. Mon *premier* équipier. Bill Hodges. Depuis, il est décédé, comme vous le savez, monsieur Pel-ley… Alec.

— Oui. Toutes mes condoléances. »

Le Latino qu'Anderson avait présenté comme étant le lieutenant Yunel Sablo, de la police d'État, se racla la gorge.

« Il me semble, dit-il, que M. Hodges et vous

avez également été impliqués dans une affaire d'attentat terroriste avorté. Préparé par un jeune homme nommé Hartsfield. Et c'est vous, mademoiselle Gibney, qui l'avez personnellement arrêté avant qu'il puisse provoquer une explosion dans un auditorium plein. Elle aurait pu tuer des milliers de jeunes gens. »

Un murmure parcourut la table. Holly sentit son visage s'enflammer un peu plus. Elle aurait aimé leur avouer qu'elle avait échoué, qu'elle avait seulement mis fin temporairement aux projets meurtriers de Brady, et qu'il était revenu afin de semer la mort avant d'être neutralisé pour de bon, mais ce n'était ni le moment ni le lieu.

Le lieutenant Sablo n'avait pas fini.

« Je crois même que vous avez été distinguée par la municipalité.

— Nous sommes trois à avoir été distingués et, à vrai dire, nous avons juste reçu une clé en or et un passe pour prendre le bus, valable dix ans. » Holly regarda les visages autour d'elle, furieuse de sentir qu'elle rougissait encore comme une gamine de seize ans. « C'est de l'histoire ancienne. Pour en revenir à l'affaire du jour, je préférerais garder mon rapport pour la fin. Avec mes conclusions.

— Comme le dernier chapitre d'un vieux roman policier anglais, dit Howie Gold, tout sourire. Nous allons vous raconter ce que nous savons, et ensuite, vous vous lèverez pour nous stupéfier en nous expliquant qui a fait le coup, et comment.

— Bonne chance, ironisa Samuels. Le simple

fait de penser à l'affaire Peterson me donne mal à la tête.

— Selon moi, nous détenons la majeure partie des pièces, dit Holly, mais elles ne sont pas toutes sur la table. En fait, je ne cesse de repenser à ce vieux dicton, et je suis sûre que vous allez trouver ça idiot, à propos des torchons et des serviettes. Mais maintenant que les torchons et les serviettes sont mélangés...

— Sans oublier les mouchoirs et les napperons », dit Howie. Devant l'expression de Holly, il s'empressa d'ajouter : « Je ne vous taquine pas, mademoiselle Gibney. Je suis d'accord avec vous : mettons tout sur la table. Alors, qui commence ?

— Yunel, dit Anderson. Puisque je suis en congé administratif. »

Yunel posa sur la table un attaché-case d'où il sortit son ordinateur portable.

« Monsieur Gold, pouvez-vous me montrer comment connecter cet ordinateur au projecteur ? »

Howie s'exécuta, sous le regard attentif de Holly qui voulait être sûre de bien faire quand viendrait son tour. Une fois les bons câbles branchés aux bons endroits, Howie baissa légèrement l'intensité de l'éclairage.

« Bien, dit Yunel. Pardonnez-moi, mademoiselle Gibney, si je vous coupe l'herbe sous le pied en évoquant des choses que vous avez pu découvrir à Dayton.

— Aucun problème.

— Je me suis entretenu avec le capitaine Bill Darwin, de la police de Dayton, et avec le sergent

George Highsmith, de la police de Trotwood. Quand je leur ai annoncé que nous avions une affaire similaire sur les bras, sans doute liée par une camionnette volée qui se trouvait à proximité des deux scènes de crime, ils ont exprimé le désir de nous aider et, grâce à la magie des télécommunications, tout devrait être là… si ce gadget fonctionne, évidemment. »

Le bureau de l'ordinateur de Yunel s'afficha sur l'écran mural. Il cliqua sur un dossier intitulé HOLMES. La première image représentait un homme vêtu d'une combinaison orange de détenu. Il avait des cheveux auburn courts et une barbe de quelques jours. Ses yeux légèrement plissés lui donnaient un air soit sinistre, soit simplement hébété face au tournant brutal qu'avait pris son existence. Holly avait vu cette même photo d'identité judiciaire en première page du *Dayton Daily News* daté du 30 avril.

« Voici Heath James Holmes, annonça Yunel. Trente-quatre ans. Arrêté pour les meurtres d'Amber et de Jolene Howard. J'ai également des photos des corps des deux fillettes, mais je ne vous les montrerai pas. Vous en perdriez le sommeil. Jamais je n'avais vu de telles mutilations. »

Silence des sept autres personnes réunies autour de la table. Jeannie pinçait le bras de son mari. Marcy regardait fixement le portrait de Holmes, comme hypnotisée, une main sur la bouche.

« À l'exception d'une arrestation pour une virée à bord d'un véhicule volé quand il était mineur et quelques contraventions pour excès de vitesse,

Holmes avait un casier judiciaire vierge. Ses évaluations professionnelles biannuelles, au Kindred Hospital tout d'abord, puis à l'Institut Heisman, étaient excellentes. Ses collègues et les pensionnaires parlaient de lui en termes élogieux. Les commentaires les plus fréquents sont : *toujours sympathique, véritablement attentionné* et *se met en quatre*.

— Les gens disaient la même chose de Terry, murmura Marcy.

— Cela ne veut rien dire, rétorqua Samuels. Ils disaient la même chose de Ted Bundy. »

Yunel poursuivit :

« Holmes avait annoncé à ses collègues qu'il projetait de passer une semaine de vacances avec sa mère à Regis, une petite ville située à cinquante kilomètres de Dayton et de Trotwood. Au milieu de cette semaine, les corps des filles Howard ont été découverts par un postier qui effectuait sa tournée. En apercevant un important vol de corbeaux au-dessus d'un fossé, à moins de deux kilomètres de la maison des Howard, il a décidé d'aller voir de plus près. Il doit le regretter aujourd'hui. »

Il cliqua de nouveau et les visages des fillettes remplacèrent les yeux plissés et la barbe naissante de Heath Holmes. Cette photo avait été prise dans une kermesse ou un parc d'attractions : Holly distinguait un manège à l'arrière-plan. Amber et Jolene souriaient et brandissaient des barbes à papa comme des trophées.

« Loin de moi l'idée de rejeter la faute sur les victimes, mais les filles Howard n'étaient pas faciles. Mère alcoolique, père aux abonnés absents, foyer à très faibles revenus dans un quartier pourri. L'école les avait déjà cataloguées comme "élèves à risques" et elles avaient séché les cours à diverses reprises. Comme ce jour-là, le 23 avril, sur le coup de dix heures de matin. Amber était en permanence et Jolene a prétexté le besoin d'aller aux toilettes. Sans doute avaient-elles tout manigancé.

— Les évadées d'Alcatraz », commenta Bill Samuels.

Personne ne trouva ça drôle.

Yunel enchaîna :

« Elles ont été vues peu avant midi dans une petite épicerie-bar, à environ cinq rues de l'école. Voici une photo provenant des images de vidéo-surveillance de la boutique. »

Le cliché en noir et blanc, contrasté et net, semblait sorti d'un vieux film policier, pensa Holly. Elle observa les deux blondinettes. L'une tenait des bouteilles de soda, l'autre des barres chocolatées. Elles portaient un jean et un T-shirt. Et semblaient mécontentes. La fille aux barres chocolatées pointait un doigt menaçant, bouche grande ouverte, front plissé.

« L'employé savait qu'elles auraient dû être à l'école et il a refusé de leur vendre quoi que ce soit, expliqua Yunel.

— Sans blague, dit Howie. On entend presque l'aînée le traiter de tous les noms.

— En effet, dit Yunel, mais ce n'est pas le plus intéressant. Regardez dans le coin supérieur droit de l'image. Sur le trottoir, juste derrière la vitre. Attendez, je vais zoomer un peu. »

Marcy murmura quelque chose. *Seigneur*, peut-être.

« C'est lui, n'est-ce pas ? dit Samuels. C'est Holmes. En train d'observer les filles. »

Yunel acquiesça.

« Cet employé est la dernière personne qui a déclaré avoir vu Amber et Jolene vivantes. Mais elles ont encore été filmées par une caméra ensuite. »

Il fit apparaître une autre photo tirée d'images de vidéosurveillance sur l'écran installé à l'avant de la salle. L'œil électronique de la caméra était braqué sur un groupe de pompes à essence. L'horloge dans le coin indiquait *12 h 19. 23 avril*. Holly songea qu'il devait s'agir de la photo dont lui avait parlé son informatrice, Candy Wilson. D'après l'infirmière, le véhicule que l'on voyait était probablement le pick-up de Holmes, le Chevrolet Tahoe customisé, mais elle se trompait. La photo montrait Heath Holmes en train de regagner une fourgonnette portant sur le côté l'inscription ENTRETIEN DE JARDINS ET DE PISCINES. Ayant payé son essence, il revenait vers son véhicule avec un soda dans chaque main. Amber, la plus âgée des deux sœurs, se penchait par la vitre du conducteur mains tendues.

« Quand cette fourgonnette a-t-elle été volée ? demanda Ralph.

— Le 14 avril, répondit Yunel.

— Il l'a planquée jusqu'à ce qu'il soit prêt. Il s'agit donc d'un crime prémédité.

— Oui, apparemment. »

Jeannie intervint :

« Les filles sont… montées avec lui ? »

Yunel haussa les épaules.

« Là encore, je ne veux pas rejeter la faute sur les victimes, on ne peut pas reprocher à deux enfants aussi jeunes de faire de mauvais choix, mais cette photo laisse à penser qu'elles l'ont suivi de leur plein gré, au début du moins. Mme Howard a confié au sergent Highsmith que son aînée avait l'habitude de faire du stop quand elle voulait se rendre quelque part, alors qu'on lui avait maintes fois répété que c'était dangereux. »

Pour Holly, ces deux clichés de surveillance racontaient une histoire simple. L'inconnu avait vu l'employé de l'épicerie-bar refuser de servir les deux gamines et il avait proposé de leur acheter des sodas et des friandises un peu plus loin, à la station-service. Ensuite, il avait peut-être promis de les conduire chez elles, ou ailleurs, là où elles voulaient aller. Un type sympa qui aide deux filles à faire l'école buissonnière… Après tout, il avait été jeune lui aussi.

« Holmes a été vu ensuite, un peu après dix-huit heures, reprit Yunel. Au restaurant Waffle House, à la sortie de Dayton. Il avait du sang sur le visage, les mains et sur sa chemise. Il a expliqué à la serveuse et à la cuisinière qu'il avait saigné du nez, et il est allé se nettoyer dans les toilettes. En ressortant, il a commandé un plat à emporter. Quand il est reparti, la serveuse et la cuisinière ont remarqué qu'il avait du sang dans le dos de sa chemise et sur les fesses également, ce qui décrédibilisait un peu son histoire, étant donné que chez la plupart des gens le nez se trouve devant. La serveuse a relevé son numéro d'immatriculation et appelé la police. Ils ont identifié Holmes très facilement. Difficile de passer à côté de ces cheveux auburn.

— Il conduisait toujours la fourgonnette quand il s'est arrêté au Waffle House ? interrogea Ralph.

— Oui. On l'a retrouvée abandonnée sur le parking municipal de Regis peu de temps après la découverte des corps des deux fillettes. Il y avait énormément de sang à l'arrière, et les empreintes de Holmes, ainsi que celles des filles, partout. Certaines dans le sang. Là encore, la ressemblance avec le meurtre de Frank Peterson est frappante. Saisissante, même.

— À quelle distance de la maison de Regis a été retrouvée la fourgonnette ? demanda Holly.

— Moins d'un kilomètre. Selon la police, il l'a laissée là, il est rentré chez lui à pied, il a quitté ses vêtements ensanglantés et il a préparé un bon repas pour maman Holmes. Ils ont repéré les empreintes presque immédiatement, mais il leur a fallu un ou deux jours pour affronter la bureaucratie et obtenir un nom.

— Parce que Holmes était mineur la seule fois où il a été arrêté, pour cette virée à bord d'une voiture volée, précisa Ralph.

— *Sí, señor*. Le 26 avril, Holmes s'est rendu à l'Institut Heisman. Quand la responsable, Mme June Kelly, lui a demandé ce qu'il faisait là alors qu'il était en congé, il lui a expliqué qu'il venait chercher quelque chose dans son casier, et qu'il en profitait pour rendre visite à deux ou trois patients. Elle a trouvé ça un peu bizarre, car si les infirmières disposent de casiers, les aides-soignants, eux, n'ont que des caisses en plastique dans la salle de repos. En outre, on explique bien au personnel, dès le départ, que le terme qui s'applique à la clientèle payante est celui de *résidents*, et Holmes, généralement, leur donnait des petits noms, en gars chaleureux qu'il était. Bref, parmi les personnes qu'il est allé voir ce jour-là figure le père de Terry Maitland, et la police a retrouvé des cheveux blonds dans sa salle de bains. Des cheveux dont le labo a déterminé qu'ils appartenaient à Jolene Howard.

— Quel heureux hasard, ironisa Ralph. Personne n'a suggéré qu'il pouvait s'agir d'un coup monté ?

— Devant l'accumulation de preuves, ils ont simplement supposé qu'il était négligent ou qu'il cherchait à se faire prendre, répondit Yunel. La fourgonnette, les empreintes, les images de vidéo-surveillance... les culottes des fillettes dans le sous-sol de la maison et... cerise sur le gâteau : l'ADN. Les prélèvements salivaires effectués durant la garde à vue correspondaient au sperme retrouvé sur le lieu du crime.

— Nom d'un chien, dit Bill Samuels. J'ai une sale impression de déjà-vu.

— À une énorme différence près, souligna Yunel. Heath Holmes n'a pas eu la chance d'être filmé pendant une conférence qui se déroulait au moment même où les filles Howard étaient enlevées et assassinées. Sa mère a juré qu'il n'avait pas quitté Regis et ne s'était pas rendu à l'Institut Heisman et encore moins à Trotwood. "Qu'est-ce qu'il serait allé faire là-bas ? a-t-elle déclaré. C'est une ville naze pleine de nazes."

— Son témoignage n'aurait eu aucune influence sur les jurés, dit Samuels. Si votre mère ne ment pas pour vous défendre, qui le fera ?

— D'autres habitants du quartier l'ont aperçu pendant sa semaine de vacances, poursuivit Yunel. Il a tondu l'herbe chez sa mère, il a réparé les gouttières, il a peint le perron et aidé la femme d'en face à planter des fleurs. Le jour même où les petites Howard ont été kidnappées. Et puis, son pick-up customisé ne passait pas vraiment inaperçu quand il se baladait ou faisait des courses dans les environs. »

Howie demanda : « La voisine d'en face peut-elle témoigner qu'il se trouvait avec elle au moment où ces deux filles ont été tuées ?

— Sur le coup de dix heures du matin, dit-elle. Ça ressemble presque à un alibi, mais il n'est pas en béton. Il y a beaucoup moins de kilomètres entre Regis et Trotwood qu'entre Flint City et Cap City. Pour la police, dès que Holmes a eu fini d'aider la voisine à planter ses pétunias ou je ne sais quoi, il s'est rendu sur le parking municipal et là, il a troqué son Tahoe contre la fourgonnette pour partir en chasse.

— Terry a eu plus de chance que M. Holmes », dit Marcy en regardant Ralph, puis Bill Samuels.

Le premier soutint son regard ; le second en fut incapable. « Mais pas suffisamment. »

Yunel reprit : « J'ai une dernière chose… une autre pièce du puzzle, dirait Mlle Gibney, mais j'attendrai que Ralph résume l'enquête sur Maitland. Le pour et le contre. »

Ralph fut bref. Il employa des phrases concises, comme s'il témoignait au tribunal. Néanmoins, il insista sur la déposition de Claude Bolton expliquant que Terry l'avait griffé avec son ongle en lui serrant la main. Après avoir évoqué la découverte des vêtements dans la grange de Canning Township – le pantalon, le slip, les chaussettes, les baskets, mais pas de chemise –, il en revint à l'homme qu'il avait aperçu devant le palais de justice. Il ne pouvait affirmer que celui-ci avait utilisé la chemise que Terry portait à la gare de Dubrow pour cacher son crâne probablement brûlé et chauve, mais cela lui semblait possible.

— Il y avait forcément des caméras de télévision devant le tribunal, dit Holly. Avez-vous visionné les images ? »

Ralph et le lieutenant Sablo échangèrent un regard.

« Oui, répondit Ralph. L'homme en question n'apparaît nulle part. »

Cette réponse provoqua une certaine agitation. Jeannie tenait de nouveau le bras de son mari ; plus exactement, elle le serrait. Ralph lui tapota la main d'un geste rassurant, mais il observait la femme venue exprès de Dayton. Elle ne semblait pas incrédule. Plutôt satisfaite.

6

« L'homme qui a tué les filles Howard a utilisé une fourgonnette, dit Yunel, et une fois son crime commis, il l'a abandonnée dans un endroit fréquenté. L'homme qui a tué Frank Peterson en a fait autant avec la camionnette qui lui a servi à kidnapper le garçon ; il a même attiré l'attention en la laissant derrière le Shorty's Pub et en s'adressant à deux futurs témoins, comme l'a fait Holmes avec la serveuse et la cuisinière du Waffle House. Les policiers de l'Ohio ont découvert de nombreuses empreintes à bord de la fourgonnette, celles du meurtrier et de ses victimes, je l'ai dit. De notre côté, nous en avons découvert énormément à l'intérieur de la camionnette. Mais parmi celles-ci figurait au moins une série d'empreintes non identifiées. Jusqu'à aujourd'hui. »

Ralph se pencha en avant, tout ouïe.

« Laissez-moi vous montrer quelque chose. » Yunel manipula son ordinateur. Deux empreintes apparurent sur l'écran. « Ce sont celles du jeune garçon qui a volé la camionnette dans le nord de l'État de New York. La première a été prélevée sur la camionnette, l'autre lors de son arrestation à El Paso. Maintenant, regardez bien. »

Il fit une nouvelle manipulation et les deux empreintes se superposèrent à la perfection.

« Voilà pour Merlin Cassidy. Passons à Frank Peterson… Voici une empreinte prélevée par le légiste et une autre provenant de la camionnette. »

Là encore, la superposition des deux fit apparaître une correspondance parfaite.

« Au tour de Maitland maintenant. Une première empreinte prélevée dans la camionnette – parmi beaucoup d'autres, pourrais-je ajouter – et une seconde datant de son arrestation par la police de Flint City. »

Il les rapprocha l'une de l'autre et là aussi, elles se superposèrent parfaitement. Marcy ne put retenir un soupir.

« Bien, reprit Yunel. Maintenant, accrochez-vous. À gauche, une empreinte non identifiée provenant de la camionnette ; à droite, une empreinte de Heath Holmes relevée après son arrestation à Montgomery County, dans l'Ohio. »

Il les fit glisser l'une sur l'autre. Cette fois-ci, la similitude n'était pas parfaite mais restait saisissante. Toutefois, Holly estimait qu'un jury s'en serait contenté. C'était son cas.

« Vous remarquerez quelques légères différences, dit Yunel. Dues au fait que l'empreinte de Holmes est un peu dégradée, peut-être à cause du passage du temps. Mais il y a suffisamment de points de ressemblance pour me satisfaire. Aucun doute, Heath Holmes est monté dans cette camionnette à un moment ou un autre. C'est une nouvelle information. »

Le silence se fit dans la salle.

Yunel projeta deux autres empreintes. Celle de gauche était bien nette. Holly remarqua qu'ils l'avaient déjà vue. Ralph également.

« C'est l'empreinte de Terry, dit-il. Provenant de la camionnette.

— Exact. Celle de droite a été relevée sur la boucle de la ceinture trouvée dans la grange. »

Les volutes étaient identiques, mais curieusement effacées par endroits. Lorsque Yunel les superposa, l'empreinte de gauche vint combler les vides de l'empreinte trouvée sur la ceinture.

« Nul doute qu'il s'agit bien des mêmes, déclara le lieutenant. L'une et l'autre appartiennent à Terry Maitland. Toutefois, celle de la ceinture semble provenir d'un doigt beaucoup plus vieux.

— Comment est-ce possible ? demanda Jeannie.

— Ça ne l'est pas, justement, dit Samuels. J'ai vu les empreintes de Maitland sur sa fiche d'arrestation… relevées plusieurs jours *après* qu'il avait touché cette ceinture. Elles étaient parfaitement nettes ; chaque crête, chaque volute était intacte.

— Nous avons également relevé une empreinte non identifiée sur cette boucle de ceinture, ajouta Yunel. La voici. »

Celle-ci, aucun jury ne l'accepterait. Les volutes apparaissaient à peine ; l'ensemble ressemblait plutôt à une tache.

Yunel reprit :

« Impossible de l'affirmer avec certitude, compte tenu de la mauvaise qualité de l'empreinte, mais je ne pense pas qu'il s'agisse de celle de M. Maitland, et il ne peut absolument pas s'agir de celle de Holmes, mort depuis longtemps quand cette ceinture est apparue pour la première fois sur les images de vidéosurveillance de la gare. Et pourtant… Heath Holmes est bien monté à bord de cette camionnette qui a servi à enlever le jeune Peterson. Je suis incapable d'expliquer quand, comment ou pourquoi, mais je n'exagère pas en disant que je donnerais mille dollars pour savoir qui a laissé cette empreinte floue sur la ceinture, et au moins cinq cents de plus pour savoir pourquoi l'empreinte de Maitland paraît si vieille. »

Il déconnecta son ordinateur et s'assit.

« Eh bien, il y a de nombreuses pièces sur la table, commenta Howie, mais on ne peut pas dire qu'elles forment un tableau d'ensemble. Quelqu'un en a d'autres ? »

Ralph se tourna vers sa femme.

« Dis-leur, l'encouragea-t-il. Dis-leur qui tu as vu chez nous dans ton rêve.

— Ce n'était pas un rêve. Les rêves s'estompent. Pas la réalité. »

Timidement tout d'abord, puis avec de plus en plus de ferveur, Jeanette raconta comment elle avait vu de la lumière en bas et découvert l'homme assis à l'entrée du salon, sur une des chaises provenant de la cuisine. Elle conclut par la mise en garde qu'il lui avait adressée. *Vous* DEVEZ *lui dire d'arrêter.*

« Je me suis évanouie. Pour la première fois de ma vie.

— Elle s'est réveillée dans notre lit, précisa Ralph. Aucun signe d'effraction. L'alarme était enclenchée.

— Un rêve », déclara Samuels, catégorique.

Jeanette secoua la tête, assez violemment pour faire voltiger ses cheveux.

« Non, il était *là*.

— En tout cas, il s'est passé *quelque chose*, concéda Ralph. J'en suis sûr. L'homme au visage brûlé avait des tatouages sur les doigts...

— L'homme qui n'apparaît pas sur les images, dit Howie.

— Je sais que ça peut sembler... fou. Mais il y a dans cette affaire une autre personne aux doigts tatoués. Et ça m'est revenu. J'ai demandé à Yunel de m'envoyer une photo, et Jeannie l'a identifiée. L'homme qu'elle a vu dans son rêve – ou dans notre maison – est Claude Bolton, le videur du Gentlemen, Please. Celui qui s'est blessé en serrant la main de Maitland.

— Tout comme Terry s'est éraflé la main en percutant l'aide-soignant, ajouta Marcy. Et cet aide-soignant, c'était Heath Holmes, n'est-ce pas ?

— Forcément », répondit Holly d'un air presque absent. Elle contemplait un des tableaux au mur. « Qui d'autre ? »

Alec Pelley intervint :

« L'un de vous s'est-il intéressé aux faits et gestes de Bolton ?

— Moi, dit Ralph. Actuellement, il se trouve dans une petite ville du Texas nommée Marysville, à six cents kilomètres d'ici ; à moins qu'il possède un jet privé caché quelque part, il était là-bas au moment où Jeannie l'a vu chez nous.

— Sauf si sa mère ment elle aussi, fit remarquer Samuels. Et comme nous l'avons souligné précédemment, les mères ont souvent tendance à mentir quand on soupçonne leurs fils.

— Jeannie a eu le même raisonnement, mais cela semble peu probable dans ce cas précis. Le policier qui s'est rendu sur place, sous un prétexte, affirme que la mère et le fils semblaient l'un et l'autre détendus et ouverts. Aucun signe de culpabilité. »

Samuels croisa les bras.

« Je ne suis pas convaincu.

— Marcy ? dit Howard. À votre tour, je crois, d'ajouter une pièce au puzzle.

— Je… je n'y tiens pas. Laissons faire l'inspecteur. Il a interrogé Grace. »

Howie lui prit la main.

« Faites-le pour Terry. »

Marcy soupira.

« Bon, très bien. Grace a vu un homme elle aussi. À deux reprises. La seconde fois, dans notre maison. J'ai cru qu'elle faisait des cauchemars car elle était bouleversée par la mort de son père… comme le serait n'importe quel enfant… »

Elle s'interrompit et se mordilla la lèvre inférieure.

« S'il vous plaît, madame Maitland, dit Holly. C'est très important.

— En effet, confirma Ralph.

— J'étais certaine qu'il s'agissait d'un cauchemar ! Absolument certaine !

— A-t-elle décrit cet homme ? demanda Jeanette.

— Plus ou moins. La première fois, c'était il y a une semaine environ. Grace et Sarah dormaient

547

dans la chambre de Sarah, et Grace affirme qu'elle a vu un homme flotter derrière la fenêtre. Il avait un visage en pâte à modeler et des pailles à la place des yeux. *N'importe qui* croirait à un cauchemar, non ? »

Personne ne répondit.

« La deuxième fois, c'était dimanche. Grace a fait une sieste et quand elle s'est réveillée, elle a vu l'homme assis sur son lit. Il avait les yeux de son père désormais. Mais il continuait à lui faire peur. Il avait des tatouages sur les bras. Et sur les mains. »

Ralph intervint : « Grace m'a raconté que son visage en pâte à modeler avait disparu. Il avait des petits cheveux noirs dressés sur la tête. Et une barbichette autour de la bouche.

— Un bouc », précisa Jeanette. On aurait dit qu'elle allait vomir. « C'était bien le même homme. La première fois, peut-être qu'elle a rêvé, mais la seconde… C'était Bolton. Sans aucun doute. »

Marcy plaqua ses paumes sur ses tempes, comme en proie à la migraine.

« Je comprends qu'on puisse le penser, mais c'était forcément un rêve. Grace a raconté que la chemise de l'homme changeait de couleur pendant qu'il lui parlait : c'est le genre de chose qui arrive seulement en rêve. Inspecteur Anderson, voulez-vous raconter la suite ?

— Vous vous débrouillez très bien. »

Marcy se frotta les yeux et poursuivit :

« Grace dit qu'il s'est moqué d'elle. Il l'a traitée de bébé, et quand elle s'est mise à pleurer, il a dit qu'il était content qu'elle soit triste. Puis il l'a chargée de transmettre un message à l'inspecteur Anderson. Ou il arrêtait, ou il arriverait quelque chose de grave.

— D'après Grace, ajouta Ralph, la première fois que l'homme est apparu, il semblait ne pas être "fini". La seconde fois, elle a décrit un homme qui ressemblait à Claude Bolton, assurément. Mais il est au Texas. Tirez-en les conclusions que vous voulez.

— Si Bolton est *là-bas*, il ne pouvait pas être *ici*, déclara Samuels, excédé. Cela me semble évident.

— Ça semblait évident avec Terry Maitland aussi, fit remarquer Howie. Et on vient de voir qu'il en va de même avec Heath Holmes. » Il reporta son attention sur Holly. « Nous n'avons pas Miss Marple parmi nous, mais nous avons Mlle Gibney. Pouvez-vous assembler toutes ces pièces pour nous éclairer ? »

Holly semblait ne pas l'entendre. Elle continuait à examiner un tableau au mur.

« Des pailles à la place des yeux, dit-elle. Oui. Bien sûr. Des pailles… »

Sa voix mourut.

« Mademoiselle Gibney ? dit l'avocat. Avez-vous quelque chose pour nous ou pas ? »

Holly revint de l'endroit où elle était partie.

« Oui. Je peux vous expliquer ce qui se passe. Je vous demande juste d'être ouverts. Ce sera plus rapide, je pense, si je vous montre un extrait du film que j'ai apporté. Je l'ai là, dans mon sac. En DVD. »

Après avoir récité une brève prière muette pour avoir suffisamment de force (et pour entrer en communication avec Bill Hodges quand ils exprimeraient leur incrédulité et, peut-être, leur indignation), elle se leva et posa son ordinateur en bout de table, à la place de celui de Yunel. Puis elle sortit son lecteur de DVD externe et le connecta.

7

Jack Hoskins avait envisagé de demander un arrêt maladie pour son coup de soleil, en soulignant qu'il y avait eu plusieurs cas de cancer de la peau dans sa famille, avant de décider que c'était une mauvaise idée. Très mauvaise même. Le chef Geller lui ordonnerait de sortir de son bureau et si la nouvelle se répandait (Rodney Geller était plutôt du genre bavard), il deviendrait la risée de toute la police. En outre, dans le cas peu probable où le chef accepterait sa demande, il exigerait que Jack se rende chez le médecin, et il ne se sentait pas prêt à y aller.

Mais on l'avait obligé à écourter ses foutues vacances de trois jours, et cela lui paraissait injuste, étant donné qu'elles étaient prévues depuis le mois de mai. Voilà pourquoi il s'estimait autorisé à transformer ces trois jours en « vacances à domicile », comme aurait dit Ralph Anderson, et il passa le mercredi après-midi à faire la tournée des bars. Au troisième arrêt, il avait presque réussi à oublier l'effrayant épisode de Canning Township ; et au quatrième, il avait cessé de s'inquiéter de ce coup de soleil, d'autant plus étrange qu'il semblait l'avoir attrapé de nuit.

Pour son cinquième arrêt, il choisit le Shorty's. Là, il demanda à la barmaid – une très jolie femme dont le nom lui échappait maintenant, même s'il se souvenait très bien de ses longues jambes moulées dans son Wrangler – d'examiner sa nuque et de lui dire ce qu'elle voyait. Elle s'exécuta.

« Un coup de soleil, dit-elle.

— Juste un coup de soleil, hein ?

— Oui, c'est juste un coup de soleil. » Puis, après une pause : « Mais un méchant. Il y a même des cloques. Vous devriez mettre…

— De l'aloe vera, oui, je sais. »

Après cinq vodka-tonics (ou peut-être six), Jack rentra chez lui en respectant scrupuleusement les limitations de vitesse, assis bien droit au volant. Il ne faudrait pas qu'il se fasse arrêter. Le taux d'alcool autorisé dans cet État était de 0,8 gramme.

Il atteignit la vieille hacienda à peu près au moment où Holly Gibney commençait son exposé au cabinet de Howard Gold. Il se mit en caleçon et, après avoir verrouillé toutes les portes, il se rendit dans la salle de bains pour vider sa vessie, qui en avait bien besoin. Cela étant fait, il utilisa de nouveau le miroir à main pour examiner sa nuque. Le coup de soleil devait commencer à s'atténuer normalement, et peut-être même à peler. Mais non. La brûlure avait noirci. De profondes crevasses striaient sa peau. Des filets de pus nacrés s'en écoulaient. Il gémit, ferma les yeux, les rouvrit et poussa un soupir de soulagement. Ouf. Pas de peau noircie. Pas de crevasses. Pas de pus. En revanche, sa nuque était écarlate, et oui, il y avait des cloques. Au toucher, c'était moins douloureux que précédemment, mais rien d'étonnant à cela : il avait ingurgité une bonne dose d'anesthésiant russe.

Faut que j'arrête de picoler autant, pensa-t-il. *Quand on voit des trucs qui existent pas, c'est un signal clair. On pourrait même parler d'un avertissement.*

N'ayant pas de baume à l'aloe vera, il badigeonna le coup de soleil de gel à l'arnica. Ça piquait, mais la douleur disparut très vite (du moins, elle se transforma en un battement sourd). C'était bon signe, non ? Il étala une serviette sur son oreiller pour ne pas le tacher, s'allongea et éteignit la lumière. Dans le noir, cependant, il avait l'impression de ressentir davantage la douleur, et c'était trop facile d'imaginer une présence dans la chambre. Cette créature qui avait surgi derrière lui, là-bas dans la grange abandonnée.

Non, la seule chose qu'il y avait là-bas, c'était mon imagination. Tout comme j'ai imaginé ma peau noircie. Les crevasses. Le pus.

Ce raisonnement était vrai, mais il est vrai également qu'il se sentit mieux après avoir rallumé sa lampe de chevet. Une bonne nuit de sommeil arrangerait tout. Telle fut sa dernière pensée.

« Vous voulez que je baisse la lumière ? proposa Howie.

— Non, répondit Holly. Nous ne sommes pas au cinéma. Considérez cela comme un document. Et même si le film est court, quatre-vingt-sept minutes seulement, nous n'avons pas besoin de le visionner dans son intégralité. » Elle n'était pas aussi nerveuse qu'elle l'avait craint. Pour l'instant, du moins. « Toutefois, avant de vous le montrer, je dois préciser quelque chose, quelque chose que vous savez tous maintenant, je suppose, même si votre esprit conscient n'est pas encore prêt à admettre cette vérité. »

Ils la regardèrent, sans rien dire. Tous ces yeux posés sur elle. Holly avait du mal à y croire. Holly Gibney, la petite souris qui s'asseyait toujours au fond de la classe, qui ne levait jamais la main, qui portait ses affaires de sport sous ses vêtements les jours où il y avait gym. Holly Gibney qui, même à vingt ans, n'osait pas s'opposer à sa mère. Holly Gibney qui avait perdu la tête en deux occasions.

Mais c'était avant Bill. Il savait que je valais mieux que ça, et pour lui, je me suis dépassée. Comme je vais le faire aujourd'hui, pour ces gens.

« Terry Maitland n'a pas tué Frank Peterson et Heath Holmes n'a pas assassiné les sœurs Howard. Ces meurtres ont été commis par quelqu'un d'autre. Quelqu'un qui se sert de notre science moderne, de notre science médico-légale, contre nous, mais sa vraie arme, c'est notre refus de croire à son existence. Nous sommes formés pour suivre les faits, et parfois nous flairons sa présence quand les faits se contredisent, mais nous refusons de suivre cette piste. Il le sait. Il s'en sert.

— Mademoiselle Gibney, intervint Jeanette Anderson, êtes-vous en train de nous expliquer que ces meurtres ont été commis par une créature surnaturelle ? Une sorte de vampire ? »

Holly réfléchit en se mordillant les lèvres. Finalement, elle dit : « Je ne veux pas répondre à cette question. Pas maintenant. Je veux d'abord vous montrer un extrait du film que j'ai apporté. Il s'agit d'un film mexicain, doublé en anglais. Il a été projeté ici dans les doubles programmes des drive-in il y a cinquante ans de ça. Le titre traduit est *Les Lutteuses mexicaines contre le monstre*, mais en espagnol...

— Oh, allons, la coupa Ralph. C'est ridicule !

— Tais-toi », dit sa femme. Elle avait parlé tout bas, mais chacun perçut la colère dans sa voix. « Laisse-lui une chance.

— Mais...

— Tu n'étais pas là la nuit dernière. Moi, si. »

Ralph croisa les bras sur la poitrine, comme l'avait fait Samuels. Un geste que Holly connaissait bien. Un signe de rejet. Qui disait : *Je refuse d'écouter*. Elle poursuivit malgré tout :

« Le titre original est *Rosita Luchadora e amigas conocen El Cuco*. En espagnol, ça veut dire...

— Voilà, c'est ça ! s'exclama Yunel, faisant sursauter tout le monde. C'est le nom que j'avais sur le bout de la langue au restaurant, samedi matin !

Vous vous souvenez de cette histoire, Ralph ? Celle que l'*abuela* de ma femme lui racontait quand elle était *pequeña* ?

— Comment pourrais-je l'oublier ? Le type avec son grand sac noir qui tue les jeunes enfants et se frotte le corps… »

Il se tut en songeant, malgré lui, à Frank Peterson et aux filles Howard.

« Que fait-il ? demanda Marcy Maitland.

— Il boit leur sang et se frotte le corps avec leur graisse, dit Yunel. Pour rester jeune. *El Cuco*.

— Oui, confirma Holly. En Espagne, il est connu sous le nom d'*El hombre con saco*. L'homme au sac. Au Portugal, c'est Côco, l'Homme à la Tête de Citrouille. Quand les enfants sculptent des citrouilles à Halloween, ils sculptent l'image d'*El Cuco*, comme le faisaient les enfants en Ibérie il y a des centaines d'années.

— Il existait une comptine sur El Cuco, dit Yunel. L'*abuela* la chantait le soir parfois. *Duérmete, niño, duérmete ya*… J'ai oublié la suite.

— Dors, mon enfant, dors, traduisit Holly. *El Cuco* est au plafond, il vient pour te manger.

— Une chanson tout indiquée avant de dormir, dit Alec. Avec ça, les enfants devaient faire de beaux rêves.

— Mon Dieu, dit Marcy dans un murmure. Vous pensez qu'une créature pareille est entrée chez nous ? Et s'est assise sur le lit de ma fille ?

— Oui et non, répondit Holly. Laissez-moi vous passer le film. Les dix premières minutes devraient suffire. »

9

Jack Hoskins rêvait qu'il conduisait sur une route à deux voies déserte. De part et d'autre, il n'y avait que le vide, et des milliers de kilomètres de ciel bleu au-dessus de sa tête. Il conduisait un poids lourd, un camion-citerne peut-être, car il sentait une odeur d'essence. À côté de lui était assis un homme aux cheveux noirs très courts qui portait un bouc. Des tatouages recouvraient ses bras. Hoskins le connaissait car il fréquentait souvent le Gentlemen, Please (rarement en service) et il avait souvent bavardé agréablement avec Claude Bolton, car même s'il avait un casier judiciaire, ce n'était pas un mauvais bougre et il était retourné dans le droit chemin. Mais ce Claude-ci était un très mauvais bougre. C'était le Claude qui avait écarté le rideau de douche juste assez pour que Hoskins puisse lire le mot tatoué sur ses doigts : CANT.

Le camion passa devant un panneau indiquant : MARYSVILLE I 280 HABITANTS.

« Le cancer se propage rapidement, dit Claude (et c'était bien la voix qui s'échappait de derrière le rideau de douche). Regarde tes mains, Jack. »

Celui-ci baissa les yeux. Ses mains, sur le volant, étaient devenues noires. Et alors qu'il les regardait, elles tombèrent ! Le camion-citerne quitta la route et bascula sur le côté. Jack comprit qu'il allait exploser, alors il s'arracha à son rêve avant que cela se produise et, le souffle court, il se retrouva en train de regarder le plafond.

« Nom de Dieu », souffla-t-il en vérifiant que ses

mains étaient toujours là. Oui. Sa montre aussi. Il avait dormi moins d'une heure. « Nom de… »

Quelqu'un bougea sur sa gauche, dans le lit. L'espace d'un instant, il se demanda s'il avait ramené la jolie barmaid aux jambes sans fin. Non, il était seul. D'ailleurs, une belle femme comme elle ne voudrait jamais de lui. Pour elle, il n'était qu'un quadragénaire alcoolique et obèse qui perdait ses che…

Il tourna la tête. La femme couchée dans son lit était sa mère. Il la reconnut grâce à la barrette en écaille de tortue qui pendait dans les rares cheveux qui lui restaient, fins et secs. Elle portait cette barrette le jour de l'enterrement. Le croque-mort avait arrangé son visage, et s'il paraissait un peu cireux, comme celui d'une poupée, ce n'était pas si mal dans l'ensemble. Aujourd'hui, ce visage avait quasiment disparu, la chair pourrissait sur les os. La chemise de nuit restait accrochée au corps car elle était imbibée de pus. Sa mère dégageait une odeur de viande avariée. Il essaya de hurler, sans y parvenir.

« Voilà ce qui t'attend, Jack », dit-elle. Il voyait ses dents s'entrechoquer car elle n'avait plus de lèvres. « Le cancer te dévore. Il peut le reprendre, mais bientôt, ce sera trop tard, même pour lui. Alors, tu feras ce qu'il te demande ?

— Oui, murmura Hoskins. Oui, n'importe quoi.

— Alors, écoute. »

Jack Hoskins tendit l'oreille.

Le film de Holly ne fut pas précédé d'avertissement du FBI, ce qui n'étonna pas Ralph outre mesure. Qui se donnerait la peine de protéger par un copyright une œuvre aussi ancienne, un tel navet qui plus est ? La musique était un mélange gnangnan de violons langoureux et de riffs d'accordéon joyeusement discordants, dans le style *norteño*. La copie, très abîmée, semblait avoir été montrée d'innombrables fois par un projectionniste mort depuis longtemps qui n'en avait rien à foutre. *Je n'arrive pas à croire que je suis en train de regarder ça,* pensa Ralph. *C'est une histoire de fous.*

Mais sa femme et Marcy Maitland fixaient l'écran avec la concentration de deux étudiantes qui préparent leur examen de fin d'année. Quant aux autres, s'ils ne paraissaient pas aussi investis, ils n'en étaient pas moins attentifs. Yunel Sablo affichait un léger sourire. Non pas le sourire d'une personne qui a le sentiment de voir une chose ridicule, mais celui d'un homme qui retrouve une partie de son passé, une légende enfantine ressuscitée.

Le film s'ouvre sur une scène nocturne, dans une rue où tous les commerces semblent être des bars et des bordels, ou les deux. La caméra suit une jolie femme en robe décolletée, qui marche en tenant par la main sa fille âgée de quatre ou cinq ans. La raison de leur présence dans ce quartier malfamé, alors que la gamine devrait être couchée, sera peut-être expliquée plus tard dans le film.

Un ivrogne s'approche de la femme en titubant ;

il ouvre la bouche pour dire quelque chose, et le comédien qui le double demande : « Hé, ma jolie, tou cherches dé la compagnie », avec un accent mexicain digne de Speedy Gonzales. La femme le repousse et poursuit son chemin. Soudain, dans un coin sombre entre deux lampadaires, un type vêtu d'une longue cape noire, tout droit sortie d'un film de Dracula, jaillit d'une ruelle. Un grand sac noir dans une main. De l'autre, il se saisit de la fillette et l'emmène. La mère hurle et se lance à sa poursuite. Elle le rattrape sous un lampadaire et agrippe le sac. L'homme fait volte-face. La lumière d'un lampadaire idéalement placé éclaire le visage d'un homme d'un certain âge, au front barré d'une cicatrice.

Son ricanement dévoile des fausses dents de vampire. La jeune femme recule, mains levées ; elle ressemble moins à une mère en détresse qu'à une chanteuse d'opéra qui s'apprête à se lancer dans un air de *Carmen*. Le voleur d'enfants rabat sa cape sur la fillette et s'enfuit, au moment où un autre type, sortant d'un des nombreux bars de la rue, lui lance, avec ce même accent épouvantable : « Hé, professor Espinoza, où qué vous allez comé ça ? Yé vous paye oune verre ! »

Dans la scène suivante, la mère est conduite à la morgue (EL DEPÓSITO DE CADÁVERES, peut-on lire sur la porte vitrée) et pousse le hurlement mélodramatique attendu quand quelqu'un soulève le drap pour lui montrer son enfant que l'on devine mutilée. Survient ensuite l'arrestation de l'homme à la cicatrice, qui se révèle être un professeur d'université très respecté.

Suit un des procès les plus expéditifs de l'histoire du cinéma. La mère est amenée à témoigner, ainsi que deux autres hommes à la voix de Speedy Gonzales, dont celui qui voulait offrir oune verre au professeur. Le jury sort pour délibérer. Pour ajouter une touche surréaliste à cette procédure trop prévisible, cinq femmes ont pris place au fond de la salle, vêtues de costumes de super-héros, leurs visages dissimulés par des masques extravagants. Personne, pas même le juge, ne semble s'en étonner.

Le jury revient. Le professeur Espinoza est reconnu coupable de ce meurtre odieux. Il baisse la tête et prend un air honteux. Une des femmes masquées se lève alors d'un bond et déclare : « C'est oune parodie dé joustice ! Lé professor Espinoza né fera jamais dou mal à oune enfant !

– Jé l'ai vou ! s'exclame la mère. Cette fois, tout té trompes, Rosita ! »

Les femmes masquées en tenues de super-héros quittent le tribunal d'un pas décidé, avec leurs chouettes bottes, et un fondu-enchaîné fait apparaître un échafaud entouré d'une foule de curieux. Le professeur Espinoza monte les marches. Alors qu'on lui passe la corde au cou, il ne quitte pas des yeux un homme vêtu d'une robe de moine à capuche qui se tient derrière la foule. Entre ses pieds chaussés de sandales est posé un sac noir.

C'était un film stupide, mal réalisé. Néanmoins, Ralph sentit la chair de poule sur ses bras et il posa sa main sur celle de Jeanette. Il savait très exactement ce qu'ils allaient voir ensuite.

En effet, le moine ôte sa capuche, dévoilant le visage du professeur Espinoza, reconnaissable à sa cicatrice bien pratique. Son sourire laisse voir ses dents en plastique ridicules. Il montre son sac noir… et éclate de rire.

« Là-bas ! s'écrie le vrai professeur sur l'échafaud. C'est lui, là-bas ! »

Les gens se retournent, mais l'homme au sac noir a disparu. Un autre sac noir, une cagoule en l'occurrence, tombe sur le visage d'Espinoza. Il hurle à travers : « Le monstre, le monstre, le mons… »

La trappe s'ouvre, il tombe.

La séquence suivante montrait les femmes masquées pourchassant le faux moine sur des toits. Holly choisit ce moment-là pour appuyer sur PAUSE.

« Il y a vingt-cinq ans, dit-elle, j'ai vu une version sous-titrée de ce film. Dans la V.O., on entend le professeur s'écrier *"El Cuco ! El Cuco"*.

— Bien sûr, murmura Yunel. Ah, bon sang, je n'avais pas revu un de ces films de *luchadoras* depuis que j'étais gosse. Il doit en exister une dizaine. » Il regarda les autres personnes réunies autour de la table avec l'air de celui qui émerge d'un rêve. « *Las luchadoras*. Les lutteuses. La vedette de ce film, Rosita, était très célèbre. Vous auriez dû la voir sans son masque, *ay caramba*. »

Il agita la main comme s'il s'était brûlé.

« Pas une dizaine, mais au moins cinquante, dit Holly. Au Mexique, les gens raffolaient de *las lucha-*

doras. C'était un peu les films de super-héros d'aujourd'hui. Sans les mêmes budgets, évidemment. »

Elle aurait aimé leur faire un cours sur ce sujet fascinant (à ses yeux, du moins), mais le moment était mal choisi, alors que l'inspecteur Anderson semblait avoir mordu dans un fruit pourri. Elle ne leur avouerait pas non plus qu'elle avait adoré ces films de *luchadoras*. La chaîne de télé locale, à Cleveland, les diffusait tous les samedis soir, dans le cadre de son émission *Ciné-Toc*. Holly devinait que les étudiants et les étudiantes les regardaient, une fois bourrés, et se moquaient des mauvais doublages et des costumes qu'ils jugeaient sans doute pitoyables, mais pour la lycéenne malheureuse et effrayée qu'elle était alors, il n'y avait rien de risible dans ces films. Carlota, María et Rosita étaient fortes et courageuses, elles venaient en aide aux pauvres et aux opprimés. La plus célèbre, Rosita Muñoz, se qualifiait elle-même, fièrement, de *cholita*, et c'était exactement ainsi que se voyait cette lycéenne triste et seule la plupart du temps : une bâtarde, un monstre de foire.

« La plupart de ces films de catcheuses mexicaines reprenaient de vieilles légendes. Celui-ci ne fait pas exception à la règle. Voyez-vous à quel point il coïncide avec ce que nous savons de ces meurtres ?

— Parfaitement, répondit Bill Samuels. Je vous le concède. Seul problème : c'est complètement dingue. Du délire. Et si vous croyez à l'existence

562

d'*El Cuco*, mademoiselle Gibney, alors, c'est vous *el cuckoo*[1]. »

Dit l'homme qui m'a raconté l'histoire des empreintes de pas qui disparaissent, songea Ralph. Lui non plus ne croyait pas à l'existence d'*El Cuco*, mais il estimait que cette femme avait fait preuve de courage en leur montrant ce film, sachant quelle serait leur réaction. Et il était curieux de voir comment allait réagir cette Mlle Gibney de l'agence Finders Keepers.

« On raconte qu'*El Cuco* se nourrit du sang et de la graisse des enfants, reprit Holly. Mais dans la réalité, *notre* réalité, il survivrait également grâce aux gens qui pensent comme vous, monsieur Samuels. Et comme vous tous, je suppose. Laissez-moi vous montrer une dernière chose. Un très court extrait, promis. »

Elle sélectionna le chapitre neuf du DVD, l'avant-dernier.

Une des *luchadoras*, Carlota, a acculé le moine encapuchonné dans un entrepôt désert. Celui-ci tente de s'échapper en empruntant une échelle judicieusement placée là. Mais Carlota le retient par son ample robe et l'envoie valdinguer par-dessus son épaule. Il exécute un saut périlleux et retombe sur le dos. Sa capuche tombe, dévoilant un visage qui n'en est pas un, mais une surface vide grumeleuse. Carlota hurle au moment où deux broches rougeoyantes jaillissent des orbites vides. Sans doute possèdent-elles un pouvoir répulsif

---

1. *Cuckoo* : cinglé, barjot en anglais.

quelconque car Carlota recule en titubant jusqu'au mur, en levant une main devant son masque de *luchadora* pour tenter de se protéger.

« Arrêtez ! demanda Marcy. Par pitié. »

Holly appuya sur une touche de son ordinateur. L'image disparut de l'écran, mais Ralph la voyait encore : un effet d'optique préhistorique comparé aux images de synthèse des films d'aujourd'hui, suffisamment efficace néanmoins si vous aviez entendu auparavant une fillette vous raconter la visite d'un intrus dans sa chambre.

« Pensez-vous que c'est ce que votre fille a vu, madame Maitland ? demanda Holly. Pas dans le détail, évidemment, mais…

— Oui. Tout à fait. Des pailles à la place des yeux. C'est ce qu'elle a dit. Des pailles à la place des yeux. »

11

Ralph se leva. Il s'exprima d'un ton calme :

« Sauf votre respect, mademoiselle Gibney, et compte tenu de vos… exploits passés, nul doute que vous méritez ce respect, il n'existe pas de monstre surnaturel nommé *El Cuco*, qui se nourrit du sang des enfants. Je serais le premier à reconnaître que cette affaire – ces deux affaires, si elles sont liées, et cela semble plus que probable – présente des éléments très étranges, mais vous nous entraînez sur une fausse piste.

— Laisse-la terminer, dit Jeanette. Avant de te fermer totalement, écoute ce qu'elle a à te dire. »

Ralph vit que la colère de sa femme frôlait dangereusement la fureur. Il comprenait pour quelle raison, il pouvait même compatir. Jeannie avait le sentiment qu'en refusant d'accorder foi à cette ridicule histoire d'*El Cuco*, il refusait également de croire à ce qu'elle avait vu dans leur salon cette nuit. Et il avait envie de la croire, pas uniquement parce qu'il l'aimait et la respectait, aussi parce que l'homme qu'elle avait décrit ressemblait comme deux gouttes d'eau à Claude Bolton. Ce qu'il ne s'expliquait pas. Malgré cela, il décida de dire ce qu'il pensait aux autres, et surtout à Jeannie. Il le fallait. C'était le socle sur lequel reposait toute sa vie. Certes, il y avait eu des asticots à l'intérieur de ce melon, mais ils étaient arrivés là de manière naturelle. Qu'il ne puisse pas l'expliquer n'y changeait rien, et n'infirmait pas la réalité.

« Si nous croyons aux monstres, au surnaturel, poursuivit-il, comment pouvons-nous croire à quoi que ce soit ? »

Il se rassit et voulut reprendre la main de sa femme. Elle la retira.

« Je comprends ce que vous ressentez, inspecteur Anderson, dit Holly. Croyez-moi. Mais ce que j'ai vu m'autorise à croire à cette histoire. Oh, je ne parle pas du film, ni même de la légende dont il s'inspire. Toutefois, dans chaque légende, il y a une part de vérité. Laissons cela de côté pour l'instant. J'aimerais vous montrer une frise chronologique

que j'ai dessinée avant de quitter Dayton. Vous permettez ? Ce ne sera pas long.

— Vous avez la parole », dit Howie, visiblement déconcerté.

Holly ouvrit un dossier qu'elle projeta sur l'écran. Elle avait une petite écriture, mais lisible. Ralph songea que son schéma serait recevable devant n'importe quel tribunal. Il fallait lui reconnaître ce mérite.

« Le jeudi 19 avril, Merlin Cassidy abandonne la camionnette sur un parking de Dayton. Selon moi, elle a été volée de nouveau le même jour. Nous n'appellerons pas le voleur *El Cuco*, nous dirons simplement l'inconnu ou l'« outsider ». Afin de ne pas perturber l'inspecteur Anderson. »

Ralph ne releva pas, et cette fois, quand il voulut prendre la main de sa femme, elle le laissa faire. Sans refermer ses doigts sur les siens cependant.

« Où l'a-t-il planquée ? demanda Alec. Vous avez une idée ?

— Nous allons y venir. Pour l'instant, j'aimerais m'en tenir aux faits survenus à Dayton, si vous voulez bien ? »

Alec lui fit signe de continuer.

« Samedi 21 avril. Les Maitland prennent l'avion pour Dayton et descendent à l'hôtel. Heath Holmes – le vrai – est à Regis, chez sa mère.

» Lundi 23 avril. Amber et Jolene Howard sont assassinées. L'inconnu se nourrit de leur chair et boit leur sang. » Holly se tourna vers Ralph. « Non, je n'ai aucune preuve. Mais j'ai lu entre les lignes des articles de journaux, et je suis certaine qu'il manquait des morceaux de corps, et que les victimes étaient quasiment exsangues. Est-ce la même chose dans le cas de Frank Peterson ? »

Bill Samuels prit la parole :

« L'affaire Maitland étant classée, et puisqu'il s'agit d'une discussion informelle, je m'estime autorisé à vous le confirmer. Il manquait un morceau de cou, d'épaule droite, de fesse droite et de cuisse gauche. »

Marcy laissa échapper un son étranglé. Voyant Jeanette s'approcher d'elle, elle la repoussa.

« Ça va. Enfin, non, ça ne va pas. Mais je ne vais pas vomir ni m'évanouir. »

À en juger par son teint livide, Ralph n'en était pas si sûr.

Holly poursuivit :

« Notre "outsider" abandonne la fourgonnette ayant servi à enlever les deux fillettes à proximité de la maison des Holmes… » Elle sourit. « … où il est sûr qu'on la découvrira, afin de servir de preuve à charge contre le bouc émissaire qu'il a choisi. Ensuite, il dépose les culottes des filles dans le sous-sol de la maison : nouvelle pierre à l'édifice.

» Mercredi 25 avril. Les corps des filles Howard sont retrouvés à Trotwood, entre Dayton et Regis.

» Jeudi 26 avril. Pendant que, à Regis, Heath Holmes bricole chez sa mère et fait des courses, l'inconnu débarque à l'Institut Heisman. Cherchait-il précisément M. Maitland ou aurait-il pu choisir n'importe qui ? Je l'ignore. Mais je pense qu'il avait Terry Maitland dans le collimateur car il savait que les Maitland venaient d'un autre État, lointain. L'inconnu, que vous le qualifiiez de normal, d'anormal ou de paranormal, ressemble à bien des serial killers sur un point : il a la bougeotte. Madame Maitland, Heath Holmes avait-il un moyen de savoir que votre mari allait rendre visite à son père ?

— Oui, sans doute, dit Marcy. Le personnel de l'Institut aime être prévenu de la venue des membres de la famille quand ils habitent loin. Ils consentent alors un effort particulier, ils coupent les cheveux des résidents ou ils leur font une permanente, ils prévoient une sortie, quand cela est possible. Dans le cas du père de Terry, ça ne l'était pas. Son état mental est trop détérioré. » Elle se pencha en avant, les yeux fixés sur Holly. « Mais si cet… inconnu n'était pas Holmes, même s'il lui *ressemblait*, comment pouvait-il savoir ?

— Oh, c'est très simple, ironisa Ralph, à partir du moment où on accepte le postulat de base. Si ce type *imitait* Holmes, sans doute avait-il accès à tous ses souvenirs. C'est bien cela, mademoiselle Gibney ? C'est ainsi que ça fonctionne ?

— Disons que oui, dans une certaine mesure, mais ne nous appesantissons pas là-dessus. Nous sommes tous fatigués, je suppose, et Mme Maitland a sans doute hâte d'aller retrouver ses filles. »

Espérons qu'elle ne tournera pas de l'œil avant, pensa Ralph.

Holly poursuivit son exposé :

« L'inconnu sait que quelqu'un le verra à l'Institut Heisman. C'est ce qu'il veut. Et il prend soin de déposer un nouvel indice destiné à incriminer le vrai M. Holmes : des cheveux ayant appartenu à une des fillettes assassinées. Mais selon moi, s'il s'est rendu là-bas le 26 avril, c'est avant tout pour faire couler le sang de Terry Maitland, exactement comme, plus tard, il a fait couler celui de M. Claude Bolton. Il suit toujours le même schéma. D'abord les meurtres. Ensuite, il marque sa prochaine victime. Sa prochaine incarnation, pourrait-on dire. Après cela, il se cache. En fait, il s'agit d'une sorte d'hibernation. À l'instar d'un ours, il lui arrive de bouger de temps en temps, mais en gros, il demeure dans une tanière choisie à l'avance, pendant un certain temps. Il se repose, tandis que le changement s'opère. »

Yunel intervint :

« Dans les légendes, la transformation prend des années. Plusieurs générations même. Mais ce sont des légendes. Vous ne pensez pas que cela dure aussi longtemps, n'est-ce pas, mademoiselle Gibney ?

— Non. Je dirais plutôt quelques semaines, quelques mois au maximum. Durant un certain laps de temps, au cours du processus de transformation, de Terry Maitland à Claude Bolton, son visage peut donner l'impression d'être en pâte à modeler. » Une fois de plus, elle affronta le regard de Ralph. C'était difficile, mais nécessaire parfois. « Ou d'avoir été grièvement brûlé.

— Je ne marche pas, déclara Ralph. Et c'est un euphémisme.

— Dans ce cas, pourquoi l'homme brûlé n'apparaît-il sur aucune image ? » lui demanda sa femme.

Ralph soupira.

« Je ne sais pas.

— La plupart des légendes possèdent une part de vérité, je le répète, reprit Holly, mais elles ne sont pas *la* vérité, si vous comprenez ce que je veux dire. Dans les histoires, *El Cuco* se nourrit de sang et de chair, comme un vampire. Selon moi, cette créature se nourrit aussi de mauvais sentiments. Du sang *psychique*, pourrait-on dire. » Elle se tourna vers Marcy. « Il a dit à votre fille qu'il se réjouissait de la voir triste. Je pense que c'était vrai. Il se *nourrissait* de sa tristesse.

— Et de la mienne, dit Marcy. De celle de Sarah. »

Howie intervint :

« Je ne dis pas que tout cela est vrai, loin de là, mais la famille Peterson correspond à ce scénario, non ? Tous disparus, à l'exception du père, réduit à l'état de légume. Une créature qui se nourrit du malheur ne pouvait que raffoler des Peterson.

— *Idem* pour le carnage devant le tribunal, dit Yunel. S'il existe réellement un monstre qui dévore les émotions négatives, ça devait être un véritable festin de Thanksgiving pour lui.

— Vous vous entendez, tous autant que vous êtes ? demanda Ralph. Franchement ?

— Réveillez-vous ! » rétorqua Yunel d'un ton sévère, et Ralph sursauta comme si on l'avait giflé. « Je sais combien tout ça est bizarre, on le sait tous, ce n'est pas la peine de nous le rappeler en permanence, comme si vous étiez le seul pensionnaire sain d'esprit dans un asile d'aliénés. Il y a là quelque chose qui dépasse notre expérience. Cet homme présent devant le palais de justice, celui qui n'apparaît pas sur les images des caméras de télé, n'en représente qu'une partie. »

Ralph sentait son visage s'enflammer, mais il subit cette réprimande sans rien dire.

« Arrêtez de combattre cette réalité à chaque instant. Je sais que ce puzzle ne vous plaît pas, il ne me plaît pas non plus, mais reconnaissez au moins que les pièces s'assemblent. Il y a une chaîne qui va de Heath Holmes à Terry Maitland et à Claude Bolton.

— Nous savons où est Bolton, dit Alec. Une petite visite au Texas pour l'interroger semble s'imposer.

— Pourquoi donc ? demanda Jeanette. J'ai vu son double ici même, cette nuit !

— Nous devrions en discuter, dit Holly. Mais avant cela, j'aimerais poser une question à Mme Maitland. Où votre mari a-t-il été enterré ? »

Marcy parut surprise.

« Où est-il… Bah, ici. En ville. Au cimetière de Memorial Park. On n'avait pas… on n'avait rien prévu… Évidemment. Pourquoi penser à ça ? Terry aurait eu quarante ans seulement en décembre… On croyait avoir encore des années devant nous… et on le méritait, comme toute personne qui mène une vie saine… »

Jeanette sortit un mouchoir de son sac et le tendit à Marcy, qui sécha ses larmes avec la lenteur d'une personne en transe.

« Je ne savais pas ce que je devais… j'étais… sous le choc… J'essayais de me faire à l'idée qu'il était mort. Le directeur des pompes funèbres, M. Donelli, m'a suggéré Memorial Park car le cimetière de Hillview est presque complet… et c'est à l'autre bout de la ville… »

Arrêtez-la, avait envie de crier Ralph à Howie. *C'est douloureux et inutile. Peu importe de savoir où il est enterré, sauf pour Marcy et ses filles.*

Mais une fois de plus, il resta muet et encaissa car il s'agissait d'une autre forme de réprimande, n'est-ce pas ? Même si telle n'était pas l'intention de Marcy Maitland. Il se disait que tout cela serait bientôt fini, il pourrait enfin découvrir qu'il y avait une vie après ce foutu Terry Maitland. Il devait s'en persuader.

« Je savais que cet autre endroit existait, poursuivit Marcy, évidemment, mais je n'ai pas pensé à en parler à M. Donelli. Terry m'y a emmenée un jour ; c'était très loin… et perdu…

— De quel endroit parlez-vous ? » demanda Holly.

Une image s'imposa dans l'esprit de Ralph, malgré lui : six cow-boys portant un cercueil fait de planches. Il sentait venir une nouvelle convergence.

« Du vieux cimetière de Canning Township. Personne ne semblait avoir été enterré, ni même être venu là depuis longtemps. Il n'y avait aucune fleur, uniquement des pierres tombales qui s'effritaient. La plupart des noms étaient devenus illisibles. »

Surpris, Ralph regarda Yunel, qui lui adressa un discret hochement de tête.

« Voilà donc pourquoi il s'intéressait à ce livre déniché au kiosque de l'hôtel, dit Bill Samuels, tout bas. *Une histoire illustrée de Flint County, Douree County et Canning Township.* »

Marcy continuait à sécher ses larmes avec le mouchoir de Jeanette.

« Pas étonnant qu'il se soit intéressé à ce livre, dit-elle. Des Maitland ont vécu dans cette région depuis la ruée vers l'Oklahoma de 1889. Les arrière-arrière-grands-parents de Terry – peut-être même une génération avant – s'étaient installés à Canning.

— Et non pas à Flint City ? s'étonna Alec.

— Flint City n'existait pas en ce temps-là. Ce n'était qu'un petit village baptisé Flint. Jusqu'à l'indépendance de l'État, au début du vingtième siècle, Canning était la plus grande ville de la région. Elle portait le nom du plus gros propriétaire terrien, évidemment. Question superficie, les Maitland arrivaient en deuxième ou troisième position. Canning est restée une ville importante jusqu'aux grandes tempêtes de poussière des années 1920 et 1930, lorsque la bonne terre a été emportée. De nos jours, il ne reste qu'un seul commerce et une église, où presque plus personne ne va.

— Et le cimetière, ajouta Alec. Où les gens enterraient leurs morts avant que la ville périclite. Parmi lesquels quelques ancêtres de Terry. »

Marcy se força à sourire.

« Ce cimetière… je le trouvais affreux. Comme une maison vide dont tout le monde se désintéresse. »

Yunel reprit la parole :

« Si cet inconnu absorbait les pensées et les souvenirs de Terry à mesure que la transformation s'opérait, il connaissait l'existence de ce cimetière. »

Il regardait un des tableaux accrochés au mur, mais Ralph croyait savoir ce qu'il avait en tête. Car il pensait à la même chose. La grange. Les vêtements abandonnés.

« À en croire les légendes – on en trouve des dizaines autour d'*El Cuco* sur Internet –, ces créatures aiment les lieux de mort, expliqua Holly. Elles s'y sentent chez elles.

— Si des créatures se nourrissent de la tristesse, dit Jeanette comme si elle réfléchissait à voix haute, un cimetière serait pour elles une super cafétéria, non ? »

Ralph regrettait amèrement d'avoir accepté que sa femme l'accompagne. Si elle n'avait pas été là, il aurait fichu le camp depuis au moins dix minutes. Oui, la grange dans laquelle on avait retrouvé les vêtements se situait à proximité du vieux cimetière. Oui, la matière visqueuse qui avait noirci le foin demeurait mystérieuse. Et oui, peut-être cet « inconnu » existait-il. Il était prêt à accepter cette théorie, pour le moment. Car elle expliquait un tas de choses. Un inconnu qui recréait délibérément une légende mexicaine, ça en expliquerait encore davantage... mais cela n'expliquait pas la disparition de l'homme devant le tribunal, ni comment Terry Maitland avait pu se trouver dans deux endroits en même temps. Il ne cessait de se heurter à ces interrogations ; elles étaient comme des galets coincés dans sa gorge.

Holly dit :

« Laissez-moi vous montrer quelques photos que j'ai prises dans un autre cimetière. Elles peuvent peut-être déboucher sur une enquête plus traditionnelle. Si toutefois l'inspecteur Anderson ou le lieutenant Sablo acceptent de contacter la police de Montgomery County, dans l'Ohio.

— À ce stade, dit Yunel, je serais prêt à contacter le pape si cela pouvait permettre d'élucider cette affaire. »

Holly fit défiler les photos sur l'écran : la gare, l'usine sur laquelle on avait tagué un svastika, la laverie auto abandonnée.

« J'ai pris ces photos depuis le parking du cimetière du Repos Paisible, à Regis. Là où Heath Holmes est enterré avec ses parents. »

Elle les fit défiler de nouveau : la gare, l'usine, la laverie auto.

« Je pense que l'inconnu s'est rendu dans l'un de ces endroits avec la camionnette volée sur le parking de Dayton, et je pense que si vous pouviez convaincre la police de Montgomery County de les inspecter, ils pourront sans doute en trouver des traces. Et peut-être même qu'ils trouveront *ses* traces. Là-bas, ou là… »

Elle projeta la photo des wagons de marchandises, solitaires et oubliés sur leur voie de garage.

« Il n'a pas pu y cacher la camionnette, mais

peut-être s'y est-il réfugié. C'est encore plus près du cimetière. »

Enfin une chose à laquelle Ralph pouvait se raccrocher. Du concret.

« Un lieu abrité, dit-il. Il pourrait rester des traces, en effet. Même après trois mois.

— Des empreintes de pneus, ajouta Yunel. Ou d'autres vêtements abandonnés.

— Ou n'importe quoi, dit Holly. Vous allez les contacter, alors ? Qu'ils se préparent à effectuer un test à l'acide phosphorique. »

Des taches de sperme, songea Ralph, et il repensa, encore une fois, à la substance visqueuse dans la grange. Yunel avait plaisanté à ce sujet : Une pollution nocturne digne de figurer dans le *Livre Guinness des records* ?

Le lieutenant semblait admiratif.

« Vous connaissez votre affaire, madame. »

Les joues de Holly se colorèrent et elle baissa la tête.

« Bill Hodges était un excellent détective. Il m'a appris plein de choses.

— Je peux appeler le procureur de Montgomery County si vous voulez, proposa Samuels. Et demander à une personne des forces de police ayant autorité dans cette ville… Regis, c'est ça ?… de coordonner les opérations avec les *Staties*[1]. En supposant que les affaires découvertes par le jeune Elfman dans cette grange de Canning Township méritent qu'on s'y intéresse…

1. Surnom donné aux agents de la police d'État.

— Hein ? s'exclama Holly, soudain tout ouïe. Qu'a-t-il découvert, à part la ceinture avec les empreintes ?

— Une pile de vêtements, dit Samuels. Un pantalon, un slip et des baskets. Aspergés d'une sorte de substance visqueuse, qu'on a retrouvée également dans le foin. Devenu tout noir. » Après une pause, il ajouta : « Mais pas de chemise. Elle avait disparu. »

Yunel enchaîna :

« C'était peut-être elle que le brûlé portait sur la tête, à la manière d'un bandana, quand on l'a aperçu devant le tribunal.

— À quelle distance du cimetière se trouve cette grange ? demanda Holly.

— Moins d'un kilomètre, dit Yunel. La substance découverte sur les vêtements ressemblait à du sperme. C'est ce que vous pensez, mademoiselle Gibney ? C'est pour cela que vous voulez que la police de l'Ohio effectue un test à l'acide phosphorique ?

— Ça ne peut pas être du sperme, dit Ralph. Il y en a beaucoup trop. »

Yunel ignora cette remarque. Il regardait Holly, comme fasciné.

« Vous pensez que cette matière dans la grange est un résidu de la métamorphose ? Nous avons fait analyser des échantillons, mais nous n'avons pas encore les résultats.

— Je ne sais pas quoi penser, avoua Holly. Pour l'instant, mes recherches concernant *El Cuco* se limitent à quelques légendes que j'ai lues dans l'avion, et elles ne sont pas fiables. Elles ont été transmises oralement, de génération en génération, bien avant l'apparition de la médecine légale. Je dis juste que la police de l'Ohio devrait inspecter les lieux que j'ai photographiés. Peut-être qu'elle ne trouvera rien… mais je crois que si. Je l'espère. Des traces, pour reprendre le terme de l'inspecteur Anderson.

— Avez-vous terminé, mademoiselle Gibney ? demanda Howie.

— Oui, je pense. »

Elle se rassit. Ralph jugea qu'elle semblait épuisée, ce qui n'avait rien d'étonnant. Elle avait connu quelques journées chargées. Et puis, la folie, ça devait vous miner, à force.

« Eh bien, mesdames et messieurs, que proposez-vous maintenant ? demanda Howie. Toutes les suggestions sont les bienvenues.

— L'étape suivante me paraît évidente, dit Ralph. Cet inconnu est peut-être ici, à Flint City – les témoignages de ma femme et de Grace Maitland le laissent supposer –, mais quelqu'un doit se rendre au Texas afin d'interroger Claude Bolton, et voir ce qu'il sait. S'il sait quelque chose. Je me porte volontaire.

— Je souhaiterais vous accompagner, dit Alec.

— J'aimerais être du voyage moi aussi, dit Howie. Lieutenant Sablo ?

— Également. Hélas, j'ai deux affaires qui passent au tribunal. Si je ne témoigne pas, quelques individus très dangereux risquent de passer entre les mailles de la justice. Je vais appeler l'assistant du procureur à Cap City pour savoir s'il est possible d'obtenir un report, mais j'en doute. Je me vois mal lui expliquer que je suis sur la piste d'un monstre mexicain qui change d'apparence. »

Howie sourit.

« Comme je comprends. Et vous, mademoiselle Gibney ? Souhaitez-vous descendre un peu plus dans le Sud ? Vous continuerez à être indemnisée, bien entendu.

— Je vous accompagnerai. M. Bolton sait peut-être des choses capitales. Si nous lui posons les bonnes questions, évidemment.

— Et vous, Bill ? demanda l'avocat. Vous avez envie d'aller au fond des choses ? »

Le procureur esquissa un sourire, secoua la tête et se leva.

« Tout ceci était très intéressant, dans le genre dingo, toutefois, en ce qui me concerne, l'affaire est terminée. Je passerai quelques coups de téléphone à la police de l'Ohio, mais ma participation s'arrête là. Toutes mes condoléances, madame Maitland. Je suis désolé.

— Il y a de quoi », répliqua Marcy.

Samuels grimaça, mais poursuivit :

« Mademoiselle Gibney, c'était fascinant. Bravo pour votre travail approfondi. Par ailleurs, vous êtes une brillante et surprenante avocate du fantastique, je dis cela sans aucune ironie. Je vais rentrer chez moi, prendre une bière dans le frigo et tenter d'oublier toute cette histoire. »

Ils le regardèrent saisir sa mallette et s'en aller ;

son épi s'agitait à l'arrière de son crâne, tel un doigt réprobateur.

Après son départ, Howie annonça qu'il allait prendre toutes les dispositions pour leur voyage.

« Je vais affréter le King Air que j'utilise parfois. Les pilotes connaîtront l'aérodrome le plus proche. Je réserverai une voiture également. Si nous ne sommes que quatre, une berline ou un petit SUV devrait suffire.

— Gardez-moi une place, dit Yunel. Au cas où j'arriverais à échapper au tribunal.

— Avec plaisir. »

Alec Pelley intervint :

« L'un d'entre nous doit contacter M. Bolton dès ce soir pour lui annoncer qu'il va recevoir de la visite. »

Yunel leva la main.

« Ça, je peux le faire.

— Faites-lui bien comprendre que personne ne l'accuse de quoi que ce soit, dit Howie. Il ne faudrait pas qu'il prenne la poudre d'escampette.

— Appelez-moi après lui avoir parlé, lieutenant, dit Ralph. Même tard. Je suis curieux de connaître sa réaction.

— Moi aussi, dit Jeanette.

— Dites-lui également d'être prudent, ajouta Holly. Car si j'ai vu juste, il est le prochain sur la liste. »

12

La nuit était tombée quand Ralph et les autres sortirent des bureaux de Howie Gold. Celui-ci était resté dans son cabinet pour tout organiser en compagnie de son enquêteur. Ralph se demandait de quoi ils allaient parler maintenant que tout le monde était parti.

« Où logez-vous, mademoiselle Gibney ? demanda Jeanette.

— Au Flint Luxury Motel. J'ai réservé une chambre.

— Oh, non, vous ne pouvez pas dormir là. Le seul "luxe" est sur l'enseigne. C'est un hôtel miteux. »

Holly parut déconcertée.

« Il doit bien y avoir un Holiday Inn…

— Venez à la maison », proposa Ralph, devançant sa femme, dans l'espoir que cela lui vaudrait un bon point, car Dieu sait qu'il en avait besoin.

Holly hésita. Elle ne se sentait pas à l'aise chez les autres. Elle n'était même pas à l'aise dans la maison où elle avait grandi, lors de ses visites trimestrielles obligatoires à sa mère. Elle savait que sous le toit de ces inconnus, elle tarderait à trouver le sommeil et se réveillerait tôt, attentive au moindre craquement des murs et des planchers ; elle guetterait les murmures des Anderson en se demandant s'ils parlaient d'elle… très certainement. Elle aurait peur qu'ils l'entendent si elle devait se lever en pleine nuit pour faire pipi. Or, elle avait besoin de dormir. Cette réunion avait été stressante et la résistance incessante que représentait l'incrédulité d'Anderson, si elle était compréhensible, l'avait épuisée.

Mais, aurait dit Bill Hodges. *Mais*.

L'incrédulité de l'inspecteur était le « mais ». La raison pour laquelle elle devait accepter cette invitation. Alors, elle accepta.

« Merci, c'est très aimable. Mais j'ai une course à faire avant. Je n'en ai pas pour longtemps Donnez-moi votre adresse, mon iPad me conduira chez vous.

— Si je peux vous aider, dit Ralph. Ce sera avec plaisir…

— Non. Merci. Je vous assure. » Elle échangea une poignée de main avec Yunel. « Accompagnez-nous si vous le pouvez, lieutenant Sablo. Je suis sûre que vous en avez envie. »

Il sourit.

« Et effet. Mais comme le dit le poème de Frost : J'ai des promesses à tenir. »

Marcy Maitland demeurait légèrement à l'écart, elle tenait son sac à main contre elle et semblait en état de choc. Jeanette marcha vers elle, sans hésiter. Ralph vit Marcy avoir un mouvement de recul tout d'abord, comme affolée, puis laisser Jeanette la prendre dans ses bras. Finalement, elle alla jusqu'à poser sa tête sur son épaule, et l'étreignit à son tour. On aurait dit une enfant fatiguée. Quand les deux femmes se séparèrent, elles pleuraient.

« Toutes mes condoléances, dit Jeanette.

— Merci.

— Si je peux faire quelque chose pour vous ou pour les filles, n'importe quoi…

— Non, vous ne pouvez rien faire, mais *lui*, oui. » Elle se tourna vers Ralph et son regard, bien que mouillé de larmes, était glacial. Pénétrant. « Cet inconnu, je veux que vous le trouviez. Ne le laissez pas s'échapper uniquement parce que vous ne croyez pas à son existence. Vous en êtes capable ?

— Je ne sais pas, répondit Ralph. Mais j'essayerai. »

Sans rien ajouter, Marcy prit le bras que lui offrait Yunel Sablo et se laissa conduire jusqu'à sa voiture.

13

À quelques mètres de là, garé devant un magasin Woolworth's fermé depuis longtemps, Jack Hoskins, assis au volant de son pick-up, une flasque à la main, observait le petit groupe sur le trottoir. La seule personne qu'il ne parvenait pas à identifier était une femme svelte vêtue d'un pantalon de femme d'affaires en déplacement. Elle avait les cheveux courts et une frange aux mèches grisonnantes, irrégulière, comme si elle l'avait coupée elle-même. Le sac qui pendait sur son épaule aurait pu contenir un émetteur radio. Elle regardait Sablo, le métèque de la police d'État, jouer les chevaliers servants auprès de Mme Maitland. Elle se dirigea ensuite vers sa voiture, typique des véhicules que l'on louait dans les aéroports. Jack envisagea brièvement de la suivre, mais décida finalement de rester avec les Anderson. Après tout, c'était Ralph qui l'avait conduit ici, et n'existait-il pas un dicton selon lequel il fallait rentrer à la maison avec la fille qu'on avait emmenée au bal ?

De plus, Anderson méritait toute son attention. Jack ne l'avait jamais aimé et, depuis son petit commentaire de sale snobinard sur sa fiche d'évaluation l'année dernière (*pas d'avis*, avait-il noté... comme si sa merde sentait la rose !), il le détestait. Il s'était réjoui de le voir se prendre les pieds dans sa bite à cause de l'arrestation de Maitland et il n'était pas étonné maintenant de découvrir que ce salopard donneur de leçons fourrait son nez dans des choses auxquelles il valait mieux ne pas toucher. Une affaire classée, par exemple.

Jack palpa sa nuque, grimaça et démarra. Sans doute rentrerait-il au bercail après avoir suivi les Anderson jusque chez eux, mais il se disait qu'il pourrait aussi planquer devant leur maison. Pour voir ce qui se passait. Il avait une bouteille de Gatorade s'il avait besoin de pisser, peut-être même qu'il arriverait à dormir un peu, si la brûlure lancinante dans sa nuque lui accordait un peu de répit. Ce ne serait pas la première fois qu'il dormirait dans son pick-up ; surtout depuis qu'il n'avait plus la corde au cou.

Jack ne savait pas trop à quoi s'attendre ensuite, mais il avait pigé ce qu'il avait à faire, en gros : empêcher Anderson de fourrer son nez dans... Dans quoi au juste ? Il l'ignorait, mais cela concernait le petit Peterson. Et la grange de Canning Township. Ça lui suffisait pour l'instant et – malgré le coup de soleil, malgré un possible cancer – cela avait éveillé son intérêt.

Il sentait que lorsque viendrait l'étape suivante, il en serait averti.

14

Grâce à son application de navigation, Holly se rendit aisément et rapidement au Walmart de Flint City. Elle adorait les Walmart, leur gigantisme, leur anonymat. Les clients ne s'espionnaient pas comme ils le faisaient dans d'autres commerces ; enfermés dans une sorte de bulle, ils achetaient des vêtements, des jeux vidéo ou du papier-toilette en gros. Même pas besoin de parler aux caissières si on choisissait les caisses automatiques. Ce que faisait toujours Holly. Comme elle savait exactement ce qu'elle voulait, cela alla très vite. Elle se rendit d'abord au rayon des fournitures de bureau, puis à celui des vêtements pour hommes et garçons, avant de finir au rayon des équipements automobiles. Après être passée aux caisses automatiques, donc, elle prit soin de glisser le ticket dans son portefeuille. C'étaient des frais professionnels qu'elle espérait bien se faire rembourser. Si elle restait en vie, évidemment. Ce qui avait plus de chances d'arriver, devinait-elle (Bill Hodges aurait dit : *Ah, encore une des fameuses intuitions de Holly*), si Ralph Anderson – tellement semblable à Bill à certains égards, tellement différent par ailleurs – parvenait à surmonter ses *a priori*.

Elle regagna sa voiture et se rendit au domicile des Anderson. Mais avant de quitter le parking, elle récita une brève prière. Pour eux tous.

15

Le portable de Ralph sonna au moment même où Jeanette et lui entraient dans la cuisine. C'était Yunel. Il avait obtenu le numéro de Lovie Bolton à Marysville par John Zellman, le propriétaire du Gentlemen, Please, et n'avait eu aucun mal à joindre Claude.

« Que lui avez-vous dit ? demanda Ralph.

— *Grosso modo* ce que nous avions convenu dans le cabinet de Howie Gold. Que nous souhaitions l'interroger car nous avions des doutes sur la culpabilité de Maitland. J'ai bien insisté sur le fait qu'à nos yeux, Bolton lui-même n'avait rien fait de mal, et que les gens qui viendraient le voir agissaient à titre privé. Il voulait savoir si vous seriez parmi eux. J'ai dit oui. J'espère que ça ne vous ennuie pas. Lui semblait d'accord.

— Pas de problème. » Jeanette était montée directement et Ralph entendit sonner leur ordinateur de bureau commun quand elle l'alluma. « Quoi d'autre ?

— Je lui ai dit que si Maitland avait été victime d'un coup monté, il risquait de subir le même sort, d'autant qu'il avait un casier judiciaire.

— Et comment a-t-il réagi ?

— Bien. Il ne m'a pas semblé sur la défensive.

Mais ensuite, il a dit une chose intéressante. Il m'a demandé si j'étais sûr que c'était bien Terry Maitland qu'il avait vu au club le soir du meurtre du petit Peterson.

— Il a demandé ça ? Pourquoi ?

— Il n'avait jamais vu Maitland se comporter de cette manière et, quand il l'a interrogé sur son équipe de baseball, Maitland a répondu une banalité, sans entrer dans les détails, alors que son équipe jouait les *play-off*. Il a précisé que Maitland portait des baskets très tape-à-l'œil. "Comme celles que s'achètent les gamins après avoir cassé leur tirelire pour ressembler à des caïds", a-t-il dit. C'était la première fois qu'il voyait Maitland porter ce genre de chaussures.

— Ce sont les baskets qu'on a retrouvées dans la grange.

— Il n'existe aucun moyen de le prouver, mais je suis sûr que vous avez raison. »

Du premier étage lui parvinrent les gémissements et les grincements de leur vieille imprimante Hewlett-Packard et il se demanda ce que manigançait sa femme.

Yunel poursuivit : « Vous vous souvenez que Holly Gibney nous a parlé des cheveux retrouvés dans la chambre du père de Maitland, là-bas dans le centre pour personnes dépendantes ? Ceux d'une des fillettes assassinées ?

— Évidemment.

— Qu'est-ce que vous pariez que si on épluche les comptes de Maitland, on découvrira qu'il a acheté ces baskets ? Et un reçu de carte de crédit

portant une signature exactement identique à la sienne ?

— Cette hypothétique créature serait capable de faire ça, je suppose, répondit Ralph. Mais à condition d'avoir fauché la carte bancaire de Terry.

— Pas besoin. N'oubliez pas que les Maitland vivent à Flint City depuis toujours. Sans doute ont-ils des comptes dans une demi-douzaine de boutiques du centre. Il lui suffisait d'entrer dans un magasin de sport, de choisir ces super baskets et de signer. Qui irait lui demander quoi que ce soit ? Tout le monde le connaît en ville. C'est la même chose que les cheveux et les culottes des gamines, vous comprenez ? Il prend l'apparence des gens, il commet ses horreurs, mais ça ne lui suffit pas. Il tisse la corde qui servira à les pendre. Car il se nourrit de la tristesse. Il se nourrit de la tristesse ! »

Ralph passa une main sur son visage et se massa les tempes.

« Ralph, vous êtes toujours là ?

— Oui. Écoutez… Yunel, vous poussez le bouchon un peu trop loin pour moi.

— Je comprends. Moi-même, je ne suis pas convaincu à cent pour cent. Mais il ne faut pas fermer totalement la porte à cette possibilité. »

Ce n'est pas une possibilité, pensa Ralph. *C'est une* impossibilité.

Il demanda à Yunel s'il avait conseillé à Bolton d'être prudent.

Rire du lieutenant.

« Oui, je l'ai fait. Et il a ricané. Il m'a répondu qu'il y avait trois armes à feu dans la maison. Deux fusils et un pistolet. Et que sa mère tirait mieux que lui, malgré son emphysème. Ah, bon sang, ce que j'aimerais vous accompagner.

— Essayez de vous libérer.

— Je vais faire au mieux. »

Une fois cet appel terminé, Jeanette redescendit en agitant une fine liasse de feuilles.

« J'ai fait des recherches sur Holly Gibney. Tu veux que je te dise ? Pour une femme réservée qui ne sait absolument pas s'habiller, elle a roulé sa bosse. »

Au moment où Ralph prenait les feuilles, des phares éclairèrent l'allée. Jeanette les lui reprit aussitôt. Il eut juste le temps d'entrapercevoir le gros titre de la première page : UN POLICIER RETRAITÉ ET DEUX AUTRES PERSONNES SAUVENT DES MILLIERS DE SPECTATEURS DURANT UN CONCERT À L'AUDITORIUM MINGO. Il supposa que Mlle Holly Gibney était une de ces deux autres personnes.

« Va l'aider à porter ses bagages, dit Jeanette. Tu liras tout ça au lit. »

16

Les bagages de Holly consistaient en un sac à bandoulière contenant son ordinateur, un fourre-tout pouvant tenir dans le compartiment à bagages d'un avion et un sac en plastique de chez Walmart. Elle laissa Ralph prendre le fourre-tout, mais insista pour garder son ordinateur et les achats effectués au supermarché.

« C'est très gentil à vous de m'accueillir, dit-elle à Jeanette.

— Ça nous fait plaisir. Puis-je vous appeler Holly ?

— Oui, bien sûr. Très bien.

— La chambre d'amis se trouve au fond du couloir, au premier. Les draps sont propres et vous avez une salle de bains particulière. Juste une chose : ne vous prenez pas les pieds dans la machine à coudre si vous allez aux toilettes en pleine nuit. »

Une expression de soulagement manifeste apparut sur le visage de Holly. Elle sourit.

« J'essayerai.

— Voulez-vous un chocolat chaud ? Je peux en faire. Ou quelque chose de plus fort, peut-être ?

— Non merci, juste mon lit. Je ne voudrais surtout pas paraître malpolie, mais la journée a été longue.

— Oui, bien sûr. Je vais vous montrer votre chambre. »

Toutefois, Holly s'attarda un instant ; elle regardait le salon.

« L'intrus était assis juste là quand vous êtes descendue ?

— Oui. Sur une des chaises de la cuisine. » Jeanette tendit le doigt, puis noua les bras autour de sa poitrine. « Tout d'abord, je n'ai vu que ses jambes. Puis ce mot tatoué sur ses doigts : MUST. Et quand il s'est penché en avant, j'ai aperçu son visage.

— Le visage de Bolton.

— Oui. »

Holly sembla réfléchir, puis un sourire radieux

qui surprit Ralph et son épouse illumina ses traits. Elle paraissait plus jeune tout à coup.

« Si vous voulez bien m'excuser, je vais retrouver les bras de Morphée. »

Jeanette la conduisit au premier tout en bavardant. *Elle la met à l'aise comme je n'aurais pas su le faire*, pensa Ralph. *C'est un don, qui se révélera sans doute efficace même avec cette femme très bizarre.*

Mais si bizarre soit-elle, c'était une femme étrangement sympathique, malgré ses idées délirantes concernant Terry Maitland et Heath Holmes.

Des idées délirantes qui coïncident avec les faits.

Qui coïncident très exactement.

« Mais ça reste impossible », murmura-t-il.

Il entendit les deux femmes rire à l'étage. Cela le fit sourire. Lorsqu'il entendit Jeanette retourner dans leur chambre, il monta à son tour. La porte de la chambre d'amis au fond du couloir était fermée. La liasse de feuilles – fruit des recherches expéditives de sa femme – l'attendait sur son oreiller. Il se déshabilla, s'allongea et entreprit de lire ce qui concernait Mlle Holly Gibney, copropriétaire de l'agence Finders Keepers, spécialisée dans la recherche des fugitifs et des débiteurs.

17

Garé un peu plus loin dans la rue, Jack regarda la femme en tailleur pénétrer dans l'allée des Anderson. Ralph sortit pour l'aider à transporter ses bagages. Elle voyageait léger. Elle avait un sac de chez Walmart. Voilà donc où elle s'était rendue. Pour acheter une chemise de nuit et une brosse à dents peut-être. Et s'il se fiait à son apparence, la chemise de nuit devait être horrible et les poils de la brosse à dents assez durs pour faire saigner ses gencives.

Il but une gorgée au goulot de sa flasque, et alors qu'il revissait le bouchon en envisageant de rentrer chez lui (maintenant que tous ces gentils petits étaient couchés), il s'aperçut qu'il n'était plus seul à bord de son pick-up. Un intrus avait pris place sur le siège du passager. Il venait d'apparaître dans l'angle de son champ de vision. C'était impossible, évidemment, mais il ne pouvait pas être là depuis le début. Si ?

Hoskins regardait droit devant lui. Le coup de soleil sur sa nuque, relativement calme jusqu'à maintenant, se remit à palpiter, et douloureusement.

Une main pénétra dans son champ de vision, comme flottante. On pouvait presque voir à travers. Sur les doigts, à l'encre d'un bleu délavé, figurait le mot MUST. Hoskins ferma les yeux en priant pour que son passager ne le touche pas.

« Il faut que tu roules, dit le visiteur. Sauf si tu veux mourir comme ta mère, évidemment. Tu te souviens comme elle criait. »

Oui, Jack s'en souvenait. Jusqu'à ce qu'elle ne puisse plus crier.

« Jusqu'à ce qu'elle ne puisse plus crier », dit le visiteur.

La main frôla sa cuisse, très légèrement, et Jack sut que sa peau allait bientôt le brûler à cet endroit, comme sa nuque. Son pantalon n'offrirait aucune protection ; le poison s'infiltrerait à travers le tissu.

« Oui, tu t'en souviens. Comment pourrais-tu oublier ?

— Où vous voulez que j'aille ? »

Le passager le lui dit, et la sensation de cette effroyable main disparut. Jack ouvrit les yeux et regarda autour de lui. Le siège du passager était vide. Les lumières de la maison des Anderson éteintes. Il consulta sa montre : onze heures moins cinq. Il s'était endormi. Il pouvait presque se persuader qu'il avait fait un rêve. Un très vilain rêve. À un détail près.

Il mit le contact et démarra. Il s'arrêterait à la station-service Hi sur la Route 17, à la sortie de la ville. Le type qui travaillait de nuit là-bas, Cody, avait toujours un stock de petites pilules blanches. Il les vendait aux routiers qui fonçaient vers Chicago au nord ou vers le Texas au sud. Pour Jack Hoskins de la police de Flint City, ce serait gratuit.

Le tableau de bord du pick-up était poussiéreux. Au premier panneau stop, Jack se pencha vers la droite pour l'essuyer, et effacer le mot tracé par le doigt de son passager.

MUST.

UN UNIVERS INFINI

26 juillet

1

Ralph dormit mal, d'un sommeil léger entre-coupé de cauchemars. Dans l'un d'eux, il tenait contre lui un Terry Maitland agonisant qui l'accusait : « Vous m'avez volé mes enfants. »

Réveillé à quatre heures et demie, il comprit qu'il ne se rendormirait pas. Il avait l'impression d'avoir atteint un niveau de réalité insoupçonné jusqu'alors, mais tout le monde avait sans doute cette même sensation au petit matin. Cela le décida à se rendre dans la salle de bains pour se brosser les dents.

Comme à son habitude, Jeannie avait remonté la couette le plus haut possible, ne laissant dépasser qu'une masse de cheveux. Dont quelques-uns étaient blancs maintenant, comme chez lui. D'autres viendraient. C'était normal. Le passage du temps constituait un mystère, mais un mystère *normal.*

La climatisation avait éparpillé sur le sol certaines des feuilles imprimées par Jeanette. Ralph les remit sur la table de chevet, ramassa son jean, décida qu'il pouvait le porter un jour de plus (surtout pour se rendre dans le sud du Texas poussiéreux) et s'approcha de la fenêtre en le tenant à la main. Le jour commençait à poindre dans une lumière grise. Il allait faire chaud, et encore plus là où ils allaient.

Il constata – sans beaucoup d'étonnement, même s'il n'aurait pas su dire pourquoi – que Holly Gibney était déjà descendue, en jean elle aussi, assise dans le fauteuil de jardin où lui-même était installé il y a un peu plus d'une semaine lors de la visite de Bill Samuels. Le soir où le procureur lui avait raconté l'histoire des empreintes de pas qui disparaissaient, et où il avait répondu par celle du melon infesté d'asticots.

Ralph enfila son jean, un T-shirt Oklahoma Thunder et, ayant vérifié que Jeannie dormait toujours, quitta la chambre en tenant dans la main gauche les vieux mocassins éraflés qui lui servaient de pantoufles.

2

Cinq minutes plus tard, il sortit par la porte de derrière. Holly tourna la tête en l'entendant approcher, sur ses gardes, mais pas (du moins l'espérait-il) hostile. Quand elle aperçut les tasses sur le vieux plateau Coca-Cola, un sourire éclatant vint illuminer son visage délicat.

« Serait-ce ce que j'espère ?

— Si vous espérez du café, oui. Personnellement, je le bois noir. Mais j'ai apporté tout ce qu'il faut. Ma femme aime son café avec du sucre et de la crème. Comme son mari, qui est une crème, dit-elle. »

Il sourit.

« Noir, c'est très bien, dit Holly. Merci infiniment. »

Ralph posa le plateau sur la table de pique-nique. Holly s'assit en face de lui, prit une des tasses et la porta à ses lèvres.

« Huummm, délicieux. Rien de tel qu'un bon café noir le matin. À mon avis.

— Vous êtes levée depuis longtemps ?

— Je ne dors pas beaucoup, dit-elle, esquivant habilement la question. C'est très agréable ici, l'air est frais.

— Sauf quand le vent vient de l'ouest, croyez-moi. On sent toutes les odeurs des raffineries de Cap City. Ça me donne mal à la tête. »

Il observa Holly, qui détourna le regard en levant sa tasse devant son visage, comme pour le protéger. Ralph repensa à la réunion de la veille. Elle avait semblé se raidir à chaque poignée de main. Il devinait que cette femme n'était pas à l'aise avec les gestes et les rapports sociaux du quotidien. Pourtant, elle avait accompli des choses stupéfiantes.

« J'ai lu des articles sur vous hier soir. Alec Pelley avait raison. Vous possédez un sacré CV. »

Holly ne répondit pas.

« En plus d'avoir empêché ce type, Hartsfield, de faire sauter une foule de gamins, avec M. Hodges, votre équipier, vous avez...

— L'*inspecteur* Hodges. Retraité.

— Oui. Bref, avec l'inspecteur Hodges, vous

avez sauvé une fille kidnappée par un cinglé nommé Morris Bellamy. Il a été tué durant l'opération. Vous avez également participé à une fusillade impliquant un médecin qui avait perdu la raison et tué sa femme. Et l'année dernière, vous avez arrêté une bande de types qui volaient des chiens de race, et qui réclamaient des rançons aux propriétaires ou revendaient les chiens si les propriétaires refusaient de payer. En fait, quand vous disiez qu'une partie de votre activité consistait à retrouver des chiens perdus, ce n'était pas une plaisanterie. »

Holly rougissait de nouveau, du cou jusqu'à la racine des cheveux. De toute évidence, l'énumération de ses exploits ne la mettait pas seulement mal à l'aise, c'était douloureux.

« C'est surtout Bill Hodges qui a fait tout ça.

— Pas dans le cas des voleurs de chiens. Il est décédé un an avant cette affaire.

— Oui, mais j'avais Pete Huntley à ce moment-là. L'ex-*inspecteur* Huntley. » Elle regarda Ralph. En se faisant violence. Elle posa sur lui ses yeux clairs et bleus. « Pete connaît son métier, je ne pourrais pas faire tourner l'agence sans lui, mais Bill était meilleur. Ce que je suis aujourd'hui, c'est grâce à lui. Je lui dois tout. Je lui dois la vie. J'aimerais qu'il soit là, maintenant.

— À ma place, vous voulez dire ? »

Holly ne répondit pas. Ce qui, évidemment, constituait une réponse.

« Aurait-il cru à cette histoire d'*El Cuco* qui change d'apparence ?

— Oh, oui, répondit-elle sans hésitation. Car

Bill… comme moi… et comme notre ami Jerome Robinson, qui se trouvait avec nous… nous bénéficions d'une certaine expérience qui vous fait défaut. Mais peut-être que cela va changer, selon ce qui se passera dans les prochains jours. Peut-être même avant que le soleil se couche ce soir.

— Puis-je me joindre à vous ? »

Jeanette venait d'apparaître, une tasse de café à la main.

Ralph lui fit signe de s'asseoir.

« Si nous vous avons réveillée, j'en suis désolée, dit Holly. C'était tellement gentil à vous de m'accueillir.

— C'est Ralph qui m'a réveillée, en marchant sur la pointe des pieds avec la légèreté d'un éléphant. J'aurais pu me rendormir, mais j'ai senti l'odeur du café. Impossible de résister. Oh, vous avez pris la crème, parfait.

— Ce n'était pas le médecin », déclara Holly.

Ralph haussa les sourcils.

« Pardon ?

— Il s'appelait Babineau, et il avait perdu la boule, en effet, mais pas par sa faute, et il n'a pas tué Mme Babineau. C'est Brady Hartsfield.

— D'après les articles que ma femme a trouvés sur Internet, Hartsfield est mort à l'hôpital avant que Hodges et vous ayez réussi à localiser Babineau.

— Je sais ce qu'ont écrit les journaux, mais ils se sont trompés. Voulez-vous connaître la vérité ? Je n'aime pas la raconter, et je n'aime pas raviver ces souvenirs, mais il est peut-être bon que vous sachiez ce qui s'est passé. Car nous allons au-devant d'un grand danger, et si vous continuez à penser que nous traquons un homme – un pervers à l'esprit dérangé, un meurtrier, mais un homme malgré tout –, vous courrez un plus grand danger encore…

— Le danger est ici, protesta Jeanette. Cette créature, celle qui ressemble à Claude Bolton… je l'ai vue *ici*. Je vous l'ai dit hier soir, pendant la réunion. »

Holly acquiesça.

« Oui, je pense qu'elle était ici, en effet, je pourrais peut-être même vous le prouver, mais selon moi, elle n'était pas *totalement* ici. Et elle n'y est plus. Elle est *là-bas*, au Texas, là où se trouve Bolton, et elle est près de lui. Elle est obligée de rester près de lui car elle… » Holly se mordilla la lèvre. « Elle s'est épuisée. Elle n'a pas l'habitude que des gens la pourchassent. Ou sachent ce qu'elle est.

— Je ne comprends pas, avoua Jeanette.

— Puis-je vous raconter l'histoire de Brady Hartsfield ? Cela pourrait se révéler utile. » Elle regarda Ralph, au prix d'un énorme effort de volonté encore une fois. « Même si cela ne vous incite pas à croire, vous comprendrez pourquoi moi, je *peux* y croire.

— Allez-y », dit Ralph.

Holly commença son récit. Quand elle l'acheva, le soleil se levait à l'est, écarlate.

602

3

« Wouah », fit Ralph.

Il ne savait pas quoi dire d'autre.

« C'est vrai ? demanda Jeanette. Brady Harts-field a… comment dire ?… projeté sa conscience dans l'esprit de son médecin ?

— Oui. Sans doute en partie à cause des médicaments expérimentaux que lui faisait prendre Babineau, mais je n'ai jamais cru que c'était le seul élément qui lui avait permis de faire ça. Il y avait déjà quelque chose en lui, et le coup sur la tête que je lui ai asséné a tout fait sortir. Voilà ce que je pense. » Elle se tourna vers Ralph. « Vous n'y croyez pas, n'est-ce pas ? Je pourrais appeler Jerome pour qu'il vous dise la même chose… mais vous ne le croiriez pas davantage.

— Je ne sais plus ce que je dois croire. Cette épidémie de suicides provoqués par des messages subliminaux dans des jeux vidéo… les journaux en ont parlé ?

— Les journaux, la télé, Internet. Vous pouvez vérifier. »

Holly regarda ses mains. Ses ongles n'étaient pas vernis, mais impeccables. Elle avait cessé de les ronger, comme elle avait cessé de fumer. Elle s'était débarrassée de cette habitude. Parfois, elle songeait que son pèlerinage vers ce qui se rapprochait le plus de la stabilité émotionnelle (sans aller jusqu'à parler de santé mentale) avait été marqué par l'abandon systématique de ses mauvaises habitudes. Elle avait eu du mal à s'en séparer. C'étaient ses amies.

Elle reprit son récit sans regarder les Anderson, les yeux perdus dans le vague :

« Le cancer du pancréas de Bill a été diagnostiqué au moment de cette affaire Babineau-Hartsfield. Il a fait un séjour à l'hôpital, puis il est rentré chez lui. On savait tous comment cela allait se terminer... lui y compris, mais il n'a jamais rien dit, et il a combattu cette saloperie jusqu'à la fin. J'allais le voir presque tous les soirs, pour m'assurer qu'il mangeait un peu, mais aussi pour rester assise à ses côtés. Pour lui tenir compagnie, et pour... je ne sais pas...

— Vous nourrir de lui ? suggéra Jeanette. Pendant qu'il était encore là ? »

Ce sourire de nouveau, radieux, qui la rajeunissait.

« Oui, voilà. Exactement. Un soir, peu de temps avant qu'il retourne à l'hôpital, il y a eu une coupure d'électricité dans cette partie de la ville. Un arbre était tombé sur une ligne à haute tension, ou je ne sais quoi. Bref, quand je suis arrivée chez Bill, il contemplait les étoiles. "On ne les voit pas aussi bien quand les lampadaires sont allumés, m'a-t-il dit. Regarde combien il y en a, et comme elles brillent !"

» En effet, on avait l'impression de voir toute la Voie lactée cette nuit-là. On est restés assis là pendant au moins cinq minutes, sans parler. Juste pour admirer. Puis il a dit : "Les savants commencent à penser que l'univers est infini. Je l'ai lu dans le *New York Times* la semaine dernière. Et quand tu vois toutes ces étoiles, quand tu sais qu'il y en a d'autres derrière, c'est facile de le croire." On ne parlait presque jamais de Brady Hartsfield et de ce qu'il avait fait à Babineau depuis que Bill était tombé malade, mais je crois qu'il y faisait allusion ce soir-là.

— "Il y a plus de choses dans le ciel et sur la terre que n'en rêve votre philosophie" », récita Jeanette.

Holly sourit.

« Oui, c'est Shakespeare qui a su le mieux l'exprimer. Comme beaucoup d'autres choses, d'ailleurs.

— Bill ne parlait peut-être pas de Hartsfield et de Babineau, dit Ralph. Peut-être essayait-il d'accepter sa propre… situation.

— Évidemment, dit Holly. Et aussi tous les mystères. C'est ce que nous devons… »

Son téléphone gazouilla. Elle le sortit de la poche arrière de son jean et lut le texto qu'elle venait de recevoir.

« C'est Alec Pelley. L'avion affrété par M. Gold sera prêt à décoller à neuf heures et demie. Avez-vous toujours l'intention de participer à ce voyage, monsieur Anderson ?

— Absolument. Et puisque nous sommes embarqués ensemble dans ce… je ne sais quoi, appelez-moi Ralph. » Il termina son café en deux gorgées et se leva. « Jeannie, je vais m'arranger pour que deux policiers en uniforme gardent un œil sur la maison en mon absence. Ça te pose un problème ? »

Elle battit des cils.

« Pas du tout, du moment qu'ils sont mignons.

— Je vais essayer d'obtenir Troy Ramage et Tom Yates. Ils n'ont pas des physiques de stars de cinéma, mais ce sont eux qui ont arrêté Terry Maitland sur le terrain de baseball. Il me paraît normal qu'ils jouent un rôle dans cette affaire.

— Il faut que je vérifie quelque chose, annonça Holly, et j'aimerais le faire avant qu'il fasse complètement jour. On peut retourner dans la maison ? »

4

À la demande de Holly, Ralph baissa les stores de la cuisine et Jeanette tira les rideaux du salon. Holly s'assit à la table de la cuisine avec les marqueurs et le rouleau de scotch transparent achetés au Walmart. Elle déchira deux longueurs de ruban adhésif qu'elle colla devant le flash intégré de son iPhone. Ensuite, elle les coloria en bleu. Elle déchira un troisième bout de scotch, qu'elle plaça sur les morceaux bleus, avant de colorier celui-ci en violet.

Sur ce, elle se leva et montra la chaise la plus proche du salon.

« Il était assis sur celle-là ?

— Oui. »

Holly prit deux photos au flash de la chaise, s'approcha de la limite de l'entrée du salon.

« C'est là qu'il se trouvait ?

— Oui. Exactement. Mais il n'y avait aucune

trace sur la moquette le lendemain matin. Ralph a regardé. »

Holly mit un genou à terre, prit quatre photos de la moquette, et se releva.

« OK. Ça devrait être bon.

— Ralph ? demanda Jeanette. Tu as une idée de ce qu'elle fabrique ?

— Elle a transformé le flash de son téléphone en lumière noire. » *Une chose que j'aurais pu faire moi-même si j'avais cru ma femme. Je connais ce truc depuis au moins cinq ans.* « Vous cherchez des taches, n'est-ce pas ? Des résidus, comme cette matière dans la grange.

— Oui, mais s'il y en a, elles sont infimes. Sinon, vous les auriez vues à l'œil nu. On peut acheter sur Internet des kits pour effectuer ce genre de tests, ça s'appelle CheckMate, mais ce bricolage devrait faire l'affaire. C'est Bill qui m'a appris ça. Voyons ce que ça donne. »

Ralph et Jeanette l'encadrèrent et, pour une fois, Holly ne se plaignit pas de cette promiscuité ; elle était trop absorbée, trop pleine d'espoir. *Tant qu'il y a Holly, il y a de l'espoir,* se rappela-t-elle.

Les taches étaient bien là. Des éclaboussures jaunâtres, à peine visibles, sur l'assise du siège, et d'autres, semblables à des gouttelettes de peinture, sur la moquette, à l'entrée du salon.

« Nom de Dieu, murmura Ralph.

— Regardez celle-ci, dit Holly en écartant les doigts sur l'écran pour agrandir une tache sur la moquette. Elle forme un angle droit, vous voyez ? C'est un des pieds de la chaise. »

Elle revint vers la chaise en question et prit une autre photo au flash, en bas cette fois. De nouveau, ils se regroupèrent autour de l'iPhone. Quand Holly écarta le pouce et l'index, un des pieds de la chaise leur sauta aux yeux.

« C'est là que ça a dégouliné. Vous pouvez relever les stores et ouvrir les rideaux si vous voulez. »

Lorsque la lumière matinale envahit de nouveau la cuisine, Ralph prit le téléphone de Holly et refit défiler les photos, dans un sens, puis dans l'autre. Il sentait que le mur de son incrédulité commençait à s'effriter. Et il avait suffi de quelques images sur l'écran d'un iPhone.

« Qu'est-ce que ça signifie ? demanda Jeanette. Concrètement. Il était ici ou pas ?

— Je vous le répète, je n'ai pas eu le temps de mener toutes les recherches nécessaires pour pouvoir apporter une réponse dont je sois sûre. Mais si je devais absolument me prononcer, je dirais... les deux. »

Jeannie secoua la tête, comme si cela pouvait l'aider à y voir plus clair.

« Je ne comprends pas. »

Ralph, lui, pensait aux portes verrouillées et à l'alarme qui ne s'était pas déclenchée.

« Êtes-vous en train de dire que cet individu serait un... »

Fantôme était le premier mot qui venait à l'esprit, mais il ne convenait pas.

« Je ne dis rien », répondit Holly.

Et Ralph songea : *Non, vous ne dites rien, car vous voulez que je le dise à votre place.*

« Est-ce une projection ? Ou un avatar, comme dans les jeux vidéo de notre fils ?

— Idée intéressante », dit Holly.

Ses yeux pétillaient et Ralph crut deviner (avec un sentiment d'exaspération) qu'elle réprimait un sourire.

« Il y a des résidus, mais la chaise n'a laissé aucune empreinte sur la moquette, fit remarquer Jeanette. S'il était réellement présent ici, physiquement parlant... il n'était donc pas plus lourd qu'une plume. Et pourtant, vous dites que cette... projection... l'épuise ?

— Cela paraît logique... à mes yeux du moins, dit Holly. Tout ce dont on peut être sûrs, c'est que *quelque chose* était là quand vous êtes descendue hier matin, Jeanette. Êtes-vous d'accord avec ça, inspecteur Anderson ?

— Oui. Et si vous refusez de m'appeler Ralph, je vous jette en prison.

— Comment suis-je remontée dans ma chambre ? demanda Jeanette. Est-ce que... par pitié, ne me dites pas qu'il m'a portée dans ses bras pendant que j'étais évanouie.

— Ça m'étonnerait. »

Ralph dit :

« Il s'agit peut-être d'une sorte de... simple hypothèse... suggestion hypnotique ?

— Je l'ignore. Il y a un tas de choses que nous ne saurons peut-être jamais. J'aimerais prendre une douche rapide, si vous le permettez ?

— Bien sûr, répondit Jeanette. Je vais nous faire des œufs brouillés pendant ce temps. »

Puis, alors que Holly marchait vers l'escalier, elle s'exclama :

« Oh, mon Dieu ! »

Holly se retourna.

« La lumière de la cuisinière. Au-dessus des plaques. Il y a un bouton… » En regardant les photos, Jeanette avait paru excitée. Maintenant, elle semblait effrayée. « Il faut appuyer dessus pour allumer la lumière. Ça veut dire qu'il était assez réel pour accomplir ce geste, au moins. »

Holly ne répondit rien. Ralph non plus.

5

Après le petit-déjeuner, Holly remonta dans la chambre d'amis, sous le prétexte de faire ses bagages. Ralph devinait qu'en réalité elle voulait lui laisser un peu de temps et d'intimité pour dire au revoir à sa femme. Elle avait un petit côté excentrique, cette Holly Gibney, mais elle n'était pas stupide.

« Ramage et Yates veilleront sur toi, dit-il à Jeanette. Ils ont pris des jours de congé exprès.

— Rien que pour toi ?

— Et pour Terry aussi, je pense. Ils regrettent presque autant que moi ce qui s'est passé.

— Tu as pris ton arme ?

— Elle est dans mon sac. Dès qu'on aura atterri, je la porterai à la ceinture. Et Alec aura la sienne. Je veux que tu sortes ton revolver du coffre. Et que tu le gardes près de toi.

— Tu crois vraiment…

— Je ne sais plus quoi penser. Au moins là-dessus, je suis d'accord avec Holly. Alors, garde ton arme à portée de main. Mais ne tire pas sur le facteur.

— Peut-être que je devrais venir avec vous.

— Non, ce n'est pas une bonne idée. »

Ralph ne voulait pas qu'ils se trouvent ensemble au même endroit, mais il n'osait pas lui expliquer pourquoi, de crainte de l'inquiéter davantage. Ils devaient penser à leur fils qui, à cet instant, était en train de jouer au baseball, de tirer à l'arc sur des cibles installées devant des balles de foin ou de fabriquer des ceintures de perles. Derek, à peine plus âgé que Frank Peterson. Derek qui imaginait, comme tous les enfants, que ses parents étaient immortels.

« Oui, tu as peut-être raison, dit Jeanette. Il faut que quelqu'un reste ici si jamais Derek appelle, tu ne crois pas ? »

Ralph hocha la tête et embrassa sa femme.

« C'est exactement ce à quoi je pensais.

— Sois prudent. »

Jeanette levait de grands yeux sur lui et il fut transpercé soudain par le souvenir de ce regard rempli du même mélange d'amour, d'espoir et d'inquiétude. C'était le jour de leur mariage, devant leurs amis et leurs parents, lors de l'échange des vœux.

« Comme toujours », répondit-il.

Il recula d'un pas, mais Jeanette le retint par le bras. D'une main ferme.

« Cette affaire ne ressemble pas aux autres. On

le sait maintenant. Si tu peux arrêter cette créature, cet « outsider », fais-le. Si tu ne peux pas…
si tu rencontres un problème qui te dépasse…
renonce. Fais demi-tour et reviens à la maison. Tu
as compris ?

— Message reçu.

— Jure-le-moi.

— Je te le jure. »

De nouveau, il repensa à l'échange de leurs
vœux.

« J'espère que tu es sincère. » Toujours ce regard
perçant, débordant d'amour et d'inquiétude. Ce
regard qui disait : Je t'ai offert ma vie, fais en sorte
que je ne le regrette pas. « J'ai quelque chose à te
dire, Ralph, et c'est important. Tu m'écoutes ?

— Oui.

— Tu es quelqu'un de bien. Quelqu'un de bien
qui a commis une sale erreur. Tu n'es pas le premier, et tu ne seras pas le dernier. Tu devras vivre
avec ce souvenir, et je t'aiderai. Alors, si tu peux
arranger les choses, tant mieux, mais s'il te plaît,
ne les aggrave pas. *Je t'en supplie.* »

Holly descendait l'escalier de manière ostentatoire, pour être certaine qu'ils l'entendent arriver.
Néanmoins, Ralph s'attarda face à sa femme, face à
ses grands yeux, ainsi qu'autrefois, bien des années
plus tôt. Il l'embrassa et recula. Jeanette serra ses
mains entre les siennes, avec force, puis le laissa
partir.

Ralph et Holly se rendirent à l'aéroport dans la voiture de Ralph. Holly avait posé son sac sur ses genoux, elle se tenait bien droite, très comme il faut.

« Votre femme possède une arme à feu ? demanda-t-elle.

— Oui. Et elle s'est entraînée au stand de tir de la police. Les épouses et les filles de policiers y sont admises. Et vous, Holly, vous avez une arme sur vous ?

— Non, évidemment. Je suis venue en avion. Et ce n'était pas un jet privé.

— Je suis sûr qu'on pourra vous en trouver une. Après tout, on va au Texas.

— Je ne me suis pas servie d'une arme depuis que Bill est mort. La dernière fois, nous étions sur la même enquête. Et j'ai loupé ma cible. »

Ils restèrent muets jusqu'à ce que Ralph se soit faufilé dans le flot de la circulation, dense, qui fonçait sur l'autoroute en direction de l'aéroport et de Cap City. Cette manœuvre dangereuse accomplie, il dit :

« Les prélèvements effectués dans la grange ont été envoyés au laboratoire de la police d'État. À votre avis, que vont-ils découvrir quand ils auront enfin le temps de les examiner avec leur matériel ultra-sophistiqué ? Vous avez une idée ?

— D'après ce qui est apparu sur la chaise et le tapis, je dirais de l'eau essentiellement, avec un taux de pH élevé. Et des traces de mucosités, comme celles produites par les glandes bulbo-uré-trales, également appelées glandes de Cowper, du nom de l'anatomiste William Cowper, qui…

— Donc, vous pensez que c'est bien du sperme.

— Plutôt du liquide préséminal. »

Elle avait légèrement rougi.

« Vous êtes calée.

— J'ai suivi un cours de science médico-légale après la mort de Bill. J'ai même suivi plusieurs cours, en fait… pour tuer le temps.

— On a retrouvé du sperme à l'arrière des cuisses de Frank Peterson. Une grande quantité, mais pas anormale. L'ADN correspondait à celui de Terry Maitland.

— Les résidus prélevés dans la grange et chez vous ne sont pas du sperme, ni du liquide préséminal, même si ça y ressemble. Quand le laboratoire analysera la substance retrouvée à Canning Township, je pense qu'ils découvriront des composants inconnus, et ils mettront ça sur le dos d'une contamination. Ils se réjouiront de ne pas avoir à utiliser ces échantillons devant un tribunal. À aucun moment ils ne penseront qu'ils ont affaire à une substance totalement inconnue : celle qu'il exsude, ou libère, au cours de sa métamorphose. Quant au sperme retrouvé sur le petit Peterson… je suis sûre que l'inconnu en a laissé également quand il a assassiné les filles Howard. Sur leurs vêtements ou sur leurs corps. Une carte de visite supplémentaire. Comme les cheveux dans la salle de bains de Maitland père et toutes les empreintes que vous avez relevées.

— N'oubliez pas les témoins oculaires.

— En effet. Cette créature aime les témoins oculaires. Et pourquoi pas, puisqu'elle peut enfiler le masque d'un autre homme ? »

Ralph suivit les panneaux indiquant la compagnie d'aviation choisie par Howard Gold.

« Autrement dit, vous ne pensez pas qu'il s'agit de crimes sexuels ? Ce sont de simples mises en scène ?

— Je n'irais pas jusqu'à l'affirmer, toutefois… » Holly se tourna vers Ralph. « Du sperme à l'arrière des cuisses du garçon, mais rien… comment dire… à l'intérieur ?

— Non. Il a été pénétré – violé – avec une branche.

— Aïe. » Holly grimaça. « Je ne pense pas que l'autopsie des deux fillettes ait fait apparaître des traces de sperme à l'intérieur non plus. Il y a peut-être des éléments sexuels dans ces meurtres, mais l'inconnu semble incapable d'avoir de véritables rapports sexuels.

— C'est le cas de la plupart des serial killers normaux. »

Cette expression – un authentique oxymore du style crevettes géantes – lui arracha un petit rire, mais il ne la rectifia pas car l'unique adjectif de remplacement qui lui venait à l'esprit était « *humain* ».

« S'il se nourrit de la tristesse, il doit également dévorer la douleur de ses victimes au moment où elles agonisent », reprit Holly. Toute couleur avait quitté ses joues. « C'est sans doute extrêmement savoureux, comme un bon plat ou un vieux whisky. Et oui, ça peut l'exciter sexuellement. Je n'aime pas penser à ces choses-là, mais je crois qu'il est bon de connaître son ennemi. Nous… Je pense que vous devriez tourner à gauche, inspecteur Anderson.

— Ralph, lui rappela-t-il.

— Oui, pardon. Tournez à gauche, Ralph. C'est la route de Regal Air. »

7

Howie et Alec étaient déjà là, et Howie souriait.

« Le décollage a été légèrement retardé, annonça-t-il. Sablo va nous rejoindre.

— Il a réussi à se libérer ? s'étonna Ralph.

— Pas lui. Moi. Enfin, à moitié. Le juge Martinez a été hospitalisé à cause d'un ulcère perforé. C'est l'œuvre de Dieu. Ou d'un abus de sauce piquante. Moi-même j'adore le Tabasco, mais quand je voyais tout ce qu'il mettait dans son assiette, j'en avais des frissons. Quant à l'autre affaire dans laquelle le lieutenant Sablo devait témoigner, l'adjoint du procureur me devait un service.

— Puis-je demander pour quelle raison ?

— Non. »

Le sourire de Howie s'élargit, au point de dévoiler ses dents du fond.

Ayant un peu de temps à tuer, ils allèrent s'asseoir tous les quatre dans la petite salle d'attente, d'où ils regardèrent les avions décoller et atterrir.

Howie confia :

« En rentrant chez moi hier soir, je suis allé sur Internet pour me renseigner sur les sosies. Car il s'agit bien de ça, non ? »

Holly haussa les épaules.

« Ce terme en vaut un autre.

— Le plus célèbre double de fiction apparaît dans la nouvelle d'Edgar Allan Poe, *William Wilson*.

— Jeannie connaît cette histoire, dit Ralph. On en a parlé.

— Mais il en a existé tout un tas dans la réalité. Des centaines, apparemment. Même à bord du *Lusitania*. Il y avait là une passagère de première classe nommée Rachel Withers, et au cours de la traversée, plusieurs personnes ont aperçu une femme qui lui ressemblait trait pour trait, jusqu'à la mèche blanche dans ses cheveux. Certaines affirmaient que ce sosie voyageait à l'entrepont. D'autres qu'il faisait partie du personnel. Accompagnée d'un ami, Mme Withers est partie à sa recherche, et on raconte qu'elle l'aurait aperçu quelques secondes seulement avant qu'une torpille tirée par un sous-marin allemand frappe le bateau à tribord. Mme Withers est morte, mais son ami a survécu. Il a qualifié ce sosie de "héraut de malheur". L'écrivain français Guy de Maupassant a croisé son double un jour, en se promenant dans les rues de Paris : même taille, mêmes cheveux, mêmes yeux, même moustache, même accent.

— Ah, les Français, dit Alec en haussant les épaules. Avec eux, on peut s'attendre à tout. Je parie que ce Maupassant lui a offert un verre de vin.

— Le cas le plus célèbre s'est produit en 1845,

en Lettonie, dans une école de filles. L'institutrice écrivait au tableau lorsque son double parfait est entré dans la salle de classe. Il s'est planté à côté d'elle et a singé tous ses gestes, sans la craie. Puis il est reparti. Dix-neuf élèves ont assisté à la scène. Stupéfiant, non ? »

Personne ne répondit. Ralph pensait à un melon grouillant de vers, à des empreintes de pas qui disparaissent et à une chose qu'avait dite le défunt ami de Holly : l'univers était infini. Un concept sans doute exaltant, et même séduisant, aux yeux de certaines personnes. Pour Ralph, qui s'en était tenu aux faits toute sa vie professionnelle, c'était terrifiant.

« Eh bien moi, je trouve ça stupéfiant », déclara Howie, un peu vexé.

Alec intervint :

« Expliquez-moi une chose, Holly. Si ce type absorbe les pensées et les souvenirs de ses victimes quand il leur vole leur visage – par le biais d'une sorte de transfusion sanguine mystique, je suppose –, comment se fait-il qu'il ne savait pas où se trouvait le centre médical ? Et puis, il y a le cas Willow Rainwater, la femme chauffeur de taxi. Maitland la connaissait pour l'avoir vue entraîner les gamins qui jouaient au basket au YMCA. Pourtant, l'homme qu'elle a conduit à Dubrow l'a appelée "madame".

— Je n'en sais rien, répondit Holly, avec une pointe d'agressivité. Je sais uniquement ce que j'ai saisi au vol. Littéralement, étant donné que j'ai lu tout ça dans des avions. Alors, je ne peux qu'émettre des hypothèses, et ça me fatigue.

— C'est peut-être comme la lecture accélérée, dit Ralph. Ceux qui la pratiquent sont très fiers de pouvoir lire d'une seule traite de très gros livres, du début à la fin, mais en fait, ils saisissent surtout l'idée générale. Et si vous les interrogez sur des points de détail, ils sèchent. » Il marqua une pause. « Du moins, à en croire ma femme. Elle fait partie d'un club de lecture, et il y a dans son groupe une dame qui se vante de lire plus vite que tout le monde. Jeannie, ça la rend folle. »

Ils regardèrent le personnel au sol faire le plein du King Air et les deux pilotes effectuer leur tour d'inspection. Holly sortit son iPad et se mit à lire (Ralph constata qu'elle avait un bon rythme de lecture elle aussi). À dix heures moins le quart, une Subaru Forester pénétra sur le minuscule parking de la compagnie Regal Air et Yunel Sablo en descendit, en accrochant un sac à dos camouflage sur son épaule tout en parlant au téléphone. Il mit fin à la communication au moment où il entrait dans la salle d'attente.

« *¡Amigos ! ¿Cómo están ?*

— Bien, répondit Ralph en se levant. Allons-y, mettons-nous en route !

— J'étais avec Claude Bolton au téléphone. Il va venir nous chercher à l'aéroport de Plainville. C'est à une centaine de kilomètres de Marysville, où il habite. »

Alec haussa les sourcils, surpris.

« Pourquoi fait-il ça ?

— Il s'inquiète. Il dit qu'il a mal dormi la nuit dernière, il s'est levé une demi-douzaine de fois ; il avait l'impression que quelqu'un surveillait la maison. Ça lui rappelle, paraît-il, son séjour en prison, quand tout le monde savait qu'il allait se passer quelque chose, un incident grave, sans savoir quoi exactement. Sa mère commence à avoir la trouille elle aussi. Il m'a demandé ce qui se passait au juste, et je lui ai répondu qu'on le mettrait au courant dès notre arrivée. »

Ralph se tourna vers Holly.

« Si cette créature existe et qu'elle se trouve à proximité de Bolton, celui-ci peut-il sentir sa présence ? »

Au lieu de protester une fois de plus parce qu'on lui demandait d'émettre des hypothèses, elle répondit d'une voix douce, mais ferme :

« J'en suis certaine. »

BIENVENIDOS
A TEJAS

26 juillet

1

Jack Hoskins franchit la frontière du Texas vers deux heures du matin le 26 juillet, et s'arrêta dans un hôtel miteux, l'Indian Motel, au moment où les premières lueurs du jour perçaient à l'est. Il paya à l'employé endormi une semaine d'avance – avec sa Mastercard, la seule avec laquelle il n'avait pas atteint le plafond autorisé – et demanda une chambre située à l'extrémité du bâtiment délabré.

Elle sentait l'alcool éventé et le tabac froid. Le lit était défoncé, l'édredon élimé et la taie d'oreiller jaunie par le temps, la sueur, ou les deux. Il s'assit sur l'unique chaise et fit défiler sans s'y intéresser vraiment les textos et les messages vocaux de son téléphone (la messagerie, pleine, avait cessé de les enregistrer à quatre heures). Ils émanaient tous du poste de police de Flint City, certains du chef Geller en personne. Un double meurtre avait été commis dans le West Side. Ralph Anderson et Betsy Riggins étant en congé, il n'y avait pas d'autre inspecteur en service. Où était-il, bon sang ? On avait besoin de lui sur place, immédiatement. Bla-bla-bla.

Jack s'allongea sur le lit, sur le dos, mais son coup de soleil frottait contre l'oreiller. Il se mit de côté, faisant couiner les ressorts sous son poids considérable. *Je pèserai moins lourd si le cancer m'attrape*, pensa-t-il. *Maman n'était plus qu'un squelette enveloppé de peau à la fin. Un squelette hurlant.*

« Mais ça n'arrivera pas, dit-il en s'adressant à la chambre vide. Il faut juste que je dorme un peu. Et tout va s'arranger. »

Quatre heures suffiraient. Cinq, avec un peu de chance. Mais son cerveau refusait de se débrancher ; comme un moteur qui tourne au point mort. Cody, ce petit salopard qui fourguait de la came à la station-service Hi, avait bien un stock de pilules blanches, et même une jolie quantité de coke, presque pure, avait-il affirmé. Et à en juger par l'état d'excitation dans lequel se trouvait Jack, couché sur ce lit merdique (pas question de s'y glisser, Dieu seul savait ce qui rampait entre les draps), Cody n'avait pas menti. Jack avait juste sniffé quelques petits rails, après minuit, quand le trajet lui avait semblé interminable, et maintenant, il avait l'impression qu'il ne dormirait plus jamais ; il se sentait capable de réparer un toit et de courir dix bornes ensuite. Le sommeil vint malgré tout, mais léger et hanté par l'image de sa mère.

Il se réveilla à midi passé. Il régnait dans la chambre une chaleur pestilentielle contre laquelle le climatiseur pourri ne pouvait lutter. Il se rendit dans la salle de bains et, après avoir uriné, il essaya d'examiner sa nuque en feu. Sans y parvenir. C'était peut-être préférable. De retour dans la chambre, il s'assit sur le lit pour enfiler ses chaussures, mais il lui en manquait une. Il la chercha à tâtons... Et on la lui fourra dans la main.

« Tiens, Jack. »

Il se figea. Ses bras se couvrirent de chair de poule et ses cheveux se dressèrent sur sa nuque. L'homme qui s'était caché dans sa douche, chez lui, à Flint City, se trouvait maintenant sous son lit, comme les monstres imaginaires qui le terrorisaient dans son enfance.

« Écoute-moi bien, Jack. Je vais t'expliquer très précisément ce que tu dois faire. »

Quand la voix eut fini de lui donner des instructions, Jack s'aperçut que la douleur dans son cou avait disparu. Enfin... presque. Et ce que l'on attendait de lui semblait assez simple, bien que radical. Mais ce n'était pas un problème car il était certain de s'en tirer sans être inquiété, et liquider Anderson serait un immense plaisir. C'était lui l'emmerdeur en chef, après tout : M. Pas d'Avis. Il l'avait bien cherché. Dommage pour les autres, mais Jack n'y était pour rien. C'était Anderson qui les avait entraînés dans cette histoire.

« Pas de bol », murmura-t-il.

Après avoir enfilé ses chaussures, Jack se mit à quatre pattes pour regarder sous le lit. À part une épaisse couche de poussière, un peu dérangée par endroits, il n'y avait rien d'autre. Tant mieux. C'était un soulagement. Que le visiteur se soit caché sous le lit, cela ne faisait aucun doute ; de même qu'il n'avait aucun doute concernant ce qui était tatoué sur la main qui lui avait tendu sa chaussure : CANT.

Maintenant que la douleur du coup de soleil n'était plus qu'un murmure et qu'il avait les idées relativement claires, il se disait qu'il pourrait manger quelque chose. Un steak et des œufs peut-être. Une tâche l'attendait et il devait conserver son énergie. On ne se nourrissait pas uniquement de cocaïne et d'amphètes. S'il ne mangeait pas, il risquait de s'évanouir, et de mourir calciné par le soleil écrasant.

Le soleil lui fit l'effet d'un direct en plein visage quand il sortit. Sa nuque émit des pulsations de mise en garde. Il s'aperçut alors, avec consternation, qu'il n'avait plus d'écran solaire, et qu'il avait oublié sa crème à l'aloe vera. Mais peut-être en trouverait-il à la cafétéria qui jouxtait le motel, parmi toutes les babioles qu'ils disposaient devant les caisses dans ce genre d'endroits : T-shirts, casquettes de baseball, CD de musique country et souvenirs navajos fabriqués au Cambodge. Ils vendaient forcément quelques produits de première nécessité à côté de toutes ces merdes, étant donné que la ville la plus proche…

Il s'arrêta net, la main tendue vers la porte vitrée et sale de la cafétéria. Ils étaient là. Anderson et sa joyeuse bande de connards, y compris la maigrelette à la frange grisonnante. Il y avait également une vieille peau en fauteuil roulant et un type musclé aux cheveux noirs très courts, avec un bouc. La vieille s'esclaffa, mais son rire se transforma en quinte de toux. Jack l'entendit du dehors : une pelleteuse qui tourne au ralenti. L'homme au bouc lui tapa dans le dos, plusieurs fois, et tout le monde se mit à rigoler.

Rira bien qui rira le dernier, pensa Jack. Néanmoins, cette hilarité était une bonne chose. Sinon, ils l'auraient peut-être repéré.

Il rebroussa chemin, en essayant de comprendre ce qu'il venait de voir. Qu'ils rigolent comme des crétins, il n'en avait rien à foutre, mais quand l'homme au bouc avait tapé dans le dos de la vieille en fauteuil roulant, il avait vu le tatouage sur sa main. Malgré la vitre poussiéreuse et l'encre bleu délavé, il avait bien reconnu le mot CANT. Comment le visiteur avait pu passer si rapidement de sous le lit à la cafétéria, c'était un mystère auquel Jack préférait ne pas réfléchir. Il avait un travail à accomplir, et se débarrasser du cancer qui se propageait sur sa peau n'en représentait qu'une partie. L'autre partie consistait à se débarrasser de Ralph Anderson, un vrai plaisir.

M. Pas d'Avis.

2

L'aérodrome de Plainville était situé en pleine brousse, à la périphérie de la petite bourgade fatiguée qu'il desservait. Il y avait une piste unique, affreusement courte aux yeux de Ralph. Le pilote freina à fond dès que l'appareil se posa et tous les objets qui n'étaient pas fixés s'envolèrent. Ils s'arrêtèrent sur une ligne jaune en bout de piste, à moins de dix mètres d'un fossé rempli de mauvaises herbes, d'eau stagnante et de bouteilles de bière.

« Bienvenue nulle part », commenta Alec, tandis que le King Air roulait lentement vers le « terminal », un bâtiment en préfabriqué qui semblait prêt à s'envoler au premier coup de vent un peu violent. Un Dodge poussiéreux les attendait. Ralph reconnut le modèle Companion, adapté aux fauteuils roulants, avant même de repérer la plaque HANDICAPÉ. Claude Bolton, grand et musclé, en jean délavé, chemise de chantier bleue, bottes de cow-boy usées et casquette des Texas Rangers, se tenait à côté.

Ralph fut le premier à descendre de l'avion. Il avança en tendant la main. Après une hésitation, Claude la prit. Ralph ne put s'empêcher de regarder les lettres décolorées qui ornaient les doigts : CANT.

« Merci de nous faciliter la tâche, dit-il. Vous n'étiez pas obligé, et je vous en suis reconnaissant. »

Il présenta les autres.

Holly fut la dernière à lui serrer la main. Elle demanda :

« Ces tatouages sur vos doigts… c'est une allusion à l'alcool ? »

Mais oui, bien sûr, pensa Ralph. C'est une pièce du puzzle que j'ai oublié de sortir de la boîte.

« Ouais, exact », répondit Bolton, sur le ton de celui qui récite une leçon qu'il connaît bien et qu'il apprécie. « Ils appellent ça le grand paradoxe dans les réunions des AA. La première fois que j'en ai entendu parler, c'est en prison. Vous *devez* boire, mais vous ne *pouvez pas* boire.

— Pour moi, c'est pareil avec les cigarettes », avoua Holly.

Bolton sourit, et Ralph s'étonna que la personne la plus inadaptée socialement dans leur petit groupe soit celle qui réussisse à mettre Bolton à l'aise. Même s'il ne paraissait pas particulièrement nerveux. Plutôt aux aguets.

« Vous avez raison, dit-il, arrêter les clopes, c'est dur. Vous tenez bon ?

— Je n'en ai pas fumé une seule depuis presque un an, dit Holly. Mais j'avance jour après jour. CAN'T et MUST. Ça me plaît. »

Connaissait-elle depuis le début la signification de ces tatouages ? Ralph n'aurait su le dire.

« Pour surmonter ce paradoxe, dit Claude, il faut l'aide d'une puissance supérieure, c'est le seul moyen. Alors, je m'en suis trouvé une. Et je garde toujours ma médaille d'abstinence à portée de main. On m'a appris un truc, quand vous avez envie de boire un verre, vous la fourrez dans votre bouche, et si elle fond, vous pouvez y aller. »

Holly afficha ce sourire radieux que Ralph commençait à trouver si attachant.

La portière latérale du van coulissa et une rampe rouillée se déploya. Une vieille femme corpulente, coiffée d'une extravagante couronne de cheveux blancs, la descendit dans son fauteuil roulant. Elle tenait sur ses genoux une petite bouteille d'oxygène verte, reliée par un tuyau en plastique à la canule introduite dans son nez.

« Claude ! Pourquoi tu restes dehors, en pleine chaleur, avec ces gens ? S'il faut y aller, allons-y ! Il est presque midi.

— Je vous présente ma mère, dit Claude. Maman, voici l'inspecteur Anderson, qui m'a interrogé sur ce dont je t'ai parlé. Les autres, je les connais pas. »

Howie, Alec et Yunel se présentèrent à la vieille dame. Suivis de Holly.

« Enchantée de vous rencontrer, madame Bolton. »

Lovie s'esclaffa.

« On verra ce que vous en pensez quand vous me connaîtrez mieux.

— Je vais m'occuper de notre voiture de location, dit Howie. À mon avis, c'est celle qui est garée à l'entrée. »

Il désigna un SUV de taille moyenne, bleu marine.

« Je passe devant avec le van, déclara Claude. Vous n'aurez pas de mal à nous suivre, y a pas beaucoup de circulation sur la route de Marysville.

— Et si vous montiez avec nous, ma jolie ? suggéra Lovie Bolton en s'adressant à Holly. Pour tenir compagnie à une vieille femme ? »

Ralph s'attendait à ce que Holly refuse, mais elle accepta aussitôt.

« Accordez-moi juste une minute. »

Du regard, elle fit signe à Ralph de la suivre vers le King Air, tandis que Claude observait sa mère qui faisait pivoter son fauteuil et gravissait la rampe. À cause du vacarme d'un petit avion qui décollait, Ralph n'entendait pas ce que lui disait Holly. Il se pencha vers elle.

« Qu'est-ce que je vais leur raconter, Ralph ? Ils vont forcément me demander ce qu'on vient faire ici. »

Après réflexion, Ralph répondit : « Évoquez les grandes lignes, sans entrer dans les détails.

— Ils ne me croiront pas. »

Ralph sourit.

« Holly, vous êtes très douée pour convaincre les incrédules. »

3

À l'instar de nombreux ex-détenus (ceux qui ne voulaient pas risquer de retourner derrière les barreaux, du moins), Claude Bolton conduisait le Dodge Companion en roulant à 10 kilomètres-heure au-dessous de la limite autorisée. Après une demi-heure de route, il pénétra sur le parking de l'Indian Motel & Café. Il descendit du van et alla trouver Howie qui conduisait le SUV de location.

En ayant presque l'air de s'excuser, il dit :

« J'espère que ça ne vous ennuie pas si on s'arrête pour grignoter. Maman a des problèmes si elle mange pas régulièrement. Et elle a pas eu le temps de préparer des sandwiches. Elle avait peur qu'on vous loupe. » Il baissa la voix, comme s'il confiait un secret honteux : « C'est à cause de son taux de glycémie. S'il baisse trop, elle tombe dans les pommes.

— Je suis sûr que tout le monde sera d'accord pour grignoter, répondit Howie.

— Cette histoire que nous a racontée cette femme…

— Nous en parlerons quand nous serons arrivés chez vous », le coupa Ralph.

Claude hocha la tête.

« Ouais, c'est peut-être aussi bien. »

Il flottait à l'intérieur de la cafétéria, une odeur – pas désagréable – de graisse, de haricots et de viande grillée. Dans le juke-box, Neil Diamond chantait « I Am, I Said », en espagnol. Les plats du jour (peu nombreux) étaient affichés derrière le comptoir. Au-dessus du passe-plat de la cuisine, une photo de Donald Trump avait été maquillée : quelqu'un avait teint ses cheveux en noir, puis ajouté une mèche et une petite moustache. En dessous, on pouvait lire : « *Yanqui vete a casa. Yankee go home* ». Ralph fut tout d'abord surpris – après tout, le Texas était un État républicain, très républicain même –, puis il songea que si les Blancs n'étaient pas une minorité si près de la frontière, il s'en fallait de peu.

Ils s'installèrent au fond de la salle, Alec et Howie à une table pour deux, les autres autour d'une plus grande table, juste à côté. Ralph commanda un hamburger, Holly une salade, qui se révéla être composée essentiellement de laitue iceberg flétrie ; Yunel et les Bolton optèrent pour l'assortiment mexicain : taco, burrito et empanada. La serveuse déposa brutalement sur la table un pichet de thé glacé que personne n'avait commandé.

Lovie Bolton observait Yunel, de ses petits yeux brillants d'oiseau.

« Vous dites que vous vous appelez Sablo ? Drôle de nom.

— Oui, ce n'est pas courant, admit-il.

— Vous venez de l'autre côté ou bien vous êtes né ici ?

— Je suis né ici, madame. » La moitié de son taco généreusement garni disparut en une seule bouchée. « Deuxième génération !

— À la bonne heure ! *Made in America !* J'ai connu un Augustin Sablo à l'époque où je vivais plus dans le Sud, avant de me marier. Il était boulanger ambulant à Laredo et Nuevo Laredo. Quand on voyait arriver sa camionnette, mes sœurs et moi, on réclamait à cor et à cri des churros éclairs. C'est pas un parent à vous, je suppose ? »

Le teint mat de Yunel s'assombrit un peu plus : il rougissait presque. Mais il y avait une lueur d'amusement dans le regard qu'il adressa à Ralph.

« Si, madame, ça devait être mon *papi*.

— Ah, le monde est petit, hein ? »

Lovie éclata de rire. Un rire qui se transforma en quinte de toux, puis en suffocation. Claude lui tapa dans le dos, si brutalement que sa canule, éjectée de son nez, tomba dans son assiette.

« Oh, fiston, regarde ce que tu as fait ! dit-elle après avoir retrouvé son souffle. Y a de la morve sur mon burrito maintenant. » Elle remit la canule en place. « Bah, ça vient de moi, ça peut y retourner. Y a pas mort d'homme. »

Elle recommença à mâchonner bruyamment.

Ralph fut le premier à rire, et tous les autres l'imitèrent. Y compris Howie et Alec, bien qu'ils aient loupé une partie de la scène. Ralph eut le temps de se dire que le rire rassemblait les gens, et il se réjouit que Claude ait amené sa mère. Un sacré numéro.

« Le monde est petit, répéta-t-elle. En effet. » Elle se pencha en avant, au point de repousser son assiette avec son opulente poitrine. Elle continuait à observer Yunel de ses petits yeux d'oiseau. « Vous connaissez l'histoire qu'elle nous a racontée. »

Son regard glissa vers Holly, qui picorait sa salade en fronçant les sourcils.

« Oui, madame.

— Vous y croyez ?

— Je ne sais pas. Je… » Yunel baissa la voix : « Je suis tenté d'y croire. »

Lovie hocha la tête et baissa la voix elle aussi :

« Vous avez déjà assisté au défilé à Nuevo ? Le *processo dos Passos* ? Quand vous étiez gamin, peut-être ?

— *Sí, señora.* »

Lovie murmurait presque maintenant :

« Et lui, le *farnicoco* ? Vous l'avez vu ?

— *Sí.* »

Alors que Lovie Bolton était aussi blanche qu'on pouvait l'être, Ralph constata que Yunel était passé à l'espagnol sans même réfléchir.

Tout bas, elle demanda :

« Il vous faisait faire des cauchemars ? »

Yunel hésita, puis il avoua :

« *Sí. Muchas pesadillas.* »

Elle se renversa contre le dossier de sa chaise, satisfaite, mais grave. Elle se tourna vers son fils.

« Écoute bien ces gens, fiston. Tu as un gros problème, je crois. » Elle adressa un clin d'œil à Claude, mais ce n'était pas pour plaisanter. Son visage était sérieux. « *Muchos*. »

4

Alors que la petite caravane reprenait la route, Ralph interrogea Yunel au sujet du *processo dos Passos*.

— Un défilé organisé durant la Semaine sainte. Pas vraiment approuvé par l'Église, mais elle ferme les yeux.

— Le *farnicoco* ? C'est l'équivalent du *Cuco* de Holly ?

— En pire, dit Yunel, la mine sombre. Pire même que l'Homme au sac. *Farnicoco* est l'Homme à la capuche. Monsieur Mort. »

5

Le temps qu'ils atteignent la maison des Bolton à Marysville, il était presque quinze heures et la chaleur cognait dur. Ils s'entassèrent dans le salon, une pièce exiguë où le climatiseur, un vieil appareil aussi gros que bruyant, avait du mal à lutter contre autant de corps chauds. Claude se rendit dans la cuisine et revint avec une glacière en polystyrène contenant des canettes de Coca.

« Si vous espériez de la bière, vous allez être déçus, annonça-t-il. On n'en a pas.

— C'est très bien, répondit Howie. Je doute que l'un de nous ait envie de boire de l'alcool tant que nous n'aurons pas réglé cette affaire au mieux. Parlez-nous de la nuit dernière. »

Bolton regarda sa mère. Celle-ci croisa les bras et hocha la tête.

« En fait, il s'est rien passé du tout. Je suis allé me coucher après le dernier journal, comme toujours, et tout allait bien...

— Balivernes, le coupa sa mère. Tu n'es pas toi-même depuis que tu es arrivé. » Elle regarda les autres. « Il tient pas en place... il a pas d'appétit... il parle dans son sommeil...

— C'est moi qui raconte, maman, ou c'est toi ? »

Elle agita la main pour lui faire signe de continuer et se remit à siroter son Coca.

« Remarquez, elle a pas tort, avoua Claude Bolton. Mais j'aimerais pas que ça se sache au boulot. Dans un endroit comme le Gentlemen, Please, le service de sécurité est pas censé avoir les jetons. Même si ça m'est déjà arrivé, plus ou moins. Mais rien à voir avec la nuit dernière. Là, c'était différent. Je me suis réveillé sur le coup de deux heures du mat', après un sale rêve, et je me suis levé pour fermer les portes à clé. Généralement, quand je suis là, je laisse ouvert, même si j'oblige maman à tout fermer dès qu'elle est seule, après le départ des aides-ménagères à six heures.

636

— Quel était ce rêve ? interrogea Holly. Vous vous en souvenez ?

— Y avait quelqu'un sous le lit, couché, et il regardait en l'air. C'est tout ce que je me rappelle. »

D'un mouvement de tête, elle lui fit signe de poursuivre.

« Avant de verrouiller la porte d'entrée, je suis sorti sur le perron pour jeter un coup d'œil dehors, et j'ai remarqué que tous les coyotes avaient arrêté de hurler. Généralement, ils gueulent autant qu'ils peuvent dès que la lune se lève.

— Sauf quand il y a quelqu'un dans les parages, dit Alec. Là, ils s'arrêtent. Comme les grillons.

— Maintenant que j'y pense, je les entendais pas eux non plus. Pourtant, d'habitude, y en a plein dans le jardin de maman, derrière. Je suis retourné me coucher, mais pas moyen de dormir. J'ai pensé que j'avais pas bien fermé les fenêtres, alors je me suis relevé. Les loquets grincent et ça a réveillé maman. Elle m'a demandé ce que je fabriquais, je lui ai dit de se rendormir. Je me suis remis au lit, et j'ai failli m'endormir cette fois – il devait être dans les trois heures du mat' –, puis je me suis souvenu que j'avais pas fermé la fenêtre de la salle de bains, celle au-dessus de la baignoire. Je me suis imaginé que quelqu'un entrait par là, alors je me suis relevé encore une fois et j'ai couru. Je sais que ça peut paraître idiot maintenant, mais… »

Il regarda son auditoire et constata que personne ne souriait ni ne semblait sceptique.

« Non, bien sûr. Évidemment. Vous trouvez pas ça idiot, puisque vous êtes venus jusqu'ici. Bref, j'ai trébuché contre le foutu repose-pieds de maman, et cette fois, elle s'est levée. Elle m'a demandé si quelqu'un essayait d'entrer dans la maison, et j'ai répondu non, mais je voulais qu'elle reste dans sa chambre.

— Ce que j'ai pas fait, dit Lovie benoîtement. J'ai jamais obéi à aucun homme, sauf à mon mari, et il est mort depuis longtemps.

— Il n'y avait personne dans la salle de bains, et personne n'essayait d'entrer par la fenêtre. Pourtant, j'avais l'impression… je peux même pas vous dire comme c'était fort, qu'il était toujours là, quelque part. Il se cachait en attendant le moment propice.

— Il n'était pas sous votre lit ? demanda Ralph.

— Non. C'est là que j'ai regardé en premier. Ça paraît dingue, je sais bien, mais… J'ai pas réussi à m'endormir avant l'aube. Maman m'a réveillé pour me dire qu'on devait aller vous chercher à l'aéroport.

— Je l'ai laissé dormir le plus possible, ajouta Lovie. C'est pour ça que j'ai pas pu faire mes sandwiches. Le pain est sur le haut du frigo, et si j'essaye de l'attraper toute seule, je m'essouffle.

— Comment vous sentez-vous maintenant ? » demanda Holly à Claude.

Il soupira et quand il passa sa main sur sa joue, ils entendirent le bruit de râpe que faisait sa barbe naissante.

« Pas très bien. J'ai arrêté de croire au croque-mitaine à l'époque où j'ai arrêté de croire au Père Noël, mais je me sens nerveux, parano, comme quand je m'enfilais de la coke. Ce type veut s'en prendre à moi ? C'est vraiment ce que vous pensez ? »

Il balaya du regard tous les visages. Ce fut Holly qui répondit :

« Moi, oui. »

6

Ils demeurèrent muets un instant, plongés dans leurs réflexions. Finalement, Lovie reprit la parole, en s'adressant à Holly :

« *El Cuco*, c'est comme ça que vous l'avez appelé.

— Oui. »

La vieille femme hocha la tête ; ses doigts gonflés par l'arthrite pianotaient sur la bouteille d'oxygène.

« Quand j'étais gamine, les petits Mexicains l'appelaient *Cucuy*, et les Blancs, *Kookie* ou *Chookie*, ou simplement le *Chook*. J'avais même un album illustré sur ce type.

— J'avais le même, je parie, dit Yunel. Mon *abuela* me l'avait offert. Un géant avec une seule grosse oreille rouge ?

— *Sí, mi amigo.* » Lovie prit ses cigarettes et en alluma une. Elle souffla la fumée, toussa et poursuivit : « Dans cette histoire, il y avait trois sœurs. La plus jeune faisait la cuisine, le ménage et toutes les autres corvées. Les deux aînées, des fainéantes, se moquaient d'elle. Un jour, *El Cucuy* débarque. La porte de la maison est fermée à clé, mais comme il ressemble à leur *papi*, elles le laissent entrer. Il emmène les deux vilaines sœurs pour leur donner une leçon. Il laisse la plus gentille, qui travaille dur, pour qu'elle aide son père qui élève seul trois filles. Vous vous en souvenez ?

— Bien sûr, répondit Yunel. On n'oublie jamais les histoires de son enfance. Dans ce livre, *El Cucuy* était un brave homme, mais je me souviens de la peur que j'avais quand il emmenait les filles dans la montagne, jusqu'à sa caverne. *Las niñas lloraban y le rogaban que las soltara.* Les fillettes pleuraient et le suppliaient de les relâcher.

— Oui, dit Lovie. À la fin, quand il laisse partir les filles, elles ont changé. Ça, c'est la version du bouquin pour enfants. Mais les enfants avaient beau pleurer et supplier, le vrai *Cucuy* ne les relâchait pas. Vous le savez tous, hein ? Vous l'avez vu à l'œuvre.

— Donc, vous y croyez vous aussi », dit Howie. La vieille femme haussa les épaules.

« Comme on dit : *¿Quién sabe ?* Est-ce que je croyais à *el chupacabra ?* Que les vieux Indios appelaient le "suceur de chèvres" ? » Elle émit un grognement. « Pas plus que je crois au yéti. Malgré tout, il y a parfois des choses étranges. Un jour, c'était le vendredi saint, pendant le Saint-Sacrement, dans Galveston Street, j'ai vu une statue de la Vierge Marie pleurer des larmes de sang. On l'a tous vue. Plus tard, le père Joaquim nous a dit que c'était de la rouille d'une gouttière qui coulait sur son visage, mais on savait bien que non. Et lui aussi. On le voyait dans ses yeux. » Son regard vint se poser sur Holly. « Vous disiez que vous aviez vu des choses vous aussi.

— Oui. Je crois qu'il se passe un truc. Ce n'est peut-être pas le légendaire *El Cuco*, mais s'agit-il de la créature dont s'inspirent les légendes ? Je le crois.

— Le garçon et ces deux gamines dont vous parlez, il a bu leur sang et mangé leur chair ?

— Possible, répondit Alec. À en juger par les scènes de crime, ça se pourrait.

— Et maintenant, il est devenu moi, dit Bolton. Voilà ce que vous pensez. Il lui fallait juste un peu de mon sang. Est-ce qu'il l'a bu ? »

Personne ne lui répondit, mais Ralph imaginait la créature qui ressemblait à Terry Maitland en train de le faire. Il voyait la scène avec une netteté terrifiante. Preuve que ce délire avait envahi son esprit.

« C'était lui qui rôdait par ici la nuit dernière ?

— Peut-être pas concrètement, dit Holly. Et peut-être qu'il n'est encore vous. La transformation est en cours.

— Peut-être qu'il voulait repérer les lieux », suggéra Yunel.

Peut-être qu'il voulait en apprendre davantage sur nous, songea Ralph. *Dans ce cas, c'est chose faite. Claude savait qu'on allait venir.*

« Qu'est-ce qui va se passer maintenant, alors ? demanda Lovie. Il va encore tuer un enfant ou deux à Plainville ou à Austin et faire porter le chapeau à mon fiston ?

— Je ne pense pas, dit Holly. Je doute qu'il ait

assez de forces pour l'instant. Plusieurs mois se sont écoulés entre Heath Holmes et Terry Maitland. Et il s'est montré… actif.

— Il y a autre chose, ajouta Yunel. Un aspect purement pratique. Cette région est devenue dangereuse pour lui. S'il est intelligent, et il l'est forcément pour avoir survécu aussi longtemps, il va vouloir changer d'air. »

C'était logique. Ralph l'imaginait prenant le car ou le train avec le visage de Claude Bolton et le corps musclé de Claude Bolton pour mettre le cap vers l'ouest. Las Vegas. Los Angeles. Là où se produirait peut-être une autre rencontre fortuite avec un homme (ou une femme, qui sait ?) et où un peu de sang serait versé. Un nouveau maillon de la chaîne.

Les premières mesures du « Baila Esta Cumbia » de Selena jaillirent de la poche de poitrine de Yunel. Il parut surpris.

Claude sourit.

« Eh oui, même ici on a du réseau. C'est le vingt et unième siècle, mon gars. »

Yunel sortit son téléphone, regarda l'écran et annonça :

« C'est la police de Montgomery County. Il vaut mieux que je réponde. Excusez-moi. »

Holly parut étonnée elle aussi, voire inquiète, quand il prit l'appel et sortit sur la terrasse en laissant dans son sillage un « Allô, ici le lieutenant Sablo ». Elle s'excusa à son tour et le suivit.

Howie dit :

« C'est peut-être au sujet de… »

Ralph secoua la tête, sans savoir pourquoi. Du moins, pas consciemment.

« C'est où Montgomery County ? demanda Claude.

— En Arizona, dit Ralph, avant que Howie ou Alec puissent répondre. C'est une autre affaire. Rien à voir avec celle-ci.

— Justement, qu'est-ce que vous comptez faire pour *celle-ci* ? demanda Lovie. Vous avez un plan pour attraper ce type ? Mon fils est tout ce que j'ai, vous savez. »

Holly revint dans la pièce. Elle se dirigea vers Lovie et lui parla à l'oreille. Lorsque Claude se rapprocha pour tenter d'écouter, sa mère le chassa d'un geste de la main.

« Va donc dans la cuisine nous chercher les roulés au chocolat, s'ils ont pas fondu à cause de cette chaleur. »

Claude, visiblement dressé à obéir, disparut dans la cuisine. Holly continua à murmurer à l'oreille de la vieille femme dont les yeux s'écarquillèrent. Elle hocha la tête. Claude revint avec un paquet de biscuits, au moment même où Yunel les rejoignait en glissant son téléphone dans sa poche.

« C'était… », commença-t-il.

Il se tut. Holly avait pivoté légèrement de façon à tourner le dos à Claude et posé son doigt sur ses lèvres en secouant la tête.

« C'était rien, dit Yunel. Ils ont arrêté un type, mais pas celui qu'on cherche. »

Claude posa les roulés au chocolat (tristement fondus à l'intérieur de leur emballage en cellophane) sur la table et lança des regards méfiants autour de lui.

« C'est pas ce que vous alliez dire. Qu'est-ce qui se passe ici ? »

Ralph trouvait que c'était une bonne question. Dehors, sur la route de campagne, un pick-up passa lentement, la grosse caisse métallique installée à l'arrière renvoya des rayons de soleil aveuglants qui le firent grimacer.

« Fiston, dit Lovie, je veux que tu prennes la voiture et que tu ailles nous chercher du poulet au Highway Heaven, à Tippit. C'est un bon restau. On va nourrir nos invités et ensuite, ils pourront faire demi-tour pour passer la nuit à l'Indian. Ça paye pas de mine, mais c'est un toit.

— Tippit est à plus de soixante bornes ! protesta Claude. Et un dîner pour sept, ça va nous coûter un bras. En plus, le temps que je revienne, ça sera froid.

— Je ferai tout réchauffer dans le four, répondit calmement sa mère, et on aura l'impression que ça vient d'être cuisiné. Allez, vas-y. »

Ralph apprécia la manière dont Claude mit les poings sur ses hanches et regarda sa mère avec un mélange d'humour et d'exaspération.

« Tu cherches à te débarrasser de moi !

— Exact », avoua-t-elle en écrasant sa cigarette dans un cendrier en fer-blanc où s'entassaient déjà d'autres soldats morts. « Car Miss Holly a raison : ce que *tu* sais, *il* le sait. Peut-être que ça n'a plus d'importance, peut-être qu'il n'y a plus rien à cacher, mais peut-être que si. Alors, sois gentil, va nous chercher à manger. »

Howie sortit son portefeuille.

« Permettez-moi de payer, Claude.

— Non, non, c'est bon, répondit Claude, maussade. Je peux payer. Je suis pas fauché. »

Howie lui décocha son grand sourire d'avocat.

« J'insiste. »

Claude prit les billets et les glissa dans le portefeuille attaché à sa ceinture par une chaîne. Il regarda les autres invités en s'efforçant de conserver son air renfrogné, puis il éclata de rire.

« Ma mère arrive toujours à ses fins. Je parie que vous vous en êtes aperçus. »

7

La route de campagne qui passait devant chez les Bolton, la Rural Star Route 2, menait à une véritable voie express, la 190, venant d'Austin. Mais avant cela, un chemin de terre, large mais en très mauvais état désormais, partait sur la droite. Il était signalé par un panneau publicitaire, lui aussi délabré. On y voyait une famille joyeuse descendre un escalier en colimaçon et brandir des lampes à pétrole qui éclairaient leurs visages émerveillés lorsqu'ils découvraient les stalactites suspendues au-dessus d'eux, très haut. Dessous, le slogan proclamait : VISITEZ LA GROTTE DE MARYSVILLE. UNE DES PLUS GRANDES MERVEILLES DE LA NATURE. Claude la déchiffrait de mémoire, du temps où il était un adolescent agité, coincé à Marysville, car désormais on pouvait juste lire : VISITEZ LA GR et ANDES MERVEILLES. Le reste disparaissait derrière une large bande (à moitié effacée elle aussi) indiquant FERMÉ JUSQU'À NOUVEL ORDRE.

Une sensation de vertige s'empara de lui au moment où il passait devant ce que les gamins du coin appelaient (en ricanant) la route du Trou, mais elle se dissipa dès qu'il poussa la clim. Malgré ses protestations, il n'était pas mécontent de s'échapper de la maison. Le sentiment d'être observé avait disparu. Il alluma la radio, sélectionna Outlaw Country, et tomba sur Waylon Jennings (le meilleur !). Il se mit à chanter.

Le poulet du Highway Heaven, ce n'était peut-être pas une mauvaise idée, finalement. Il pourrait se commander une part d'*onion rings*, rien que pour lui, et il les mangerait sur le trajet du retour, pendant qu'ils seraient encore chauds et gras.

8

Jack attendit dans sa chambre à l'Indian Motel, en regardant dehors entre les rideaux tirés, jusqu'à ce qu'il voie un van aménagé pour les handicapés reprendre la route. La bagnole de la vieille peau certainement. Un SUV bleu foncé, transportant sans doute les fouille-merde de Flint City, la suivit.

Dès qu'ils eurent disparu, Jack retourna à la cafétéria où, après avoir déjeuné, il fit quelques emplettes. Il n'y avait pas de crème à l'aloe vera, ni même d'écran solaire, alors il se rabattit sur deux bouteilles d'eau et deux bandanas scandaleusement hors de prix. Ils n'offriraient pas une protection très efficace contre le soleil du Texas, mais c'était mieux que rien. Il monta à bord de son pick-up et prit la direction du sud-ouest, celle empruntée par les fouille-merde, jusqu'à ce qu'il atteigne le panneau publicitaire et la route menant à la grotte de Marysville. Il s'y engagea.

Au bout de six ou sept kilomètres, il tomba sur une petite cabane abîmée par les intempéries, dressée au milieu de la route. Sans doute la billetterie, pensa-t-il, à l'époque où la grotte rapportait de l'argent. La peinture, jadis d'un rouge éclatant, avait maintenant la couleur rosée du sang dilué dans de l'eau. Un panneau fixé sur la façade indiquait : ATTRACTION FERMÉE. VEUILLEZ FAIRE DEMI-TOUR. Une chaîne était tendue en travers de la route, au-delà de la cabane. Jack la contourna au volant de son pick-up, cahotant sur la surface en argile dure, écrasant des plantes et zigzaguant entre les buissons d'armoise. Après un ultime rebond, le véhicule revint sur la route, si on pouvait l'appeler ainsi. De ce côté-ci de la chaîne, on trouvait le mélange classique de nids-de-poule envahis de mauvaises herbes et de chaussée ravinée, jamais consolidée. Son Ram – surélevé et doté d'un moteur 4×4 – franchit sans peine les obstacles, projetant des gerbes de terre et de cailloux sous ses énormes roues.

Dix minutes et trois kilomètres plus tard, il déboucha cahin-caha sur un demi-hectare de parking désert. Les traits jaunes indiquant les emplacements n'étaient plus que l'ombre d'eux-mêmes, le bitume craquelé formait de minivolcans par endroits. Sur la gauche, adossée à une colline raide et broussailleuse, se trouvait une boutique abandonnée. L'enseigne était tombée, obligeant Jack à la lire à l'envers : SOUVENIRS ET AUTHENTIQUE ARTISANAT INDIEN. Droit devant, les ruines d'une large dalle de ciment conduisaient à une ouverture dans la colline. Dans le temps, du moins. Aujourd'hui, l'ouverture était condamnée par des planches et couverte de panneaux : ACCÈS INTERDIT. PROPRIÉTÉ PRIVÉE. SITE SURVEILLÉ PAR LES SERVICES DU SHÉRIF.

Ouais, c'est ça, se dit Jack. *Ils viennent patrouiller tous les 29 février.*

Une autre route délabrée partait du parking, passait devant la boutique de souvenirs, gravissait une pente et redescendait sur l'autre versant. Elle le conduisit d'abord jusqu'à un groupe de bungalows pour touristes, décrépits et condamnés par des planches eux aussi, puis à une sorte de hangar qui abritait sans doute les véhicules et le matériel de la société d'exploitation autrefois. Là aussi on avait planté des panneaux ACCÈS INTERDIT, auxquels venait s'ajouter un joyeux ATTENTION AUX CROTALES.

Jack gara son pick-up à l'ombre (rare) de ce bâtiment. Avant de descendre, il prit soin de nouer un des deux bandanas sur sa tête (ce qui le faisait ressembler étrangement à l'individu que Ralph avait vu devant le palais de justice le jour de la mort de Terry Maitland). L'autre, il le noua autour de son cou pour éviter que ce putain de coup de soleil s'aggrave. Il ouvrit la caisse installée à l'arrière du pick-up et sortit respectueusement l'étui qui renfermait sa plus grande fierté : une carabine semi-automatique Winchester 300, la même que celle utilisée par Chris Kyle pour flinguer tous ces enturbannés (Jack avait vu huit fois *American Sniper*). Doté de la lunette de visée Leupold VX-1, il pouvait atteindre sa cible à deux mille mètres. Quatre fois sur six, disons, un bon jour, quand il n'y avait pas de vent. Mais Jack ne pensait pas devoir tirer aussi loin le moment venu. S'il venait.

Avisant quelques outils oubliés dans les herbes hautes, il s'appropria une fourche rouillée, au cas où il tomberait sur des serpents à sonnette. Derrière le hangar, un chemin conduisait derrière la colline, là où se trouvait l'entrée de la grotte. Ce versant était plus rocailleux. En fait de colline, il s'agissait plutôt d'une falaise érodée. Des canettes de bière jonchaient le chemin et plusieurs rochers portaient des tags du style SPANKY 11 ou DOODAD EST VENU ICI.

À mi-hauteur partait un autre chemin qui semblait revenir vers la défunte boutique de souvenirs et le parking. À cet embranchement se tenait un chef indien en bois peint muni de sa coiffe, usé par les intempéries et criblé de balles. À ses pieds, un panneau en forme de flèche, presque entièrement effacé, indiquait : PICTOGRAMMES INTÉRESSANTS. Plus récemment, un petit malin avait dessiné au marqueur une bulle qui sortait de la bouche du grand chef et disait : CAROLYN ALLEN SUCE MA BITE DE PEAU-ROUGE.

Ce chemin était plus large, mais Jack n'était pas là pour admirer l'art amérindien, alors il continua à grimper. L'ascension ne présentait aucun danger particulier ; toutefois, cela faisait plusieurs années que Jack se contentait, en guise d'exercice physique, de lever le coude. Arrivé aux trois quarts du chemin, il était essoufflé. La transpiration assombrissait sa chemise et son bandana. Il posa l'étui de la carabine et la fourche, puis se pencha en avant et agrippa ses genoux jusqu'à ce que les taches noires qui dansaient devant ses yeux disparaissent et que son rythme cardiaque revienne presque à la normale. S'il était venu jusqu'ici, c'était pour échapper à une mort effroyable due au cancer qui avait littéralement dévoré sa mère. Succomber à une crise cardiaque maintenant aurait été une mauvaise blague.

Il commença à se redresser, puis s'arrêta, les yeux plissés. À l'ombre d'un rocher en surplomb, à l'abri des intempéries, il y avait d'autres graffitis. Mais si ceux-là avaient été faits par des gamins, ces gamins étaient morts depuis longtemps, des centaines d'années même. L'un d'eux montrait des bonshommes bâtons munis de lances entourant ce qui ressemblait à une antilope. Une bête avec des cornes, en tout cas. Sur un autre, des bonshommes identiques se tenaient devant une sorte de tipi. Un troisième graffiti, devenu presque invisible, montrait un personnage dominant un autre bonhomme bâton couché au sol et brandissant sa lance dans un geste triomphal.

Des pictogrammes, se dit Jack, *et pas les plus intéressants, à en croire le chef indien. Des gosses de maternelle feraient mieux. Pourtant, ils seront toujours là longtemps après ma mort. Surtout si le cancer me chope.*

Cette pensée provoqua sa colère. Il ramassa un gros caillou aux angles vifs, avec lequel il martela les pictogrammes, jusqu'à les faire disparaître.

Et voilà, bande d'enfoirés morts. Vous n'existez plus. J'ai gagné.

Il songea qu'il était peut-être en train de devenir fou… si ce n'était pas déjà fait. Il chassa cette idée et poursuivit son ascension. Arrivé au sommet de la falaise, il constata qu'il avait une vue parfaite sur le parking, la boutique de souvenirs et l'entrée condamnée de la grotte de Marysville. Son visiteur aux doigts tatoués n'était pas certain que les fouille-merde viendraient jusqu'ici, mais s'ils pointaient le bout de leur nez, Jack était censé s'occuper d'eux. Avec sa Winchester. Et s'ils ne venaient pas, s'ils rentraient à Flint City après avoir parlé à l'homme qui les intéressait, son travail serait terminé. Dans un cas comme dans l'autre, le visiteur le lui avait assuré, Jack serait comme neuf. Plus de cancer.

Et s'il ment ? S'il peut donner le cancer, mais pas le reprendre ? Et si ce cancer n'existe pas vraiment ? Et le visiteur non plus ? Et si tu es devenu cinglé, simplement ?

Jack chassa également ces pensées. Il sortit la Winchester de son étui et y fixa la lunette de visée. Le parking et l'entrée de la grotte surgirent devant son nez. Si les fouille-merde débarquaient, ils seraient aussi gros que la cabane de la billetterie tout en bas.

Jack se faufila dans l'ombre d'un promontoire rocheux (après avoir vérifié qu'il n'y avait ni serpent à sonnette, ni scorpion, ni autre bestiole) et il avala quelques gorgées d'eau, accompagnées de deux amphètes. Il ajouta un petit rail de coke provenant du flacon de quatre grammes que lui avait vendu Cody (pas de cadeaux quand il s'agissait de colombienne). Maintenant, sa mission se résumait à une simple planque, comme il en avait effectué des dizaines dans sa carrière de flic. Il attendit, en somnolant par intermittence, la carabine posée sur les genoux, demeurant cependant aux aguets afin de détecter le moindre mouvement, jusqu'à ce que le soleil frôle l'horizon. Alors, il se releva, en grimaçant à cause de ses muscles raidis.

« Ils viendront pas, dit-il. Pas aujourd'hui, en tout cas. »

Non, confirma l'homme aux doigts tatoués. (Cette intervention était-elle due à l'imagination de Jack ?) *Mais tu reviendras demain, n'est-ce pas ?*

Oui, il reviendrait. Pendant une semaine, s'il le fallait. Un mois, même.

Il redescendit, prudemment. Après des heures passées sous le soleil brûlant, il ne manquerait plus qu'il se pète une cheville. Il rangea la Winchester dans la caisse du pick-up, but un peu d'eau à la bouteille restée dans la cabine (elle était tiède maintenant, presque chaude) et regagna la voie rapide, prenant la direction de Tippit cette fois. Là-bas, il pourrait faire quelques courses. De la crème solaire assurément. Et de la vodka. Pas trop, il avait une mission à accomplir. Mais juste assez pour pouvoir s'allonger sur son plumard merdique sans penser à la manière dont sa chaussure s'était retrouvée dans sa main. Ah, nom de Dieu, pourquoi avait-il foutu les pieds dans cette putain de grange à Canning Township ?

Il croisa la voiture de Claude Bolton qui roulait en sens inverse. Aucun des deux ne prêta attention à l'autre.

9

« Bon, alors, dit Lovie Bolton après le départ de Claude. C'est quoi, cette histoire ? Qu'est-ce que vous ne vouliez pas que mon fils entende ? »

Ignorant la question de la vieille femme, Yunel se tourna vers les autres.

« Le bureau du shérif de Montgomery County a envoyé deux hommes pour examiner les lieux photographiés par Holly. Dans l'église désaffectée, celle avec la croix gammée peinte sur le mur, ils ont découvert une pile de vêtements tachés de sang. Parmi ces affaires, il y avait une veste d'aide-soignant sur laquelle on avait cousu une étiquette UMH.

— Unité de la mémoire Heisman, dit Howie. Quand ils analyseront le sang, combien vous pariez qu'il appartient à une des deux filles Howard ?

— Et les empreintes seront celles de Heath Holmes, ajouta Alec. Floues sans doute, s'il avait commencé sa métamorphose.

— Ou pas, dit Holly. On ignore combien de temps prend cette transformation, et même si la durée est toujours identique.

— Le shérif de Montgomery County se pose des questions, dit Yunel. Je l'ai fait patienter. Mais étant donné ce à quoi on pourrait être confrontés, j'aimerais pouvoir le faire patienter éternellement.

Lovie intervint :

« Arrêtez de parler entre vous et expliquez-moi. S'il vous plaît. Je m'inquiète pour mon fils. Il est aussi innocent que ces deux autres hommes, et ils sont morts tous les deux.

— Je comprends votre inquiétude, dit Ralph. Juste une minute, je vous prie. Holly, quand vous avez informé les Bolton, en venant de l'aéroport, leur avez-vous parlé des cimetières ?

— Non. Vous m'avez demandé d'évoquer les grandes lignes seulement. Ce que j'ai fait.

— Hé, attendez voir ! s'exclama Lovie. Quand j'étais gamine, je me souviens d'avoir vu un film à Laredo. Une de ces histoires de femmes catcheuses…

— *Les Lutteuses mexicaines contre le monstre*, dit Howie. On l'a vu nous aussi. Il ne risquait pas de remporter un Oscar, mais c'était intéressant.

— C'était un film avec Rosita Muñoz, ajouta Lovie. *"La cholita luchadora"*. On voulait tous lui ressembler, mes amies et moi. Pour Halloween, je m'habillais comme elle. Ma mère m'avait cousu un costume. Cette histoire de *Cuco* foutait les jetons. Il y avait un professeur… ou un savant, j'ai oublié. Bref, *El Cuco* lui volait son visage, et quand les *luchadoras* le retrouvaient enfin, il vivait à l'intérieur d'une crypte ou d'un tombeau dans le cimetière local. C'est pas ça l'histoire ?

— Si, confirma Holly. Ça fait partie de la légende. La version espagnole du moins. Le *Cuco* dort avec les morts. Comme les vampires, paraît-il.

— Si cette chose existe réellement, dit Alec, *c'est* un vampire. Une sorte de vampire. Il a besoin de sang pour former un nouveau maillon de la chaîne. Pour se perpétuer. »

Une fois de plus, Ralph songea : *Est-ce que vous vous entendez ?* Il aimait beaucoup Holly Gibney, mais il aurait préféré ne jamais la rencontrer. À cause d'elle, une guerre faisait rage à l'intérieur de sa tête, et il aurait donné n'importe quoi pour un cessez-le-feu.

Holly se tourna vers Lovie.

« Cette usine désaffectée dans laquelle la police de l'Ohio a découvert les vêtements ensanglantés se situe à proximité du cimetière où sont enterrés Heath Holmes et ses parents. D'autres vêtements ont été découverts dans un vieux cimetière où ont été inhumés les ancêtres de Terry Maitland. Alors, voici ma question : y a-t-il un cimetière dans les environs ? »

La vieille femme réfléchit. Ils attendirent. Finalement, elle dit :

« Il y a un cimetière à Plainville, mais pas à Marysville. On n'a même pas d'église ! Dans le temps, y en avait une, Notre-Dame du Pardon, mais elle a brûlé il y a vingt ans.

— Merde, laissa échapper Howie.

— Et un caveau de famille ? demanda Holly. Parfois, les gens enterrent leurs proches sur leur propriété.

— Les autres, j'en sais rien, dit Lovie, mais nous, on n'a jamais eu ça. Ma mère et mon père sont enterrés là-bas, à Laredo, et leurs parents aussi. Et avant cela, ça devait être dans l'Indiana, d'où ma famille a émigré après la guerre de Sécession.

— Et votre mari ? demanda Howie.

— George ? Toute sa famille venait d'Austin, et c'est là qu'il est enterré, à côté de ses parents. Avant, je prenais le car de temps en temps pour aller le voir, le jour de son anniversaire généralement. Je lui apportais des fleurs et tout ça, mais depuis que j'ai cette foutue bronchite chronique et de l'emphysème, j'y vais plus.

— Je vous comprends », dit Yunel.

Lovie sembla ne pas l'entendre.

« Je chantais dans le temps, quand j'avais encore du souffle. Et je jouais de la guitare. J'ai quitté Laredo pour Austin après le lycée, à cause de la musique. Nashville South, ils appelaient ça. J'ai trouvé un boulot à l'usine de papier en attendant de décrocher un engagement au Carousel, au Broken Spoke ou ailleurs. Je fabriquais des enveloppes. J'ai jamais décroché de contrat, mais j'ai épousé le contremaître. C'était George. Et je ne l'ai pas regretté, jusqu'à ce qu'il prenne sa retraite.

— Je crois qu'on s'égare, fit remarquer Howie.

— Laissez-la parler », dit Ralph. Il ressentait ce petit picotement familier, le sentiment qu'un élément important se profilait. Il était encore à l'horizon, mais oui, il se profilait. « Continuez, madame Bolton. »

Elle regarda Howie d'un air hésitant, mais quand Holly hocha la tête et lui sourit, elle lui rendit son sourire, alluma une autre cigarette et reprit son récit :

« Quand il a eu le droit de prendre sa retraite, après trente ans de boîte, George nous a fait venir ici, au-delà du bout du monde. Claude n'avait que douze ans. On l'a eu tard, alors qu'on avait conclu depuis longtemps que Dieu ne nous donnerait jamais d'enfant. Claude détestait Marysville. Les lumières de la ville et ses bons à rien de copains lui manquaient – les mauvaises fréquentations lui ont toujours fait du tort –, et j'avoue que je m'y plaisais pas trop non plus au début, même si j'ai appris à en apprécier le calme. Quand on vieillit, tout ce qu'on veut, c'est être tranquille. Vous avez peut-être du mal à me croire aujourd'hui, mais vous verrez. Et cette idée de caveau de famille, c'est pas si bête, maintenant que j'y pense. Il pourrait m'arriver pire que de finir enterrée dans ce jardin, mais je suppose que Claude voudra renvoyer ma carcasse à Austin pour que je repose à côté de mon mari, comme de son vivant. C'est pour bientôt. »

Elle se mit à tousser, regarda sa cigarette d'un air dégoûté et l'enterra avec les autres soldats dans le cendrier qui débordait, où elle se consuma, menaçante.

« Vous savez pourquoi on a échoué ici, à Marysville ? George s'était mis en tête d'élever des alpagas. Quand ils sont morts, et ça n'a pas tardé, il a décidé que ça serait des golden doodles. Au cas où vous le sauriez pas, c'est un croisement entre un golden retriever et un caniche. Vous croyez que l'évolution peut approuver un pareil mélange ? Ça m'étonnerait fort. C'est son frère qui lui avait fourré cette idée dans le crâne. Roger Bolton était le plus grand imbécile que la terre ait jamais porté, mais George se voyait déjà millionnaire. Roger est venu s'installer ici avec sa famille et ils se sont associés. Bref, les bébés golden doodles sont morts, comme les alpagas. Après ça, on tirait un peu le diable par la queue, George et moi, mais on avait encore de quoi vivre. Roger, lui, avait investi toutes ses économies dans ce projet débile. Alors, il a commencé à chercher du travail et… »

Lovie se tut. Une expression de satisfaction se dessina sur son visage.

« Et donc… ? l'encouragea Ralph.

— Nom d'un chien ! Je suis vieille, mais c'est pas une excuse. C'était juste sous mon nez. »

Ralph se pencha en avant et lui prit la main.

« De quoi parlez-vous, Lovie ? »

Il avait employé son prénom, comme il finissait toujours par le faire au cours d'un interrogatoire.

« Roger Bolton et ses deux fils, les cousins de Claude, sont enterrés à cinq kilomètres d'ici, avec quatre hommes. Ou cinq peut-être. Et les deux enfants aussi, évidemment, les jumeaux. » Elle secoua la tête, lentement. « J'étais furieuse quand

Claude a écopé de six mois de prison à Gatesville pour vol. J'avais honte. C'est à cette époque qu'il a commencé à se droguer. Plus tard, j'ai compris que le Seigneur avait été miséricordieux. Car s'il était resté ici, il les aurait sûrement accompagnés. Pas son père… George avait déjà fait deux infarctus et il ne pouvait pas y aller, mais Claude, si. Il serait allé avec eux.

— Où ça ? » demanda Alec.

Penché en avant, il regardait intensément Lovie.

« À la grotte de Marysville. C'est là qu'ils sont tous morts. Et ils y sont toujours. »

10

C'était comme dans *Tom Sawyer*, expliqua-t-elle, quand Tom et Becky se perdent dans la caverne, à cette différence près que Tom et Becky réussissaient à ressortir. Les jumeaux Jamieson, eux, âgés de onze ans seulement, n'avaient pas eu cette chance. Pas plus que ceux qui avaient tenté de les sauver. La grotte de Marysville les avait tous engloutis.

« C'est là que votre beau-frère a trouvé du travail après l'échec de l'élevage de chiens ? » demanda Ralph.

Lovie Bolton acquiesça.

« Il avait déjà exploré ces grottes. Pas dans la zone ouverte au public, mais du côté d'Ahiga. Alors, quand il a postulé, ils l'ont engagé comme guide *illico presto*. Avec ses collègues, ils emmenaient des touristes par groupes d'une douzaine de personnes. C'est la plus grande grotte de tout le Texas, mais la partie la plus connue, ce que les gens voulaient voir, c'était la salle principale. Un sacré endroit, faut dire. On se croirait dans une cathédrale. Ils appellent ça la Chambre du Son, à cause de... C'est quoi le mot déjà ?... L'acoustique. Un des guides se postait en bas, à cent ou cent vingt mètres de profondeur, et il récitait le Serment d'allégeance, tout doucement, et les gens restés en haut entendaient chaque mot. L'écho se répercutait à l'infini. Et puis, les murs étaient couverts de dessins indiens. J'ai oublié comment ça s'appelle...

— Des pictogrammes, dit Yunel.

— Oui, voilà. Ils vous distribuaient des lampes Coleman pour que vous puissiez les voir, ou pour regarder les stalactites qui pendaient du plafond. Il y avait un escalier en colimaçon, en fer, qui descendait jusqu'en bas. Plus de quatre cents marches. Et vas-y que ça tourne et que ça tourne. Je serais pas étonnée qu'il soit toujours là. Mais j'oserais pas monter dessus. C'est rudement humide là-dessous, et le fer, ça rouille. La seule fois où j'ai pris cet escalier, j'ai eu le vertige, et je regardais même pas les stalactites tout en haut, comme la plupart des gens. Pour remonter, j'ai pris l'ascenseur, vous pouvez me croire. Descendre, c'est une chose, mais il faut être cinglé pour monter quatre cents marches si on peut faire autrement.

» Le fond mesurait peut-être deux ou trois cents mètres de long. Ils avaient installé des lumières colorées pour faire ressortir les veines de la roche. Il y avait même un snack. Et sept ou huit galeries à explorer. Chacune avait un nom. Je ne me souviens pas de tous, mais il y avait la Galerie d'Art navajo – où on pouvait voir d'autres pictogrammes –, le Toboggan du Diable et le Ventre du Serpent, où il fallait se plier en deux et ramper par endroits. Vous imaginez ?

— Oui, répondit Holly. Ouh là là.

— C'étaient les principales. Il y en avait d'autres qui partaient de ces galeries, mais elles étaient fermées car la grotte, c'est pas juste une grotte, c'est des dizaines de grottes qui s'enfoncent sous terre. Certaines ont même jamais été explorées.

— Facile de s'y perdre, commenta Alec.

— Je vous le fais pas dire. Voici ce qui s'est passé… Il y avait dans la galerie du Ventre du Serpent trois passages qui n'étaient pas bouchés ni condamnés par des planches car ils estimaient qu'ils étaient trop étroits.

— Mais pas pour les jumeaux, devina Ralph.

— Vous avez mis le doigt sur le problème, monsieur. Carl et Calvin Jamieson. Deux demi-portions qui cherchaient les ennuis, et ils les ont trouvés. Ils faisaient partie du groupe qui visitait le Ventre du Serpent, ce jour-là, ils avançaient juste derrière leur mère et leur père, en dernière position. Mais à la sortie, ils n'étaient plus là. Les parents… J'ai pas besoin de vous raconter comment ils ont réagi, hein ? C'était pas mon beau-frère qui emmenait le groupe de la famille Jamieson, mais il faisait partie de l'équipe qui est partie à la recherche des enfants. Je dirais même qu'il menait les opérations, mais j'ai aucun moyen de le savoir.

— Ses fils participaient aux recherches eux aussi ? demanda Howie. Les cousins de Claude ?

— Oui. Ils travaillaient à mi-temps à la grotte, et dès qu'ils ont su ce qui s'était passé, ils ont accouru. Un tas de gens sont venus car la nouvelle s'est répandue comme une traînée de poudre. Au début, ça semblait être une opération facile. Ils entendaient les appels des enfants par les ouvertures dans les parois du Ventre du Serpent, et ils savaient exactement dans quelle galerie les jumeaux s'étaient enfoncés car un des guides avait éclairé avec sa lampe torche une figurine du chef Ahiga que M. Jamieson avait achetée à un des garçons à la boutique de souvenirs. Elle avait dû tomber de sa poche pendant qu'il rampait. Comme je le disais, on les entendait crier, mais aucun des adultes ne pouvait entrer dans ce trou. Ils n'arrivaient même pas à atteindre le jouet. Les sauveteurs criaient aux garçons de se repérer au son de leurs voix et, s'ils n'avaient pas la place de se retourner, qu'ils reviennent à reculons. Ils faisaient tournoyer les faisceaux de leurs lampes à l'intérieur et, au début, on aurait dit que les enfants se rapprochaient, puis leurs voix ont commencé à faiblir, de plus en plus, jusqu'à disparaître totalement. Si vous voulez mon avis, ils n'ont jamais été près de la sortie.

— Un effet acoustique, dit Yunel.

— *Sí, señor.* Alors, Roger a dit qu'ils devaient faire le tour par Ahiga, un coin qu'il connaissait bien grâce à ses explorations. De la spéléomachin, qu'ils appellent ça. En arrivant là-bas, ils ont entendu les gamins qui criaient et qui pleuraient. Alors, ils sont allés chercher des cordes dans la remise, et ils sont descendus pour les récupérer. Ça semblait la meilleure chose à faire, mais en réalité, ça leur a été fatal.

— Que s'est-il passé ? demanda Yunel. Vous le savez ? Quelqu'un le sait ?

— Comme je vous le disais, c'est un vrai labyrinthe là-dessous. Ils ont laissé un gars en haut pour dérouler la corde et la rallonger si besoin était. Ev Brinkley. Il a quitté la ville peu de temps après. Il est parti vivre à Austin. Le cœur brisé… mais au moins il était vivant, et il pouvait se balader au soleil. Les autres… » Lovie soupira. « Plus de soleil pour eux. »

Ralph imagina la scène – l'horreur – et vit se refléter sur les visages des autres ce qu'il ressentait.

« Ev avait encore trente mètres de corde quand il a entendu un grand bruit, comme si un gamin faisait sauter un pétard dans la cuvette des chiottes avec le couvercle fermé, a-t-il dit. Ce qui a dû se passer, c'est qu'un imbécile a tiré un coup de feu en espérant orienter les gamins vers les secours et ça a provoqué un éboulement. C'est pas Roger qui a fait ça, j'en mettrais ma main à couper. Ce vieux Roger était un abruti dans bien des domaines, surtout avec cette histoire de chiens, mais pas au point de tirer un coup de feu dans une grotte, alors que la balle pouvait ricocher n'importe où.

— Et où le son pouvait faire tomber un morceau de plafond, ajouta Alec. Cela revenait à tirer un coup de fusil pour provoquer une avalanche en montagne.

— Ils sont donc morts écrasés », dit Ralph.

Lovie soupira et redressa sa canule dans son nez.

« Non. Mais ça aurait mieux valu. Au moins, ça aurait été plus rapide. En fait, les gens qui étaient dans la grande grotte – la Chambre du Silence – les entendaient appeler au secours, comme ces pauvres gosses perdus. Maintenant, y avait soixante ou soixante-dix personnes sur place, prêtes à faire tout leur possible. Mon George voulait absolument les rejoindre – après tout, son frère et ses neveux faisaient partie des personnes prisonnières – et finalement, j'ai renoncé à l'empêcher d'y aller. Je l'ai accompagné, pour être sûre qu'il fasse pas une bêtise, du style essayer d'intervenir. Ça l'aurait tué, à coup sûr.

— Quand cet accident est survenu, Claude était en maison de redressement ? demanda Ralph.

— Dans un machin qui s'appelle le Centre de Formation de Gatesville, je crois. Mais oui, c'était une maison de redressement. »

Holly avait sorti de son fourre-tout un bloc de feuilles et, penchée dessus, elle prenait des notes.

« Le temps que j'arrive à la grotte avec George, il faisait sombre. Le parking est immense, et pourtant il était quasiment plein. Ils avaient installé des projecteurs, et avec tous ces camions, tous ces gens qui couraient dans tous les sens, on aurait cru qu'ils tournaient un film. Ils sont entrés par le côté d'Ahiga, avec des grosses lampes, des casques et des vestes rembourrées qui ressemblaient à des gilets pare-balles. Ils ont suivi la corde jusqu'à l'endroit de l'effondrement. Un long chemin, avec de l'eau stagnante par endroits. L'éboulement était sérieux. Il leur a fallu toute la nuit et la matinée du lendemain pour dégager un passage. À ce moment-là, on n'entendait plus les cris.

— Le groupe de votre beau-frère n'attendait pas les secours de l'autre côté, si je comprends bien, dit Yunel.

— Non, ils étaient partis. Roger ou un des gars a dû penser qu'il connaissait un passage pour regagner la grande grotte, ou bien ils avaient peur qu'une autre partie du plafond leur tombe sur la tête. Impossible à dire. Mais ils ont laissé une piste. Au début, du moins. Des marques sur les parois et des trucs par terre : des pièces de monnaie, des bouts de papier. Un des gars a même laissé sa carte de bowling. Encore une entrée payante et il aurait eu droit à une partie gratuite. Ils l'ont dit dans le journal.

— Comme Hänsel et Gretel semant des miettes de pain derrière eux, fit remarquer Alec.

— Et puis, ça s'est arrêté, dit Lovie. En plein milieu d'une galerie. Les marques, les pièces, les papiers. D'un seul coup. »

Comme les empreintes de pas dans l'histoire de Bill Samuels, pensa Ralph.

« La deuxième équipe de secours a continué d'avancer pendant un moment, en criant et en agitant leurs lampes, mais personne ne répondait. Plus tard, le type qui a écrit l'article pour le journal d'Austin a interviewé plusieurs membres de la deuxième équipe et ils lui ont tous dit la même chose : il y avait trop de galeries, qui toutes descendaient ; certaines conduisaient à des impasses, d'autres à des cheminées aussi noires que des puits. Ils étaient censés ne pas crier, à cause des risques d'effondrement, mais l'un d'eux a crié quand même et, comme on pouvait s'y attendre, un morceau de plafond s'est écroulé. C'est à ce moment-là qu'ils ont décidé de ressortir dare-dare.

— Ils n'ont quand même pas abandonné les recherches après un seul essai, dit Howie.

— Non, évidemment. » Lovie prit une autre canette de Coca dans la glacière, l'ouvrit et en but la moitié d'une traite. « J'ai pas l'habitude de parler autant, j'ai le gosier sec. » Elle examina sa bouteille d'oxygène. « Elle aussi est presque à sec. Mais j'en ai une autre dans la salle de bains, avec tout ce foutu matériel médical, si quelqu'un veut bien aller la chercher. »

— Yunel Sablo se porta volontaire, et Ralph fut soulagé de voir que Lovie s'abstenait d'allumer une cigarette tandis qu'on changeait la bouteille. Dès que l'oxygène se remit à couler à flots, elle reprit son récit :

« Une dizaine d'opérations de recherche ont été menées au fil des ans, jusqu'au tremblement de terre de 2007. À partir de ce moment-là, ils ont estimé que c'était trop dangereux. L'échelle de Richter indiquait seulement trois ou quatre, mais les grottes sont fragiles. La Chambre du Son a bien résisté, même si pas mal de stalactites ont dégringolé du plafond. Par contre, d'autres galeries se sont écroulées. Je sais que c'est le cas de celle qu'ils appelaient la Galerie d'Art. Depuis le tremblement de terre, la grotte de Marysville est fermée. L'entrée principale a été bouchée, et celle d'Ahiga aussi, je crois.

Personne ne dit mot pendant quelques instants. Ralph imaginait cette mort lente, des centaines de mètres sous terre, dans l'obscurité. Il ne voulait pas y penser, mais il ne pouvait s'en empêcher.

Lovie demanda :

« Vous savez ce que m'a dit Roger un jour ? Ça devait être six mois avant sa mort. Il a dit que la grotte de Marysville descendait peut-être jusqu'en Enfer. Du coup, votre individu s'y sentirait comme chez lui, vous croyez pas ?

— Pas un mot de tout ça à Claude quand il reviendra, dit Holly.

— Oh, il sait déjà. C'étaient des gens de sa famille. Il aimait pas trop ses cousins – ils étaient plus âgés et ils le martyrisaient des fois, n'empêche, ils étaient de la famille. »

Holly sourit, mais pas de son sourire radieux : il n'atteignit pas ses yeux.

« Je suis certaine qu'il sait, dit-elle, mais il ne sait pas que *nous* savons. Et il ne faut pas que ça change. »

11

Lovie paraissait épuisée maintenant. Elle déclara que la cuisine était trop petite pour qu'on puisse y manger confortablement à sept ; ils dîneraient

dehors, dans ce qu'elle appelait le kiosque. Elle
précisa (fièrement) qu'il avait été construit par
Claude, exprès pour elle, à partir d'un kit acheté
chez Home Depot.

« Il fera peut-être un peu chaud au début, mais
généralement, à cette heure-ci, un petit vent se
lève. Et il y a des moustiquaires. »

Holly suggéra à la vieille dame d'aller se reposer
et de les laisser dresser la table dehors.

« Vous saurez pas où sont les choses !

— Ne vous inquiétez pas pour ça, répondit
Holly. Trouver, c'est mon métier. Et je suis sûre
que ces messieurs me donneront un coup de main. »

Lovie céda. Elle fit rouler son fauteuil jusqu'à sa
chambre et les invités entendirent ses grognements
d'effort, auxquels succédèrent les grincements des
ressorts du lit.

Ralph sortit sur la terrasse pour téléphoner à Jeanette, qui répondit dès la première sonnerie.

« E.T. téléphone maison, dit-elle gaiement.

— Tout est calme là-bas ?

— Oui. À part la télé. Les agents Ramage et
Yates regardent le NASCAR et je devine qu'ils
ont fait des paris. Ce dont je suis sûre, en revanche,
c'est qu'ils ont mangé tous les brownies.

— Désolé.

— Oh, Betsy Riggins est venue montrer son
nouveau-né. Je ne le lui dirai jamais, mais il ressemble un peu à Winston Churchill.

— Hummm. Écoute… Je pense que Troy ou
Tom devrait passer la nuit à la maison.

— Tous les deux, plutôt. Avec moi. On pourra se faire des câlins.

— Très bonne idée. Mais n'oublie pas de prendre des photos. » Une voiture approchait : Claude Bolton revenait de Tippit avec le dîner. « Et n'oublie pas de verrouiller les portes et d'enclencher l'alarme.

— Ça n'a servi à rien l'autre soir.

— Fais-le quand même, pour me faire plaisir. »

À cet instant, l'homme qui ressemblait trait pour trait au visiteur nocturne de son épouse descendait de voiture, et Ralph éprouva une étrange sensation de diplopie.

« D'accord, concéda Jeanette. Alors, vous avez découvert quelque chose ?

— Difficile à dire. » C'était botter en touche. Ralph estimait qu'ils avaient appris un tas de choses, toutes inquiétantes. « J'essayerai de te rappeler plus tard mais, dans l'immédiat, il faut que je te laisse.

— OK. Sois prudent.

— Promis. Je t'aime.

— Moi aussi. Je suis sérieuse : sois prudent. »

Ralph descendit de la terrasse pour aider Claude à transporter une demi-douzaine de sacs en plastique provenant du Highway Heaven.

« La bouffe est froide, comme je l'avais dit. Mais est-ce qu'elle m'écoute ? Non, jamais.

— On va s'arranger.

— Le poulet réchauffé, c'est sec. J'ai pris de la purée parce que les frites réchauffées, laissez tomber. »

Claude s'arrêta au pied des marches.

« Vous avez bien discuté avec ma mère ?

— Oui. »

Ralph ne savait pas comment gérer cette situation. Heureusement, Claude lui ôta cette épine du pied.

« Ne me dites rien. Ce type pourrait lire dans mon esprit.

— Vous croyez donc qu'il existe ? »

La curiosité de Ralph était sincère.

« Je crois que cette fille y croit. Cette Holly. Et je crois qu'il y avait peut-être quelqu'un dans les parages la nuit dernière. Alors, j'ignore de quoi vous avez parlé, et je ne veux pas le savoir.

— C'est peut-être préférable, en effet. Claude… Je pense que l'un de nous devrait rester ici cette nuit, avec vous et votre mère. Le lieutenant Sablo, par exemple.

— Vous avez peur qu'il y ait du grabuge ? Personnellement, je sens rien pour l'instant, à part mon estomac qui réclame à manger.

— Non, pas précisément. Mais je me disais que s'il se passait quelque chose dans le coin et qu'un témoin affirmait que le coupable ressemblait à Claude Bolton, vous seriez peut-être content d'avoir sous la main un policier qui affirme que vous n'avez pas quitté le domicile de votre mère. »

Claude réfléchit.

« C'est peut-être pas une mauvaise idée. Mais je vous préviens, on n'a pas de chambre d'amis. Le canapé est convertible, mais des fois maman se lève la nuit quand elle arrive pas à dormir, et elle va dans le salon pour regarder la téloche. Elle raffole des prédicateurs à la mords-moi-le-nœud qui réclament des dons en gueulant. » Son visage s'illumina. « Par contre, y a un matelas en rab dans la pièce du fond, et il va faire doux cette nuit. Il pourra camper dehors.

— Sous le kiosque ? »

Claude afficha un large sourire.

« Exact ! C'est moi qui l'ai construit, ce truc. »

12

Holly passa le poulet au gril pendant cinq minutes pour le rendre délicieusement croustillant. Ils dînèrent sous le kiosque (équipé d'une rampe pour le fauteuil roulant), et la conversation fut aussi agréable qu'animée. Claude, doté d'un véritable talent de conteur, les régala avec ses anecdotes d'« agent de sécurité » au Gentlemen, Please. Des histoires hautes en couleur, amusantes sans être salaces. Sa mère riait tellement qu'elle s'étrangla lorsque Howie raconta comment un de ses clients, désireux de prouver que son état mental ne permettait pas de le condamner, avait ôté son pantalon en plein tribunal pour l'agiter sous le nez du juge.

La raison de leur présence à Marysville ne fut plus évoquée.

La sieste de Lovie avant le dîner avait été brève et, aussitôt le dîner terminé, elle annonça qu'elle retournait se coucher.

« Avec les plats à emporter, y a pas beaucoup de vaisselle, dit-elle. Je m'en occuperai demain matin. Je peux le faire de mon fauteuil, du moment que je fais gaffe à cette foutue bouteille d'oxygène. » Elle se tourna vers Yunel. « Vous êtes sûr que vous voulez dormir dehors, officier Sablo ? Et si jamais quelqu'un vient fureter dans les parages comme la nuit dernière ?

— Je suis armé, madame. Et puis, je serai très bien là-bas.

— Bon… En tout cas, n'hésitez pas à rentrer quand vous voulez. Le vent risque de souffler après minuit. La porte de derrière sera fermée, mais la clé est sous cette *olla de barro.* » Elle montra un vieux pot en argile, puis croisa les mains sur son opulente poitrine et s'inclina légèrement. « Vous êtes des gens bien, et je vous remercie d'être venus jusqu'ici pour essayer d'éviter des ennuis à mon fils. »

Sur ce, elle s'éloigna en faisant rouler son fauteuil. Les autres convives s'attardèrent encore un peu.

« C'est une brave femme, commenta Alec.

— Oui », confirma Holly.

Claude alluma un Tiparillo.

« Des flics qui sont de mon côté. C'est une expérience nouvelle. Et ça me plaît. »

Holly demanda :

« Y a-t-il un Walmart à Plainville, monsieur Bolton ? J'ai quelques courses à faire, et j'adore les Walmart.

— Non, et c'est tant mieux car maman les adore elle aussi, et elle y passerait sa vie. Ce qui s'en rapproche le plus, par ici, c'est le Home Depot de Tippit.

— Ça devrait faire l'affaire, dit Holly, et elle se leva. On va laver ces assiettes pour que Lovie ne soit pas obligée de le faire demain matin, et ensuite on reprendra la route. On reviendra chercher le lieutenant Sablo demain, avant de rentrer à la maison. Je crois que nous en avons terminé ici. Vous êtes d'accord, Ralph ? »

Le regard de Holly lui dictait sa réponse, alors il dit :

« Oui, tout à fait.

— Monsieur Gold ? Monsieur Pelley ?

— Je pense qu'il n'y a rien à ajouter », déclara Howie.

Alec répéta le même refrain.

« Tout a été dit. »

13

Ils retournèrent dans la maison un quart d'heure seulement après le départ de Lovie, mais ils entendaient déjà des ronflements râpeux à travers la porte de sa chambre. Yunel fit couler de l'eau dans l'évier, ajouta du produit vaisselle et remonta ses manches pour s'attaquer aux quelques couverts et assiettes qu'ils avaient utilisés. Ralph les essuya. Holly les rangea. Il faisait encore relativement jour dehors et Claude effectuait le tour de la maison avec Howie et Alec à la recherche de traces laissées par l'intrus la nuit précédente… si intrus il y avait eu.

« Même si j'avais oublié mon arme de service à la maison, expliqua Yunel, je n'aurais pas été pris au dépourvu. En traversant la chambre de Mme Bolton pour aller chercher son oxygène dans la salle de bains, j'ai remarqué qu'elle était solidement armée. Elle possède une carabine Ruger American à dix coups, posée sur sa commode, plus un chargeur supplémentaire, et un fusil Remington calibre 12 appuyé dans un coin, à côté de l'aspirateur. Je parie que Claude est bien équipé lui aussi.

« N'a-t-il pas été condamné pourtant ? s'étonna Holly.

— Si, confirma Ralph, mais ici, on est au Texas. Et puis, j'ai l'impression qu'il s'est réinséré.

— Oui, on dirait.

— C'est aussi mon avis, dit Yunel. Il a effectué un changement à cent quatre-vingts degrés. J'ai déjà vu ça chez des gens qui fréquentent les AA ou les NA. Quand ça marche, ça ressemble à un miracle. Néanmoins, notre « outsider » n'aurait pas pu choisir un meilleur visage derrière lequel se cacher, vous ne pensez pas ? Compte tenu de ses antécédents de consommateur et de vendeur de drogue, sans parler de son appartenance au gang des Sept Sataniques, qui le croirait s'il était victime d'un coup monté ?

— Personne n'a cru Terry Maitland, dit Ralph d'un ton lugubre. Pourtant, il était irréprochable. »

14

Il faisait presque nuit quand ils arrivèrent chez Home Depot, et vingt et une heures passées quand ils revinrent à l'Indian Motel (sous l'œil de Jack Hoskins, qui les observait à travers les rideaux de sa chambre, en se massant la nuque de manière compulsive).

Ils transportèrent leurs achats dans la chambre de Ralph et les étalèrent sur le lit : cinq lampes torches UV (avec des piles de rechange) et cinq casques de chantier jaunes.

Howie prit une des lampes et grimaça face au puissant faisceau violet.

« Ce machin va nous permettre de repérer ses traces ?

— Oui, si elles existent, dit Holly.

— Hummm. » L'avocat lâcha la lampe sur le lit, enfila un des casques et se dirigea vers le miroir fixé au-dessus de la commode. « J'ai l'air ridicule. » Nul ne le contredit. « On va vraiment faire ça ? Essayer, du moins ? Il ne s'agit pas d'une question de pure forme, je le précise. J'essaye de me convaincre que c'est une réalité.

— Je pense qu'on aurait du mal à convaincre la police du Texas d'intervenir, dit Alec. Que pourrait-on leur dire ? Qu'un monstre se cache dans la grotte de Marysville ?

— Si on n'agit pas, dit Holly, il tuera d'autres enfants. C'est ainsi qu'il survit. »

Howie se tourna vers elle, le regard presque accusateur.

« Et comment va-t-on faire pour entrer dans cette grotte ? D'après la vieille dame, elle est plus inaccessible que la culotte d'une bonne sœur. Et même si on y arrive, où est la corde ? Ils n'en vendent pas chez Home Depot ?

— On ne devrait pas en avoir besoin, répondit calmement Holly. S'il se cache dans cette grotte, et j'en suis quasiment convaincue, il n'est pas descendu très profond. Premièrement, il a peur de se perdre. Et deuxièmement, je pense qu'il est affaibli. Au lieu de respecter la phase d'hibernation, il s'épuise.

— En se projetant ? demanda Ralph. C'est ce que vous croyez ?

— Oui. Ce que Grace Maitland a vu, ce que votre épouse a vu... Je pense qu'il s'agissait de projections. Une partie de son être physique était présente, en effet, d'où les traces dans votre salon, et c'est pour cela qu'il a pu déplacer la chaise et allumer la lumière de la cuisinière, mais pas suffisamment pour qu'il laisse des empreintes sur la moquette. Tout cela a dû l'épuiser. Selon moi, il est apparu pleinement, en chair et en os, une seule fois. Devant le tribunal, le jour de l'assassinat de Terry Maitland. Car il avait faim, et il savait qu'il trouverait de quoi se nourrir.

— Il était présent en chair et en os, mais il n'apparaît sur aucune des images filmées ? demanda Howie. Comme un vampire qui ne se reflète pas dans les miroirs ? »

Il semblait attendre qu'elle le détrompe, mais il fut déçu.

« Exactement.

— Donc, vous pensez que c'est un être surnaturel.

— J'ignore ce qu'il est. »

Howie ôta le casque et le lança sur le lit.

« Des hypothèses, des suppositions. Vous n'avez rien d'autre ! »

Holly parut blessée par cette accusation, et incapable de répondre. Incapable également de voir ce qui sautait aux yeux de Ralph, et d'Alec sans doute : Howie Gold avait peur. Si cette opération tournait mal, il ne pourrait émettre aucune objection devant un tribunal, ni réclamer une annulation pour vice de forme.

Ralph intervint :

« J'ai encore du mal à accepter cette histoire d'*El Cuco* et de métamorphoses, néanmoins nous avons bien affaire à un être inconnu, je l'admets maintenant. À cause du lien avec l'Ohio, et parce que Terry Maitland ne pouvait pas se trouver dans deux endroits en même temps.

— Là, il a merdé, dit Alec. Il ignorait que Terry devait se rendre à cette convention à Cap City. La plupart de ses boucs émissaires précédents étaient certainement des individus aux alibis foireux, comme Heath Holmes.

— Ça ne tient pas debout », dit Ralph. Alec haussa les sourcils. « Admettons qu'il possède… je ne sais pas quel mot employer… les souvenirs de Terry, mais pas uniquement les souvenirs. Une sorte de…

677

— Une sorte de carte topographique de sa conscience, dit Holly, tout bas.

— OK, appelons ça comme ça, dit Ralph. Je veux bien admettre qu'il a pu passer à côté de certains détails, comme un adepte de la lecture rapide loupe des choses en survolant le texte, mais cette convention, c'était important pour Terry.

— Dans ce cas, enchaîna Alec, pourquoi le *Cuco* a-t-il…

— Peut-être qu'il n'avait pas le choix », le coupa Holly. Elle braquait une des lampes UV sur le mur, faisant apparaître le spectre d'une empreinte de main laissée par un client précédent. Ce dont Ralph se serait volontiers passé. « Peut-être était-il trop affamé pour attendre une meilleure occasion.

— Ou peut-être qu'il s'en fichait, dit Ralph. Les serial killers atteignent souvent ce stade, juste avant de se faire prendre généralement. Comme Bundy, Speck, Gacy… ils finissent tous par croire qu'ils incarnent la loi à eux seuls. Ils deviennent arrogants, présomptueux et se prennent pour des dieux. Et puis, notre « outsider » n'a pas vraiment péché par excès de confiance, si ? Réfléchissez. On était sur le point d'inculper Terry et de le juger pour le meurtre de Frank Peterson, en dépit de tout ce qu'on savait. On était convaincus que son alibi, aussi solide qu'il pouvait paraître, était bidon. »

Et une partie de moi-même veut encore y croire. Car l'alternative fait voler en éclats tout ce que je croyais savoir du monde.

Il se sentait fiévreux et un peu nauséeux. Comment un homme sain d'esprit, au vingt et unième siècle, pouvait-il accepter l'existence d'un monstre protéiforme ? Si vous croyiez à l'existence de l'« outsider » de Holly Gibney, à son *El Cuco*, alors tout se trouvait mis en doute. L'univers devenait infini.

« Il n'est plus arrogant, dit Holly. Il a pris l'habitude de rester au même endroit pendant des mois après avoir tué, le temps de sa métamorphose. Il se déplace seulement quand la transformation est achevée, ou presque. Voilà ce que je crois, en me basant sur ce que j'ai lu et appris dans l'Ohio. Mais son schéma habituel a été perturbé. Il a dû fuir Flint City lorsque ce garçon a découvert qu'il s'était caché dans la grange. Il savait que la police allait débarquer. Alors, il est venu ici plus tôt, pour être près de Claude Bolton, et il a trouvé un abri parfait.

— La grotte de Marysville », dit Alec.

Holly acquiesça.

« Mais il ne sait pas que nous savons. C'est notre avantage. Claude sait que son oncle et ses cousins sont ensevelis dans cette grotte, oui. Ce qu'il ignore, c'est que l'inconnu hiberne près des morts, de préférence ceux associés à la lignée de la personne dont il veut prendre ou abandonner l'apparence. Je suis certaine que ça fonctionne de cette façon. Forcément. »

Parce que vous voulez qu'il en soit ainsi, pensa Ralph. Cependant, il ne décelait aucune faille dans le raisonnement de Holly. Si, bien évidemment, on acceptait le postulat de départ, celui de l'existence d'un être surnaturel qui devait suivre certaines règles, liées probablement à la tradition et à des impératifs inconnus qu'aucun d'eux ne comprendrait jamais.

« Peut-on être sûrs que Lovie ne lui dira rien ? demanda Alec.

— Je pense, dit Ralph. Elle gardera le silence dans l'intérêt de son fils. »

Howie reprit une des lampes et la pointa sur le climatiseur bruyant, faisant apparaître cette fois une grappe d'empreintes digitales qui émettaient une lueur spectrale. Il l'éteignit aussitôt et demanda :

« Supposons qu'il ait un complice ? Le comte Dracula avait auprès de lui ce type... Renfield. Le Dr Frankenstein avait un bossu nommé Igor...

— C'est une erreur très répandue, le coupa Holly. Dans le *Frankenstein* original, le film, l'assistant du docteur s'appelait en fait Fritz, et il était joué par Dwight Frye. Plus tard, Bela Lugosi...

— Au temps pour moi, dit Howie. Mais la question demeure : et si notre « outsider » a un complice ? Quelqu'un qui a ordre de nous espionner ? Logique, non ? Même s'il ignore que nous avons découvert sa cachette, il sait que nous nous rapprochons dangereusement ?

— Je comprends le sens de votre remarque, Howie, dit Alec, mais les serial killers sont généralement des êtres solitaires, et ceux qui restent en liberté le plus longtemps sont des vagabonds. Certes, il existe des exceptions, mais je ne pense pas que notre gars en fasse partie. Il est passé de Dayton à Flint City. Et si on remontait sa trace depuis l'Ohio, on trouverait sans doute des enfants assassinés à Tampa en Floride, ou à Portland dans le Maine. Il existe un proverbe africain qui dit : *Celui qui voyage vite voyage seul*. Et sur un plan purement pratique, qui pourrait-il recruter pour effectuer ce travail ?

— Un cinglé, dit Howie.

— OK, dit Ralph, mais où l'aurait-il trouvé ? Ça ne se vend pas chez Maboule Market.

— Soit, concéda l'avocat. Il est seul, il s'est terré dans la grotte de Marysville et il attend qu'on vienne le chercher. Pour le ramener à la lumière du jour et lui planter un pieu dans le cœur.

— Dans le roman de Stoker, quand ils trouvent Dracula, ils le décapitent et lui remplissent la bouche d'ail », précisa Holly.

Howie jeta la lampe sur le lit et leva les mains au ciel.

« Ça me va aussi. On s'arrêtera au supermarché pour acheter de l'ail. Et un hachoir également, étant donné qu'on a oublié de prendre une scie à métaux chez Home Depot. »

Ralph dit :

« Je pense qu'une balle dans la tête ferait très bien l'affaire. »

Chacun réfléchit en silence, puis Howie annonça qu'il allait se coucher.

« Mais avant cela, dit-il, j'aimerais connaître le programme de demain. »

Ralph attendait que Holly éclaire l'avocat sur ce point, mais elle se tourna vers lui. Il fut surpris et ému de découvrir les cernes sous ses yeux et les rides apparues de part et d'autre de sa bouche. Lui-même tombait de fatigue, comme tous les autres sans doute, mais Holly Gibney était épuisée ; elle fonctionnait sur les nerfs. Et compte tenu de sa personnalité extrême, il devinait que pour elle, c'était comme courir sur des ronces. Ou des éclats de verre.

« On ne fera rien avant neuf heures, annonça Ralph. On a tous besoin d'au moins huit heures de sommeil. On boucle nos bagages, on rend les chambres et on retourne chercher Yunel chez les Bolton. Ensuite, direction la grotte de Marysville.

— C'est la mauvaise direction si on veut faire croire à Claude qu'on rentre à la maison, souligna Alec. Il se demandera pourquoi on ne repart pas vers Plainville.

— OK. On expliquera à Claude et à Lovie qu'on doit faire un détour par Tippit pour... je ne sais pas... acheter des trucs chez Home Depot.

— Pas très crédible », dit Howie.

Alec demanda :

« Comment s'appelait le policier qui a rendu visite à Claude ? Vous vous en souvenez ? »

Ralph n'avait plus son nom en tête, mais il avait pris des notes sur son iPad. La routine, c'était la routine, même quand on traquait un croque-mitaine.

« Owen Sipe. Caporal Owen Sipe.

— Bien. Vous direz à Lovie et Claude – ce qui revient à informer l'« outsider », s'il a vraiment accès aux pensées de Claude – que vous avez reçu un appel du caporal Sipe vous informant qu'un homme correspondant vaguement au signalement de Claude était recherché à Tippit dans le cadre d'une affaire de cambriolage ou de vol de voiture. Yunel pourra témoigner que Claude a passé la nuit chez lui…

— Sauf s'il dormait sous le kiosque, dit Ralph.

— Vous voulez dire qu'il n'aurait pas entendu la voiture de Claude ? Ce tas de ferraille a besoin d'un nouveau pot d'échappement. »

Ralph sourit.

« Bien vu.

— Donc, vous leur expliquez qu'on va à Tippit pour tirer cette affaire au clair, et si c'est un pétard mouillé, on reprend l'avion pour Flint City. Ça vous va ?

— Parfait, dit Ralph. Mais faisons en sorte que Claude ne voie pas les lampes ni les casques, surtout. »

15

Couché dans son lit défoncé à vingt-trois heures passées, Ralph savait qu'il aurait dû éteindre la lumière, mais il ne le faisait pas. Il avait téléphoné à Jeanette et bavardé avec elle pendant presque une demi-heure ; de l'affaire, de Derek, de tout et de rien. Après cela, il avait essayé de regarder la télé en songeant qu'un des prédicateurs nocturnes qu'aimait tant Lovie Bolton ferait office de somnifère, ou parviendrait tout du moins à ralentir la course folle et incessante de ses pensées, mais en allumant le téléviseur, il était tombé sur ce message : NOTRE ANTENNE SATELLITE EST EN PANNE. MERCI POUR VOTRE COMPRÉHENSION.

Ralph s'apprêtait à éteindre la lumière quand on frappa à la porte, tout doucement. Il se leva et tendit la main vers la poignée, puis, se ravisant, il colla son œil au judas. Précaution inutile car l'œilleton était obstrué par ce qui devait être de la crasse.

« Qui est là ?

— C'est moi », dit Holly, aussi doucement qu'elle avait frappé à la porte.

Il ouvrit. Son T-shirt sortait de son pantalon et sa veste de tailleur, enfilée pour se protéger de la fraîcheur du soir, pendait d'un côté, de manière comique. Le vent naissant soulevait ses cheveux courts et gris. Elle tenait son iPad à la main. Ralph s'aperçut soudain qu'il était en caleçon, et que sa braguette bâillait peut-être un peu. Lui revint en mémoire une expression de gamin : *Depuis quand tu vends des hot-dogs ?*

« Je vous réveille, dit-elle.

— Non. Entrez. »

Holly hésita, puis franchit le seuil de la chambre et s'assit sur l'unique chaise pendant que Ralph enfilait son pantalon.

« Vous avez besoin de dormir, Holly. Vous semblez très fatiguée.

— C'est vrai. Mais parfois, j'ai l'impression que plus je suis fatiguée, plus j'ai du mal à dormir. Surtout quand je suis anxieuse.

— Vous avez essayé le Zolpidem ? »

— C'est déconseillé aux gens qui prennent des antidépresseurs.

— Ah.

— J'ai fait quelques recherches. Parfois, ça m'aide à m'endormir. J'ai commencé par m'intéresser aux articles de journaux concernant la tragédie dont nous a parlé la mère de Claude. Elle a donné lieu à une importante couverture médiatique. J'ai pensé que ça pouvait vous intéresser.

— Ça peut nous aider ?

— Je pense que oui.

— Alors, ça m'intéresse. »

Ralph s'assit sur le lit, Holly se percha au bord de la chaise, genoux serrés.

« Bien. Lovie a parlé plusieurs fois du versant Ahiga de la grotte, et elle a raconté qu'un des jumeaux Jamieson avait perdu une figurine du chef Ahiga, tombée de sa poche. » Elle alluma son iPad. « Cette photo a été prise en 1888. »

Le cliché sépia montrait un Amérindien au port altier, de profil. Sa coiffe descendait jusqu'au milieu de son dos.

« Le chef a vécu pendant quelque temps avec un petit contingent de Navajos sur la réserve Tigua, près d'El Paso, puis il a épousé une femme blanche et ils sont d'abord partis vivre à Austin, où il a été maltraité, et ensuite à Marysville, où il a été accepté comme un membre à part entière de la communauté après s'être coupé les cheveux et avoir professé sa foi chrétienne. Sa femme ayant quelques économies, ils ont ouvert le Marysville

Trading Post, devenu par la suite l'Indian Motel and Café.

— *Home sweet home*, ironisa Ralph en balayant du regard la chambre miteuse.

— Oui. Voici le chef Ahiga en 1926, deux ans avant sa mort. Il se faisait appeler désormais Thomas Higgins. »

Holly lui montra une deuxième photo sur son iPad.

« La vache ! s'exclama Ralph. Une transformation sauvage… si je puis dire. »

On retrouvait le même profil plein de noblesse, mais la joue qui faisait face à l'objectif était à présent sillonnée de rides, et la coiffe avait disparu. L'ancien chef navajo portait des lunettes sans monture, une chemise blanche et une cravate.

Holly expliqua :

« Non content de diriger le seul commerce rentable de Marysville, c'est le chef Ahiga, alias Thomas Higgins, qui a découvert la grotte et organisé les premières visites. Elles étaient très courues.

— Mais la grotte a été baptisée du nom de la ville, fit remarquer Ralph. Logique. Ahiga était un bon chrétien et un commerçant prospère, mais il restait un Peau-Rouge aux yeux de la communauté. Même si les gens d'ici l'ont mieux traité que les chrétiens d'Austin. Il faut leur reconnaître ce mérite. Continuez. »

Holly lui montra une autre photo. Il s'agissait d'un portrait en bois peint représentant le chef Ahiga paré de sa coiffe et accompagné d'un panneau indiquant : PICTOGRAMMES INTÉRESSANTS.

Elle zooma avec deux doigts et Ralph distingua à l'arrière-plan un chemin qui s'enfonçait entre les rochers.

« Oui, la grotte porte le nom de la ville, mais le chef a quand même eu droit à quelque chose : l'entrée Ahiga, beaucoup moins chic que la Chambre du Son, mais qui permet d'y accéder directement. C'est par là que le personnel apportait les marchandises, et elle servait d'issue en cas d'urgence.

— C'est ce passage qu'ont utilisé les équipes de secours en espérant trouver un itinéraire alternatif pour atteindre les enfants ?

— Exact. » Holly se pencha en avant, les yeux brillants. « L'entrée principale n'est pas seulement condamnée par des planches, Ralph, elle est cimentée. Ils ne voulaient pas perdre d'autres enfants. L'entrée Ahiga, la porte de derrière pourrait-on dire, a été fermée par des planches elle aussi, mais aucun des articles que j'ai lus ne mentionne qu'elle a été murée.

— Ça ne veut pas dire que ce n'est pas le cas. »

Holly eut un mouvement de tête qui trahissait son impatience.

« Je sais, mais *si* ce passage n'est pas cimenté…

— C'est là qu'il est entré. Notre "outsider". Voilà ce que vous pensez.

— On devrait commencer par là, et si on repère des traces…

— Je comprends. Voilà qui ressemble à un plan. Bien joué. Vous êtes une sacrée détective, Holly. »

Elle le remercia en baissant les yeux et, du ton

timide d'une femme qui ne sait pas comment recevoir un compliment, elle répondit :

« C'est gentil.

— La gentillesse n'a rien à voir là-dedans. Vous
êtes plus douée que Betsy Riggins, et *beaucoup* plus
que ce bon à rien de Jack Hoskins. Il va bientôt
prendre sa retraite, et si ça ne tenait qu'à moi, je
vous donnerais son poste. »

Holly secoua la tête, mais elle souriait.

« Les détenus en cavale, les mauvais payeurs et
les animaux perdus, ça me suffit. Je n'ai plus envie
de participer à une enquête sur un meurtre. »

Ralph se leva.

« Il est temps de retourner dans votre chambre
et de dormir un peu. Si vous avez vu juste, une
journée à la John Wayne nous attend demain.

— Juste un instant. J'avais une autre raison de
venir vous voir. Vous devriez vous rasseoir. »

16

Même si elle était beaucoup plus forte que le
jour où elle avait eu la chance immense de rencontrer Bill Hodges, Holly n'avait pas l'habitude
de dire aux gens qu'ils devaient changer de comportement, qu'ils étaient totalement à côté de la
plaque. Plus jeune, elle avait été une petite souris
terrorisée qui envisageait parfois le suicide comme
le meilleur remède à sa terreur, au sentiment d'être
inadaptée et à une honte omniprésente. Ce qu'elle
ressentait avec le plus d'acuité le jour où Bill s'était

assis à côté d'elle derrière un salon funéraire où elle n'avait pas la force d'entrer, c'était l'impression d'avoir perdu quelque chose de vital – pas seulement un porte-monnaie ou une carte de crédit, mais la vie qu'elle aurait pu avoir si la situation avait été juste un peu différente, ou si Dieu avait jugé bon de mieux équilibrer la chimie de son organisme.

À mon avis, ça, tu l'as perdu, avait dit Bill, sans le dire vraiment. *Tiens, tu devrais le remettre dans ta poche.*

Aujourd'hui, Bill était mort, et était arrivé cet homme qui lui ressemblait sur de nombreux plans : l'intelligence, les bouffées de bonne humeur, et surtout l'obstination. Holly était certaine qu'il aurait plu à Bill : l'inspecteur Ralph Anderson estimait comme lui qu'il ne fallait jamais lâcher une affaire.

Mais il y avait des différences également, et pas uniquement le fait qu'il avait trente ans de moins que Bill quand celui-ci était mort. Que Ralph ait commis une terrible erreur en arrêtant Terry Maitland en public avant de saisir la véritable ampleur de cette affaire ne constituait qu'une de ces différences, et sans doute pas la plus importante, même si elle le hantait.

Seigneur, aidez-moi à lui dire ce que je dois lui dire car l'occasion ne se représentera pas. Et faites qu'il m'écoute. Je vous en supplie, faites qu'il m'écoute.

Elle se lança :

« Chaque fois que vous et les autres parlez de l'"outsider", c'est au conditionnel.

— Je ne suis pas sûr de comprendre.

— Je pense que si. Vous dites toujours *S'il* existe. *En supposant* qu'il existe. *En admettant* qu'il existe. »

Ralph resta silencieux.

« Je me fiche des autres, mais j'ai besoin que vous y croyiez, Ralph. J'ai besoin que vous y croyiez. Moi, j'y crois, mais ça ne suffit pas.

— Holly…

— Non, le coupa-t-elle sèchement. Non. Écoutez-moi. Je sais que c'est fou. Mais l'existence d'*El Cuco* est-elle plus inexplicable que certaines choses épouvantables qui se produisent dans le monde ? Je ne parle pas des catastrophes naturelles ni des accidents. Je parle des choses que certaines personnes font à d'autres. Ted Bundy n'était-il pas une version d'*El Cuco*, un individu qui avait un visage pour son entourage et un autre pour les femmes qu'il tuait ? La dernière vision de ses victimes, c'était ce visage, son visage intérieur, le visage d'*El Cuco*. Il en existe d'autres. Ils vivent parmi nous. Vous le savez. Ce sont des extraterrestres. Des monstres qui dépassent notre entendement. Pourtant, vous croyez à leur existence. Vous en avez arrêté, peut-être avez-vous assisté à leur exécution. »

Ralph ne dit rien, il réfléchissait.

« Laissez-moi vous poser une question, reprit Holly. Admettons que ce soit bien Terry Maitland qui ait tué cet enfant, qui lui ait arraché des morceaux de chair et lui ait enfoncé une branche dans le corps ? Serait-ce moins explicable que cette créature qui se cache peut-être dans cette grotte ? Pourriez-vous dire : "Je comprends le mal et les ténèbres qui se dissimulaient derrière le masque de cet entraîneur, de ce bon citoyen ? Je sais exactement ce qui l'a poussé à faire ça" ?

— Non. J'ai arrêté des hommes qui ont commis des actes affreux, et une femme qui a noyé son bébé dans la baignoire, et je n'ai jamais compris. D'ailleurs, la plupart du temps, eux-mêmes ne comprennent pas.

— Pas plus que je n'ai compris pourquoi Brady Hartsfield avait décidé de se suicider en plein concert et d'entraîner dans la mort un millier de gamins innocents avec lui. Je vous demande une chose très simple. Croyez en cette histoire. Ne serait-ce que vingt-quatre heures. Vous en êtes capable ?

— Vous réussirez à dormir si je réponds oui ? »

Holly hocha la tête, sans le quitter des yeux.

« Alors, j'y crois. Pendant les vingt-quatre prochaines heures, du moins. *El Cuco* existe. Qu'il se cache ou pas dans la grotte de Marysville, cela reste à déterminer, mais il existe. »

Holly souffla et se leva, les cheveux en bataille, sa veste de tailleur pendant d'un côté, son T-shirt sorti du pantalon. Ralph la trouvait à la fois adorable et affreusement fragile.

« Bien. Je vais me coucher. »

Il l'accompagna jusqu'à la porte. Alors qu'elle sortait de la chambre, il dit :

« L'univers est infini. »

Elle le regarda d'un air solennel.

« Exactement. Cette saloperie est sans fin. Bonne nuit, Ralph. »

LA GROTTE
DE MARYSVILLE

27 juillet

1

Jack se réveilla à quatre heures du matin.

Dehors, le vent soufflait, fort, et il avait mal partout. Pas uniquement dans la nuque, mais dans les bras, les jambes, le ventre, les fesses. Ça ressemblait à un énorme coup de soleil. Il repoussa les couvertures, s'assit au bord du lit et alluma la lampe de chevet, qui projeta une faible lumière cireuse. Il s'examina sans découvrir une seule trace sur sa peau. C'était à l'intérieur.

« Je ferai ce que vous voulez, dit-il au visiteur. Je les arrêterai, vous avez ma parole. »

Pas de réponse. Le visiteur ne voulait pas répondre, ou bien il n'était pas là. Pour le moment. Car il était venu. Là-bas, dans cette foutue grange. Un frôlement de la main, une chatouille, presque une caresse, mais cela avait suffi. Depuis, son corps était rempli de poison. Le poison du cancer. Et à cet instant, dans cette chambre de motel pourrie, en pleine nuit, Jack n'était plus certain que le visiteur puisse reprendre ce qu'il lui avait donné, mais avait-il le choix ? Il devait essayer. Et si ça ne marchait pas…

« Je me flinguerai ? » Cette idée lui fit du bien.

Sa mère n'avait pas eu cette option. Il répéta, avec davantage de détermination : « Je me flinguerai. »

Plus de gueules de bois. Plus de retours au bercail en respectant scrupuleusement les limitations de vitesse et les feux, de peur d'être arrêté car il savait que l'alcootest indiquerait au moins 1 gramme, peut-être même 1,2 gramme. Plus de coups de téléphone de son ex pour lui rappeler qu'il avait du retard, une fois de plus, dans le payement de la pension alimentaire. Comme s'il ne le savait pas. Que ferait-elle si les chèques cessaient d'arriver ? Elle serait obligée de travailler, elle verrait comment vit l'autre moitié. *Sniff, sniff.* Fini de passer ses journées à regarder des talk-shows à la télé. Quel dommage.

Il s'habilla et sortit. Il eut l'impression que le vent frais le transperçait. Quand il avait quitté Flint City, il faisait chaud, et il n'avait pas pensé à prendre une veste. Ni des vêtements de rechange. Ni même une brosse à dents.

Il entendait son emmerdeuse de femme lui dire : *Je te reconnais bien là, mon chéri. C'est tout toi. Toujours à la ramasse.*

Des voitures, des pick-up et quelques camping-cars s'alignaient le long du motel tels des chiots qui tètent. Jack emprunta le passage couvert afin de s'assurer que le SUV bleu marine des fouille-merde était toujours là. Oui. Couchés dans leurs lits, ils faisaient de beaux rêves exempts de douleur. Un court instant, il imagina qu'il entrait dans les chambres et qu'il les abattait l'un après l'autre. Une idée séduisante, mais ridicule. Il ignorait quelles chambres ils occupaient et il y en aurait forcément un – pas nécessairement le fouille-merde en chef – pour riposter. Après tout, on était au Texas, où les gens aimaient croire qu'ils vivaient encore à l'époque des cow-boys et des duels au pistolet.

Mieux valait aller les attendre à l'endroit indiqué par le visiteur. Là, il pourrait les abattre en étant quasiment sûr de ne pas être inquiété : il n'y avait personne à des kilomètres à la ronde. Et si le visiteur pouvait faire disparaître le poison une fois le travail effectué, tout se terminerait bien. Dans le cas contraire, Jack avalerait le canon de son Glock de service et presserait la détente. L'image de son ex-femme travaillant comme serveuse ou dans l'usine de gants locale durant les vingt prochaines années l'amusait, mais ce n'était pas ce qui le motivait le plus. Il ne finirait pas comme sa mère, dont la peau se déchirait au moindre geste. Voilà ce qui le motivait.

Il monta à bord de son pick-up en frissonnant et prit la direction de la grotte de Marysville. La lune, posée au ras de l'horizon, ressemblait à une pierre froide. Les frissons se transformèrent en tremblements, si violents que deux ou trois fois, les roues du véhicule franchirent la bande blanche pointillée. Pas de danger : les poids lourds empruntaient la Highway 190 ou la nationale. À cette heure indue, personne d'autre ne roulait sur la Rural Star.

Quand le moteur du Ram fut chaud, Jack mit le chauffage, à fond, et il se sentit mieux. La douleur dans la partie inférieure de son corps s'atténua. En revanche, sa nuque continuait à lui faire un mal de chien et lorsqu'il la frictionna, il retira sa main couverte de scories de peau morte. L'idée l'effleura que cette douleur provenait d'un authentique et banal coup de soleil, alors que tout le reste n'existait que dans sa tête. Psychosomatique, comme les migraines à la con de son emmerdeuse de femme. Une douleur psychosomatique pouvait-elle vous arracher à un sommeil profond ? Il l'ignorait, mais il savait que le visiteur caché derrière le rideau de douche était bien réel, et on n'avait pas envie de jouer au plus malin avec un type pareil. On avait intérêt à faire exactement ce qu'il vous demandait.

Sans oublier cet enfoiré de Ralph Anderson, qui ne le lâchait pas. M. Pas d'Avis qui l'avait obligé à interrompre son séjour de pêche parce qu'il avait été suspendu ! Putain de congé administratif. C'était à cause d'Anderson l'Enfoiré qu'il s'était rendu à Canning Township, au lieu de rester peinard dans sa petite cabane, à regarder des DVD et à boire des vodka-tonics.

Au moment où il bifurquait au niveau du panneau FERMÉ JUSQU'À NOUVEL ORDRE, une vision soudaine lui fit l'effet d'une décharge électrique. *Anderson l'Enfoiré l'avait peut-être envoyé là-bas exprès !* Il savait que le visiteur l'attendait, et ce qu'il allait faire. Ralphie voulait se débarrasser de lui depuis des années. C'était d'une logique imparable. La seule chose que n'avait pas prévue Ralphie, c'était qu'il se ferait doubler par le type aux tatouages.

Quant à l'issue de ce colossal merdier, Jack voyait trois options. Le visiteur réussissait à faire disparaître le poison qui circulait dans son organisme. Option numéro un. C'était un problème purement psychosomatique qui finirait par se régler tout seul. Option numéro deux. Ou bien c'était une maladie réelle et le visiteur ne pouvait rien y faire. Voilà pour l'option numéro trois.

Quelle que soit la bonne, M. Pas d'Avis appartiendrait bientôt au passé. Une promesse que Jack fit non pas au visiteur, mais à lui-même. Anderson allait disparaître, et les autres avec lui. Le grand ménage. Jack Hoskins, American Sniper.

Arrivé devant la billetterie, il contourna la chaîne. Le vent retomberait certainement quand le soleil se lèverait et la température recommencerait à grimper, mais pour l'instant, il soufflait toujours et soulevait des nuages de poussière. Tant mieux. Les fouille-merde ne risquaient pas de repérer ses traces. S'ils venaient jusqu'ici.

« S'ils ne viennent pas, vous pourrez quand même me guérir ? » demanda-t-il.

Il n'attendait pas de réponse, et pourtant, il entendit :

Oh, oui, sois tranquille.

Était-ce une vraie voix ou seulement la sienne ?

Quelle importance ?

2

Au volant de son pick-up, Jack passa devant les bungalows délabrés pour touristes, en se demandant qui pouvait avoir envie de claquer du fric pour loger à côté de ce qui n'était rien d'autre qu'un trou dans la terre. N'y avait-il pas des endroits plus intéressants ? Yosemite ? Le Grand Canyon ? Même La Plus Grande Boule de Ficelle au Monde valait mieux qu'un vulgaire trou dans un coin paumé et poussiéreux du Texas.

Il se gara à côté du hangar comme lors de sa précédente visite, prit la lampe torche dans la boîte à gants et alla chercher la Winchester et une boîte de munitions dans la caisse à l'arrière. Après avoir fourré les cartouches dans ses poches, il s'engagea sur le chemin, puis fit demi-tour et pointa le faisceau de la lampe sur une des fenêtres poussiéreuses de la porte à enroulement du hangar. En songeant qu'il pourrait peut-être dénicher un truc utile. Non. Mais ce qu'il vit lui arracha un sourire : une petite voiture compacte, une Honda ou une Toyota, couverte de poussière elle aussi. Un autocollant sur la vitre arrière proclamait : MON FILS A OBTENU SON DIPLÔME AVEC MENTION AU LYCÉE DE FLINT CITY. Poison ou pas, les talents d'enquêteur de Jack, rudimentaires, restaient intacts. Son visiteur se cachait ici ; il était venu de Flint City à bord de cette voiture volée.

Il se sentait mieux déjà, et il avait faim, pour la première fois depuis que cette main tatouée était apparue derrière le rideau de la douche. Il regagna son pick-up et fourragea dans la boîte à gants. Il finit par exhumer un paquet de crackers au beurre de cacahuètes et un demi-rouleau de pastilles à la menthe Tums. Pas exactement un petit-déjeuner de champion, mais c'était mieux que rien.

Il attaqua l'ascension du chemin, en mâchonnant un des crackers et en tenant la carabine dans sa main gauche. Il aurait pu la porter à l'épaule, mais il craignait que la sangle frotte contre sa nuque et la fasse saigner. Ses poches, alourdies par les cartouches, se balançaient et cognaient contre ses jambes.

Il s'arrêta devant le panneau décoloré de l'Indien (le vieux chef Bison Futé affirmant que Carolyn Allen suçait sa queue de Peau-Rouge), frappé par une pensée soudaine. Quiconque empruntait la route menant aux bungalows verrait son Ram garé à côté du hangar et se demanderait ce qu'il faisait là. Il envisagea de rebrousser chemin pour le déplacer, puis décida qu'il s'inquiétait sans raison. Si les fouille-merde venaient, ils stationneraient près de l'entrée principale. Et dès qu'ils descendraient de leur SUV pour examiner les environs, il ouvrirait le feu de son perchoir, et il en buterait deux ou trois avant qu'ils aient eu le temps de dire ouf. Les autres détaleraient comme des poulets en plein orage. Il les abattrait avant qu'ils puissent se mettre à couvert. Inutile de se soucier de ce qu'ils verraient ou pas en atteignant les bungalows car M. Pas d'Avis n'irait pas plus loin que le parking.

3

Le chemin qui menait au sommet de la falaise était traître dans l'obscurité, même avec l'aide d'une lampe, et Jack prit tout son temps. Pas question de tomber et de se casser quelque chose, il avait déjà suffisamment de problèmes. Lorsqu'il atteignit enfin son poste d'observation, l'aube commençait à poindre dans le ciel. Il braqua sa lampe sur la fourche qu'il avait laissée à cet endroit la veille. Au moment où il allait la ramasser, il eut un mouvement de recul. Il espérait qu'il ne s'agissait pas d'un mauvais présage pour le déroulement de cette journée, mais il y avait là une ironie que, même dans son état, il était capable d'apprécier.

Il avait pris cette fourche pour se protéger des serpents, et voilà qu'il y en avait un couché à côté, et en partie dessus. Un serpent à sonnette précisément, et pas un petit : un véritable monstre. Pas question de lui tirer dessus : la balle risquait de seulement le blesser, auquel cas cette saloperie l'attaquerait à coup sûr, et il n'était chaussé que de baskets, n'ayant pas pensé à acheter des bottes à Tippit. Sans parler des dégâts qu'un possible ricochet pouvait provoquer.

Tenant sa carabine par l'extrémité de la crosse, il avança le canon le plus loin possible, très lentement. Il le glissa sous le corps du serpent endormi et l'envoya valdinguer par-dessus son épaule, sans lui laisser le temps de filer. L'horrible saloperie retomba sur le chemin, à six ou sept mètres en arrière. Roulé en boule, le serpent commença à émettre un bruit évoquant une calebasse séchée remplie de perles que l'on agite. Jack ramassa prestement la fourche, avança d'un pas, et repoussa le crotale, qui se faufila et disparut dans une crevasse entre deux rochers.

« Oui, c'est ça, dit Jack. Tire-toi et ne reviens pas. C'est chez moi, ici. »

Il s'allongea à plat ventre sur le sol et colla son œil à la lunette de la carabine. Il vit le parking aux bandes jaunes fantomatiques, la boutique de souvenirs délabrée, l'entrée de la grotte condamnée par des planches, et le panneau fixé au-dessus, délavé, mais encore lisible : BIENVENUE À LA GROTTE DE MARYSVILLE.

Il n'y avait plus qu'à attendre.

4

On ne fera rien avant neuf heures, avait dit Ralph, mais dès huit heures quinze, ils étaient réunis à la cafétéria de l'Indian Motel. Ralph, Howie et Alec commandèrent un steak et des œufs. Holly opta pour une omelette de trois œufs avec des frites panées, et Ralph se réjouit de la voir tout manger. Une fois de plus, elle portait sa veste de tailleur par-dessus son T-shirt et son jean.

« Il va faire chaud aujourd'hui, lui dit-il.

— Oui, je sais, et elle est toute froissée, mais elle a de grandes poches pour mettre tout mon bazar. Je vais prendre mon fourre-tout également, mais je le laisserai dans la voiture si on doit crapahuter. » Elle se pencha en avant pour ajouter tout bas : « Dans ce genre d'hôtel, les femmes de chambre volent parfois. »

Howie plaqua sa main sur sa bouche, pour étouffer un renvoi peut-être, ou masquer un sourire.

5

Ils se rendirent chez les Bolton, où ils trouvèrent Yunel et Claude en train de boire un café, installés sur les marches de la terrasse. Lovie, assise dans son fauteuil roulant, arrachait les mauvaises herbes du petit jardin, sa bouteille d'oxygène sur les genoux, une cigarette au bec, un grand chapeau de paille vissé sur la tête.

« Tout s'est bien passé cette nuit ? demanda Ralph.

— Impec, répondit Yunel. Le vent faisait un peu de bruit derrière la maison, mais après avoir trouvé le sommeil, j'ai dormi comme un bébé.

— Et vous, Claude ? Tout va bien ?

— Si vous voulez savoir si j'ai eu l'impression que quelqu'un rôdait dans les parages, non. Maman non plus.

— Il y a peut-être une explication, dit Alec. La police de Tippit a reçu un appel hier soir pour leur signaler une tentative d'intrusion. L'occupant de la maison a entendu un bruit de verre brisé, il a pris son fusil et fait fuir le type. Il a déclaré que l'intrus avait des cheveux noirs, un bouc et plein de tatouages. »

Claude était scandalisé.

« Je suis pas sorti de ma chambre !

— Nous n'en doutons pas, dit Ralph. Il s'agit peut-être du type qu'on cherche. On va faire un saut à Tippit pour vérifier. S'il a fichu le camp, comme on le suppose, on reprendra l'avion pour Flint City et on avisera ensuite.

— Même si je ne vois pas ce qu'on peut faire de plus, ajouta Howie. S'il ne traîne pas dans les parages et s'il n'est pas à Tippit, il peut se trouver n'importe où.

— Vous n'avez pas d'autres pistes ? demanda Claude.

— Aucune », dit Alec.

Lovie fit rouler son fauteuil jusqu'à eux.

« Si vous décidez de rentrer chez vous, arrêtez-vous ici sur le chemin de l'aéroport. Je vous ferai des sandwiches avec les restes de poulet. Si ça vous embête pas d'en manger deux jours de suite.

— Entendu, dit Howie. Merci à tous les deux.

— C'est moi qui devrais vous remercier », dit Claude.

Il leur serra la main à tous et sa mère écarta les bras pour étreindre Holly. Celle-ci, un peu surprise, se laissa faire.

« Revenez, lui murmura Lovie à l'oreille.

— Promis », répondit Holly en espérant qu'elle pourrait tenir sa promesse.

6

Howie conduisait, Ralph était assis à l'avant, les trois autres à l'arrière. Le soleil s'était levé et la journée promettait d'être encore chaude.

« Je me demande comment les flics de Tippit ont fait pour vous contacter, dit Yunel. Je croyais que personne dans la police ne savait qu'on était ici.

— Personne ne le sait, répondit Alec. Si cet "outsider" existe vraiment, on ne voulait pas que les Bolton se méfient en nous voyant partir dans la mauvaise direction. »

Ralph n'avait pas besoin de savoir lire dans les pensées pour deviner ce qu'il y avait dans la tête de Holly à cet instant : *Chaque fois que les autres et vous parlez de lui, c'est au conditionnel.*

Ralph pivota sur son siège.

« Écoutez-moi, dit-il. Fini les "si" et les "peut-être". Aujourd'hui, "l'outsider" *existe*. Aujourd'hui, il peut pénétrer dans l'esprit de Claude Bolton à sa guise et, sauf information contraire, il se trouve à la grotte de Marysville. Plus de suppositions, uniquement des convictions. Vous en êtes capables ? »

Personne ne répondit tout d'abord. Puis Howie dit :

« Je suis avocat, mon gars. Je peux croire n'importe quoi. »

7

Ils atteignirent le grand panneau publicitaire montrant la famille ébahie munie de lampes à pétrole. Howie roula lentement sur la voie d'accès lézardée, évitant de son mieux les nids-de-poule. La température, qui était de douze degrés quand ils s'étaient mis en route, dépassait maintenant les vingt degrés et allait continuer à grimper.

« Vous voyez ce tertre, là-bas ? dit Holly, doigt

pointé. L'entrée de la grotte principale se trouve au pied. Du moins, jusqu'à ce qu'ils la bouchent. Commençons par là. Si l'"outsider" a tenté d'emprunter ce passage, il a peut-être laissé des traces.

— Ça me va, répondit Yunel en regardant autour de lui. La vache, c'est paumé par ici.

— La disparition de ces enfants et des sauveteurs a été une tragédie pour les familles, expliqua Holly. Et un désastre pour Marysville. La grotte était l'unique employeur de la ville. Quand elle a fermé, beaucoup d'habitants sont partis. »

Howie freina.

« Là, ça devait être la billetterie. Et j'aperçois une chaîne en travers de la route.

— Contournez-la, dit Yunel. Ça fera faire de l'exercice aux suspensions. »

Howie s'exécuta. À bord du SUV, ses passagers attachés sautèrent sur leurs sièges.

« Mes amis, nous pénétrons officiellement sur une propriété privée. »

Un coyote jaillit des fourrés à leur approche et détala, suivi de près par son ombre élancée. Ralph aperçut des restes d'empreintes de pneus érodées par le vent et en déduisit que les jeunes du coin – il devait quand même en rester quelques-uns – venaient ici avec leurs quads. Mais il se concentrait surtout sur la paroi rocheuse qui se dressait devant eux : site de ce qui avait été l'unique attraction touristique de cette ville. Sa *raison d'être*[1], pour employer des grands mots.

---

1. En français dans le texte.

« On est tous armés. N'est-ce pas ? » demanda Yunel.

Les hommes répondirent par l'affirmative. Holly Gibney ne dit rien.

8

Du haut de son perchoir, Jack les vit approcher bien avant qu'ils atteignent l'immense parking. Il examina sa carabine : chargée, une balle dans la chambre. Il avait posé une pierre plate au bord du précipice. Allongé de tout son long, il appuya le canon dessus. L'œil collé à la lunette, il pointa la mire sur le pare-brise, du côté passager. Un reflet l'aveugla. Il grimaça, recula la tête, se frotta l'œil jusqu'à ce que les taches flottantes s'estompent. Il regarda de nouveau à travers la lunette.

Allez, les encouragea-t-il. *Arrêtez-vous au milieu du parking. Ce serait parfait. Arrêtez-vous là et descendez.*

Au lieu de cela, le SUV traversa le parking en diagonale et s'arrêta devant l'entrée condamnée de la grotte. Toutes les portières s'ouvrirent et cinq personnes descendirent : quatre hommes et une femme. Cinq petits fouille-merde, alignés, superbes. Malheureusement, les conditions n'étaient pas bonnes. Le soleil maintenait l'entrée de la grotte dans l'ombre. Jack aurait pu tenter sa chance quand même – la lunette Leupold était une merveille –, mais le SUV masquait trois personnes sur cinq maintenant, dont M. Pas d'Avis.

La joue de Jack reposait contre la crosse de la carabine, son pouls était régulier et lent dans sa poitrine et sa gorge. Il ne sentait plus les pulsations brûlantes dans son cou ; il ne pensait plus qu'à une chose, à ce groupe de fouille-merde rassemblé sous le panneau BIENVENUE À LA GROTTE DE MARYSVILLE.

« Avancez un peu, chuchota-t-il. Faites le tour. Vous savez bien que vous en avez envie. »

Il attendit.

9

L'entrée voûtée de la grotte était obstruée par deux douzaines de planches de bois, fixées par des boulons rouillés sur un bouchon de ciment derrière. Avec ce double barrage contre les intrus, pas besoin de panneau ENTRÉE INTERDITE, mais il y en avait quand même deux. Ainsi que quelques tags à moitié effacés ; œuvres sans doute, supposa Ralph, de ces mêmes gamins qui venaient ici avec leurs quads.

« L'un de vous a l'impression que quelqu'un a cherché à forcer l'entrée ? demanda Yunel.

— Non, répondit Alec. Je ne comprends pas pourquoi ils se sont donné la peine d'ajouter ces planches. Il faudrait une bonne quantité de dynamite pour faire un trou dans ce bloc de ciment.

— Ce qui achèverait sans doute le travail du tremblement de terre », ajouta Howie.

Holly se retourna et tendit le doigt par-dessus le capot du SUV.

« Vous voyez cette route là-bas, au-delà du magasin de souvenirs ? Elle mène à l'entrée Ahiga. Les touristes n'avaient pas le droit d'emprunter ce passage, mais on y trouve un grand nombre de pictogrammes intéressants.

— Et comment vous savez tout ça ?

— Le plan qu'ils distribuaient aux visiteurs est toujours en ligne. *Tout* est en ligne de nos jours.

— On appelle ça faire des recherches, *amigo*, railla Ralph. Vous devriez essayer. »

Ils remontèrent à bord du SUV, Holly derrière le chauffeur, Ralph à l'avant. Howie redémarra lentement.

« Cette route m'a l'air pourrie, commenta-t-il.

— Ça devrait passer, l'assura Holly. Il y a des bungalows pour touristes sur l'autre versant. D'après les articles parus dans la presse, la seconde équipe de secours les a utilisés comme QG. Et un tas de journalistes et de proches inquiets ont afflué, je suppose, dès que la nouvelle s'est répandue.

— Sans parler d'une autre espèce très répandue : les badauds, dit Yunel. Ils ont sûrement…

— Arrêtez-vous, Howie », dit Alec.

Ils avaient parcouru un peu plus de la moitié du parking, le nez écrasé du SUV pointait vers la route menant aux bungalows. Et *a priori* vers la porte de derrière de la grotte.

L'avocat freina.

« Qu'y a-t-il ?

— Peut-être qu'on se complique la tâche inutilement. La créature n'est pas forcément dans la grotte. Là-bas à Canning Township, elle se cachait dans une grange.

— Et alors ?

— Alors, on devrait aller jeter un coup d'œil à la boutique de souvenirs. Pour voir s'il n'y a pas des traces d'effraction.

— Je m'en charge », déclara Yunel.

Howie ouvrit sa portière.

« Pourquoi ne pas y aller tous ensemble ? »

10

Les fouille-merde quittèrent l'entrée condamnée et regagnèrent leur SUV. Le type râblé et dégarni le contourna par-devant pour s'installer au volant. Offrant une ligne de tir dégagée à Jack. Il cala la mire sur le visage du type, inspira à fond, retint son souffle et pressa la détente. Elle résista. Pendant un moment d'effroi, il crut que la Winchester avait un problème, avant de s'apercevoir qu'il n'avait pas ôté la sécurité. Quel imbécile ! Il tenta d'y remédier sans décoller son œil de la lunette. Son pouce, gras de transpiration, glissa sur le levier, et le temps qu'il parvienne à libérer le mécanisme, le type était assis au volant et il claquait sa portière. Les autres étaient tous remontés à bord également.

« Merde ! murmura Jack. Merde, merde, *merde* ! »

Envahi par une panique grandissante, il regarda le SUV traverser le parking en direction de la route de service qui le ferait sortir de sa ligne de mire. Arrivés au sommet de la première colline, ils découvriraient les bungalows, le hangar, puis son pick-up garé à côté. Ralph saurait-il à qui il appartenait ? Oui, évidemment. Sans doute grâce aux décalcomanies de poissons sur les côtés, ou à l'autocollant sur le pare-chocs arrière : EN VOYAGE DE NOCES AVEC VOTRE MÈRE.

Tu ne dois pas les laisser emprunter cette route.

Une fois de plus, Jack ne savait pas s'il entendait la voix du visiteur ou la sienne, et il s'en fichait : c'était la voix de la raison. Il devait arrêter le SUV, et deux ou trois cartouches à forte puissance dans le moteur feraient l'affaire. Ensuite, il pourrait se mettre à canarder à travers le pare-brise. Sans doute qu'il ne les atteindrait pas tous, à cause des reflets du soleil, mais les survivants se répandraient sur le parking désert, blessés peut-être, hébétés à coup sûr.

Son doigt se referma sur la détente de nouveau, mais avant qu'il puisse ouvrir le feu, le SUV s'arrêta à proximité de la boutique de souvenirs abandonnée et de son enseigne déglinguée. Les portières s'ouvrirent.

« Merci, Seigneur », murmura Jack. L'œil collé à la lunette, il attendit que M. Pas d'Avis apparaisse. Ils devaient tous mourir, mais honneur au chef des fouille-merde.

712

11

Le crotale émergea de la crevasse dans laquelle il avait trouvé refuge. Il rampa vers les pieds écartés de Jack, s'arrêta, darda sa langue pour goûter l'air qui se réchauffait, puis se remit à onduler sur le sol. Il n'avait pas l'intention d'attaquer, il était mû par la simple curiosité, mais quand Jack tira la première cartouche, il dressa sa queue et la fit vibrer. Outre sa brosse à dents, Jack avait oublié d'acheter des bouchons d'oreille ou du coton et, assourdi par la détonation, il ne l'entendit pas.

12

Howie fut le premier à descendre du SUV. Les mains sur les hanches, il contempla l'enseigne tombée à terre qui annonçait : souvenirs et authentique artisanat indien. Alec et Yunel descendirent de la banquette arrière, côté conducteur. Ralph quitta sa place à l'avant pour ouvrir la portière à Holly qui se débattait avec la poignée. À cet instant, un objet posé sur la chaussée lézardée attira son regard.

« Merde, alors, dit-il. Regardez ça !

— C'est quoi ? demanda Holly, au moment où Ralph se penchait.

— On dirait une pointe de flè… »

Un coup de feu retentit : le claquement de fouet presque liquide d'un fusil de forte puissance. Ralph sentit passer le projectile, ce qui voulait dire qu'il avait loupé le haut de son crâne de trois ou quatre centimètres seulement. Le rétroviseur du SUV, côté passager, fut pulvérisé et arraché ; il tomba sur l'asphalte et s'y répandit en une succession de flashs éclatants.

« On nous tire dessus ! » cria-t-il en agrippant Holly par les épaules pour l'obliger à s'agenouiller. « On nous tire dessus ! »

Howie regarda autour de lui, à la fois surpris et perplexe.

« Hein ? Qu'est-ce que vous… »

Le deuxième coup de feu retentit et le sommet du crâne de l'avocat disparut. L'espace d'un instant, il demeura immobile ; le sang ruisselait sur son visage. Puis il s'écroula. Alec se précipita sur lui et le troisième coup de feu éclata, projetant le détective contre le capot du SUV. Le sang jaillit à travers sa chemise, au-dessus de la ceinture. Yunel fonça vers lui. Il y eut un quatrième tir. Ralph vit le projectile arracher une partie du cou d'Alec, avant que celui-ci s'effondre derrière le véhicule.

« Couchez-vous ! cria Ralph à Yunel. Couchez-vous ! Il est là-haut, sur ce tertre ! »

Le lieutenant se laissa tomber à genoux et rampa sur le sol. Trois autres tirs s'enchaînèrent. Un des pneus du SUV se mit à siffler. Le pare-brise, étoilé et blanchâtre, s'affaissa autour du point d'impact, au-dessus du volant. Le troisième projectile transperça l'aile arrière, côté conducteur, et ressortit en laissant un trou de la grosseur d'une balle de tennis du côté passager, tout près de l'endroit où Ralph et Yunel, accroupis, encadraient Holly. Après une pause, la fusillade reprit : quatre coups de feu cette fois-ci. Le pare-brise arrière explosa, dans une gerbe d'éclats de verre Securit. Un autre trou irrégulier apparut sur la plage arrière.

« On ne peut pas rester ici », déclara Holly, qui semblait parfaitement calme. « Même s'il ne nous atteint pas, il risque de tirer dans le réservoir.

— Elle a raison, dit Yunel. Et pour Howie et Alec… Il reste une chance à votre avis ?

— Non, répondit Ralph. Ils… »

Nouveau claquement de fouet liquide, qui les fit sursauter. Un autre pneu se mit à siffler.

« Ils sont morts, dit Ralph. Il faut foncer jusqu'à cette boutique de souvenirs. Passez devant tous les deux. Je vous couvre.

— Non, moi je vous couvre, dit Yunel. Vous deux, vous courez. »

Un grand cri leur parvint du haut du tertre. De douleur ou de rage, Ralph n'aurait su le dire.

Yunel se leva, jambes écartées, tenant son pistolet à deux mains, et ouvrit le feu, par intermittence, en direction du tireur embusqué.

« Foncez ! cria-t-il. Maintenant ! Allez-y ! »

Ralph se redressa. Holly l'imita, tout près de lui. Comme le jour de l'assassinat de Terry Maitland, il avait l'impression d'être conscient de tout. Il tenait Holly par la taille. Un oiseau tournoyait dans le ciel, ailes déployées. Les pneus sifflaient. Le SUV penchait du côté conducteur. Au sommet du tertre, il voyait danser et tressauter un éclat lumineux provenant sans doute de la lunette de visée de ce fils de pute. Il ne savait pas pourquoi elle s'agitait comme ça, et il s'en foutait. Un deuxième cri retentit, puis un troisième, un hurlement strident. Holly saisit Yunel par le bras et l'entraîna d'un geste brusque. Il la regarda d'un air ahuri, comme un homme que l'on arrache brutalement à un rêve, et Ralph devina qu'il avait été prêt à mourir. Il s'attendait à mourir. Tous trois sprintèrent en direction de la boutique de souvenirs, et même si elle se trouvait à une soixantaine de mètres seulement du SUV mortellement blessé, ils donnaient l'impression de courir au ralenti : un trio d'amis à la fin d'une stupide comédie romantique. Mais dans ces films, personne ne passait en courant devant les corps mutilés de deux hommes qui vivaient encore quatre-vingt-dix secondes plus tôt. Dans ces films, personne ne marchait dans une flaque de sang frais et ne laissait d'empreintes écarlates dans son sillage. Un autre coup de feu éclata, et Yunel brailla :

« Je suis touché ! Ce salopard m'a touché ! »

Il s'effondra.

<h1 style="text-align:center">13</h1>

Jack rechargeait, ses oreilles tintaient, lorsque le crotale décida qu'il en avait assez de cet intrus sur son territoire. Il le mordit en haut du mollet droit. Ses crocs traversèrent sans peine le pantalon de toile. Les glandes à venin étaient pleines. Jack roula sur le côté en levant la carabine dans sa main droite et hurla – pas de douleur, encore embryonnaire – en voyant le reptile remonter le long de sa jambe, agiter sa langue fourchue, en le fixant avec intensité de ses petits yeux noirs. La sensation de ce corps rampant était horrible. Le crotale frappa de nouveau, à la cuisse, et reprit son ascension sinueuse, en continuant à faire vibrer sa queue. La prochaine fois, il risquait de le mordre aux couilles.

« *Lâche-moi !* LÂCHE-MOI, BORDEL DE MERDE ! »

Inutile d'essayer de le chasser avec la carabine, il était trop agile. Alors, Jack lâcha la Winchester et saisit le reptile à deux mains. Celui-ci visa le poignet droit, et s'il loupa sa cible la première fois, il parvint à y planter ses crocs à la deuxième tentative, laissant dans la peau des trous gros comme deux points sur un gros titre en première page. Ses glandes à venin étaient presque vides. Jack l'ignorait et s'en fichait. Il tordit le corps du crotale comme on essore un torchon et vit la peau se déchirer. Tout en bas, quelqu'un tirait des coups de feu, avec un pistolet à en juger par les détonations, mais les balles passaient loin de lui. Jack lança le serpent, il le regarda rebondir contre les rochers, puis filer de nouveau.

Débarrasse-toi d'eux, Jack.

« Oui, d'accord, OK. »

Parlait-il à voix haute ou pensait-il ? Impossible à dire. Dans ses oreilles, le tintement était devenu un bourdonnement aigu, comme un fil de fer que l'on faisait vibrer en tapant dessus.

Il récupéra la carabine, roula sur le ventre, posa

de nouveau le canon sur la pierre plate et regarda à travers la lunette. Les trois survivants se précipitaient vers la boutique de souvenirs pour se mettre à l'abri. La femme courait entre les deux hommes. Il essaya de fixer la mire sur Anderson, mais ses mains – dont une avait été mordue plusieurs fois – tremblaient et, finalement, le type à la peau olivâtre apparut dans son viseur. Jack dut s'y reprendre à deux fois, mais il fit mouche. Le type leva un bras au-dessus de la tête à la manière d'un joueur de baseball qui s'apprête à lancer un boulet de canon, puis il bascula sur le côté. Ses compagnons s'arrêtèrent pour l'aider. C'était l'occasion rêvée, la dernière sans doute. S'il ne les abattait pas maintenant, ils se cacheraient derrière la boutique.

La douleur montait de son mollet, là où avait eu lieu la première morsure, et il le sentait enfler. Mais ce n'était pas le pire. Le plus affreux, c'était la chaleur qui se répandait maintenant comme une fièvre subite. Ou un coup de soleil attrapé en Enfer. Il tira de nouveau et crut tout d'abord avoir atteint la femme, mais elle n'avait fait que tressaillir. Elle attrapa le type basané par le bras, celui qui n'était pas blessé, et Anderson le prit par la taille pour le soulever. Jack pressa la détente encore une fois, n'obtenant qu'un claquement sec. *Clic.* Il farfouilla dans sa poche pour prendre des cartouches, il en introduisit deux dans la carabine et laissa tomber les autres. Ses mains s'engourdissaient. La jambe mordue également. Il avait l'impression que sa langue enflait dans sa bouche. Il hurla de nouveau, de frustration. Le temps qu'il colle son œil à la lunette, ils avaient disparu. Il put juste entrevoir leurs ombres, avant qu'elles disparaissent elles aussi.

14

Soutenu par Holly d'un côté et par Ralph de l'autre, Yunel réussit à atteindre l'arrière de la boutique de souvenirs, où il s'effondra, adossé au mur, le souffle court. Il avait le teint cireux, la sueur perlait sur son front. La manche gauche de sa chemise était rouge de sang jusqu'au poignet.

Il grogna.

« Putain, ça fait un mal de chien ! »

L'homme posté sur le tertre tira de nouveau. La balle ricocha contre l'asphalte en sifflant.

« Laissez-moi voir ça », dit Ralph.

Il déboutonna le poignet de la chemise et, malgré ses précautions pour relever la manche, Yunel poussa un cri de douleur et un rictus dévoila ses dents. Holly avait sorti son téléphone.

La blessure, une fois dévoilée, ne semblait pas aussi grave que l'avait craint Ralph. La balle avait sans doute juste effleuré le bras. Dans un film, Yunel serait reparti au combat, mais ils étaient dans la vraie vie, et dans la vraie vie, c'était différent. Le projectile de fort calibre avait causé suffisamment de dégâts pour endommager le coude. Autour, la chair avait commencé à enfler et à virer au violet, comme si on l'avait frappée à coups de bâton.

« Dites-moi que mon coude est simplement déboîté, supplia Yunel.

— Hélas, je pense qu'il est cassé, avoua Ralph. Mais vous avez quand même de la chance. Un peu plus et la balle vous arrachait l'avant-bras. Je ne sais pas avec quoi il tire, mais c'est du lourd.

— J'ai l'épaule luxée en tout cas, c'est sûr. Je l'ai senti quand mon bras a été projeté en arrière. Ah, putain ! Qu'est-ce qu'on va faire, *amigo* ? On est coincés.

— Holly ? demanda Ralph. Ça donne quoi ?

— J'avais quatre barres de réseau chez les Bolton, mais pas une seule ici. "Lâche-moi", c'est bien ça qu'il a crié ? Vous l'avez en… »

L'homme tira de nouveau. Le corps d'Alec Pelley sursauta, puis demeura immobile.

« *Je t'aurai, Anderson !* » Ces paroles descendirent du sommet. « *Je t'aurai Ralphie ! Je vous aurai tous !* »

Yunel regarda Ralph, surpris.

« On s'est plantés, dit Holly. L'"outsider" avait bien un Renfield, finalement. Et celui-ci vous connaît, Ralph. C'est réciproque ? »

Ralph secoua la tête. L'homme criait à tue-tête, dans un long hurlement sauvage, et il y avait de l'écho. Ça pouvait être n'importe qui.

Yunel observa sa blessure. L'hémorragie avait presque cessé, mais pas le gonflement. Bientôt l'articulation du coude aurait disparu.

« Ça fait encore plus mal que quand on m'a arraché mes dents de sagesse. Dites-moi que vous avez un plan, Ralph. »

Celui-ci courut vers le coin opposé de la construction en bois, plaça ses mains en porte-voix et cria : « La police va arriver, connard ! Ils vont pas s'emmerder à te demander de te rendre, ils vont te flinguer comme un chien enragé ! Si tu veux rester en vie, fous le camp ! »

Il y eut un silence, puis un autre hurlement. De douleur ou de rire, ou les deux. Suivi de deux nouveaux coups de feu. Un des projectiles s'enfonça dans la cabane juste au-dessus de la tête de Ralph, arrachant une planche et faisant jaillir une gerbe d'esquilles.

Ralph recula et regarda les deux autres survivants assiégés.

« Ça ressemble à un refus.

— Il a l'air hystérique, dit Holly.

— Complètement cinglé, oui », dit Yunel. Il appuya sa tête contre le mur. « Bon sang, il fait chaud sur le bitume. Et à midi, ce sera pire. *Muy caliente*. Si on est encore là, on va cuire. »

Holly demanda :

« Vous tirez de la main droite, lieutenant Sablo ?

— Oui. Et puisqu'on est cloués ici par un dingue armé d'une carabine, vous pouvez m'appeler Yunel, comme *el jefe*.

— Prenez la place de Ralph là-bas, tout au bout du bâtiment, et vous, Ralph, venez ici avec moi. Dès que le lieutenant Sablo se met à tirer, on fonce vers la route qui conduit aux bungalows et à l'entrée Ahiga. Selon mon estimation, on restera à découvert pendant cinquante mètres au maximum. On peut parcourir cette distance en quinze secondes. Douze peut-être.

— Douze secondes, ça lui laisse le temps de buter l'un de nous deux, Holly.

— Je pense qu'on peut y arriver. »

Toujours aussi glaciale que le souffle d'un ventilateur qui passe sur un bol de glaçons. Impressionnant. Pourtant, deux jours plus tôt, quand elle avait débarqué au cabinet de Howie, elle était si nerveuse qu'un éternuement aurait suffi à la faire sauter au plafond.

Elle a déjà connu ce genre de situation, pensa Ralph. Et c'est peut-être dans ces moments-là que la vraie Holly Gibney se révèle.

Nouveau coup de feu, suivi par un bruit métallique. Puis un autre.

« Il vise le réservoir du SUV, dit Yunel. L'agence de location ne va pas être contente.

— Il faut agir, Ralph. » Holly le regardait droit dans les yeux, encore une chose qui lui posait problème avant, mais plus maintenant. Non, plus maintenant. « Pensez à tous les Frank Peterson qu'il va assassiner si on le laisse filer. Les enfants le suivront en croyant le connaître. Ou parce qu'il a l'air sympathique, comme il a dû paraître sympathique aux filles Howard. Je ne parle pas de l'individu posté là-haut, mais de celui qu'il protège. »

Trois nouveaux coups de feu claquèrent, presque simultanément. Ralph vit apparaître des trous dans l'aile arrière du SUV. En effet, le tireur visait le réservoir.

« Et que fera-t-on si M. Renfield descend nous rendre visite ? demanda Ralph.

— Peut-être qu'il va rester là-haut, sur son perchoir. Il nous suffit d'atteindre le chemin qui conduit à l'entrée Ahiga. S'il descend avant qu'on y arrive, vous pourrez l'abattre.

— Avec plaisir, s'il ne m'abat pas avant.

— Je pense qu'il a un problème, dit Holly. Ces hurlements… »

Yunel acquiesça.

« Oui, j'ai entendu moi aussi. "Lâche-moi !" »

Le projectile suivant perça le réservoir du SUV et l'essence se répandit sur l'asphalte. La déflagration redoutée ne se produisit pas immédiatement, mais si le type là-haut atteignait de nouveau le réservoir, le SUV allait certainement exploser.

« OK », dit Ralph. La seule option de rechange, c'était de rester accroupis là, à attendre que le complice de l'« outsider » se mette à canarder la boutique avec des balles à très haute vitesse en espérant les liquider. « Yunel ? Couvrez-nous de votre mieux. »

Celui-ci se faufila vers le coin du bâtiment, en soufflant de douleur à chaque mouvement. De la main droite, il plaquait son Glock contre sa poitrine. Holly et Ralph se dirigèrent vers le coin opposé. Ralph apercevait la route de service qui menait au tertre et aux bungalows. Deux gros rochers la flanquaient. Sur l'un d'eux était peint un drapeau américain, et sur l'autre, le drapeau du Texas, avec son unique étoile.

Une fois derrière le drapeau américain, nous devrions être à l'abri.

C'était sans doute vrai, mais jamais cinquante mètres n'avaient autant ressemblé à cinq cents mètres. Il pensa à Jeannie en train de faire son yoga chez eux, ou les courses. Il pensa à Derek en colo, dans la salle de travaux manuels peut-être, avec ses nouveaux amis, parlant de séries télé, de jeux vidéo ou de filles. Il eut même le temps de se demander à quoi pensait Holly.

À lui, apparemment.

« Vous êtes prêt ? »

Avant qu'il puisse répondre, le tireur ouvrit le feu de nouveau et cette fois, le réservoir du SUV explosa dans une boule de feu orangée. Yunel jaillit de derrière la boutique en mitraillant le sommet du tertre.

Holly s'élança ventre à terre. Ralph la suivit.

15

En voyant le SUV se transformer en boule de feu, Jack poussa un cri de triomphe ; sans aucune raison, car il n'y avait personne à l'intérieur. Soudain, un mouvement attira son regard et il vit deux des fouille-merde courir vers la route de service. La femme fonçait en tête, suivie d'Anderson. Jack pointa sa carabine sur eux et regarda à travers la lunette. Avant qu'il puisse presser la détente, il perçut le *zzzzz* d'un projectile venant vers lui. Des éclats de rocher le frappèrent à l'épaule. Le type qu'ils avaient laissé derrière eux lui tirait dessus, et même si son arme de poing, quelle qu'elle soit, ne lui permettait pas de viser avec précision à cette distance, la dernière balle était passée un peu trop près à son goût. Il baissa la tête et quand son menton appuya contre son cou, il sentit les glandes présentes à cet endroit se gonfler et palpiter, comme si elles regorgeaient de pus. Il avait mal à la tête, sa peau le démangeait et ses yeux semblaient trop gros pour leurs orbites.

Il regarda à travers la lunette, juste à temps pour voir Anderson disparaître derrière un des gros rochers. Il les avait perdus ! Et ce n'était pas tout. Une fumée noire s'échappait du SUV en feu et il n'y avait plus le moindre souffle de vent pour la chasser. Et si quelqu'un alertait les pompiers, ou le groupe de volontaires qui en tenait lieu dans ce trou paumé ?

Descends.

Inutile de se demander à qui appartenait cette voix maintenant.

Tu dois les arrêter avant qu'ils atteignent le chemin d'Ahiga.

Jack ignorait ce qu'était un Ahiga, mais il savait parfaitement ce dont parlait le visiteur dans sa tête : le chemin indiqué par le chef Wahoo. Il tressaillit quand une balle tirée par le connard d'en bas arracha des éclats de pierre à un affleurement rocheux tout proche. Il fit le premier pas pour entamer la descente et tomba. Pendant un instant, la douleur oblitéra toute réflexion. Puis il saisit un buisson qui dépassait entre deux rochers et se releva. Il se regarda, incapable tout d'abord d'en croire ses yeux. La jambe mordue par le serpent paraissait deux fois plus grosse que l'autre. Le tissu de son pantalon était tendu à craquer. Pire : son entre-jambe formait une bosse, comme s'il y avait glissé un coussin.

Descends, Jack. Rattrape-les et je ferai disparaître le cancer.

Oh, d'accord, mais il avait d'autres préoccupations plus urgentes, non ? Il enflait comme une éponge gorgée d'eau.

Et le venin aussi. Je peux te soigner.

Jack n'était pas certain de pouvoir faire confiance au Tatoué, mais il comprenait qu'il n'avait pas le choix. Et puis, il y avait Anderson. Il ne fallait pas que M. Pas d'Avis s'en sorte. Tout ça, c'était à cause de lui, il n'en réchapperait pas.

Il descendit le chemin en traînant les pieds, tenant la Winchester par le canon pour s'en servir de canne. La deuxième chute se produisit lorsque des pierres roulèrent sous son pied gauche et que sa jambe droite, enflée et brûlante, ne put compenser cette perte d'équilibre. Lorsqu'il tomba une troisième fois, son pantalon se déchira, laissant voir la chair violacée, presque noire et nécrosée. En s'accrochant aux rochers, il parvint à se relever de nouveau, le visage ruisselant de sueur. Il allait sûrement mourir sur ce bloc de pierre et de mauvaises herbes, perdu au milieu de nulle part, mais pas question de mourir seul.

16

Ralph et Holly gravirent en courant la route de l'éperon rocheux, pliés en deux, la tête rentrée dans les épaules. Arrivés au sommet de la première colline, ils s'arrêtèrent pour reprendre leur souffle. Plus bas, sur la gauche, ils apercevaient le cercle des bungalows délabrés. Sur la droite, un bâtiment tout en longueur avait sans doute servi autrefois à stocker du matériel et des denrées, quand la grotte de Marysville était une attraction florissante. Un pick-up stationnait à côté. Le regard de Ralph glissa dessus, se figea et revint en arrière.

« Nom de Dieu.

— Quoi ? *Quoi ?*

— Pas étonnant que ce type me connaisse. C'est le pick-up de Jack Hoskins.

— Hoskins ? Votre collègue de la police de Flint City ?

— Lui-même.

— Pourquoi est-ce qu'il… » Holly secoua la tête, si fort que cela fit danser sa frange. « Peu importe. Il a cessé de tirer, ça veut sûrement dire qu'il descend. Fichons le camp !

— Yunel l'a peut-être eu », dit Ralph. Voyant le regard sceptique de Holly, il ajouta : « Oui, bon. »

Ils passèrent en courant devant le hangar. Au-delà, un autre chemin gravissait le tertre par-derrière.

« Je passe devant, déclara Ralph. Je suis armé. »

Holly ne protesta pas.

Ils attaquèrent le chemin sinueux au trot. Des

éboulis roulaient et crissaient sous leurs pieds, menaçant de les faire chuter à chaque pas. Au bout de deux ou trois minutes d'ascension, Ralph entendit des pierres s'entrechoquer et rebondir quelque part au-dessus d'eux. Hoskins venait à leur rencontre, en effet.

Ils contournèrent une saillie rocheuse. Ralph pointait son Glock devant lui, Holly avançait légèrement en retrait, sur le côté. Le chemin se poursuivait par une ligne droite d'une quinzaine de mètres. Hoskins faisait de plus en plus de bruit en descendant, mais le labyrinthe de pierres empêchait de le localiser.

« Où est ce foutu passage qui conduit à l'entrée de derrière ? demanda Ralph. Hoskins se rapproche. J'ai la désagréable impression de jouer à celui qui se dégonflera en premier, comme dans ce film avec James Dean.

— Oui, *La Fureur de vivre*. Je ne sais pas, mais il ne doit pas être très loin.

— Si on tombe sur lui avant d'arriver à couvert, il va y avoir une fusillade. Et des ricochets. Alors, à la seconde même où vous le voyez, je veux que vous vous jetiez... »

Holly le poussa dans le dos.

« Si on le prend de vitesse, il n'y aura pas de fusillade et je ne serai pas obligée de me jeter à terre. Foncez ! »

Ralph gravit à toutes jambes la portion rectiligne, en se disant qu'il avait trouvé un second souffle. C'était faux, mais il fallait rester positif. Holly courait derrière lui, et elle lui tapotait l'épaule, pour l'inciter à aller plus vite ou le rassurer en lui montrant qu'elle était toujours là. Ils atteignirent le prochain virage. Ralph s'attendait à se retrouver face au canon du fusil de Hoskins. Au lieu de cela, ce qu'il découvrit, ce fut un grand panneau en bois orné du portrait, à moitié effacé, du chef Ahiga.

« Venez ! s'écria-t-il. Vite. »

Ils foncèrent vers le panneau. Ralph entendait maintenant la respiration haletante du tireur qui s'approchait. Presque des sanglots. Il y eut un raclement de pierres, suivi d'un cri de douleur. Comme si Hoskins était tombé.

Tant mieux ! Reste à terre !

Mais les bruits de pierres qui roulent et s'entrechoquent reprirent. Tout près. De plus en plus près. Ralph attrapa Holly et la poussa sur le chemin d'Ahiga. La sueur coulait sur son visage fin et pâle. Ses lèvres étaient pincées et ses mains enfouies dans les poches de sa veste de tailleur, maintenant couverte de poussière et maculée de sang.

Ralph posa son index sur sa bouche. Elle hocha la tête. Il se glissa derrière le panneau. La chaleur sèche du Texas avait contracté légèrement les planches de bois, permettant à Ralph de regarder à travers un interstice. Il vit Hoskins avancer en titubant. Il pensa tout d'abord que, grâce à un tir chanceux, Yunel avait réussi à l'atteindre d'une balle, mais cela n'expliquait pas le pantalon déchiré et la jambe droite gonflée de manière grotesque. *Pas étonnant qu'il soit tombé*, songea Ralph. C'était déjà miraculeux qu'il ait réussi à descendre cette pente raide. Il avait encore la carabine avec laquelle il avait tué Gold et Pelley, mais il s'en servait de canne, et ses doigts étaient loin de la détente. D'ailleurs, Ralph doutait fort que Hoskins soit encore capable d'atteindre une cible quelconque, même à bout portant. Vu la façon dont ses mains tremblaient. Ses yeux étaient injectés de sang et enfoncés dans leurs orbites. La poussière avait transformé son visage en masque de kabuki, mais là où la sueur avait creusé des sillons, la peau était rouge, comme sous l'effet d'une terrible éruption cutanée.

Ralph sortit de derrière le panneau en tenant son Glock à deux mains.

« Ne bouge plus, Jack. Et lâche cette carabine. »

Jack glissa et s'arrêta en titubant à une dizaine de mètres de là. Sans lâcher la carabine qu'il tenait par le canon. Ralph décida de ne pas s'en soucier. Au moindre geste suspect, Hoskins était un homme mort.

« Tu n'as rien à faire ici, Ralphie ! lança Jack. Comme disait mon grand-père : tu es idiot de naissance ou c'est venu plus tard ?

— Je n'ai aucune envie d'écouter tes conneries. Tu as tué deux hommes et tu en as blessé un autre. Tu nous as tendu une embuscade.

— Ils n'auraient jamais dû venir ici eux non plus. Ils n'ont eu que ce qu'ils méritaient, pour s'être mêlés de ce qui les regardait pas.

— À savoir, monsieur Hoskins ? » demanda Holly.

Les lèvres de Jack se fendirent d'un sourire, laissant couler quelques gouttes de sang.

« Le Tatoué. Mais je pense que vous le savez, sale petite fouineuse.

— Bon, maintenant que tu as vidé ton sac, dit Ralph, pose cette arme. Tu as causé assez de dégâts avec. Lâche-la simplement. Si tu te penches, tu vas tomber. C'est un serpent qui t'a mordu ?

— Le serpent, c'était juste un petit plus. Fiche le camp, Ralphie. Fichez le camp tous les deux. Sinon, il va vous empoisonner, comme il m'a empoisonné. À bon entendeur, salut. »

Holly avança d'un pas.

« Comment vous a-t-il empoisonné ? »

Ralph posa la main sur son bras pour la mettre en garde.

« Il m'a touché, c'est tout. Dans le cou. Ça a suffi. » Il secoua la tête, étonné et épuisé. « Là-bas, dans cette grange à Canning Township. » Il haussa une voix tremblante d'indignation : « Où *tu* m'as envoyé ! »

Ralph secoua la tête.

« Sûrement un ordre du chef, Jack. Je n'étais pas au courant. Je ne le répéterai pas : lâche cette carabine. Tu n'en as plus besoin. »

Jack réfléchit... ou fit mine de réfléchir. Très lentement, il leva la carabine, faisant glisser ses mains sur le canon, l'une après l'autre, vers le pontet.

« Je mourrai pas comme ma mère. Non, monsieur. D'abord, je vais tuer ta copine, puis ce sera ton tour, Ralphie. Sauf si tu m'en empêches.

— Ne fais pas ça, Jack. Dernier avertissement.

— Ton avertissement, tu peux te le… »

Il essaya de pointer sa carabine sur Holly. Qui ne bougea pas. Ralph vint se placer devant elle et tira. Trois fois. Trois détonations assourdissantes dans ce décor. Une balle pour Howie, une pour Alec et une pour Yunel. La distance était un peu longue pour un pistolet, mais le Glock était une arme efficace et Ralph avait toujours été bon au tir. Jack Hoskins s'écroula. Ralph crut discerner du soulagement sur le visage du mourant.

17

Ralph s'assit sur un rocher en saillie en face du panneau, le souffle court. Holly s'approcha de Hoskins, s'agenouilla et le fit rouler sur le ventre. Elle l'examina rapidement, puis revint vers Ralph.

« Il a été mordu plusieurs fois.

— Sûrement un crotale, et un gros.

— Il a été empoisonné par autre chose avant. Quelque chose de pire que du venin de serpent. Il l'a appelé le Tatoué, nous l'appelons l'"outsider". *El Cuco.* Il faut en finir. »

Ralph pensa à Howie et à Alec, morts, allongés de l'autre côté de ce bloc de pierre posé au milieu de nulle part. Ils avaient de la famille. Et Yunel… vivant, mais blessé. Rongé par la douleur, sans doute en état de choc maintenant. Lui aussi avait une famille.

« Oui, vous avez sans doute raison. Vous voulez mon pistolet ? Je prendrai son fusil. »

Holly fit non de la tête.

« OK. Allons-y. »

18

Après le premier virage, le chemin d'Ahiga s'élargissait et descendait. Il y avait des pictogrammes de chaque côté. Certains de ces très vieux dessins avaient été ornés de tags, ou entièrement recouverts.

« Il nous attend, dit Holly.

— Je sais. On aurait dû prendre une torche. »

Holly glissa la main dans une de ses poches volumineuses et déformées, celle qui faisait pendre sa veste d'un côté, et en sortit une des lampes UV compactes achetées chez Home Depot.

« Vous êtes incroyable, dit Ralph. Vous n'auriez pas deux casques par hasard, dans vos poches ?

— Sans vouloir vous vexer, votre humour est un peu faiblard, Ralph. Vous devriez le travailler. »

À la sortie du virage suivant, ils tombèrent sur une cavité naturelle dans la roche, à un peu plus d'un mètre du sol. Au-dessus, tracés à la peinture noire, à moitié effacés, on pouvait lire ces mots : NOUS N'OUBLIERONS JAMAIS. À l'intérieur de cette niche de pierre se trouvait un vase poussiéreux d'où dépassaient des tiges de fleurs ressemblant à des doigts de squelette. Les pétales qui ornaient jadis ces tiges avaient disparu depuis longtemps, mais autre chose demeurait. Autour du vase étaient éparpillées une demi-douzaine de figurines du chef Ahiga identiques à celle perdue par les jumeaux Jamieson lorsqu'ils avaient pénétré en rampant dans les entrailles de la terre, pour ne jamais en ressortir. Elles étaient jaunies par le temps, et le soleil avait craquelé le plastique.

« Des gens sont venus ici, dit Holly. Des gamins, je dirais, à en juger par les tags. Mais ils n'ont jamais vandalisé cette installation.

— Ils n'ont même pas osé y toucher, apparemment. Venez. Yunel nous attend de l'autre côté, avec une balle dans le corps et le bras cassé.

— Oui, et je suis sûre qu'il souffre le martyre, mais nous devons être prudents. Ce qui veut dire avancer lentement. »

Ralph lui prit le bras.

« Si ce type nous tue tous les deux, Yunel se retrouvera seul. Peut-être que vous devriez retourner auprès de lui. »

Elle montra le ciel, dans lequel s'élevait la fumée noire du SUV en feu.

« Quelqu'un viendra forcément. Et s'il nous arrive quelque chose, Yunel sera le seul à savoir pourquoi. »

Elle repoussa la main de Ralph et attaqua l'ascension du chemin. Ralph jeta un dernier regard à ce modeste autel, inviolé durant toutes ces années, puis il la suivit.

19

Juste au moment où Ralph pensait que le chemin d'Ahiga allait les ramener derrière la boutique
de souvenirs, celui-ci bifurqua très nettement vers
la gauche, effectuant presque un demi-tour sur
lui-même pour s'achever devant ce qui ressemblait, de toute évidence, à une cabane de jardin de
banlieusard. Mais la peinture verte était écaillée
et décolorée, et la porte sans fenêtre entrouverte.
Elle était encadrée de panneaux d'avertissement. Leur revêtement en plastique s'était opaci-
fié avec le temps, mais ils demeuraient lisibles :
ENTRÉE STRICTEMENT INTERDITE à gauche et ACCÈS
CONDAMNÉ PAR DÉCISION DU CONSEIL MUNICIPAL
DE MARYSVILLE à droite.

Ralph s'approcha de la porte, Glock au poing.
Il fit signe à Holly de se plaquer contre la paroi
rocheuse qui bordait le chemin et ouvrit la porte
à la volée, genoux pliés, son arme pointée devant
lui. De l'autre côté se trouvait une sorte de vestibule, vide, à l'exception d'un amoncellement de
planches qui condamnaient autrefois une crevasse
d'un mètre de large, ouverte sur les ténèbres. Les
extrémités des planches arrachées demeuraient
fixées à la paroi par d'énormes boulons rouillés.

« Regardez ça, Ralph. C'est intéressant. »

Tenant la porte et penchée en avant, elle exami-
nait la serrure, qui avait été sauvagement détruite.
Pour Ralph, ça ne ressemblait pas à l'œuvre d'un
pied-de-biche ou d'un démonte-pneu ; il avait plu-

tôt l'impression qu'on l'avait frappée à coups de pierre jusqu'à ce qu'elle cède.

« Quoi donc, Holly ?

— C'est une porte à sens unique. Verrouillée seulement si vous êtes au-dehors. Quelqu'un espérait que les jumeaux Jamieson, ou des membres de la première équipe de secours, étaient toujours en vie. Et si jamais ils parvenaient jusqu'ici, cette personne voulait s'assurer qu'ils ne resteraient pas enfermés à l'intérieur.

— Mais ils ne sont jamais venus.

— Non. » Elle franchit le seuil pour s'approcher de la crevasse dans la roche. « Vous sentez cette odeur ? »

Ralph la sentait, oui, et il savait qu'ils se trouvaient à l'entrée d'un autre monde. Il percevait les effluves d'humidité et de renfermé, et autre chose : le parfum entêtant et douceâtre de la chair en décomposition. Diffus, mais présent. Il repensa à ce melon d'autrefois, et aux asticots qui grouillaient à l'intérieur.

Ils s'enfoncèrent dans l'obscurité. Ralph était grand, mais l'ouverture plus grande encore, et il n'eut pas besoin de baisser la tête. Holly alluma sa lampe et la braqua tout d'abord sur une galerie qui plongeait dans la roche, puis sur le sol à leurs pieds. Ils découvrirent alors une série de gouttelettes fluorescentes qui disparaissaient dans les ténèbres. Holly ne fit pas à Ralph l'affront de souligner que c'était la même substance qu'avait révélée dans son salon la lumière noire improvisée.

Durant les vingt premiers mètres, ils purent

avancer de front. Puis la galerie rétrécit et Holly lui tendit la lampe. Ralph la tint dans la main gauche, son arme dans la main droite. D'étranges veines minérales, rouges, lavande ou jaune verdâtre faisaient scintiller les parois. Par moments, il braquait le faisceau lumineux au plafond pour s'assurer qu'*El Cuco* ne rampait pas au milieu des stalactites brisées. Il avait lu quelque part que les grottes maintenaient une température plus ou moins équivalente à la température moyenne de la région dans laquelle elles se trouvaient, pourtant l'atmosphère ambiante paraissait fraîche, comparée au dehors, et évidemment, tous deux étaient encore enveloppés de sueurs froides. Un courant d'air montant des profondeurs leur soufflait au visage cette odeur diffuse de pourriture.

Ralph s'arrêta brusquement et Holly lui rentra dedans, le faisant sursauter.

« Quoi ? » murmura-t-elle.

En guise de réponse, il pointa la lampe sur une faille dans la roche, à gauche. Juste à côté, quelqu'un avait peint ces deux mots à la bombe : VÉRIFIÉ et R.A.S.

Ils continuèrent à avancer, lentement, lentement. Ralph ignorait ce qu'éprouvait Holly, mais pour sa part, il ressentait une angoisse grandissante, la conviction de plus en plus forte qu'il ne reverrait jamais sa femme ni son fils. Ni la lumière du jour. C'était incroyable la rapidité avec laquelle la lumière du jour vous manquait. S'ils ressortaient d'ici, il avait l'impression qu'il pourrait s'abreuver de lumière comme on boit à une source.

Holly murmura :

« C'est un endroit épouvantable, non ?

— Oui. Vous devriez faire demi-tour. »

Une petite tape dans son dos fut l'unique réponse de Holly.

Ils franchirent plusieurs ouvertures dans la galerie descendante, toutes marquées de ces deux mots. Depuis combien de temps étaient-ils là ? Si Claude Bolton était adolescent à l'époque, cela faisait au moins quinze ans, peut-être vingt. Et qui s'était aventuré jusqu'ici depuis, à part l'outsider évidemment ? Personne, sans doute. Pour quoi faire ? Holly avait raison : c'était effroyable. À chaque pas, il avait de plus en plus l'impression d'être dans la peau d'un homme enterré vivant. Il s'obligea à se représenter la clairière de Figgis Park. Et Frank Peterson. Une branche couverte d'empreintes sanglantes, là où l'écorce avait cédé sous les assauts répétés. Terry Maitland lui demandant comment il allait faire pour soulager sa conscience. Alors qu'il agonisait.

Il continua à avancer.

Soudain, la galerie devint encore plus étroite, non pas parce que les parois s'étaient rapprochées, mais à cause des amas de gravats des deux côtés. En levant la lampe au-dessus de sa tête, Ralph découvrit une profonde cavité dans la voûte rocheuse. Il songea au trou laissé par une dent arrachée.

« Holly... c'est ici que la galerie s'est écroulée. La seconde équipe de secours a certainement déblayé les plus grosses pierres. Tout ça... »

Il promena le faisceau sur les amas de gravats,

faisant apparaître deux autres taches qui irradiaient cette même lueur spectrale.

« … Ils se sont contentés de le pousser sur le côté, acheva Holly.

— Oui. »

Ils se remirent en marche, d'abord à petits pas. Ralph, large d'épaules, devait avancer de biais. Il rendit la lampe à Holly et leva à la hauteur de son visage la main qui tenait le pistolet.

« Braquez la lumière sous mon bras. Droit devant. Pas de surprise.

— OK.

— Vous avez froid, on dirait.

— J'*ai* froid. Mais taisez-vous maintenant. Il pourrait nous entendre.

— Et alors ? Il sait qu'on va venir. Vous pensez qu'une balle le tuera, hein ? Vous…

— *Stop, Ralph, stop ! Vous allez marcher dessus !* »

Il s'arrêta net, le cœur battant. Holly pointa le faisceau lumineux au-delà de ses pieds. Le corps d'un chien ou d'un coyote gisait en travers du dernier amas de pierres avant que le passage s'élargisse de nouveau. Un coyote plus probablement, mais impossible d'être affirmatif car la tête de l'animal avait disparu. Le ventre avait été ouvert et les viscères retirés.

« Voilà ce qui sentait », commenta Holly.

Ralph enjamba prudemment le cadavre. Trois mètres plus loin, il s'arrêta de nouveau. Il s'agissait bien d'un coyote : la tête était là. Elle semblait les regarder avec un étonnement excessif, et tout d'abord, il ne comprit pas pourquoi.

Holly fut un peu plus rapide.

« Il n'a plus d'yeux, dit-elle. Manger les viscères ne lui a pas suffi. Il a dévoré les yeux de cette pauvre créature, en les arrachant à leurs orbites. *Ooooh.*

— Donc, l'outsider ne se nourrit pas uniquement de chair et de sang humains... Ni de tristesse. »

Holly dit tout bas :

« Grâce à nous – surtout grâce à vous et au lieutenant Sablo –, il a été très actif durant ce qui est habituellement sa période d'hibernation. Et on l'a privé de sa nourriture préférée. Il doit être affamé.

— Et affaibli, avez-vous dit.

— Espérons-le, dit Holly. Tout ceci est extrêmement effrayant. Je déteste les endroits clos.

— Vous pouvez toujours... »

Elle lui donna une autre tape dans le dos.

« Continuez à avancer. Et attention où vous mettez les pieds. »

20

La piste des gouttes lumineuses se poursuivait. Ralph en était venu à les considérer comme la sueur de la créature. Des sueurs froides comme la sienne et celle de Holly ? Il l'espérait. Il espérait que ce salopard avait été terrorisé et qu'il l'était encore.

Ils virent d'autres ouvertures dans la roche, mais

plus de messages tracés à la peinture : ce n'étaient que des fissures, trop étroites pour laisser passer même un enfant. Dans un sens ou dans l'autre. Holly pouvait de nouveau marcher à côté de lui, mais ils n'avaient pas beaucoup de place. Il entendait de l'eau goutter quelque part, loin, et sentit soudain un autre courant d'air, sur sa joue gauche cette fois. Une caresse, avec des doigts de fantôme. Le souffle provenait d'une de ces crevasses et produisait une sorte de gémissement creux, presque sifflant, comme lorsqu'on souffle dans le goulot d'une bouteille de bière. Un endroit effroyable, en effet. Il avait du mal à croire que des gens avaient payé pour explorer cette crypte, mais évidemment, ils ne savaient pas ce qu'il savait et croyait maintenant. Étonnant comme se retrouver dans les entrailles de la terre vous aidait à croire à ce qui, jusque-là, vous avait paru non seulement impossible, mais ridicule.

« Attention, dit Holly, il y en a d'autres. »

Cette fois, c'étaient deux rongeurs qui avaient été déchiquetés. À quelques pas de là, il ne restait plus d'un crotale que des losanges sur des lambeaux de peau.

Ils arrivèrent au sommet d'une descente abrupte, aussi lisse qu'une piste de danse. Ralph songea qu'elle avait sans doute été créée par une très ancienne rivière souterraine, qui coulait du temps des dinosaures, et s'était asséchée avant que Jésus arpente cette terre. Un côté était équipé d'une rampe en acier constellée de rouille. Holly y promena le faisceau de sa lampe et ils découvrirent non pas des gouttelettes luminescentes, mais des empreintes de paumes et de doigts. Des empreintes qui correspondaient à celles de Claude Bolton, Ralph en était convaincu.

« Prudent, ce fils de pute, hein ? Il ne voulait pas risquer de glisser. »

Holly hocha la tête.

« Je pense qu'il s'agit du passage que Lovie appelait le Toboggan du Diable. Attention où… »

Quelque part derrière eux, en contrebas, une brève rafale de pierres fut suivie d'un bruit sourd, à peine perceptible, qui vibra dans leurs pieds. Ralph se souvint alors que même la glace pouvait bouger parfois. Holly le regarda, les yeux écarquillés.

« Je crois qu'on ne risque rien, dit-il. Cette vieille grotte parle toute seule depuis longtemps.

— Oui, mais je parie que la conversation est plus animée depuis le tremblement de terre dont nous a parlé Lovie. En 2007.

— Vous pouvez toujours…

— Ne recommencez pas. Je veux aller jusqu'au bout. »

Ralph n'en doutait pas.

Ils descendirent la pente en se tenant à la rampe, tout en prenant soin d'éviter les traces de celui qui les avait précédés. En bas, une pancarte indiquait :

BIENVENUE AU TOBOGGAN DU DIABLE
SOYEZ PRUDENTS UTILISEZ LA RAMPE

Au-delà du toboggan, le passage s'élargissait encore. Il y avait une autre entrée voûtée, mais une partie du revêtement en bois était tombée, laissant apparaître ce que la nature avait laissé : une gueule déchiquetée.

Holly plaça ses mains en porte-voix et murmura : « Hello ? »

Sa voix leur revint, parfaitement audible, en une succession d'échos qui se chevauchaient. *Hello... ello... ello...*

« C'est bien ce que je pensais, dit-elle. C'est la Chambre du Son. La grande grotte dont Lovie... »

« Hello. »

Ello... lo... lo...

Un mot prononcé tout bas, mais suffisant pour faire taire Holly. Elle agrippa le bras de Ralph, d'une main semblable à une serre.

« Maintenant que vous êtes ici... »

Vous êtes... êtes... ici... ci...

« ... et que vous vous êtes donné tant de mal pour me retrouver, entrez donc. »

21

Ils franchirent l'entrée voûtée côte à côte ; Holly agrippant le bras de Ralph telle une future mariée dévorée par le trac. Elle tenait la lampe, lui le Glock, et il avait l'intention de s'en servir à la seconde même où il verrait sa cible. Une seule balle. Mais il n'y avait pas de cible, pas encore.

Au-delà de l'arche, une avancée de pierre formait une sorte de balcon à vingt mètres au-dessus du sol de la grotte principale. On y accédait par un escalier métallique en colimaçon. Holly leva les yeux et fut prise de vertige. L'escalier s'élevait encore sur une trentaine de mètres au-delà, passant devant une ouverture qui était sans doute autrefois l'entrée principale, jusqu'à la voûte où pendaient les stalactites. Elle s'aperçut que la totalité de la falaise était creuse, comme un faux gâteau dans une pâtisserie. Pour descendre, l'escalier semblait fiable. Au-dessus d'eux, en revanche, il s'était détaché des boulons, gros comme des poings, qui le reliaient à la paroi et il se balançait au-dessus du vide.

En bas, éclairée par un lampadaire que l'on aurait pu trouver dans n'importe quel salon correctement meublé, la créature les attendait. Le fil du lampadaire serpentait jusqu'à une boîte rouge qui émettait un faible bourdonnement et portait la mention HONDA sur le côté. À la périphérie du cercle de lumière se trouvait un lit de camp, au fond duquel une couverture était tire-bouchonnée.

Ralph avait rattrapé de nombreux fugitifs dans sa carrière, et la créature qu'ils étaient venus chercher jusqu'ici aurait pu être n'importe lequel d'entre eux : yeux enfoncés, trop maigre, au bout du rouleau. Il portait un jean, un gilet en cuir sur une chemise blanche sale et des bottes de cow-boy élimées. Il ne semblait pas armé. Il levait vers eux le visage de Claude Bolton : les cheveux noirs, les pommettes saillantes qui suggéraient des ancêtres amérindiens, le bouc. D'où il se trouvait, Ralph ne voyait pas les tatouages sur les doigts, mais il savait qu'ils étaient là.

Le Tatoué, l'avait appelé Hoskins.

« Si vous avez vraiment l'intention de me parler, vous allez devoir courir le risque de prendre l'escalier. Il tient bon, mais je vais être franc avec vous, il n'est pas très stable. »

Ses paroles, bien que prononcées sur le ton de la conversation, se chevauchaient, se répétaient, une ou deux fois, comme s'il n'y avait pas un seul être, mais plusieurs, toute une cabale cachée dans les ténèbres et les crevasses que la lumière de cette unique lampe ne pouvait atteindre.

Holly avança vers l'escalier. Ralph la retint.

« Moi d'abord.

— Je suis plus légère.

— Moi d'abord. Quand j'arriverai en bas… si j'y arrive… allez-y. » Il parlait tout bas, mais devinez quoi, compte tenu de l'acoustique des lieux, la créature entendait chaque mot. *Du moins, je l'espère*, pensa Ralph. « Mais arrêtez-vous une dizaine de marches avant la fin. Il faut que je lui parle. »

Il la regardait en disant ces mots, avec intensité. Holly jeta un bref coup d'œil au Glock, auquel il répondit par un hochement de tête à peine perceptible. Pas de bavardages, pas de séances de questions-réponses sans fin. Terminé tout ça. Une balle dans la tête et ils foutaient le camp d'ici. Enfin, si le toit ne leur tombait pas dessus.

« Très bien, dit Holly. Soyez prudent. »

Promesse impossible à tenir – soit le vieil escalier en colimaçon tiendrait, soit il ne tiendrait pas. Ralph essaya malgré tout de s'imaginer plus léger qu'il n'était.

L'escalier se mit à gémir, à tanguer et à trembloter.

« Tout va bien pour l'instant, commenta l'outsider. Descendez le long du mur, c'est peut-être plus sûr… »

Plus sûr… sûr… sûr…

Ralph arriva en bas. L'outsider, immobile, se tenait à côté du lampadaire incongru. L'avait-il acheté – comme le groupe électrogène et le lit de camp – au magasin Home Depot de Tippit ? Sans doute, songea Ralph. Apparemment, c'était l'endroit le plus couru dans ce coin paumé du Texas. Mais aucune importance. Ralph entendit l'escalier branler et grincer derrière lui : Holly descendait à son tour.

Maintenant qu'il se trouvait au même niveau que la créature, il l'observait avec une curiosité presque scientifique. Malgré son apparence humaine, elle était difficile à appréhender. C'était comme regarder une image en louchant. Vous saviez ce que vous regardiez, mais tout était un peu déformé, faussé. C'était bien le visage de Claude Bolton, toutefois le menton, au lieu d'être rond, était carré et légèrement fendu. La mâchoire, plus longue du côté droit que du côté gauche, conférait à l'ensemble du visage un aspect bancal proche du grotesque. Les cheveux ressemblaient à ceux de Claude, brillants et d'un noir de jais, mais parsemés de mèches plus claires, d'un brun-roux. Le plus frappant, cependant, c'étaient les yeux. Si l'un était marron, comme ceux de Claude, l'autre était bleu.

Ralph reconnaissait ce menton fendu, la mâchoire allongée, les cheveux brun-roux. Et surtout, l'œil bleu. Il l'avait vu s'éteindre il y a peu, au moment où Terry Maitland était mort dans la rue par une chaude matinée de juillet.

« Vous continuez à vous transformer, hein ? Même si la projection que ma femme a vue ressemblait à Claude, votre être véritable n'a pas encore trouvé sa place. Pas vrai ? L'opération n'est pas totalement terminée. »

Ralph décida que ces mots seraient les derniers qu'entendrait l'outsider. Les protestations de l'escalier avaient cessé, signe que Holly s'était arrêtée, suffisamment haut pour rester à l'abri. Il leva le canon de son Glock, en immobilisant son poignet droit avec sa main gauche.

L'outsider mit les bras en croix pour offrir son corps.

« Tuez-moi si vous voulez, inspecteur, mais vous mourrez aussi, vous et votre amie. Je n'ai pas accès à vos pensées, contrairement à celles de Claude, mais je devine parfaitement ce que vous avez en tête. Vous vous dites qu'un seul coup de feu, ce n'est pas un si gros risque. Je me trompe ? »

Ralph ne répondit pas.

« Non, je suis sûr d'avoir raison, et je peux vous dire que ce serait un *très gros* risque. » Il se mit à crier : « JE M'APPELLE CLAUDE BOLTON ! »

L'écho amplifia sa voix. Holly laissa échapper un petit cri de surprise lorsqu'un morceau de stalactite, peut-être déjà fendue, se détacha de la voûte, tout là-haut, et tomba tel un poignard de pierre. Il s'écrasa sur le sol largement au-delà du faible halo de lumière, mais Ralph comprit le message.

« Puisque vous en savez suffisamment pour m'avoir retrouvé, vous savez peut-être également ceci, reprit l'autre en baissant les bras, mais au cas où vous l'ignoreriez, deux enfants se sont perdus dans ces grottes, sous celle-ci, et quand une équipe de secours a tenté de les retrouver…

— Quelqu'un a tiré un coup de feu et provoqué la chute d'un morceau du plafond, dit Holly, dans l'escalier. Oui, on est au courant.

— Ça s'est passé dans le Toboggan du Diable, où la détonation a sans doute été assourdie. » Sourire. « Qui sait ce qui arrivera si l'inspecteur Anderson ouvre le feu ici ? Quelques grosses stalactites vont certainement se détacher. Mais vous avez une chance d'en réchapper. Évidemment, vous risquez aussi d'être écrasés. Et puis, il se peut que toute la voûte s'écroule, auquel cas nous serons tous les trois ensevelis sous les décombres. Vous voulez courir le risque, inspecteur ? Je suis sûr que vous en aviez l'intention en descendant l'escalier, mais permettez-moi de vous dire que les probabilités ne sont pas en votre faveur. »

L'escalier grinça brièvement : Holly avait descendu une marche de plus. Deux peut-être.

Restez en retrait, pensa Ralph, mais il n'avait aucun moyen de l'y contraindre. Cette femme n'en faisait qu'à sa tête.

« Nous savons également pourquoi vous êtes ici, dit-elle. L'oncle et les cousins de Claude s'y trouvent aussi. Sous les éboulis.

748

— En effet. » Son sourire s'élargit encore. Cette dent en or, c'était celle de Claude. Comme les lettres tatouées sur les doigts. « Avec beaucoup d'autres, y compris les deux enfants qu'ils espéraient sauver. Je les sens sous terre. Certains sont proches. Roger Bolton et ses fils sont là-bas, à moins de dix mètres sous le Ventre du Serpent. » Il pointa le doigt dans la direction de la grotte. « C'est eux que je sens le mieux. Pas uniquement à cause de leur proximité, mais parce que bientôt, nous serons du même sang.

— Cependant, ils ne sont pas comestibles », dit Ralph.

Il regardait le lit de camp. Juste à côté, sur le sol de pierre, près d'une glacière en polystyrène, il distinguait un amas d'os et de peau.

« Non, évidemment, répondit l'outsider d'un ton où perçait un certain agacement. Mais leurs dépouilles émettent une lueur. Une sorte de... je ne sais pas comment dire, je ne parle pas de ces choses-là en temps normal... une sorte d'émanation. Même ces stupides gamins émettent cette lueur, plus faiblement. Ils sont enterrés beaucoup plus profondément. On pourrait dire qu'ils sont morts en explorant des zones inconnues de la grotte de Marysville. »

Son sourire réapparut, et cette fois il dévoila presque toutes ses dents, pas uniquement celle en or. Ralph se demanda s'il souriait ainsi au moment d'assassiner Frank Peterson, de manger sa chair et de boire sa souffrance en même temps que son sang.

« Une lueur semblable à une veilleuse ? » demanda Holly.

L'escalier gémit de nouveau lorsqu'elle descendit encore une marche – ou deux. Ralph aurait voulu lui crier de remonter, de sortir de là pour retrouver le soleil brûlant du Texas.

L'outsider se contenta de hausser les épaules.

Ralph s'adressait mentalement à Holly : *Remontez. Faites demi-tour et remontez. Quand je serai sûr que vous avez eu le temps de ressortir, je tirerai. Même si cela fait de ma femme une veuve et de mon fils un orphelin, je tirerai. Je le dois à Terry et à tous ceux qui l'ont précédé.*

« Une veilleuse, répéta Holly en descendant une marche de plus. Vous savez, une lumière pour se rassurer. J'en avais une dans ma chambre quand j'étais petite. »

L'outsider la regardait par-dessus l'épaule de Ralph. Il tournait le dos à la lampe et son visage se trouvait dans la pénombre, pourtant, on voyait briller un éclat étrange dans ses yeux vairons. Mais cet éclat n'était pas *dans* les yeux, il en jaillissait, et Ralph comprenait maintenant ce qu'avait voulu dire Grace Maitland en parlant de pailles à la place des yeux.

« Se rassurer ? » L'outsider semblait réfléchir au sens de ce mot. « Oui, sans doute. Même si je n'y ai jamais pensé de cette façon. J'y vois plutôt des informations. Même morts, ils ont quelque chose de Bolton.

— Des souvenirs, vous voulez dire ? »

Un pas de plus. Ralph lâcha son poignet pour

faire signe à Holly de reculer, sachant qu'elle n'obéirait pas.

« Non, pas des souvenirs ! »

L'agacement était revenu, mais il y avait autre chose. Un certain empressement que Ralph avait décelé au cours de nombreux interrogatoires. L'envie de se confier que ressentaient la plupart des suspects, seuls dans la chambre close de leurs pensées. Et cette créature devait être seule avec ses pensées depuis très longtemps. Seule tout court. Il suffisait de la regarder.

« Alors, de quoi s'agit-il ? »

Holly s'était arrêtée. *Que Dieu soit remercié pour Ses petits bienfaits*, pensa Ralph.

« La lignée. Il y a dans le sang quelque chose qui va au-delà de la mémoire ou des ressemblances physiques transmises de génération en génération. Une façon d'être. Une façon de voir. Ça ne se mange pas, mais c'est de la force. Leurs âmes ou leur *ka* ont disparu, mais il reste quelque chose, même dans leurs cerveaux et leurs corps morts.

— Une sorte d'ADN, dit Holly. Tribal, peut-être. Racial.

— Oui, si vous voulez. » Il avança d'un pas vers Ralph en tendant la main qui portait le mot MUST sur les doigts. « C'est comme ces tatouages. Ils ne sont pas vivants, et pourtant ils contiennent des infor…

— Stop ! » hurla Holly.

Et Ralph pensa : *Bon Dieu, elle s'est encore rapprochée. Comment a-t-elle fait ? Je ne l'ai pas entendue.*

751

L'écho enfla, sembla se propager, et quelque chose tomba du plafond. Non pas une stalactite cette fois, mais un gros bloc de pierre.

« Ne faites pas ça, dit l'outsider. Sauf si vous voulez courir le risque de recevoir toute la grotte sur la tête. Ne criez pas. »

Holly baissa la voix, mais la tension restait perceptible :

« Souvenez-vous de ce qu'il a fait à l'inspecteur Hoskins, Ralph. Son contact est toxique.

— Seulement durant cette phase de transformation, précisa l'outsider. C'est une forme de protection naturelle, rarement mortelle. Plus proche d'une plante vénéneuse que de radiations. Mais bien évidemment, l'inspecteur Hoskins était… sensible, dirons-nous. Et une fois que j'ai touché quelqu'un, très souvent, mais pas toujours, je peux pénétrer dans son esprit. Ou celui de ses proches. Ce que j'ai fait avec la famille Peterson. Juste un peu, de quoi les pousser dans une direction qu'ils suivaient déjà.

— Restez où vous êtes », ordonna Ralph.

L'outsider leva ses mains tatouées.

« Soit. Comme je le disais : c'est vous qui tenez l'arme. Malgré cela, je ne peux pas vous laisser partir. Je suis trop fatigué pour déménager. J'ai dû venir jusqu'ici plus tôt que prévu et acheter certaines choses, ce qui m'a épuisé encore plus. Visiblement, nous sommes dans une impasse.

— Vous vous êtes mis vous-même dans cette situation, répondit Ralph. Vous le savez, hein ? »

L'autre le regarda sans rien dire, avec ce visage qui conservait quelques vestiges de Terry Maitland.

« Heath Holmes, OK. Les autres avant Holmes, OK aussi. Maitland, c'était une erreur.

— Oui, sans doute. » Il paraissait perplexe, mais toujours content de lui. « Pourtant, j'avais déjà choisi des individus qui possédaient des alibis en béton et des réputations irréprochables. Face aux preuves matérielles et aux témoins oculaires, les alibis et les réputations ne font pas le poids. Les gens ne voient pas les explications qui se situent en dehors de leur perception de la réalité. Normalement, vous n'auriez jamais dû vous lancer à ma recherche. Vous n'auriez même jamais dû me *sentir*, aussi solide qu'ait été son alibi. Et pourtant, vous l'avez fait. Parce que je suis allé au palais de justice ? »

Ralph ne répondit pas. Holly avait descendu la dernière marche ; elle se tenait maintenant à côté de lui.

L'outsider soupira.

« C'était une erreur, j'aurais dû songer à la présence des caméras de télé, mais j'avais encore faim. Malgré tout, j'aurais *pu* me tenir à l'écart. J'ai été trop gourmand.

— Et trop sûr de vous, ajouta Ralph. L'excès de confiance conduit à l'imprudence. Tous les flics le savent.

— Oui, peut-être que j'ai commis toutes ces fautes. Pourtant, je pense que j'aurais quand même pu m'en tirer. » Il observait d'un air songeur la femme au teint pâle et aux cheveux grisonnants à côté de Ralph. « C'est à vous que je dois de me trouver dans cette situation, n'est-ce pas… Holly ? Claude dit que vous vous appelez Holly. Qu'est-ce qui vous a permis d'y croire ? Comment avez-vous réussi à convaincre un groupe d'hommes du vingt et unième siècle qui, sans doute, ne croient pas à tout ce qui se situe hors du champ de leurs cinq sens, de venir jusqu'ici ? Auriez-vous déjà rencontré quelqu'un comme moi ? »

Impossible de ne pas percevoir l'excitation dans sa voix.

« Nous ne sommes pas venus ici pour répondre à vos questions », dit Holly. Une de ses mains était enfoncée dans la poche de sa veste froissée. L'autre tenait la lampe UV, éteinte. L'unique lumière provenait du lampadaire. « Nous sommes venus pour vous tuer.

— Je ne sais pas trop comment vous comptez faire… Holly. Votre ami prendrait peut-être le risque de tirer si nous n'étions que tous les deux, mais je pense qu'il ne veut pas vous mettre en danger. Et si vous essayez l'un ou l'autre, ou même tous les deux, de m'agresser physiquement, vous découvrirez que je suis étonnamment fort, et toxique. Oui, malgré mon triste état.

— Nous sommes dans une impasse, en effet, dit Ralph. Mais plus pour longtemps. Hoskins a blessé un agent de la police d'État, le lieutenant Yunel Sablo. À l'heure qu'il est, il a dû appeler des renforts.

— Bien essayé, mais pas ici. Il n'y a pas de réseau

sur dix kilomètres vers l'est et une vingtaine vers l'ouest. Vous pensez que je n'allais pas vérifier ? »

C'était exactement ce qu'avait espéré Ralph, même si c'était un mince espoir. De fait, il avait un autre atout en main.

« Hoskins a fait exploser notre véhicule. Et ça dégage de la fumée. Beaucoup de fumée. »

Pour la première fois, il décela une véritable inquiétude sur le visage de l'autre.

« Voilà qui change tout. Je vais devoir m'enfuir. Dans mon état actuel, ce sera difficile et douloureux. Si vous vouliez me mettre en colère, inspecteur, vous avez réussi… »

Holly intervint :

« Vous m'avez demandé si j'avais déjà rencontré un individu de votre espèce. La réponse est non. Enfin, pas exactement. Mais Ralph, certainement, j'en suis sûre. Car si on enlève l'aspect métamorphose, pilleur de mémoire et les yeux qui brillent, vous n'êtes qu'un sadique sexuel et un vulgaire pédophile. »

L'outsider eut un mouvement de recul, comme si elle l'avait frappé. L'espace d'un instant, il parut oublier le SUV en feu qui envoyait des signaux de fumée sur le parking abandonné.

« C'est injurieux, ridicule et faux. Je mange pour vivre, voilà tout. Vous autres, vous faites la même chose quand vous massacrez des porcs et des vaches. Pour moi, voilà ce que vous êtes : du bétail.

— Vous mentez. » Holly avança d'un pas, et quand Ralph voulut la retenir par le bras, elle le repoussa. « Votre capacité à prendre l'apparence d'une personne, ou d'une chose que vous n'êtes pas engendre la confiance. Vous auriez pu choisir n'importe quelle femme dans l'entourage de M. Maitland. Vous auriez pu avoir *sa* femme. Au lieu de ça, vous avez choisi un enfant. Vous choisissez *toujours* les enfants.

— C'est la nourriture la plus tendre, celle qui a le plus de goût ! Vous n'avez jamais mangé du veau ? Ou du foie de veau ?

— Vous ne vous contentez pas de les manger, vous leur éjaculez dessus ! » Une grimace de dégoût tordait la bouche de Holly. « Vous *jutez* sur eux. *Beurk* !

— Pour laisser de l'ADN !

— Il y a d'autres moyens ! cria Holly, et un autre bloc de pierre tomba de la voûte. Mais vous n'introduisez pas votre machin, hein ? C'est parce que vous êtes impuissant ? » Elle leva un doigt et le replia. « C'est ça, hein ? Hein ? Hein ?

— La ferme !

— Vous choisissez des enfants parce que vous êtes un violeur d'enfants qui n'arrive même pas à le faire avec son pénis, vous devez utiliser un… »

L'outsider fondit sur elle, le visage déformé par une expression de haine qui ne devait plus rien à Claude Bolton ni à Terry Maitland ; c'était son être véritable, aussi sombre et effroyable que les profondeurs dans lesquelles les jumeaux Jamieson avaient rendu l'âme. Ralph leva son arme, mais Holly s'interposa dans sa ligne de tir avant qu'il presse la détente.

« Ne tirez pas, Ralph ! Ne tirez pas ! »

Un autre bloc de pierre se détacha, plus gros que les précédents, pulvérisant le lit de camp, la glacière, et projetant des éclats de cristaux scintillants sur le sol lisse.

Holly sortit alors quelque chose de la poche de sa veste, du côté qui pendait. Un objet long, blanc et distendu, comme lesté. Simultanément, elle alluma sa lampe et la braqua sur le visage de l'outsider. Celui-ci tressaillit, poussa un grognement et tourna la tête, essayant de l'atteindre avec les mains tatouées de Claude Bolton. Holly leva l'objet blanc en diagonale au-dessus de sa poitrine menue, jusqu'à son épaule, et l'abattit de toutes ses forces. L'extrémité lestée frappa la créature à la tempe, juste sous la naissance des cheveux.

Ce que vit alors Ralph hanterait ses rêves au cours des prochaines années. La moitié gauche de la tête s'enfonça, comme si elle était faite de papier mâché. L'œil marron jaillit de son orbite. La créature tomba à genoux et son visage sembla se liquéfier. En quelques secondes, Ralph vit défiler une centaine de traits différents : des fronts hauts et bas, des sourcils fournis, d'autres si blonds qu'ils en devenaient invisibles, des yeux enfoncés, des yeux exorbités, des lèvres charnues ou pincées. Des dents de lapin apparaissaient, puis disparaissaient aussitôt, des mentons saillaient, puis s'affaissaient. Mais l'ultime visage, le *vrai* visage de l'outsider sans doute, était quelconque. C'était le visage que vous croisez dans la rue et que vous oubliez aussitôt.

Holly frappa de nouveau. Cette fois, l'objet atteignit la pommette, transformant le visage banal en un croissant hideux. Une illustration dans un livre pour enfants halluciné.

Finalement, il n'est rien, pensa Ralph. *Personne. Ce qui ressemblait à Claude, ce qui ressemblait à Terry, à Heath Holmes... ce n'est rien. Uniquement des trompe-l'œil. Un artifice.*

Des sortes de vers rougeâtres commencèrent à sortir du trou dans la tête de la créature, de son nez, de cette virgule crispée qui était tout ce qui restait de sa bouche qui se déformait. Les vers se déversaient sur le sol de la Chambre du Son en un flot sinueux. Le corps de Claude Bolton se mit d'abord à trembler, puis il se cabra et se ratatina dans ses vêtements.

Holly lâcha sa lampe et souleva l'objet blanc au-dessus de sa tête (Ralph vit alors qu'il s'agissait d'une chaussette, une grande chaussette de sport pour homme) en le tenant à deux mains. Elle l'abattit une dernière fois, en plein sur le crâne de la créature. Le visage se fendit en deux, comme un fruit pourri. Il n'y avait aucun cerveau dans la cavité ainsi dévoilée, uniquement un nid de vers grouillants, qui rappela forcément à Ralph les asticots qu'il avait découverts dans ce melon, il y a si longtemps. Ceux qui s'étaient déjà enfuis rampaient sur le sol vers les pieds de Holly.

Elle recula, percuta Ralph et ses jambes se dérobèrent sous elle. Il la retint. Elle était livide, et des larmes coulaient sur ses joues.

« Lâchez la chaussette », lui glissa-t-il à l'oreille.

Elle le regarda, hébétée.

« Il y a des bestioles dessus », dit-il.

Voyant qu'elle continuait à le regarder, sans réagir, dans une sorte d'état second, Ralph tenta de lui arracher la chaussette. En vain. Elle l'agrippait rageusement. Il dut employer la force, quitte à lui casser les doigts s'il le fallait, car ces saloperies seraient bien plus toxiques qu'une plante vénéneuse si elles la touchaient. Et si jamais elles pénétraient sous sa peau…

Holly sembla revenir à elle – en partie, du moins – et desserra son poing. La chaussette tomba sur le sol de pierre dans un tintement de ferraille. Ralph recula devant les vers qui continuaient à avancer à l'aveuglette (ou pas, car ils rampaient vers eux), en tirant Holly par la main, qui était toujours recroquevillée comme si elle tenait encore la chaussette. Baissant les yeux, elle découvrit enfin le danger et avala une grande bouffée d'air.

« Ne criez pas, lui dit-il. Il ne faut pas qu'un autre bloc de pierre nous tombe sur la tête. Grimpez ! »

Il l'entraîna dans l'escalier. Après quatre ou cinq marches, Holly put monter seule. Mais ils progressaient à reculons pour ne pas quitter des yeux les vers qui continuaient à se déverser de la tête fendue. Et de la bouche tordue.

« Stop, murmura-t-elle. Arrêtez-vous et regardez-les. Ils grouillent dans tous les sens. Ils ne peuvent pas monter. Et ils commencent à mourir. »

Elle avait raison. Les vers semblaient moins vivaces et, près de la dépouille, un gros tas demeurait inerte. Contrairement au corps. Quelque part, à l'intérieur, la force qui l'animait essayait de survivre. La créature boltonesque s'arqua et tressauta, ses bras s'agitèrent comme un sémaphore. Sous leurs yeux hébétés, le cou rétrécit. Ce qui restait de la tête se replia dans l'encolure de la chemise. Les cheveux noirs de Claude Bolton dépassèrent un instant, puis disparurent à leur tour.

« Qu'est-ce que c'est ? demanda Holly, tout bas. C'est quoi, ces *choses* ?

— Je n'en sais rien et je m'en fiche, dit Ralph. Ce que je sais, en revanche, c'est que plus jamais vous ne payerez un verre quand je serai là.

— Je ne bois presque pas d'alcool. Ça fait mauvais ménage avec mes médicaments. Je crois vous l'avoir déjà... »

Soudain, elle se pencha par-dessus la rampe et vomit, soutenue par Ralph.

« Désolée, dit-elle.

— Il n'y a pas de raison. Allez...

— Foutons le camp d'ici », termina-t-elle à sa place.

22

Jamais la lumière du jour ne leur avait paru aussi bienfaisante.

Ils avaient atteint le panneau du chef Ahiga quand Holly déclara qu'elle avait la tête qui tournait et besoin de s'asseoir. Ralph avisa une pierre plate assez large pour deux et s'assit à côté d'elle. Elle jeta un coup d'œil au corps étendu de Jack Hoskins, émit un couinement de désespoir et se mit à pleurer. Sous forme de sanglots étouffés tout d'abord, comme si on lui avait appris qu'il ne fallait pas pleurer en public. Ralph passa son bras autour de ses épaules, douloureusement maigres. Elle enfouit son visage contre sa chemise et laissa couler ses larmes, sans retenue cette fois. Ils devaient rejoindre Yunel, peut-être plus grièvement blessé qu'ils ne l'avaient cru. Sous les balles, ils n'avaient pas eu le temps d'établir un diagnostic sûr. Au mieux, il souffrait d'un coude cassé et d'une épaule luxée. Mais Holly avait besoin de souffler un peu, et elle l'avait bien mérité, pour avoir fait ce que lui, le grand inspecteur, n'avait pas su faire.

En moins de quarante-cinq secondes, la tempête s'atténua. En une minute, elle s'arrêta. Holly était solide. Elle leva vers lui ses yeux rougis et mouillés, mais Ralph devinait qu'elle ne savait pas où elle était. Ni qui il était, d'ailleurs.

« Je ne peux pas recommencer, Bill. Jamais. *Jamais !* Et s'il revient, comme Brady, je me tuerai. Tu m'entends ? »

Ralph la secoua délicatement.

« Il ne reviendra pas, Holly. Je vous le promets. »

Elle cligna des yeux.

« Ralph. Je voulais dire Ralph. Vous avez vu ce qui est sorti de son… vous avez vu ces vers ?

— Oui.

— *Beurk ! Beurk !* »

Prise d'un haut-le-cœur, elle plaqua sa main sur sa bouche.

« Qui vous a appris à fabriquer une matraque avec une chaussette ? Et que plus la chaussette était longue, plus ça frappait fort ? Bill Hodges ? »

Holly acquiesça.

« Qu'aviez-vous mis dedans ?

— Des billes d'acier, comme Bill. Je les ai achetées au rayon automobile du Walmart de Flint
City. Car les armes à feu et moi, ça fait deux. Mais
je ne pensais pas être obligée d'utiliser mon Happy
Slapper non plus. C'était une impulsion.

— Ou une intuition. »

Ralph sourit, sans vraiment en avoir conscience.
Encore sonné, il jetait des regards inquiets autour
d'eux pour s'assurer qu'ils n'étaient pas pourchassés
par des vers désireux de survivre dans un nouveau
corps.

« C'est comme ça que vous l'appelez : un Happy
Slapper ?

— C'était le nom que lui donnait Bill. Il faut y
aller, Ralph. Yunel…

— Je sais. Mais avant cela, j'ai encore une chose
à faire. Restez assise. »

Il s'approcha du corps de Hoskins et s'obligea à
fouiller dans ses poches. Ayant trouvé les clés du
pick-up, il revint vers Holly.

« OK. »

Ils descendirent le chemin. Lorsque Holly trébucha, Ralph la rattrapa à temps. Puis ce fut à son
tour de perdre l'équilibre, et cette fois, c'est elle
qui le retint.

Comme un couple d'invalides, pensa-t-il. *Mais
putain, après ce qu'on a vu…*

« Il y a encore tellement de choses qu'on ignore,
dit Holly. On ne sait pas d'où il venait. Si ces bestioles sont une maladie ou bien une forme de vie

extraterrestre. Qui étaient ses victimes. Pas uniquement les enfants qu'il a assassinés, mais les personnes qu'il a fait accuser à sa place. Elles sont sûrement nombreuses. Vous avez vu son visage à la fin ? Comme il changeait ?

— Oui », répondit Ralph.

Et il ne l'oublierait jamais.

« On ne sait pas combien de temps il a vécu. Comment il faisait pour se projeter. Ce qu'il *était*.

— Ça, on le sait. C'était *El Cuco*. Et on sait autre chose : ce salopard est mort. »

23

Ils avaient descendu presque tout le chemin quand plusieurs coups de klaxon, brefs, se firent entendre. Holly s'arrêta et se mordit les lèvres, qui avaient déjà beaucoup souffert.

« Relax, dit Ralph. Je pense que c'est Yunel. »

Le chemin était plus large maintenant, et moins pentu, ce qui leur permit de presser le pas. Quand ils contournèrent le hangar, Ralph constata qu'il avait raison. Assis dans le pick-up de Hoskins, les jambes pendant à l'extérieur, Yunel appuyait sur le klaxon avec sa main droite. Son bras gauche, ensanglanté et enflé, reposait sur ses genoux comme une bûche.

« Vous pouvez arrêter, lui lança Ralph. Maman et papa sont là. Comment vous sentez-vous ?

— Mon bras me fait un mal de chien, mais à

part ça, tout va bien. Alors, vous l'avez eu ? *El Cuco* ?

— Oui, on l'a eu, répondit Ralph. *Holly* l'a eu. Il n'était pas humain, mais il est mort quand même. Il ne tuera plus d'enfants.

— C'est Holly qui l'a eu ? » Il la regarda. « Comment ?

— On en parlera plus tard, dit-elle. Dans l'immédiat, je m'inquiète surtout pour vous. Vous avez perdu connaissance ? Vous avez la tête qui tourne ?

— J'ai eu des vertiges en marchant jusqu'ici. Ça m'a pris un temps fou, et j'ai dû me reposer plusieurs fois. Au départ, j'espérais venir à votre rencontre. Dans mes rêves. Puis j'ai vu ce pick-up. Il appartient sûrement au tireur. John P. Hoskins d'après les papiers. C'est bien le type auquel je pense ? »

Ralph hocha la tête.

« Agent de la police de Flint City. *Ex*-agent. Il est mort lui aussi. Je l'ai tué. »

Yunel ouvrit des yeux comme des soucoupes.

« Qu'est-ce qu'il foutait ici ?

— C'est la créature qui l'a envoyé. Comment ? Je n'en sais rien.

— J'espérais qu'il aurait laissé la clé sur le contact, mais non. Pas de bol. Et pas un seul cachet contre la douleur dans la boîte à gants. Uniquement les papiers du véhicule et des conneries.

— C'est moi qui ai les clés, annonça Ralph. Elles étaient dans sa poche.

— Et moi, j'ai quelque chose contre la douleur », dit Holly.

D'une des larges poches de sa veste de tailleur défraîchie, elle sortit un flacon en verre marron. Sans étiquette.

« Qu'est-ce que vous avez d'autre là-dedans ? demanda Ralph. Un réchaud de camping ? Une cafetière ? Un poste de radio ?

— Travaillez votre sens de l'humour, Ralph.

— Je ne me moque pas, je suis sincèrement admiratif.

— Tout à fait d'accord », ajouta Yunel.

Holly fit glisser un assortiment de pilules dans sa paume et posa soigneusement le flacon sur le tableau de bord du pick-up.

« Il y a du Zoloft… de la paroxétine… du Valium, que j'ai presque arrêté… et ça… » Elle remit les pilules dans le flacon, à l'exception de deux orange. « De l'Ibuprofène. J'en prends pour les céphalées. Et aussi pour les troubles de l'ATM, mais ça va mieux depuis que je porte une gouttière pour dormir. J'ai acheté le modèle hybride. C'est plus cher, mais c'est le plus… » Elle s'aperçut que les deux hommes la regardaient. « Quoi ?

— Rien, répondit Yunel. C'est de l'admiration, *querida*. J'aime les femmes parées à toutes les éventualités. » Il prit les deux pilules, les avala à sec et ferma les yeux. « Merci. Infiniment. Puisse votre gouttière ne jamais vous décevoir. »

Elle le regarda d'un œil soupçonneux en remettant le flacon dans sa poche.

« Il m'en reste deux autres si vous en avez besoin. Vous avez entendu des sirènes de pompier ?

— Non. Je commence à croire qu'ils ne viendront pas.

— Ils vont venir, déclara Ralph, mais vous ne serez plus là. Vous devez aller à l'hôpital. Celui de Plainville est un peu plus près que celui de Tippit, et la maison des Bolton est sur le chemin. Il faudra vous y arrêter. Holly, vous pouvez conduire si je reste ici ?

— Oui, mais pourquoi... » Elle se frappa le front du plat de la main. « M. Gold et M. Pelley.

— Exact. Je n'ai pas l'intention de les abandonner ici.

— Intervenir sur une scène de crime est généralement mal vu, dit Yunel. Je pense que vous le savez.

— Oui, mais je refuse de laisser deux braves types griller au soleil à côté d'un véhicule en feu. Ça vous pose un problème ? »

Yunel secoua la tête. Des gouttelettes de sueur brillaient dans ses cheveux en brosse.

« *Por supuesto no.*

— Je vais conduire jusqu'au parking et Holly prendra le relais. L'Ibuprofène vous fait du bien, *amigo* ?

— En fait, oui. C'est pas encore l'extase, mais c'est mieux.

— Bien. Car avant de prendre la route, il faut qu'on parle.

— De quoi ?

— De comment on va expliquer tout ça », dit Holly.

24

Dès qu'ils atteignirent le parking, Ralph descendit du pick-up. Il croisa Holly en contournant le capot, et cette fois c'est elle qui le prit dans ses bras. Une étreinte brève, mais ferme. Le SUV de location s'était presque entièrement consumé, et la fumée devenait moins épaisse.

Yunel se glissa sur le siège du passager, en grimaçant et en réprimant des gémissements de douleur. Quand Ralph se pencha à l'intérieur de la cabine, le lieutenant lui demanda :

« Vous êtes sûr qu'il est mort ? » Ralph savait qu'il ne parlait pas de Hoskins. « Vous en êtes certain ?

— Oui. Il n'a pas fondu comme Elphaba Thropp dans *Le Magicien d'Oz*, mais presque. Quand ça va chier là-bas, ils ne retrouveront que ses vêtements, et peut-être un petit tas de vers morts. »

Yunel fronça les sourcils.

« Des vers ?

— Vu la vitesse à laquelle ils mouraient, dit Holly, je pense qu'ils vont se décomposer très rapidement. Mais il y aura de l'ADN sur les vêtements, et s'ils le comparent avec celui de Claude, il se peut qu'ils découvrent des similitudes.

— Ou un mélange des ADN de Claude et de Terry, car il n'avait pas achevé sa transformation. Vous l'avez remarqué, hein ? »

Holly hocha la tête.

« Donc, l'analyse de l'ADN ne vaudra rien. Je pense que Claude ne sera pas inquiété. » Ralph sortit son téléphone de sa poche et le déposa dans la main valide de Yunel. « Vous pourrez passer les appels dès que vous aurez du réseau ?

— *Claro*.

— Et vous savez dans quel ordre ? »

Tandis que le lieutenant les énumérait, ils entendirent des sirènes au loin, venant de Tippit. Quelqu'un avait fini par remarquer la fumée, apparemment, mais cette personne n'avait pas pris la peine de venir voir ce qui se passait. C'était sans doute aussi bien.

« D'abord le procureur Bill Samuels, dit Yunel. Puis votre femme. Puis le chef Geller. Et pour finir, le capitaine Horace Kinney, de la police de la route du Texas. Tous les numéros sont enregistrés dans vos contacts. Quant aux Bolton, on leur parlera de vive voix.

— *Je* leur parlerai, précisa Holly. Vous, vous resterez tranquille et vous reposerez votre bras.

— Il est capital que Claude et sa mère se calent sur notre histoire, dit Ralph. Maintenant, filez. Si vous êtes toujours là quand les pompiers arrivent, vous allez vous retrouver coincés. »

Après avoir réglé le siège et le rétroviseur, Holly se tourna vers Yunel et Ralph, toujours penché à l'intérieur. Elle semblait fatiguée, certes, mais pas épuisée. Les larmes étaient passées. Il ne voyait sur son visage que concentration et détermination.

« Il faut que ça reste simple, dit-elle. Et le plus près possible de la vérité.

— Vous avez déjà vécu ça, dit Yunel. Ou quelque chose de semblable. N'est-ce pas ?

— Oui. Ils nous croiront, même si des questions restent sans réponse. Et vous savez pourquoi tous les deux. Ralph, les sirènes se rapprochent, il faut qu'on y aille. »

Ralph ferma la portière du passager et les regarda s'éloigner à bord du pick-up de son collègue mort. Il songea que Holly devrait rouler sur le bas-côté pour contourner la chaîne, mais il était certain qu'elle se débrouillerait très bien, zigzaguant entre les nids-de-poule pour épargner le bras de Yunel. Il croyait ne pas pouvoir l'admirer davantage… eh bien, si.

Il se dirigea d'abord vers le corps d'Alec, car c'était le plus difficile à déplacer. Si l'incendie du véhicule était presque éteint, la chaleur qui s'en dégageait restait intense. Le visage et les bras d'Alec avaient noirci, il n'avait plus de cheveux, et en le prenant par la ceinture pour le traîner vers la boutique de souvenirs, il s'efforça de ne pas penser aux morceaux de chair craquants et fondus qui restaient dans son sillage. Ni combien Alec ressemblait maintenant à l'homme qui se trouvait devant le palais de justice ce fameux jour. *Il ne lui manque plus qu'une chemise jaune sur la tête*, pensa-t-il, et cela lui fut fatal. Lâchant la ceinture, il parvint à s'éloigner d'une vingtaine de pas, en titubant et, penché en avant, mains sur les genoux, il vida son estomac. Cela étant fait, il retourna achever la tâche qu'il avait commencée, en traînant d'abord Alec, puis Howie Gold, à l'ombre de la boutique de souvenirs.

Il se reposa, le temps de reprendre son souffle,

puis examina la porte de la boutique. Elle était fermée par un cadenas, mais paraissait fragile et abîmée par les intempéries. Au second coup de pied, les gonds cédèrent. À l'intérieur régnaient l'obscurité et une chaleur explosive. Les étagères n'étaient pas entièrement vides : il restait quelques T-shirts portant l'inscription : J'AI EXPLORÉ LA GROTTE DE MARYSVILLE. Il en prit deux et les secoua pour ôter la poussière, autant que possible. Dehors, les sirènes se rapprochaient. Ralph se dit que les pompiers ne voudraient pas prendre le risque de rouler sur le bas-côté avec leur matériel coûteux ; ils s'arrêteraient pour couper la chaîne. Cela lui laissait un peu de temps.

Il s'agenouilla et couvrit les visages des deux hommes. Des hommes bien qui auraient pu légitimement espérer vivre encore quelques années. Seul point positif (si tant est qu'il y ait quelque chose de positif dans tout cela), le chagrin de leurs proches ne servirait pas de repas à un monstre.

Il s'assit à côté d'eux, en tailleur, les bras appuyés sur les genoux, menton sur la poitrine. Était-il responsable de ces deux morts également ? En partie, peut-être, car le fil des événements ramenait toujours à l'arrestation catastrophique de Terry Maitland. Pourtant, malgré son état d'épuisement, Ralph sentait qu'il n'était pas obligé d'endosser la responsabilité de tout ce qui s'était passé.

Ils nous croiront, avait dit Holly. *Et vous savez pourquoi tous les deux.*

Ralph, lui, le savait. Ils croiraient même une histoire bancale car des empreintes de pas ne s'arrêtaient pas subitement et des asticots ne se développaient pas à l'intérieur d'un melon à la peau épaisse et intacte. Ils y croiraient car admettre une autre explication, ce serait remettre la réalité en question. Impossible de ne pas remarquer l'ironie de la situation : ce qui avait protégé la créature au cours de sa longue existence de meurtrier les protégerait aujourd'hui.

Un univers infini, pensa Ralph, et il attendit à l'ombre de la boutique de souvenirs l'arrivée des pompiers.

25

Droite comme un I, les mains à dix heures dix sur le volant, Holly avait mis le cap sur la maison des Bolton, et écoutait Yunel passer les coups de téléphone. Bill Samuels fut horrifié d'apprendre que Howie Gold et Alec Pelley étaient morts, mais le lieutenant coupa court à ses questions. Chaque chose en son temps. Samuels devait réinterroger tous les témoins, en commençant par Willow Rainwater. Il lui expliquerait que de sérieuses interrogations étaient apparues concernant l'identité de l'homme qu'elle avait pris en charge devant le club de striptease pour le conduire à la gare de Dubrow. Était-elle toujours certaine qu'il s'agissait de Terry Maitland ?

« Essayez de l'interroger de manière à instiller le doute, dit Yunel. Vous pensez en être capable ?

— C'est ce que je fais devant des jurés depuis cinq ans, répondit Samuels. Et d'après son témoignage, Mlle Rainwater nourrissait déjà quelques doutes. Comme d'autres témoins, d'ailleurs, surtout depuis la diffusion de l'enregistrement de Terry Maitland à Cap City. Il totalise un demi-million de vues sur YouTube. Maintenant, parlez-moi de Howie et d'Alec.

— Plus tard. Le temps presse, monsieur Samuels. Interrogez les témoins, en commençant par Mlle Rainwater. Autre chose, à propos de notre réunion d'avant-hier. C'est *muy importante*, alors écoutez bien. »

Samuels écouta, Samuels acquiesça, et Yunel appela ensuite Jeanette Anderson. Cet appel dura plus longtemps car elle avait besoin – et méritait – d'explications détaillées. Quand il eut achevé son récit, il y eut quelques larmes, de soulagement peut-être. Des hommes avaient trouvé la mort, Yunel lui-même était blessé, mais son mari – le père de son fils – était sain et sauf. Le lieutenant lui expliqua ce qu'elle devait faire, et Jeanette accepta immédiatement.

Il se préparait à passer le troisième appel, au chef de la police de Flint City, Rodney Geller, quand ils entendirent d'autres sirènes, venant dans leur direction. Deux véhicules de la police de la route les croisèrent à toute allure ; ils roulaient vers la grotte de Marysville.

« Avec un peu de chance, commenta Yunel, un

de ces *troopers* sera celui qui s'est rendu chez les Bolton. Stape, je crois.

— Sipe, corrigea Holly. Owen Sipe. Comment va votre bras ?

— Ça fait toujours un mal de chien. Je vais prendre les deux Ibuprofène qui restent.

— Non. Trop d'un coup, c'est mauvais pour le foie. Passez les autres coups de téléphone. Mais avant cela, effacez les numéros que vous venez d'appeler, ceux de M. Samuels et de Jeanette Anderson.

— Vous auriez fait un sacré escroc, *señorita*.

— Je suis prudente, voilà tout. » Elle ne quittait pas la route des yeux, bien que celle-ci soit déserte. Elle appartenait à cette race de conducteurs. « Faites-le. Et ensuite, passez les derniers appels. »

26

Il se trouva que Lovie Bolton avait quelques vieux comprimés de Percocet pour lutter contre le mal de dos. Yunel en avala deux en remplacement des Ibuprofène, et Claude, qui avait suivi des cours de secourisme durant son troisième et dernier séjour en prison, banda sa plaie au bras, pendant que Holly leur exposait le plan. Rapidement. Et pas uniquement parce qu'elle voulait que le lieutenant Sablo reçoive de véritables soins le plus vite possible. Il fallait que les Bolton comprennent bien leur rôle avant l'arrivée des autorités. Ce qui n'allait pas tarder : la police aurait des questions à poser à Ralph, et il serait obligé d'y répondre. Au moins, elle ne devait pas affronter leur incrédulité. Lovie et Claude avaient senti l'un et l'autre la présence de l'outsider deux soirs plus tôt, et même avant, dans le cas de Claude : un sentiment d'inquiétude, l'impression d'être dédoublé, épié.

« Pas étonnant que vous l'ayez senti, dit Holly d'un ton grave. Il était en train de piller votre esprit.

— Vous l'avez vu. Il se cachait dans cette grotte et vous l'avez vu.

— Oui.

— Et il me ressemblait.

— Presque trait pour trait. »

Lovie intervint, timidement :

« J'aurais remarqué une différence ? »

Holly sourit.

« Au premier coup d'œil. J'en suis sûre. Lieutenant Sablo… Yunel… vous êtes prêt à repartir ?

— Oui. » Il se leva. « C'est ça qui est super avec les drogues dures : vous avez encore mal, mais vous vous en foutez. »

Claude éclata de rire et pointa son doigt sur Yunel, à la manière d'un pistolet.

« Bien vu, mon pote ! » Voyant le regard réprobateur de sa mère, il ajouta : « Pardon, maman.

— Vous avez bien compris ce que vous devez dire à la police ? demanda Holly.

— Oui, madame, répondit Claude. C'est facile, on peut pas se gourer. Le procureur de Flint City envisage de rouvrir l'affaire Maitland et vous êtes venus ici pour m'interroger.

— Et qu'avez-vous déclaré ?

— Plus j'y repense, plus je suis sûr que c'est pas Coach Terry que j'ai vu ce soir-là, mais quelqu'un qui lui ressemblait.

— Quoi d'autre ? demanda Yunel. C'est très important. »

Ce fut Lovie qui répondit :

« Vous êtes repassés ce matin pour nous dire au revoir, et nous demander si, par hasard, on n'avait pas oublié quelque chose. Au moment où vous alliez repartir, il y a eu un coup de téléphone.

— Sur votre poste fixe, ajouta Holly, en songeant : *Dieu soit loué, ils en ont toujours un.*

— Oui, sur notre poste fixe. L'homme a dit qu'il travaillait avec l'inspecteur Anderson.

— Et celui-ci lui a parlé, dit Holly.

— Exact. L'homme a dit à l'inspecteur Anderson que le type que vous cherchiez, le véritable meurtrier, se cachait dans la grotte de Marysville.

— Tenez-vous-en à cette version. Et merci à tous les deux.

— C'est nous qui vous remercions », dit Lovie. Elle tendit les bras. « Approchez, miss Holly Gibney. Venez faire un câlin à cette bonne vieille Lovie. »

Holly se pencha au-dessus du fauteuil roulant. Après l'épisode dans la grotte de Marysville, les bras de Lovie Bolton étaient réconfortants. Nécessaires, même. Elle y resta le plus longtemps possible.

27

Marcy Maitland se méfiait terriblement des visites depuis l'arrestation publique de son mari, et encore plus depuis son exécution, et donc, quand elle entendit frapper à la porte, elle alla d'abord à la fenêtre et entrouvrit les rideaux pour risquer un coup d'œil dehors. L'épouse de l'inspecteur Anderson se tenait sur le perron, et elle semblait avoir pleuré. Marcy s'empressa d'aller lui ouvrir. Oui, c'étaient bien des larmes, et dès que Jeanette vit l'inquiétude sur le visage de Marcy, elles réapparurent.

« Qu'y a-t-il ? Que s'est-il passé ? Ils vont bien ? »

Jeanette entra.

« Où sont vos filles ?

— Dans le jardin, derrière, sous le gros arbre. Elles font des parties de cribbage avec le jeu de cartes de leur père. Elles y ont joué hier toute la soirée et elles ont recommencé ce matin, de bonne heure. Que se passe-t-il ? »

Jeanette la prit par le bras et l'entraîna dans le salon.

« Vous feriez mieux de vous asseoir. »

Marcy demeura où elle était.

« Dites-moi !

— J'ai de bonnes nouvelles, mais aussi de terribles nouvelles. Ralph et cette femme, Holly Gibney, sont sains et saufs. Le lieutenant Sablo a reçu une balle, mais on pense que ses jours ne sont pas en danger. En revanche, Howie Gold et M. Pelley… sont morts. Abattus par un collègue de mon mari. L'inspecteur Jack Hoskins.

— Morts ? *Morts ?* Comment peuvent-ils… ? » Marcy s'assit lourdement dans le fauteuil qui avait été celui de Terry. Sans quoi, elle serait tombée. Elle leva vers Jeanette un regard empreint d'incompréhension. « Vous parliez de bonnes nouvelles ? Comment est-ce que… Oh, Seigneur, c'est de pire en pire. »

Elle enfouit son visage dans ses mains. Jeanette s'agenouilla près d'elle et l'obligea à la regarder, avec douceur, mais fermeté.

« Ressaisissez-vous, Marcy.

— Je ne peux pas. Mon mari est mort, et maintenant… ça. Je crois que je ne pourrai jamais me ressaisir. Même pour Grace et Sarah.

— Assez. » Jeanette n'avait pas haussé la voix, mais Marcy tressaillit comme si elle avait reçu une gifle. « Rien ne pourra vous rendre Terry, mais deux braves types sont morts en tentant de défendre son nom, pour permettre à vos filles de vivre dans cette ville. Eux aussi ont des familles. En partant d'ici, je vais aller voir Elaine Gold. Ce sera affreux. Yunel a été blessé et mon mari a risqué sa vie. Je sais que vous souffrez, mais là, il ne s'agit pas de vous. Ralph a besoin de votre aide. Les autres aussi. Alors, reprenez-vous et écoutez-moi.

— D'accord. »

Jeanette prit une des mains de la veuve dans la sienne. Marcy avait les doigts froids, et sans doute que les siens n'étaient guère plus chauds.

« Tout ce que nous a raconté Holly Gibney

est vrai. Cet outsider existait bel et bien, et ce n'était pas un être humain. C'était… autre chose. Appelez-le *El Cuco*, appelez-le Dracula, Fils de Sam ou de Satan, ça n'a pas d'importance. Il était là-bas, dans une grotte. Ils l'ont découvert et ils l'ont tué. Ralph m'a dit qu'il ressemblait à Claude Bolton, alors que le véritable Claude Bolton se trouvait à des kilomètres de là. J'ai parlé à Bill Samuels avant de venir ici. Il pense que si on raconte tous la même histoire, tout ira bien. On réussira sans doute à laver la réputation de Terry. *Si on raconte tous la même histoire.* Vous en êtes capable ? »

Jeanette vit l'espoir envahir les yeux de Marcy Maitland comme l'eau remplit un puits.

« Oui. Oui, j'en suis capable. Mais quelle histoire ?

— La réunion qu'on a organisée avait pour *seul* but d'innocenter Terry. Rien d'autre.

— C'était juste pour l'innocenter.

— Voilà. Au cours de cette réunion, Bill Samuels a accepté de réinterroger tous les témoins, en commençant par Willow Rainwater. D'accord ?

— Oui, d'accord.

— S'il n'a pas pu commencer par Claude Bolton, c'est parce que M. Bolton se trouve au Texas, où il s'occupe de sa mère malade. Howie a suggéré qu'Alec, Holly, mon mari et lui se rendent sur place pour interroger Claude. Yunel a promis de les rejoindre s'il le pouvait. Vous vous en souvenez ?

— Oui, oui, dit Marcy en hochant la tête. On trouvait tous que c'était une excellente idée. Mais j'ai oublié pour quelle raison Mlle Gibney assistait à cette réunion.

— Alec Pelley l'avait engagée pour enquêter sur les faits et gestes de Terry dans l'Ohio. Elle s'est passionnée pour cette affaire, alors elle est venue voir si elle ne pouvait pas apporter son aide. Ça vous revient maintenant ?

— Oui. »

Sans lâcher la main de Marcy, en la regardant droit dans les yeux, Jeanette aborda le dernier point, le plus important :

« Nous n'avons jamais parlé de créatures qui changent d'apparence, d'*El Cuco*, de fantômes, ni de quoi que ce soit qui puisse être qualifié de surnaturel.

— Non, absolument. Cela ne nous a même pas traversé l'esprit. Il n'y avait aucune raison.

— Nous pensions qu'un individu ressemblant à Terry avait assassiné le jeune Peterson et tenté de le faire accuser à sa place. Et nous avons surnommé cet individu l'outsider.

— Exact, dit Marcy en serrant la main de Jeanette dans la sienne. C'est comme ça qu'on l'appelait. L'outsider. »

FLINT CITY

(Après)

1

L'avion affrété par le regretté Howard Gold atterrit à l'aéroport de Flint City peu après onze heures du matin. Ni Howie ni Alec ne se trouvaient à bord. Une fois que le médecin légiste avait achevé son travail, les corps avaient été ramenés à Flint City à bord d'un corbillard des pompes funèbres de Plainville. Ralph, Yunel et Holly avaient partagé les frais, ainsi que ceux du second corbillard, qui transportait la dépouille de Jack Hoskins. Yunel ayant exprimé l'avis général en affirmant qu'il n'était pas question que ce salopard voyage en compagnie des deux hommes qu'il avait tués.

Sur la piste les attendaient Jeanette Anderson et, à côté d'elle, l'épouse et les deux fils de Yunel. Les garçons bousculèrent Jeanette (l'un d'eux, un préadolescent costaud prénommé Hector, faillit même la renverser) pour foncer vers leur père, dont le bras plâtré était maintenu en écharpe. Il les enlaça de son mieux avec son bras valide et après avoir réussi à se dégager, fit signe à sa femme. Celle-ci accourut à son tour. Imitée par Jeanette, jupe au vent. Elle se jeta au cou de Ralph et l'étreignit de toutes ses forces.

Les Sablo et les Anderson demeurèrent ainsi enlacés près de la porte du petit terminal privé, s'embrassant et riant, jusqu'à ce que Ralph tourne la tête et aperçoive Holly, seule à côté de l'aile du King Air. Elle les observait. Vêtue d'un nouveau tailleur-pantalon qu'elle avait dû acheter dans une boutique de prêt-à-porter pour femmes de Plainville, le Walmart le plus proche se trouvant à plus de cinquante kilomètres, à la périphérie d'Austin.

Ralph lui fit signe d'approcher et elle s'exécuta timidement. Elle s'arrêta à quelques mètres du petit groupe, mais Jeanette ne l'entendait pas ainsi. Elle la prit par la main, l'attira vers elle et l'étreignit. Ralph les enlaça toutes les deux.

« Merci, murmura Jeanette à l'oreille de Holly. Merci de me l'avoir ramené.

— On espérait rentrer juste après les interrogatoires, mais les médecins ont obligé le lieutenant Sablo – Yunel – à rester en observation un jour de plus. Ils voulaient attendre que le caillot de sang dans son bras se dissolve. »

Elle se dégagea, le rouge au front, mais visiblement ravie. À trois mètres de là, Gabriela Sablo exhortait ses garçons à laisser *papi* tranquille, sinon ils allaient encore lui casser le bras.

« Derek est au courant ? demanda Ralph à sa femme.

— Il sait que son père a participé à une fusillade au Texas, et qu'il est sain et sauf. Il sait aussi que deux hommes sont morts. Il a demandé à rentrer plus tôt.

— Et qu'as-tu répondu ?

— J'ai dit d'accord. Il sera de retour la semaine prochaine. Ça te va ?

— Oui. »

Il se réjouissait de revoir son fils : bronzé, en pleine forme, avec de nouveaux muscles dus à la natation, au canoë et au tir à l'arc. Et vivant. C'était le plus important.

« Ce soir, on dîne tous à la maison, dit Jeanette à Holly, et vous dormirez chez nous. Inutile de discuter. La chambre d'amis est déjà prête.

— Volontiers », répondit Holly, tout sourire. Mais son sourire s'effaça quand elle se tourna vers Ralph. « Ce serait mieux si M. Gold et M. Pelley pouvaient dîner avec nous. Ce n'est pas normal qu'ils soient morts. J'ai l'impression…

— Je sais, la coupa Ralph en la prenant par les épaules. Je sais ce que vous ressentez. »

2

Ralph fit griller des steaks sur le barbecue, propre comme un sou neuf grâce à son congé administratif. Au menu, il y avait également de la salade, des épis de maïs et de la tarte aux pommes.

« Un repas très américain, *señor*, commenta Yunel, pendant que sa femme lui coupait sa viande.

— C'était délicieux », dit Holly.

Bill Samuels se tapota le ventre.

« Je pourrai peut-être recommencer à manger le mois prochain, mais ce n'est pas sûr.

— Sottises », dit Jeanette. Elle prit une bouteille de bière dans la glacière posée au pied de la table de jardin, en versa la moitié dans le verre de Samuels et la moitié dans le sien. « Vous êtes trop maigre. Vous avez besoin d'une femme qui vous nourrisse.

— Peut-être que mon ex-épouse reviendra lorsque je m'installerai à mon compte. Il y a de la place pour un bon avocat dans cette ville maintenant que Howie… » Prenant tout à coup conscience du sens de ses paroles, il se passa la main dans les cheveux pour aplatir son épi (qui, grâce à une nouvelle coupe, avait disparu). « Un bon avocat trouve toujours du travail, voilà ce que je voulais dire. »

Il s'ensuivit un moment de silence, puis Ralph leva sa bouteille de bière.

« Aux amis absents. »

Ils trinquèrent à leur santé. Puis Holly dit, d'une voix presque inaudible :

« Des fois, la vie, c'est vraiment de la crotte. »

Personne ne rit.

La chaleur étouffante de juillet avait disparu, le gros des insectes également et le jardin des Anderson était un endroit très agréable. Une fois le repas terminé, les deux garçons de Yunel et les deux filles de Marcy Maitland partirent jouer au basket sur le côté du garage où Ralph avait installé un panier.

« Alors ? » demanda Marcy. Bien que les enfants

soient à bonne distance, et accaparés par leurs jeux, elle parlait tout bas. « L'enquête. L'histoire a fonctionné ?

— Oui, répondit Ralph. Hoskins a téléphoné chez les Bolton pour nous attirer à la grotte de Marysville. Là, il s'est mis à nous canarder, tuant Howie et Alec, et blessant Yunel. Je leur ai expliqué qu'il voulait certainement s'en prendre à moi. Nous avions eu quelques différends au fil des ans, et plus il buvait, plus cela devait le ronger. Leur hypothèse, c'est qu'il avait un complice, non identifié pour l'instant. Celui-ci l'approvisionnait en alcool et en drogue – le légiste a découvert des traces de cocaïne dans son organisme – et entretenait sa paranoïa. La police est descendue dans la Chambre du Son, sans trouver ce mystérieux complice.

— Uniquement quelques vêtements, précisa Holly.

— Et vous êtes sûrs qu'il est mort ? demanda Jeanette. L'outsider. Vous en êtes *sûrs* ?

— Oui, dit Ralph. Si tu l'avais vu, tu le saurais.

— Estimez-vous heureuse de ne pas l'avoir vu, dit Holly.

— C'est terminé, alors ? demanda Gabriela Sablo. C'est la seule chose qui m'importe. C'est vraiment terminé ?

— Non, dit Marcy. Pas pour moi ni pour les filles. Tant que Terry n'a pas été innocenté. Et comment pourrait-il l'être ? On l'a assassiné avant qu'il soit jugé.

— On y travaille », déclara Samuels.

3

Alors que l'aube se levait sur sa première journée complète à Flint City depuis son retour, Ralph, posté à la fenêtre de sa chambre, les mains dans le dos, observait Holly Gibney, assise une fois de plus dans un des fauteuils de jardin. Il se retourna vers Jeanette, qui ronflait tout doucement, et descendit. Découvrir le sac de Holly dans la cuisine, déjà bouclé pour son retour dans le Nord, ne l'étonna pas. C'était une femme qui savait ce qu'elle voulait et ne restait jamais inactive très longtemps. *Sans doute serait-elle ravie de quitter Flint City*, songea-t-il.

Le matin où il s'était retrouvé seul dans le jardin avec Holly, l'odeur du café avait réveillé Jeanette, alors cette fois, il lui apporta du jus d'orange. Il adorait sa femme, il appréciait plus que tout sa compagnie, mais il voulait que ce moment soit entre Holly et lui. Un lien les unissait, et les unirait pour toujours, même si c'était la dernière fois qu'ils se voyaient.

« Merci, dit-elle. Il n'y a rien de meilleur qu'un jus d'orange le matin. » Elle regarda le verre avec délectation et en but la moitié. « Le café peut attendre.

— À quelle heure décolle votre avion ?

— Onze heures quinze. Je partirai d'ici à huit heures. » Elle esquissa un sourire gêné en voyant l'air surpris de Ralph. « Oui, je sais, j'ai toujours peur d'arriver en retard. Le Zoloft est efficace pour pas mal de choses, mais pas pour ça, apparemment.

— Vous avez dormi quand même ?

— Un peu. Et vous ?

— Un peu. »

Il y eut un moment de silence. Un premier oiseau se mit à chanter. Un autre lui répondit.

« Des cauchemars ? demanda-t-il.

— Oui. Et vous ?

— Oui. Les vers.

— J'ai fait des cauchemars à cause de Brady Hartsfield. Les deux fois. » Elle lui frôla la main, puis retira ses doigts. « Beaucoup au début, mais de moins en moins avec le temps.

— Vous pensez qu'ils finiront par disparaître totalement ?

— Non. D'ailleurs, je ne suis pas sûre de le vouloir. Les rêves, c'est ce qui nous permet d'entrer en contact avec le monde invisible, voilà ce que je crois. C'est un don particulier.

— Même les mauvais rêves ?

— Même les mauvais rêves.

— Nous resterons en contact ? »

Elle parut étonnée par la question.

« Bien sûr. J'ai envie de savoir ce qui va se passer maintenant. Je suis quelqu'un de très curieux. Parfois, ça m'attire des ennuis.

— Et parfois, ça vous tire d'affaire. »

Holly sourit.

« J'aime à le penser. » Elle vida son verre de jus d'orange. « M. Samuels vous aidera, je suppose. Il me fait un peu penser à Scrooge, après qu'il a vu les trois fantômes. Et vous aussi, d'ailleurs. »

Cette remarque amusa Ralph.

« Bill fera tout son possible pour Marcy et les filles. Et moi aussi. Nous avons beaucoup à nous faire pardonner, lui et moi. »

Elle acquiesça.

« Oui, faites tout ce que vous pouvez. Mais ensuite… tirez un trait sur cette foutue histoire. Si vous n'arrivez pas à oublier le passé, les erreurs que vous avez commises vous dévoreront. » Elle lui adressa un de ses rares regards directs. « Je sais de quoi je parle. »

La lumière de la cuisine s'alluma. Jeannie était levée. Bientôt, ils boiraient ensemble un café autour de la table de jardin, mais tant qu'ils étaient encore tous les deux, Ralph avait une dernière chose à dire, et c'était important.

« Merci, Holly. Merci d'être venue et merci pour votre conviction. Merci de me l'avoir transmise. Sans vous, il serait encore là, quelque part. »

Elle sourit. De son sourire radieux.

« De rien. Mais je ne suis pas mécontente d'aller retrouver mes cas sociaux, mes détenus en cavale et mes animaux perdus. »

Du seuil de la cuisine, Jeannie lança :

« Qui veut du café ?

— Tout le monde ! répondit Ralph.

— Ça arrive ! Gardez-moi une place ! »

Holly parla si bas qu'il dut se pencher pour l'entendre.

« Il incarnait le mal. Le mal à l'état pur.

— Je suis bien d'accord.

— Mais je n'arrête pas de penser à une chose : ce bout de papier que vous avez découvert dans la camionnette. Le menu de chez Tommy et Tuppence. Nous avons essayé d'expliquer comment il s'était retrouvé là, vous vous en souvenez ?

— Évidemment.

— Toutes ces hypothèses ne me semblent pas plausibles. Ce bout de papier n'aurait jamais dû être là, et pourtant il y était. Et sans lui, sans ce lien avec ce qui s'était passé dans l'Ohio, cette créature serait peut-être toujours en liberté.

— Où voulez-vous en venir ?

— C'est simple, dit Holly. Il y a également des forces du bien sur cette terre. Encore une chose à laquelle je crois. En partie pour ne pas devenir folle en songeant à toutes les horreurs qui se produisent, je suppose, mais aussi… les faits parlent d'eux-mêmes, non ? Pas seulement ici, mais partout. Il existe des forces qui tentent de rétablir l'équilibre. Quand les cauchemars viendront, Ralph, souvenez-vous de ce petit bout de papier. »

Comme il restait muet, Holly lui demanda à quoi il pensait. La moustiquaire de la cuisine claqua : Jeanette, avec le café. Leur tête-à-tête était presque terminé.

« Je pensais à l'univers. Il n'a pas véritablement de fin, n'est-ce pas ? Ni d'explication.

— Exact. Et ce n'est même pas la peine d'en chercher. »

4

Le procureur de Flint County, William Samuels, marcha d'un pas décidé vers l'estrade installée dans la salle de conférences du palais de justice, un mince dossier à la main. Il se planta derrière une forêt de micros. Les projecteurs des équipes de télé s'allumèrent. Il palpa l'arrière de son crâne (pas d'épi) et attendit que le silence se fasse parmi les journalistes. Ralph était assis au premier rang. Samuels le salua d'un bref hochement de tête avant de commencer :

« Bonjour, mesdames et messieurs. Je vais faire une brève déclaration concernant le meurtre de Frank Peterson, après quoi je répondrai à vos questions…

» Comme beaucoup d'entre vous le savent déjà, il existe une vidéo qui montre Terence Maitland assistant à une conférence à Cap City au moment même où Frank Peterson était enlevé, puis assassiné, ici, à Flint City. L'authenticité de cet enregistrement ne peut être mise en doute. Pas plus que les témoignages fournis par les collègues de M. Maitland qui l'accompagnaient à cette conférence et attestent de sa présence. Au cours de notre enquête, nous avons par ailleurs découvert les empreintes digitales de M. Maitland à l'hôtel où avait eu lieu cette conférence, et nous avons pu recueillir des témoignages supplémentaires confirmant que ces empreintes ont été laissées à une heure trop proche du meurtre de Frank Peterson pour que M. Maitland puisse être considéré comme suspect. »

Des murmures s'élevèrent parmi les journalistes. L'un d'eux demanda :

« Dans ce cas, comment expliquez-vous qu'on ait retrouvé les empreintes de Maitland sur le lieu du meurtre ? »

Samuels gratifia le journaliste de son froncement de sourcils le plus sévère.

« Gardez vos questions pour plus tard, je vous prie. J'allais justement y venir. Après de nouvelles analyses médico-légales, nous avons le sentiment que les empreintes retrouvées dans la camionnette ayant servi à enlever l'enfant et à Figgis Park ont été trafiquées. Il s'agit d'un cas rarissime, mais nullement impossible. Diverses techniques permettant de manipuler des empreintes digitales se trouvent sur Internet, précieuse source d'informations pour les criminels comme pour la police.

» Cela suggère que nous avons eu affaire à un meurtrier aussi habile que pervers, et extrêmement dangereux. Par ailleurs, nous avons des raisons de penser qu'il avait une dent contre Terence Maitland. Une hypothèse que nous souhaitons approfondir. »

Samuels balaya l'assistance du regard, ravi de ne pas être obligé de se présenter à sa propre réélection. Après ce fiasco, n'importe quel avocat véreux ayant décroché son diplôme par correspondance l'aurait battu à coup sûr, et haut la main.

« Vous pouvez légitimement vous demander pourquoi nous avons continué à considérer M. Maitland comme suspect, compte tenu des éléments que je viens d'exposer. Il y avait deux raisons à cela. La première, la plus évidente, est que nous ne disposions pas de tous ces éléments le jour où M. Maitland a été arrêté, ni le jour où il aurait dû être présenté devant le juge. »

Pourtant, on les avait déjà presque tous, n'est-ce pas, Bill ? songea Ralph, vêtu de son plus beau costume et affichant son plus bel air impénétrable de représentant de la loi.

« La seconde raison, poursuivit le procureur, c'était la présence sur la scène de crime de traces d'ADN qui semblaient correspondre à celui de M. Maitland. Selon une idée largement répandue, les tests d'ADN ne se trompent jamais. Mais comme le Conseil d'éthique de la génétique l'a souligné dans un article intitulé : "Potentiel d'erreurs dans les tests d'ADN en criminologie", c'est une idée erronée. Ainsi, quand les échantillons sont mélangés, par exemple, les résultats ne sont pas fiables. Or, les échantillons prélevés à Figgis Park étaient effectivement mélangés, puisqu'ils contenaient à la fois les ADN du criminel et de la victime. »

Il attendit que les journalistes aient fini de prendre des notes avant de poursuivre :

« Ajoutez à cela le fait que ces mêmes échantillons ont été exposés à la lumière ultraviolette au cours d'une autre procédure d'analyse, sans lien avec cette affaire. Malheureusement, ils ont été si sérieusement dégradés que, du point de vue de mes services, ils n'auraient pas été recevables devant un tribunal. Pour dire les choses plus simplement : ces échantillons n'ont aucune valeur. »

Samuels s'interrompit, le temps de consulter son dossier. Pure mise en scène car toutes les feuilles à l'intérieur étaient blanches.

« J'aimerais évoquer brièvement les événements survenus à Marysville, au Texas, suite au meurtre de Terence Maitland. Selon les enquêteurs, l'inspecteur Jack Hoskins, de la police de Flint City, avait formé une association malsaine et criminelle avec l'assassin de Frank Peterson. Nous pensons que Hoskins aidait cet individu à se cacher et qu'ils projetaient peut-être d'accomplir un autre crime aussi effroyable. Grâce aux efforts héroïques de l'inspecteur Ralph Anderson et des personnes qui l'accompagnaient, ces projets ont été déjoués. » Il leva les yeux vers son auditoire, l'air grave. « Nous déplorons les décès de Howard Gold et d'Alec Pelley, morts à Marysville. Mais, comme leurs familles, nous puisons du réconfort dans la conviction que quelque part, à cet instant même, un enfant va échapper au triste sort qu'a connu Frank Peterson. »

Joli, pensa Ralph. *Juste ce qu'il faut de pathos, sans sombrer dans le sentimentalisme.*

« Je suis sûr que vous avez de nombreuses questions concernant les événements survenus à Marysville, mais il ne m'appartient pas d'y répondre. L'enquête, menée conjointement par la police du Texas et la police de Flint City, est en cours. Le lieutenant Yunel Sablo, de la police d'État, sert d'agent de liaison entre ces deux excellents services, et je suis sûr qu'il aura des informations à vous transmettre le moment venu. »

Il est doué, se dit Ralph, réellement admiratif. *Il fait mouche à tous les coups.*

Samuels ferma son dossier, baissa les yeux, puis les leva de nouveau.

« Mesdames et messieurs, je ne briguerai pas un nouveau mandat, je peux donc me permettre, chose rare, d'être d'une totale honnêteté avec vous. »

Encore plus fort, se dit Ralph.

« Si le bureau du procureur avait disposé de davantage de temps pour analyser les preuves, il aurait sans doute annulé les charges pesant sur M. Maitland. Si nous avions persévéré malgré tout, jusqu'au procès, je suis certain qu'il aurait été jugé innocent. De fait, et je n'ai pas besoin d'insister sur ce point, il était innocent au moment de sa mort, d'après la jurisprudence. Néanmoins, le nuage du soupçon plane toujours sur lui et sur sa famille. Je suis ici aujourd'hui pour dissiper ce nuage. L'avis du bureau du procureur, et le mien, à titre personnel, est que Terry Maitland n'était aucunement mêlé, de près ou de loin, à la mort de Frank Peterson. Voilà pourquoi je vous annonce la réouverture de l'enquête. Et si celle-ci se concentre actuellement sur les événements survenus au Texas, elle se poursuit également à Flint City et dans tout le comté. Maintenant, je serai ravi de répondre à vos questions. S'il y en a. »

Il y en avait. Beaucoup.

5

Plus tard dans la journée, Ralph rendit visite à Samuels sur son lieu de travail. Le futur ex-procureur avait une bouteille de Bushmills sur son bureau. Il leur en servit une dose à chacun et leva son verre.

« À présent le tohu-bohu a cessé. À présent la bataille est perdue et gagnée. Surtout perdue en ce qui me concerne, mais on s'en fout. Buvons au tohu-bohu. »

Ils trinquèrent.

« Vous avez bien géré les questions, dit Ralph. Surtout compte tenu de tout le baratin que vous avez balancé. »

Samuels haussa les épaules.

« Le baratin, c'est la spécialité de tout bon avocat. Terry n'est pas totalement réhabilité dans cette ville, et il ne le sera jamais complètement, Marcy en a conscience, mais les gens commencent à changer d'avis. À l'image de son amie Jamie Mattingly. Marcy m'a appelé pour m'annoncer qu'elle était venue s'excuser. Elles ont beaucoup pleuré toutes les deux. C'est essentiellement la vidéo de Terry à Cap City qui a fait pencher la balance, mais mes propos sur les empreintes et l'ADN porteront leurs fruits également. Marcy va essayer de rester ici. Et je pense qu'elle réussira.

— Concernant l'ADN, dit Ralph. C'est Ed Bogan, du service de sérologie de l'hôpital, qui a analysé ces échantillons. Maintenant que sa réputation est mise en cause, il doit ruer dans les brancards. »

Samuels sourit.

« Oui, sûrement. Sauf que la vérité est encore moins acceptable… Encore un cas d'empreintes de pas qui s'arrêtent brusquement, pourrait-on dire. Il n'y a pas eu d'exposition à la lumière ultraviolette, mais des taches blanches d'origine inconnue ont commencé à se développer sur les échantillons, et ceux-ci sont totalement dégradés maintenant. Bogan a contacté les services de la police scientifique de l'Ohio, et devinez quoi ? *Idem* pour les échantillons de Heath Holmes. Une série de photos les montrent presque en train de se désintégrer. Un avocat de la défense se régalerait avec ça, non ?

— Et les témoins ? »

Bill Samuels rit et se servit un autre verre de Bushmills. Il tendit la bouteille à Ralph, qui secoua la tête. Il allait conduire au retour.

« C'était le plus facile. Ils ont tous décidé qu'ils s'étaient trompés. À deux exceptions près : Arlene Stanhope et June Morris. Elles s'en tiennent à leurs déclarations. »

Ralph ne s'en étonna pas. Stanhope était la vieille dame qui avait vu l'inconnu aborder

Frank Peterson sur le parking de l'épicerie fine et partir avec lui. June Morris était la fillette qui l'avait vu à Figgis Park, la chemise tachée de sang. Les personnes âgées et les enfants étaient toujours ceux qui voyaient le plus clairement les choses.

« Et maintenant ? demanda-t-il.

— Maintenant, on finit notre verre et on part chacun de son côté, répondit Samuels. J'ai juste une dernière question.

— Allez-y.

— Était-il unique ? Ou y en a-t-il d'autres ? »

L'esprit de Ralph le ramena dans la grotte lors de l'ultime confrontation. Il revit l'expression avide dans les yeux de la créature quand elle avait demandé : *Auriez-vous déjà rencontré quelqu'un comme moi ?*

« Je ne pense pas, dit-il, mais nous n'en serons jamais absolument certains. Tout peut exister. Ça, je le sais.

— Nom de Dieu, j'espère que non ! »

Ralph ne dit rien. Il entendait la voix de Holly : *L'univers est infini.*

(21 septembre)

6

Ralph emporta sa tasse de café dans la salle de bains pour se raser. Durant sa période de congé administratif, il avait négligé cette tâche quotidienne, mais il avait été réintégré quinze jours plus tôt. Jeanette préparait le petit-déjeuner en bas, dans la cuisine. Il sentait l'odeur du bacon et entendait le vacarme des trompettes du générique de l'émission *Today*, qui débuterait par son lot de mauvaises nouvelles quotidiennes avant de passer à la célébrité de la semaine et à une multitude de publicités pour des médicaments.

Il posa sa tasse sur la tablette et se figea en voyant un ver rouge sortir de sous l'ongle de son pouce en se tortillant. Il se regarda dans le miroir et vit son visage prendre les traits de celui de Claude Bolton. Il ouvrit la bouche pour hurler. Un flot d'asticots et de vers rouges se déversa alors de ses lèvres et dégringola sur sa chemise.

7

Il se réveilla assis dans son lit, le cœur cognant dans sa gorge et sa poitrine, les tempes battantes, les mains plaquées sur la bouche, comme pour réprimer un hurlement... ou bien pire. Jeanette dormait à côté de lui ; il n'avait donc pas crié. C'était déjà ça.

Aucun n'est entré en moi ce jour-là. Aucun ne m'a touché même. Tu le sais.

Oui, il le savait. Il était passé par là, après tout, et il avait subi un check-up complet (et trop longtemps repoussé) avant de reprendre le travail. À l'exception d'un léger surpoids et d'un taux de cholestérol un peu trop élevé, le Dr Elway l'avait trouvé en bonne santé.

Il jeta un coup d'œil au réveil : quatre heures moins le quart. Il se rallongea, en regardant le plafond. L'aube était encore loin. Il avait le temps de cogiter.

8

Ralph et Jeanette étaient des lève-tôt. Derek dormirait jusqu'à ce qu'ils le réveillent à sept heures, dernière limite pour qu'il ne loupe pas le car de ramassage scolaire. Ralph était assis à la table de la cuisine, en pyjama, pendant que sa femme allumait la cafetière et sortait les boîtes de céréales pour que Derek ait le choix quand il descendrait. Elle lui demanda s'il avait bien dormi. Oui, répondit Ralph. Elle lui demanda comment se déroulait le recrutement pour remplacer Jack Hoskins. Il lui répondit qu'il était terminé. Sur ses recommandations et celles de Betsy Riggins, le chef Geller avait décidé de choisir l'agent Troy Ramage pour rejoindre le trio d'inspecteurs de la police de Flint City.

« Ce n'est pas l'ampoule la plus brillante du lustre, mais il est travailleur et il a l'esprit d'équipe. Je pense qu'il fera l'affaire.

— Tant mieux. » Elle remplit sa tasse et lui caressa la joue. « Vous piquez, monsieur. Vous avez besoin de vous raser. »

Ralph prit sa tasse, monta, ferma la porte de la chambre derrière lui et débrancha son portable du chargeur. Le numéro qu'il cherchait figurait dans ses contacts, et bien qu'il soit encore tôt – l'ouverture en fanfare de *Today* ne retentirait que dans une demi-heure –, il savait qu'elle serait déjà levée. Très souvent, elle répondait avant même la fin de la première sonnerie. Comme aujourd'hui.

« Bonjour, Ralph.

— Bonjour, Holly.

— Vous avez bien dormi ?

— Pas très bien, non. J'ai encore fait ce rêve avec les vers. Et vous ?

— Cette nuit, ça allait. J'ai regardé un film sur mon ordinateur et j'ai pioncé aussitôt après. *Quand Harry rencontre Sally*. Ça me fait toujours rire.

— Tant mieux. C'est bien. Sur quoi vous enquêtez ?

— Toujours pareil, *grosso modo*. » Son ton se fit gai. « Mais j'ai retrouvé une fugueuse de Tampa dans une auberge de jeunesse. Sa mère la cherchait depuis six mois. Je l'ai convaincue de rentrer au bercail. Elle a promis d'essayer encore une fois, même si elle déteste le petit ami de sa mère.

— Vous lui avez donné de l'argent pour son billet de car, je parie.

— Euh…

— Vous savez qu'elle est certainement en train de le fumer dans une piaule pourrie quelque part, hein ?

— Pas toujours, Ralph. Il faut…

— Oui, je sais. Il faut avoir la foi.

— Oui. »

Le silence s'installa un instant dans la liaison entre les deux endroits qu'ils occupaient sur terre.

« Ralph… »

Il attendit.

« Ces… ces choses qui sont sorties de lui… elles ne nous ont pas touchés, ni l'un ni l'autre. Vous le savez, hein ?

— Oui. Je crois que mes cauchemars sont surtout liés à un melon que j'ai ouvert quand j'étais gosse, et à ce qu'il y avait à l'intérieur. Je vous en ai parlé, je crois ?

— Oui. »

Il devina le sourire dans la voix de Holly et sourit en retour, comme si elle se trouvait à côté de lui.

« Oui, évidemment que je vous en ai parlé. Souvent même, je parie. Certains jours, je me dis que je perds la boule.

— Pas du tout. La prochaine fois, c'est moi qui vous appellerai pour vous raconter que j'ai rêvé qu'il était dans mon armoire, avec le visage de Brady Hartsfield. Et vous me direz que vous avez bien dormi. »

Il savait qu'elle disait vrai car cela s'était déjà produit.

« Ce que vous ressentez… ce que je ressens… c'est normal. La réalité est une fine couche de glace, mais la plupart des gens patinent dessus toute leur vie sans passer à travers, sauf à la toute fin. Nous, on est passés à travers, mais on s'est entraidés. Et on continue à le faire. »

C'est surtout vous qui m'aidez, pensa Ralph. *Vous avez peut-être un problème, mais vous êtes plus douée que moi pour tout ça. Beaucoup plus.*

« Vous allez bien ? demanda-t-elle. Sincèrement ?

— Oui. Sincèrement. Et bientôt, vous pourrez en dire autant.

— Message reçu. Appelez-moi si vous entendez la glace craquer sous vos pieds.

— Bien sûr. Et vous en ferez autant. C'est comme ça qu'on avance. »

D'en bas, Jeanette lança :

« Petit-déjeuner dans dix minutes, mon chéri !

— Il faut que je raccroche, dit Ralph. Merci d'être là.

— De rien. Prenez soin de vous. Soyez prudent. Attendez que les rêves cessent.

— Promis.

— Au revoir, Ralph.

— Au revoir. »

Après un moment de silence, il ajouta : « Je vous aime, Holly », mais il avait déjà coupé la communication. Comme chaque fois. Car il savait que s'il le lui disait pour de bon, elle serait gênée et ne saurait pas quoi répondre. Il se rendit dans la salle de bains pour se raser. Il approchait de la cinquantaine et les premiers poils blancs commençaient à apparaître dans la barbe naissante qu'il enduisit de mousse, mais c'était son visage, celui que sa femme et son fils connaissaient et aimaient. Ce serait son visage pour toujours, et tant mieux.

Tant mieux.

REMERCIEMENTS

Je dois remercier tout d'abord Russ Dorr, mon assistant de recherche si compétent, et une équipe père-fils, composée de Warren et Daniel Silver, qui m'ont aidé pour les aspects judiciaires de cette histoire. Personne n'était plus qualifié car Warren a été avocat pénaliste dans le Maine durant une grande partie de sa vie, et son fils, bien qu'il exerce maintenant dans le privé, a connu une brillante carrière de procureur dans l'État de New York. Merci à Chris Lotts, qui sait tout sur *El Cuco* et *las luchadoras* ; merci à ma fille, Naomi, qui a traqué les livres pour enfants où apparaît « *El Cucuy* ». Merci à Nan Graham, Susan Moldow et Roz Lippel chez Scribner ; merci à Philippa Pride chez Hodder & Stoughton. Des remerciements particuliers à Katherine « Katie » Monaghan qui a lu les cent premières pages de cette histoire dans un avion, pendant une tournée, et qui a réclamé la suite. Pour un écrivain de fiction, il n'existe pas de paroles plus encourageantes.

Merci, comme toujours, à ma femme. Je t'aime, Tabby.

Un dernier mot, à propos du cadre de ce livre. L'Oklahoma est un État merveilleux, et j'y ai rencontré des gens merveilleux. Certains de ces gens merveilleux diront que j'ai commis beaucoup d'erreurs, et ils auront sans doute raison. Il faut vivre dans un endroit pendant des années pour en saisir l'essence. J'ai fait de mon mieux. Pour le reste, il faut me pardonner. Flint City et Cap City, bien évidemment, n'existent pas.

Stephen King

Le Livre de Poche s'engage pour
l'environnement en réduisant
l'empreinte carbone de ses livres.
Celle de cet exemplaire est de :
500 g éq. CO_2
Rendez-vous sur
www.livredepoche-durable.fr

PAPIER À BASE DE
FIBRES CERTIFIÉES

Composition réalisée par NORD COMPO

Achevé d'imprimer en France par
CPI BRODARD & TAUPIN (72200 La Flèche)
en janvier 2020
N° d'impression : 3037244
Dépôt légal 1re publication : février 2020
LIBRAIRIE GÉNÉRALE FRANÇAISE
21, rue du Montparnasse – 75298 Paris Cedex 06